Die Teufelshaube

Ariana Franklin

Die TEUFELS HAUBE

ROMAN

Aus dem Englischen von
Ulrike Wasel und
Klaus Timmermann

Weltbild

Die englische Originalausgabe erschien 2008 unter dem
Titel *The Serpent's Tale* bei Bantam Press, London.

Besuchen Sie uns im Internet:
www.weltbild.de

Genehmigte Lizenzausgabe für Verlagsgruppe Weltbild GmbH,
Steinerne Furt, 86167 Augsburg

Übersetzung: Ulrike Wasel und Klaus Timmermann
Umschlaggestaltung: ZERO Werbeagentur, München
Umschlagmotiv: The Bridgeman Art Library, Berlin & Corbis, Düsseldorf
Gesamtherstellung: Bagel Roto-Offset GmbH & Co.KG, Schleinitz
Printed in the EU

ISBN 978-3-8289-8908-5

2011 2010 2009 2008
Die letzte Jahreszahl gibt die aktuelle Lizenzausgabe an.

Für
Dr. Mary Lynch,
M.D., FRCP, FRCPI, Kardiologin

Mein im wahrsten Sinne des Wortes
von Herzen kommender Dank

Prolog

Das Echo der beiden Männerstimmen, das durch die unterirdischen Gänge hallte, klang einerseits verzerrt, erweckte aber andererseits den Eindruck einer geschäftlichen Besprechung. Was auch zutraf. In gewisser Weise.

Ein Mörder erhielt Anweisungen von seinem Auftraggeber. Der, so fand der Mörder, die Dinge unnötig verkomplizierte, wie das bei seinen Auftraggebern öfter der Fall war.

Es war immer dasselbe. Da sie sich nicht zu erkennen geben wollten, tauchten sie derart maskiert oder verhüllt auf, dass ihre Anweisungen kaum zu verstehen waren. Da sie nicht mit dir gesehen werden wollten, fand das Treffen irgendwo draußen in einer gottverlassenen Gegend oder in einem stinkenden Keller wie diesem statt. Und sie waren nervös, weil sie Angst hatten, du würdest sie nach der Übergabe der Anzahlung niederstechen und das Weite suchen.

Wenn sie doch nur begreifen würden, dass ehrenwerte Mörder, wie er einer war, zuverlässig sein *mussten*. Seine berufliche Reputation hing davon ab. Es hatte seine Zeit gedauert, aber nun sprach es sich mehr und mehr herum, dass »Sicarius« – ein lateinisches Pseudonym, das er sich selbst gegeben hatte – ausgezeichnete Dienste leistete. Ob man es nun mit »Mörder« oder mit »Dolch« übersetzte, der Name war gleichbedeutend mit der sauberen Beseitigung von politischen Gegnern, Ehefrauen, Gläubigern et cetera, wobei seine Auftraggeber stets über jeden Verdacht erhaben blieben.

Zufriedene Kunden empfahlen ihn an andere in ähnlich prekärer Lage weiter, wenngleich meist in vermeintlich scherzhafter Form: »Du könntest diesen Burschen gebrauchen, den man Sicarius nennt«, sagten sie beispielsweise. »Er soll für Schwierigkeiten, wie du sie im Moment hast, genau der Richtige sein.«

Und falls ihr Gegenüber dann nachfragte: »Ich weiß es natürlich nicht mit Sicherheit, aber ich habe gehört, er soll in einem Wirtshaus in Southwark zu finden sein, The Bear, glaube ich.« Oder im Fillola's in Rom. Oder im La Boule in Paris. Oder wo auch immer er gerade seine Dienste anbot.

Diesen Monat war es Oxford. In einem Keller, der durch einen langen Tunnel mit dem Gewölbe eines Gasthofs verbunden war. Ein Diener mit Maske und Kapuze – so was von unnötig – hatte ihn hergeführt und dann auf einen roten Samtvorhang gedeutet, der vor einer Ecke gespannt worden war, damit der Kunde sich dahinter verbergen konnte. Der Vorhang hob sich auffällig von den schimmeligen Wänden und dem feuchten Dreck auf dem Boden ab. *Verdammt,* die Stiefel waren bestimmt hin.

»Und der … Auftrag wird Euch keine Schwierigkeiten bereiten?«, fragte der Vorhang. Die Stimme dahinter hatte äußerst präzise Anweisungen gegeben.

»Die Begleitumstände sind ungewöhnlich, Mylord«, sagte der Mörder. Er sprach sie immer mit »Mylord« an. »Normalerweise hinterlasse ich ungern Beweise, aber wenn das Euer Wunsch ist …«

»Allerdings, aber ich meinte Euer Gewissen«, sagte der Vorhang. »Fürchtet Ihr nicht die Verdammnis Eurer Seele?«

Aha, jetzt waren sie also wieder an dem Punkt angekommen, wo die Kunden sich moralisch über ihn stellten. Er war der gemeine Verbrecher von niedriger Geburt, der das Messer schwang, sie dagegen die reichen Verbrecher, die nur den Auftrag erteilten.

Er hätte antworten können: »Es ist ein Broterwerb, und noch dazu ein guter, Verdammnis hin oder her, jedenfalls besser, als zu verhungern.« Er hätte antworten können: »Ich habe kein Gewissen, ich setze Maßstäbe, denen ich gerecht werde.« Er hätte sogar antworten können: »Und was ist mit der Verdammnis *Eurer* Seele?«

Aber sie bezahlten für ihren Überlegenheitswahn, also hielt er sich zurück. Stattdessen sagte er heiter: »Von hoher oder niedriger Geburt, Mylord. Päpste, Bauern, Könige, Knappen, Ladys, Kinder, ich beseitige sie alle – und stets zum selben Preis: fünfundsiebzig Mark in Gold als Anzahlung und hundert nach getaner Arbeit.« Der immer gleiche Tarif war Teil seines Erfolgs.

»*Kinder?*« Der Vorhang war schockiert.

Oje. *Selbstverständlich* Kinder. Kinder erbten. Kinder standen dem Stiefvater im Weg, der Tante, dem Bruder, dem Cousin, jedem, dem das Vermögen zufallen würde, sobald der kleine Fratz aus dem Weg geräumt war. Kinder waren seine beständigste Einkommensquelle. Und schwieriger zu beseitigen, als man glauben mochte …

Er sagte lediglich: »Vielleicht könntet Ihr noch einmal die Anweisungen wiederholen, Mylord.«

Den Kunden zum Reden bringen. Herausfinden, wer er ist, um ihn aufspüren zu können, falls er versuchen sollte, sich vor der Abschlusszahlung zu drücken. Denn wer sich nicht an die Vereinbarung hielt, starb einen Tod, der nicht nur quälend einfallsreich war, sondern hoffentlich auch eine Warnung für zukünftige Kunden.

Die Stimme hinter dem Vorhang erläuterte erneut, was sie bereits gesagt hatte. Der Tod sollte an dem und dem Tag, an dem

und dem Ort, auf die und die Weise herbeigeführt werden, dieses sollte zurückgelassen, jenes mitgenommen werden.
Es geht ihnen immer um Genauigkeit, dachte der Mörder müde. Mach es auf diese Weise, mach es auf jene. Als wäre das Töten eine Wissenschaft und nicht etwa eine Kunst.
Dennoch, in diesem Fall hatte der Kunde den Mord bis ins Detail geplant, und er verfügte über intime Kenntnisse der Lebensumstände des Opfers. Da hielt man sich am besten an die Vorgaben …
Also lauschte Sicarius dem Kunden aufmerksam, nicht den Anweisungen, die hatte er sich schon beim ersten Hören eingeprägt, sondern auf das Timbre der Stimme, achtete auf Formulierungen, die er wiedererkennen würde, wartete auf ein Husten, ein Stottern, das den Sprecher später in einer Menschenmenge verraten konnte.
Während er zuhörte, schaute er sich um. Der Diener, der im Schatten wartete, lieferte keine Anhaltspunkte. Er hatte sich vorsichtshalber in einen Allerweltsumhang gehüllt, und seine bebende Hand ruhte – wie niedlich – auf dem Heft eines Schwertes, das in seinem Gürtel steckte, als wäre er nicht schon zwanzigmal tot, ehe er es ziehen könnte. Ein jämmerlicher Aufpasser, aber wahrscheinlich das einzige Geschöpf, dem sein Kunde traute.
Der Keller als Treffpunkt hingegen … war zumindest klug gewählt, das musste der Mörder dem Kunden lassen. Es gab drei Ausgänge, und einer davon war der lange, unterirdische Gang, durch den er vom Gasthof aus hergeführt worden war. Die anderen beiden mochten überallhin führen. Zur Burg vielleicht oder – er schnupperte – zum Fluss. Fest stand lediglich, dass er sich irgendwo in den tiefsten Gedärmen Oxfords befand. Und Gedärme waren lang und gewunden, wie der Mörder sehr wohl wusste, da er schön öfter welche freigelegt hatte.

Natürlich war der Keller während des Stephen-gegen-Matilda-Krieges gebaut worden. Der Mörder dachte beklommen an die zahllosen Tunnel, mit denen England während des dreizehn Jahre währenden, unglückseligen und blutigen Bürgerkriegs im wahrsten Sinne des Wortes unterminiert worden war. Oxford, diese strategische Kostbarkeit an der Stelle, wo die wichtigsten Nord-Süd- und Ost-West-Routen des Landes die Themse überquerten, hatte schrecklich gelitten. Bei Belagerung und Gegenbelagerung hatten die Menschen wie Maulwürfe Gänge gegraben, um hinein- und hinauszugelangen. Eines schönen Tages, dachte er – und gebe Gott, dass es nicht heute war –, würde die ganze Stadt in den Wurmlöchern versinken, die man in ihre Grundfesten gebohrt hatte.

Oxford, dachte er. Eine Stadt, die überwiegend auf König Stephens Seite gestanden hatte, und somit auf der falschen. Zwanzig Jahre später hegten die Verlierer noch immer einen tiefen Groll gegen Matildas Sohn Henry Plantagenet, den endgültigen Sieger und König.

Der Mörder hatte während seines Aufenthaltes hier reichlich Informationen gesammelt – es zahlte sich stets aus, zu wissen, wer mit wem ein Hühnchen zu rupfen hatte und warum –, und er hielt es durchaus für möglich, dass sein Kunde zu denjenigen zählte, die noch immer wegen des Krieges verbittert waren, und der Auftrag daher ein politischer war.

Wenn ja, konnte es gefährlich werden. Gier, Lust, Rache; die Motive waren ihm einerlei, aber politische Kunden waren meist von hohem Stand und neigten dazu, ihre Beteiligung an der Tat zu verschleiern, indem sie einen weiteren Mörder dungen, um den ersten, also *ihn selbst*, zu töten. Das war stets lästig und hatte lediglich zur Folge, dass noch mehr Blut floss, allerdings nie seines.

Ah-*ha*. Der unsichtbare Kunde hatte sich bewegt, und einen

winzig kleinen Moment lang hatte seine Stiefelspitze unter dem Vorhang hervorgelugt. Ein Stiefel aus feinstem Hirschleder, wie seine eigenen, und neu, vielleicht erst kürzlich in Oxford gefertigt – ebenfalls wie seine eigenen.

Es wäre also angebracht, einmal bei den hiesigen Stiefelmachern vorbeizuschauen.

»Dann sind wir uns einig?«, fragte der Vorhang.

»Wir sind uns einig, Mylord.«

»Fünfundsiebzig Mark, sagtet Ihr?«

»In Gold, wenn Ihr die Güte hättet, Mylord«, sagte der Mörder noch immer heiter. »Das Gleiche gilt für die hundert, nach getaner Arbeit.«

»Also gut«, sagte der Kunde und wies seinen Diener an, den Beutel mit dem Honorar zu überreichen.

Und dabei unterlief ihm ein Fehler, den weder er noch sein Diener bemerkte, den der Mörder indes höchst interessant fand. »Gib Master Sicarius den Beutel, mein Sohn«, sagte der Kunde.

Ja, das Klimpern von Goldmünzen, als der Beutel überreicht wurde, war kaum weniger befriedigend als die Tatsache, dass der Mörder jetzt den Berufsstand seines Kunden kannte.

Und er war verblüfft.

Kapitel eins

Die Frau auf dem Bett war nicht mehr imstande, zu schreien. Bis auf das Trommeln ihrer Füße und das Schlagen ihrer Fäuste waren ihre Krämpfe so lautlos, als vollführe sie eine Pantomime der Qual.

Die Fürbitte der drei Nonnen, die bei ihr knieten, hätte gespielt sein können; jede bewegte nur lautlos den Mund, denn jedes Geräusch, sogar das Zischeln eines geflüsterten Gebetes, löste bei der Patientin eine neue Konvulsion aus. Sie hatten die Augen geschlossen, um ihr Leiden nicht mit ansehen zu müssen. Nur die Frau, die am Fußende des Bettes stand, schaute mit ausdrucksloser Miene zu.

Auf dem Bildteppich an den Wänden vergnügten sich Adam und Eva in kerngesunder Unschuld in Flora und Fauna des Garten Eden, während die Schlange im Baum und Gott auf einer Wolke die beiden wohlwollend betrachteten. Es war ein kreisrunder Raum, dessen Schönheit jetzt das grässliche Aussehen seiner Besitzerin verhöhnte: das einst helle Haar, das nun schwarz und schweißverklebt war, die dicken Venenstränge, die sich auf dem ehemals weißen Hals abzeichneten, die Lippen zu einem schauerlichen Grinsen verzerrt.

Was getan werden konnte, war getan worden; Kerzen und brennende Weihrauchgefäße erwärmten ein Zimmer, dessen Rautenfenster und Holzläden fest verschlossen worden waren, damit sie nicht klapperten.

Mutter Edyve hatte sämtliche Reliquiare ihres Klosters Godstow zu Verfügung gestellt, um der leidenden Frau die Hilfe der Heiligen zukommen zu lassen. Da sie zu alt war, um selbst hinzufahren, hatte sie Schwester Havis, der Priorin von Godstow, erklärt, was zu tun war. Getreu ihren Anweisungen hatte man der Frau das Schienbein der heiligen Scholastika an den wild schlagenden Arm gebunden und ihr aus der Phiole mit der Milch der heiligen Maria einige Tröpfchen auf den armen Kopf geträufelt. Zudem wurde ihr ein Splitter des heiligen Kreuzes in die Hand gelegt, der allerdings während eines Krampfes durchs Zimmer geflogen war.

Bemüht, kein Geräusch zu machen, stand Priorin Havis auf und ging hinaus. Die Frau, die am Fußende des Bettes gestanden hatte, folgte ihr. »Wo geht Ihr hin?«

»Pater Pol holen. Ich habe nach ihm gesandt, er wartet in der Küche.«

»Nein.«

Als strenge, aber hochgeborene Christin begegnete Havis den Elenden mit Langmut, doch bei dieser Frau lief ihr stets ein kalter Schauer über den Rücken. Sie sagte: »Es ist an der Zeit, Dakers. Sie muss die Sterbesakramente empfangen.«

»Ich werde Euch töten. Sie wird nicht sterben. Und ich töte den Priester, wenn er heraufkommt.«

Die Frau sprach monoton und leidenschaftslos, dennoch glaubte ihr die Priorin. Alle Diener waren schon geflohen, aus lauter Angst davor, was Dakers tun würde, falls ihre Herrin starb.

»Dakers, Dakers«, sagte sie – Verrückte sollte man stets mit Namen ansprechen, damit sie sich ihrer selbst entsannen –, »wir dürfen einer Seele, die ihre Reise antritt, nicht den Trost der Letzten Ölung versagen. Schau …« Sie fasste die Haushälterin am Arm und drehte sie zu dem Zimmer um, wo die Kranke sich erneut aufbäumte. Nur Fersen und Hinterkopf ruhten noch auf dem Bett und bildeten eine Brücke des Leidens.

»Keine sterbliche Hülle kann eine solche Pein ertragen«, sagte Schwester Havis. »Sie stirbt.« Und damit wandte sie sich zur Treppe.

Als sie Schritte hinter sich hörte, umklammerte sie fest das Geländer, um gewappnet zu sein, falls sie einen Tritt in den Rücken bekam. Sie ging weiter, doch sie war erleichtert, als sie unten ankam und hinaus in die weißkalte frische Luft trat, um dann hinüber zur Küche zu gehen, die mit ihren Abzügen für die Feuerstellen der Küche in Fontrevrault nachempfunden war und sich wie ein übergroßer Pfefferstreuer einige Meter vom Turm entfernt erhob.

Die Flammen in einer der Feuerstellen waren die einzige Lichtquelle und warfen einen unruhigen Schimmer auf die Laken, die zum Trocknen an Haken befestigt waren, an denen sonst Kräuter und Speckseiten hingen.

Pater Pol, ein verhuschter kleiner Mann und heute Abend verhuschter denn je, hockte auf einem Stuhl, eine dicke schwarze Katze auf dem Schoß, als bräuchte er ihren Trost an diesem Ort. Sein Blick traf den der Nonne und wanderte dann fragend zur Gestalt der Haushälterin hinüber.

»Wir sind jetzt bereit für Euch, Pater«, erklärte die Priorin.

Der Priester nickte erleichtert. Er stand auf, setzte die Katze behutsam auf den Stuhl, tätschelte sie ein letztes Mal, hob dann das Chrismatorium hoch, das zu seinen Füßen stand, und eilte hinaus. Schwester Havis wartete einen Moment ab, ob die Haushälterin mitkam, sah, dass dem nicht so war, und folgte schließlich Pater Pol.

Allein gelassen starrte Dakers ins Feuer.

Der Segen des Bischofs, der vor zwei Tagen zu ihrer Herrin gerufen worden war, hatte nichts bewirkt, ebenso wenig wie der ganze Plunder aus dem Kloster. Der christliche Gott hatte versagt.

Nun denn.

Jetzt war Eile geboten. Sie holte verschiedene Gegenstände aus dem Schrank in ihrem winzigen Zimmer neben der Küche. Als sie zurückkam, murmelte sie vor sich hin. Sie legte ein ledergebundenes Buch mit einem Schloss daran auf den Hackklotz. Darauf kam ein Kristall, dessen Facetten im Feuerschein kleine grüne Lichter durch den Raum flirren ließen.

Sie entzündete sieben Kerzen und träufelte von jeder einzelnen etwas Wachs auf den Klotz, um sie sicher hinstellen zu können. Die Kerzen bildeten einen Ring um das Buch und den Kristall und spendeten ein ebenso ruhiges Licht wie die aus Bienenwachs oben im Turm, nur dass sie nicht so wohlriechend waren.

Der Kessel, der an einer Winde über dem Feuer hing, war mit kochendem Wasser gefüllt, so wie immer in letzter Zeit, weil die Laken aus dem Krankenzimmer ständig gewaschen werden mussten. So viele Laken.

Die Frau vergewisserte sich, dass die Wasseroberfläche brodelte. Sie sah sich nach dem Deckel für den Kessel um, einer großen, sauber gelochten Holzscheibe mit einem geschwungenen Eisengriff in der Mitte, fand ihn und stellte ihn vorsichtig auf den Boden zu ihren Füßen. Aus den verschiedenen Feuereisen an der Herdstelle, Holzzangen, Spieße und so weiter, suchte sie sich einen langen Schürhaken aus und legte ihn ebenfalls neben den Deckel auf den Boden.

»Iggsi-biddsi«, murmelte sie, »sischnu schischnu, adonei-manuei, iilam, piilam …« Für den Ahnungslosen mochte es sich wie der Hüpfreim eines Kindes anhören, andere jedoch hätten die bewusst verfälschten Versionen der heiligen Namen Gottes in den verschiedensten Glaubensrichtungen herausgehört.

Dakers bückte sich unter den Laken hindurch, ging zu dem Stuhl, auf dem Pater Pol gesessen hatte, und hob die Katze auf, wiegte und streichelte sie, wie er zuvor. Es war eine gute Katze, eine verdienstvolle Mäusefängerin, die einzige, die sie hier zuließ.

Sie trug das Tier zur Feuerstelle, strich ihm mit einer Hand ein letztes Mal übers Fell und griff mit der anderen nach dem Deckel für den Kessel.

Noch immer leise vor sich hin murmelnd, warf sie die Katze ins kochende Wasser, legte rasch den Deckel auf und hielt ihn so lange fest, bis sie den Schürhaken durch den Griff geschoben hatte.

Einen kurzen Moment lang klapperte der Deckel gegen den Schürhaken, und ein greller Schrei pfiff durch die Deckellöcher.

Dakers kniete sich auf den Rand der Feuerstelle und übergab ihr Opfer dem göttlichen Herrn.

Wenn Gott versagt hatte, war es Zeit, den Teufel um Hilfe zu bitten.

Gut achtzig Meilen Luftlinie gen Osten half Vesuvia Adelia Rachel Ortese Aguilar zum ersten Mal einem Kind auf die Welt – oder versuchte es zumindest.

»Pressen, Ma«, sagte die älteste Schwester des Ungeborenen hilfsbereit an der Seite stehend.

»Sag ihr doch so was nicht«, entgegnete Adelia. »Sie darf erst pressen, wenn es so weit ist.« In dieser Phase der Geburt hatte die arme Frau wenig Einfluss auf die Dinge.

Und ich auch nicht, dachte Adelia niedergeschlagen, ich hab doch keine Ahnung.

Es ließ sich schlecht an. Die Wehen zogen sich nun schon eine Ewigkeit hin, und der Mutter, einer tapferen Frau aus dem Sumpfland, gingen allmählich die Kräfte aus.

Draußen auf der Wiese sang Mansur unter den aufmerksamen Blicken von Adelias Hund den anderen Kindern – die allesamt ohne Schwierigkeiten und nur mit Hilfe einer Nachbarin und eines Brotmessers geboren worden waren – Wiegenlieder aus seiner Heimat vor, und es verriet einiges über das Ausmaß von Adelias Verzweiflung, dass sie sich in diesem Augenblick weder an seiner Stimme erfreute noch an dem befremdlichen Umstand, die Molltöne einer engelsgleichen arabischen Kastratenstimme im englischen Sumpfland zu hören. Sie konnte nur das Durchhaltevermögen der leidenden Frau auf dem Bett bewundern, die ein gekeuchtes »Das iss schön« herausbrachte.

Der Ehemann ließ sich nicht verzaubern. Er verbarg sich und die Sorge um seine Frau im unteren Teil der Hütte bei der Kuh. Seine Stimme drang die Holztreppe herauf ins Obergeschoss – teils als Heuboden, teils als Wohnraum genutzt –, wo die Frauen kämpften. »Das hat nie so lang gedauert, wenn Goody Baines sie auf die Welt geholt hat.«

Schön für Goody Baines, dachte Adelia. Aber bei der Geburt dieser Kinder hatte es eben auch keine Komplikationen gegeben, und es waren einfach zu viele gewesen. Später würde sie darauf hinweisen müssen, dass Mistress Reed in zwölf Jahren neunmal entbunden hatte; ein weiteres Kind würde sie wahrscheinlich umbringen, falls das bei diesem nicht schon geschah.

Aber jetzt war nicht der richtige Zeitpunkt dafür, und vor allem für die Mutter in den Wehen musste sie Zuversicht verströmen, deshalb rief sie munter: »Dann seid froh, dass ich jetzt hier bin, Mann, und sorgt dafür, dass immer reichlich Wasser kocht.«

Ich, dachte sie, eine Anatomin und noch dazu eine Ausländerin. Mein Fachgebiet sind Leichen. Ihr habt allen Grund, Euch Sorgen zu machen. Wenn Ihr wüsstet, dass ich nur einmal bei einer Geburt dabei war, und da war ich die Gebärende, Ihr würdet schlottern vor Angst.

Die unbekannte Goody Baines hätte vielleicht gewusst, was zu tun war. Ebenso Gyltha, Adelias Gefährtin und Betreuerin ihres Kindes, doch beide Frauen hielten sich unabhängig voneinander auf dem Jahrmarkt in Cambridge auf und würden erst in ein oder zwei Tagen zurückkommen. Kaum waren sie aufgebrochen, hatten bei Mistress Reed die Wehen eingesetzt. In diesem entlegenen Teil des Sumpflandes verfügte bekanntermaßen nur Adelia über medizinische Kenntnisse, und daher hatte man sie geholt.

Und wenn die Frau im Bett sich die Knochen gebrochen oder irgendeine Krankheit zugezogen hätte, dann wäre Adelia tatsächlich in der Lage gewesen, ihr zu helfen, denn Adelia war Ärztin. Sie war nicht nur erfahren im Umgang mit Kräutern, beherrschte nicht nur die praktischen Kenntnisse, die Frauen von Generation zu Generation weitergaben, und sie war auch kein Scharlatan, wie so viele Männer, die sich als Doktoren ausgaben und ihre Patienten mit widerwärtigen und viel zu teuren Arzneien übers Ohr hauten. Nein, Adelia war Absolventin der großartigen, liberalen, fortschrittlichen und vielbewunderten Medizinschule in Salerno, die der Kirche zum Trotz auch Frauen zum Studium zuließ, wenn sie nur intelligent genug waren.

Adelia hatte ihre Lehrer überzeugen können, dass sie es, was den Verstand betraf, mit den schlausten Männern nicht nur aufnehmen, sondern sie sogar übertreffen konnte, und war daher in den Genuss einer männlichen Ausbildung gekommen, die sie später vervollständigt hatte, indem sie in der anatomischen Abteilung ihres jüdischen Ziehvaters beim Sezieren von Leichen half.

Es war also eine einzigartige Ausbildung, die ihr jedoch im Augenblick nichts nützte, denn Salernos Medizinschule hatte in ihrer Weisheit – und es war wahrhaftig Weisheit – die Geburtshilfe den Hebammen überlassen. Adelia hätte Mistress Reeds Neugeborenes heilen können; wäre es tot gewesen, hätte sie eine Obduktion durchführen können, um festzustellen, woran es gestorben war – aber sie konnte ihm nicht auf die Welt helfen.

Sie reichte der Tochter der Frau eine Schüssel Wasser und ein Tuch, ging durchs Zimmer, nahm ihren eigenen Säugling aus dem Weidenkörbchen, setzte sich auf einen Heuballen, öffnete ihr Mieder und begann zu stillen.

Sie hatte eine Theorie über das Stillen wie über praktisch alles: Es sollte von ruhigen, heiteren Gedanken begleitet werden. Wenn sie das Kind sonst stillte, setzte sie sich meistens in die Tür ihres kleinen, reetgedeckten Hauses in Waterbeach und ließ den Blick und die Gedanken über das Sumpfland entlang der Cam wandern. Zunächst hatte das flache Grün schlecht abgeschnitten gegen die Erinnerung an das mediterrane Panorama ihrer Heimat mit der dramatisch zerklüfteten Landschaft vor einem türkisblauen Meer. Doch auch das Flache besaß eine gewisse Schönheit, und allmählich hatte sie den endlosen Himmel über weiten Flächen mit Weiden und Erlen ebenso zu schätzen gelernt wie die reichen Fisch- und Jagdgründe des Sumpflandes. »Berge?«, hatte Gyltha einmal gesagt. »Halt ich nix von. Die sind bloß im Weg.«

Außerdem war das hier jetzt die Heimat des Kindes in ihren Armen, ein weiterer Grund, sich für die Gegend zu erwärmen. Aber heute wagte Adelia es nicht, Augen und Gedanken für ihr Kind auf angenehme Dinge zu richten. Ein anderes Kind musste gerettet werden, und sie würde es nicht wegen ihrer eigenen Unwissenheit sterben lassen. Und auch die Mutter nicht.

Adelia entschuldigte sich stumm bei dem kleinen Wesen, das sie hielt, und rief sich die Leichen von Schwangeren mit ungeborenem Fötus ins Gedächtnis, die sie seziert hatte.

Es waren erbarmungswürdige Kadaver gewesen, doch wenn sie

auf dem Marmortisch im großen Seziersaal in Salerno lagen, hatte Adelia sich gezwungen, kein Mitleid zu empfinden, so, wie man es sie im Umgang mit allen Toten gelehrt hatte, um ihnen besser dienen zu können. Für Gefühle war beim Sezieren kein Platz, nur für klare, ausgebildete, forschende Vernunft.

Jetzt tat sie hier das Gleiche, in einer wackeligen kleinen Hütte am Rande der zivilisierten Welt. Sie verdrängte das Leiden der Gebärenden aus dem Kopf und ersetzte es durch ein Bild, das die inneren Organe zeigte, Position, Druck, Verlagerungen.

»Hmm.«

Geistesabwesend nahm Adelia das Kind von ihrer linken, nun leeren Brust und legte es an die andere, während sie die Belastungen auf Gehirn und Nabelschnur erwog, warum und wann es zum Erstickungstod kam, zu Blutverlust, Faulbrand …

»Hmm.«

»Hier, Missis. Da kommt was.« Die Tochter führte die Hände ihrer Mutter an das Zaumzeug, das ans Kopfende des Bettes gebunden worden war.

Adelia legte ihr Kind zurück in den Korb, deckte es zu und trat ans Bett.

Da tauchte tatsächlich etwas aus dem Körper der Mutter auf, aber es war kein Kopf, sondern das Gesäß des Kindes.

Verdammt. Eine Steißgeburt. Sie hatte es befürchtet, aber als man sie geholt hatte, war das Kind schon zu weit abgesenkt gewesen; es war also zu spät, hineinzugreifen und den Fötus zu drehen, selbst wenn sie die Kenntnisse und den Mut dafür besessen hätte.

»Wollt Ihr's nich rausziehen?«, fragte die Tochter.

»Noch nicht.« Sie wusste, es konnte verheerende Folgen haben, wenn in dieser Phase gezogen wurde. Stattdessen sagte sie zu der Mutter: »*Jetzt* müsst Ihr pressen. Ob Ihr wollt oder nicht, *presst.*«

Mistress Reed nickte, nahm ein Stück von dem Zaumzeug in den Mund, biss fest hinein und begann zu pressen. Adelia bedeutete dem Mädchen, mit anzufassen und den Körper der Mutter so tief herunterzuziehen, dass die Gesäßbacken über den Rand hingen und die Schwerkraft ihren Teil beitragen konnte.

»Halt die Beine fest. Fass sie an den Knöcheln, hinter mir. *Hinter* mir, richtig so. Gut gemacht, Mistress. Immer weiter pressen.« Sie selbst kniete, eine gute Stellung, um ein Kind zu holen – und zu beten.

Hilf uns, Herr.

Trotzdem wartete sie, bis der Nabel mit der Schnur daran erschien. Sie berührte die Schnur leicht – ein kräftiger Pulsschlag. Gut, gut.

Jetzt.

Mit raschen, aber behutsamen Bewegungen schob sie die Hand in den Geburtskanal und löste ein Bein, dann das andere, beugte die zarten Knie.

»Presst. So *presst* doch.«

O Wunder, da kamen von ganz allein, ohne gezogen zu werden, zwei Arme und der Körper bis zum Nacken herausgeglitten. Adelia hielt den Körper mit einer Hand, legte die andere auf den kleinen Rücken und fühlte das Beben von arbeitenden Lungen. Es atmete.

Jetzt kam's drauf an. In wenigen Augenblicken drohte das Kind zu ersticken. Gott, welcher auch immer du bist, steh uns bei.

Er tat es nicht. Mistress Reed hatte keine Kraft mehr, und der Kopf des Kindes steckte noch immer fest.

»Gib mir die Tasche, die *Tasche*.« Im Handumdrehen hatte Adelia ihr Seziermesser herausgeholt, das sie stets sauber hielt.

»Jetzt.« Sie legte die Hand der Tochter auf die Scham von Mistress Reed. »Drück.« Sie stützte den kleinen Torso weiter ab

und machte einen Schnitt ins Perineum der Mutter. Etwas gab nach, und weil sie das Messer noch in der Hand hielt, musste sie das Neugeborene in der Ellbogenbeuge auffangen.
Die Tochter schrie. »Es iss raus, Dadda.«
Master Reed erschien oben an der Treppe und verströmte Kuhmistgeruch. »Donnerwetter, was isses?«
Ganz benommen vor Erleichterung sagte Adelia: »Es ist ein Kind.« Hässlich, blutig, schmierig, froschartig, die Füße Richtung Kopf angewinkelt wie noch im Mutterleib, aber unversehrt und atmend, und als man ihm auf den Rücken klopfte, protestierte es gegen das Leben im Allgemeinen und gegen seinen Eintritt in selbiges im Besonderen – für Adelia der schönste Anblick und die schönsten Laute, die die Welt zu bieten hatte.
»Das ist klar, aber was iss es?«
»Ach so.« Adelia legte das Messer weg und drehte das Wunder um. Es war männlich, ganz eindeutig männlich. Sie sammelte sich. »Ich glaube, die Schwellung des Skrotums wird durch einen Bluterguss verursacht und ist nicht von Dauer.«
»Wenn doch, kann er sich später was drauf einbilden, was?«, sagte Master Reed.
Die Nabelschnur wurde durchtrennt, Mistress Reed genäht und zurechtgemacht, damit sie Besucher empfangen konnte, das Neugeborene in eine Wolldecke gehüllt und in die Arme seiner Mutter gelegt.
»He, Missis, wie ist Euer voller Name? Wir würden ihn gern nach Euch benennen«, sagte der Ehemann.
»Vesuvia Adelia Rachel Ortese Aguilar«, antwortete Adelia entschuldigend.
Schweigen.
»Und seiner?« Master Reed zeigte auf die hohe Gestalt Mansurs, der mit den Geschwistern heraufgekommen war, um das Wunder zu bestaunen.

»Mansur bin Fayîî bin Nasab Al-Masaari Khayoun aus Al Amarah.«
Wieder Schweigen.
Mansur, der durch seine Verbindung mit Gyltha die Sprache des Sumpfvolkes gelernt hatte, auch wenn er kaum Gelegenheit bekam, sie zu sprechen, sagte auf Arabisch: »Der Prior kommt, ich habe sein Boot gesehen. Die sollen den Jungen Geoffrey nennen.«
»Prior Geoffrey ist hier?« Im Nu war Adelia die Leiter hinunter und rannte auf die kleine Holzplattform hinaus, die als Steg diente. Alle Häuser und Hütten im Sumpfland hatten Zugang zu den zahllosen Flüssen, und sobald die Kinder hier laufen konnten, lernten sie, ein kleines Boot zu steuern.
Einer der liebsten Menschen, die Adelia auf der Welt hatte, stieg mit Hilfe eines livrierten Ruderers aus seinem Kahn. »Was macht Ihr hier?«, fragte sie und umarmte ihn zur Begrüßung. »*Warum* seid Ihr gekommen? Wie geht es Ulf?«
»Er ist ein Früchtchen, aber ein schlaues Früchtchen. Er gedeiht prächtig.« Gylthas Enkelsohn und, so wurde gemunkelt, auch der des Priors besuchte die Stiftsschule und würde sie erst zur Aussaat im Frühling verlassen.
»Ich bin so froh, Euch zu sehen.«
»Und ich bin froh, Euch zu sehen. In Waterbeach sagte man mir, wo ich Euch finden kann. Anscheinend muss der Berg zum Propheten kommen.«
»Und der Berg ist noch immer zu gewaltig«, sagte Adelia und trat zurück, um ihn genau zu betrachten. Der Prior des großen Stifts St. Augustine in Cambridge war ihr erster Patient und in der Folge ihr erster Freund in England gewesen. Sie sorgte sich um ihn. »Ihr habt meine Speisevorschriften nicht eingehalten.«
»*Dum vivimus, vivamus*«, sagte er. »Lasst uns leben, solange wir leben. Ich halte mich da an die Epikureer.«

»Wisst Ihr, wie hoch die Sterblichkeitsrate unter Epikureern ist?«
Sie sprachen fließend in klassischem Latein miteinander, weil es ihnen praktisch in die Wiege gelegt worden war, aber die Männer im Kahn des Priors fragten sich, was ihr Herr vor ihnen verbergen wollte, was er zu dieser Frau sagte und, das größte Rätsel überhaupt, wieso diese Frau es verstehen konnte.
»Aber Ihr kommt gerade recht«, sagte Adelia, »um das erste von mir auf die Welt geholte Neugeborene zu taufen. Das wird die Eltern beruhigen, dabei ist der Kleine gesund und kräftig.«
Adelia hielt genauso wenig von der christlichen Kindstaufe wie von den, wie sie meinte, barbarischen Dogmen der drei großen Religionen. Ein Gott, der das kleine Geschöpf, falls es starb, nicht in sein himmlisches Reich lassen würde, wenn es nicht zuvor, von bestimmten Worten begleitet, mit Wasser besprengt worden war, war kein Gott, mit dem sie irgendwas zu tun haben wollte.
Aber für die Eltern war die Zeremonie überaus wichtig, und wenn auch nur, damit eine christliche Beerdigung stattfinden konnte, sollte das Schlimmste geschehen. Master Reed hatte schon nach dem schmierigen Wanderpriester schicken wollen, der das Gebiet betreute.
Die Familie Reed sah schweigend zu, wie mit Edelsteinen geschmückte Finger die Stirn ihres Sohnes benetzten und eine Stimme, die ebenso samtweich war wie das Ornat ihres Besitzers, ihn im Glauben willkommen hieß, ihm das ewige Leben verhieß und ihn auf den Namen Geoffrey taufte, »im Namen des Vaters und des Sohnes und des Heiligen Geistes, Amen«.
»Die Menschen aus dem Sumpfland bedanken sich nie«, sagte Adelia entschuldigend, als sie mit ihrem Kind in den Kahn des Priors stieg und der Hund namens Wächter hinterdreinsprang, so dass Mansur allein in ihrem Ruderboot folgen musste, »aber

sie vergessen auch nie. Sie waren dankbar, aber verwundert. Ihr wart einfach zu viel für sie, als wäre der Erzengel Gabriel in einem goldenen Lichtstrahl herabgestiegen.«

»*Non angeli, sed angli,* fürchte ich«, entgegnete Prior Geoffrey, und aufgrund seiner großen Zuneigung zu Adelia störte es ihn nicht im Geringsten, dass er, der er doch seit dreißig Jahren in Cambridgeshire lebte, von dieser Frau aus Süditalien über den Charakter des Sumpfvolkes belehrt wurde.

Schau sie sich einer an, dachte er, gekleidet wie eine Vogelscheuche, in Begleitung eines Hundes, der es erforderlich macht, die Bank zu desinfizieren, auf der er sitzt, drückt die klügste Frau ihrer Generation ihren Bastard ans Herz, glückselig, weil sie einer Mutter beigestanden hat, einen Balg in ihre ärmliche Welt zu setzen.

Nicht zum ersten Mal fragte er sich, von wem sie wohl abstammte, was sie ebenso wenig wusste wie er. Sie war von einem Ehepaar in Salerno aufgezogen worden, einem Juden und seiner christlichen Frau, nachdem sie sie an den Steinhängen des Vesuvs gefunden hatten. Ihr Haar war dunkelblond, wie man es mitunter bei Griechen oder Florentinern sah. Aber im Augenblick konnte es ohnehin niemand sehen, weil es unter dieser unsäglichen Kappe steckte.

Sie ist noch immer genauso merkwürdig wie bei unserer ersten Begegnung auf der Straße nach Cambridge, dachte Prior Geoffrey. Ich auf dem Rückweg von einer Pilgerreise nach Canterbury, sie auf einem Karren, begleitet von einem Araber und einem Juden. Ich hatte die Gelehrte in ihr nicht erkannt und sie für eine Metze gehalten. Doch als ich es vor Schmerzen nicht mehr aushielt und nur noch heulte – Gott, wie ich geheult habe und was für Schmerzen ich litt –, da war nur sie allein meine Samariterin, obwohl ich von lauter Christen umgeben war. Als sie mir an jenem Tag das Leben rettete, da degradierte sie mich,

mich, zu einem stammelnden Jüngling, indem sie mit meinen intimsten Teilen hantierte, als wären sie nichts als Kutteln, die in den Kochtopf gehören. Und trotzdem finde ich sie schön.

Sie hatte, einem Befehl gehorchend, ihre Arbeit mit den Toten von Salerno verlassen und sich einer geheimen Mission angeschlossen, die unter Leitung des klugen Juden Simon aus Neapel herausfinden sollte, wer die Kinder in Cambridge tötete – eine Angelegenheit, die dem König von England großen Verdruss bereitete, weil er Aufruhr und somit schwindende Steuereinnahmen befürchtete.

Da England nun mal nicht das freigeistige Salerno war, musste Mansur, Adelias Diener, sich während der Ermittlungen als Arzt ausgeben und Adelia selbst seine Assistentin spielen. Der arme, brave Simon – obwohl er ein Jude war, schloss der Prior ihn in sein Gebet ein – war bei der Suche nach dem Mörder getötet worden, und auch Adelia wäre beinahe ums Leben gekommen. Doch der Fall war aufgeklärt und die Gerechtigkeit wiederhergestellt worden, und die Steuern flossen wieder in des Königs Staatskasse.

Adelias forensische Fähigkeiten hatten sich sogar als derart nützlich erwiesen, dass König Henry ihr für den Fall, ihrer Dienste wieder einmal zu bedürfen, die Rückkehr nach Italien verweigert hatte. Eine kleingeistige und gierige Undankbarkeit, wie sie typisch für Könige war, dachte Prior Geoffrey, wenngleich sie die Frau zu seiner Nachbarin machte, was für ihn Anlass zu großer Freude war.

Wie sehr ist ihr das Exil verhasst? Immerhin hatte sie keinerlei Lohn erhalten. Der König hatte nichts unternommen – nun ja, er war im Ausland gewesen –, als Cambridges Ärzte sie und Mansur aus Neid auf ihren Erfolg aus der Stadt hinaus in das öde Sumpfland gejagt hatten.

Kranke und leidende Männer und Frauen waren ihnen gefolgt

und kamen noch immer, denn es war ihnen gleichgültig, ob sie von fremdländischen Ungläubigen behandelt wurden, Hauptsache, ihnen wurde geholfen.
Herr, ich fürchte um sie. Ihre Feinde werden sie verdammen. Werden in ihrem unehelichen Kind den Beweis dafür sehen, dass sie unmoralisch ist, werden sie vor das Gericht des Archidiakonats schleppen, um sie als Sünderin aburteilen zu lassen. Und was kann ich dagegen tun?
Prior Geoffrey stöhnte angesichts seiner eigenen Schuld auf. Was für ein Freund bin ich ihr denn bislang gewesen? Oder dem Araber? Oder Gyltha?
Bis zu dem Augenblick, als er selbst schon mit einem Bein im Grab stand und von Adelia in letzter Sekunde zurückgezerrt wurde, hatte er bezüglich der Wissenschaft die Haltung der Kirche vertreten, die lehrte, dass nur die Seele zählte, nicht der Körper. Physischer Schmerz? Er ist Gottes Wille, also nimm ihn hin. Forschung? Leichen sezieren? Experimente? *Sic vos ardebitis in Gehenna*, so werdet ihr in der Hölle schmoren.
Doch Adelia war erfüllt vom Ethos Salernos, wo arabische, jüdische und sogar christliche Denker sich weigerten, ihrer Suche nach Wissen Schranken aufzuerlegen. Sie hatte ihn belehrt: »Wie könnte es denn Gottes Wille sein, zuzuschauen, wie ein Mensch ertrinkt, wenn ihn ein ausgestreckter Arm retten könnte? Ihr wärt fast in Eurem eigenen Urin ertrunken. Hätte ich da die Hände in den Schoß legen sollen, anstatt Eure Blase zu erleichtern? Nein, ich wusste, wie es ging, und hab's getan. Und ich wusste es, weil ich die vergrößerte Drüse bei Männern studiert habe, die daran gestorben sind.«
Ein seltsam sprödes kleines Ding war sie damals gewesen, unelegant, beinahe nonnenhaft, wären da nicht ihre fast wilde Ehrlichkeit, ihre Intelligenz und ihr Hass auf jeden Aberglauben gewesen. Zumindest hatte ihr die Zeit in England etwas

gebracht, dachte er – eine größere Fraulichkeit, eine gewisse Weichheit und natürlich das Kind, Frucht einer Liaison, die ebenso leidenschaftlich und unangemessen gewesen war wie die zwischen Héloïse und Abaelard.

Prior Geoffrey seufzte und wartete darauf, dass sie ihn fragte, warum er, ein vielbeschäftigter und bedeutender Mann, aufgebrochen war, um sie zu suchen.

Mit Beginn des Winters hatten die Bäume im Sumpfland ihr Laub verloren, so dass die Sonne jetzt fast ungehindert auf den Fluss fiel und das Wasser die wilden Formen von kahlen Weiden und Erlen an beiden Ufern genau widerspiegelte. Adelia, die vor Erleichterung und Triumph gesprächiger war als sonst, nannte dem gleichmütigen Säugling auf ihrem Schoß die Namen der Vögel, die vor dem Bug des Kahns aufflatterten, wiederholte sie auf Englisch, Latein und Französisch und erkundigte sich übers Wasser hinweg bei Mansur, wenn ihr die arabische Bezeichnung nicht mehr einfallen wollte.

Wie alt ist mein Patenkind jetzt?, fragte sich der Prior amüsiert. Acht Monate? Neun? »Ein bisschen jung für den Fremdsprachenunterricht«, sagte er.

»Man kann gar nicht früh genug anfangen.«

Endlich blickte sie auf. »Wo fahren wir hin? Ich vermute, Ihr seid nicht so weit herausgekommen, weil vielleicht zufällig gerade irgendwo ein Kind getauft werden musste.«

»Es war mir eine Ehre, *Medica*«, sagte Prior Geoffrey. »Ich fühlte mich in den gesegneten Stall von Bethlehem versetzt. Aber nein, deshalb bin ich nicht gekommen. Dieser Bote …« Er gab jemandem, der in einem langen Umhang wie gebannt im Bug des Kahns gestanden hatte, ein Zeichen. »… ist mit einem Brief für Euch in der Priorei aufgetaucht, und da er gewisse Schwierigkeiten gehabt hätte, Euch in diesen Gewässern zu finden, habe ich mich bereit erklärt, ihn herzubegleiten.«

Außerdem wusste er, dass er zur Stelle sein musste, wenn die Einladung überbracht wurde, denn sie würde ihr nicht folgen wollen.

»Na los«, sagte Adelia, die sich ebenso wie Mansur durch Gyltha eine gewisse Respektlosigkeit angeeignet hatte. »Raus mit der Sprache.«

Der Bote war ein magerer junger Bursche, und Adelias finsterer Blick ließ ihn fast rückwärts taumeln. Außerdem starrte er mit offenem Mund den Prior an und fragte: »Ist *das* Lady Adelia, Mylord?« Immerhin ließ der Name eine Adelige vermuten. Er hatte würdevolles Auftreten erwartet, sogar Schönheit, das Schleifen eines Rocks über Marmor, nicht dieses unscheinbare Frauenzimmer mit Hund und Kind.

Prior Geoffrey schmunzelte. »Das ist Lady Adelia, fürwahr.«

Nun denn. Der junge Mann verbeugte sich und warf den Umhang nach hinten, damit das gestickte Wappen auf seinem Rock zum Vorschein kam: zwei aufsteigende Hirsche und ein Schrägkreuz. »Von meinem ehrwürdigen Herrn, dem Bischof von St. Albans.«

Eine Schriftrolle wurde vorgestreckt.

Adelia nahm sie nicht entgegen. Ihre Lebhaftigkeit war verflogen. »Was will *der* denn?« Die Frage wurde mit einer Eiseskälte ausgesprochen, die dem Boten fremd war. Er sah hilflos zum Prior hinüber.

Prior Geoffrey schaltete sich ein. Er hatte eine ähnliche Schriftrolle erhalten. Noch immer auf Latein sagte er: »Offenbar benötigt unser Bischof Eure Kenntnisse, Adelia. Er hat Euch nach Cambridge bestellt – es geht um einen Mordversuch in Oxfordshire. Mir scheint, die Sache ist von großer politischer Tragweite.«

Der Bote hielt ihr weiterhin die Schriftrolle hin, Adelia nahm sie weiterhin nicht entgegen. Sie wandte sich an ihren Freund.

»Ich fahre da nicht hin, Geoffrey. Ich will nicht.«
»Ich weiß, meine Liebe, aber deshalb bin ich ja mitgekommen. Ich fürchte, Ihr müsst.«
»Ich will ihn nicht sehen. Ich bin hier glücklich. Gyltha, Mansur, Ulf und das Kleine hier …« Sie hielt den Säugling hoch. »Ich mag das Sumpfland, ich mag die Menschen. Zwingt mich nicht.«
Ihr Flehen zerriss ihm fast das Herz, aber er blieb hart. »Meine Liebe, ich habe keine andere Wahl. Wie unser Bischof schreibt, handelt es sich um eine Angelegenheit des Königs. Des Königs! Daher habt auch Ihr keine andere Wahl. Denn Ihr seid die geheime Waffe des Königs.«

Kapitel zwei

Cambridge hatte nicht erwartet, seinen Bischof so bald wiederzusehen. Vor achtzehn Monaten, nach seiner Ernennung zum Bischof von St. Albans, hatte sich die Stadt für ihn herausgeputzt und all den Prunk aufgeboten, der einem Manne zukam, dessen Wort nur unwesentlich weniger zählte als das Gottes, des Papstes und des Erzbischofs von Canterbury. Mit ebensolchem Prunk hatte sie ihn zu seiner Antrittsrundreise durch die Diözese verabschiedet, für die er, da sein Bistum wie alle Bistümer Englands riesengroß war, zwei Jahre benötigen würde.

Und doch war er jetzt vorzeitig zurück, jedoch ohne den schwerfälligen Tross, der ihn bei seinem Aufbruch begleitet hatte, vielmehr mit schnellen Reitern, die nur wenige Stunden vor ihm eintrafen, um sein Kommen anzukündigen.

Dennoch, die Menschen kamen aus den Häusern geströmt. Massenhaft. Manche fielen auf die Knie oder hielten ihre Kinder in die Höhe, damit sie den Segen des großen Mannes empfingen, andere liefen neben seinen Steigbügeln her und klagten ihm ihr Leid mit der Bitte um Hilfe. Die meisten erfreuten sich einfach nur am Spektakel.

Ein beliebter Mann, Bischof Rowley Picot. Ein Sohn der Stadt. Kreuzfahrer, und noch dazu vom König für das Bischofsamt auserwählt, nicht vom Papst. Was gut war, weil König Henry II. ihnen irgendwie näher und seine Macht unmittelbarer war als die des Vatikans.

Und auch nicht so ein furztrockener Knochen von Bischof. Einer, der gerne jagte und aß und trank und auch Gefallen an den Damen fand, so hieß es, aber allen Genüssen entsagte, seit Gott ihm auf die Schulter geklopft hatte. Und hatte er nicht die Kindermörder, die die Stadt vor einiger Zeit in Angst und Schrecken versetzt hatten, der Gerechtigkeit zugeführt?
Mansur und Adelia, denen der Bote des Bischofs mit hängendem Kopf folgte, hatten darauf bestanden, auf Cambridges Jahrmarkt nach Gyltha zu suchen, und nun, da sie sie gefunden hatten, hob Mansur sie hoch, damit sie über die Menschenmenge hinweg sehen konnte, wie der Bischof vorbeiritt. »Angezogen wie ein Pfingstochse, Gott segne ihn«, meldete Gyltha nach unten zu Adelia. »Willst du das Kleine nich mal gucken lassen?«
»Nein«, sagte Adelia und drückte das Kind noch enger an sich.
»Mit Bischofsstab und allem Drum und Dran«, fuhr Gyltha fort. »Aber ich find, der Hut passt nich zu ihm.«
Vor ihrem geistigen Auge sah Adelia einen beleibten und gewichtigen, mitratragenden Mann, der wie die meisten Bischöfe all die Heuchelei und Engstirnigkeit einer Kirche repräsentierte, die sich nicht nur ihr entgegenstellte, sondern jeglichen Fortschritt ablehnte, der für die geistige und körperliche Gesundheit der Menschen notwendig war.
Eine Hand berührte ihre Schulter. »Wenn Ihr mir folgen würdet, Mistress. Seine Lordschaft wird Euch eine Audienz in seinem Haus gewähren, doch zuvor muss er den Sheriff empfangen und die Messe lesen.«
»*Uns eine Audienz gewähren*«, äffte Gyltha ihn nach, als Mansur sie wieder auf den Boden stellte. »Nich zu fassen.«
»Äh.« Der Bote des Bischofs – wie sich herausgestellt hatte, hieß er Jacques – war noch immer etwas aus dem Gleichgewicht gebracht. Sarazenen und Fischweiber gehörten nicht zu

der Sorte Mensch, mit der er normalerweise dienstlichen Umgang pflegte. Ein wenig hilflos sagte er: »Mistress, ich glaube, mein Herr erwartet, dass dieses Gespräch mit Euch unter vier Augen stattfindet.«

»Diese Lady und dieser Gentleman begleiten mich«, beschied Adelia ihm. »Oder ich komme nicht mit.«

Es machte sie traurig, wieder in Cambridge zu sein. Die schlimmsten Augenblicke ihres Lebens und die schönsten hatten sich in dieser Stadt ereignet. Der Ort wurde von Geistern heimgesucht, deren Gebeine in Frieden ruhten, während andere noch immer einen Gott anriefen, der sie nicht erhört hatte.

»Und der Hund auch«, fügte sie hinzu und sah, wie der arme Bote die Augen verdrehte. Das kümmerte sie nicht. Es war schon ein Zugeständnis gewesen, überhaupt herzukommen. Als sie noch schnell bei ihr zu Hause vorbeigeschaut hatten, damit sie entsprechende Winterkleidung für sie alle einpacken konnte, hatte sie sich sogar die Haare gewaschen und ihr bestes Gewand angezogen, auch wenn es inzwischen nicht mehr das hübscheste war. Weiter würde sie allerdings nicht gehen.

Die bischöfliche Residenz – in jeder größeren Stadt der Diözese gab es eine – war in einem der Gebäude von St. Mary's untergebracht, und dort wimmelte es von Dienern, die für den unerwarteten Besuch Vorbereitungen trafen.

Gefolgt von Wächter, dem Hund, wurden die drei in einen großen Raum im ersten Stock geführt, wo man dabei war, Staublaken von schweren, kunstvollen Möbeln zu entfernen. Eine offene Tür am hinteren Ende bot Einblick in ein weißgetünchtes und vergoldetes Schlafgemach, in dem Lakaien Brokatvorhänge an den Baldachin eines prächtigen Bettes hängten.

Als einer von ihnen Mansur hineinschauen sah, eilte er zur Tür und schlug sie ihm vor der Nase zu. Wächter hob ein Bein und pinkelte an den mit Schnitzereien verzierten Türbogen.

»Braver Hund«, sagte Gyltha.

Adelia stellte den Binsenkorb mit ihrem schlafenden Kind auf eine messingbeschlagene Truhe, zog einen Hocker heran, öffnete ihr Mieder und begann zu stillen. Was für ein außergewöhnliches Kind, dachte sie, während sie es ruhig betrachtete. Es war an das friedliche Sumpfland gewöhnt und zeigte doch keinerlei Angst in dem hektischen Trubel, der heute in Cambridge geherrscht hatte, nur Interesse.

»Also«, sagte Gyltha zu ihr. Die beiden Frauen hatten noch keine Gelegenheit gehabt, sich ungestört zu unterhalten.

»Ich höre.«

»Was will Seine Lordschaft denn eigentlich von dir?«

Adelia zuckte die Achseln. »Ich soll einen Mordversuch in Oxfordshire untersuchen, hat Prior Geoffrey wenigstens gesagt.«

»Hätte nich gedacht, dass du deswegen herkommst.«

»Wollte ich auch nicht, aber anscheinend ist es ein Befehl des Königs.«

»Mist«, sagte Gyltha.

»Das kannst du laut sagen.« Henry Plantagenet hatte die allerhöchste Gewalt. Man konnte versuchen, ihm auszuweichen, aber wer ihm den Gehorsam verweigerte, tat das auf eigene Gefahr.

Es gab Zeiten, da verübelte Adelia es Henry II. aus tiefstem Herzen, dass er sie auf der britischen Insel festhielt, nur um sie, nachdem er festgestellt hatte, wie gut sie die Geheimnisse der Toten lesen konnte, gegebenenfalls erneut zu verwenden. Und es gab Zeiten, da tat sie das nicht.

Den Anfang hatte ein Briefwechsel zwischen dem englischen König und seinem königlichen Verwandten William von Sizilien gemacht, in dem er für das Problem in Cambridge um Hilfe bat, die nur Salernos Medizinschule bieten konnte. Alle waren schockiert gewesen, als Salerno der Bitte nachkam und eine

Ärztin der Toten, keinen Arzt nach England schickte, doch die Dinge hatten sich gut entwickelt – zumindest für Henry II. Und zwar so gut, dass es zu einem weiteren Briefwechsel zwischen ihm und König William gekommen war, in dem er erfolgreich darum bat, Adelia noch eine Weile behalten zu können.

Das war ohne ihren Wunsch oder ihre Erlaubnis geschehen, praktisch eine Art Menschenraub, typisch für diesen Mann.

»Ich bin kein Gegenstand«, hatte sie ihm entgegengeschleudert, »Ihr könnt mich nicht ausborgen, ich bin ein Mensch.«

»Und ich bin ein König«, hatte Henry erwidert. »Wenn ich sage, Ihr bleibt, dann bleibt Ihr.«

Verdammter König, er hatte sie nicht mal *bezahlt*, nicht für die Gefahr, nicht für den Verlust geliebter Freunde – bis zum Ende ihrer Tage würde sie um Simon aus Neapel trauern, diesen klugen und sanften Mann, der wie ein zweiter Vater für sie gewesen war. Und ihren Hund, ein weit kleinerer Verlust, aber dennoch war auch er ein Opfer.

Andererseits hatte sie ihren guten Mansur behalten, Zuneigung zu England und seinen Menschen gefasst und war mit der Freundschaft von Prior Geoffrey, Gyltha und ihrem Enkel belohnt worden – und, das Schönste von allem, sie hatte ihr Kind bekommen.

Außerdem war der Plantagenet, obwohl ein durchtriebenes, aufbrausendes, geiziges Schwein, dennoch ein großer König, ein *sehr* großer König, und das nicht nur, weil er über ein Reich herrschte, das sich von der schottischen Grenze bis zu den Pyrenäen erstreckte. Der Streit zwischen ihm und seinem Erzbischof von Canterbury, Thomas à Becket, würde ihm ewig wie ein Fluch anhaften, weil er mit der Ermordung des Erzbischofs geendet hatte. Aber Adelias Ansicht nach war Henry bei dem Streit im Recht gewesen, und es war verhängnisvoll für die Welt gewesen, dass die Weigerung des Juden hassenden, selbstverliebten, rückwärtsgewandten Becket, eine Reform der ebenso rückwärtsgewandten englischen Kirche zuzulassen, den König dazu getrieben hatte, jene schrecklichen Worte zu rufen: »*Wer befreit mich von diesem aufsässigen Priester?*«, weil ihn nämlich einige seiner Ritter beim Wort nahmen, die ihre eigenen Gründe hatten, Becket den Tod zu wünschen. Sie waren über den Kanal nach Canterbury gereist und hatten eine Tat begangen, die einen tapferen, aber törichten und kurzsichtigen Mann zum heiligen Märtyrer machte und zugleich der Kirche die Entschuldigung dafür lieferte, einen König zu geißeln, der versucht hatte, ihre Macht zu beschneiden und seinem Volk durch die anständigste und menschlichste Gesetzgebung der Welt zu größerer Gerechtigkeit zu verhelfen.

Ja, sie nannten Henry Plantagenet einen Teufel, und mitunter dachte Adelia, dass er wahrscheinlich einer war, aber sie wusste auch, dass seine durchdringenden blauen Augen weiter in die Zukunft blickten als die jedes anderen Menschen. Als er den Thron bestieg, war England vom Bürgerkrieg zerrüttet und verarmt, und er hatte ihm einen sicheren Wohlstand geschenkt, um den andere Länder es beneideten.

Es hieß, seine Frau und seine Söhne hassten ihn und hätten sich gegen ihn verschworen, und selbst das konnte Adelia nachvollziehen. Henry war allen anderen weit voraus, so schnell, dass ihre Beziehung zu ihm sich bildlich gesprochen darauf beschränken musste, sich an seine Steigbügel zu klammern, während er vorwärtspreschte.

Doch als die Kirche Adelia vor Gericht stellen wollte, als sie gerade auf der Suche nach dem Kindermörder von Cambridge war, hatte dieser vielbeschäftigte König die Zeit gefunden, sich einzumischen und sie zu entlasten.

Na ja, das gehörte sich auch so, dachte sie. Schließlich habe ich ihm viel Mühe und Geld gespart. Ich bin nicht seine Untertanin, ich bin Sizilianerin, und er hat kein Recht, mich in seinen Dienst zu zwingen.

Was eine ganz vernünftige Einschätzung gewesen wäre, wenn Adelia nicht manchmal das Gefühl gehabt hätte, dass es eine Ehre war, im Dienste Henry Plantagenets zu stehen.

Dennoch, sie verfluchte ihn noch einmal kräftig und versuchte dann, mit Rücksicht auf die Verdauung ihres Kindes nicht mehr an ihn zu denken. Das Problem war, dass der große Raum um sie herum eine Kirche widerspiegelte, die sie wütender machte, als Henry es je vermocht hätte. Hier gab es nichts, was nicht zutiefst und unübersehbar religiös war – der wuchtige Bischofssessel, ein gepolstertes Betpult mit Goldintarsien, auf dem Seine Lordschaft bequem knien konnte, um Christus anzubeten, der in Armut gestorben war, die Luft weihrauchgeschwängert.

Adelia nährte ihre Verachtung, indem sie an Prior Geoffreys Zimmer in der Priorei dachte, das umso heiliger war, als es das Weltliche mit einschloss – Angelruten in der Ecke, der Duft von gutem Essen, eine herrliche kleine Aphrodite in Bronze, die er aus Rom mitgebracht hatte, der gerahmte Brief eines Schülers, auf den er stolz war.

Als sie mit dem Stillen fertig war, nahm Gyltha ihr das Kind ab und wiegte es hin und her, damit es sein Bäuerchen machte, eine Lieblingsbeschäftigung der beiden Frauen – es gab keinen befriedigenderen Klang als diesen kleinen Rülpser. Da das frisch entzündete Kohlenbecken den Raum noch nicht richtig erwärmt hatte, legte Gyltha eine weitere Decke in den Korb, ehe sie ihn in eine dunkle Ecke stellte, damit das Kind schlafen konnte. Dann stellte sie sich neben das Kohlenbecken und sah sich zufrieden um. »Mord, hä? Die alten Freunde wieder vereint, wie in alten Zeiten.«

»*Versuchter* Mord«, rief Adelia ihr in Erinnerung. »Und, nein, nicht wie in alten Zeiten.«
»Aber eine kleine Reise wär mal was anderes«, sagte Gyltha. »Besser als der eiskalte Winter im Sumpfland.«
»Du liebst den Winter im Sumpfland. Und ich auch.« Adelia hatte eislaufen gelernt.
»Das heißt nich, dass ich ihn nich auch woanders genießen kann.« Selbst in ihrem fortgeschrittenen Alter war Gyltha noch eine abenteuerlustige Frau. Sie rieb sich das Hinterteil und nickte Richtung Korb. »Was wird denn Seine Lordschaft wohl zu unserem kleinen Schatz hier sagen?«
»Ich kann nur hoffen«, sagte Adelia, »dass er nicht fragt, von wem es ist.«
Gyltha blinzelte. »Ooh, das wär gemein. Aber das wird er nich, *klar* wird er das nich. Wieso bist du denn so krabitzig?«
»Ich will nicht, dass wir hier sind, Gyltha. Bischöfe, Könige, die haben kein Recht, irgendwas von mir zu verlangen. Ich werd's nicht tun.«
»Hast du denn eine Wahl, Mädchen?«
Auf der Treppe draußen hörte man Schritte. Adelia biss die Zähne zusammen, doch es war nur ein kleiner Priester, der den Raum betrat. Er trug in einer Hand eine brennende Kerze und in der anderen ein Schiefertafelbuch, hob den Kerzenhalter hoch und beschrieb damit einen langsamen Kreis, um mit kurzsichtigen Augen aufmerksam in jedes Gesicht zu spähen.
»Ich bin Pater Paton, der Sekretär Seiner Lordschaft«, sagte er. »Und Ihr seid … ja, ja.« Um sich zu vergewissern, legte er das Buch auf einen Tisch, klappte es auf und hielt die Kerze darüber. »Ein männlicher Araber und zwei Frauen, ja.« Er blickte auf. »Ihr werdet Transportmittel, Diener und Vorräte erhalten, für die Reise nach Oxford und zurück, jeweils einen Wintermantel, Brennmaterial sowie einen Schilling pro Tag, bis Seine

Lordschaft mit der geleisteten Arbeit zufrieden ist. Darüber hinaus habt Ihr keinerlei Ansprüche zu stellen.«

Er warf erneut einen Blick auf seine Schiefertafel. »Ach so, ja, Seine Lordschaft hat von einem Säugling erfahren und seine Bereitschaft geäußert, das Kind zu segnen.« Er wartete auf Dankbarkeitsäußerungen. Als keine erfolgten, sagte er: »Es kann ihm überreicht werden. Ist es hier?«

Gyltha trat zwischen ihn und den Korb.

Der Priester sah die drohende Gefahr nicht. Stattdessen schaute er erneut auf seine Tafel, und da er nicht daran gewöhnt war, sich mit Frauen abzugeben, sprach er Mansur an. »Hier steht, Ihr seid eine Art Arzt?«

Wieder bekam er keine Antwort. Abgesehen von dem Priester, war es sehr still im Raum.

»Eure Anweisungen lauten wie folgt: den Schuldigen feststellen, der vor drei Tagen …« Er überprüfte das Datum. »… ja, es war am Festtag von St. Leocadia … vor drei Tagen einen Anschlag auf das Leben der Frau Rosamund Clifford vom Wormhold Tower bei Oxford verübt hat. Ihr werdet dafür die Hilfe der Nonnen von Godstow benötigen.« Er tippte mit einem knochigen Finger auf die Tafel. »Ich weise darauf hin, dass die Zahlungen an Euch entsprechend verringert werden, sollten die erwähnten Nonnen Euch kostenlose Unterkunft im Kloster gewähren.«

Er blickte sie eindringlich an und kam dann wieder zur Sache: »Seine Lordschaft wird über jede Erkenntnis unverzüglich unterrichtet – zu diesem Behufe wird ein Bote zur Verfügung gestellt werden –, und Ihr werdet über Eure Nachforschungen, die mit größter Zurückhaltung zu führen sind, Stillschweigen bewahren.«

Er überflog die Tafel auf der Suche nach weiteren Einzelheiten, fand keine und klappte das Buch zu. »Pferde und Lasttiere stehen in einer Stunde vor der Tür bereit, und bis dahin wird Essen zubereitet, das Euch kostenfrei mitgegeben wird.« Seine Nase zuckte ob der eigenen Großzügigkeit.

War das alles? Nein, eines noch. »Da der Säugling bei der Ermittlung nur stören würde, habe ich eine Amme beauftragt, das Kind während Eurer Abwesenheit zu versorgen.« Er war offenbar stolz, dass er daran gedacht hatte. »Mir wurde gesagt, das übliche Entgelt beträgt einen Penny pro Tag, und es wird von Eurem Lohn … Au, *aua*, lasst mich runter.«

Er sah aus wie ein überraschtes Kätzchen, wie er da so von Mansurs Hand baumelte, der seinen Chorrock am Rücken gepackt und ihn hochgehoben hatte.

Er ist sehr jung, dachte Adelia, aber er wird auch mit vierzig noch so aussehen. Ich hätte Mitleid mit ihm, wenn er mir nicht so viel Angst machen würde. Er hätte mir bedenkenlos mein Kind weggenommen.

Gyltha erklärte dem strampelnden Kätzchen gerade die Sachlage. »Verstehst du, Junge«, sagte sie und schob ihr Gesicht dicht an seines. »Wir wollen Bischof Rowley sprechen.«

»Nein, nein, das ist unmöglich. Seine Lordschaft begibt sich morgen in die Normandie und hat bis dahin noch allerhand zu erledigen.« Irgendwie schaffte es der kleine Priester, selbst in der Horizontalen noch Würde zu wahren. »Ich kümmere mich um seine Angelegenheiten …«

Aber die Tür hatte sich geöffnet, und im hellen Schein zahlreicher Kerzen zog eine Prozession ein, in deren Mitte eine Gestalt wie aus einer illuminierten Handschrift majestätisch in Purpur und Gold erstrahlte.

Gyltha hat recht, dachte Adelia sogleich, die Mitra passt nicht zu ihm. Dann bemerkte sie die Hängebacken, die glanzlosen Augen – er war so ganz anders als der Mann, den sie in Erinnerung hatte.

Nein, wir irren uns: Sie passt.
Seine Lordschaft erfasste die Lage mit einem Blick. »Lass ihn runter, Mansur«, sagte er auf Arabisch.
Mansur öffnete die Faust.
Die beiden Pagen, die die Schleppe des Bischofs trugen, lehnten sich nach außen, um das Lumpengesindel zu betrachten, das Pater Paton zu Boden befördert hatte. Ein weißhaariger Würdenträger hämmerte mit seinem Amtsstab auf die Fliesen.
Nur der Bischof wirkte gelassen. »Schon gut, Kämmerer«, sagte er. »Guten Abend, Mistress Adelia. Guten Abend, Gyltha, du siehst gut aus.«
»Du auch, Junge.«
»Was macht Ulf?«
»Geht zur Schule. Der Prior sagt, er schlägt sich großartig.«
Der Kämmerer machte große Augen. Das war Majestätsbeleidigung. Er sah, wie sein Bischof sich dem Araber zuwandte: »Doktor Mansur, *as-salam alaikum.*«
»*Wa alaikum as-salaam.*«
Das wurde ja immer schlimmer. »Mylord ...«
»Das Essen wird so schnell wie möglich hier oben serviert, Kämmerer, wir sind in Zeitnot.«
Wir, dachte Adelia. Das bischöfliche »wir«.
»Euer Messgewand, Mylord ... Soll ich Euren Ankleider rufen?«
»Paton wird mir helfen.« Der Bischof sog Luft durch die Nase ein, suchte nach der Quelle eines unangenehmen Geruchs, fand sie und fügte hinzu: »Und bringt einen Knochen für den Hund.«
»Jawohl, Mylord.« Kleinlaut scheuchte der Kämmerer die anderen Diener aus dem Raum.
Der Bischof schritt ins Schlafgemach, der Sekretär folgte ihm und erklärte, was er gemacht hatte, was *die* gemacht hatten ...

»Ich verstehe die Feindseligkeit nicht, Mylord, ich habe lediglich die Anweisungen aus Oxford befolgt und entsprechende Vorkehrungen getroffen.«
Bischof Rowleys Stimme: »Die unterwegs offenbar ein wenig durcheinandergeraten sind.«
»Und doch habe ich sie so gut ich konnte befolgt, Wort für Wort, Mylord … Ich verstehe nicht …« Die Seelenergüsse eines missverstandenen Mannes drangen durch die offene Tür zu ihnen, während Pater Paton seinem Herrn dabei half, Chormantel, Dalmatika, Rochett, Pallium, Handschuhe und Mitra abzulegen, bestickte Gewänder, an denen viele Näherinnen viele Jahre lang gearbeitet hatten, wurden Schicht um Schicht mit andächtiger Sorgfalt ausgezogen und zusammengefaltet. Das dauerte.
»Rosamund Clifford?« Mansur blickte Gyltha fragend an.
»Du kennst sie, du Heide. Die Schöne Rosamund, so wird sie besungen – des Königs Liebling. Es gibt viele Lieder über die Schöne Rosamund.«
Diese Rosamund. Adelia erinnerte sich an die fahrenden Sänger an Markttagen und an ihre Lieder – manche waren romantisch, die meisten unflätig.
Wenn er mich hergeschleppt hat, damit ich mich für ein loses Frauenzimmer einsetze … Sie rief sich in Erinnerung, dass auch sie jetzt zu den losen Frauenzimmern dieser Welt gezählt werden musste.
»Und die ist fast umgebracht worden, ja?«, sagte Gyltha fröhlich. »War vielleicht Königin Eleanor, hat versucht, sie loszuwerden. Ist höllisch eifersüchtig auf Rosamund, diese Eleanor.«
»In den Liedern wird das auch erzählt, oder?«, fragte Adelia.
»Und ob.« Gyltha überlegte. »Nee, wenn ich drüber nachdenk, kann die Königin es nich gewesen sein. Der König hält sie doch in Gefangenschaft, hab ich jedenfalls gehört.«

Die Mächtigen und ihr Treiben waren abgehoben und fern, tatsächlich in einem anderen Land. Bis irgendwelche Berichte das Sumpfland erreichten, waren sie bereits so stark ausgeschmückt und unwahrscheinlich wie Märchen geworden, dass sie nichts mehr mit wirklichen Personen zu tun hatten und erst recht nichts mit dem Alltag der Menschen, mit einem Fluss, der über die Ufer trat, mit Kühen, die an Viehseuche starben, oder, wie in Adelias Fall, mit der Geburt eines Kindes.

Früher war das anders gewesen. Während des Krieges zwischen Stephen und Matilda war es lebensnotwendig gewesen, zu wissen, was vor sich ging, damit man im Voraus erfuhr – und hoffentlich rechtzeitig, um noch die Flucht ergreifen zu können –, ob schon wieder ein Heer von König, Königin oder irgendwelchen Baronen die Ernte niedertrampeln würde. Da gerade das Sumpfland viel unter der Trampelei gelitten hatte, war Gyltha politisch ebenso auf dem Laufenden gewesen wie alle anderen. Doch aus dieser schrecklichen Zeit war ein Plantagenet-Herrscher hervorgegangen, ein König wie aus einem Märchen, der England Frieden, Ordnung und Wohlstand bescherte. *Wenn* es Kriege gab, dann fanden sie anderswo statt, der Muttergottes sei Dank.

Auch die Ehefrau, die Henry auf den Thron mitbrachte, war einem schillernden Märchen entstiegen. Sie war keine jungfräuliche Prinzessin. Eleanor war die mächtigste Erbin in Europa, eine strahlende Persönlichkeit, die ihr Herzogtum Aquitanien mit eigener Kraft regiert hatte, bis sie den schwächlichen und frommen König Ludwig von Frankreich heiratete – einen Mann, der sie dermaßen langweilte, dass es ihr nur recht war, als die Ehe schließlich geschieden wurde. Im selben Jahr war der neunzehnjährige Henry Plantagenet auf der Bildfläche erschienen, hatte der schönen dreißigjährigen Eleanor den Hof gemacht, sie geheiratet und ihre gewaltigen Ländereien übernommen, womit sein Herrschaftsgebiet in Frankreich größer wurde als das des gekränkten König Ludwig.

Die Geschichten, die sich um Eleanor rankten, waren zahlreich und skandalös. Sie hatte in Begleitung barbusiger Amazonen an Ludwigs Kreuzzug teilgenommen. Sie hatte mit ihrem Onkel Raymond, dem Fürsten von Antiochia, geschlafen. Sie hatte dieses getan, jenes getan …

Doch wenn ihre neuen englischen Untertanen erwartet hatten, mit weiteren Pikanterien unterhalten zu werden, so wurden sie enttäuscht. Während der folgenden zehn Jahre hielt sich Eleanor mehr oder weniger ruhig im Hintergrund und tat ihre Pflicht als Königin und Ehefrau, indem sie Henry fünf Söhne und drei Töchter gebar.

Wie von einem gesunden König nicht anders erwartet wurde, hatte Henry auch noch andere Kinder von anderen Frauen – welcher Herrscher nicht? –, aber Eleanor schien das gelassen hinzunehmen und ließ sogar den jungen Geoffrey, einen Bastard, den ihr Mann mit einer Prostituierten gezeugt hatte, zusammen mit den legitimen Kindern am königlichen Hof erziehen.

Eine einigermaßen glückliche Ehe also, wie die meisten.

Bis …

Was hatte zum Zerwürfnis geführt? Das Erscheinen von Rosamund, jung, hübsch, die höchstgeborene unter Henrys Frauen? Auf jeden Fall wurde seine Affäre mit ihr legendär, lieferte den Stoff für Lieder. Er vergötterte sie, nannte sie *Rosa Mundi*, Rose der Welt, hatte sie in einem Turm in der Nähe seiner Jagdhütte in Woodstock untergebracht und drum herum ein Labyrinth bauen lassen, durch das kein anderer hindurchfand …

Die arme Eleanor war jetzt über fünfzig und unfähig, weitere Kinder zu bekommen. War klimakterische Eifersucht der Grund für ihre Wut? Denn Wut musste es gewesen sein, die sie

dazu trieb, ihren ältesten Sohn, den jungen Henry, zur Rebellion gegen seinen Vater anzustacheln. Königinnen waren schon für weitaus geringere Vergehen gestorben. Tatsächlich war es ein Wunder, dass ihr Mann sie nicht hinrichten ließ, sondern zu einer nicht unbehaglichen Gefangenschaft verurteilte.
Nun, so unterhaltsam es auch war, über derlei Dinge zu spekulieren, sie waren doch sehr weit weg. Welche Sünden auch immer zu Königin Eleanors Gefangenschaft geführt hatten, sie waren in Aquitanien begangen worden oder in Anjou oder im Vexin, jedenfalls an einem jener fernen Orte, über die die königliche Familie Plantagenet ebenfalls herrschte. Die meisten Engländer wussten nicht recht, was die Königin sich hatte zuschulden kommen lassen, Gyltha ganz sicher nicht, aber es war ihr auch egal. Ebenso wie Adelia.
Plötzlich ertönte eine laute Stimme aus dem Schlafgemach: »Das Kind ist *hier?* Sie hat es *mitgebracht?*« Jetzt nur noch in seiner Tunika tauchte ein jüngerer und schlankerer, aber noch immer sehr kräftiger Mann an der Tür auf und blickte sich wild um. Dann trabte er zu dem Korb auf dem Tisch. »Mein Gott«, sagte er, »mein Gott.«
Wehe, dachte Adelia, *wehe,* du fragst, von wem es ist.
Doch der Bischof starrte so ehrfürchtig in den Korb, wie die Tochter des Pharao auf den kleinen Moses im Schilf geblickt hatte. »Ist er das? Mein Gott, er sieht genauso aus wie ich.«
»Sie«, sagte Gyltha. »*Sie* sieht genauso aus wie du.«
Wie typisch für die kirchlichen Klatschzungen, dachte Adelia gehässig, dass sie nicht einmal das Geschlecht seines Kindes erwähnt hatten, nur dass sie es zur Welt gebracht hatte.
»Eine Tochter.« Rowley nahm das Kind mit beiden Händen auf und hielt es hoch. Die Kleine blinzelte verschlafen und krähte dann fröhlich mit ihm. »Jeder Narr kann einen Sohn haben«,

sagte er. »Man muss ein Mann sein, um eine Tochter zu zeugen.«
Deshalb habe ich ihn geliebt.
»Wer ist denn Papas kleiner Fratz«, sagte er jetzt, »wer hat Augen wie Kornblumen, ja, die hat sie, ja, die hat sie, genau wie ihr Papa. Und klitzekleine Zehchen. Killekillekille. Gefällt ihr das? Ja, das mag sie.«
Adelia war sich bewusst, wenn auch hilflos, dass Pater Paton die Szene beobachtete. Sie wollte Rowley sagen, dass er sich verriet, denn seine Freude hatte nichts Bischöfliches mehr. Aber vermutlich wusste der Sekretär um sämtliche Geheimnisse seines Herrn – und jetzt war es ohnehin zu spät.
Der Bischof blickte auf. »Wird sie ein Glatzköpfchen? Oder wächst der Flaum auf ihrem Kopf noch? Wie heißt sie?«
»Allie«, sagte Gyltha.
»*Ali?*«
»Almeisan.« Adelia sprach zum ersten Mal, wenn auch widerwillig. »Mansur hat ihr den Namen gegeben. Almeisan ist ein Stern.«
»Ein arabischer Name.«
»Wieso nicht?« Sie war streitlustig. »Araber haben die Welt die Astronomie gelehrt. Es ist ein schöner Name, er bedeutet ›die Leuchtende‹.«
»Ich sag ja nicht, dass er nicht schön ist. Nur, ich hätte sie Ariadne genannt.«
»Tja, Ihr wart nicht da«, sagte Adelia böse.
»Ariadne« war sein Kosename für sie gewesen. Sie waren sich auf derselben Straße und zur selben Zeit begegnet, als sie Prior Geoffrey kennenlernte. Sie wussten es zwar damals noch nicht, aber sie hatten auch dieselbe Mission. Rowley Picot war als einer von König Henrys Steuereintreibern aufgetreten, hatte aber insgeheim auf Geheiß seines königlichen Herrn nach der

Bestie gesucht, die in Cambridgeshire Kinder tötete und dadurch die königlichen Steuereinnahmen verringerte. Wohl oder übel hatten die beiden schließlich gemeinsam Spuren verfolgt. Und wie Ariadne hatte sie ihn in die Höhle der Bestie geführt. Wie Theseus hatte er sie daraus errettet.
Und sie dann, wie Theseus, verlassen.
Sie wusste, dass sie ungerecht war. Er hatte sie gebeten, ja angefleht, ihn zu heiraten, doch damals hatte er sich die Gunst des Königs verdient und war für eine Position vorgesehen, für die er eine Frau brauchte, die sich nur ihm, ihren Kindern und ihren Besitzungen widmete – eine herkömmliche englische Herrin eben, keine Frau, die ihre Pflicht gegenüber den Lebenden und den Toten weder aufgeben wollte noch konnte.
Und doch konnte sie ihm nicht verzeihen, dass er genau das getan hatte, worum sie ihn gebeten hatte: sie verlassen, fortgehen, das vom König angebotene reiche Bistum annehmen.
Möge Gott ihn strafen, er hätte *wenigstens* schreiben können.
»Nun denn«, sagte sie, »Ihr habt sie gesehen, und jetzt gehen wir.«
»Ach ja?« Das war Gyltha. »Wollten wir nich zum Essen bleiben?«
»Nein.« Adelia hatte von Anfang an nach einem Vorwand gesucht und ihn jetzt gefunden. »Wenn irgendwer versucht hat, dieser Rosamund Clifford etwas anzutun, tut mir das leid, aber es hat nichts mit mir zu tun.«
Sie ging zu ihm, um ihm die Kleine abzunehmen. Auf einmal war sie ihm so nah, dass sie den Weihrauch von der Messe, die er gefeiert hatte, riechen konnte. Er klebte an ihm, verseuchte ihr gemeinsames Kind. Seine Augen waren nicht mehr Rowleys Augen, sondern die eines Bischofs, sehr müde – er war in einem Gewaltritt von Oxford gekommen – und sehr ernst.
»Nicht einmal, wenn das Bürgerkrieg bedeutet?«, fragte er.

Das Schweinefleisch wurde zurückgeschickt, damit sein Geruch weder Doktor Mansurs Nase noch seine Speisevorschriften beleidigte, aber es gab Neunaugen und Hecht in Aspik, vier verschiedene Sorten Ente, Kalbsfrikassee und knuspriges goldbraunes Brot in Hülle und Fülle. Das Mahl hätte für zwanzig Leute gereicht und – ob es muslimische Nasenflügel erbeben ließ oder nicht – der Wein, der in schön geschliffenen Glasschalen gereicht wurde, für noch einmal zwanzig mehr.

Sobald alles auf dem Tisch stand, wurden die Diener aus dem Raum geschickt. Pater Paton durfte bleiben. Von dem Stroh unter dem Tisch kam das Geräusch eines Hundes, der an seinem Knochen kaute.

»Er *musste* sie gefangen setzen«, sagte Rowley über seinen König und Königin Eleanor. »Sie hat den jungen König aufgestachelt, gegen seinen Vater zu rebellieren.«

»Hab ich sowieso nie verstanden«, sagt Gyltha, die an einem Entenbein knabberte. »Ich mein, wieso Henry seinen Jungen zum König neben sich gekrönt hat. Ein alter König und ein junger König, die gleichzeitig herrschen. Das muss Ärger geben.«

»Henry war zuvor sehr krank gewesen«, erklärte Rowley ihr. »Er wollte für den Fall seines Todes eine friedliche Thronfolge sichern, damit es nicht noch einmal zu einem Krieg wie Stephen gegen Matilda kommt.«

Gyltha erschauderte. »Da sei Gott vor.«

Es war ein seltsames Abendessen. Bischof Rowley sah sich gezwungen, seinen Fall einer Haushälterin aus Cambridgeshire und einem Araber vorzutragen, weil die Frau, die er für die Lösung des Falles brauchte, ihn keines Blickes würdigte. Adelia saß schweigend und teilnahmslos da und rührte so gut wie keinen Bissen an.

Er ist völlig anders, nicht mehr der Mann, den ich kannte, dach-

te Adelia. Zum Teufel mit ihm, wieso war es so leicht für ihn, mich nicht mehr zu lieben?
Der Sekretär, der von allen ignoriert wurde, langte kräftig zu, ließ aber dabei seinen Herrn nicht aus den Augen, als fürchtete er eine Fortsetzung des unbischöflichen Benehmens.
Der Bischof erklärte, was ihn veranlasst hatte, aus Oxford, das zu seiner Diözese gehörte, herzueilen, und weshalb er morgen weiter in die Normandie reisen würde: Er musste den König aufsuchen und ihm, ehe er es von anderen erfuhr, mitteilen, dass auf Rosamund Clifford, die dem König von all seinen Mätressen die liebste war, ein Mordanschlag mit giftigen Pilzen verübt worden war.
»Pilze?«, hakte Gyltha nach. »Dann könnt's auch ein Versehen gewesen sein. Bei Pilzen muss man aufpassen, die sind tückisch.«
»Es war Absicht«, sagte der Bischof. »Glaub mir, Gyltha, es war kein Unglücksfall. Sie wurde sehr krank. Deshalb haben sie mich nach Wormhold gerufen, an ihr Krankenbett. Sie dachten, sie überlebt das nicht. Dank der Gnade Christi hat sie überlebt, aber der König wird wissen wollen, wer dahintersteckt, und ich will, ich *muss* ihm versichern können, dass sein Lieblingsermittler sich der Sache angenommen hat …« Geistesgegenwärtig verneigte er sich in Mansurs Richtung, der die Verbeugung erwiderte. »… gemeinsam mit seiner Assistentin.« Eine Verneigung in Adelias Richtung.
Sie war erleichtert, dass er vor Pater Paton weiterhin so tat, als wäre Mansur derjenige, der über die notwendigen Fähigkeiten verfügte, eine solche Untersuchung durchzuführen, nicht sie. Er hatte sich selbst dem Vorwurf der Unsittlichkeit preisgegeben, indem er Allie als sein Kind anerkannte, aber er schützte sie damit vor dem wesentlich gefährlicheren Vorwurf der Hexerei.
Gyltha genoss die Gelegenheit, Fragen zu stellen: »Aber es

kann ja wohl nich die Königin gewesen sein, die ihr die Pilze geschickt hat, was? Wo sie doch in Ketten liegt und so.«

»Ich wünschte, sie hätte in Ketten gelegen, verdammt.« Einen Moment lang war Rowley wieder Rowley, so wütend, dass sein Sekretär erschrocken blinzelte. »Das vermaledeite Weib ist geflohen. Vor zwei Wochen.«

»Oje«, sagte Gyltha.

»Oje, das kann man wohl sagen. Und als sie zuletzt gesehen wurde, war sie unterwegs nach England, wodurch sie, wie alle außer mir glauben, genug Zeit hatte, ein Dutzend von Henrys Huren zu vergiften.«

Er beugte sich über den Tisch zu Adelia, wobei er den Platz zwischen ihnen freifegte, indem er seine und ihre Weinschale umstieß. »*Ihr* kennt ihn, Ihr kennt sein Temperament. *Ihr* habt ihn erlebt, wenn er die Beherrschung verliert. Er liebt Rosamund, er liebt sie wirklich. Was passiert, wenn er lauthals Eleanors Tod verlangt, so wie den von Becket? Er wird es nicht so meinen, aber es gibt immer irgendeinen Hundsfott, der selber Grund hat, der vermeintlichen Aufforderung nachzukommen. Und anschließend wird er behaupten, er habe es auf Befehl des Königs getan, genau wie bei Becket. Und wenn ihre Mutter hingerichtet wird, dann werden sich *alle* ihre Söhne wie eine riesige beschissene Flutwelle gegen ihren Vater erheben.«

Er lehnte sich zurück. »Bürgerkrieg? Der würde kommen, hierher, überallhin. Im Vergleich dazu wäre Stephen und Matilda gar nichts.«

Mansur legte beruhigend eine Hand auf Gylthas Schulter. Die Stille war aufgewühlt, wie von einer geräuschlosen Schlacht und den stillen Schreien Sterbender. Der Geist eines erschlagenen Erzbischofs erhob sich aus den Gemäuern Canterburys und schlich durch den Raum.

Pater Paton starrte ein Gesicht nach dem anderen an und wunderte sich, dass der Bischof so beschwörend auf die Assistentin des Arztes einredete und nicht auf den Arzt selbst.
»Hat sie es getan?«, fragte Adelia endlich.
»Nein.« Rowley wischte mit einer Serviette etwas Fett von seinem Ärmel und goss sich Wein nach.
»Seid Ihr sicher?«
»Nicht Eleanor, ich kenne sie.«
Kennt er sie wirklich? Zweifellos bestand zwischen Königin und Bischof eine zarte Achtung. Als Eleanors und Henrys erstgeborener Sohn im Alter von drei Jahren gestorben war, hatte Eleanor gewünscht, dass man das Schwert des Kindes nach Jerusalem trug, damit der kleine William noch im Tode zum heiligen Kreuzfahrer wurde. Rowley war es gewesen, der die schreckliche Reise auf sich genommen und das Kinderschwert auf den Hochaltar gelegt hatte. Daher schätzte Eleanor Rowley, *natürlich* schätzte sie ihn.
Aber wie jede andere königliche Angelegenheit war auch diese von König Henry angeordnet worden. Henry war es gewesen, der Rowley den Befehl erteilt hatte, und Henry hatte sich bei Rowleys Rückkehr darüber in Kenntnis setzen lassen, was im Heiligen Land vor sich ging. O ja, Rowley Picot war eher der Spion des Königs gewesen als der Schwertträger der Königin.
Dennoch, der Bischof nahm für sich in Anspruch, Eleanors Charakter zu kennen, und fügte hinzu: »In der direkten Auseinandersetzung wäre sie Rosamund an die Gurgel gegangen … aber Gift, nein. Das ist nicht ihr Stil.«
Adelia nickte. Auf Arabisch sagte sie: »Ich verstehe noch immer nicht, was Ihr von mir wollt, ich bin eine Ärztin der Toten …«
»Ihr habt einen scharfen Verstand«, sagte der Bischof ebenfalls auf Arabisch. »Ihr seht Dinge, die andere nicht sehen. Wer hat

denn letztes Jahr die Juden von dem Vorwurf des Kindermordes entlastet? Wer hat den wahren Mörder aufgespürt?«

»Ich hatte Hilfe.« Die gute zarte Seele, Simon aus Neapel. Er war der eigentliche Ermittler gewesen, der zu diesem Zweck mit ihr aus Salerno gekommen und dafür gestorben war.

Mansur tat etwas für ihn Ungewöhnliches, indem er sich einmischte und auf Adelia deutete. »Sie darf nicht wieder in solche Gefahr gebracht werden. Der Wille Allahs und nur der Wille Allahs hat sie letztes Mal aus der Hölle erlöst.«

Adelia lächelte ihn herzlich an. Soll er es doch ruhig Allah zuschreiben, wenn er möchte. Tatsächlich hatte sie die Höhle des Kindermörders nur deshalb überlebt, weil ein Hund Rowley rechtzeitig dorthin geführt hatte. Wovon jedoch weder er noch Gott oder Allah sie erlöst hatten, waren die Erinnerungen an einen Alptraum, die sie im täglichen Leben noch immer heimsuchten, und zwar so deutlich, als würde alles noch einmal passieren – jetzt oft mit der kleinen Allie als Opfer.

»Natürlich wird sie nicht wieder in Gefahr geraten«, sagte der Bischof mit Nachdruck zu Mansur. »Dieser Fall ist doch ganz anders. Hier hat es keinen Mord gegeben, nur einen gescheiterten Mordversuch. Der Täter, wer auch immer es war, ist längst über alle Berge. Aber eines ist doch klar!« ... Eine weitere Schale kippte um, als er mit der Faust krachend auf den Tisch schlug. »*Eines ist doch klar! Jeder* wird glauben, dass Eleanor sie vergiftet hat. Sie hasst Rosamund, *und* sie war möglicherweise in der Nähe. Hat Gyltha das nicht auch sofort gedacht? Wird die Welt es nicht denken?« Er richtete den Blick von Mansur auf die Frau ihm gegenüber. »Im Namen Gottes, Adelia, *hilf mir*.«

Mit einem Nicken Richtung Tür stieß Gyltha Mansur an, der unverzüglich aufstand und den widerstrebenden Pater Paton im Genick packte.

Die beiden, die am Tisch sitzen blieben, bemerkten nicht, dass die anderen gingen. Die Augen des Bischofs ruhten auf Adelia; die ihren auf den eigenen, fest gefalteten Händen.

Ich muss aufhören, ihm Vorwürfe zu machen, dachte sie. Er hat mich nicht verlassen. *Ich* wollte nicht heiraten, nur *ich* habe darauf bestanden, dass wir uns nicht wiedersehen. Es ist irrational, ihm zu verübeln, dass er sich an die Vereinbarung gehalten hat.

Aber verdammt, in all den Monaten hätte wenigstens *irgendwas* von ihm kommen können – zumindest, dass er das Kind anerkennt.

»Wie versteht Ihr Euch mit Gott?«, fragte sie.

»Ich diene ihm, hoffe ich.« Seine Stimme klang amüsiert.

»Mit guten Werken?«

»Wenn ich kann.«

Sie dachte: Und wir wissen beide, dass du Gott und seine Werke, mich und deine Tochter, dass du uns alle opfern würdest, wenn du damit Henry Plantagenet dienen könntest.

Er sagte leise: »Ich bitte dich um Verzeihung, Adelia. Ich hätte unsere Vereinbarung, uns nie wiederzusehen, auf keinen Fall für etwas Geringeres gebrochen.«

Sie sagte: »Falls sich herausstellt, dass Eleanor schuldig ist, werde ich nicht lügen. Dann sage ich es.«

»Ja-*haa*.« Endlich, *das* war Rowley, diese Energie, dieser Freudenschrei, der den Wein in der Schale erzittern ließ. Für einen kurzen Augenblick sah sie ihren lebenssprühenden Liebhaber vor sich.

»Kannst doch nicht widerstehen, was? Nimmst du die Kleine mit? Ja, natürlich, du stillst ja noch – verdammt seltsame Vorstellung, du und Milch geben.«

Er war aufgesprungen, hatte die Tür geöffnet und rief nach Paton. »In meinem Gepäck ist ein Korb mit Pilzen, bring ihn

her.« Er wandte sich grinsend zu Adelia um. »Ich habe mir gedacht, du willst bestimmt ein paar Beweise sehen.«
»Du Teufel«, sagte sie.
»Mag sein, aber ich Teufel werde meinen König und mein Land retten, und wenn es mich das Leben kostet.«
»Oder mich.« Hör auf, dachte sie, hör auf, dich wie eine sitzengelassene Frau anzuhören. Es war deine Entscheidung.
Er zuckte die Achseln. »Dir wird nichts passieren, schließlich will keiner *dich* vergiften. Du wirst Gyltha und Mansur dabeihaben – Gott steh demjenigen bei, der dir etwas tun will, wenn die beiden dabei sind –, und ich schicke euch Diener mit. Ich vermute, dieser hündische Schandfleck kommt auch mit?«
»Ja«, sagte sie. »Er heißt Wächter.«
»Wieder eines von diesen Fundstücken vom Prior, um dich zu beschützen? Ich erinnere mich an *Aufpasser.*«
Ein weiteres Geschöpf, das ihr das Leben gerettet hatte und dabei gestorben war.
Der Raum war voller schmerzlicher Erinnerungen, die noch dazu die gefährliche Eigenschaft hatten, dass sie gemeinsame waren.
»*Mein* Wachhund ist Paton«, sagte er im Plauderton. »Er hütet meine Tugend wie ein verdammter Keuschheitsgürtel. Übrigens, warte nur, bis du das Labyrinth der schönen Rosamund siehst – das größte der Christenheit. Und vor allem, warte, bis du die schöne Rosamund selbst siehst, sie ist ganz anders, als man erwarten würde. Ehrlich gesagt ...«
Sie fiel ihm ins Wort. »Wie steht's damit?«
»Mit dem Labyrinth?«
»Deiner Tugend?«
Auf einmal wurde er sanft. »Erstaunlicherweise steht es gut um sie. Als du mich abgewiesen hast, dachte ich zuerst ... aber Gott war gnädig und erbarmte sich meiner.«

»Und als Henry einen willfährigen Bischof brauchte.« Hör auf, hör auf.

»Und die Welt eine Ärztin brauchte, keine weitere Ehefrau«, sagte er noch immer sanft. »Inzwischen sehe ich das ein. Ich habe um diese Einsicht gebetet. Die Ehe hätte dein Talent verschwendet.«

Ja, *ja*. Wenn sie eingewilligt hätte, ihn zu heiraten, hätte er das Bischofsamt abgelehnt, das der König ihm aus politischen Gründen aufgedrängt hatte, aber für sie hatte ihre Berufung Vorrang gehabt. Die hätte sie aufgeben müssen – er brauchte eine Frau, keine Ärztin, vor allem keine Ärztin der Toten.

Letzten Endes, dachte sie, wollte keiner von uns dem anderen das höchste Opfer bringen.

Er stand auf, ging zu der kleinen Allie und malte mit dem Daumen das Zeichen des Kreuzes auf ihre Stirn. »Gott segne dich, meine Tochter.« Er wandte sich um. »Und Gott segne auch dich, Mistress«, sagte er. »Möge Gott euch beide behüten und bewahren. Und möge der Friede des Herrn Jesus Christus über die Apokalyptischen Reiter obsiegen.« Er seufzte. »Denn ich höre das Donnern ihrer Hufe nahen.«

Pater Paton kam mit einem Korb herein und reichte ihn Seiner Lordschaft, der ihn gleich wieder hinauswinkte.

Adelia starrte Rowley an. Inmitten all des überflüssigen Pomps des Raumes, in all dem inneren Aufruhr, den sie empfunden hatte, als die Schatten der Vergangenheit kamen und gingen, hatte eines gefehlt, eben das, was hierhergehörte – sein eigentlicher Zweck. Und gerade hatte sie dessen Duft wahrgenommen, klar und kalt: Heiligkeit. Die allerletzte Eigenschaft, die sie bei Rowley erwartet hätte. Ihr Geliebter war ein Mann Gottes geworden.

Er setzte sich neben sie, begann, ihr die genauen Umstände des Anschlags auf Rosamund zu schildern, und stellte den Korb so vor ihr auf den Tisch, dass sie den Inhalt inspizieren konnte. Früher hätte er niemals neben ihr sitzen können, ohne sie zu berühren. Jetzt war es, als säße sie neben einem Eremiten. Rosamund aß für ihr Leben gern gedünstete Pilze, erklärte er. Das war allgemein bekannt. Eine faule Dienerin, die losgeschickt worden war, um welche für ihre Herrin zu sammeln, hatte einen Korb voll von einem alten unbekannten Weib geschenkt bekommen und ihn in die Küche gebracht, ohne sich noch die Mühe zu machen, weitere zu suchen.

»Rosamund hat sie nicht alle gegessen, sondern einige für später aufgehoben, und als ich bei ihr war, ließ ich mir den Rest bringen, um ihn mitzunehmen. Ich habe mir gedacht, du könntest vielleicht bestimmen, aus welchem Gebiet sie stammen oder so – du kennst dich doch mit Pilzen aus, nicht wahr?«

Ja, sie kannte sich mit Pilzen aus. Während er noch sprach, begann Adelia gehorsam, sie mit ihrem Messer umzuwenden. Es war eine schöne Sammlung, auch wenn die Pilze inzwischen schrumpelig waren. Butterröhrlinge, im Volksmund auch »Rotzer« genannt, Hallimasch, Ziegenbart, Rötelritterlinge, Semmelstoppelpilze. Eine schmackhafte, aber vor allem vielseitige, *extrem* vielseitige Mischung. Manche dieser Exemplare wuchsen ausschließlich auf Kalkböden, andere in Nadelwäldern, wieder andere auf freiem Feld oder unter Laubbäumen. Wer auch immer sie gesammelt hatte, er hatte sein Netz, ob nun mit Absicht oder nicht, weit ausgeworfen und es damit unmöglich gemacht, die Pilze einem bestimmten Herkunftsort zuzuordnen.

»Wie ich schon sagte, es war Absicht, keine Frage«, stellte der Bischof fest. »Das alte Weib hat klipp und klar gesagt, die Pilze sollten ausschließlich für Lady Rosamund sein, und ist seitdem nicht mehr gesehen worden. Verschwunden. Die Hexe hat eine paar Giftpilze druntergemischt, verstehst du, und gehofft, die arme Frau würde daran sterben, und nur durch die Gnade Gottes …«

»Rowley, sie ist tot«, sagte Adelia.

»Was?«

»Wenn Rosamund von diesen Pilzen gegessen hat, dann ist sie tot.«

»Nein, ich hab dir doch gesagt, es ging ihr wieder besser, als ich sie zuletzt gesehen habe. Viel besser.«

»Ich weiß.« Auf einmal tat er Adelia furchtbar leid, und sie wünschte, sie könnte ihm ersparen, was sie ihm nun sagen musste … »Aber das ist leider der normale Verlauf.« Sie spießte den tödlichen Pilz mit dem Messer auf und hob ihn hoch. »Es ist typisch für diese Sorte, dass es denjenigen, die sie gegessen haben, eine Zeitlang vermeintlich bessergeht.«

Unscheinbar, mit weißen Lamellen, der Hut inzwischen zu einem gewöhnlichen Braun vertrocknet, aber noch immer recht angenehm duftend. »Der Grüne Knollenblätterpilz wächst überall, ich habe ihn schon in Italien gesehen, in Sizilien, Frankreich und hier in England, wo man ihn auch Teufelshaube nennt. Ich habe seine Wirkung gesehen, habe Leichen von Menschen seziert, die ihn gegessen hatten – zu viele Leichen. Er ist immer, *immer* tödlich.«

»Nein«, sagte er, »das kann nicht sein.«

»Es tut mir leid, es tut mir so leid, aber wenn sie einen davon gegessen hat, und selbst wenn es nur ein Stückchen war …« Sie konnte es ihm nicht ersparen. »Zuerst Erbrechen und Durchfall, Unterleibskrämpfe, dann ein oder zwei Tage, in denen sie sich scheinbar erholt hat. Doch die ganze Zeit über hat das Gift Leber und Nieren angegriffen. Es gibt absolut keine Heilung. Rowley, sie ist tot.«

Kapitel drei

Ausgeschlossen, dass der Bischof nun noch von England in die Normandie eilen würde, um einen tobenden König zu beruhigen. Die Geliebte des Königs war tot; der König würde selbst nach England kommen und wie ein Dämon durch die Lüfte reiten, um zu verwüsten und zu brandschatzen und vielleicht sogar im Zorn seine eigene Frau zu töten, falls er sie finden konnte.

Also ritt auch der Bischof im Morgengrauen los, ein weiterer Dämon, der in die Welt entlassen wurde, um dem König zuvorzukommen, die Königin zu finden und sie in Sicherheit zu bringen, um an Ort und Stelle zu sein, den wahren Schuldigen zu suchen, um sagen zu können: Mylord, haltet ein! Ich bringe Euch Rosamunds Mörder.

Um Armageddon zu verhindern.

Der Bischof nahm nur mit, wer und was seinem Vorhaben dienen konnte, was lächerlich wenig war im Vergleich zum üblichen Tross Seiner Lordschaft: zwei Waffenknechte, einen Reitknecht, einen Sekretär, einen Boten, einen Fuhrwagen, Reit- und Ersatzpferde sowie einen arabischen Arzt, einen Hund, zwei Frauen und einen Säugling – sollte Gott ihnen beistehen, falls sie nicht Schritt halten könnten.

Sie hielten Schritt. So gerade eben. Ihr Fuhrwagen, Pater Patons »Transportmittel«, war solide gebaut, umhüllt von lila Wachstuch zum Schutz gegen die Witterung, und auf dem Stroh im Innern lagen Kissen verteilt – aber das Gefährt war nicht für schnelles Fahren gedacht. Nach drei Stunden erklärte Gyltha, wenn sie noch viel länger in diesem Mistding bleiben müsste, würden ihr die Zähne vom ständigen Klappern ausfallen, und das arme Kind würde den Verstand verlieren.

Also stiegen sie aufs Pferd um und steckten die kleine Allie wie eine Larve im Kokon in eine gut ausgepolsterte Satteltasche. Wächter, der Hund, landete weniger sacht in der anderen. Der Wechsel ging rasch vonstatten, um nicht den Anschluss an den Bischof zu verlieren, der nicht auf sie warten würde.

Jacques, der Bote, war vorausgeschickt worden, um den Bischofspalast in St. Albans für ihre Übernachtung vorzubereiten. Am darauffolgenden Tag würden sie im Barleycorn in Aylesbury absteigen.

Es war kalt und wurde noch kälter, je weiter sie nach Westen kamen, so als wehte ihnen Henry Plantagenets eisiger Atem in den Nacken und käme stetig näher.

Sie erreichten das Barleycorn nicht, weil es an dem Tag zu schneien begann und sie die Straßen verließen, um auf höherem Gelände über den uralten Icknield Way weiterzuziehen, wo Baumalleen und der Kreideboden unter den Pferdehufen das Fortkommen leichter und somit schneller machten.

Auf diesem Höhenzug gab es keine Herbergen, und der Bischof wollte keine Zeit mit der Suche nach einer verlieren. »Wir schlagen ein Lager auf«, sagte er.

Als er ihnen schließlich erlaubte abzusitzen und Adelia vom Pferd steigen wollte, verweigerten ihre Muskeln den Dienst. Sie blickte besorgt zu Gyltha hinüber, die ebenfalls Mühe hatte, abzusteigen. »Geht's noch?« Die Frau aus dem Sumpfland mochte zäh wie Leder sein, aber sie war auch eine Großmutter und hatte mehr Rücksicht verdient.

»Ich bin an Stellen wund, über die ich lieber nich reden will.«

»Ich auch.« Und es brannte wie verrückt.

Der Einzige, der noch schlimmer aussah als sie, war Pater Paton, dessen üppiges Frühstück in St. Albans im Verlauf des Tages immer wieder aus ihm herausgesprudelt war, begleitet von lautstarkem Stöhnen. »Hätt nich so schlingen sollen«, meinte Gyltha bloß.

Die kleine Allie dagegen hatte die Reise unbeschadet überstanden, schien sie in ihrer gemütlichen Satteltasche sogar genossen zu haben, obwohl sie immer nur kurz gestillt werden konnte, wenn Bischof Rowley einen hastigen Wechsel der Pferde befahl.

Die beiden Frauen nahmen das Baby mit in den Wagen und versorgten dort ihre Wunden mit Salben aus Adelias Arzneikiste. »Davon kriegt Pater Fettwanst nix ab«, sagte Gyltha gehässig. Sie konnte Pater Paton nicht leiden.

»Und der große Dummkopf …« Gyltha ließ sich nur ungern anmerken, wie sehr sie Mansur ins Herz geschlossen hatte, »… würde nich mal was sagen, wenn sein Hintern glühen würde.«

Was stimmte. Der Araber pflegte einen Stoizismus, der an Fühllosigkeit grenzte. Da er als kleiner Junge an byzantinische Mönche verkauft worden war, die seine wunderschöne Diskantstimme bewahrten, indem sie ihn kastrierten, hatte er gelernt, dass Klagen nutzlos war.

In all den Jahren, seit er bei Adelias Zieheltern Zuflucht gefunden hatte und ihr Beschützer und Freund geworden war, hatte sie ihn nie jammern hören. Natürlich sprach er in Gesellschaft von Fremden ohnehin nicht viel. Die Engländer fanden ihn und seine arabische Kleidung schon seltsam genug, auch ohne dass der sechs Fuß große und adlergesichtige Mann mit einer hellen Kinderstimme sprach.

Oswald und Aelwyn, die beiden Waffenknechte, und Walt, der Reitknecht, waren im Umgang mit ihm unsicher, trauten ihm anscheinend irgendwelche okkulten Fähigkeiten zu. Adelia hingegen wurde von ihnen wie Dreck behandelt, wenn Rowley es nicht mitbekam. Zu Anfang hatte Adelia diese Unhöflichkeiten noch der strapaziösen Reise zugeschrieben, doch mit der Zeit war nicht mehr zu übersehen, dass es damit nichts zu tun hatte. Wenn der Bischof oder Mansur nicht in der Nähe waren, halfen sie ihr weder aufs Pferd noch herunter, und wenn sie zwischen den Bäumen verschwand, um einem menschlichen Bedürfnis nachzugehen, verfolgten sie stets leise, beleidigende Pfiffe. Ein paarmal hörte sie Wächter aufheulen, als wäre er getreten worden.

Außerdem hatten sie und Gyltha keine Damensättel bekommen. Rowley hatte zwar welche angeordnet, doch in der Hast waren sie vergessen worden, so dass die beiden Frauen gezwungen waren, rittlings zu sitzen, eine unschickliche Haltung, die Adelia jedoch im Grunde vorzog, weil sie vermutete, dass Damensättel der Wirbelsäule schadeten.

Dennoch, die Unterlassung war unhöflich und, wie sie glaubte, beabsichtigt gewesen.

Diener der Kirche, wie diese Männer es waren, hielten sie natürlich für ein loses Frauenzimmer. Entweder sie war die Metze des Bischofs oder die des Sarazenen, vielleicht von beiden. Sie fanden es schon schlimm genug, bei dem lausigen Wetter quer durchs Land zu hasten, um eine Geliebte des Königs zu beerdigen, da wollten sie nicht noch eine Hure mitschleppen.

»Wieso kommt die eigentlich mit?«

»Weiß der Himmel. Soll 'nen fixen Verstand haben.«

»Noch fixer macht sie bestimmt die Beine breit. Ist das der Bastard Seiner Lordschaft?«

»Könnte von sonst wem sein.«

Das Gespräch war bewusst so geführt worden, dass Adelia es hören konnte.

Verdammt, das würde ihm schaden. Henry II. hatte Rowley gegen den Willen der Kirche ernannt, die einen aus ihren Reihen zum Bischof von St. Albans machen wollte und noch immer auf einen Grund hoffte, den Kandidaten des Königs aus dem Amt zu drängen. Wenn seine Feinde erfuhren, dass er ein illegitimes Kind gezeugt hatte, wäre das die Chance, auf die sie warteten.

Verfluchte Kirche, dachte Adelia. Unsere Affäre war zu Ende, ehe er Bischof wurde. Verflucht soll sie sein, weil sie ihren Dienern eine unmögliche Enthaltsamkeit aufzwingt. Verflucht soll sie sein, wegen ihrer Heuchelei. Die Christenheit wimmelte von Priestern, die einer Vielzahl von Sünden frönten. Und wie viele von *denen* wurden verurteilt?

Und verflucht soll sie sein wegen ihres Frauenhasses – eine Missachtung der halben Erdbevölkerung, mit der Folge, dass diejenigen, die sich partout nicht wie die Schafe in den kirchlichen Pferch sperren lassen wollten, als Huren und Ketzerinnen und Hexen verurteilt wurden.

Verflucht sollt ihr sein, dachte sie mit Blick auf die Männer des Bischofs, seid *ihr* denn so unschuldig? Sind eure Kinder etwa alle ehelich geboren? Wer von euch hat schon bei einer Frau gelegen, ohne mit ihr verheiratet zu sein?

Und verflucht sollst du sein, Bischof Rowley, dass du mich in diese Lage gebracht hast.

Dann verfluchte sie alle noch einmal, weil sie sie so wütend gemacht hatten, obwohl sie doch gerade Allie stillte.

Pater Paton entging ihren Verwünschungen. Unsympathisch, wie er war, behandelte er sie doch zumindest so wie alle anderen – als geschlechtslosen und bedauerlichen Kostenfaktor.

Jacques, der Bote, ein linkischer, großohriger und etwas übereifriger junger Mann, schien ihr gewogener zu sein als die anderen, aber der Bischof hielt ihn ständig auf Trab und ließ ihn mit Botschaften vorausgaloppieren, so dass sie ihn kaum zu Gesicht bekam.

Kaum merklich ging der Icknield Way in den Ridgeway über. Die Kälte wurde immer beißender und raubte Menschen und Pferden die Kraft, doch zumindest näherten sie sich nun der Themse und der Abtei Godstow, die sich auf einer ihrer Inseln erhob.

Jacques stieß erneut zu ihnen, tauchte zwischen den Bäumen auf wie ein berittener weißer Bär. Er schüttelte sich den Schnee ab, während er sich vor Rowley verneigte. »Die Äbtissin Mutter Edyve entsendet Eurer Lordschaft ihre Grüße und freut sich darauf, Euch und Eure Begleiter willkommen zu heißen, wann immer es Euch beliebt. Überdies soll ich Euch sagen, dass der Leichnam von Lady Rosamund noch heute über den Fluss zum Kloster gebracht werden soll.«

Rowley sagte erschüttert: »Dann ist sie also tot.«

»Davon gehe ich aus, Mylord, denn die Nonnen beabsichtigen, sie zu beerdigen.«

Der Bischof blickte ihn erbost an. »Reite zurück zur Abtei. Sag ihnen, wir treffen heute Abend ein, und ich bringe einen Sarazenenarzt mit, der Lady Rosamunds Leichnam examinieren und die Ursache ihres Todes feststellen soll.« Er drehte sich zu Adelia um und sagte auf Latein: »Ihr wollt Euch die Leiche doch ansehen, oder?«

»Ich denke, ja.« Obwohl ihr nicht klar war, was die Tote ihr würde verraten können.

Der Bote nahm sich noch rasch die Zeit, etwas Brot, Käse und einen Krug Ale in seine Satteltasche zu stopfen, ehe er sich wieder aufs Pferd schwang.

»Solltet Ihr nicht zuerst ein wenig rasten?«, fragte Adelia ihn.

»Sorgt Euch nicht um mich, Mistress. Ich schlafe im Sattel.«

Sie wünschte, *sie* könnte das, doch es kostete sie schon Kraft, sich überhaupt im Sattel zu halten. Die Mäntel, die Pater Paton besorgt hatte, waren aus billiger Wolle, und sie, Gyltha und Mansur wären auf dem Pferderücken erfroren, wenn sie nicht ihre dicken Biberfellmäntel mitgenommen hätten. Im Sumpfland wimmelte es von Bibern, und die Mäntel hatte ihr ein dankbarer Fallensteller geschenkt, den Adelia von einer Lungenentzündung kuriert hatte.

Am Nachmittag erreichte der Reiterzug das tiefer gelegene Dorf Thame und die Straße nach Oxford. Es schneite noch immer, und die Dämmerung brach an, doch der Bischof sagte: »Jetzt dauert es nicht mehr lange. Wir zünden Laternen an und ziehen weiter.«

Sie kamen nur mühsam voran. Die Pferde mussten mit Decken behängt werden, obwohl sie in Bewegung blieben. Kurz darauf wurden ihnen auch die Fransenstirnbänder angelegt, die normalerweise dazu dienten, die Fliegen abzuhalten, jetzt jedoch verhindern sollten, dass die Tiere durch die wirbelnden dicken Flocken, die ihnen an den Wimpern klebten, die Sicht verloren.

Man konnte kaum die Hand vor Augen sehen. Wenn die Straße nicht zwischen Hecken verlaufen wäre, sie hätten die Orientierung verloren, ob mit oder ohne Laternen, und wären auf einem Feld oder im Fluss gelandet. Wenn die Hecken an einer Kreuzung endeten, ließ Rowley haltmachen, bis sie den richtigen Weg wiedergefunden hatten. Die Männer mussten förmlich danach suchen, wobei sie sich einander unentwegt etwas zuriefen, damit sich keiner verirrte – ein Fehler, der sie in dieser Kälte das Leben gekostet hätte.

Vorsichtshalber mussten die Frauen mit dem Baby wieder in den Fuhrwagen steigen, wo Pater Paton bereits Zuflucht gesucht hatte mit der Begründung, wenn er länger in der Kälte bliebe, würde er seine für einen Sekretär unverzichtbare Schreibhand verlieren.

Sie hängten eine Laterne an den Bogen über ihren Köpfen, bereiteten ein Lager aus Stroh und nahmen dann Allie zwischen sich, um sie mit ihren Körpern zu wärmen. Die Kälte drang wie Nadeln durch die Ösen der Plane, so eisig, dass sie den Geruch des Strohs und selbst den des Hundes zu ihren Füßen nicht mehr wahrnahmen.

Sie bewegten sich im Schritttempo – Mansur führte die Pferde – , doch tiefe Löcher, die vom Schnee verdeckt wurden, brachten den Wagen immer wieder jäh ins Schwanken und rüttelten sie durch, so dass an Schlaf nicht zu denken war. Zudem hätten sie aus Sorge um die anderen, die das Wetter draußen erdulden mussten, ohnehin kein Auge zutun können.

Gyltha sagte bewundernd über Rowley: »Er wird nich halten, was?«

»Nein.«

Dieser Mann hatte einen Mörder quer durch die Wüsten von Outremer verfolgt, da würde er sich von einem englischen Schneesturm nicht aufhalten lassen.

Aber damals war er noch jünger, dachte Adelia. Laut sagte sie: »Mach dir um ihn keine Sorgen. Er macht sich auch keine um …«

Der Wagen wankte bedenklich, und sie umklammerte mit der rechten Hand eine Strebe, während sie mit der linken ihr Kind fester packte, damit sie nicht von einer Seite zur anderen flogen. Die Laterne schwang im Halbkreis, und Gyltha fuhr hoch, um die Kerze zu löschen, die sonst die Plane hätte in Brand setzten können.

»… uns«, beendete Adelia den Satz.

In der Dunkelheit weiter hinten hörten sie Pater Paton um Errettung beten, während draußen schrille arabische Flüche auf Pferde niederprasselten, die nicht mehr ziehen wollten. Eins von beidem hatte wohl geholfen, denn nach einem weiteren heftigen Ruck setzte sich der Wagen wieder in Bewegung.

»Weißt du«, ertönte Gylthas Stimme, als setzte sie ein Gespräch fort, »Rowley erinnert sich noch an den Krieg zwischen Matilda und Stephen. Er ist jünger als ich, aber er wurde in diese Zeit hineingeboren, und seine Eltern haben sie durchgemacht, genau wie ich. König Stephen ist friedlich im Bett gestorben. Und Königin Matilda ist noch immer gut beieinander. Aber der Krieg zwischen den beiden ... war für uns einfache Leute entsetzlich. Wir starben zu Hunderten. Es war ... es war, als hätten wir alle in der Luft gehangen ohne was zum Festhalten. Es gab kein Gesetz mehr, es gab nix mehr. Meinen Pa haben sie einfach vom Feld weggeholt, damit er für Hugh Bigod eine Burg baut. Er ist nie wiedergekommen. Erst nach drei Jahren haben wir erfahren, dass er von einem Stein erschlagen wurde. Ohne ihn sind wir fast verhungert.«

Adelia hörte das tiefe Einatmen, schwerer als ein Seufzer. Einfache Sätze, dachte sie, doch was haben sie für ein Gewicht.

Gyltha sagte: »Unsere Em haben wir dann auch verloren. War älter als ich, ungefähr elf. Söldner sind gekommen, und Ma ist mit meinen Brüdern und mir in den Sumpf geflohen, aber sie haben Em erwischt. Sie hat geschrien, als sie mit ihr weggaloppiert sind. Das hör ich heute noch. Haben nie rausgefunden, was mit ihr passiert ist, aber sie war auch eine von denen, die nie zurückgekommen sind.«

Es war eine Belehrung. Adelia hatte Gyltha schon früher einmal über den dreizehn Jahre dauernden Krieg reden hören, aber nur ganz allgemein. Nie so. Die alte Frau war Zeugin des Bürgerkrieges gewesen und beschwor nun Gespenster herauf, die ihr noch immer Schmerz bereiteten. Der Feudalismus mochte hart sein für die kleinen Leute, aber er bot ihnen zumindest Schutz. Adelia, die wohlbehütet und privilegiert aufgewachsen war, bekam zu hören, was geschah, wenn die Ordnung zusammenbrach und die Zivilisation mit ihr.

»Und es hat auch nix genützt, zu Gott zu beten. Der hat nich hingehört.«

Männer gaben ihren niedrigsten Instinkten nach, sagte Gyltha. Bauernburschen, die einigermaßen anständig blieben, solange Ordnung herrschte, wurden zu Räubern und Vergewaltigern, als sie sahen, wie diese Ordnung sich auflöste. »Henry Plantagenet, tja, der ist zwar mit Vorsicht zu genießen, aber als er König wurde, hat es aufgehört, verstehst du? Es hat aufgehört. Auf einmal hatten wir wieder Boden unter den Füßen. Das Getreide wuchs wie zuvor, die Sonne ging morgens auf und abends unter, wie sie das soll.«

»Ich verstehe«, sagte Adelia.

»Ja, aber du *weißt* nich, wie es war, nich richtig«, entgegnete Gyltha. »Rowley wohl. Seine Ma und sein Pa, das waren einfache Leute, und die haben das alles durchgemacht, genau wie ich. Er sorgt dafür, dass mein Ulf, Gott segne ihn, mit einem vollen Bauch zur Schule gehen kann und keiner ihn aufschlitzen will. Ein bisschen unterwegs sein? Ein paar Schneeflöckchen? Was ist das schon?«

»Ich habe nur an mich gedacht, nicht?«, sagte Adelia.

»Und an die Kleine«, sagte Gyltha, streckte die Hand aus und tätschelte sie. »Und auch ein bisschen an Seine Lordschaft, glaub ich. Was mich angeht, ich folg ihm, wohin er will, und bin froh, wenn ich helfen kann.«

Gyltha hatte die ganze Unternehmung auf eine Ebene gehoben, die Adelia beschämte und ihr Anlass zu Selbstvorwürfen gab. Selbst jetzt noch konnte sie der Begründung für dieses Wagnis keinen Glauben schenken – anders als der Bischof, und wenn er recht hatte und sie dadurch einen Bürgerkrieg verhindern konnten, dann musste auch sie bereit sein, ihr Bestes zu geben.

Und das bin ich auch, dachte sie mit einer Grimasse. Ulf ist sicher in der Schule, Gyltha und Mansur und mein Kind sind bei mir. Ich bin froh, dass Bischof Rowley Freude in einem Gott findet, der ihn von seinem Begehren befreit hat. Wo sollte ich sonst sein?
Sie schloss die Augen und überließ sich duldsamer Langmut.

Ein weiterer heftiger Ruck weckte sie. Sie hatten angehalten. Die Plane wurde hochgehoben, und mit der schneidenden Kälte, die ins Wageninnere drang, tauchte ein blaues Gesicht mit einem Eisbart auf. Adelia erkannte den Boten; sie hatten ihn eingeholt. »Sind wir da?«
»Fast, Mistress.« Jacques klang aufgeregt. »Seine Lordschaft bittet Euch, herauszukommen und sich etwas anzusehen.«
Es schneite nicht mehr. Der Mond schien von einem sternenübersäten Himmel auf eine beinah schöne Landschaft. Der Bischof und der Rest seiner Entourage standen zusammen mit Mansur am Anfang einer schmalen, buckeligen Steinbrücke, deren Geländer sich deutlich im Schnee abhob. Lautes Wasserrauschen auf der linken Seite ließ vermuten, dass sich dort unten ein Wehr oder ein Mühlgraben befand. Rechter Hand glänzte ein ruhiger Fluss. Bäume ragten auf wie weiße Wächter.
Als Adelia näher kam, zeigte Rowley hinter sie. Sie wandte sich um und sah ein paar niedrige Hütten. »Das ist das Dorf Wolvercote«, sagte er. Dann drehte er sie so, dass sie über die Brücke hinweg auf ein Gewirr von Dächern blickte, das die Sterne verdunkelte. »Die Abtei Godstow.« Irgendwo zwischen den Gebäuden war Licht zu erahnen, wenngleich die Fenster zu ihrer Seite hin alle dunkel waren.
Aber sie sollte sich das ansehen, was in der Mitte der Brücke war. Als Erstes erblickte sie ein reglos dastehendes, gesatteltes Pferd.

Kopf und Zügel hingen herab, ein Bein war angehoben. Der Reitknecht Walt stand daneben und tätschelte ihm den Hals. Seine Stimme drang schrill und kläglich durch die Stille. »Wer macht so was? Ein gutes Pferd, braver Kerl, wer macht so was?« Das Pferd schien ihn mehr aufzuregen als der Tote, der ausgestreckt mit dem Gesicht nach unten daneben im Schnee lag.
»Mord und Totschlag auf den Straßen des Königs«, sagte Rowley leise, und sein Atem kringelte sich wie Rauch. »Reiner Zufall, der nichts mit unserem Vorhaben zu tun hat, aber ich denke, Ihr seht es Euch lieber mal an, schließlich sind Leichen Euer Metier. Aber macht schnell.«
Er hatte alle anderen zurückgehalten, wie sie es ihn gelehrt hatte; nur die Fußspuren des Reitknechts und seine eigenen führten im Schnee auf die Brücke, und nur seine kamen wieder zurück. »Ich musste mich vergewissern, ob der Bursche tot ist«, sagte er. »Nehmt Mansur mit, um den Schein zu wahren.« Er hob die Stimme. »Master Mansur kann die Spuren auf dem Boden lesen. Er spricht unsere Sprache nicht, daher wird Mistress Adelia für ihn übersetzen.«
Adelia blieb noch einen Moment, wo sie war, Mansur an ihrer Seite. »Weißt du, wie spät es ist?«, fragte sie auf Arabisch.
»Hör doch!«
Sie löste den Schal, den sie um den Kopf gewickelt hatte. Von der anderen Seite der Brücke war einsam und fern, aber dennoch deutlich über das laute Wasserrauschen hinweg eine schöne Frauenstimme zu vernehmen, die einen gleichbleibenden Ton sang. Nach einer kurzen Pause antworteten ihr andere Stimmen in verhaltenem Gesang.
Sie hörte einen Schlag der liturgischen Glocke, eine Antiphon. Die Nonnen von Godstow hatten sich aus ihren Betten erhoben und sangen die Vigil.
Es war also etwa vier Uhr morgens.

Mansur sagte: »War der reitende Bote nicht früher hier? Vielleicht hat er was gesehen.«
»Wann wart Ihr hier, Jacques? Der Doktor will das wissen.«
»Bei Tageslicht, Mistress. Da lag diese arme Seele noch nicht da.« Der junge Mann war bekümmert und verstört. »Ich hab den frommen Schwestern die Botschaft Seiner Lordschaft überbracht und bin dann sofort wieder über die Brücke zurückgeritten. Ich war wieder bei Euch, ehe der Mond aufging, stimmt doch, Mylord, oder?«
Rowley nickte.
»Wann hat es aufgehört zu schneien?« Sie sah, dass nur wenige Flocken auf der Leiche lagen.
»Vor drei Stunden.«
»Bleibt hier.«
Mansur nahm eine Laterne, und sie gingen gemeinsam auf die Brücke, wo sie sich neben den Leichnam knieten. »Möge Allah ihm gnädig sein«, sagte Mansur.
Wie sie es von ihrem Ziehvater gelernt hatte, nahm Adelia sich einen Moment Zeit, um zu dem Geist des Toten zu beten, der jetzt ihr Kunde war. »Erlaube deinem Fleisch und deinen Knochen, mir das zu sagen, was deine Stimme nicht mehr sagen kann.«
Er lag mit dem Gesicht nach unten, zu ordentlich für jemanden, der vom Pferd gestürzt war, die Beine gerade, die Arme über den Kopf gestreckt, Mantel und Tunika glatt übers Gesäß gezogen. Seine Kappe, wie seine übrige Kleidung aus gutem, aber leicht abgenutztem Wollstoff, lag neben ihm, und die kecke Fasanenfeder daran war abgeknickt.
Sie nickte Mansur zu. Sachte strich er das wellige braune Haar zurück, um den Hals zu berühren. Er schüttelte den Kopf. Er hatte durch Adelia genug Erfahrung im Umgang mit Leichen, um zu wissen, dass der Todeszeitpunkt nicht mehr festzustel-

len wäre. Der Körper war gefroren – hatte begonnen zu gefrieren, sobald das Leben aus ihm wich, und würde lange genug gefroren bleiben, um die natürlichen Prozesse aufzuhalten.

»Hmm.«

Geschickt drehten sie gemeinsam den Leichnam um. Zwei halbgeschlossene braune Augen betrachteten ohne Interesse den Himmel, und Mansur musste die gefrorenen Lider förmlich mit Gewalt schließen.

Der Tote war jung, zwanzig, einundzwanzig, vielleicht weniger. Der dicke Pfeil in seinem Oberkörper stammte von einer Armbrust und war tief eingedrungen und wahrscheinlich durch den Sturz, durch den auch die Feder gebrochen war, noch tiefer hineingetrieben worden. Mansur hielt die Laterne so, dass Adelia die Wunde untersuchen konnte. Sie hatte einen Blutkranz, aber an der Stelle, wo die Leiche gelegen hatte, waren nur wenige Blutflecken im Schnee.

Sie führte Mansurs Hand, bis die Laterne den Hals der Leiche beschien. »Hmm.«

Eine Scheide, in der noch das Schwert steckte, war an einem Gürtel befestigt, dessen matte Schnalle ein Wappen zierte. Dasselbe Wappen, das auf eine offene, leere Geldbörse gestickt war.

»Nun macht schon, Doktor. Das alles könnt Ihr auch noch tun, wenn wir ihn ins Kloster gebracht haben.« Rowleys Stimme.

»Seid still«, befahl Adelia ihm auf Arabisch. Er war mit ihr den ganzen Weg von Cambridge hierhergehetzt. Nun konnte er gefälligst einen Moment warten. Hier stimmte was nicht; vielleicht hatte Rowley sie deshalb gerufen, um sich die Sache anzusehen, weil er unbewusst die Auffälligkeiten registriert hatte, obwohl er in Gedanken mit einem gänzlich anderen Mord beschäftigt war.

Walt, der Reitknecht, stieß eine gequälte Bitte aus. »Der arme Kerl hier hat Schmerzen, Mylord. Da iss' nix mehr zu machen. Wir sollten ihn endlich erlösen.«
»Doktor?«
»Nun *wartet* doch!« Verärgert stand sie auf und ging, den Blick starr auf den Boden gerichtet, zu der Stelle, wo Pferd und Knecht standen. »Was hat er denn?«
»Irgendein gottloses Schwein hat ihm die Sehne zerschnitten.« Walt zeigte auf eine klaffende Wunde am Bein des Pferdes, knapp über dem Fesselgelenk. »Da. Das war Absicht, ganz sicher.«
Hier war der Schnee dunkel von Blut, und es war deutlich zu erkennen, dass das Tier wild gestrampelt hatte, ehe es ihm gelungen war, auf seine drei unverletzten Beine zu kommen.
»Ist da wirklich nichts mehr zu machen?« Von Pferden wusste sie nur, wo vorne und hinten war.
»Das Schwein hat ihm *die Sehne* zerschnitten.« Dumme Fragen von einer Frau wie ihr zu beantworten machte Walt nur noch wütender.
Adelia ging zurück zu Mansur. »Das Tier muss getötet werden.«
»Nicht hier«, sagte er, »sonst blockiert der Kadaver die Brücke.« Und Brücken waren lebenswichtig. Sie verfallen zu lassen, unpassierbar zu machen, war ein feindlicher Akt, der hart bestraft wurde, weil er den einheimischen Händlern und Kaufleuten großen Schaden zufügte.
»Was zum Teufel heckt ihr beiden aus?« Rowley war näher gekommen.
»Hier stimmt was nicht«, erklärte Adelia.
»Ja, irgendwer hat den armen Teufel da ausgeraubt und getötet. Das seh ich auch. Wir laden ihn jetzt auf und ziehen weiter.«
»Nein, da ist noch mehr.«

»Und *was* bitte schön?«
»Ich brauche noch Zeit«, schrie sie ihn an und dann, ruhiger: »Der Doktor braucht Zeit.«
Der Bischof pustete die Wangen auf. »Warum habe ich sie mitgenommen, Herr? Erklär mir das. Also schön, kümmern wir uns wenigstens schon mal um das Pferd.«
Adelia bestand darauf, vor Walt und dem leidenden Tier über die Brücke zu gehen. Neben ihr hielt Mansur die Laterne so, dass das Licht bei jedem Schritt den Boden vor ihnen erhellte.
Alles, was nicht weiß war, war schwarz: Stiefelspuren, Hufspuren, wild durcheinander und nicht zu unterscheiden. An der Stelle, wo die Brücke beim großen Wachhaus des Klosters wieder in die Straße überging, hatte sich die eigentliche Tat abgespielt. Viel Blut.
Mansur zeigte auf eine Stelle etwas abseits.
»Oh, gut gemacht, mein Lieber«, sagte sie. Unter dem Schatten dicker Eichenäste, die über die Klostermauer hingen, führten deutliche Spuren zu anderen und schrieben eine Geschichte für diejenigen, die sie lesen konnten. »Hmm. Interessant.«
Hinter ihr beruhigten der Bischof und der Reitknecht das hinkende Pferd, während sie es wegführten und erörterten, wo es getötet werden sollte. Ob die Nonnen das Fleisch haben wollten? Ein Pferd war eine Delikatesse. Aber das Schlachten und Zerlegen würde bei diesem Wetter mühselig werden, deshalb schnitt man ihm wohl besser unter den Bäumen, wo die Klostermauer im Wald verschwand, die Kehle durch. »Sie können es sich ja später holen, wenn sie wollen.«
»Glaub nich, dass dann noch viel davon übrig ist, Mylord.« Nicht nur Menschen aßen gern Pferdefleisch.
Walt sattelte das Tier ab. Am Sattel war eine mit Wachstuch umwickelte Rolle befestigt. »Ho-ho, ganz ruhig, mein Braver,

ho-ho.« Er beruhigte das Tier sanft in Pferdesprache, während er es zu den Bäumen führte.

»Könnten wir den Leichnam auch dort verstecken?«, wollte Adelia wissen.

»Dann bleibt davon auch nicht viel übrig«, sagte Mansur.

Rowley trat zu ihnen. »Nun beeilt euch doch, ihr beiden. Sonst sind wir gleich alle Eiszapfen.«

Adelia, die seit Cambridge unentwegt vor Kälte gezittert hatte, spürte sie nicht mehr. »Wir wollen nicht, dass der Tote entdeckt wird, Mylord.«

Der Bischof kämpfte um Geduld. »Er ist bereits entdeckt worden, Mistress. *Wir* haben ihn entdeckt.«

»Wir wollen nicht, dass der Mörder ihn findet.«

Rowley räusperte sich. »Ihr meint, wir sollten es ihm nicht verraten? Er weiß es schon, Adelia. Er hat dem Jungen einen Bolzen in die Brust geschossen. Er wird nicht zurückkommen, um sich zu vergewissern.«

»Doch, das wird er. Das hättet Ihr auch selbst gesehen, wenn Ihr nicht so in Eile wärt.« Sie stupste Mansur an. »Tu so, als würdest du was erklären.«

Rowley stand zwischen ihnen, während Mansur ihre Erkenntnisse auf Arabisch erläuterte und Adelia auf der anderen Seite so tat, als würde sie übersetzen. Sie erzählten ihm die Geschichte eines Mordes, wie die Spuren im Schnee sie erzählt hatten.

»Der Zeitpunkt ist nicht feststellbar. Vermutlich passierte es, nachdem es aufgehört hatte zu schneien. Auf jeden Fall so spät nachts, dass niemand mehr unterwegs war. Sie haben hier auf ihn gewartet, in der Nähe des Tors.«

»Sie?«

»Zwei Männer.« Rowley wurde in den Schatten der Eiche gezogen, wo im Schnee Fußstapfen zu erkennen waren. »Seht Ihr? Der eine trägt genagelte Stiefel, der andere hat Querstreifen an den Sohlen, vielleicht mit Riemen umwickelte Holzschuhe. Sie waren beritten und haben ihre Pferde zwischen die Bäume dort geführt, wo Walt ist. Sie sind zu Fuß zurückgekommen und haben sich hier hingestellt. Während sie warteten, haben sie gegessen.« Adelia hob einen Krümel vom Boden auf und dann noch einen. »Käse.« Sie hielt sie dem Bischof unter die Nase.

Er wich zurück. »Wenn Ihr das sagt, Mistress.«

Die Vigil war zu Ende, und das Kloster lag wieder schweigend da. Von irgendwo tiefer zwischen den Bäumen drang Walts Gebet. »Und der Herr erbarme sich deiner armen Seele, falls du eine hast.«

Ein langer Schrei wie ein Pfeifen, ein Krachen im Unterholz. Stille.

Walt tauchte wieder auf, wischte mit einer Hand seinen Dolch am Umhang ab und fuhr sich gleichzeitig mit der anderen über die Augen. »Gott, wie ich das hasse.«

Der Bischof klopfte ihm auf die Schulter und schickte ihn zu den Wartenden am anderen Ende der Brücke. Zu Adelia und Mansur sagte er: »Die wussten also, dass er kommen würde?«

»Ja. Sie haben auf ihn gewartet.« Selbst der verzweifeltste Wegelagerer würde sich nicht in einer so eisigen Nacht in den frühen Morgenstunden auf die Lauer legen in der Hoffnung, dass zufällig ein Reisender vorbeikommt.

Sie waren bestimmt froh, dass der Schneesturm aufgehört hatte, dachte sie, denn sie konnten schließlich nicht ahnen, dass sie dadurch ihre Schuld in die Schneedecke schrieben, wo die zufällig vorbeikommende Adelia Rachel Ortese Aguilar, die *Medica* der berühmten Medizinschule von Salerno, Sachverständige des Todes und der Todesursachen, sie enträtseln würde.

Und das würde ihnen noch leidtun.

Beim Warten war ihnen noch kälter geworden. Sie hatten mit den Füßen gestampft, um sich aufzuwärmen. Im Geist wartete Adelia mit ihnen, biss in imaginären Käse. Vielleicht hatten sie dem Klang der Komplet gelauscht, die von den Nonnen gesungen wurde, ehe die sich für die drei Stunden vor der Vigil zur Ruhe begaben. Ansonsten war es wohl totenstill gewesen, höchstens der Ruf einer Eule oder der heisere Schrei einer Füchsin hatte die Ruhe unterbrochen.

Da kommt er, der Reiter. Die Straße herauf, die vom Fluss zum Kloster führt, das Hufgeklapper seines Pferdes wird vom Schnee gedämpft, ist aber in der stillen Nacht deutlich zu hören.

Er nähert sich dem Tor, wird langsamer – will er hinein? Doch Schurke Nummer eins ist vor ihn getreten, mit gespannter Armbrust. Sieht der Reiter ihn? Ruft er etwas? Erkennt er den Mann? Wahrscheinlich nicht; der Schatten ist hier sehr dunkel. So oder so, der Bolzen ist abgeschossen und steckt schon tief in der Brust.

Das Pferd bäumt sich auf, der Reiter fällt nach hinten und stürzt zu Boden, wobei die Bolzenfedern zerbrechen. Schurke Nummer zwei packt die Zügel, führt das verstörte Pferd zu den Bäumen und bindet es dort an.

»Er liegt im Schnee und stirbt, das Geschoss einer Armbrust ist fast immer tödlich, ganz gleich, wo es trifft«, sagte Adelia, »aber sie gehen auf Nummer sicher. Einer von ihnen – ein Mann mit großen Händen – erwürgt ihn, während er am Boden liegt.«

»Herr sei uns gnädig«, sagte der Bischof.

»Ja, aber nun kommt das Interessante«, sagte Adelia, als wäre alles andere ganz alltäglich gewesen. »*Jetzt* erst schleifen sie ihn in die Mitte der Brücke. Seht Ihr? Seine Stiefelspitzen haben Furchen in den Schnee gezogen. Sie legen seine Kappe neben ihn – meine Güte, wie kann man so dumm sein! Haben die geglaubt, ein vom Pferd Gefallener liegt so kerzengerade da? Die Beine geschlossen? Gewänder glattgestrichen? Das war Euch aufgefallen, oder? Und dann, *dann*, holen sie sein Pferd auf die Brücke und schneiden ihm die Sehne durch.«

»Sie bringen ihn nicht in den Wald«, betonte Mansur. »Auch das Tier nicht. Hätten sie das getan, wären Pferd und Reiter frühestens im Frühling gefunden worden, und dann hätte keiner mehr sehen können, was mit ihnen passiert ist. Nein, stattdessen legen sie ihn so hin, dass der Erstbeste, der am Morgen über die Brücke kommt, ihn finden und dann Krawall schlagen wird.«

»Wodurch den Mördern weniger Zeit für ihre Flucht bleibt.« Der Bischof war nachdenklich. »Ich verstehe. Das ist … exzentrisch.«

»*Das* hier ist exzentrisch«, sagte Adelia. Sie waren wieder zu der Leiche gegangen.

Am Anfang der Brücke, wo die anderen warteten, hatte jemand in einem alten Fass ein Feuer angezündet. Gesichter, die im Schein der Flammen gespenstisch leuchteten, blickten hoffnungsvoll in ihre Richtung. »Braucht ihr noch lange?«, rief Gyltha. »Die Kleine hat Hunger, und wir kriegen schon Frostbeulen.«

Adelia achtete nicht auf sie. Sie spürte die Kälte noch immer nicht. »Zwei Männer«, sagte sie. »Und ihren Schuhen nach zu urteilen, sind sie arm. Zwei Männer töten unseren Reiter. Sie nehmen das Geld aus seiner Börse, aber sie lassen die Börse hier. Ein gutes Stück mit seinem Familienwappen darauf. Sie lassen ihm seine Stiefel, den Mantel, die Silberschnalle, das schöne Pferd. Welcher Räuber macht so was?«

»Vielleicht sind sie gestört worden«, sagte Rowley.

»Von wem denn?« Adelia dachte konzentriert nach. »Von uns jedenfalls nicht. Wir waren noch weit weg. Sie hatten genug

Zeit, dieser armen Seele alles zu rauben, was sie besaß. Aber sie tun's nicht. Wieso nicht, Rowley?«
Der Bischof überlegte. »Sie wollten, dass er gefunden wird.«
Adelia nickte. »Das war ihnen wichtig.«
»Sie wollten, dass er identifiziert werden kann.«
Adelia atmete tief erleichtert aus. »Genau. Es soll bekannt werden, wer er ist und dass er tot ist.«
»Verstehe«, sagte Rowley bedächtig. »Daher auch der Vorschlag, dass wir seinen Leichnam verstecken. Gefällt mir trotzdem nicht.«
»Aber das wird sie zurücklocken, Rowley«, sagte Adelia und berührte ihn zum ersten Mal, indem sie ihn am Ärmel zog. »Sie haben sich alle Mühe gegeben, dass die Welt vom Tod dieses armen jungen Mannes erfährt. Sie werden zurückkommen und nachforschen, warum das nicht geschehen ist. Wir können auf sie warten.«
Mansur nickte. »Irgendein Teufel will aus diesem Mord seinen Vorteil ziehen, möge Allah ihn niederschmettern.«
Wieder zupfte Adelia am Ärmel des Bischofs. »Aber nicht, wenn der Junge offenbar nur weg ist, einfach verschwunden.«
Rowley war skeptisch. »Wahrscheinlich hat er Eltern, die sich Sorgen um ihn machen.«
»Wenn ja, dann werden sie sich wünschen, dass seine Mörder gefunden werden.«
»Er sollte würdevoll bestattet werden.«
»Noch nicht.«
Der Bischof entzog seinen Arm ihrem Griff und entfernte sich von ihr. Adelia beobachtete, wie er an das Brückengeländer trat, sich darüberbeugte und in das tosende Wasser blickte, das weiß im Mondlicht leuchtete.
Er hasst es, wenn ich das tue, dachte sie. Er war bereit, die Frau zu lieben, aber nicht die Ärztin. Und doch hatte er die Ärztin

mitgenommen, und jetzt muss er die Konsequenzen tragen. Ich habe eine Pflicht gegenüber diesem Toten, und ich werde sie *nicht* verleugnen.

Jetzt war ihr kalt.

»Also gut.« Er wandte sich um. »Euer Glück, dass Godstow ein Eishaus besitzt. Dafür ist es berühmt.«

Während man den Toten in seinen Mantel hüllte und seine Habseligkeiten zusammensuchte, ging Adelia ihr Kind stillen.

Der Bischof von St. Albans versammelte seine Männer um sich und erklärte ihnen, was Dr. Mansur aus den Spuren im Schnee geschlossen hatte.

»Mit der Gnade Gottes hoffen wir, diese Mörder zu überführen. Bis dahin wird keiner von euch, ich wiederhole, *keiner*, ein Wort darüber verlieren, was wir heute Nacht gesehen haben. Wir werden diesen Leichnam so würdevoll wie möglich, aber in einem heimlichen Versteck aufbewahren, um abzuwarten, wer auftaucht und Fragen nach dem Toten stellt – und wenn wir die Mörder entlarvt haben, dann möge sich Gott ihrer Seelen erbarmen, denn wir werden es nicht tun.«

Das war klug. Rowley hatte in Outremer als Kreuzritter gekämpft und dort gelernt, dass Männer williger gehorchten, wenn sie wussten, was ihr Befehlshaber vorhatte, und nicht bloß unverständliche Befehle erhielten.

Er erntete zustimmendes Brummen bei den Umstehenden, von denen der Bote besonders eifrig klang. Er und seinesgleichen waren viel unterwegs, und sie sahen in dem Reiter auf der Brücke einen von ihnen, der den Verbrechern zum Opfer gefallen war, die die Straßen unsicher machten. Sie waren zwar zu spät gekommen um dem Reisenden als barmherzige Samariter das Leben zu retten, aber sie konnten zumindest seine Mörder überführen.

Nur Pater Patons gerunzelte Stirn verriet, dass er schon ausrechnete, wie viel der Leichnam die Kirchenkasse kosten würde.

Die Männer nahmen die Mützen ab und trugen den Toten zum Wagen. Dann brachten sie ihn, die Pferde am Zügel führend, über die Brücke ins Kloster Godstow.

Kapitel vier

Die Abtei Godstow mit ihren umliegenden Waldungen und Feldern war im Grunde eine große Insel, die durch die Windungen der Themse und ihrer Zuflüsse entstanden war. Der Torwächter, der den Reisenden öffnete, war zwar ein Mann, ebenso wie der Reitbursche und der Stallknecht, die ihre Pferde versorgten, doch auf der Insel herrschten die Frauen.

Hätte man sie gefragt, so hätten die vierundzwanzig Nonnen und ihre weiblichen Dauergäste beteuert, dass der Herr allein ihnen befohlen habe, der Welt den Rücken zu kehren, doch ihre offensichtliche Zufriedenheit ließ vermuten, dass der Wunsch des Herrn exakt dem ihren entsprach. Manche waren begüterte Witwen, die den Ruf des Herrn am Grab ihres Mannes vernommen und sich prompt nach Godstow begeben hatten, ehe sie erneut verheiratet werden konnten. Andere waren Jungfrauen, die sich nach einem kurzen Blick auf den für sie ausgewählten Gatten ganz plötzlich und unwiderstehlich zur Keuschheit berufen gefühlt und ihre Mitgift statt in die Ehe lieber mit ins Kloster genommen hatten. Hier konnten sie ein stattliches und stetig wachsendes Lehen effizient und großzügig verwalten – und das alles ohne männliche Einmischung.

Die einzigen Männer über ihnen waren St. Benedikt, dessen Regeln sie befolgten und der seit sechshundertfünfzig Jahren tot war, der Papst, der weit weg war, der Erzbischof von Canterbury, für den die meiste Zeit dasselbe galt, und ein neugieriger Archidiakon, der ihnen aber nichts anhaben konnte, da sie ihre

Bücher peinlich genau führten und ihr Verhalten stets untadelig war.

Ach so, ja, und der Bischof von St. Albans.

So reich, wie Godstow war, besaß es gleich *zwei* Kirchen. Die eine schmiegte sich unauffällig an die Westmauer der Abtei, war klein und war die Privatkapelle der Nonnen. Die andere, deutlich größere, stand am östlichen Rand nahe der Straße und diente den Menschen aus den umliegenden Dörfern als Gotteshaus.

Die Abtei selbst war praktisch ein kleines Dorf, in dem die frommen Schwestern ihre eigenen Bereiche hatten, und dorthin wurden die Reisenden nun von dem Torwächter geführt. Eine Magd, die eine Schultertrage schleppte, kreischte bei ihrem Anblick auf und machte dann einen Knicks, wobei Milch aus den Eimern schwappte. Die Laterne des Wächters beschien Durchgänge, Höfe und die gemeißelten Säulen eines Kreuzgangs, der zum Schlafsaal führte, wo sich an den nacheinander aufgehenden Fensterläden weißumhüllte Köpfe zeigten, wie blasse Mohnblumen, und aufgeregte Stimmen, »Der Bischof, der Bischof«, tuschelten.

Rowley Picot, kräftig, energisch, unbeirrbar und lärmend männlich, war ein Hahn, der in einen friedlichen Stall voller Hennen einbrach, die bis dahin bestens ohne ihn ausgekommen waren.

Die Priorin, die noch dabei war, ihren Schleier festzustecken, kam ihnen entgegen und bat sie, im Kapitelsaal auf die Äbtissin zu warten. Derweil standen Erfrischungen bereit. Hatten die Ladys irgendwelche Wünsche? Und der Säugling, so ein prächtiger kleiner Kerl, was konnte man für ihn tun?

Die Schönheit des Kapitelsaales beruhte auf seinen schmucklosen großen Holzstreben und Bögen. Kerzen erhellten die frischen Binsen auf dem Boden und spiegelten sich auf einem glänzenden langen Tisch und den Stühlen. Neben dem Geruch der Apfelholzscheite im Kohlenbecken lag ein Duft von Heiligkeit und Bienenwachs in der Luft – und vermischte sich dank Wächter jetzt mit dem Gestank eines übelriechenden Hundes.

Rowley tigerte ungeduldig und gereizt durch den Raum, doch Adelia stillte die kleine Allie zum ersten Mal seit Beginn der Reise mit der Ruhe, die das Kind verdiente. Da sie die Abtei mit Rosamund Clifford in Verbindung brachte, hatte sie befürchtet, ein verlottertes Kloster mit schlampigen Nonnen vorzufinden, die ihrem Stand keine Ehre machten. Noch immer hatte sie schlimme Erinnerungen an das Kloster St. Radegund in Cambridge, die einzige andere Schwesternschaft, die sie bislang in England gesehen hatte – ein bedrückender Ort, an dem letztendlich die Komplizin eines Kindermörders entlarvt worden war.

Hier in Godstow jedoch kündete die Atmosphäre von Geborgenheit, Ordnung, Disziplin und davon, dass alles so war, wie es sein sollte.

Sie döste vor sich hin, eingelullt von Pater Patons einschläferndem Gemurmel, der in seinem Schiefertafelbuch Berechnungen anstellte. »Für Käse und Ale auf der Reise … für Pferdefutter …«

Ein sachter Stoß von Gyltha brachte sie auf die Beine. Eine kleine, sehr alte Nonne, die sich auf einen Stock mit Elfenbeingriff stützte, war hereingekommen. Rowley streckte ihr die Hand hin, die Nonne beugte sich ächzend vor, um den Bischofsring an seinem Finger zu küssen. Alle verneigten sich.

Die Äbtissin nahm am Kopfende des Tisches Platz, lehnte den Gehstock behutsam an ihren Stuhl, faltete die Hände und hörte zu.

Innerhalb weniger Minuten wurde Adelia klar, dass ein Gutteil von Godstows Wohl und Segen dieser kleinen Frau zu verdanken war. Mutter Edyve besaß die distanzierte Ruhe älterer Menschen, die alles schon erlebt hatten und es jetzt zum zweiten Mal kommen sahen. Dieser junge Bischof, ein Grünschnabel im Vergleich zu ihr, konnte sie nicht aus der Fassung bringen, obwohl er in seinem Gefolge einen Sarazenen, zwei Frauen, einen Säugling sowie einen eher unappetitlichen Hund mitbrachte und ihr erzählte, er habe vor ihren Toren einen Ermordeten gefunden.

Selbst der Wunsch des Bischofs, die Leiche in ihrem Eishaus zu verstecken, wurde seelenruhig aufgenommen. »Ihr hofft, auf diese Weise den Mörder zu finden?«, fragte sie.

»*Die* Mörder, Äbtissin«, korrigierte der Bischof ein wenig zu ungeduldig. Erneut erklärte er ihr die Beweise, die von Doktor Mansur und seiner Assistentin gefunden worden waren.

Adelia dachte, dass Mutter Edyve wahrscheinlich alles schon beim ersten Mal begriffen hatte. Sie wollte nur noch etwas mehr Zeit zum Nachdenken gewinnen. Die Augen mit den faltigen Lidern, die in einem Gesicht wie aus runzeligem Kalbsleder ruhten, schlossen sich, während sie lauschte. Ihre blaugeäderten Hände spiegelten sich in der polierten Tischplatte.

Rowley kam zum Ende: »Wie wir vermuten, legen es die Täter darauf an, dass sich der Tod und der Name des jungen Mannes herumsprechen werden. Wenn dies nicht geschieht, kommen sie möglicherweise zurück, um Nachforschungen anzustellen.«

»Also eine Falle.« Eine sachliche Feststellung.

»Eine notwendige Falle, um der Gerechtigkeit willen«, beteuerte Rowley. »Und nur Ihr dürft davon wissen, Äbtissin.«

Er verlangt viel von ihr, dachte Adelia. Einen Toten nicht zu bestatten, sondern ihn unbeweint zu verstecken, verstößt ganz sicher gegen das Gesetz und die christliche Ordnung.

Doch nach dem, was Rowley ihr erzählt hatte, war es dieser

alten Frau gelungen, ihr Kloster und ihre Nonnen unbeschadet durch einen dreizehnjährigen Bürgerkrieg zu bringen, der zu einem großen Teil genau hier in der Gegend getobt hatte – eine Leistung, die den Verdacht nahelegte, dass dabei so manche menschliche und göttliche Vorschrift umschifft worden war.

Mutter Edyve öffnete die Augen. »Eins müsst Ihr wissen, Mylord: Die Brücke gehört uns. Unserem Kloster obliegt es, sie instand zu halten und ihren Frieden zu wahren und demzufolge auch diejenigen zu ergreifen, die darauf einen Mord verüben.«

»Dann seid Ihr also einverstanden?« Rowley war verblüfft. Er hatte Widerstand erwartet.

»Allerdings«, sagte die Äbtissin gelassen, als hätte sie ihn gar nicht gehört, »werdet Ihr die Hilfe meiner Tochter Priorin benötigen.« Unter ihrem Skapulier holte Mutter Edyve die größte Schlüsselkette hervor, die Adelia je gesehen hatte. Es war ein Wunder, dass die alte Frau von dem Gewicht nicht zu Boden gezogen wurde. Zwischen den wuchtigen Schlüsseln, die daran befestigt waren, hing eine kleine Glocke. Sie läutete sie.

Die Priorin, die sie zuvor begrüßt hatte, kam herein. »Ja, Mutter?«

Jetzt, wo sie die beiden zusammen sah, bemerkte Adelia, dass Schwester Havis das gleiche flache Gesicht und die gleiche, wenn auch nicht ganz so runzelige Lederhaut hatte wie die Äbtissin. »Tochter Priorin« war also nicht nur ein frommer Titel. Edyve hatte ihr Kind mit nach Godstow gebracht, als sie Nonne wurde.

»Unser Bischof hat eine Lieferung für unser Eishaus mitgebracht, Schwester Havis. Sie soll während der Laudes unbemerkt dorthin geschafft werden.« Ein Schlüssel wurde von dem großen Eisenring gelöst und überreicht. »Bis auf weiteres wird niemand sonst davon unterrichtet.«

»Ja, Mutter.« Schwester Havis verneigte sich zuerst vor ihrem Bischof, dann vor ihrer Mutter und ging. Keine Fragen. Godstows Eishaus, so dachte Adelia, hatte im Laufe der Zeit gewiss nicht nur Rinderhälften beherbergt. Schätze? Flüchtlinge? Vielleicht beides, denn immerhin lag es zwischen der Stadt Wallingford, die auf Königin Matildas Seite gestanden hatte, und der Burg Oxford, über der König Stephens Flagge geweht hatte.

Allie begann zu strampeln, und Gyltha, die sie im Arm hielt, blickte zuerst fragend Adelia an und dann auf den Boden.

Adelia nickte, der Boden war sauber. Allie wurde zum Krabbeln abgesetzt. Allerdings lehnte sie diese Fortbewegungsart ab und schob sich lieber auf dem Allerwertesten durch den Raum. Müde legte Wächter, der Hund, sich so hin, dass sie ihn an den Ohren ziehen konnte.

Rowley dankte der Äbtissin nicht einmal für ihre Hilfsbereitschaft, sondern kam sogleich zu der Angelegenheit, die ihm auf der Seele brannte. »Und nun, Madam, wie steht's mit Rosamund Clifford?«

»Ja, Lady Rosamund.« Sie klang nach wie vor gelassen, doch ihre Hände spannten sich leicht an. »Man sagt, die Königin soll sie vergiftet haben.«

»Das habe ich befürchtet.«

»Und *ich* befürchte, es könnte wieder Krieg geben.«

Stille trat ein. Die Äbtissin und der Bischof waren sich jetzt ohne Worte einig, als hätten sie gemeinsam ein schlimmes Geheimnis. Erneut drängten sich galoppierende Reiter in die Erinnerung derjenigen, die den Bürgerkrieg erlebt hatten, und Adelia spürte ihre Angst so deutlich, dass sie am liebsten ihr Kind hochgenommen hätte. Stattdessen passte sie genau auf, dass Allie dem Kohlenbecken nicht zu nahe kam.

»Ist ihr Leichnam eingetroffen?«, fragte Rowley unvermittelt.

»Nein.«
»Ich dachte, sie soll hier bestattet werden.« Er klang vorwurfsvoll, als sei es die Schuld der Äbtissin. Wo doch jeder andere Bischof, dachte Adelia, mit Wohlwollen auf ein Kloster geblickt hätte, das sich weigerte, eine Frau zu bestatten, die wegen ihrer losen Sitten berüchtigt war.
Mutter Edyve blickte seitlich an ihrem Stuhl hinunter. Allie versuchte gerade, sich an einem seiner Beine hochzuziehen. Adelia wollte sie dort wegholen, doch die Äbtissin hob mahnend einen Finger, nahm dann, ohne den Gesichtsausdruck zu verändern, die kleine Glocke von der Schlüsselkette und reichte sie nach unten.
Du kennst dich mit Kindern aus, dachte Adelia beruhigt.
»Lady Rosamund hat unserem Kloster so manche Freundlichkeit angedeihen lassen.« Mutter Edyves Stimme klang hell wie die eines fernen Vogels. »Wir schulden ihrem Leichnam die Bestattung und ihrer Seele einen Gottesdienst. Die Vorkehrungen sind getroffen worden, doch ihre Haushälterin Dakers weigert sich, uns die Tote zu überlassen.«
»Wieso denn?«
»Das kann ich nicht sagen, aber ihre Einwilligung ist unerlässlich, fürchte ich.«
»Im Namen des Allmächtigen, wieso?«
Irgendetwas, vielleicht sogar Erheiterung, blitzte ganz kurz im reglosen Gesicht der Äbtissin auf. Vom Boden neben ihrem Stuhl ertönte ein Klingeln, als Allie ihr neues Spielzeug untersuchte. »Mylord, soweit ich weiß, habt Ihr den Wormhold Tower während Lady Rosamunds Erkrankung besucht?«
»Das wisst Ihr doch. Eure Priorin … Schwester Havis hat mich aus Oxford hergeholt.«
»Und Ihr wurdet beide durch das Labyrinth geführt, das den Turm umgibt?«

»Irgend so ein verrücktes Weib hat uns am Eingang erwartet, ja.« Rowleys Finger trommelten auf den Tisch. Er hatte sich noch nicht gesetzt, seit sie den Raum betreten hatten.

»Das war Dakers.« Wieder diese kaum wahrnehmbare Erheiterung, wie ein Windhauch über einem Teich. »Wie ich höre, lässt sie seit dem Tod ihrer Herrin niemanden mehr herein. Sie hat sie vergöttert. Mylord, ich fürchte, wenn sie Euch nicht durch das Labyrinth führt, werdet Ihr nicht zum Turm gelangen.«

»Ich werde dorthin gelangen. Bei Gott, das werde ich. Solange ich hier Bischof bin, bleibt kein Toter unbeerdigt …« Er stockte und lachte dann. Er hatte gerade selbst einen mit ins Kloster gebracht.

Das ist seine große Stärke, dachte Adelia, während ihr warm ums Herz wurde und sie ihn anlächelte. Er hat einen Blick für die Absurdität der Dinge. Sie sah zu, wie er sich bei der Äbtissin für sein Benehmen entschuldigte und für ihr Entgegenkommen dankte – bis sie merkte, dass die blassen alten Augen der Nonne sich von ihm abgewandt hatten und jetzt *sie* betrachteten, wie sie *ihn* betrachtete.

Die Äbtissin kam wieder zur Sache. »Dakers' Bindung an ihre Herrin war …«, sie suchte nach Worten, »… furchterregend. Die unglückselige Magd, die die verhängnisvollen Pilze aus dem Wald mitgebracht hat, ist vor lauter Angst um ihr Leben aus dem Turm geflohen und hat bei uns Zuflucht gesucht.«

»Sie ist hier? Gut. Ich will ihr einige Fragen stellen.« Er verbesserte sich. »Mit Eurer Erlaubnis, Madam, würde ich ihr gern einige Fragen stellen.«

Die Äbtissin neigte den Kopf.

»Und wenn ich Eure Freundlichkeit noch ein wenig mehr in Anspruch nehmen darf«, fuhr Rowley fort, »würde ich gern einen Teil meiner Leute hierlassen, während Doktor Mansur und seine Assistentin mich zum Wormhold Tower begleiten, um zu sehen, was sich dort machen lässt. Wie gesagt, unser guter Doktor verfügt über gewisse Fähigkeiten, die uns bei der Untersuchung der Angelegenheit helfen können …«

Nicht jetzt, dachte Adelia. Nicht heute. Um Gottes willen, Rowley, wir sind von der Reise erschöpft.

Sie hüstelte und fing Gylthas Blick auf. Gyltha versetzte Mansur, der neben ihr stand, einen Stoß. Mansur schaute sie beide an und sprach dann zum ersten Mal auf Englisch: »Euer Doktor braucht zuerst Ruhe.« Er fügte hinzu: »Mylord.«

»Von wegen Ruhe«, sagte Rowley, sah aber zu Adelia hinüber, die mit ihm kommen musste, wenn er weiterritt, oder warum war sie sonst hier?

Sie schüttelte den Kopf. Wir brauchen Ruhe, Rowley. *Du* brauchst Ruhe.

Die Augen der Äbtissin hatten den Blickwechsel registriert, und wenn er ihr sonst nichts verraten hatte, obwohl wahrscheinlich doch, so schloss sie daraus, dass die Angelegenheit damit geklärt war. »Wenn Ihr den Leichnam des armen Mannes untergebracht habt, wird Schwester Havis Euch zu Euren Unterkünften führen«, sagte sie.

Es war noch immer sehr dunkel und kalt. Die Nonnen sangen in ihrer Kapelle die Laudes, und alle anderen, die irgendeine Aufgabe zu erledigen hatten, waren damit in den Gebäuden beschäftigt, so dass niemand am Haupttor den geschlossenen Fuhrwagen bemerkte, in dem ein Toter lag.

Walt und die Waffenknechte bewachten ihn. Sie traten auf der Stelle, schlangen die Arme um den Oberkörper, um sich warm zu halten, und überhörten gleichmütig die neugierigen Fragen des Klosterwärters, der sich aus dem unteren Fenster des Torhauses lehnte. Schwester Havis wies ihn schneidend an, den

Kopf einzuziehen, die Fensterläden zu schließen und sich um seinen eigenen Kram zu kümmern. »Haltet den Mund, Fitchet.«

»Tu ich doch, oder?« Fitchet war gekränkt. »Tu ich doch immer, oder?« Die Fensterläden wurden zugeknallt.

»Tut er auch«, sagte Schwester Havis. »Meistens.«

Sie hielt die Laterne hoch und stapfte vor ihnen durch den Schnee.

Walt führte die Zugpferde hinter ihr her, der Bischof, Oswald und Aelwyn trotteten an seiner Seite, und Adelia und Mansur saßen auf dem Wagenbock.

Nachdem Rowley begriffen hatte, dass Adelia völlig erschöpft war, hätte er sie in das Zimmer gelassen, das für sie und Allie und Gyltha im Gästehaus hergerichtet worden war, doch dieser tote junge Mann war *ihre* Verantwortung. Sie mochte noch so gute Gründe haben, die unwürdige Behandlung des Leichnams erfolgte auf ihr Geheiß, daher musste sie ihm zumindest so viel Achtung zollen, wie es ihr unter diesen Umständen möglich war.

Sie folgten der Mauer, die die weitläufigen Gebäude und Gärten des Klosters umgab, bis zu der Stelle, wo auf der anderen Seite das Pferd des Toten lag.

Das Rauschen, das sie auf der Brücke gehört hatten, wurde lauter. Sie waren jetzt nahe am Wasser, entweder an der Themse oder an einem schnellen Zufluss, über dem noch kältere Luft aufstieg. Der Lärm wurde ohrenbetäubend.

Mansur und Adelia saßen so hoch auf dem Wagen, dass sie über die Mauer und, wenn keine Bäume im Weg waren, über den Fluss blicken konnten. Mansur zeigte auf die Brücke und auf eine Wassermühle am anderen Ufer.

Der Araber sagte etwas, aber sie konnte ihn nicht verstehen. Vielleicht, dass die Mühle noch im Dunkel gelegen hatte, als sie auf der Brücke gestanden, so dass sie sie nicht bemerkt hatten. Jetzt drang Licht aus den winzigen Fenstern in ihrem Turm, und das große Wasserrad drehte sich im Mühlgraben.

Sie hatten gehalten. Schwester Havis war vor einer großen Steinhütte stehengeblieben, die an die Mauer angebaut war, und schloss die Tür auf.

Im Licht ihrer Laterne war zu erkennen, dass die Hütte bis auf eine Leiter und ein paar Werkzeuge leer war. Der Boden bestand aus Steinplatten, doch den meisten Raum nahm eine gewölbte Eisenscheibe mit Griffen ein, die aussah wie der Deckel eines riesigen Topfes.

Schwester Havis trat beiseite. »Man kann sie nur zu zweit anheben.« Sie hatte die gleiche emotionslose Stimme wie ihre Mutter.

Aelwyn und Oswald mussten sich kräftig anstrengen, um den Deckel zu heben. Darunter war ein finsteres Loch, aus dem eine Kälte aufstieg, die selbst in der eisigen Hütte noch spürbar war, und mit ihr drang der Geruch von Stroh und gefrorenem Fleisch nach oben.

Der Bischof hatte der Priorin die Laterne aus der Hand genommen und kniete sich neben das Loch. »Wer hat das Eishaus gebaut?«

»Das wissen wir nicht, Mylord. Wir haben es entdeckt und instand gehalten. Die Mutter Äbtissin glaubt, dass es schon hier war, lange bevor unser Kloster gegründet wurde.«

»Vielleicht die Römer?« Rowley war fasziniert. Die Leiter wurde geholt und so hingestellt, dass er hinuntersteigen konnte. Seine Stimme hallte herauf, als er weitere Fragen stellte, die Schwester Havis kühl beantwortete.

Ja, dass es so weit von der Schlachterei des Klosters entfernt lag, war unpraktisch, aber vermutlich hatten seine Erbauer es so nah an einem eingedeichten Flussabschnitt errichtet, damit

die Kammer nicht unterspült wurde und zugleich von der Nähe des kühlenden Wassers profitierte.
Ja, wenn an Michaeli geschlachtet wurde, weil nicht einmal Godstow alle Tiere über den Winter bringen konnte, wurde das meiste zwar eingepökelt, doch dank des Eishauses konnten sie bis in den Frühling hinein oder sogar länger gelegentlich frisches Fleisch genießen.
Ja, selbstverständlich fror der Mühlteich dort drüben nur in sehr kalten Wintern zu, doch in den letzten Jahren war jeder Winter kalt gewesen, und der letzte Frost hatte außergewöhnlich lang gedauert, so dass der Vorrat an Eisblöcken bis in den Sommer hinein hielt. Ja, Seine Lordschaft könne einen Abfluss für das Schmelzwasser sehen.
»Prächtig.«
Adelia hüstelte vielsagend. Rowleys Kopf tauchte auf. »Was denn?«
»Das Totengebet, Mylord.«
»Ach so, ja, natürlich.«
Der Leichnam wurde auf die Steinplatten gelegt.
Die Totenstarre war gewichen, wie Adelia mit Interesse bemerkte, aber das lag gewiss an der einigermaßen warmen Unterbringung im windgeschützten Stroh des Fuhrwagens. Unten in diesem eiskalten Loch würde sie wieder einsetzen.
Die sichere, feste Stimme des Bischofs von St. Albans klang durch die Hütte. »*Domine, Iesu Christe, Rex gloriae* … bewahre die Seelen der Verstorbenen vor den Qualen des Feuers, vor den Tiefen der Unterwelt … dass die Hölle sie nicht verschlinge, noch dass sie hinabstürzen in die Finsternis, sondern dass der Bannerträger Sankt Michael sie ins heilige Licht geleite, wie du es einst Abraham verheißen …«
Adelia fügte lautlos ihr eigenes Gebet hinzu. Und mögen diejenigen, die dich lieben, mir mein Tun vergeben.

Sie stieg zu Oswald und dem Bischof in das Loch hinunter, ehe der Tote hinabgereicht wurde. Ein schrecklicher Ort, wie ein kolossales gemauertes Ei, dessen Inneres rundum mit in Netze gestopftem Stroh isoliert war, über dem weitere Netze die Eisblöcke hielten. An Haken hingen Hälften von Rind, Lamm, Wild und Schwein, weiß von Frost und so dicht beisammen, dass sie nicht hindurchgehen konnte, ohne mit den Schultern an das Fleisch zu stoßen.

Sie suchte eine geeignete Stelle, und als sie sich aufrichtete, verfing sich ihre Kappe in den Krallen irgendwelcher toter Wildvögel, die an ihren eigenen Galgen baumelten.

Mit klappernden Zähnen – und nicht bloß vor Kälte – nahmen sie und die anderen die Füße des Toten entgegen, der von Aelwyn und Walt nach unten gereicht wurde.

Gemeinsam legten sie ihn so unter das Federwild, dass ihm eventuelle Tropfen nicht ins Gesicht fallen würden.

»Es tut mir leid. Furchtbar leid.« Als die anderen schon aus dem Loch gestiegen waren, blieb Adelia noch einen Moment länger bei dem Toten und gab ihm ein Versprechen. »Ob wir deine Mörder fangen oder nicht, ich lasse dich nicht lange hier unten.«

Für sie war es schon fast zu lang. Sie war so starr vor Kälte, dass sie es nicht mehr die Leiter hinaufschaffte und Mansur sie hochhieven musste.

Die Äbtissin überließ Rowley ihr Haus und beteuerte, es sei eine Entlastung für sie, weil es ihr ohnehin immer schwerer fallen würde, die hohen Stufen zur Haustür zu nehmen. Da er ihr vor Gott übergeordnet war, blieb ihr auch gar nichts anderes übrig, obwohl er so zum inneren Hof mit Kreuzgang, Kapelle, Refektorium und Dormitorium der Nonnen Zugang hatte, der Männern ansonsten nachts versperrt blieb. Nachdem

sie einen Blick auf Pater Paton geworfen und befunden hatte, dass auch er keine sexuelle Gefahr darstellte, brachte sie den Sekretär bei seinem Herrn unter.
Jacques, Walt, Oswald und Aelwyn bezogen Quartier in den Unterkünften der Bediensteten.
Mansur erhielt einen schönen Raum im Gästehaus der Männer. Gyltha, Adelia, Allie und der Hund wurden ebenso angenehm im Frauenflügel neben der Kirche untergebracht. Verwinkelte Außentreppen führten jeweils zu den Türen der Gäste, so dass die Frauen im obersten Stock einen weiten Blick nach Westen über den Weg nach Oxford und die Felder der Abtei hatten, die sich sanft zur Themse hinabsenkten.
»Entendaunen«, sagte Gyltha, die ein großes Bett inspizierte, »und keine Flöhe.« Sie schaute unter die Bettdecke. »Und irgendein Engel hat heiße Steine reingelegt, um es anzuwärmen.«
Adelia wollte sich nur noch hinlegen und schlafen, und eine Zeitlang taten sie das alle drei.
Sie wurden von Glocken geweckt, von denen eine praktisch direkt neben ihren Ohren läutete und den Wasserkrug in seiner Schale auf dem einzigen Tisch im Raum erbeben ließ.
Adelia schnappte sich Allie, die zwischen ihr und Gyltha schlief, und fragte alarmiert: »Brennt es?«
Gyltha lauschte angespannt. Die wuchtigen Schläge kamen vom Kirchturm ganz in der Nähe, und gleichzeitig ertönten auch andere Glocken, blecherner und sehr viel weiter entfernt.
»Es ist Sonntag«, sagte sie.
»Ach *verdammt*. Das kann doch nicht wahr sein.«
Doch nicht nur weil es die Höflichkeit gebot, sondern auch weil sie, wie Adelia sehr wohl bewusst war, in der Schuld der Äbtissin standen, war es unumgänglich, am Morgengottesdienst teilzunehmen, zu dem Godstows Glocken riefen.

Und sie riefen nicht nur die Menschen im Kloster. Die Kirche im äußeren Hof stand allen offen, Laien und Geistlichen (nicht jedoch irgendwelchen Ungläubigen und übelriechenden Hunden, so dass Mansur und Wächter weiterschlafen konnten), und heute kämpfte sich wirklich jeder aus dem Umland durch den Schnee hierher. Das Dorf Wolvercote kam geschlossen über die Brücke, da sein Gutsherr die eigene Dorfkirche hatte verfallen lassen.

Natürlich war der Bischof die große Attraktion. Er war ein ebensolches Wunder wie ein herabgestiegener Engel. Schon allein ein Blick auf seinen Chormantel und die Mitra war den Zehnten wert, den jedermann zahlen musste. Vielleicht würde er ja auch den Husten des Kleinen heilen; und ganz sicher konnte er die Winteraussaat segnen. Einige krank aussehende Milchkühe und ein hinkender Esel waren schon draußen am Wassertrog angebunden worden und harrten seiner Aufmerksamkeit.

Die Geistlichkeit zog durch eine gesonderte Tür ein und begab sich zu ihren Sitzen im prächtigen Gestühl des Chores unter dessen ebenso prächtigem Fächergewölbe.

Aufgrund seiner Tonsur saß Pater Paton neben dem Klosterkaplan, einem kleinen verhuschten Mann, und gegenüber den Nonnen, in deren ansonsten schwarzen Reihen zwei junge Frauen in weißen Gewändern auffielen, die häufig kicherten. Sie fanden Pater Paton lustig.

Die meisten Bischöfe nahmen ihre Homilie zum Anlass, die Sünde im Allgemeinen zu verdammen, häufig in normannischem Französisch, ihrer Muttersprache, oder auf Latein, weil sie glaubten, je weniger die Gemeinde verstand, desto größer ihre Ehrfurcht.

Rowleys Predigt war anders, und er sprach eine Sprache, die seine Herde verstand. »Ein paar Kerle behaupten, die arme

Lady Rosamund sei durch die Hand Königin Eleanors gestorben. Das ist eine boshafte Lüge, und ihr macht unserem Herrn Freude, wenn ihr dem keinen Glauben schenkt.«
Er verließ die Kanzel und marschierte in der Kirche auf und ab, während er predigte und schimpfte. Er war gekommen, um herauszufinden, was oder wer hinter Rosamunds Tod steckte, sagte er. »Denn ich weiß, dass sie hier allseits beliebt war. Vielleicht war es ein unglücklicher Zufall, vielleicht auch nicht, aber wenn nicht, dann werden König und Königin dafür sorgen, dass der Übeltäter rechtmäßig bestraft wird. Bis dahin sind wir alle verpflichtet, unseren Mund zu halten und den kostbaren Frieden unseres Herrn Jesus Christus zu wahren.«
Dann kniete er sich auf die Steine und das Stroh nieder, um zu beten, und alle in der Kirche taten es ihm gleich.
Sie lieben ihn, dachte Adelia. Einfach so lieben sie ihn. Spielt er ihnen was vor? Nein, darüber ist er hinweg. Genau wie er über mich hinweg ist.
Als sie sich erhoben, stellte jedoch ein Mann – dem gespenstischen Weiß nach zu schließen, das sich in den Poren seiner Haut eingenistet hatte, war es der Müller von der anderen Seite der Brücke – eine Frage. »Master, es heißt, die Königin ist mit dem König zerstritten. Das wird doch keinen Kampf zwischen den beiden geben, oder?«
Ein ängstliches Murmeln bestätigte seine Frage. Der Bürgerkrieg, in dem ein König gegen eine Königin gekämpft hatte, lag erst eine Generation zurück, und niemand wollte einen weiteren erleben.
Rowley wandte sich ihm zu. »Welche ist Eure Missus?«
»Die hier.« Der Mann deutete mit dem Daumen auf die rundliche Frau neben sich.
»Und soweit ich das sehe, habt Ihr da eine gute Wahl getroffen, Master Müller. Ihr zwei habt euch im Laufe der Jahre doch be-

stimmt schon mal gestritten, aber deswegen noch lange keinen Krieg angefangen. Das ist bei Königen auch nicht anders.«

Unter allgemeinem Gelächter kehrte er zu seinem Thron zurück.

Eine der beiden weißgekleideten jungen Frauen sang zu Ehren des Bischofs das Responsorium, und sie sang so schön, dass es Adelia, die normalerweise nichts für Musik übrig hatte, bei den Antworten der Gemeinde kaum erwarten konnte, erneut diese Stimme zu hören.

Daher freute sie sich, als dieselbe junge Frau nach dem Auszug der Geistlichkeit draußen im großen Hof auf sie wartete. »Darf ich mitkommen und mir Eure Kleine ansehen? Ich liebe Kinder.«

»Gern. Ich muss Euch zu Eurer Stimme gratulieren, es ist ein Genuss, Euch zuzuhören.«

»Vielen Dank. Ich bin Emma Bloat.«

»Adelia Aguilar.«

Sie gingen nebeneinander her. Besser gesagt, Adelia ging, und Emma hüpfte. Sie war vierzehn Jahre alt, und aus irgendeinem Grund sprudelte sie über vor Glück. Adelia hoffte, dass nicht der Bischof der Grund war. »Zählt Ihr zu den Benediktineroblaten?«

»O nein. Nur Priscilla wird den Schleier nehmen, ich werde bald heiraten.«

»Gut.«

»Ja, nicht? Irdische Liebe …« Emma tänzelte vor lauter Lebensfreude. »Gott schätzt sie bestimmt ebenso hoch ein wie die himmlische Liebe, nicht wahr, auch wenn Schwester Mold etwas anderes sagt, warum sollte er uns wohl sonst dieses Gefühl geben?« Sie klopfte sich auf die Herzgegend.

»›Es ist besser, zu heiraten, als sich in Begierde zu verzehren‹«, zitierte Adelia.

»Genau. Ich frage mich, wie konnte der heilige Paulus das wissen? Wo ihm doch beides fremd war.«
Sie war ein erfrischendes Kind und tatsächlich ganz vernarrt in Kinder oder wenigstens in Allie, mit der sie länger Guck-guck spielte, ohne geistig Schaden zu nehmen, als Adelia das für möglich gehalten hätte.
Anscheinend genoss das Mädchen irgendwelche Privilegien, denn sie wurde nicht für die Nachmittagsarbeiten der Schwestern zurückgerufen. Reichtum oder Stand, fragte Adelia sich, oder beides?
Die Fremden, die aus heiterem Himmel im Kloster aufgetaucht waren, interessierten das Mädchen nicht mehr als Spielzeug, das zu ihrer Belustigung da war, doch verlangte sie umgekehrt, dass die Fremden sich für sie interessierten. »Fragt mich nach meinem zukünftigen Mann, fragt mich, fragt mich.«
Er war offenbar wunderschön, *ach*, so wunderschön, stattlich, leidenschaftlich in sie verliebt, und er schrieb romantische Gedichte, die denen von Paris an Helena in nichts nachstanden.
Gyltha sah Adelia an und hob die Augenbrauen, Adelia hob die ihren. Das Mädchen war richtig glücklich, was bei arrangierten Ehen selten der Fall war. Denn arrangiert worden war sie. Emmas Vater, so erzählte sie ihnen, war Weinhändler in Oxford und belieferte das Kloster mit bestem Rheinwein, der dadurch bezahlt wurde, dass sie hier die Erziehung erhielt, die der Frau eines Adeligen zukam. Der Vater hatte ihren Zukünftigen für sie ausgewählt.
Auf einmal wurde Emma, die jetzt am Fenster stand, so von Lachen geschüttelt, dass sie sich am Mittelpfosten festhalten musste.
»Euer Zukünftiger ist also ein hoher Herr?«, fragte Gyltha grinsend.
Das Lachen erstarb, und Emma schaute aus dem Fenster, als

könnte die Aussicht ihr etwas verraten, und Adelia sah, dass der Überschwang der Jugend im Laufe der Zeit durch Schönheit ersetzt werden würde.
»Der Herr meines Herzens«, sagte Emma.

Es war schwierig für die Reisenden, ungestört zusammenzukommen, um ihr weiteres Vorgehen zu besprechen. So nachsichtig die Regeln in Godstow auch gehandhabt wurden, es war ausgeschlossen, dass ein Sarazene den inneren Hof betrat. Ebenso ausgeschlossen war es, dass der Bischof die Frauenunterkünfte aufsuchte. Die einzige Möglichkeit bot die Kirche, und selbst dort war vor dem Hauptaltar stets eine Nonne anwesend, die für die Seelen jener Verstorbenen betete, die für dieses Privileg bezahlt hatten. Es gab jedoch eine Seitenkapelle, die der Jungfrau Maria gewidmet war und in der auch nachts Kerzen brannten – ein weiteres Geschenk der Toten, damit die Muttergottes ihrer gedachte. Die Äbtissin hatte ihnen erlaubt, diese Kapelle als Treffpunkt zu nutzen, solange sie Stillschweigen darüber bewahrten.
Davon, dass die Gemeinde tagsüber beim Gottesdienst den Kirchenraum angewärmt hatte, war nichts mehr zu spüren. Die flackernden Kerzen auf dem Schrein verbreiteten nur wenig Licht und Wärme, während der gewölbte Raum um sie herum in eisigem Schatten lag.
Als Adelia mit Gyltha durch eine Seitentür eintrat, sah sie eine wuchtige Gestalt vor dem Altar knien, den Kopf unter der Kapuze gebeugt und die Finger so fest verschränkt, dass sie aussahen wie blanke Knochen.
Rowley stand auf, als die Frauen hereinkamen. Er sah müde aus. »Ihr kommt spät.«
»Ich musste die Kleine stillen«, erklärte Adelia.
Aus dem Hauptraum der Kirche war die monotone Stimme

einer Nonne zu hören, die die Totenfürbitten aus dem Klosterregister verlas. Sie ging dabei sehr präzise vor. »Gott in deiner Gnade, erbarme dich der Seele von Thomas aus Sandford, der in St. Gile's, Oxford, einen Obstgarten gestiftet hat und am Tag nach Martini im Jahre des Herrn 1143 heimging. Gütiger Jesus in deiner Gnade, nimm dich gnädig der Seele von Maud Halegod an, die drei Mark in Silber gespendet hat …«

»Hat Rosamunds Magd Euch irgendwas sagen können?«, flüsterte Adelia.

»Die?« Der Bischof gab sich keine Mühe, leise zu sprechen. »Das Weib ist irre, da hätte ich mehr aus den verdammten Eseln rausholen können, die ich den ganzen Nachmittag lang segnen musste. Sie blökt nur rum. Ehrlich, wie ein Schaf.«

»Wahrscheinlich habt Ihr sie eingeschüchtert.« Im vollen Ornat hatte er gewiss furchteinflößend gewirkt.

»Aber nein, ich habe sie nicht eingeschüchtert. Ich war bezaubernd. Die Frau ist hirnlos, das könnt Ihr mir glauben. Seht zu, dass Ihr sie irgendwie zum Reden bringt.«

»Das werde ich.«

Gyltha hatte in einer Ecke einige Betkissen gefunden und verteilte sie nun so im Kreis, dass das Kerzenlicht darauf fiel. Jedes trug das Wappen einer Adelsfamilie, deren Angehörige beim Kirchgang keine schmutzigen Knie bekommen wollten.

»Betkissen sind praktisch«, sagte Adelia und schob eines unter den Korb mit der schlafenden Allie, damit er nicht auf den kalten Steinen stand. Wächter ließ sich auf einem anderen nieder.

»Wieso stiften die Reichen keine Betkissen für die Armen? Dann würde man sich länger an sie erinnern.«

»Die Reichen wollen nich, dass wir es bequem haben«, sagte Gyltha. »Ist nich gut für uns. Könnte uns auf dumme Gedanken bringen. Wo steckt denn der alte Araber?«

»Der Bote holt ihn gerade.«

Als er, gefolgt von Jacques, in einen Mantel gehüllt, durch die Seitentür eintrat, musste er den Kopf einziehen.
»Gut«, sagte Rowley. »Du kannst gehen, Jacques.«
»Ähm.« Der junge Mann trat kläglich von einem Bein aufs andere.
Adelia hatte Mitleid mit ihm. Die Arbeit eines Boten war wenig beneidenswert und einsam. Die meiste Zeit waren sie kreuz und quer im Land unterwegs und hatten nur ein Pferd als Begleitung. Ihre Herren verlangten viel von ihnen. Briefe mussten rasch abgeliefert und die Antworten noch rascher zurückgebracht werden. Entschuldigungen wie schlechtes Wetter, Stürze, unwegsames Gelände oder Vom-Weg-Abkommen wurden beiseitegefegt. Eher argwöhnte man, dass der Bote die Zeit und das Geld seines Auftraggebers in irgendeiner Schenke vergeudet hatte.
Rowley, so fand sie, ging besonders hart mit seinem Boten um. Wieso sollte der junge Mann nicht bei ihren Erörterungen dabei sein? Sie vermutete, Jacques' Sünde bestand darin, dass er zwar die schlichte Livree von St. Albans trug, aber versuchte, seine geringe Größe durch Stiefel mit hohen Absätzen und eine lange Feder an der Kappe wettzumachen, was den Verdacht nahelegte, dass er ein Anhänger der von Königin Eleanor und ihrem Hof eingeführten Mode war, wonach Männer sich ebenso elegant kleideten wie Frauen. Diese Entwicklung wurde von der jungen Generation begrüßt, aber als verweichlicht von Männern abgelehnt, die wie Rowley, Walt und Oswald am liebsten Leder- oder Kettenpanzer trugen.
Walt hatte den Boten einmal nicht ganz unzutreffend als »'ne Selleriestange mit Wurzeln dran« beschrieben, und Rowley hatte Adelia gegenüber gegrollt, er fürchte, sein Bote sei »kein guter alter englischer Normanne«, sondern ein »rausgeputztes Jüngelchen«, was für ihn gleichbedeutend mit weibisch war.

»Ich werde ihn entlassen müssen. Der Bursche parfümiert sich sogar. Ich kann doch meine Sendschreiben nicht von einem eitlen Gecken austragen lassen.«

Und das, dachte Adelia, aus dem Munde eines Mannes, der eine halbe Stunde braucht, um sein pompöses Ornat anzulegen.

Sie beschloss, sich für den Boten einzusetzen. »Kommt Master Jacques morgen mit zu Rosamunds Turm?«

»Natürlich.« Rowley war noch immer gereizt. »Kann doch sein, dass ich Botschaften versenden muss.«

»Dann wird er ebenso viel wissen wie wir auch, Mylord. Das tut er ohnehin schon, und ein Kopf mehr schadet nicht. Lasst ihn bleiben.«

»Na gut, meinetwegen.«

Vom Altar hinter dem Lettner ertönte noch immer das gemurmelte Gebet für die Toten, das auch die ganze Nacht über von verschiedenen Nonnen fortgesetzt werden würde. »... in deiner Gnade der Seele von Thomas Hookeday, dem Feldhüter unseres Sprengels, für die Sixpence, die er gestiftet hat ...«

Rowley holte die Sattelrolle hervor, die dem Toten von der Brücke gehört hatte. »Hatte noch keine Zeit, sie mir anzuschauen.« Er löste die Riemen, legte sie auf den Boden und entrollte sie. Während Jacques hinter ihnen stand, saßen die vier drum herum und betrachteten den Inhalt.

Der spärlich war. Eine Lederflasche Ale. Ein halber Käse und ein Laib Brot, ordentlich in Tuch gewickelt. Ein Jagdhorn – seltsam bei jemandem, der ohne Begleitung oder Hunde unterwegs war. Ein ebenfalls sorgsam gefalteter Ersatzmantel mit Pelzbesatz, erstaunlich klein für den hochgewachsenen Mann. Wohin auch immer er unterwegs gewesen war, er hatte darauf vertraut, dort Nahrung und Unterkunft zu finden. Nur mit dem Brot und dem Käse wäre er nicht weit gekommen.

Außerdem fanden sie einen Brief. Anscheinend war er direkt

unter die Lasche zwischen die Schnallen der Lederriemen geschoben worden, welche die Rolle zusammenhielten.
Rowley hob ihn auf und strich ihn glatt.
»›An Talbot aus Kidlington‹«, las er, »›mögen der Herr und seine Engel Euch an diesem Tage segnen, an dem Ihr in das Mannesalter eintretet, und Euch vom Pfad der Sünde und allem Unrecht fernhalten, das hofft inniglich Euer liebnd. Vetter Wlm Warin, Diener des Rechts, der Euch hiermit 2 Mark in Silber als Anzahlung auf Euer Erbe übersendet, dessen Rest Ihr beanspruchen mögt, wenn wir uns sehen. Geschrieben am Tage unseres Herrn, dem 16. vor den Kalenden des Januar in meinem Kontor bei St. Michael am Nordtor von Oxford.‹«
Er blickte auf. »So, da haben wir's. Jetzt kennen wir den Namen unseres Toten.«
Adelia nickte bedächtig. »Hmm.«
»Was ist denn nun schon wieder? Der Junge hat einen Namen, einen einundzwanzigsten Geburtstag und einen liebenden Vetter mit einer Anschrift. Genug, womit Ihr arbeiten könnt. Was er nicht hat, sind die zwei Mark in Silber. Ich denke, die haben jetzt die Diebe.«
Adelia registrierte, dass er nicht von »wir« sprach. Es würde also ihre Aufgabe sein, nicht die des Bischofs. »Findet Ihr das nicht seltsam?«, fragte sie. »Wenn das Familienwappen auf seiner Geldbörse uns nicht verraten hätte, wer er war, dann tut es dieser Brief. Der liefert ja fast schon zu viele Informationen. Welcher liebende Briefeschreiber nennt seinen Vetter denn ›Talbot aus Kidlington‹ anstatt einfach bloß ›Talbot‹?«
Rowley zuckte die Achseln. »Eine absolut übliche Anredeform.«
Adelia nahm ihm den Brief aus der Hand. »Und er ist auf Velin geschrieben. Teuer, für so eine kurze, persönliche Mitteilung. Wieso hat Master Warin kein Papier benutzt?«

»Alle Advokaten benutzen Velin oder Pergament. Für die ist Papier *infra dignitatem.*«
Doch Adelia bohrte weiter. »Und es ist zerknittert, einfach zwischen die Schnallen gestopft. Seht Ihr, an einer Stelle ist es angerissen. Kein Mensch geht so mit Velin um, das kann man immer wieder abschaben und neu benutzen.«
»Vielleicht war der Junge in Eile, als der Brief eintraf, und er hat ihn nur rasch weggesteckt. Oder er war wütend, weil er mit mehr als nur zwei Mark gerechnet hat? Oder Velin war ihm völlig schnuppe. Was es mir …«, der Bischof verlor allmählich die Geduld, »… in diesem Moment auch ist. Worauf wollt Ihr hinaus, Mistress?«
Adelia überlegte einen Moment.
Ob der Körper im Eishaus der des Talbot aus Kidlington war oder nicht, im Leben hatte er einem ordentlichen jungen Mann gehört; das hatte ihr sowohl seine Kleidung verraten als auch die Sorgfalt, mit der der Inhalt der Sattelrolle eingepackt worden war. Menschen mit einem solchen Ordnungssinn – und zu ihnen zählte Adelia – stopften nicht einfach mit der flachen Hand ein Dokument auf Velin in eine Öffnung, wie hier geschehen.
»Ich glaube, er hat den Brief nicht einmal gesehen«, sagte sie, »ich glaube, seine Mörder haben den Brief dort hineingesteckt.«
»Um Himmels willen«, fauchte Rowley sie an, »Ihr dichtet da viel zu viel hinein. Adelia, Wegelagerer hinterlegen bei ihren Opfern keine Briefe. Worauf wollt Ihr hinaus? Dass der Brief eine Fälschung ist, um uns in die Irre zu führen? Talbot aus Kidlington ist gar nicht Talbot aus Kidlington? Der Gürtel und die Börse gehören jemand ganz anderem?«
»Ich weiß es nicht.« Aber irgendwas stimmte nicht mit diesem Brief.
Sie besprachen, wie sie am folgenden Tag zu Rosamunds Turm

kommen würden. Adelia sollte mit Rowley, Jacques und Walt über den Treidelpfad flussaufwärts reiten, während Mansur und ein Waffenknecht in einem Boot folgen würden, auf dem der Leichnam dann zurückgebracht werden sollte.

Während sie noch Einzelheiten besprachen, nutzte Adelia die Gelegenheit, um sich die verschiedenen Wappen genauer anzusehen. Keines passte zu dem auf der Börse oder dem Gürtel des jungen Mannes.

Rowley sagte zu Gyltha: »Du musst hierbleiben, Mistress. Die Kleine können wir unmöglich mitnehmen.«

Adelia blickte auf. »Ich lasse sie nicht hier zurück.«

Er sagte: »Es geht nicht anders, das wird kein Familienausflug.« Er ergriff Mansurs Arm. »Komm mit, mein Freund, mal sehen, was das Kloster so an Booten zu bieten hat.« Sie gingen nach draußen, gefolgt von Jacques.

»Ich lasse sie nicht hier zurück«, rief Adelia ihm nach, was die Fürbitte für die Toten hinter dem Lettner kurz ins Stocken brachte. Sie wandte sich an Gyltha. »Was fällt ihm ein. Das kommt nicht in Frage.«

Gyltha fasste Adelia bei den Schultern und drückte sie hinunter auf ein Betkissen, dann setzte sie sich neben sie. »Er hat recht.«

»Hat er nicht. Stell dir vor, wir werden durch den Schnee abgeschnitten oder durch irgendwas anderes. Sie muss gefüttert werden.«

»Dann sorge ich dafür.« Gyltha nahm Adelias Hand und schaukelte sie sacht. »Es wird Zeit, Mädchen«, sagte sie. »Höchste Zeit, dass sie abgestillt wird. Deine Milch wird knapp. Du weißt es, und die Kleine weiß es.«

Adelia bekam die Wahrheit zu hören, wie stets von Gyltha. Es stimmte, die Milch in ihren Brüsten wurde schon seit einigen Wochen spürbar weniger, und beide Frauen hatten Nahrung zu

Brei zermanscht und mit Kuhmilch verrührt, um ihn in Allies gierigen Mund zu löffeln.
Als Adelia noch kinderlos war, hatte sie geglaubt, das Stillen wäre eine feuchte Peinlichkeit; stattdessen hatte es sich als eine der natürlichen Freuden des Lebens entpuppt und ihr darüber hinaus einen Vorwand geliefert, ihr Kind stets überallhin mitzunehmen. Denn die Mutterschaft war zwar eine weitere Wonne, hatte sie aber auch mit einer quälenden und unerwarteten Angst erfüllt, als wären ihre Sinne in den Körper ihrer Tochter und, wenn auch weniger intensiv, in den aller Kinder übertragen worden. Adelia, die einst jeden minderjährigen Menschen befremdlich gefunden hatte und ihn auch so behandelte, war jetzt offen für deren Kummer, ihre geringsten Schmerzen und jedes Unglück.
Allie hatte nur selten unter derlei Ungemach zu leiden. Sie war ein robustes Kind, und allmählich hatte Adelia erkannt, dass ihr Mitgefühl eigentlich ihr selbst galt, dem zwei Tage alten Winzling, der vor fast dreißig Jahren von unbekannten Eltern auf einem steinigen Hang im italienischen Kampanien ausgesetzt worden war. Als sie heranwuchs, hatte sie kaum darüber nachgedacht. Es war etwas, das mit einem Augenzwinkern betrachtet wurde, was sich schon darin zeigte, dass die Eheleute, die sie damals gefunden hatten, diesem für alle drei durchaus glücklichen Ereignis dadurch Rechnung trugen, dass sie ihr unter anderem den Namen Vesuvia gegeben hatten. Signor und Signora Aguilar, kinderlos, warmherzig, klug und exzentrisch, beide Ärzte, die in der freiheitlichen Tradition der wunderbaren Medizinschule von Salerno ausgebildet worden waren, er Jude, sie katholische Christin, hatten in Adelia nicht nur eine geliebte Tochter gefunden, sondern auch einen Verstand, der selbst ihre eigene Intelligenz übertraf, und sie hatten sie dementsprechend erzogen. Nein, es hatte keine Rolle gespielt,

dass sie einst ausgesetzt worden war. Im Gegenteil, es hatte sich als das größte Geschenk erwiesen, das die leibliche, unbekannte, verzweifelte, trauernde oder gleichgültige Mutter ihrem Kind hatte machen können.

Bis dieses Kind selbst ein Kind gebar.

Dann brach sie heraus, die Angst. Wie ein Wirbelsturm, der nicht aufhören wollte; nicht allein die Angst, dass Allie sterben könnte, sondern Angst, dass Adelia selbst sterben könnte und das Kind ohne die Gnade zurücklassen müsste, die ihr selbst zuteil geworden war. Dann wäre es besser, wenn sie beide stürben.

O Gott, wenn der Giftmörder sich nicht mit Rosamunds Tod begnügte … Oder wenn die Mörder von der Straße ihnen unterwegs auflauerten … Oder wenn sie ihr Kind in Godstow zurückließ und dort plötzlich ein Feuer ausbrach …

Es war krankhaft, und Adelia wusste – denn so vernünftig war sie noch immer –, wenn das so weiterging, würde das sowohl ihr als auch Allie schaden.

»Es wird Zeit«, sagte Gyltha erneut, und da Gyltha es sagte, die verlässlichste aller Frauen, wurde es das auch.

Aber sie ärgerte sich über die Selbstverständlichkeit, mit der Rowley eine Trennung verlangte, die ihr Kummer bereiten und Angst machen würde, so unbegründet Letztere auch sein mochte. »Er hat nicht zu entscheiden, ob ich sie hierlasse. Ich will sie nicht hierlassen. Ich will einfach nicht.«

Gyltha zuckte die Achseln. »Ist auch sein Kind.«

»Sollte man nicht meinen.«

Die Stimme des Boten ertönte von der Tür. »Ich bitte um Vergebung, Mistresses, aber Seine Lordschaft bittet darum, dass Ihr Bertha befragt.«

»Bertha?«

»Lady Rosamunds Magd, Mistress. Die mit den Pilzen.«

»Ach so, ja.«

Abgesehen von dem unaufhörlichen Totengebet in der Kirche und den kanonischen Stunden, war im Kloster Nachtruhe eingekehrt, so dass es in einer tiefen, mondlosen Finsternis lag. Als er die beiden Frauen zu ihrer Unterkunft führte, beschien der Lichtkreis aus Jacques' Laterne nur den unteren Teil der Mauern und gut zwei Schritte des mit Schnee gesäumten Weges. Dort angekommen, gab Adelia ihrem Töchterchen einen Gutenachtkuss und überließ es Gyltha, die Kleine ins Bett zu bringen.

Sie und der Bote gingen allein weiter, verließen den äußeren Hof und gelangten auf offenes Gelände. Ein schwacher Geruch ließ ahnen, dass sie sich irgendwo in der Nähe von Gemüsegärten befanden, die jetzt durch den Frost abstarben.

»Wo führt Ihr mich denn hin?« Ihre Stimme klang bockig in der Dunkelheit.

»Leider zum Kuhstall, Mistress«, sagte Jacques entschuldigend. »Das Mädchen hat sich dort versteckt. Die Äbtissin wollte sie in der Küche unterbringen, aber die Köchinnen haben sich geweigert, mit ihr zu arbeiten, wo doch Lady Rosamund aus ihrer Hand das Gift bekommen hat. Die Nonnen haben versucht, mit ihr zu reden, aber sie sagen, es ist schwierig, aus der armen Seele irgendwas Sinnvolles rauszubekommen, und sie hat schreckliche Angst, dass die Haushälterin der Lady herkommt.«

Der Bote plauderte weiter, wollte beweisen, dass er es wert war, in den seltsamen inneren Ermittlerzirkel des Bischofs aufgenommen zu werden.

»Was das Wappen auf der Börse des armen jungen Mannes betrifft, Mistress. Da könnte es ratsam sein, Schwester Lancelyne zu konsultieren. Sie führt das Kopialbuch und Register des Klosters und hat die Sinnbilder jeder Familie verzeichnet, die je etwas gestiftet haben. Es könnte sein …«

Er hatte seine Zeit gut genutzt. Es war typisch für einen Boten, dass er versuchte, sich bei den Dienern der Häuser, die er besuchte, lieb Kind zu machen, weil er auf diese Weise eine bessere Verpflegung bekam, ehe er wieder aufbrechen musste.

Rechts und links von ihnen waren jetzt wieder Mauern. Adelias Stiefel platschten durch den Matsch von Wegen, die tagsüber gewiss viel benutzt wurden. Ihre Nase registrierte, dass sie an einem Backhaus vorbeikamen, jetzt an einer Küche, einem Waschhaus. Alles stumm und unsichtbar in der Finsternis.

Erneut offenes Gelände. Noch mehr Matsch, aber hier und dort Fußspuren in einer Schneewehe, wo jemand vom Pfad abgebogen war.

Gefahr.

Das Gefühl erfasste sie blind. Unerklärlich, aber so stark, dass sie sich duckte und unter dem Eindruck stehenblieb, als wäre sie daheim in den Gassen von Salerno und hätte den Schatten eines Mannes mit einem Messer gesehen.

Der Bote blieb ebenfalls stehen. »Was ist denn, Mistress?«

»Ich weiß nicht. Nichts.« Im Schnee waren Fußspuren, deutliche, erklärbare Fußspuren, gewiss, doch für sie, die an die Spuren auf der Brücke dachte, zeugten sie von Tod.

Sie zwang sich weiterzustapfen.

Der beißende Gestank von glühendem Eisen und ein Hauch von Wärme in der Luft verrieten ihr, dass sie eine Schmiede passierten. Jetzt ein Stallgebäude und der Geruch nach Pferdedung, der, als sie weitergingen, zu Kuhgeruch wurde – sie hatten den Kuhstall erreicht.

Jacques wuchtete eine Seite der Doppeltür auf. Dahinter kam eine breite, schmutzige Stallgasse zum Vorschein, die von meist leeren Verschlägen gesäumt war. An Michaeli wurde überall im Land Vieh geschlachtet – das Futter reichte nie, um alle Tiere über den Winter zu bringen –, doch als sie die Stallgasse entlanggingen, fiel das Licht der Laterne auf die verdreckten Hinterteile und Schwänze der Kühe, die man am Leben gelassen hatte, um den Winter über Milch zu haben.

»Wo ist sie?«

»Man hat mir gesagt, sie sei hier. Bertha!«, rief Jacques. *»Bertha!«*

Von irgendwo aus der Dunkelheit am hinteren Ende des Stalles drang Quieken und das Rascheln von Stroh, als wollte eine Riesenmaus in ihr Loch flüchten.

Jacques ging voraus und leuchtete mit der Laterne in den letzten Verschlag, ehe er sie an den Haken eines Deckenbalkens hängte. »Ich glaube, da ist sie drin, Mistress.« Er trat zurück, damit Adelia hineinschauen konnte.

An der Rückwand des Verschlages war ein großer Berg Stroh aufgehäuft. Adelia sprach ihn an. »Bertha? Ich will dir nichts tun. Bitte rede mit mir.«

Sie musste es mehrmals sagen, ehe der Berg sich bewegte und ein Gesicht aus dem Stroh auftauchte. Das Licht der Laterne fiel direkt von oben darauf, und im ersten Moment dachte Adelia, es wäre ein Schweinekopf, doch dann sah sie, dass es einem Mädchen gehörte, dessen ausgeprägte Stupsnase nur die Nasenlöcher sehen ließ und an einen Rüssel erinnerte. Kleine, beinahe wimpernlose Augen starrten Adelia ins Gesicht. Der breite Mund bewegte sich und gab helle Laute von sich. »Tout me ne«, so hörte es sich zumindest an. »Tout me ne, tout me ne.«

Adelia wandte sich zu Jacques um. »Ist sie Französin?«

»Soweit ich weiß, nein, Mistress, aber ich glaube, sie fleht, dass wir ihr nichts tun.«

Das Blöken veränderte sich. »Habangstvose.«

»›Ich habe Angst vor ihr‹«, übersetzte Jacques.

»Vor der Haushälterin?«, fragte Adelia.

Bertha duckte sich entsetzt. »Versaubertmiinemaus.«
»›Sie wird mich in eine Maus verzaubern‹«, half Jacques aus.
Adelia kam der beschämende, aber unwiderstehliche Gedanke, dass die Zauberkräfte der Haushälterin bei der Verwandlung dieses Kindes in ein Tier nicht stark beansprucht werden würden.
»Untutmiinfalle.« Bertha, die offensichtlich ihre Angst verlor und Mut fasste, schob sich ein Stück vor, so dass unter Kopf und Haar, das die gleiche Farbe hatte wie das Stroh ringsherum, ein magerer Hals und Körper zum Vorschein kamen. Sie starrte gebannt auf Adelias Hals.
»›Und tut sie in eine Falle‹«, sagte Jacques.
Allmählich kam Adelia hinter Berthas seltsame Sprache. Und wie immer, wenn von Zauberei die Rede war, wurde sie von Zorn erfasst. Sie war bestürzt, dass man das Mädchen mit dunklem Aberglauben in Angst und Schrecken versetzt hatte. »Sitz gerade«, sagte sie.
Die kleinen Schweinsäuglein blinzelten, und Bertha setzte sich sofort auf, während das Stroh herabrieselte. Sie war daran gewöhnt, angeherrscht zu werden.
»So«, sagte Adelia ruhiger. »Niemand macht dir zum Vorwurf, was geschehen ist, aber du *musst* mir erzählen, wie es dazu kam.«
Bertha beugte sich vor und zeigte auf Adelias Halskettchen.
»Das da schön, was das?«
»Das ist ein Kreuz. Hast du noch nie eines gesehen?«
»Lady Ros hat so was, noch hübscher. Wofür? Zauberei?« Das war ja furchtbar. Hatte denn niemand diesem Mädchen das Christentum nahegebracht?
Adelia sagte: »Sobald ich kann, kauf ich dir eines und erklär dir, was es damit auf sich hat. Aber jetzt musst du mir ein paar Dinge erzählen. Machst du das?«

Bertha nickte, die Augen noch immer auf das Silberkreuz gerichtet.
Und so fing es an. Adelias Geduld wurde vor allem durch Berthas ermüdende, ausweichende Wiederholungen und Beteuerungen, dass es nicht ihre Schuld gewesen sei, auf eine schier unerträgliche Probe gestellt, ehe es ihr gelang, dem Mädchen überhaupt irgendwelche sinnvollen Antworten zu entlocken. Bertha war derart unwissend und leichtgläubig, dass Rosamund in Adelias Augen immer mehr an Ansehen verlor. Eine so ungebildete Dienerin war eine Schande für ihre Herrin. Von wegen *schöne* Rosamund, dachte sie. Es war hässlich, dieses armselige kleine Geschöpf derart zu vernachlässigen.
Schwer zu schätzen, wie alt Bertha war, und sie selbst wusste es nicht. Irgendwo zwischen sechzehn und zwanzig, vermutete Adelia, halb verhungert und ebenso blind und ahnungslos wie ein Maulwurf in seinem Loch.
Jacques hatte Adelia unauffällig einen Melkschemel in die Kniekehlen geschoben, so dass sie sich setzen konnte und nun mit Bertha auf Augenhöhe war. Er blieb direkt hinter ihr im Dunkeln stehen, sagte aber kein Wort.
Seitdem Adelia von Rosamunds Tod erfahren hatte, war sie überzeugt gewesen, letztendlich zu dem Ergebnis zu gelangen, dass es sich um einen traurigen Unfall gehandelt hatte.
Sie hatte sich geirrt. Je mehr Vertrauen Bertha zu ihr fasste und je besser Adelia sie verstand, desto deutlicher wurde, dass Bertha zu einer wenn auch ahnungslosen Mordkomplizin gemacht worden war.
An jenem verhängnisvollen Tag, so erzählte die Magd, war sie vom Wormhold Tower in den Wald geschickt worden, um Feuerholz zu sammeln, keine Pilze. Sie hatte einen Schlitten hinter sich hergezogen, um ihn mit toten Ästen zu beladen, die sie mit einem Haken von den Bäumen riss.

Sie war die niedrigste von Rosamunds Mägden und hatte schon einen schlimmen Morgen hinter sich gehabt. Dakers hatte sie verprügelt, weil ihr ein Topf runtergefallen war, und ihr gesagt, Lady Rosamund sei ihrer überdrüssig und habe vor, sie zu entlassen, was für Bertha, die allein auf der Welt war, bedeutet hätte, als Bettlerin durchs Land ziehen zu müssen.

»Das 'n Drachen«, wisperte Bertha und schaute nach oben und unten, für den Fall, dass die Haushälterin flügelschlagend hereingeflogen war, um sich auf einem der Deckenbalken im Stall niederzulassen. »Wir habense immer Drachendakers genannt.«

Vor lauter Verzweiflung und aus Angst vor Drachendakers' Zorn hatte Bertha so viel Brennholz gesammelt, dass sie den Schlitten nicht mehr von der Stelle bewegen konnte, sobald sie das gebündelte Holz auf ihm festgebunden hatte. Daraufhin hatte sie sich einfach auf den Boden gehockt und in ihrem Kummer den Wald angeheult.

»Und dann is *die* gekommen.«

»Wer ist gekommen?«

»*Na, die*. Die Alte.«

»Hattest du sie schon mal gesehen?«

»Klar nich.« Bertha betrachtete die Frage als Beleidigung. »Die war nich aus unserer Gegend. War die zweite Köchin von der Königin Eleanor. Von der Königin. Is überall mit der rumgereist.«

»Hat sie dir das erzählt? Dass sie für Königin Eleanor gearbeitet hat?«

»Jawohl, hatse.«

»Und wie sah die alte Frau aus?«

»Wie 'ne Alte eben.«

Adelia atmete tief durch und versuchte es erneut. »Wie alt? Beschreib sie mir. Gutgekleidet? Zerlumpt? Wie war ihr Gesicht? Was für eine Stimme hatte sie?«

Aber Bertha, die weder die Beobachtungsgabe noch das nötige Vokabular besaß, war unfähig, diese Fragen zu beantworten. »Die war hässlich, aber freundlich«, sagte sie. Das war die einzige Beschreibung, die sie liefern konnte, wahrscheinlich weil Freundlichkeit in ihrem Leben so rar war, dass sie sich das gemerkt hatte.

»Wie hat sich denn ihre Freundlichkeit gezeigt?«

»Die hat mir doch die Pilze geschenkt. Das waren Zauberpilze. Hat gesagt, die würden machen, dass Lady Ros mir dann …« Berthas bedauerliche Nase hatte sich vor lauter Anstrengung gekräuselt, als sie nach dem Wort suchte, das die Frau benutzt hatte. »… gewogen wäre.«

»Sie hat gesagt, deine Herrin wäre dann mit dir zufrieden?«

»Jawohl, hatse.«

Es dauerte seine Zeit, aber schließlich konnten Teile des Gesprächs zwischen Bertha und der alten Frau im Wald rekonstruiert werden.

»So mach ich das bei meiner Lady Eleanor«, hatte die Alte gesagt, *»ich mach ihr ein gutes Pilzgericht, und dann ist sie mir gewogen.«*

Bertha hatte hoffnungsfroh gefragt, ob das auch bei weniger hohen Herrinnen klappte.

»O ja, sogar noch besser.«

»Und wenn deine Herrin dich wegschicken wollte, würd sie's dann nich mehr tun?«

»Dich wegschicken? Im Gegenteil, sie würde dich besser behandeln.«

Dann hatte die Alte hinzugefügt: *»Weißt du, was, Bertha, mein Täubchen? Ich mag dich, und deshalb schenk ich dir meine Pilze, damit du sie deiner Lady zubereiten kannst. Sie mag doch Pilze, oder?«*

»Is ganz verrückt danach.«

»Na bitte. Brat sie ihr, und dann wirst du dafür belohnt werden. Aber du musst es jetzt sofort tun.«
Fassungslos fragte sich Adelia, ob Bertha sich diese Geschichte nicht einfach nur ausgedacht hatte, um ihre eigene Schuld zu vertuschen. Dann verwarf sie den Gedanken. Niemand hatte sich je die Mühe gemacht, Bertha irgendwelche Märchen zu erzählen, in denen geheimnisvolle alte Frauen jungen Mädchen ihre Herzenswünsche erfüllten – oder überhaupt irgendwelche Märchen. Außerdem war Bertha ohnehin unfähig, sich irgendwas auszudenken.
Also hatte Bertha an jenem Tag im Wald den Pilzkorb auf den Schlitten mit dem Feuerholz gebunden und alles mit frischer Kraft und voller Hoffnung zurück zum Wormhold Tower gezogen.
Der beinahe menschenleer war. Das war interessant, fand Adelia. Die Haushälterin Dakers hatte sich an diesem Tag nach Oxford begeben, um dort eine neue Köchin zu suchen – Köchinnen, so schien es, hielten es unter Dakers' hartem Regiment nie lange aus und kündigten unentwegt. Das andere Gesinde hatte ohne Dakers' Aufsicht eigenmächtig freigenommen und die Schöne Rosamund praktisch allein gelassen.
Also hatte sich Bertha in der leeren Küche an die Arbeit gemacht. Es waren so viele Pilze, dass sie für zwei Mahlzeiten reichten, und Bertha hatte die Hälfte für den kommenden Tag aufbewahrt. Die übrigen hatte sie mit Butter in eine Pfanne getan, eine Prise Salz, ein bisschen Bärlauch und ein wenig Petersilie dazugegeben und sie über dem Feuer im eigenen Saft schmoren lassen. Dann hatte sie den Teller zum Sonnenzimmer hinaufgetragen, wo Rosamund am Tisch saß und einen Brief schrieb.
»Die hat nämlich schreiben gekonnt«, sagte Bertha ehrfürchtig.

»Und sie hat die Pilze gegessen?«
»Verschlungen.« Das Mädchen nickte. »Richtig gierig.«
Der Zauber hatte gewirkt. Lady Rosamund hatte Bertha ein überaus seltenes Lächeln geschenkt, ihr gedankt und gesagt, sie sei ein braves Mädchen.
Später hatten die Krämpfe begonnen …
Selbst jetzt noch, so wurde Adelia klar, erkannte Bertha bei dem alten Weib im Wald keine bösen Absichten. »War Pech«, sagte sie. »Hat die Alte keine Schuld dran. Da is 'n böser Pilz aus Versehen mit in den Korb gerutscht.«
Es war sinnlos, ihr zu widersprechen, aber es war kein Versehen gewesen. Bei den Pilzen, die Bertha verwahrt und die Rowley für Adelia mitgenommen hatte, war die Teufelshaube so zahlreich vertreten wie jede andere Sorte – und war sorgsam daruntergemischt worden.
Bertha jedoch war nicht bereit, jemandem etwas Böses zu unterstellen, der freundlich zu ihr gewesen war. »War nich ihre Schuld, war auch nich meine. War Pech.«
Adelia lehnte sich auf dem Schemel zurück und dachte nach. Also zweifelsfrei ein Mord. Nur Bertha konnte meinen, dass es ein Versehen gewesen war; nur Bertha konnte glauben, dass königliche Köchinnen den Wald durchstreiften und Mägden, denen sie zufällig begegneten, Zauberpilze schenkten. Das Ganze war genauestens geplant gewesen. Die alte Frau, wer auch immer sie war, hatte ein Netz gesponnen, um just an dem Tag, als Rosamunds Drachen Dakers ihrer Herrin einmal von der Seite gewichen war, eine ganz spezielle Fliege zu fangen, nämlich Bertha.
Was bewies, dass die Alte wusste, was in Rosamunds Haushalt vor sich ging, oder von jemandem Anweisungen bekommen hatte, der das wusste.
Rowley hat recht, dachte Adelia, jemand wollte, dass Rosamund

stirbt und die Königin belastet wird. Wenn Eleanor den Befehl dazu gegeben hätte, wäre sie wohl kaum auf die Idee gekommen, eine alte Frau auszusuchen, die ihren Namen erwähnen würde. Nein, es war nicht Eleanor gewesen. Der Täter musste die Königin sogar noch mehr hassen als Rosamund. Oder vielleicht wollte er auch nur ihren Gatten gegen sie aufbringen und England auf diese Weise in den Krieg stürzen. Was ihm gelingen konnte.

Es war still geworden im Stall. Berthas Gebrabbel, dass es nicht ihre Schuld gewesen war, hatte aufgehört, und die einzigen Geräusche machten die Kühe beim Kauen und Herauszupfen des Heus aus den Trögen.

»Im Namen Gottes«, sagte Adelia verzweifelt zu Bertha, »ist dir denn sonst gar nichts an der alten Frau aufgefallen?«

Bertha dachte nach und schüttelte den Kopf. Dann blickte sie erstaunt. »Hat gut gerochen«, sagte sie.

»Sie hat gut gerochen? Was heißt gut?«

»Eben gut.« Das Mädchen kroch jetzt nach vorne und schnupperte wie eine Spitzmaus. »Wie Ihr.«

»Sie hat gerochen wie ich?«

Bertha nickte.

Seife. Gute parfümierte Seife, Adelias einziger Luxus, den sie sich erst vor zwei Stunden gegönnt hatte, als sie sich gründlich vom Schmutz der Reise gereinigt hatte. Einmal im Jahr ließ sie sich von ihrer Ziehmutter aus Rom eine Lieferung Seife zusenden, die aus Lauge, Olivenöl und Blütenessenzen hergestellt wurde. In einem ihrer Briefe hatte Adelia sich über die englische Seife beklagt, die hauptsächlich aus Rindertalg bestand, weshalb ihre Benutzer rochen, als sollten sie gleich in die Backröhre geschoben werden.

»Hat sie nach Blumen gerochen?«, fragte sie. »Rosen? Lavendel? Kamille?« Und wusste sogleich, dass es sinnlos war. Selbst

wenn Bertha diese Pflanzen kannte, sie würde sie doch nur mit ihren einheimischen Namen benennen können, die wiederum Adelia unbekannt waren.
Aber es war immerhin ein Fortschritt. Keine normale alte Frau, die im Wald Pilze sammelte, würde, selbst wenn sie tatsächlich Seife benutzte, nach parfümierter Seife duften.
Adelia erhob sich und sagte: »Wenn du ihren Duft noch einmal an jemand anderem riechst, sagst du mir dann Bescheid?«
Bertha nickte. Ihre Augen blickten starr auf das Kreuz an Adelias Hals, als gäbe es ihr Hoffnung, obwohl sie nicht wusste, was es bedeutete.
Und welche Hoffnung bleibt dem armen Ding denn noch?
Mit einem Seufzer löste Adelia die Kette um ihren Hals, schob sie zusammen mit dem Kreuz in Berthas verdreckte kleine Hand und schloss deren Finger darum. »Behalt das, bis ich dir ein eigenes kaufen kann«, sagte sie.
Es fiel ihr schwer, das zu tun, aber nicht wegen des Symbolgehalts des Kreuzes – Adelia hatte zu viele Religionen kennengelernt, um ihren ganzen Glauben auf eine einzige zu beschränken –, sondern weil sie es von Margaret bekommen hatte, ihrer alten Kinderfrau und einer wahren Christin, die auf der Reise nach England gestorben war.
Aber ich habe Liebe erfahren. Ich habe mein Kind, meinen Beruf, meine Freunde.
Bertha, die nichts dergleichen besaß, umklammerte das Kreuz, quietschte vor Freude auf und verschwand damit im Stroh.
Als sie durch die Nacht zurückgingen, fragte Jacques: »Glaubt Ihr wirklich, dass dieses kleine Schweinchen für Euch die Trüffel wittern kann, Mistress?«
»Nicht sehr wahrscheinlich«, räumte Adelia ein, »aber Berthas Nase ist vielleicht die beste Spur, die wir haben. Sollte sie den Duft der Alten noch einmal riechen, dann bei jemandem, der

fremdländische Seife kauft und uns sagen kann, bei welchem Händler, und der kann uns dann eine Liste seiner Kunden geben.«

»Schlau.« Der Bote klang bewundernd.

Nach einer Weile sagte er: »Glaubt Ihr, die Königin steckt dahinter?«

»Jemand will, dass wir das glauben.«

Kapitel fünf

Auf der Anhöhe über einem weiten Tal blieben ein Hund und vier Reiter aus Godstow stehen und betrachteten den Turm und die Nebengebäude auf dem gegenüberliegenden Berg. Nach kurzem Schweigen fragte Adelia unklugerweise: »Wie um alles in der Welt kann man da eindringen?«

»Zu meiner Zeit genügten meist ein paar Blumen und ein galantes Lächeln«, sagte der Bischof.

Sie hörte die beiden Männer neben sich losprusten.

»Ich meinte das Labyrinth«, sagte sie.

»Ich auch«, sagte Rowley augenzwinkernd.

Weiteres Prusten.

Oje, sexuelle Anzüglichkeiten. Aber nachvollziehbar war es. Von hier aus sah der Wormhold Tower und das, was ihn umgab, ziemlich, na ja, *derb* aus. Ein sehr hoher schlanker Turm, der mit einer engsitzenden Kuppel abschloss – er hatte sogar rings um die Spitze einen kleinen Laufgang, der die phallische Ähnlichkeit noch betonte –, ragte aus einem ringförmigen Labyrinth auf, in dem Männer offenbar weibliches Schamhaar sahen. Die gesamte Silhouette hätte von einem ungezogenen pubertierenden Riesen oben auf den Berg gemalt worden sein können. Eine zotige Schmiererei vor dem Horizont.

Der Bischof hatte sie im leichten Galopp hierhergeführt, stets in der Furcht, das Wetter könnte sie aufhalten, doch jetzt, wo sie den Turm vor Augen hatten, war er erleichtert und nahm sich offensichtlich die Zeit für ein paar plumpe Männerwitze.

Über den Treidelpfad, der von Godstow aus am Fluss entlang nach Norden bis auf eine Meile an den Turm heranführte, waren sie gut vorangekommen. So gut, dass Adelia neue Zuversicht schöpfte und die Angst verlor, das Wetter könnte die Rückkehr zu ihrem Kind verzögern.
Die Kahnführer, denen sie unterwegs begegneten, warnten sie, dass es bald wieder schneien würde, wofür es allerdings nicht die geringsten Hinweise gab. Es war ein wolkenloser Tag, und obwohl der Schnee der letzten Nacht unter der Sonne nicht geschmolzen war, bot die Landschaft einen berückenden Anblick, wie weiße Laken, die unter einem frischgeputzten blauen Himmel zum Trocknen ausgelegt waren.
Weiter südlich auf dem Fluss, den sie soeben hinter sich gelassen hatten, brachten Mansur, ein Waffenknecht des Bischofs und zwei Männer aus Godstow eine Barkasse herauf, mit der Rosamunds Leiche zum Kloster geschafft werden sollte, sobald Bischof Rowley sie aus dem Turm geholt hatte.
Zunächst jedoch mussten sie durch das Labyrinth hindurch, das die Festung der Toten umgab – ein Gedanke, bei dem sich in Adelias Begleitern anscheinend der alte Adam regte.
»Ich hab's doch gesagt«, sagte Rowley zu Adelia, zwinkerte dabei aber Walt zu. »Hab ich nicht gesagt, das ist der größte Keuschheitsgürtel der Christenheit?«
Er will dich reizen. Hör nicht hin. »Ich bin beeindruckt von der Größe«, sagte sie und seufzte dann leise. Schon wieder eine Doppeldeutigkeit, die die Männer zum Kichern brachte.
Aber sie war wirklich beeindruckt. Das Labyrinth von San Giorgio in Salerno, dessen Länge und Verschlungenheit die Lebensreise der Seele symbolisieren sollte, wurde von der ganzen Stadt bestaunt. Aber im Vergleich dazu war das Gebilde da drüben ein Koloss. Es umschloss den Turm wie ein breiter Ring, der einen großen Bereich auf dieser Seite des Berghangs

bedeckte und sich auf der Rückseite fortsetzte. Die Außenmauer war neun oder zehn Fuß hoch, und aus dieser Entfernung sah es aus, als wäre das Innere des Labyrinths gänzlich mit weißer Wolle gefüllt.

Vor ihrem Aufbruch war Adelia von Godstows Priorin gewarnt worden.

»Schlehdorn«, hatte Schwester Havis angewidert gesagt. »Wisst Ihr, was das heißt? Mauern aus Granit mit Schlehdornhecken davor …«

Was Adelia da hinten sah, waren Steine und Hecken, die sich in erstarrten Wellen schlängelten und wanden.

Kein Gürtel, dachte Adelia. Eine Schlange, eine riesige Würgeschlange.

Walt sagte: »Muss 'ne Scheißarbeit für die Gärtner sein«, und Rowley wäre fast vom Pferd gefallen. Jacques lächelte übers ganze Gesicht, froh, seinen Bischof so gelöst zu sehen.

Schwester Havis hatte Adelia vorgewarnt. Das ursprüngliche Labyrinth, so hatte sie gesagt, war von einem verrückten angelsächsischen Geisterbeschwörer um den Turm herum gebaut worden und war später, als es in die Hände eines ebenso verrückten normannischen Ritters im Gefolge von William dem Eroberer fiel, von diesem vergrößert worden, um zu verhindern, dass seine Feinde hinein- und seine Frauen hinausgelangten.

Die Nachkommen des Normannen waren wiederum von Henry Plantagenet verjagt worden, der den Turm als praktische Unterbringung für seine Geliebte auserwählt hatte, da er ganz in der Nähe des Waldes von Woodstock lag, wo der König eine Jagdhütte besaß.

»Eine architektonische Anstößigkeit«, hatte Schwester Havis empört gesagt. »Ein Objekt männlicher Lüsternheit. Die Einheimischen bewundern es, auch wenn sie sich drüber lustig

machen. Die arme Lady Rosamund. Ich fürchte, der König fand es amüsant, sie ausgerechnet dort unterzubringen.«
»Das passt zu ihm.« Adelia kannte Henry Plantagenets Sinn für Humor.
Und Rowleys.
»Natürlich komm ich da rein«, antwortete der Bischof gerade auf eine Frage von Jacques. »Hab ich schon einmal gemacht. Einmal nach rechts, dann nach links, mal vor, mal zurück, und alle freuen sich.«
Adelia hörte sie lachen und verspürte allmählich Mitleid mit Rosamund. Hatte es ihr etwas ausgemacht, an einem Ort zu leben, dessen Anblick jeden Mann regelrecht zu Anzüglichkeiten aufforderte?
Arme Lady. Selbst im Tod erwies man ihr wenig Achtung.
Mit den verschneiten Mauern und Ästen des Labyrinths sah es aus, als würde der Turm aus einer Masse weißen Flaums aufragen. Adelia musste unwillkürlich an einen alten Patienten denken, den ihr Ziehvater behandelt hatte. Als er ihr an dem Greis demonstrieren wollte, wie man einen Leistenbruch kuriert, hatte dieser zu seiner eigenen Scham und Verblüffung eine Erektion bekommen.
Und genau das steht da am Himmel geschrieben, dachte sie, der letzte Seufzer eines alten Mannes.
Sie wandte sich Rowley zu. »Wie. Kommen. Wir. Da. Rein«, sagte sie betont deutlich, »und denkt bitte daran, dass da drin eine Tote liegt.«
Er deutete mit dem Daumen auf etwas. »Wir läuten die Glocke.«
Adelia war vom Turm so fasziniert gewesen, dass sie das Holzgerüst gar nicht bemerkt hatte, das nur wenige Schritte entfernt am Hang neben einer Pferdetränke stand.
Wie alles andere in Wormhold war auch die Glocke ungewöhn-

lich: Wie sie da an dem acht Fuß hohen, trapezförmigen Gerüst hing, das fest in den Boden eingelassen war, nahm sie sich so wuchtig aus wie die einer Kathedrale.

»Los, Jacques«, sagte der Bischof. »Bim, bam.«

Der Bote stieg ab, ging zu der Glocke und schwang das Seil, das vom Klöppel hing.

Adelia klammerte sich an ihrer Stute fest, die beim ersten Glockenschlag scheute, und Walt griff rasch nach den Zügeln von Jacques' Pferd, damit es nicht durchging. Vögel stoben aus den Bäumen, und ein Krähenschwarm flatterte krächzend auf, als der laute Bariton der Glocke über das Tal schallte. Selbst Wächter, der gleichmütigste aller Köter, hob den Kopf und bellte.

Das Echo hing eine Weile in der Luft, dann trat wieder Stille ein.

Rowley fluchte. »Noch mal«, sagte er. »Wo steckt Dakers? Ist die taub?«

»Muss wohl«, sagte Jacques. »Der Lärm hätte Tote aufgeweckt.« Er merkte, was er da gesagt hatte. »Ich bitte um Vergebung, Mylord.«

Wieder ertönte die große Glocke und schien die Erde erzittern zu lassen. Wieder geschah nichts.

»Ich glaub, ich hab da wen gesehen«, sagte Walt und blinzelte gegen die Sonne.

Adelia auch – einen schwarzen Fleck auf dem Laufgang des Turmes. Aber jetzt war er verschwunden.

»Dem Bischof würde sie aufmachen. Ich hätte meine Bischofsrobe anziehen sollen«, sagte Rowley. Er trug Jagdkleidung. »Nun denn, macht nichts. Wir finden schon den Weg – ich habe ihn noch genau in Erinnerung.«

Er trieb sein Pferd an und galoppierte mit wehendem Mantel den Hang hinunter ins Tal. Die anderen folgten ihm weniger waghalsig.

Der Eingang zum Labyrinth bot den Männern erneut Gelegenheit zu anzüglichen Bemerkungen. Er bestand nicht aus einem Bogen, sondern aus zwei steinernen Ellipsen, die sich oben und unten trafen und eine zehn Fuß breite, spaltförmige Öffnung bildeten, deren Form an eine weibliche Vulva erinnerte. Dieser Eindruck wurde durch die Verzierungen im Stein drum herum noch verstärkt: Schlangen, die sich in vielerlei Früchte hinein- und wieder hinauswanden.

Die Pferde sträubten sich, das Labyrinth zu betreten, obwohl die Öffnung eigentlich groß genug war. Sie folgten erst, nachdem ihnen die Augen verbunden worden waren, was nach Adelias Dafürhalten von mehr Anstand zeugte als die Bemerkungen der Männer, die an ihren Zügeln zerrten.

Drinnen war es unangenehm. Der Weg vor ihnen war zwar recht breit, aber mit Schlehdorn überwuchert, der das Sonnenlicht fernhielt und sie mit dem diffusen grauen Licht eines Tunnels und dem Geruch nach totem Laub umhüllte.

Das Dach aus Ästen war zu niedrig, als dass sie wieder hätten aufsitzen können. Sie würden ihre Pferde durchs Labyrinth führen müssen.

»Los jetzt.« Rowley drängte zur Eile und zog sein Pferd im Laufschritt am Zügel hinter sich her.

Nach ein paar Biegungen konnten sie kein Vogelgezwitscher mehr hören. Dann teilte sich der Weg, und sie standen vor zwei Gängen, beide so breit wie der, durch den sie gekommen waren. Einer führte nach links, der andere nach rechts.

»Da lang«, sagte der Bischof. »Wir gehen nach Nordwesten auf den Turm zu. Merkt euch einfach die Richtung.«

Adelia beschlichen erste Zweifel. Sie war irritiert, weil sie sich hatten entscheiden müssen. »Mylord, ich glaube nicht, dass …«

Aber er war bereits weitergegangen.

Nun, er war schon einmal hier gewesen, vielleicht erinnerte er sich ja wirklich noch. Adelia verlangsamte ihre Schritte, ihr Hund und Jacques folgten ihr auf dem Fuße. Sie hörte Walt, der das Schlusslicht bildete, vor sich hin grummeln. »Wormhold. Passender Name für diese gewundene Scheiße.«

*Wyrm*hold. Natürlich. *Wyrm.* Auf den Märkten machten die Geschichtenerzähler ihren Zuhörern Angst und Bange mit Geschichten über die große Drachenschlange, die sich durch die angelsächsischen Legenden wand, genau wie sich diese Gänge durch das Labyrinth schlängelten.

Sehnsüchtig dachte Adelia daran, dass Gylthas Ulf diese Erzählungen liebte und gern den Helden nachspielte – wie hieß er noch? –, der das Ungeheuer erschlug.

Ich vermisse Ulf. Ich vermisse Allie. Ich will nicht in Wyrms Höhle sein.

Ulf hatte ihr die Höhle genüsslich beschrieben. »Furchtbar war sie, tief in der Erde, und sie stank nach dem Blut toter Männer.«

Na, zumindest blieb ihnen der Gestank erspart. Aber der Erdgeruch war da, ebenso wie das bedrückende Gefühl, in einem unterirdischen Gefängnis ohne Ausgang zu sein. Genau das muss der Dädalus bezweckt haben, der diese Schweinerei ausgeheckt hatte, dachte sie. Das erklärte auch den Schlehdorn. Wäre der nicht gewesen, hätten sie eine Mauer hochklettern, sich orientieren und frische Luft atmen können. Aber Schlehdorn hatte Dornen, die Fleisch zerfetzten, wie Wyrm.

Sie hatte keine Angst – sie wusste, wie sie wieder rauskommen würde –, aber sie merkte, dass die Männer jetzt nicht mehr lachten.

An der nächsten Biegung führte der Gang nach Süden und teilte sich in drei weitere Tunnel. Rowley entschied sich, noch immer ohne zu zögern, für den rechten.

Nach der nächsten Biegung teilte sich der Gang erneut. Adelia

hörte Rowley fluchen. Sie reckte den Hals, um an seinem Pferd vorbeizusehen und den Grund herauszufinden.
Es war eine Sackgasse. Rowley hatte sein Schwert gezückt und stach es in eine Hecke, die den Weg versperrte. Das Klirren von Metall auf Stein verriet, dass hinter dem Blattwerk eine Mauer war. »Gottverdammter Mist. Wir müssen zurück.« Er hob die Stimme. »Zurück, Walt.«
Der Gang war nicht breit genug, um die Pferde zu wenden, ohne dass sie sich Nüstern und Hinterhand zerkratzten, was sie nicht nur verletzt, sondern auch in Panik versetzt hätte. Adelias Stute wollte weder rückwärts- noch vorwärtsgehen. Das Tier war vernünftig und blieb einfach stocksteif stehen.
Rowley zwängte sich an seinem Pferd vorbei, packte dann das Zaumzeug von Adelias Stute mit beiden Händen und schob, bis er das Tier überzeugt hatte, rückwärts bis zum Eingang der Sackgasse zu gehen, wo sie sich neu formieren konnten.
»Ich habe doch gesagt, wir müssen uns nordwestlich halten«, sagte er zu Adelia, als hätte sie die Route vorgegeben.
»Wo *ist* Nordwesten?«
Aber er war schon gereizt weitermarschiert, und sie musste ihre widerspenstige Stute im Trab hinter sich herzerren, um ihn nicht aus den Augen zu verlieren.
Ein neuer Gang. Und wieder einer. Es war, als würden sie in immer dichter werdende graue Wolle eingepackt. Inzwischen hatte sie jede Orientierung verloren. Genau wie Rowley, so argwöhnte sie.
Im nächsten Gang war Rowley verschwunden. Sie kam zu einer Gabelung und konnte nicht sehen, welchen Weg er genommen hatte. Sie sah sich nach Jacques um. »Wo ist er hin?« Und an den Hund gerichtet: »Wo ist er, Wächter? Wo ist er hin?«
Das Gesicht des Boten war grau, was nicht nur an dem spär-

lichen Licht lag, das durchs Gehölz drang. Er sah auch älter aus.
»Kommen wir hier wieder raus, Mistress?«
Sie sagte beruhigend: »Aber ja doch.« Sie wusste, wie er sich fühlte. Das Dornendach über ihnen machte sie zu Gefangenen. Sie waren Maulwürfe ohne die Fähigkeit von Maulwürfen, an die Oberfläche zu gelangen.
Rowleys Stimme ertönte gedämpft. »Wo zum Teufel seid ihr?«
Es war unmöglich, zu hören, wo er war. Die Gänge verschluckten und verfremdeten den Klang.
»Wo seid *Ihr?*«
»In Gottes Namen, bleibt einfach stehen, ich komme zurück.«
Sie riefen immer wieder nach ihm, damit er eine Orientierung hatte. Er rief zurück, meistens Flüche. Er fluchte auf Arabisch, das er während eines Kreuzzugs gelernt hatte – seine Lieblingssprache fürs Fluchen. Manchmal klang seine Stimme so nah, dass sie zusammenzuckten, dann war sie wieder weiter weg und klang hohl. Rowley wetterte gegen Labyrinthe im Allgemeinen und dieses hier im Besonderen. Gegen die verrückte Dakers und ihre verdammte Schlange … Gegen Eva mit ihrer verdammten Schlange … Und nachdem er sich den Mantel am Schlehdorn zerrissen hatte, ging er sogar so weit, gegen Rosamund und ihre verdammten Pilze zu wettern.
Wächter spitzte die Ohren mal in die eine, mal in die andere Richtung, als bereitete ihm diese Tirade Freude, was vermutlich auch der Fall war, wie seine Herrin dachte, schließlich war er ja auch ein Männchen.
Die Frauen haben Schuld, immer die Frauen. Er kommt gar nicht auf die Idee, den Mann zu verfluchen, der diese Monstrosität gebaut hat, oder den König, der Rosamund mittendrin praktisch wie eine Gefangene hielt.
Dann dachte sie: Sie haben Angst. Na ja, Walt vielleicht nicht, aber Rowley. Und Jacques ganz offensichtlich.

Endlich tauchte im Halbdunkel vor ihnen eine hohe Gestalt auf, die ein Pferd führte, auf sie zukam und sie sogleich anherrschte: »Was steht Ihr hier rum, Weib? Los, zurück. Wir hätten bei der letzten Biegung anders gehen müssen.«
Wieder war sie schuld. Wieder rührte ihre Stute sich nicht vom Fleck, bis der Bischof sie am Zaumzeug packte und nach hinten schob.
Um ihn nicht vor den anderen zu blamieren, senkte Adelia die Stimme. »Rowley, das hier ist kein Labyrinth.«
Er senkte seine Stimme nicht. »Nein, allerdings nicht. Das hier sind die verdammten Eingeweide von Grendels Mutter, und wir stecken mittendrin, verflucht noch mal.«
Es fiel ihr wieder ein. *Beowulf*. Ja, genau. Beowulf, so hieß Ulfs Lieblingsheld unter den vielen legendären Kriegern der Angelsachsen. Er erschlug Wyrm und das halbmenschliche Ungeheuer Grendel und Grendels grässliche, nach Rache dürstende Mutter.
»Miststück, Grenzgängerin.« So hatte Ulf Grendels Mutter genannt und damit gemeint, dass sie in Frauengestalt die Grauzone zwischen Erde und Hölle durchstreifte.
Adelia wurde allmählich böse. Wieso trugen Frauen an allem die Schuld … an *allem*, vom Sündenfall bis zu diesen verdammten Dornenhecken?
»Wie sind nicht in einem Labyrinth, Mylord«, sagte sie überdeutlich.
»Und wo sind wir dann?«
»In einem Irrgarten.«
»Ist doch dasselbe.« Er fauchte das Pferd an: »Zurück mit dir, du fette Kuh.«
»Nein, eben nicht. Ein Labyrinth hat nur einen einzigen Weg, dem man bloß folgen muss. Es symbolisiert das Leben oder, besser gesagt, Leben und Tod. Labyrinthe sind verschlungen,

aber sie haben einen Anfang und ein Ende, durch Dunkelheit zum Licht.« Sie wurde ruhiger und hoffte, er auch, deshalb fügte sie hinzu: »Wie das von Ariadne. Eigentlich sind sie sehr schön.«

»Mir steht der Sinn nicht nach Mythologie, Mistress, ob schön oder nicht, ich will zu diesem vermaledeiten Turm. Was ist denn nun ein Irrgarten?«

»Ein Trick, der einen verwirren soll. In die *Irre* führen.«

»Und ich vermute, Mistress Schlaukopf weiß auch, wie wir hier wieder rauskommen?«

»Allerdings, ja.«

Herrje, er grinste sie höhnisch an, *höhnisch*.

Sie hätte nicht übel Lust gehabt, einfach zu bleiben, wo sie war; sollte er sich doch weiter abrackern.

»Worauf wartet Ihr dann, in Christi Namen, bringt uns hier raus.«

»Hört auf, mich anzubrüllen«, schrie sie. »Ihr brüllt mich an.«

Sie sah, dass er trotz eines bemüht beschwichtigenden Lächelns die Zähne zusammenbiss. Er hatte noch immer schöne Zähne. Gepresst sagte er: »Der Bischof von St. Albans bittet Mistress Adelia ehrerbietig und in aller Form, ihn doch bitte bitte aus diesem Hexenloch zu führen. Wie wollt Ihr das anstellen?«

»Das ist meine Sache.« Sie würde es ihm nicht sagen, verdammt noch mal. Frauen waren auch so schon schwach genug, selbst wenn sie ihre Geheimnisse nicht preisgaben. »Ich muss die Führung übernehmen.«

Sie waren gezwungen, ihre Pferde bis zu einer Kreuzung zurückzudrängen, wo der Platz knapp ausreichte, um die Tiere unbeschadet zu wenden, aber nicht, um sie aneinander vorbeizuführen, so dass Adelia nun Walts Pferd führte, hinter ihr Walt das des Boten, dahinter Jacques das ihre und schließlich Rowley sein eigenes.

Das Manöver löste bei den Männern sichtlich Unwillen aus. Selbst Jacques, ihr Verbündeter, fragte: »Wie werdet Ihr uns denn hier rausbringen, Mistress?«
»Ich kann es.« Sie stockte. »Aber es könnte eine Weile dauern.«
Sie stapfte vorneweg, die Zügel von Walts Pferd in der rechten Hand. In der anderen hatte sie ihre Reitpeitsche, die sie betont beiläufig hängen ließ, so dass sie an der Hecke zu ihrer Linken entlangstrich.
Beim Gehen grummelte sie vor sich hin. Gott, wie werde ich in diesem Land missachtet. Wie werden alle Frauen missachtet.
Sie war wieder bei den gleichen Überlegungen angelangt, die sie veranlasst hatten, Rowleys Heiratsantrag abzulehnen. Damals hatte er damit gerechnet, dass der König ihm nicht die Bischofswürde, sondern eine Baronie antragen würde, wodurch ihm eine Ehefrau gestattet gewesen wäre. Sie war nach ihm verrückt gewesen, ja, aber wenn sie den Antrag angenommen hätte, wäre sie in den sprichwörtlichen goldenen Käfig gesperrt worden und hätte hilflos mit ansehen müssen, wie er ihn abschloß. Als seine Frau hätte sie nie mehr sie selbst sein können, eine *Medica* aus Salerno.
Adelia verfügte über keine der erforderlichen weiblichen Fertigkeiten: Sie konnte nicht tanzen oder Laute spielen, hatte noch nie einen Stickrahmen angefasst – wenn sie nähte, dann nur, um die Leichen wieder zusammenzuflicken, die sie seziert hatte. In Salerno hatte sie die Fähigkeiten entfalten können, die ihr entsprachen, doch in England war dafür kein Raum. Die Kirche verurteilte jede Frau, die sich nicht an ihre Regeln hielt, und im Interesse ihrer eigenen Sicherheit war Adelia gezwungen gewesen, heimlich als Ärztin zu arbeiten und jemand anderem die Anerkennung dafür zu überlassen.
Als Baron Rowleys Frau wäre sie gefeiert und umschwärmt

und bewundert worden, doch sie hätte ihr wahres Wesen verleugnen müssen. Und wie lange hätte sie das wohl durchgehalten? *Ich bin, die ich bin.*

Absurderweise hatten Frauen umso größere Freiheiten, je tiefer sie in der gesellschaftlichen Rangordnung standen. Die Ehefrauen von Tagelöhnern und Handwerkern konnten Seite an Seite mit ihren Männern arbeiten und manchmal sogar, wenn sie verwitwet waren, das Geschäft ihres Gatten übernehmen. Gyltha zum Beispiel hatte einen florierenden Handel mit Aalen betrieben, bis sie Adelias Freundin und Allies Kindermädchen wurde, und keinen Mann über sich gehabt.

Adelia trottete weiter. *Hexenloch. Eingeweide von Grendels Mutter.* Wieso war dieser schreckliche Ort für die Männer, die darin herumirrten, weiblich? Weil er tunnelartig war? Wie ein Schoß? Ist das die Zauberkraft einer Frau? Der große Schoß? Ist das der Grund, warum die Kirche mich hasst, alle Frauen hasst? Weil wir der Ursprung aller wahren Macht sind? Des Lebens?

Sie vermutete, wenn sie die Männer hinausführte, wäre das für sie nur eine Bestätigung, dass Frauen die Geheimnisse des Labyrinths kannten und sie nicht.

Großer Gott, dachte sie, es geht gar nicht um Hass. Es geht um Angst. Sie haben Angst vor uns.

Und Adelia lachte leise, was ein leises Echo durch den Gang nach hinten warf, als würde ein Steinchen über Wasser hüpfen, und jeder Mann erschrak, als es an ihm vorbeikam.

»Was zum Teufel war das?«

Walt rief gleichmütig nach hinten. »Schätze, da lacht wer über uns, Master.«

»Allmächtiger.«

Noch immer schmunzelnd, warf Adelia einen Blick über die Schulter und merkte, dass Walt sie beobachtete. Sein Blick war amüsiert, freundlicher als zuvor, und er ruhte auf der Reitpeitsche, die sie noch immer an der linken Hecke entlangzog. Er zwinkerte ihr zu.

Er weiß es, dachte sie. Sie zwinkerte zurück.

Erfreut über diesen neuen Verbündeten, beschleunigte sie ihren Schritt, denn als sie sich umdrehte, musste sie blinzeln, um Walts Miene erkennen zu können.

Sein Gesicht war undeutlich, als sähe sie es durch einen Schleier hindurch.

Das Licht ließ nach.

Bestimmt war es draußen noch immer Nachmittag, aber die niedrige Wintersonne tauchte diese Seite des Labyrinths, welche Seite auch immer das war, in Schatten. Sie wollte sich gar nicht erst ausmalen, wie es nach Einbruch der Dunkelheit hier drin wäre.

Es war auch so schon beängstigend genug. Sie hielten sich bei jeder Biegung und Kreuzung an die linke Hecke, die sie immer wieder in Sackgassen führte, so dass sie es allmählich satt hatten, zunehmend unruhige Pferde wieder zurückzudrängen. Jedes Mal hörte sie Rowley poltern: »Weiß die Frau überhaupt, was sie da tut?«

Zweifel beschlichen Adelia. Eine quälende Frage ging ihr nicht aus dem Kopf. Sind die Hecken durchgängig? Falls es eine Lücke gab, falls ein Teil des Irrgartens vom Rest getrennt war, dann könnten sie hier herumirren, bis sie erstickten.

Als die Gänge dunkler wurden, formten sich die Schatten vor ihr zu einem körperlosen Gesicht, das bösartig grinsend unsägliche Dinge sprach. *Du kommst hier nicht raus. Ich habe die Eingänge verschlossen. Du bist gefangen. Du wirst dein Kind nie wiedersehen.*

Bei dem Gedanken wurden ihre Hände schweißnass, so dass ihr die Reitgerte aus den Fingern glitt, und als sie danach fasste,

stieß sie gegen die Hecke und löste eine kleine eiskalte Schneelawine aus, die ihr auf Kopf und Gesicht rutschte.
Sogleich war ihr gesunder Menschenverstand wieder hellwach. Hör auf, es gibt keine Zauberei. Sie verschloss die Augen vor der Fratze und die Ohren vor Rowleys Flüchen – auch die anderen hatten etwas von der Lawine abbekommen – und ging weiter.
Walt, Gott segne ihn, plapperte vor sich hin: »Ich staun die ganze Zeit, wie die das Dornengestrüpp in Form halten. Schätze, es wird zweimal im Jahr gestutzt. Da braucht man jede Menge Männer für, Mistress. So was kann sich nur ein König leisten.«
Im Grunde war es wirklich erstaunlich, und er hatte recht, für die Pflege des Irrgartens war gewiss eine kleine Armee erforderlich. »Nicht nur zum Stutzen, auch zum Fegen«, sagte sie. Es lag nämlich kein Schnittabfall auf den Wegen. »Sonst würde mein Hund sich noch einen Dorn in die Pfote treten.«
Walt betrachtete den Vierbeiner, der hinter Adelia hertrottete und den er jetzt schon einige Zeit auf engstem Raum erlebte. »Besondere Rasse, was? So einer is mir noch nie über den Weg gelaufen.« Und auf eine weitere Begegnung dieser Art war er, wie sein Schnuppern verriet, nicht unbedingt erpicht.
Sie zuckte die Achseln. »Ich hab mich dran gewöhnt. Die werden gerade wegen ihres Gestanks gezüchtet. Prior Geoffrey aus Cambridge hat mir den Vorgänger von dem hier geschenkt, als ich nach England kam, damit man meiner Spur folgen konnte, falls ich verlorengegangen wäre. Und dann hat er mir den hier geschenkt, nachdem der andere … gestorben war.«
Genauer gesagt, getötet und verstümmelt wurde, als sie den Mörder einiger Kinder aus Cambridge in eine Höhle verfolgt hatte, die noch tausendmal schlimmer war als der Irrgarten hier. Doch der Geruch, den der Hund hinterlassen hatte, war

ihre Rettung gewesen, und danach bestanden sowohl der Prior als auch Rowley darauf, dass sie wieder so einen an ihrer Seite hatte.

Sie und Walt plauderten weiter, und ihre Stimmen verloren sich in dem Gestrüpp um sie herum. Walt verachtete sie nicht mehr, und er schien eine gute Meinung von Frauen zu haben. Er hatte Töchter, so erzählte er ihr, und eine tüchtige Frau, die ihren kleinen Hof allein bewirtschaftete, wenn er nicht da war.

»Und ich bin oft nicht da, seit Bischof Rowley gekommen is. Der hat mich aus den vielen Reitknechten der Kathedrale ausgesucht, damit ich mit ihm reisen soll, ja, das hat er.«

»Und das war eine gute Wahl«, stellte Adelia aufrichtig fest.

»Kann schon sein. Andere halten nich so zu Seiner Lordschaft. Denen gefällt nich, dass er ein Freund von König Henry is, weil sie glauben, der hat den armen St. Thomas in Canterbury abmurksen lassen.«

»Ich verstehe«, sagte sie. Sie hatte es gewusst. Rowley hatte Feinde unter den Würdenträgern seiner eigenen Diözese, weil er vom König gegen deren Willen ernannt worden war.

Sie war sich nie sicher gewesen, ob Henry Plantagenet tatsächlich die Schuld daran trug, dass Thomas à Becket auf den Stufen seiner eigenen Kathedrale ermordet worden war, obwohl der König in seinem Zorn vom Ausland aus danach geschrien hatte. War Henry, als er lautstark den Tod des Erzbischofs herbeiwünschte, bewusst gewesen, dass einige seiner Ritter, die Becket aus ganz persönlichen Gründen tot sehen wollten, losgaloppieren und den Wunsch in die Tat umsetzen würden? Vielleicht. Vielleicht auch nicht.

Aber ohne die Einmischung von König Henry hätten Beckets Nachfolger sie an den Pranger gestellt – was beinahe geschehen wäre.

Sie stand auf Henrys Seite. Für den zum Märtyrer gewordenen

Erzbischof waren Kirche und Gott praktisch eins gewesen. Beide waren unfehlbar, und beider Gesetze mussten wie schon seit ewigen Zeiten fraglos und unverändert befolgt werden. Henry, der trotz all seiner Fehler doch der Menschlichere von beiden war, hatte Veränderungen gewollt, die nicht der Kirche, sondern seinem Volk zugute kämen. Becket hatte ihm bei jeder Gelegenheit Steine in den Weg gelegt und tat es noch heute aus dem Grab heraus.

»Ich und Oswald und Master Paton und der junge Jacques, wir haben unsere Arbeit noch nich so lange«, sagte Walt gerade. »Wir haben nix gegen Bischof Rowley, nich so wie die alte Garde, die ihm übelnimmt, dass er ein Mann des Königs is. Master Paton und Jacques haben am selben Tag angefangen, als er sein Amt angetreten hat.«

In Anbetracht der großen Kluft zwischen König und Märtyrer, die quer durch die Diözese von St. Albans verlief, hatte sich der neue Bischof also Diener ausgesucht, die ebenso unerfahren in ihren Funktionen waren wie er.

Gut so, Rowley. Walt und Jacques nach zu urteilen, hast du eine gute Auswahl getroffen.

Allerdings stellte sich heraus, dass der Bote weniger unerschütterlich war als der Reitknecht. »Sollen wir vielleicht um Hilfe rufen, Mylord?« Adelia hörte, wie er die Frage an Rowley richtete.

Dieses eine Mal war der Bischof freundlich zu ihm. »Dauert nicht mehr lange, mein Sohn. Wir sind fast draußen.«

Er konnte das nicht wissen, aber es stimmte tatsächlich. Adelia hatte soeben den Beweis dafür gesehen, obwohl sie fürchtete, dass der Bischof nicht sehr erfreut darüber sein würde.

Walt gab ein Brummen von sich. Er hatte dasselbe gesehen wie sie – vor ihnen im Gang lag ein Haufen Pferdeäpfel.

»Die hat der da fallen lassen, als wir reingekommen sind«,

sagte Walt und deutete mit dem Kinn auf das Pferd, das Adelia führte. Es war sein eigenes gewesen, das letzte in der Reihe, als sie in den Irrgarten eindrangen. Sie würden bald alle vier wieder draußen sein – aber genau an der Stelle, wo sie angefangen hatten.

»Es war eine fünfzigprozentige Chance«, seufzte Adelia. »Mist.«

Die beiden Männer hinter ihnen hatten das Gespräch nicht gehört, und als sie den Pferdedung passierten, der inzwischen von den Hufen der vorderen zwei Pferde platt getrampelt worden war, maßen sie ihm keine Bedeutung bei.

Eine weitere Biegung im Gang. Licht. Eine Öffnung.

Adelia graute vor dem Wutanfall, der ganz sicher kommen würde, als sie ihr Pferd durch den spaltförmigen Ausgang aus dem Irrgarten hinausführte und von klarer, geruchlos kalter Luft umhüllt wurde. Die untergehende Sonne beschien die große Glocke an ihrem Trapezgerüst auf einem Hügel, den sie vor über zwei Stunden herabgeritten waren.

Die anderen traten nacheinander ins Freie. Keiner sagte etwas.

»Es tut mir leid. Es tut mir leid«, rief Adelia in die Stille hinein. Sie sah Rowley an. »Es ist nämlich so, wenn ein Irrgarten durchgängig ist, wenn es keine Unterbrechungen gibt und wenn alle Hecken miteinander verbunden sind und du einer strikt folgst, egal, wohin sie geht, dann wirst du ihn schließlich durchqueren, das ist unvermeidlich, zwangsläufig, nur …« Ihre Stimme wurde leise und kläglich. »Ich hab mich für die linke Hecke entschieden. Und das war die falsche.«

Wieder Schweigen. Im verlöschenden Licht flatterten Krähen freudig über Ulmenwipfel hinweg, und ihre Schreie verspotteten die erdgebundenen Idioten da unten.

»Verzeihung«, sagte der Bischof von St. Albans höflich. »Verstehe ich das richtig, dass wir, wenn wir der rechten Hecke gefolgt wären, schließlich an dem verdammten Ziel angelangt wären, wo wir eigentlich hinwollten?«

»Ja.«

»Die rechte Hecke?«, hakte der Bischof nach.

»Na ja, wenn man jetzt von hier aus reinginge, wäre es natürlich wieder die linke … Ihr wollt doch wohl nicht wieder da rein?«

»Doch«, sagte der Bischof.

Ogottogott, er will wieder da rein. Wir werden die ganze Nacht brauchen. Ob es Allie wohl gutgeht?

In der Hoffnung, dass die Gestalt, die sie auf dem Laufgang des Turms gesehen hatten, inzwischen ein Einsehen gehabt haben könnte, läuteten sie noch einmal die große Glocke, doch nachdem sie ihre Pferde an dem Trog getränkt hatten, war offensichtlich, dass diese Hoffnung vergeblich war.

Niemand sprach, während Schwerter umgegürtet und Laternen angezündet wurden; es würde sehr dunkel da drin werden.

Rowley riss sich die Kappe vom Kopf und kniete nieder. »Herr, sei bei uns, um deines geliebten Sohnes willen.«

Und so drangen die vier wieder in den Irrgarten ein. Das Wissen, dass er ein Ende hatte, beruhigte sie, obwohl das Zurückweichen aus Sackgassen und die unablässigen Windungen und Biegungen sie jetzt, da sie müde wurden, noch mehr erschöpften.

»Wo habt Ihr das mit den Irrgärten gelernt, Mistress?«, erkundigte sich Walt.

»Von meinem Ziehvater. Er hat den Osten bereist und dort einige gesehen, wenngleich nicht so große.«

»Die alte Schlange is beachtlich, nich? Schätze, es gibt 'nen Weg hier durch, den wir nich sehen.«

Adelia pflichtete ihm bei. Es wäre viel zu unbequem, derartig von der Außenwelt abgetrennt zu sein, daher musste es einen geraderen Weg geben. Sie vermutete, dass einige der heckenbewachsenen Wände am Ende von Sackgassen gar keine Mauern waren, sondern mit Schlehdorn verhangene Tore, durch die man auf einen direkten Weg gelangen konnte.

Aber das half ihr und den anderen jetzt nicht. Es würde zu lange dauern, jede Mauer daraufhin zu untersuchen, ob sie sich öffnen ließe, und letztlich nur dazu führen, dass sie wieder zwischen verschiedenen Möglichkeiten entscheiden mussten, die im Nichts endeten.

Sie waren dazu verdammt, den langen Weg zu gehen.

Sie bewältigten ihn schweigend. Selbst Walt hörte auf zu reden.

Die Nacht erweckte den Irrgarten zum Leben. Der längst verstorbene Scharlatan, der ihn ersonnen hatte, versuchte noch immer, sie zu erschrecken, aber jetzt durchschauten sie ihn. Dennoch, der Ort hatte seine eigenen Mittel, um Grauen heraufzubeschwören. Das Licht der Laternen erhellte eine dicke Röhre aus verschlungenen Ästen, als schleppten sich die Männer und die Frau darin durch einen endlosen grauen Strumpf, der von Wesen bevölkert wurde, die, verborgen in seinem Gewebe, raschelnd ihr eigenes dürres Leben führten.

Als sie schließlich daraus auftauchten, war es zu dunkel, um sehen zu können, ob der ebenfalls spaltenförmige Ausgang genauso verziert war wie der Eingang. Inzwischen hatten sie ohnehin das Interesse verloren. Die Lust war ihnen vergangen.

Die Gänge hatten sie bis zu einem gewissen Grad vor der bitterkalten Luft geschützt, die ihnen jetzt entgegenschlug. Abgesehen von einer Eule, die, durch die Ankömmlinge aufgeschreckt, mit langsamen Flügelschlägen von einer Mauer aufflog, drang kein Laut von dem Turm herüber, der sich auf der anderen Seite des Burghofs erhob. Er war massiver, als er aus der Entfernung gewirkt hatte, und ragte glatt und hoch in den

Himmel, wo die Sterne wie verstreute Diamanten eisig auf ihn herabfunkelten.
Jacques holte eine weitere Laterne und frische Kerzen aus seiner Satteltasche und führte sie zu den dunkleren Umrissen im Schatten am Fuße des Turmes, die sich als Stufen zu einer Tür herausstellten.
Seit dem letzten Schneefall hatte niemand den Burghof überquert. Zumindest kein Mensch – es gab nur reichlich Tierfährten und Vogelspuren. Aber der kleine Platz war ein Parcours voller Hindernisse. Verschneite Erhebungen entpuppten sich als liegengelassene Gerätschaften: ein zerbrochener Stuhl, Stoffe, ein Fass, dessen Dauben auf einer Seite eingedrückt waren, zerbeulte Töpfe, eine Kelle. Der Schnee bedeckte ein einziges Chaos.
Walt stolperte über einen Eimer mit einem toten Huhn darin. Der Kadaver eines Hundes, mit gefletschten Zähnen erfroren, lag am Ende seiner Kette.
Rowley versetzte dem Eimer einen Tritt, so dass das tote Huhn herausflog. »Treuloses, räuberisches Pack.«
War das die Erklärung?
Es wurde erzählt, dass die Diener von William dem Normannen ihrem König sofort nach dessen Tod die Kleider vom Leib gerissen hatten und mit so viel Diebesgut, wie sie tragen konnten, davongelaufen waren und dass seine Ritter den Leichnam des großen und schrecklichen Eroberers nackt auf dem Boden eines kahlen Palastzimmers gefunden hatten.
Hatte Rosamunds Dienerschaft das Gleiche getan, sobald ihre Herrin tot war? Rowley nannte es Treulosigkeit, doch Adelia fiel wieder ein, was ihr angesichts Rosamunds Vernachlässigung der armen Bertha durch den Kopf gegangen war. Treue konnte nur auf wechselseitiger Achtung beruhen. Niemand hatte Rosamund beweint? Warum nicht?

Die Tür zum Turm, vor der sie schließlich standen, war aus dickem dunklem Eichenholz und befand sich am oberen Ende einer bedrohlich glänzenden Treppe. Es gab keinen Türklopfer. Sie hämmerten gegen das Holz und hörten, wie das Geräusch auf der anderen Seite widerhallte, wie in einer leeren Höhle, und weder Lebende noch Tote antworteten ihnen.

Sie blieben zusammen – niemand schlug vor, dass sie sich verteilen sollten – und gingen im Gänsemarsch um den Turm herum, durch Bogengänge in Höfe, wo eine weitere Tür sich als ebenso unbeweglich erwies wie die erste. Diese war jedoch zumindest ebenerdig.

»Wir rammen das Mistding ein.«

Doch zuerst mussten die Pferde versorgt werden. Ein Pfad führte zu einem verlassenen Stallhof mit einem Brunnen, aus dem ein Plätschern drang, als Walt einen Stein hineinwarf, was ihm die Sorge nahm, das Wasser tief unten könnte gefroren sein. In den Pferdeverschlägen war Stroh, wenn auch recht schmutziges, und die Krippen waren offenbar noch kurz bevor die ursprünglichen Bewohner gestohlen worden waren mit Hafer aufgefüllt worden.

»Schätze, so geht's erst mal«, sagte Walt mürrisch.

Die anderen überließen ihm die Arbeit, das Eis von der Brunnenwinde zu schlagen.

Die Plünderer waren wahllos und überhastet vorgegangen. In einem ansonsten verlassenen Kuhstall lag noch eine Kuh, die nicht mitgenommen worden war, weil sie gerade ein Kalb zur Welt gebracht hatte. Beide waren tot, das Kalb noch in der Fruchtblase. Sie duckten sich unter einer Wäscheleine hindurch, an der bretthart gefrorene Laken hingen, und erkundeten die Küchengebäude. In der Spülküche war der Bottich geraubt worden, und in der Hauptküche fehlte alles außer einem riesigen Tisch, der zu schwer zum Heben war.

Der Boden der Scheune bestand aus nackter Erde, und sie entdeckten Abdrücke, die erkennen ließen, wo einmal ein Pflug und eine Egge gestanden hatten. Und …

»Was ist das, Mylord?«

Jacques hielt seine Laterne so, dass sie eine große Vorrichtung in einer Ecke neben einem Holzhaufen beschien.

Sie war aus Metall. Eine gelochte Bodenplatte bildete die Basis für zwei aufrechte Verstrebungen, die mit dicken Federn daran befestigt waren. Beide Verstrebungen endeten mit einer Reihe dreieckiger Eisenzähne, die so geformt waren, dass sie genau in die entsprechende Reihe an der anderen Verstrebung passten.

Die Männer zögerten.

Walt gesellte sich wieder zu ihnen und machte große Augen. »Hab schon welche gesehen, die einen am Bein erwischen«, sagte er langsam, »aber so 'n Ding noch nie.«

»Ich auch nicht«, erklärte Rowley. »Gott sei uns gnädig, irgendwer hat das Ding tatsächlich geölt.«

»Was ist das?«, fragte Adelia.

Statt einer Antwort trat Rowley an die Vorrichtung heran und packte eine der Zahnreihen. Walt nahm die andere, und gemeinsam zogen sie die Verstrebungen auseinander, bis sie einander gegenüber flach auf dem Boden lagen, die Zähne nach oben gerichtet. »Gut, Walt. Jetzt ganz vorsichtig.« Rowley bückte sich, hielt dabei aber sicheren Abstand und hantierte unter dem Mechanismus herum. »Hat einen Auslöser«, sagte er. Walt nickte.

»Was *ist* das?«, fragte Adelia erneut.

Rowley richtete sich auf und nahm ein Scheit von dem Holzhaufen. Er bedeutete Adelia, ihren Hund festzuhalten. »Stellt Euch vor, es liegt im hohen Gras. Oder unter Schnee.«

So flach, wie das Ding jetzt war, wäre es unmöglich zu sehen.

Eine Menschenfalle. O Gott, steh uns bei.

Sie bückte sich und packte Wächters Halsband.
Rowley warf das Scheit auf die Metallplatte in der Vorrichtung.
Das Ding schnellte hoch wie ein zuschnappender Hai. Die Zähne krachten ineinander. Der Knall schien erst später zu kommen.
Einen Augenblick später sagte Walt: »Würd einen an den Eiern erwischen, das Ding, Verzeihung, Mistress. Würd sich auch nich mehr lohnen, einen da rauszuholen.«
»Anscheinend hatte die Lady was gegen Wilderer«, sagte der Bischof. »Ich werde den Teufel tun und durch ihre Wälder laufen.« Er klopfte sich den Staub von den Händen. »Kommt jetzt. Das nützt nix gegen die Bulgaren, wie mein alter Großvater zu sagen pflegte. Wir brauchen einen Rammbock.«
Adelia blieb wie angewurzelt stehen und starrte die Falle an. In zweieinhalb Fuß Höhe würden die Zähne eine durchschnittlich große Person im Leistenbereich packen und sie durchbohren. Wie Walt gesagt hatte – das Opfer zu befreien würde nichts an seinem qualvollen und langsamen Tod ändern.
Das Ding vibrierte noch immer, als leckte es sich die Lefzen.
Der Bischof musste umkehren und Adelia holen.
»Irgendwer hat es gebaut«, sagte sie. »Irgendwer hat es geölt. Um es zu *benutzen*.«
»Ich weiß. Nun kommt.«
»Es ist schrecklich hier, Rowley.«
»Ich weiß.«
In einem der Außengebäude fand Jacques einen Sägebock. Er und Walt packten ihn seitlich an den Beinen und rammten ihn gegen die Hintertür des Turms, die beim dritten Versuch nachgab.
Drinnen war es fast so kalt wie draußen. Und stiller.
Sie traten in eine runde Halle, die, da sie im Erdgeschoss des

Turmes lag, vermutlich größer war als alle Räume, die sie weiter oben finden würden.
Nicht unbedingt ein Ort, an dem man geschätzte Besucher warten lassen würde, sondern eher eine Art übergroße Wachstube. Das einzig Schöne darin waren zwei Stühle, die den Plünderern wohl zu schwer gewesen waren. Ansonsten bestand das Mobiliar aus harten Bänken und leeren Waffenständern. Kohlenkörbe waren aus den Wänden gebrochen worden, ein Kronleuchter von der Decke gerissen.
Einige Wachslichter lagen, noch in ihren Halterungen steckend, verstreut zwischen den Binsen auf dem Boden. Rowley, Adelia und Walt nahmen jeder eines, zündeten sie an der Laterne an und stiegen die kahle Treppe hinauf, die an der Wand entlang nach oben führte.
Wie sie feststellten, bestand der Turm aus einem kreisrunden Raum über dem nächsten, als hätte ein Apotheker seine Pillen in einer Reihe fest in Papier gewickelt und dann aufrecht hingestellt. Die Tür zu den einzelnen Räumen befand sich jeweils auf einem kleinen Absatz in der gewundenen Treppe. Der zweite Raum, den sie erreichten, hatte ebenso wie der erste offensichtlich hauswirtschaftlichen Zwecken gedient. Leere Ständer, einige herumliegende Strähnen Rosshaar zum Polieren und der Bienenwachsgeruch ließen vermuten, dass es sich um eine Art großen Putzschrank handelte.
Darüber die Mägdestube: vier Holzbetten, von denen man die Strohsäcke und Decken geklaut hatte, sonst nichts.
Jeder Raum war menschenleer. Jeder war jeweils ein bisschen behaglicher als der direkt unter ihm liegende. Ein Nähzimmer, aus dem so gut wie alles geplündert worden war, doch auf den Tischen, die unter jeder Schießscharte standen, um möglichst viel Licht zu bekommen, lagen Stoffstreifen und ein einsames Nadelkissen. Eine Gipspuppe lag zerbrochen auf dem Boden;

einige Scherben waren anscheinend bis hinaus auf den Treppenabsatz getreten worden.
»Die haben sie gehasst«, sagte Adelia, als sie durch einen Türbogen spähte.
»Wer?«
»Die Diener.«
»Wen gehasst?« Der Bischof geriet außer Atem.
»Rosamund«, antwortete Adelia. »Oder diese Dakers.«
»Bei *der* Treppe? Kann ich verstehen.«
Sie betrachtete grinsend seinen schwerfälligen Rücken. »Ihr habt zu bischöflich getafelt.«
»Wenn Ihr das sagt, Mistress.« Er war nicht gekränkt. Und das war eine Abfuhr. Früher wäre er entrüstet gewesen.
Nicht vergessen, dachte sie. Wir sind nicht mehr vertraut, wir halten Abstand.
Der vierte Raum – oder war es schon der fünfte? – war nicht geplündert worden, obwohl er strenger aussah als die anderen. Ein schmales Bett mit grauer Tagesdecke, die akkurat glattgestrichen war. Ein kleiner Tisch mit Krug und Waschschale darauf. Ein Hocker. Eine schlichte Truhe mit einigen ebenso schlichten und ordentlich gefalteten Frauenkleidern darin.
»Dakers' Zimmer«, sagte Adelia.
Allmählich bekam sie ein Gespür für die Haushälterin, eines, das ihr Angst machte.
»Hier ist keiner. Weiter.«
Doch Adelia war fasziniert. Hier hatten die Plünderer aufgegeben. Hier, da war sie sicher, hatte Drachendakers auf der Treppe gestanden, ebenso furchteinflößend, wie Bertha sie beschrieben hatte, und hatte die Meute aufgehalten.
In die Westmauer über Dakers' Bett war Rosamunds Wappen eingemeißelt. Es war buntbemalt und vergoldet, so dass es den grauen Raum beherrschte. Als Adelia ihre Kerze hob, um es ge-

nauer zu betrachten, hörte sie, wie Rowley in der offenen Tür nach Luft schnappte, und das nicht, weil er außer Atem war.
»Himmelherrgott«, sagte er. »Das ist Wahnsinn.«
Ein äußerer Schild zeigte die drei Leoparden und die Lilien, in denen mittlerweile jedermann in England das Zeichen des angevinischen Plantagenet-Königs erkannte. Darin war ein kleinerer Schild eingelassen. Er war geviert, und in einem Viertel war eine Schlange abgebildet, im anderen eine Rose.
Selbst Adelia mit ihren dürftigen Heraldikkenntnissen erkannte, dass sie das Wappen eines Ehepaares vor sich sah.
Der Bischof trat neben sie und starrte es an. »Henry. Im Namen Gottes, *Henry*, was hat Euch geritten, dass Ihr das erlaubt habt? Das ist Wahnsinn.«
Unter dem Wappen war ein Motto in die Mauer gemeißelt worden. Wie die meisten Wappenmotti war es ein Wortspiel.
Rosa Mundi.
Rose der Welt.
»Oje«, sagte Adelia.
»Jesu Erbarmen«, hauchte Rowley, »wenn die Königin das gesehen hat …«
Wappen und Motto ergaben zusammen eine Verhöhnung sondergleichen.
Er zieht mich dir vor. Ich bin seine Frau, nur nicht dem Namen nach, ich bin die wahre Königin seines Herzens.
Die Gedanken des Bischofs überschlugen sich. »Verflucht. Ob Eleanor das gesehen hat oder nicht, spielt keine Rolle. Andere werden vermuten, dass sie davon gewusst hat und Rosamund deswegen töten ließ … Das ist Grund genug für einen Mord. Das ist eine höhnische Anmaßung.«
»Es ist ein bisschen Stein mit einem Muster drauf, das eine törichte Frau dort anbringen ließ«, widersprach Adelia. »Macht das wirklich so viel aus?«

Anscheinend ja. Einer Königin war ihr Stolz wichtig. Das wussten ihre Feinde ebenso wie die Feinde des Königs.
»Ich würde das Weib umbringen, wenn es nicht schon tot wäre«, sagte der Mann Gottes. »Ich lasse den Turm mit ihr drin niederbrennen. Das ist eine Aufforderung zum Krieg.«
Adelia war verwundert. »Ihr wart doch bereits einmal hier. Ich dachte, Ihr hättet es schon gesehen.«
Er schüttelte den Kopf. »Wir haben uns im Garten getroffen, wo sie frische Luft schnappte. Wir dankten Gott für ihre Genesung, und dann hat Dakers mich zurück durch den Irrgarten geführt. Wo steckt diese Dakers eigentlich?«
Er drängte sich an Jacques und Walt vorbei, die blinzelnd in der Tür standen, stürmte die Treppe hinauf und rief laut nach der Haushälterin. Er riss eine Tür nach der nächsten auf, und wenn der Raum dahinter leer war, rannte er weiter nach oben.
Sie eilten ihm nach, und das Poltern ihrer Stiefel und das Klicken von Hundekrallen auf Stein hallten durch den ganzen Turm.
Jetzt kamen sie an Rosamunds Gemächern vorbei. Dakers, wenn es wirklich Dakers gewesen war, hatte es geschafft, sie in all ihrer Pracht zu bewahren. Für Adelia, die versuchte, mit den anderen Schritt zu halten, war das, was sie flüchtig zu sehen bekam, eine wahre Augenweide: persische Teppiche, venezianische Kelchgläser, mit Damast bezogene Diwane, golden schimmernde Ikonen und Triptychen, Gobelins, Statuetten – der Reichtum eines Reiches, welcher der Mätresse eines Herrschers zu Füßen gelegt worden war.
Hier gab es Fenster, keine Schießscharten wie in den unteren Räumen. Die Läden waren geschlossen, doch im Licht der Kerze sah Adelia im Vorbeigehen, wie sie sich selbst in schönen und teuren Sprossenfenstern spiegelte.
Und durch die offenen Türen drang Parfümgeruch, erlesen und

so stark, dass auch eine Nase, die durch Kälte und das stinkende Fell eines Hundes abgestumpft war, sich daran ergötzen konnte. Adelia schnupperte. Rosen. Er hatte für sie sogar Rosen eingesperrt.
Über ihr wurde krachend eine weitere Tür aufgestoßen. Der Bischof stieß einen Schrei aus.
»Was ist denn, was ist denn?« Sie erreichte ihn auf dem obersten Treppenabsatz, hier ging es nicht mehr weiter. Rowley stand vor einer offenen Tür, ließ jedoch die Hand mit der brennenden Kerze herabhängen, so dass Wachs auf den Boden tropfte.
»Was ist denn?«
»Ihr habt Euch geirrt«, sagte Rowley.
Die Kälte war hier oben noch schneidender.
»Worin?«
»Sie lebt. Rosamund. Trotz allem.«
Die Erleichterung wäre groß gewesen, wenn das Ganze nicht so seltsam gewesen wäre. Das Zimmer, vor dem er stand, lag im Dunkeln.
Außerdem machte er keine Anstalten, einzutreten.
»Sie sitzt da drin«, sagte er und bekreuzigte sich.
Adelia ging hinein, der Hund folgte ihr.
Hier war kein Parfüm zu riechen, die Kälte löschte den Duft aus. Sämtliche Fensterläden und Fenster – in dem kreisrunden Raum gab es acht – standen weit offen, um Luft hereinzulassen, die eisig war. Adelia spürte förmlich, wie ihr Gesicht davon runzelig wurde.
Wächter lief voraus. Sie hörte ihn im Zimmer herumschnüffeln, aber er gab nicht zu erkennen, dass er jemanden gewittert hatte. Sie ging noch ein paar Schritte weiter hinein.
Der Lichtschein der Kerze erhellte ein Bett vor der Nordmauer. Edle weiße Spitze hing von einem vergoldeten Ring an der

Zimmerdecke herab, teilte sich über Kissen und fiel auf beiden Seiten einer Decke mit goldenen Quasten bis zum Boden. Es war ein hohes und prächtiges Bett mit einer kleinen Treppe aus Elfenbein, die so platziert war, dass seiner Besitzerin hineingeholfen werden konnte.

Es war leer.

Seine Besitzerin saß an einem Schreibtisch auf der anderen Seite mit Blick auf ein Fenster, eine Schreibfeder in der Hand.

Adelia, deren Kerze jetzt leicht zitterte, sah die blitzenden Facetten einer juwelenbesetzten Krone und aschblondes Haar, das sich über den Rücken der Schreiberin lockte.

Geh näher ran. Du musst. Es kann dir nichts tun. Es kann nicht.

Sie zwang sich vorwärts. Als sie das Bett passierte, trat sie auf eine Falte des Spitzenstoffs, der auf dem Boden lag, und das Eis darin knirschte unter ihrem Stiefel.

»Lady Rosamund?« Es kam ihr richtig vor, das zu sagen, obwohl sie wusste, was sie wusste.

Sie zog einen Handschuh aus, um die erstaunlich dicke Schulter der Gestalt zu berühren, und fühlte eine steinerne Kälte in dem, was einmal Fleisch gewesen war. Sie sah eine kalkweiße Hand, mit Hautwülsten am Handgelenk wie bei einem Säugling. Daumen und Zeigefinger hielten eine Gänsefeder, als hätten sie gerade erst die Unterschrift unter das Dokument gesetzt, auf dem sie ruhten.

Mit einem Seufzer beugte Adelia sich vor, um in das Gesicht zu blicken. Offene, blaue Augen blickten leicht nach unten, als wollten sie das Geschriebene noch einmal durchlesen.

Aber die Schöne Rosamund war ausgesprochen tot.

Und ausgesprochen dick.

Kapitel sechs

Dakers«, sagte Adelia. »Das war Dakers.«
Nur die Haushälterin konnte sich geweigert haben, ihre tote Herrin ins Grab zu verabschieden.
Rowley erholte sich allmählich. »So kriegen wir sie nie in einen Sarg. Um Gottes willen, tut was. Ich rudere nicht mit ihr nach Godstow zurück, wenn sie dabei aufrecht sitzt und mich anglotzt.«
»Zeigt etwas Respekt, zum Donnerwetter.« Adelia schloss das letzte Fenster und fuhr ihn an. »Ihr werdet nicht rudern, und sie wird nicht sitzen.«
Jeder versuchte auf seine Weise, die Wirkung dieses Anblicks zu verarbeiten, der ihm den Mut geraubt und sie verstört hatte.
Jacques starrte von der offenen Tür ins Zimmer herein, doch Walt war nach einem kurzen Blick hastig nach unten geflohen. Wächter kratzte sich gelangweilt.
Adelia war tote Körper gewohnt und hatte sich nie vor einem gefürchtet – bis jetzt. Folglich war sie wütend geworden. Der Grund war die *Haltung* der Leiche … Rosamund war nicht in dieser Position gestorben. Wenn die Teufelshaube sie umgebracht hatte, dann war das Ende zu qualvoll gewesen. Nein, Dakers hatte den noch warmen Leichnam auf den Stuhl gezerrt, ihn arrangiert und dann entweder abgewartet, bis die Totenstarre eintrat, oder sie hatte ihn, falls diese schon vergangen war, in der Position gehalten, bis die Kälte, die durch die offenen Fenster drang, Kopf, Rumpf und Glieder in der Haltung

erstarren ließ, wie sie jetzt waren, so, als würde Rosamund schreiben.
Adelia wusste das so sicher, als wäre sie selbst dabei gewesen, doch sie konnte den Eindruck nicht abschütteln, dass die Tote aufgestanden und zum Tisch geschritten war, um sich hinzusetzen und zur Feder zu greifen.
Rowleys Gereiztheit sollte nur das Entsetzen überspielen, das ihn aus der Fassung gebracht hatte, und Adelia, der es ähnlich erging, reagierte verärgert. »Ihr habt mir nicht erzählt, dass sie dick ist.«
»Spielt das eine Rolle?«
Nein, natürlich nicht, aber es war eine Art nachträglicher Schock. Das Bild, das Adelia sich von der Schönen Rosamund gemacht hatte, das Bild, das auf ihrem Ruf beruhte, auf dem, was Bertha erzählt hatte, auf dem endlosen Marsch durch den fürchterlichen Irrgarten, auf dem Anblick der noch fürchterlicheren Menschenfalle, war das einer schönen Frau gewesen, die menschlichem Leid so gleichgültig gegenüberstand wie eine Göttin des Olymps – anmutig, verwöhnt, abgehoben, kalt wie ein Reptil, aber schlank. Eindeutig schlank.
Doch als sie sich vorgebeugt hatte, um sie zu betrachten, hatte sie in das fast kindlich pausbäckige Gesicht einer Fettleibigen geblickt.
Das änderte die Sache. Sie wusste selbst nicht, warum, aber so war es.
»Wie lang ist sie schon tot?«, wollte Rowley wissen.
»Was?« Adelia war in Gedanken versunken und stellte der Leiche belanglose Fragen. Wieso hast du bei deinem Gewicht hier oben im Turm gelebt? Wie bist du die Treppe runtergekommen, um dich mit Rowley im Garten zu treffen? Und wie bist du wieder raufgekommen?
»Ich habe gefragt, wie lang sie schon tot ist.«

»Oh.« Höchste Zeit, sich zusammenzureißen und zu tun, weswegen sie mitgekommen war. »Lässt sich unmöglich genau sagen.«

»Waren es die Pilze?«

»Woher soll ich das wissen? Wahrscheinlich ja.«

»Könnt ihr sie strecken?«

Meine Güte, was für ein grobschlächtiger Mensch er doch war. »Sie wird sich schon von allein strecken«, sagte Adelia knapp. »Wir müssen dieses verdammte Zimmer nur warm bekommen.« Dann fragte sie: »Warum wollte Dakers wohl, dass man sie *schreibend* vorfindet?«

Doch der Bischof war schon draußen vor der Tür und brüllte zu Walt hinunter, er solle Kohlenbecken, Späne, Feuerholz, Kerzen heraufbringen, und schickte Jacques nach unten, damit er dem Reitknecht half. Als er daraufhin selbst die Treppe hinunter verschwand, um weiter nach der Haushälterin zu suchen, nahm er seine lebenssprühende Kraft mit und überließ den Raum der Stille der Toten.

Adelias Gedanken wanderten sehnsüchtig zu dem Mann, auf dessen ruhige Unterstützung und Zuversicht sie bei schwierigen Ermittlungen stets bauen konnte – denn dass diese hier schwierig werden würde, daran zweifelte sie nicht. Doch Mansur war auf der Barkasse, die Rosamunds Sarg den Fluss heraufbrachte, und selbst wenn er inzwischen die Anlegestelle erreicht hatte, die eine Viertelmeile entfernt lag, so hatte man ihn, Oswald und die anderen Männer doch angewiesen, dort zu bleiben, bis der Bote sie holen kam.

Was heute Nacht nicht mehr geschehen würde. Niemand würde sich heute Nacht noch einmal in den Irrgarten wagen.

Sie hatte nur eine Lichtquelle. Rowley hatte seine Kerze mitgenommen. Sie stellte ihre auf den Tisch, so dicht neben die Hand der Toten, wie es ging, ohne sie zu verbrennen – ein klitze-

kleiner Anfang, um die Leiche aufzutauen, was nicht nur seine Zeit dauern, sondern auch unappetitlich werden würde.
Adelia dachte an die toten Schweine, an denen sie Verwesung studiert hatte, und zwar auf einem Hof in den Bergen oberhalb von Salerno, den ihr Lehrer Gordinus eigens zu diesem Zweck dort unterhielt. Sie versuchte, sich vor allem an die gefrorenen Kadaver in dem Eishaus zu erinnern, das er tief in Felsgestein hatte schlagen lassen. Sie konzentrierte sich auf Gewicht, auf Zeitspannen, sie stellte sich die nadelfeinen Eiskristalle vor, die Muskeln und Gewebe hart werden ließen … und die Säfte, die entstanden, wenn sie schmolzen.
Die arme Rosamund. Sie würde den Peinlichkeiten des Verfalls ausgesetzt sein, wo doch alles in diesem Raum von einem Menschen kündete, der Eleganz liebte.
Die arme Dakers, die ihre Herrin zweifelsohne bis zum Wahnsinn geliebt hatte.
Die ihr auch eine Krone aufgesetzt hatte. Eine echte Krone, kein modisches Diadem, keinen Kranz, keinen Stirnreif, sondern ein altes Exemplar aus massivem Gold mit vier Spitzen, die in Form einer Lilie aus einem juwelenbesetzten Rand nach oben strebten – die Krone einer königlichen Gemahlin. Sie, so sagte Dakers damit, ist eine Königin.
Und doch hatte dieselbe Hand das schöne Haar so gebürstet, dass es jetzt offen über Schultern und Rücken der Toten hing wie bei einer Jungfrau.
Ach, nun fang schon an, mahnte Adelia sich. Sie war nicht hier, um sich von den unergründlichen Tiefen menschlicher Leidenschaft faszinieren zu lassen, sondern um herauszufinden, warum jemand den Tod dieser Frau gewollt hatte und wer dieser Jemand war.
Sie wünschte, von unten wären irgendwelche Laute zu hören gewesen, um die Totenstille des Zimmers zu unterbrechen.

Vielleicht lag es ja so hoch, dass kein Geräusch bis hier heraufdrang.
Adelia richtete ihre Aufmerksamkeit auf den Schreibtisch, eine gruselige Angelegenheit, weil das dunkle Fensterglas auf der gegenüberliegenden Seite wie die Versilberung eines Spiegels wirkte, so dass sie und die Leiche Seite an Seite darin reflektiert wurden.
Ein hübscher, auf Hochglanz polierter Tisch. Dicht neben der linken Hand der Toten stand eine Schale mit kandierten Pflaumen, als wollten ihre Finger gleich danach greifen.
Die Schale war schwarz und rot und mit Athleten bemalt, wie die uralte Vase, die ihr Ziehvater in Griechenland entdeckt hatte und die ihm so kostbar war, dass niemand außer ihm sie anfassen durfte. Rosamund bewahrte in ihrer Süßigkeiten auf. Ein gläsernes Tintenfässchen, eingefasst in eine goldene Filigranarbeit. Ein eleganter lederner Behälter für die Schreibfedern und ein kleines Messer aus Elfenbein und Stahl, um sie anzuspitzen. Zwei Bögen hochwertiges Velin, beide engbeschrieben, lagen Seite an Seite, einer unter der rechten Hand. Ein fast leerer Sandstreuer, passend zum Tintenfass, ebenfalls aus Glas und mit Goldfiligran. Ein kleiner Brenner, um das Siegelwachs zum Schmelzen zu bringen, das in Form von zwei roten Stangen danebenlag, die eine kürzer als die andere.
Adelia suchte nach einem Siegel und fand keines, aber an einem Finger der Toten steckte ein großer Goldring. Sie hob die Kerze näher an den Ring. Die runde Oberseite war eine Prägeform, die, wenn man sie in weiches Wachs drückte, die beiden Buchstaben *R.R.* zurücklassen würde.
Rosamund Regina?
Hmm.
Dakers hatte zeigen wollen, dass Rosamund lesen und schreiben konnte – keine geringe Leistung in England, selbst bei

hochgeborenen Frauen –, warum sonst hätte sie sie in dieser Haltung hergerichtet? Und sie hatte offensichtlich viel geschrieben. Die Gerätschaften auf dem Tisch waren häufig benutzt worden.

War Dakers einfach nur stolz darauf gewesen, dass ihre Herrin schreiben konnte? Oder gibt es da noch eine andere Botschaft, die mir entgeht?, fragte sich Adelia.

Sie betrachtete die beiden Bögen Velin genauer. Sie hob denjenigen auf, der direkt vor der Leiche lag, und stellte fest, dass er in diesem Licht nicht zu entziffern war. Rosamund mochte ja des Schreibens mächtig gewesen sein, aber sie hatte keine schöne Schrift gehabt. Das hier war nur ein verkrampftes Gekritzel.

Sie fragte sich, wo zum Donnerwetter Rowley mit den Kerzen blieb. Der Bischof ließ sich Zeit mit seiner Rückkehr. Adelia registrierte diesen Umstand nur ganz kurz und stellte fest, dass sie, wenn sie den Bogen mit einer Hand über den Kopf hob, die Kerze mit der anderen gefährlich nah darunterhielt und dann die Augen zusammenkniff, so gerade eine Anrede lesen konnte. Was sie da in der Hand hielt, war ein Brief.

> *»An Lady Eleanor, Herzogin von Aquitanien und vermeintliche Königin von England, es grüßt Euch die wahre und einzige Königin dieses Landes, Rosamund, die Schöne.«*

Adelia fiel der Unterkiefer herunter. Und beinahe auch der Brief. Das war keine Majestätsbeleidigung, das war glatter, offensiver Hochverrat. Es war eine Aufforderung zum Kampf.

Es war *dumm*.

»Warst du irre?« Das Flüstern wurde von der Stille des Raumes verschluckt.

Rosamund stellte Eleanors Macht in Frage, und sie musste gewusst haben, dass die Königin gezwungen war, darauf zu reagieren, oder für alle Zeit gedemütigt gewesen wäre.

»Du hast mit hohem Einsatz gespielt«, flüsterte Adelia. Der Wormhold Tower mochte ja schwierig zu erobern sein, aber er war nicht uneinnehmbar. Einer Streitmacht, wie sie von einer zornbebenden Königin entsandt worden wäre, hätte er nicht standgehalten.

Rosamunds Tod raunte: *Ha, doch stattdessen hat die Königin ein altes Weib mit vergifteten Pilzen geschickt?*

Nichts dergleichen, dachte Adelia bei sich, denn Eleanor hatte den Brief nicht erhalten. Höchstwahrscheinlich hatte Rosamund gar nicht vorgehabt, ihn abzuschicken. Allein in diesem schrecklichen Turm, hatte sie sich lediglich damit die Zeit vertrieben, irgendwelche Wunschvorstellungen von sich als Königin auf Velin zu kritzeln.

Was hatte sie sonst noch geschrieben?

Adelia legte den Brief zurück auf den Tisch und nahm das andere Dokument zur Hand. Im Halbdunkel erkannte sie eine weitere Anrede. Also noch ein Brief. Wieder musste sie ihn hochhalten, damit das Kerzenlicht von unten darauf schien. Dieser war leichter zu lesen:

> *»An Lady Eleanor, Herzogin von Aquitanien und vermeintliche Königin von England, es grüßt Euch die wahre und einzige Königin dieses Landes, Rosamund, die Schöne.«*

Exakt derselbe Wortlaut. Und die Zeilen waren leserlicher, weil jemand anders sie geschrieben hatte. Diese Schrift sah ganz anders aus als Rosamunds Gekritzel. Es war die gut lesbare, leicht geneigte Schönschrift eines Gelehrten.

Rosamund hatte ihren Brief von diesem abgeschrieben.

Wächter gab ein leises Knurren von sich, doch Adelia, die von dem Rätsel völlig gebannt war, achtete nicht darauf.

Es ist hier. Ich bin ganz nah dran.

Während sie nachdachte, wedelte sie sachte mit dem Bogen, doch dann sah sie im Spiegel des Fensters, dass sie Rosamund versehentlich damit auf den Kopf klopfte.

Und hörte auf, ebenso erstarrt wie die Leiche. Wächter hatte sie warnen wollen, dass noch jemand das Turmzimmer betreten hatte, sie hatte nicht darauf geachtet.

Drei Gesichter spiegelten sich im Glas, zwei davon gekrönt. »Ich bin entzückt, Eure Bekanntschaft zu machen, meine Liebe«, sagte eines davon – und es meinte nicht Adelia.

Die einen Moment lang stehenblieb, wo sie war, unverwandt geradeaus starrte, versuchte, ihren fröstelnden Aberglauben niederzukämpfen und all ihren gesunden Menschenverstand gegen Hexerei und Geisterbeschwörung aufzubieten.

Dann fuhr sie herum und verneigte sich. Eine wahre Königin war unverkennbar.

Eleanor nahm keine Notiz von ihr. Sie ging zu einer Seite des Tisches, wobei sie das Zimmer mit einem Duft erfüllte, der Rosamunds Rosen mit etwas Schwererem, Exotischerem überdeckte. Zwei weiße, langfingrige Hände wurden auf das Holz gelegt, als sie sich vorbeugte, um in das Gesicht der Toten zu blicken. »Ts-ts. Ihr habt Euch gehenlassen.« Ein beringter Zeigefinger stupste die griechische Schale an. »Ich vermute, zu viele Leckereien und zu wenig Salat?«

Ihre Stimme klang liebreizend durch den Raum. »Wusstet Ihr, dass die arme Rosamund fett war, Lord Montignard? Wieso hat mir das niemand gesagt?«

»Das sind Kühe doch meistens, Lady.« Eine Männerstimme, die von einer Gestalt kam, die in der offenen Tür stand und eine

Laterne hielt. Dahinter war undeutlich eine größere Gestalt im Kettenhemd zu sehen.

»Wie unhöflich«, sagte Eleanor entschuldigend zu der Leiche auf dem Stuhl. »Männer sind doch wirklich ungerecht, nicht wahr? Und gewiss hattet Ihr viele ausgleichende Vorzüge … Großzügigkeit im Gewähren Eurer Gunst, und so weiter.«

Die Grausamkeit lag nicht nur in den Worten, sondern auch in der enormen physischen Diskrepanz der Frauen. Neben der hohen Gestalt der Königin, die selbst in ihrem Pelzumhang schlank erschien, sah Rosamund schwerfällig aus, und das offen herabwallende Haar wirkte bei einer Frau ihres Alters lächerlich. Im Vergleich zu der erlesen gearbeiteten weißgoldenen Krone, die Eleanor trug, wirkte Rosamunds wuchtig und überladen.

Die Königin wandte sich dem Dokument zu. »Ach, meine Liebe, schon wieder ein Brief an mich? Und Gott hat Euch zu Eis erstarren lassen, als Ihr gerade dabei wart, ihn zu verfassen?«

Adelia öffnete den Mund und schloss ihn wieder. Sie und die Männer an der Tür waren lediglich Publikum in dem Spiel, dass Eleanor von Aquitanien mit einer Toten spielte.

»Es tut mir leid, dass ich zu dem Zeitpunkt nicht hier war«, sagte die Königin jetzt. »Als ich von Eurer Erkrankung erfuhr, war ich gerade erst aus Frankreich gekommen und musste mich um Wichtigeres kümmern, als an Euer Sterbebett zu eilen.« Sie schien zu seufzen. »Wie immer: Erst die Pflicht, dann das Vergnügen.«

Sie hob den Brief auf und hielt ihn in der ausgestreckten Hand. In dem Licht konnte sie ihn nicht lesen, aber das war auch nicht nötig. »Ist der auch so wie die anderen? *Die wahre Königin dieses Landes grüßt die vermeintliche …?* Ein wenig einfallslos, findet Ihr nicht? Nicht wert, aufbewahrt zu werden!«

Sie zerknüllte den Bogen, warf ihn zu Boden und trat ihn mit der Drehung eines feinen Stiefels auf den Steinen platt.

Ganz, ganz langsam neigte Adelia sich seitlich nach unten. Sie schob das Dokument, das sie in der Hand hielt, oben in ihren rechten Stiefel und merkte, wie Wächter ihr dabei die Hand leckte. Er hielt sich in ihrer Nähe.

Sie schaute zu dem Spiegelbild im Fenster, um zu sehen, ob der Mann an der Tür die Bewegung bemerkt hatte. Nein, seine Aufmerksamkeit galt ausschließlich Eleanor, und Eleanors galt Rosamunds Leichnam.

Die Königin legte eine Hand hinters Ohr, als lauschte sie einer Erwiderung. »Das macht Euch nichts? Wie großzügig von Euch, aber man sagt Euch ja nach, dass Ihr Eure Gunst stets großzügig gewährt habt. Ach übrigens, verzeiht, aber der Klunker da gehört mir …« Eleanor hatte der Toten die Krone vom Kopf genommen. »Sie wurde vor zweihundert Jahren für die Ehefrauen der Grafen von Anjou angefertigt, und *wie kann er es wagen, sie einer stinkenden, fetten Hure wie dir zu geben …*«

Dahin war es mit ihrer Selbstbeherrschung. Mit einem Aufschrei schleuderte Eleanor die Krone in das Fenster vor ihnen beiden, als wollte sie damit die Scheibe zerschmettern. Wächter kläffte.

Es war Eleanors Rettung, dass die Krone mit der gefütterten Unterseite des Randes gegen das Fenster schlug. Wäre die Scheibe zersprungen, dann hätte Adelia – die benommen das bebende Spiegelbild weiter betrachtete, nachdem das Wurfgeschoss abgeprallt war – nicht die Spiegelung des Todes gesehen, der von hinten angeschlichen kam. Und auch nicht das Messer in seiner Hand.

Ihr blieb keine Zeit mehr, sich umzudrehen. Er hatte Eleanor im Visier. Adelia warf sich zur Seite, und ihre linke Hand packte die Schulter des Todes.

Bei dem Versuch, das Messer abzuwehren, griff sie daneben, und die Klinge schlitzte ihr die Innenfläche der linken Hand

auf. Doch ihr Stoß brachte den Angreifer so aus dem Tritt, dass er zu Boden stürzte.
Alles erstarrte; Rosamund saß unbeteiligt auf ihrem Stuhl, Eleanor war ebenso reglos dem Fenster zugewandt, in dem sich der Angriff gespiegelt hatte, Adelia stand da und starrte auf die Gestalt, die bäuchlings auf dem Boden vor ihren Füßen lag. Die Gestalt fauchte.
Wächter näherte sich ihr, schnüffelte und wich sogleich zurück.
Eine Sekunde lang. Dann schrie Lord Montignard auf, und der Mann im Kettenhemd hatte einen Fuß in den Rücken der liegenden Gestalt gedrückt und sein Schwert mit beiden Händen erhoben. Er bat Eleanor mit einem Blick um die Erlaubnis, zuzuschlagen.
»Nein.« Adelia dachte, sie hätte das Wort gekreischt, doch der Schock dämpfte ihre Stimme, so dass sie einigermaßen ruhig klang.
Der Mann achtete gar nicht auf sie. Unbeteiligt starrte er weiterhin auf die Königin, die eine Hand an den Kopf gehoben hatte.
Sie schien niederzusinken, doch nur, um sich hinzuknien. Die weißen Hände wurden jetzt gefaltet, das gekrönte Haupt gebeugt, und Eleanor von Aquitanien begann zu beten. »Allmächtiger Gott«, sagte sie, »Dank sei Dir von einer demütigen Königin. Du hast Deine Hand erhoben und diese, meine Feindin, zu einem Eisklumpen erstarren lassen. Selbst im Tod noch sandte sie ihre Kreatur gegen mich, doch Du hast der Klinge Einhalt geboten, damit ich, die unschuldig Betrogene, weiterleben kann, um Dir, meinem Herrn und Erlöser, zu dienen.«
Als Montignard ihr auf die Beine half, war sie erstaunlich gelassen. »Ich habe es gesehen«, sagte sie zu Adelia. »Ich habe gesehen, dass Gott dich zum Werkzeug meiner Rettung aus-

erwählt hat. Bist du die Haushälterin? Man sagt, die Dirne hatte eine Haushälterin.«
»Nein. Ich heiße Adelia Aguilar. Ich vermute, das da ist die Haushälterin. Ihr Name ist Dakers.« Als sie auf die liegende Gestalt zeigte, betropfte sie sie mit ihrem Blut.
Königin Eleanor nahm es nicht zur Kenntnis. »Was machst du dann hier, Mädchen? Wie lange lebst du schon hier?«
»Nein, nein. Ich bin hier fremd. Wir sind erst vor etwa einer Stunde angekommen.« Eine Ewigkeit. »Ich war vorher noch nie hier. Ich bin vor kurzem erst die Treppe heraufgekommen, und habe … das da gefunden.«
»War diese Kreatur bei dir?« Eleanor deutete nachlässig auf die noch immer am Boden liegende Angreiferin.
»Nein. Ich habe sie nicht gesehen, erst gerade eben, sie muss sich irgendwo versteckt haben, als sie uns auf der Treppe gehört hat.«
Montignard trat näher und wedelte mit einem spitzen Dolch vor ihrem Gesicht herum. »Du erbärmliches Wesen, du sprichst mit deiner Königin. Erweise ihr Ehrerbietung, oder ich schlitz dir die Nase auf.« Er war ein gertenschlanker junger Mann mit sehr lockigem Haar und jetzt auch sehr mutig.
»Mylady«, fügte Adelia schleppend hinzu.
»Schluss damit, Monty«, zischte die Königin und wandte sich dem Mann im Kettenhemd zu. »Ist hier alles gesichert, Schwyz?«
»Gesichert?« Mit nach wie vor ausdrucksloser Miene gelang es Schwyz dennoch, den Eindruck zu vermitteln, als wäre der Turm ungefähr so robust wie eine Pusteblume. »Wir haben vier Männer in einer Barkasse gefangen genommen und drei hier unten.« Auch er sprach die Königin nicht formell an, wie Adelia bemerkte, doch Montignard drohte nicht damit, ihm die Nase aufzuschlitzen; der untersetzte Mann sah mit seinen

stämmigen Beinen eher aus wie ein Fußsoldat als ein Ritter, und zweifelsohne hätte er die Haushälterin auf ein Nicken von Eleanor hin durchspießt wie einen zappelnden Fisch. Und Montignard gleich mit.

Ein Söldner, befand Adelia.

»Haben die drei Männer da unten dich mitgebracht?«, fragte die Königin.

»Ja.« Großer Gott, sie war müde. »Mylady«, schob sie nach.

»Warum?«

»Weil der Bischof von St. Albans mich gebeten hat, ihn zu begleiten.« Sollte Rowley doch ihre Fragen beantworten. So was konnte er gut.

»Rowley?« Die Stimme der Königin hatte sich verändert. »*Rowley* ist hier?« Sie wandte sich an Schwyz. »Wieso erfahre ich das nicht?«

»Vier Männer in dem Boot und drei unten«, wiederholte Schwyz gleichmütig. Er hatte einen leichten fremdartigen Akzent. »Wenn unter ihnen ein Bischof ist, dann weiß ich nichts davon.« Und es war ihm auch egal. »Bleiben wir die Nacht über hier?«

»Bis der junge König und der Abt von Eynsham eintreffen.«

Schwyz zuckte die Achseln.

Eleanor betrachtete Adelia genauer. »Wieso hat Seine Lordschaft von St. Albans eine seiner Frauen mit zum Wormhold Tower gebracht?«

»Das kann ich nicht sagen.« Sie hatte einfach nicht mehr die Kraft, den Ablauf der Ereignisse zu schildern und noch dazu begreiflich zu machen. Sie war so müde, so schockiert, so niedergedrückt von den Schrecknissen hier, dass sie nicht einmal die Unterstellung abstritt, »eine seiner Frauen« zu sein, obschon sie sich unwillkürlich fragte, wie viele das wohl sein mochten.

»Wir werden ihn fragen«, sagte Eleanor munter. Sie blickte zu der sich windenden Gestalt auf dem Boden hinunter. »Hebt sie hoch.«

Der Höfling Montignard drängte nach vorn und katapultierte das Messer der verhinderten Mörderin übertrieben dramatisch mit dem Fuß quer durch den Raum. Er zerrte sie unter Schwyz' Stiefel hervor auf die Beine, schlang ihr einen Arm um die Brust und drückte ihr mit der anderen Hand seine Dolchspitze an den Hals.

Die Frau war tatsächlich der leibhaftige Tod – zumindest eine überzeugendere Verkörperung des Todes, als sie in den Mysterienspielen auf den Jahrmärkten zu sehen war. Die Kapuze eines schwarzen Umhangs war nach hinten gerutscht, vorstehende Wangenknochen und die gebleckten Zähne eines Schädels kamen zum Vorschein, an dem die bleiche Haut so straff gespannt war, dass man ihn in dem schlechten Licht für einen Totenschädel hätte halten können, wäre da nicht ein großer und wuchernder Leberfleck an der Oberlippe gewesen. Die Augen lagen tief in den Höhlen, wie dunkle Löcher. Es fehlte nur noch die Sense.

Noch immer fauchte sie zwischendurch, und die Worte waren mit Speichel vermischt. »… wag es nicht, die wahre Königin zu berühren, du Heuchlerin … mein Meister, mein dunkler Herr … deine Seele verbrennen … dich hinabstürzen … größte Abscheulichkeit.«

Eleanor beugte sich vor, legte erneut die Hand hinter ein Ohr und trat dann zurück. »Dämonen? *Belial?*« Sie sah ihr Publikum an. »Die Frau droht mir mit Belial.«

»Erlaubt mir, sie zu erdrosseln, Mylady. Lasst mich diesen Eiter ausbrennen«, flehte Montignard. Ein Blutstropfen erschien an der Spitze seines Dolches, der die Haut der Frau durchstoßen hatte.

»Lasst sie los!« Jetzt schaffte Adelia es, laut zu werden. »Sie ist verrückt und ohnehin schon halb tot, lasst sie los.« Instinktiv schlossen sich ihre Finger um das Handgelenk der Frau, wo sie einen bedrohlich langsamen Puls ertasteten und Knochen, die beinahe so kalt waren wie Rosamunds. Lieber Gott, wie lange hatte sie sich in dieser Eiskammer versteckt?

»Sie braucht Wärme«, sagte Adelia zu Eleanor. »Wir müssen sie aufwärmen.«

Die Königin sah auf Adelias flehend vorgestreckte Hand, von der noch immer Blut tropfte, dann auf die Haushälterin. Sie zuckte die Achseln. »Man erklärt uns, dass diese Kreatur Wärme benötigt, Monty. Vermutlich ist damit nicht gemeint, sie ins Feuer zu stoßen. Schafft sie nach unten, Schwyz, und kümmert Euch darum. Nicht zu grob, bitte. Wir werden sie später befragen.«

Mit finsterer Miene übergab der Höfling seine Gefangene an Schwyz, der sie zur Tür führte, einem seiner Männer einen Befehl erteilte und sie abführen ließ, ehe er zurück ins Zimmer kam. »Madam, wir sollten aufbrechen. Ich kann den Turm nicht verteidigen.«

»Noch nicht, Master Schwyz. Tut Eure Pflicht.«

Schwyz stapfte davon, kein glücklicher Mann.

Die Königin lächelte Adelia an. »Siehst du? Du bittest um das Leben dieser Frau, und ich gewähre es. *Noblesse oblige*. Was bin ich doch für eine großherzige Monarchin.«

Sie war beeindruckend, das musste Adelia ihr lassen. Die zittrige Schwäche des Schocks, durch die Adelias Beine einzuknicken drohten, schien dieser Frau fremd zu sein, als gehörten Mordanschläge zum Alltag einer Königin. Vielleicht war dem ja so.

Montignard zögerte. Er nickte Richtung Adelia. »Ich werde Euch nicht mit diesem Weib allein lassen, Lady. Wir wissen nicht, ob sie Übles im Schilde führt.«

»Mylord.« Eleanor hatte eine metaphorische Peitsche im Stiefel stecken. »Wer auch immer sie sein mag, sie hat mir das Leben gerettet. Wozu *Ihr* …« – die Peitsche knallte – »zu langsam wart. Und jetzt kümmert Euch um diese Eiterbeule. Überdies täte auch uns etwas Wärme wohl. Veranlasst das. Und bringt mir den Bischof von St. Albans.«

Reiner Selbsterhaltungstrieb half Adelia, die Bitte zu murmeln. »Und Weinbrand. Schickt Weinbrand herauf.« Inzwischen hatte sie sich die Wunde in ihrer Hand genauer angesehen. Sie war tief, und, Gott verfluche alle messerschwingenden Mörderinnen, sie brauchte ihre rechte Hand.

Die Königin erteilte mit einem Nicken die Erlaubnis. Sie machte keinerlei Anstalten, das Zimmer zu verlassen und nach unten zu gehen. Obwohl Adelia das eingedenk der armen Toten darin für abartig und schlechterdings unheilig hielt, war sie doch dankbar, dass ihr die Treppe zunächst erspart blieb. Sie schob sich aus dem königlichen Gesichtsfeld und ließ sich neben dem Bett zu Boden sinken.

Ein Kommen und Gehen begann, Dinge wurden getan, man zog das Bett ab und schaffte Matratze und Laken nach unten, wo alles verbrannt werden sollte – die Königin bestand darauf. Eine schöne junge Frau, vermutlich eine von Eleanors Hofdamen, kam herein, riss die Augen weit auf, als sie Rosamund sah, sank hübsch in Ohnmacht und musste wieder hinausgetragen werden. Mägde, Diener – wie viele hatte sie eigentlich dabei? – schleppten Kohlenbecken herein und genug Kerzen, um den Vatikan zu erleuchten, Weihrauchkessel und Öllampen, Laternen, Fackeln. Adelia, die geglaubt hatte, dass ihr nie wieder warm werden würde, begann allmählich, schläfrigfreundlich an die Kälte zu denken. Sie schloss die Augen …

»… zur Hölle macht Ihr hier? Wenn er kommt, dann kommt er direkt hierher zu diesem Turm.« Das war Rowleys Stimme, sehr laut, sehr wütend.
Adelia erwachte. Sie saß noch immer neben dem Bett auf dem Boden. Das Zimmer war heißer denn je, und es waren mehr Menschen darin. Rosamunds Leichnam saß, von allen missachtet, noch immer am Tisch, doch irgendeine gnädige Seele hatte Kopf und Schultern mit einem Umhang verhüllt.
»Ihr wagt es, so mit meiner hohen Lady zu sprechen? Sie geht, wohin es ihr beliebt.« Das war Montignard.
»Ich rede mit der Königin, du Hundsfott. Halt deinen Rüssel da … *raus*.« Das letzte Wort klang gepresst – jemand hatte ihm einen Schlag versetzt.
Adelia spähte unter dem Bett hindurch und sah die untere Hälfte der Königin und Rowley ganz, weil er vor ihr kniete. Seine Hände waren gefesselt. Geharnischte Beine – in einem Paar erkannte sie Schwyz' – standen hinter ihm, und seitlich davon waren Montignards feine Lederstiefel zu sehen, einer bereits zu einem weiteren Tritt erhoben.
»Lasst ihn, Mylord«, sagte Eleanor eisig. »Das ist die Sprache, die ich vom Bischof von St. Albans kenne.«
»Man nennt sie auch Wahrheit«, sagte Rowley. »Wann habt Ihr von mir je etwas anderes gehört?«
»Ach ja? Dann lautet die Frage wohl nicht, was *ich* höre, sondern was *Ihr* hört?«
Gleich ist es so weit, dachte Adelia. Die Zufälligkeit ihres Zusammentreffens an diesem Ort musste einer Königin, die gerade einem Mordanschlag entgangen war, verdächtig erscheinen.
Behutsam machte Adelia sich daran, die Kordel des Beutels zu lösen, der an ihrem Gürtel hing, und nach der kleinen Samtrolle mit den chirurgischen Instrumenten zu tasten, die sie auf Reisen stets bei sich trug.

»Das habe ich doch schon gesagt. Ich bin Euretwegen hier.« Rowley deutete mit dem Kinn zu dem Tisch hinüber. »Mylady, schon jetzt sind Gerüchte im Umlauf, die Euch die Schuld an Rosamunds Tod geben.«
»Mir? Gott der Allmächtige hat sie getötet.«
»Er hatte Hilfe. Lasst mich herausfinden, wessen – deshalb bin ich hergekommen, um herauszufinden …«
»Im Dunkeln? In dieser stockfinsteren Nacht?« Montignard mischte sich erneut ein. »Ihr kommt hierher, und gleichzeitig stürzt ein Dämon aus der Wand hervor, um die Königin zu meucheln?«
Da. Adelia hatte in der Rolle das kleine, tödlich scharfe Messer gefunden und so weit gelockert, dass der Griff herausschaute. Was sie damit machen würde, wusste sie nicht genau, aber falls sie ihm etwas antaten …
»*Was?* Was für ein Dämon?«, fragte Rowley.
Eleanor nickte. »Die Haushälterin, Dampers. Habt Ihr sie beauftragt, mich zu ermorden, St. Albans?«
»*Eleano-oor.*« Es war der fassungslose Aufschrei eines missverstandenen alten Freundes. Alle anderen im Raum gerieten in den Hintergrund, als Hunderte gemeinsame Erinnerungen heraufbeschworen wurden. Und die Königin besann sich.
»Nun gut«, sagte sie sanfter. »Ich denke, Euch sollte vergeben werden, da es Eure Buhlin war, die die Klinge beiseitestieß.«
Adelias Hand lockerte sich.
»Meine Buhlin?«
»Ich vergaß, dass Ihr so viele habt. Die mit dem fremdländischen Namen und keinen Manieren.«
»Ach ja«, sagte der Bischof. »*Die* Buhlin. Wo ist sie?«
Adelia zog sich mit ihrer unverletzten Hand am Bettgestell hoch und stellte sich aufrecht hin, so dass jeder sie sehen konnte. Sie hatte Angst und kam sich ziemlich albern vor.

Unbeholfen drehte Rowley sich um. Sein Mund war blutig. Ihre Blicke trafen sich.

»Ich frohlocke, dass sie einem so hohen Zweck dienen konnte, Madam«, sagte der Bischof von St. Albans bedächtig. Er sah erneut die Königin an. »Behaltet sie, wenn Ihr möchtet, ich habe keine Verwendung für sie – wie Ihr schon sagtet, Madam, sie hat keine Manieren.«

Eleanor blickte kopfschüttelnd zu Adelia hinüber. »Siehst du, wie leichtfertig er dich aufgibt? Alle Männer sind Schurken, ob König oder Bischof.«

Adelia geriet in Panik. *Er überlässt mich ihr. Das kann er nicht. Was ist mit Allie? Ich muss zurück nach Godstow.*

Rowley beantwortete bereits eine weitere Frage. »... ja doch, zweimal. Das erste Mal, als sie erkrankte. Wormhold liegt in meiner Diözese, es war also meine Pflicht. Und heute Abend, als ich von ihrem Tod erfuhr. Aber darum geht es nicht ...« Gefesselt auf den Knien, hielt der Bischof dennoch der Königin eine Predigt. »In Gottes Namen, Eleanor, warum seid Ihr nicht nach Aquitanien gezogen? Es ist Wahnsinn, dass Ihr hier seid. Flieht. Ich beschwöre Euch.«

»*Darum geht es nicht?*« Eleanor hatte nur gehört, was ihr wichtig war. Ihr Mantel glitt über den Boden, als sie sich bückte und Rosamunds Brief aufhob. »Hierum geht es. Um das hier. Ich habe zehn davon erhalten.« Sie strich den Brief glatt und hielt ihn Rowley vors Gesicht. »Zehn haben ihren Weg zu mir gefunden. Ihr und diese Hure habt Euch mit Henry verbündet, um sie zur Königin zu machen.«

Einen Moment lang trat Stille ein, während Rowley las.

»Bei Gott, davon habe ich nichts gewusst«, sagte er – und Adelia dachte, dass selbst Eleanor das Entsetzen in seiner Stimme hören musste. »Und auch der König nicht, das schwöre ich. Die Frau war wahnsinnig.«

»*Böse*. Sie war *böse*. Sie soll in dieser Welt ebenso brennen wie in der nächsten – sie und alles, was zu ihr gehörte. Schon wird das Brennholz zusammengetragen, um sie den Flammen zu übergeben. Ein passendes Ende für eine Metze. Sie soll kein christliches Grab erhalten.«

»Mein Gott.« Adelia sah, wie Rowley erbleichte und sich dann wieder sammelte.

Auf einmal schlug seine Stimme um und nahm einen Tonfall an, der ihr schmerzlich vertraut war. Damit hatte er sie in sein Bett bekommen. »Eleanor«, sagte er sanft. »Ihr seid die größte aller Königinnen, Ihr habt Schönheit und Eleganz und Musik und Kultur in dieses primitive Land gebracht, Ihr habt uns zivilisiert.«

»Wirklich?« Sehr leise, fast kindlich.

»Das wisst Ihr doch. Wer hat uns denn Ritterlichkeit gegenüber Frauen gelehrt? Und wer zum Teufel hat mich gelehrt, ›bitte‹ zu sagen?« Sie lachte auf, und er nutzte seinen Vorteil. »Bitte, ich flehe Euch an, begeht keinen Akt der Barbarei, den Eure Widersacher ausnutzen werden. Es ist unnötig, diesen Turm niederzubrennen, lasst ihn in seinem eigenen Schmutz stehen. Zieht Euch nach Aquitanien zurück, zumindest für eine Weile, und lasst mir Zeit, herauszufinden, wer Rosamund getötet hat, damit ich mit dem König verhandeln kann. Doch bis dahin, Lady, bringt ihn nicht gegen Euch auf, um des Gekreuzigten willen.«

Er hatte den falschen Ton angeschlagen.

»Ihn gegen mich aufbringen?«, sagte Eleanor zuckersüß. »Er hat mich in Chinon gefangen gehalten, Bischof. Und Eure Stimme zählte nicht zu denjenigen, die sich dagegen erhoben haben.«

Sie winkte den Männern hinter Rowley, und die begannen, ihn hinauszuzerren.

Als sie die Tür erreicht hatten, sagte sie klar und deutlich: »Ihr seid Henry Plantagenets Mann, St. Albans. Das wart Ihr immer, und das werdet Ihr immer bleiben.«
»Und der Eure, Lady«, rief er zurück. »Und Gottes.«
Man hörte sein Fluchen, als die Männer ihn die Treppe hinunterschleiften. Das Geräusch wurde schwächer. Stille trat ein, wie die Ruhe nach dem Zusammenbruch eines Gebäudes, wenn sich der Staub allmählich legt.
Schwyz blieb noch. »Der Schweinehund hat recht, Lady, wir sollten schleunigst aufbrechen.«
Die Königin achtete gar nicht auf ihn. Sie ging aufgebracht im Kreis und murmelte vor sich hin.
Mit einem resignierten Achselzucken wandte Schwyz sich ab und verschwand.
»Er würde Euch niemals schaden, Lady«, sagte Adelia. »Tut ihm nichts an.«
»Liebe ihn nicht!«, zischte die Königin.
Tu ich nicht, will ich nicht. Nur, tut ihm nichts an.
»Erlaubt mir, ihm die Augen auszustechen, meine Königin.« Montignard atmete schwer. »Er wollte Euch durch diesen Dämon ermorden lassen.«
»Das wollte er natürlich nicht«, sagte Eleanor – und Adelia seufzte vor Erleichterung. »Rowley hat die Wahrheit gesagt. Diese Frau, diese Dampers … Ich hatte Erkundigungen eingezogen, und es ist sattsam bekannt, dass sie verrückt nach ihrer Herrin war, *igitt*. Selbst jetzt noch würde sie mich am liebsten gleich zehnmal töten.«
»Wirklich?« Montignard war fasziniert. »Sie waren Sapphos?«
Die Königin schritt weiter im Kreis. »Bin ich eine Mörderin von Huren, Monty? Welche Anschuldigungen wird man als Nächstes gegen mich erheben?«
Der Höfling verneigte sich, hob den Saum ihres Umhangs auf

und küsste ihn. »Ihr seid der gesegnete Engel des Friedens, der erneut nach Bethlehem gekommen ist.«
Das brachte sie zum Lächeln. »Nun gut, wir können nichts weiter tun, bis der junge König und der Abt eintreffen.« Von unten drang Lärm herauf, als würden krachend Möbel umgestürzt und Fensterläden zugeschlagen. »Was *treibt* Schwyz denn da unten?«
»Er postiert zur Verteidigung Bogenschützen an jedes Fenster. Er fürchtet, der König könnte herkommen.«
Die Königin schüttelte nachsichtig den Kopf, als hätte sie es mit übereifrigen Kindern zu tun. »Selbst Henry kommt bei diesem Wetter nicht schnell voran. Gott hat dem Schnee für mich Einhalt geboten, und nun schickt er ihn, um den König aufzuhalten. Wohlan, ich werde hier in diesem Zimmer bleiben, bis mein Sohn kommt.« Sie schaute Adelia an. »Und du auch, ja?«
»Madam, mit Eurer Erlaubnis werde ich zu den anderen …«
»Nein, nein. Gott hat dich mir als Glücksbotin geschickt.« Eleanor lächelte sehr schön. »Du wirst hier bei mir bleiben und …« Sie trat zu der Leiche und riss ihr den schützenden Umhang vom Kopf. »… gemeinsam werden wir zusehen, wie die Schöne Rosamund verfault.«
Und das taten sie dann auch.

Was Adelia später von dieser Nacht in Erinnerung bleiben sollte, waren die endlosen Stunden tiefen Schweigens, als sie und die Königin – bis auf den schlafenden Montignard – allein waren und Eleanor von Aquitanien scheinbar unermüdlich und kerzengerade dasaß, die Augen auf die Leiche der Frau gerichtet, die ihr Mann geliebt hatte.
Sie erinnerte sich zudem, wenn auch ungläubig, dass irgendwann ein junger Höfling mit einer Laute hereinkam, durch den

Raum schlenderte und entzückend auf Okzitanisch sang, dann jedoch, als er kein Lob von der Königin bekam und erst recht nicht von der Leiche, wieder verschwand.

Und die Hitze. Adelia erinnerte sich an die Hitze von Kohlenbecken und einhundert Kerzenflammen. Irgendwann bettelte sie förmlich um Linderung. »Könnten wir nicht einen Moment lang die Fenster öffnen, Madam?« Sie fühlte sich wie in einem Brennofen.

»Nein.«

Und so blieb Adelia, die Glücksbringerin, die durch ihren Status als gottgesandte Retterin das Recht erworben hatte, in der Nähe der Königin zu sein, auf dem Boden hocken, ihren Umhang unter sich, während die Königin, noch immer in Pelze gehüllt, auf einem Stuhl saß und den Leichnam betrachtete. Eleanor ließ ihn nur einmal aus den Augen, als der Weinbrand gebracht wurde und Adelia ihn nicht trank, sondern ihn über den Schnitt in ihrer Hand goss und dann aus dem Reisetäschchen mit ihren Instrumenten, das sie in ihrem Beutel trug, Nadel und Seidenfaden nahm.

»Wer hat dich gelehrt, Wunden mit Weinbrand zu reinigen«, wollte Eleanor wissen. »Ich selbst nehme dafür doppelt gebrannten Bordeaux … Ach, warte, lass mich das machen.«

Mit einem missbilligenden Zungenschnalzen, als Adelia versuchte, die Wunde mit der linken Hand zu nähen, nahm sie ihr Nadel und Faden aus der Hand und machte sieben Stiche, wo Adelia sich mit fünf begnügt hätte, wodurch die Naht zwar ordentlicher, die ganze Prozedur aber auch schmerzhafter wurde. »Wir, die wir auf dem Kreuzzug waren, mussten lernen, Verwundete zu behandeln. Es waren so viele«, sagte sie resolut.

Und für die meisten war die Unfähigkeit ihres Heerführers, des Königs von Frankreich, verantwortlich, wie Rowley nach seiner eigenen, sehr viel späteren Kreuzfahrt ins Heilige Land gesagt hatte.

Die Kirche hatte Ludwig deswegen keine Vorhaltungen gemacht, sondern sich lieber auf den Skandal konzentriert, den Eleanor als seine damalige Gattin ausgelöst hatte, indem sie darauf bestand, ihren Gemahl zu begleiten und ein ganzes Gefolge ähnlich abenteuerlustiger Frauen mitzunehmen.

»Die Lady lässt sich ebenso wenig zähmen wie Funken, die zum Himmel stieben«, hatte Rowley nicht ohne Bewunderung über sie gesagt. »Sie und ihre Amazonen. Und als sie in Antiochia ankamen, hatte sie eine Affäre mit ihrem Onkel Raymond von Poitiers. Was für eine Frau.«

Ein Rest dieser Verwegenheit war geblieben, das zeigte schon allein ihre Anwesenheit hier, doch die Zeit, so dachte Adelia, hatte diesen Rest in Verzweiflung verwandelt.

»Ist das … *aah.*« Adelia wollte tapfer bleiben, doch die Königin setzte die Nadel eher geschickt als behutsam ein. »Habt Ihr dort gelernt … wie man durch einen Irrgarten kommt? Im … *uuuff* … Osten?« Es gab nämlich keine Anzeichen dafür, dass Eleanor ebenso lange zwischen Wormholds Hecken herumgestolpert war wie sie selbst und ihre Gefährten.

»Mylady«, mahnte die Königin.

»Mylady.«

»Ja, in der Tat. Die Sarazenen verstehen sich auf dergleichen, wie auch auf so vieles andere. Ich bin überzeugt, dein Bischof hat das ebenfalls im Osten gelernt. Rowley ist auf meinen Befehl dorthin gereist … vor langer Zeit.« Ihre Stimme war weicher geworden. »Er hat das Schwert meines toten kleinen Sohnes nach Jerusalem getragen und es dort auf den Altar Christi gelegt.«

Adelia war beruhigt. Offenbar hatte diese Stellvertreterkreuzfahrt ein festes Band zwischen Eleanor und Rowley geschmiedet. Es mochte ja unter den gegebenen Umständen bis zum Zerreißen gespannt sein, aber es hielt noch immer. Die Königin hatte ihn gefangen genommen. Sie würde nicht zulassen, dass man ihn tötete.

Sie ist eine Mutter, dachte Adelia, sie wird mich wieder zu meinem Kind lassen. Bestimmt würde sie sie darum bitten können, wenn sie und die Königin sich erst ein wenig besser kennengelernt hatten. Unterdessen musste sie noch möglichst viel über den Mord an Rosamund herausfinden. Eleanor hatte ihn nicht angeordnet. Wer dann?

Das schwächere Licht hatte der Königin stärker geschmeichelt als die strahlende Beleuchtung, die sie jetzt umgab. Sie war anmutig und würde es immer bleiben, sie hatte einen schönen, blassen Teint und kastanienbraunes Haar, das jetzt versteckt war, aber Falten kräuselten ihren Mund, und der enge Gazeschleier konnte nicht ganz den Ansatz eines Doppelkinns kaschieren. Eine schlanke Figur, ja, ein zarter Knochenbau, ja. Und doch schien auch oberhalb der Stelle, wo ein juwelenbesetzter Gürtel ihre Taille umschlang, das Gewebe zu erschlaffen.

Kein Wunder. Sie hatte mit ihrem ersten Mann, Ludwig von Frankreich, zwei Töchter gehabt, und seit ihrer Scheidung waren aus ihrer Ehe mit Henry Plantagenet noch acht weitere Kinder hervorgegangen, fünf davon Söhne.

Zehn Geburten. Adelia dachte daran, was die Schwangerschaft mit ihrer eigenen Taille angestellt hatte. Erstaunlich, dass sie überhaupt noch so aussah.

Weitere Kinder würde es jedoch nicht mehr geben, auch wenn König und Königin sich nicht zerstritten hätten. Eleanor musste jetzt wie alt sein? Fünfzig?

Und Henry wohl noch keine vierzig.

»Fertig«, sagte die Königin und biss das Nadelende des Seidenfadens ab, der Adelias Handfläche nun zusammenhielt. Dann holte sie ein zartes Spitzentuch hervor, das ihr als Taschentuch diente, wickelte es geschickt um die Hand und band es mit einem letzten, schmerzhaften Ruck fest.

»Ich bin Euch dankbar, Mylady«, sagte Adelia aufrichtig.

Doch Eleanor hatte schon wieder ihren Posten bezogen und starrte die Leiche an.

Warum?, fragte sich Adelia. Warum diese obszöne Totenwache? Das ist unter deiner Würde.

Die Frau war aus einer Burg im Tal der Loire geflohen und durch das ihr feindlich gesinnte Territorium Henrys gereist, wo sie Anhänger und Soldaten um sich geschart hatte, ehe sie den Kanal überquerte und Südengland erreichte. All das, um zu einem einsamen Turm in Oxfordshire zu gelangen. Und das im Winter. Zugegeben, den größten Teil der Reise hatte sie bewältigt, als die Straßen noch nicht so unpassierbar waren wie jetzt – sie musste nicht allzu weit vom Turm entfernt ein Lager aufgeschlagen haben –, aber dennoch, es war eine strapaziöse Reise gewesen, die offenbar jeden erschöpft hatte, nur nicht Eleanor. Und wozu? Um hämisch über ihre Rivalin zu triumphieren?

Aber die Feindin ist besiegt, dachte Adelia, sie ist zu einer winterlichen Version der Salzsäule von Sodom und Gomorrha erstarrt. Ein Mordversuch wurde von mir und einem Eleanor behütenden Gott vereitelt. Rosamund hat sich als übergewichtig entpuppt. Das müsste doch genügen, um jeden noch so großen Rachedurst zu stillen. Der Königin genügte es anscheinend nicht. Sie muss hier sitzen und sich am Zerfall der Besiegten ergötzen. Warum?

Jedenfalls nicht, weil sie die jüngere Mätresse um die Möglichkeit beneidet hatte, noch Kinder bekommen zu können, denn Rosamund hatte keine gehabt.

Auch nicht, weil Rosamund die einzige königliche Geliebte gewesen wäre. Henry hatte in seinem Leben mehr Frauen geschwängert, als die meisten Männer warme Mahlzeiten zu sich nahmen. »Im wahrsten Sinne des Wortes der Vater seines Volkes«, hatte Rowley einmal voller Stolz über ihn gesagt.
Von Königen wurde das erwartet, fast wie eine Aufgabe, eine Verpflichtung – in Henrys Fall eine äußerst angenehme – gegenüber der Fruchtbarkeit seines Reiches.
Damit der Samen prächtig gedeiht, dachte Adelia säuerlich.
Doch auch Eleanors herzögliche Ahnen hatten zu ihrer Zeit nicht mit ihrem aquitanischen Samen gegeizt. Sie war dazu erzogen worden, keine eheliche Treue zu erwarten. Ja, als sie einen treuen Gatten hatte, und zwar den betfreudigen, mönchischen König Ludwig, war sie so gelangweilt gewesen, dass sie die Scheidung verlangte.
Und war sie Henry nicht entgegengekommen, indem sie einen seiner Bastarde in ihren Hof aufnahm und ihn aufzog? Der junge Geoffrey, Sohn einer Londoner Prostituierten, war seinem Vater treu ergeben und überaus hilfreich. Rowley schätzte ihn mehr als jeden anderen der vier noch lebenden legitimen Söhne des Königs.
Rosamund, nur Rosamund hatte einen Hass gedeihen lassen, der jetzt die Hitze in diesem schrecklichen Zimmer schürte – es war, als pumpte Eleanors Körper die Hitze quer durch den Raum, damit das Fleisch der Frau auf der anderen Seite noch rascher faulte.
Lag es daran, dass Rosamund länger als die anderen durchgehalten hatte, dass der König ihr eine größere Zuneigung, eine tiefere Liebe gezeigt hatte?
Nein, sagte sich Adelia. Es lag an den Briefen. Eleanor, die in die Wechseljahre gekommen war, hatte ihre Botschaft geglaubt; eine andere Frau wurde dazu aufgebaut, ihren Platz einzuneh-

men. Nicht nur in der Liebe drohte ihr Entmachtung, sondern auch im Königreich.

Wenn Eleanor Rosamund tatsächlich vergiftet hätte, dann hätte sie es ihr mit gleicher Münze heimgezahlt, denn in gewisser Weise hatte Rosamund auch Eleanor vergiftet.

Und doch hatte Rowley recht gehabt: Diese Königin hatte niemanden ermordet.

Natürlich gab es dafür keinen Beweis, nichts, was sie entlasten würde. Der Mord war aus großer Entfernung geplant worden. Die Leute würden sagen, dass sie ihn angeordnet hatte, als sie noch in Frankreich war. Und außer Eleanors Wort gab es nichts, was das Gerücht aus der Welt geschafft hätte.

Aber ein derartiger Mord war nicht ihr Stil. Das hatte Rowley gesagt, und jetzt pflichtete Adelia ihm bei. Wenn Eleanor das Verbrechen ausgeheckt hätte, dann hätte sie die letzten Todeskrämpfe ihrer Rivalin mit eigenen Augen miterleben wollen. Dass sie sich jetzt auf diese seltsam naive und schreckliche Art an deren Zerfall ergötzte, sollte sie wohl für das entschädigen, was sie verpasste hatte.

Aber, *verdammt,* ich muss mir das nicht mit dir gemeinsam ansehen. Plötzlich wurde Adelia von der Obszönität der Situation übermannt. Sie war müde, ihre Hand brannte wie Feuer, sie wollte zu ihrem Kind. Allie hatte bestimmt schon Sehnsucht nach ihr.

Sie stand auf. »Lady, es ist nicht gesund für Euch, hier zu sein. Lasst uns nach unten gehen.«

Die Königin blickte an ihr vorbei.

»Dann gehe ich allein«, sagte Adelia.

Sie schritt entschlossen vorbei an Montignard, der auf dem Boden schnarchte, und zur Tür. Zwei Spieße klirrten, als sie gekreuzt wurden und ihr den Durchgang versperrten. Ein zweiter Waffenknecht hatte sich zum ersten gesellt.

»Lasst mich durch«, sagte sie.
»Wenn du pinkeln musst, such dir 'nen Topf«, sagte einer der Männer grinsend.
Adelia wandte sich an Eleanor. »Ich bin nicht Eure Untertanin, Lady, sondern die des Königs von Sizilien.«
Die Augen der Königin ruhten weiterhin auf Rosamund.
Adelia kämpfte zähneknirschend gegen ihre Verzweiflung an. So geht das nicht. Wenn ich Allie wiedersehen will, muss ich Ruhe bewahren und das Vertrauen dieser Frau gewinnen.
Nach einer Weile begann Adelia, gefolgt von ihrem Hund, durchs Zimmer zu schlendern, nicht auf der Suche nach einem Ausweg – es gab keinen –, sondern weil sie die Zeit, die sie hier in der Falle saß, nutzen wollte, um herauszufinden, wo Dakers sich versteckt gehalten hatte.
Unter dem Bett konnte sie nicht gewesen sein, sonst hätte Wächter sie gewittert. Er hatte nicht gerade die feinste Spürnase, da sie durch seinen eigenen Geruch ein wenig beeinträchtigt wurde, aber so etwas wäre ihm bestimmt nicht entgangen.
Außer dem Bett befanden sich in dem Zimmer noch ein Betpult, kleiner als das im bischöflichen Gemach von St. Albans, aber mit ebenso prächtigen Schnitzereien, sowie drei riesige Truhen voller Kleidung.
Auf einem kleinen Tisch stand ein Tablett mit dem Nachtmahl, das man der Königin gebracht hatte: Hühnchen, Kalbfleischpastete, Käse, Brot – leicht angeschimmelt –, getrocknete Feigen, ein Krug Ale und eine verkorkte Flasche Wein. Eleanor hatte nichts davon angerührt. Adelia, die zuletzt im Kloster etwas gegessen hatte, bediente sich kräftig an dem Hühnchen und gab Wächter ein Stück ab. Sie trank Ale, um ihren Durst zu stillen, und goss sich ein Glas Wein ein, an dem sie nippte, während sie das Zimmer erkundete.
Ein Wandschränkchen enthielt hübsche Fläschchen und Phio-

len mit Etiketten: Rosenöl, Märzveilchen, Himbeeressig für weiße Zähne. Walnussöl für weiche Hände. Fast alle waren kosmetischer Natur, doch Adelia registrierte, dass Rosamund Atemprobleme gehabt – *wundert mich nicht bei deinem Gewicht* – und dagegen Alantwurzel genommen hatte.
Das Bett nahm mehr Platz in der Mitte des Raumes ein, als nötig gewesen wäre, weil es gut einen Fuß von der Wand abgerückt stand. Dahinter hing ein Teppich mit Darstellungen des Gartens Eden – offenbar ein Lieblingsmotiv, denn ein weiterer und besserer mit demselben Sujet schmückte zwischen zwei Fenstern die Ostwand.
Als Adelia näher herantrat und schließlich zwischen Bett und Wandbehang stand, spürte sie eine köstliche Kühle.
Der Teppich war alt und so schwer, dass er sich nicht in dem starken Luftzug bewegte, der darunter hervorstrich. Während Adam und Eva auf dem an der anderen Wand fröhlich herumtollten, standen sie hier einander unbeholfen unter unwirklichen Bäumen gegenüber, ebenso erstarrt wie die arme Rosamund. Das Einzige, das wirklich lebendig wirkte, waren die geschmeidigen grünen Windungen der Schlange – und selbst die waren von Motten zerfressen.
Adelia trat noch näher heran, und der kühle Luftzug wurde kräftiger.
Dort, wo das Auge der Schlange hätte sein müssen, befand sich ein kleines Loch im Gewebe – und das war nicht von den Motten hineingefressen worden. Es war absichtlich gemacht, denn ringsum am Rand waren Knopflochstiche.
Ein Guckloch.
Sie musste einige Kraft aufwenden, um den Wandbehang zur Seite zu schieben. Eisige Luft wehte dahinter hervor und ein muffiger Geruch. Sie sah einen kleinen Raum vor sich, der außen an die Turmmauer angesetzt war. Rosamund musste keine

Nachttöpfe benutzen, sie hatte den Luxus eines Aborts. In eine halbrunde Bank aus glänzendem Holz war ein gesäßförmiges, mit Samt gerändertes Loch eingelassen, unter dem es rund hundert Fuß senkrecht nach unten ging. In einem Halter lag ein Seifenstück in Form einer Rose neben einem kleinen goldenen Krug. Eine Schale mit Abwischtüchlein aus Lammwolle stand in Reichweite.

Ein Glück für Rosamund. Adelia befürwortete Aborte, solange die Grube darunter regelmäßig ausgehoben wurde. Sie ersparten es den Dienerinnen, widerliche Behältnisse, die oft genug überschwappten, die Treppen hinauf- und hinuntertragen zu müssen.

Von dem Gemälde auf den verputzten Wänden war sie dagegen weniger angetan. Seine Erotik wäre in einem Bordell angebrachter gewesen als auf einem Abtritt, doch vielleicht hatte es Rosamund Spaß gemacht, die Abbildungen zu betrachten, während sie hier saß, und Henry Plantagenet hatte sie ganz sicher goutiert. Obwohl, wenn sie recht drüber nachdachte, fragte sie sich, ob er überhaupt von der Existenz dieses Abortes mit dem Guckloch gewusst hatte.

Adelia trat hinter den Teppich, um von hinten durch das Loch zu spähen, und stellte fest, dass sie genau auf das Bett, den Schreibtisch und das Fenster dahinter blicken konnte.

Hier also hatte Dakers sich versteckt und – ein gruseliger Gedanke – Adelia bei ihren Untersuchungen beobachtet. Was für eine Geduld und was für ein Durchhaltevermögen, dass sie diese Kälte ertragen hatte. Nur die Wut, als sie sah, wie Eleanor ihrer Herrin die Krone vom Kopf riss, hatte sie hinausgetrieben.

Doch der sorgfältig genähte Rand des Gucklochs ließ vermuten, dass heute Nacht nicht zum ersten Mal jemand hindurchgelugt hatte.

Es mussten geladene Gäste gewesen sein, die hier heraufkamen

– es war in England Sitte, dass die höheren Stände im Schlafzimmer Besucher empfingen. Falls Dakers sie heimlich belauert hatte, dann musste sie ihren Posten auf dem Abort mit Rosamunds Wissen und Erlaubnis bezogen haben.

Um die Gäste zu beobachten? Den König? Das Bett und das, was sich darin abspielte?

Solche Spekulationen eröffneten Möglichkeiten, die Adelia nicht näher erkunden wollte, und die Beziehung zwischen Herrin und Haushälterin gehörte ganz sicher dazu.

Zum Teufel mit der Erlaubnis der Königin; sie brauchte jetzt frische Luft. Sie schlüpfte unter dem Teppich hervor. Eleanor schien nichts bemerkt zu haben. Adelia ging zum nächstbesten Fenster, öffnete den Riegel und stieß die Fensterläden auf. Mit dem Fuß zog sie einen Hocker heran, stieg darauf und lehnte sich nach draußen.

Der bitterkalte Nachthimmel war mit Sternen übersät. Als sie nach unten blickte, sah sie vereinzelte Wachfeuer, um die sich bewaffnete Männer bewegten.

O Gott, wenn die am Fuß des Turms Reisig gelegt haben … wenn Wind aufkommt und einen Funken von diesen Feuerstellen herüberweht …

Sie und Eleanor saßen am oberen Ende eines Kamins.

Das reichte an frischer Luft. Fröstelnd, und zwar nicht nur durch die Kälte, schloss Adelia die Läden. Dabei belastete sie eine Seite des Hockers zu sehr und landete mit einem lauten Krachen auf dem Boden.

Als sie zur Königin hinüberschaute, weil sie mit einem erbosten Tadel rechnete, fragte sie sich, ob Eleanor vielleicht in Trance gefallen war. Der Blick der Königin ruhte weiter unverwandt auf Rosamund. Auf dem Boden bewegte Montignard kurz die Beine, murmelte etwas und schnarchte dann weiter.

Adelia bückte sich, um den Hocker wieder aufzurichten, und

sah, dass die mit Intarsien verzierte Sitzfläche verrutscht war und es sich dabei in Wahrheit um den Deckel einer Kiste auf Beinen handelte. Darin befanden sich Schriftstücke. Sie holte sie heraus und kehrte zu ihrem alten Platz auf der anderen Seite des Bettes zurück, um sie zu lesen.

Schon wieder Briefe, bestimmt ein halbes Dutzend, alle an Eleanor gerichtet, alle angeblich von Rosamund geschrieben, aber in derselben Handschrift verfasst wie der, den Adelia in ihren Stiefel geschoben hatte.

Jeder hatte dieselbe höhnische Anrede, und in dem hellen Licht konnte sie auch lesen, was danach kam. Es war nicht immer derselbe Wortlaut, doch die eigentliche Botschaft wurde ständig wiederholt.

»Heute hat mein königlicher Herr bei mir gelegen und seine Liebe beteuert …« »Gerade eben verließ mein königlicher Herr unser Bett …« »Er spricht voller Sehnsucht über die Scheidung von Euch …« »… der Papst wird die Scheidung gnädig gewähren, weil Ihr meinen königlichen Herrn verraten und seine Söhne gegen ihn aufgebracht habt.« »… die Vorkehrungen für meine Krönung in Winchester und Rouen.« »… mein königlicher Herr wird den Engländern verkünden, wer ihre wahre Königin ist.«

Giftige Tinte, Tropfen für Tropfen.

Und der Verfasser hatte sie niedergeschrieben, damit Rosamund sie in ihrer eigenen Schrift kopierte. Er oder sie – wahrscheinlich er – hatte sogar Anweisungen mitgeliefert.

»Bemüht Euch um Leserlichkeit, denn die Königin hat Eure Rechtschreibung verhöhnt und Euch als Dummkopf bezeichnet.«

»Schreibt rasch, damit dieses Schreiben die Königin an ihrem Jahrestag erreicht, da sie diesem Datum großen Wert beimisst und dadurch verwundbarer ist.«

»Eilt Euch, denn mein Bote muss Chinon erreichen, wo die Königin in Gewahrsam ist, bis der König sie an einen anderen Ort bringen lässt.«

Und, besonders verräterisch: »*Wir obsiegen, Lady. Ihr werdet Königin sein, ehe der nächste Sommer kommt.*«

An keiner Stelle nannte der Instrukteur seinen Namen. Aber, so dachte Adelia, er war jemand, der Eleanor nahestand, sonst hätte er nicht wissen können, dass sie sich über Rosamunds Schreibkünste lustig gemacht hatte.

Und er war ein Narr. Wenn er hoffte, eine Scheidung zwischen Henry und Eleanor herbeiführen zu können und Rosamund zur Königin zu machen, dann mangelte es ihm an grundlegendem Verständnis für Politik.

Henry würde sich nie von Eleanor scheiden lassen. Denn selbst wenn der Verrat der Ehefrau Grund für eine Scheidung war – und das glaubte Adelia nicht –, hatte Henry sich durch den Tod Beckets schon zu sehr mit der Kirche angelegt und dafür bezahlt; er würde es nicht wagen, sie ein weiteres Mal zu brüskieren. Außerdem achtete er die Ordnung der Dinge. Noch entscheidender für ihn war, dass er das große Herzogtum Aquitanien verlieren würde, wenn er Eleanor verlor, und Henry mochte ja ein Scheusal sein, aber er würde niemals Land aufgeben.

Hinzu kam, dass die leichtlebigen Engländer bei einer Mätresse des Königs ein Auge zudrückten, aber nicht bei einer Mätresse, die ihnen als Königin aufgezwungen wurde. Das wäre eine Beleidigung.

Ich weiß das, und ich bin Ausländerin.

Dennoch hatten diese Briefe eine törichte, ehrgeizige Frau dazu verführt, sie zu kopieren und abzuschicken, und eine Königin dermaßen erzürnt, dass sie geflohen war und ihre Söhne zum Krieg gegen den eigenen Vater drängte.

Rowley könnte recht haben; der Mensch, der diese Dinge geschrieben hatte, wollte damit einen Krieg heraufbeschwören.
Am anderen Ende des Raumes sog jemand laut die Luft durch die Nase. Eleanor verkündete triumphierend: »Sie verrottet. Sie fängt an zu stinken.«
Das war schneller als erwartet. Erstaunt blickte Adelia zu Rosamund hinüber, die noch immer steif über ihre Arbeit geneigt dasaß.
Sie ließ den Blick weiterwandern und bemerkte, dass Wächter sich ein behagliches Plätzchen gesucht hatte und nun auf der Schleppe des königlichen Hermelinmantels lag. »Das ist leider nur mein Hund«, sagte Adelia.
»Nur? Schafft ihn raus. Was hat der hier zu suchen?«
Einer der Waffenknechte, die vor der Tür eingenickt waren, rappelte sich auf und zog Wächter nach draußen auf den Treppenabsatz, dann kehrte er auf ein Nicken seiner Königin hin auf seinen Posten zurück.
Eleanor veränderte ihre Haltung; sie wurde unruhig. »Die heilige Eulalie schenke mir Geduld, wie lang dauert das denn?«
Die Totenwache begann, sie zu ermüden.
Adelia hätte beinahe gesagt: »Noch eine Weile«, tat es dann aber nicht. Bis sie die Situation besser durchschaute, wollte sie lieber weiterhin die Rolle einer Frau spielen, die für die Königin zwar nur ein leicht angeschmuddelter Bestandteil von Rowleys Tross war, aber dennoch von Gott dazu ausersehen wurde, das königliche Leben zu retten, und deshalb zur Belohnung in der Nähe der Königin verweilen durfte.
Aber du *solltest* mehr über mich wissen, dachte Adelia verärgert. Ich sterbe vor Neugier, und das sollte dir auch so gehen. Du solltest über alles mehr wissen: wie Rosamund starb, warum sie die Briefe schrieb, wer sie diktierte ... du hättest das Zimmer durchsuchen lassen und diese Briefe vor mir finden

sollen. Es genügt nicht, Königin zu sein. Du solltest Fragen stellen. Wie dein Mann.

Henry Plantagenet war der reinste Spürhund, und er ließ Spürhunde für sich arbeiten. Er hatte Adelias Beruf im Handumdrehen gewittert und sie wie ein besonders seltenes Tier seiner Menagerie in England festgehalten, für den Fall, dass er erneut Verwendung für sie hätte. Er wusste haargenau, wie die Dinge zwischen ihr und seinem Bischof standen. Er hatte von der Geburt des Kindes gewusst – und auch dessen Geschlecht gekannt, was man von Allies Vater nicht behaupten konnte. Wenige Tage danach hatte zum Beweis, dass der König Bescheid wusste, einer seiner Boten in schlichter Kleidung ein Taufkleidchen aus herrlicher Spitze an Adelias Tür im Sumpfland abgegeben. Und dazu eine kurze Nachricht: »Nennt sie, wie Ihr wollt, für mich wird sie stets Rowleys Kleine sein.«

Im Vergleich zum König bewegte sich Eleanor in einem Gesichtskreis, der nur ihr persönliches Wohlergehen erfasste sowie die Gewissheit, dass Gott ganz besonders darum bemüht war. Die Fragen, die sie in diesem Raum gestellt hatte, bezogen sich ausschließlich auf sie selbst.

Adelia überlegte, ob sie sie aufklären sollte. Rowley und die Königin hatten gewiss in der Vergangenheit korrespondiert. Sie würde seine Schrift kennen. Wenn sie ihr diese Briefe zeigte, wäre das zumindest der Beweis dafür, dass er sie nicht geschrieben hatte, damit Rosamund sie kopierte. Vielleicht kannte sie die Handschrift sogar und wusste, wer der Verfasser war.

Warte lieber. Hier ging es um zwei Verbrechen.

Wenn Mansur und ihr Ziehvater Adelia in diesem Moment beobachtet hätten, dann hätten sie gesehen, dass sie ihre, wie sie es nannten, »Seziermiene« aufsetzte: die Lippen zu einer dünnen Linie zusammengepresst, die Augen glühend vor Konzentration, wie immer, wenn ihr Messer einer Muskelbahn bis

zur Sehne folgte, eine Vene freilegte, schabte und schnitt, um Ursachen auf den Grund zu gehen.
Was sie zu einer hervorragenden Anatomin machte, war ihr Instinkt, wie Dr. Gerschom einmal gesagt hatte. Sie war gekränkt gewesen. »Logik und Ausbildung, Vater.« Er hatte gelächelt. »Mag sein, dass die Menschen für Logik und Ausbildung gesorgt haben, aber der Herr gab dir deinen Instinkt, und dafür solltest du ihm danken.«
Zwei Verbrechen.
Erstens: Rosamund hatte aufrührerische Briefe kopiert. Zweitens: Rosamund war ermordet worden.
Herauszufinden, wer Rosamund dazu angestachelt hatte, diese Briefe zu schreiben, war eine Sache. Ihren Mörder zu entlarven, eine andere. Und beide Lösungen widersprachen einander, zumindest was Eleanor von Aquitanien und den Bischof von St. Albans betraf.
Für die Königin war der Briefeschreiber der Schurke, den es zu vernichten galt. Eleanor war es völlig gleichgültig, wer Rosamund getötet hatte. Wahrscheinlich würde sie den Täter sogar belohnen, falls sie erfuhr, wer er war.
Doch für Rowley war der Mörder eine Gefahr für den Frieden im Königreich und musste vernichtet werden. Und seine Sichtweise hatte Vorrang, weil Mord das schrecklichere Verbrechen war.
In dieser Phase war es besser, Rowley mehr Spielraum für *seine* Ermittlung zu lassen, als die Dinge zu verkomplizieren, indem sie der Königin ermöglichte, ihrer eigenen nachzugehen.
Hmm.
Adelia raffte die Briefe in ihrem Schoß zusammen, verstaute sie wieder in der Hockerkiste und legte den Deckel darauf. Sie würde nichts unternehmen, ehe sie sich nicht mit Rowley beratschlagt hatte.

Eleanor rutschte unruhig hin und her. »Hat dieser vermaledeite Turm keinen Ort, wo man sich erleichtern kann?«

Adelia brachte sie zu dem Abort.

»Licht.« Die Königin streckte die Hand nach einer Kerze aus, und Adelia schob eine hinein – widerstrebend. Jetzt würde sie die unanständigen Gemälde sehen.

Wenn Adelia noch mehr Mitleid mit der Frau hätte haben können, dann in diesem Augenblick. Im Grunde genommen wurde Eleanor von einer rasenden Eifersucht verzehrt, die der eines gemeinen Fischweibes, das seinen Mann in flagranti erwischt hatte, in nichts nachstand, und hier wurde sie schonungslos daran erinnert.

Adelia wappnete sich innerlich für einen Sturm, doch als die Königin hinter dem Wandteppich hervortrat, sah sie müde und alt aus, und war still.

»Ihr solltet Euch ausruhen, Madam«, sagte Adelia besorgt. »Wir könnten nach unten gehen und …«

Ein Geräusch drang von der Treppe herauf, die beiden Wachen an der Tür entkreuzten ihre Spieße und nahmen Haltung an.

Ein mächtiger Berg von einem Mann kam herein. Er verströmte Energie und frostige Kälte und ließ Schwyz, der ihm folgte, zwergenhaft wirken. Er war riesig. Als er sich niederkniete, um die Hand der Königin zu küssen, war sein Kopf noch immer auf gleicher Höhe mit ihrem.

»Wäre ich hier gewesen, meine Liebe, wäre das nicht passiert«, sagte er, noch immer kniend.

Er ergriff mit beiden Händen Eleanors Hand, drückte sie an seinen Hals, schloss die Augen und wiegte sich wohlig hin und her.

»Ich weiß.« Sie lächelte ihn warmherzig an. »Mein lieber, lieber Abt. Ihr hättet Euren gewaltigen Körper vor das Messer geworfen, nicht wahr?«

»Um jubelnd ins Paradies einzukehren.« Er seufzte und stand auf, blickte zu ihr hinab. »Ihr werdet sie beide verbrennen?«
Die Königin schüttelte den Kopf. »Man hat mich überzeugt, dass Dampers verrückt ist. Wir werden keine Wahnsinnigen hinrichten.«

»Wer? Ach so, Dakers. Natürlich ist sie verrückt, keine Frage. Übergebt sie den Flammen, sage ich. Und ihre verdammte Mistress mit dazu. Wo ist die Hure?«

Er marschierte zu dem Tisch und stieß die Schulter der Toten an. »Wie sagt man, kalt wie eine Hundeschnauze. Das Feuer kann beide aufwärmen und sie auf die Hölle vorbereiten.« Er wandte sich um und drohte Eleanor mit dem Finger. »Ich bin ein einfacher Mann aus Gloucestershire, wie Ihr wisst, und auch ein Sünder, die heilige Muttergottes steh mir bei, aber ich liebe meinen Gott, und ich liebe meine Königin mit ganzem Herzen, und ich bin dafür, ihre Feinde den Flammen zu übergeben.« Er spuckte auf Rosamunds Haar. »Das denkt der Abt von Eynsham über *Euch*, Madam.«

Der Besucher hatte Montignard veranlasst aufzustehen. Jetzt versuchte er emsig und eifersüchtig – und vergeblich – die Königin zu bewegen, etwas zu essen. Eynsham, ein Mann, der von der Statur her eher geeignet war, Heuballen zu stemmen, als mönchische Schafe zu hüten, beherrschte den Raum, verdrängte die Luft darin mit der Wucht seines Körpers und seiner Stimme, erfüllte ihn mit polternder Bodenständigkeit.

Er mochte ja wie ein Bauer auftreten, doch seine gesamte Kleidung zeugte von teurem und erlesenem klerikalen Geschmack, wenngleich das Brustkreuz, das ihm um den Hals baumelte, als er sich vor der Königin verneigte, übertrieben war – klobig und aus mattem Gold, so schwer, dass man damit eine Tür hätte einschlagen können.

Er hatte Eleanor um Jahre verjüngt, sie genoss seinen Auftritt.

Mit Ausnahme des übereifrigen Montignard waren ihre Höflinge durch die Reise zu erschöpft gewesen, um ein großes Gewese um ihre Errettung aus tödlicher Gefahr zu machen.
Oder um meinen Anteil daran, dachte Adelia plötzlich griesgrämig. Ihre Hand schmerzte.
»Aber ich bringe schlechte Nachrichten, meine Teure«, sagte der Abt.
Eleanors Gesichtsausdruck veränderte sich. »Der junge Henry. Wo ist er?«
»Oh, er ist wohlauf. Aber den ganzen Weg seit Chinon waren uns die Jäger dicht auf den Fersen, also hat der junge König beschlossen, sich nach, äh, Paris zu begeben statt hierher.«
Mit erloschenem Blick tastete die Königin nach der Lehne ihres Stuhls und sank hinein.
»Na, na, so schlimm ist es nun auch wieder nicht«, sagte der Abt mit tief dröhnender Stimme, »aber Ihr kennt ja Euren Jungen, er hat England noch nie gemocht, meint, der Wein schmeckt wie Pisse.«
»Was sollen wir tun? Was sollen wir tun?« Eleanors Augen waren groß und flehend. »Alles ist verloren. Allmächtiger, was sollen wir jetzt tun?«
»Ist ja gut.« Der Abt kniete sich neben sie und ergriff die Hände der Königin. »Nichts ist verloren. Ich hab mit unserem Schwyz hier geredet, und der meint, es ist alles nicht so schlimm. Hab ich recht, Schwyz?«
Auf sein Drängen hin nickte Schwyz.
»Seht Ihr? Und Schwyz versteht was davon. Sieht man ihm nicht an, zugegeben, aber er ist ein guter Taktiker. Denn jetzt kommt die gute Nachricht …« Eleanors Hände wurden hochgehoben und auf ihre Knie geschlagen. »Hört Ihr zu, meine Teure? Passt gut auf. Hört, was unser Streiter Jesus Christus für uns getan hat – er hat den König von Frankreich auf unsere

Seite geholt. Er hat sich mit dem jungen Henry verbündet, jawohl, das hat er.«

Eleanors Kopf fuhr hoch. »Im Ernst? O endlich. Gott sei gepriesen.«

»König Ludwig, wie er leibt und lebt. Er wird sein Heer ins Feld führen, um an der Seite des Sohnes gegen den Vater zu kämpfen.«

»Gott sei gepriesen«, sagte Eleanor erneut. »*Jetzt* haben wir eine Streitmacht.«

Der Abt nickte mit seinem großen Kopf, als sähe er einem Kind dabei zu, wie es ein Geschenk öffnet. »Ein frommer König. Euch war er ein lahmer Gatte, zugegeben, aber wir heiraten ihn ja nicht, und Gott wird seine Tapferkeit jetzt mit Gnade betrachten.« Wieder hämmerte er auf Eleanors Knie. »Versteht Ihr, Lady? Der junge Henry und Ludwig werden das französische Banner erheben, wir werden das unsere hier in England erheben, und gemeinsam werden wir den alten Henry niederringen. Das Licht wird über die Finsternis siegen. Gemeinsam fangen wir den alten Adler und bringen ihn zu Fall.«

Er entfachte neues Leben in Eleanor; ihr Gesicht hatte wieder Farbe. »Ja«, sagte sie, »ja. Ein Angriff von zwei Seiten. Aber haben wir genug Männer? Hier in England, meine ich? Schwyz hat nur wenige dabei.«

»Wolvercote, meine Schöne. Lord Wolvercote lagert mit einem tausend Mann starken Heer in Oxford.«

»Wolvercote«, wiederholte Eleanor, »ja, natürlich.« Ihre Niedergeschlagenheit schwand, als sie die Leiter der Hoffnung hochstieg, die der Abt für sie hielt.

»*Natürlich,* natürlich. Tausend Mann. Und mit Euch an ihrer Spitze werden uns noch weitere zehntausend zuströmen. All diejenigen, die der Plantagenet in den Staub getreten und zu Bettlern gemacht hat, sie werden aus den Midlands herbeieilen.

Dann marschieren wir, und welche Freude wird im Himmel herrschen.«

»Zuerst müssen wir in dieses Scheiß-Oxford«, sagte Schwyz. »Und zwar schnell, verflucht noch mal. Es wird Schnee geben, und dann stecken wir in diesem Scheißturm fest wie beschissene Zielscheiben. In Woodstock hab ich der blöden Kuh erklärt, dass er nicht verteidigt werden kann. Wir müssen direkt nach Oxford, hab ich gesagt. Da kann ich Euch verteidigen. Aber sie wusste es ja besser.« Seine Stimme kippte vom Bass ins Falsett. »*O nein, Schwyz, die Straßen sind zu schlecht, um uns zu verfolgen, Henry kann uns nicht hierher folgen.*« Der Tonfall schlug um. »Und ob Henry das kann, ich kenn den Schweinehund.«

In gewisser Weise war das der seltsamste Moment der Nacht. Eleanors Gesichtsausdruck schwebte unverändert zwischen Skepsis und Begeisterung. Der Abt kniete noch immer neben ihr und wandte sich nicht um.

Haben die ihn nicht verstanden? Hab ich ihn verstanden?

Denn Adelia war in Gedanken zurück in die Berglandschaft Graubündens versetzt worden, wohin sie und ihre Zieheltern jedes Jahr eine lange, aber schöne Reise unternommen hatten, um der Sommerhitze Salernos zu entkommen. Dort wohnten sie in einer Villa, die ihnen der Bischof von Chur, einer von Dr. Gerschoms dankbaren Patienten, zur Verfügung gestellt hatte, und die kleine Adelia war mit den flachsblonden Kindern des Ziegenhirten losgezogen, um Kräuter und Wildblumen zu sammeln. Sie hatte den Gesprächen von Kindern und Erwachsenen gelauscht, die nicht ahnen konnten, dass die kleine Adelia fremde Sprachen aufsaugte wie Löschpapier.

Eine seltsame Sprache war das gewesen, eine kehlige Mischung aus Latein und dem Dialekt der germanischen Stämme, von denen diese alpinen Menschen abstammten.

Soeben hatte sie die Sprache wieder vernommen.
Schwyz hatte Romantsch gesprochen.
Ohne sich umzublicken, lieferte der Abt der Königin eine äußerst freie Übersetzung. »Schwyz sagt, wir werden diesen Krieg gewinnen, weil Ihr auf unserer Seite seid. Wenn er mit Inbrunst spricht, fällt er in sein altes Kauderwelsch zurück, aber der alte Schwyz ist mit ganzer Seele Euer Mann.«
»Das weiß ich.« Eleanor lächelte Schwyz an. Schwyz nickte zurück.
»Bloß, er sagt, er kann Schnee riechen, und er will so schnell wie möglich nach Oxford. Und mir wird auch wohler zumute sein, wenn wir Wolvercotes Männer um uns haben. Könnt Ihr die Reise verkraften, Teuerste? Nicht zu müde? Dann lasst uns mit Monty runter in die Küche gehen, damit ihr was Warmes in den Bauch bekommt. Es wird eine kalte Fahrt.«
»Mein lieber, lieber Abt«, sagte Eleanor herzlich und erhob sich. »Wie sehr wir Eure Anwesenheit doch vermisst haben. Ihr ruft uns Gottes schlichte Güte in Erinnerung. Ihr bringt den Geruch der Felder und aller natürlichen Dinge mit. Ihr bringt uns Mut.«
»Das hoffe ich, meine Liebe. Das hoffe ich.« Als die Königin und Montignard die Treppe hinunter verschwanden, wandte er sich um und sah Adelia an, die wusste, ohne zu wissen, wieso, dass er sie die ganze Zeit über wahrgenommen hatte. »Wer ist das?«
Schwyz sagte: »Eine von St. Albans' Huren. Er hat sie mit hergebracht. Sie war im Zimmer, als die Verrückte auf Nelly losgegangen ist, und hat sie zu Fall gebracht. Nelly denkt, sie hat ihr das Leben gerettet.« Er zuckte die Achseln. »Stimmt vielleicht.«
»Ach ja?« Mit zwei Schritten war der Abt bei Adelia. Eine verblüffend gut manikürte Hand griff ihr unters Kinn und bog ihr

den Kopf nach hinten. »Eine Königin verdankt dir ihr Leben, ja, mein Kind?«

Adelia blickte ausdruckslos, ebenso ausdruckslos, wie er sie anstarrte.

»Da hast du aber Glück gehabt, was?«, sagte er.

Er nahm die Hand weg und wandte sich zum Gehen. »Komm, mein Freund, möge das Narrenspiel beginnen.«

»Was ist mit ihr?« Schwyz deutete mit dem Daumen zum Schreibtisch.

»Lass sie verbrennen.«

»Und mit der da?« Der Daumen zeigte auf Adelia.

Das Achselzucken des Abtes ließ erkennen, dass Adelia gehen konnte oder mit verbrennen, ganz nach Belieben.

Sie blieb allein im Zimmer zurück. Wächter erkannte seine Chance, kam wieder herein und richtete seine Nase auf das Tablett mit der restlichen Kalbfleischpastete.

Adelia lauschte im Geist Rowleys Stimme. »Bürgerkrieg ... Im Vergleich dazu wäre der Krieg zwischen Stephen und Matilda gar nichts ... die Vier Apokalyptischen Reiter ... ich höre schon das Donnern ihrer Hufe.«

Sie sind gekommen, Rowley. Sie sind hier. Gerade hab ich drei von ihnen gesehen.

Vom Schreibtisch kam ein leises Geräusch, als Rosamunds auftauender Körper nach vorn kippte.

Kapitel sieben

Da Eleanor gegen den Rat ihres Befehlshabers mit ihrer kleinen Truppe zum Wormhold Tower gezogen war, hatten sie ihr Ziel, nämlich zu dem größeren Rebellenheer zu stoßen, das in Oxford auf sie wartete, nicht erreichen können. Jetzt wurde das Wetter schlechter, und Schwyz wollte die Königin möglichst schnell zum Treffpunkt bringen – Heere lösten sich rasch auf, wenn sie zu lange untätig blieben, vor allem in der kalten Jahreszeit –, und der schnellste Weg war der Fluss. Die Themse floss mehr oder weniger direkt von Norden nach Süden durch die rund sieben Meilen freies Land, das zwischen Wormhold und Oxford lag.

Da die Königin und ihre Dienerschaft vom letzten Lager aus geritten waren und Schwyz und seine Männer sie zu Fuß begleitet hatten, mussten Boote aufgetrieben werden. Und man hatte welche aufgetrieben. Ein paar. Wenn auch nicht die besten. Sie mussten genügen, um die wichtigsten Mitglieder des königlichen Gefolges und ein Kontingent von Schwyz' Männern zu befördern, aber auch nicht alle.

Die niedrigeren Diener und der größte Teil der Soldaten würden für den Weg nach Oxford den Treidelpfad nehmen, was erheblich länger dauern und beschwerlicher werden würde als die Fahrt mit dem Boot. Außerdem mussten sie dabei die Pferde und Maultiere mitführen, die die Königin und ihr Gefolge mitgebracht hatten.

All das bekam Adelia mit, als sie in den untersten Raum des

Turms kam, wo jetzt laute Befehle und Erklärungen das Chaos noch verschlimmerten.
Ein Soldat goss Öl auf einen großen Haufen aus zerschlagenem Mobiliar, während umherhastende Diener ihn anschrien, er solle mit dem Anzünden noch warten, bis sie die Truhen und Reisekisten und Kästen weggebracht hatten, die erst Stunden zuvor in den Wachraum geschleppt worden waren. Eleanor reiste mit großem Gepäck.
Schwyz brüllte sie an, alles zurückzulassen. Weder diejenigen, die in den wenigen Booten Platz finden würden, noch diejenigen, die über Land nach Oxford ziehen mussten, durften viel mitnehmen.
Entweder hörten sie ihn nicht, oder sie nahmen ihn nicht ernst. Er geriet noch mehr in Rage, als Eleanor partout nicht auf diese Dienerin oder jenen Diener verzichten wollte und die Auserwählten, auf die man sich schließlich geeinigt hatte, dann einfach nicht stillstanden, um sich zählen zu lassen. Das Problem schien teilweise darin zu bestehen, dass die Aquitanier kein Vertrauen in die Ehrlichkeit ihrer militärischen Verbündeten hatten. Eleanors Zofe kreischte, die königliche Garderobe könne doch keinen *sales mercenaires* anvertraut werden, und ein Mann, der anscheinend der Küchenmeister war, weigerte sich, auch nur einen einzigen Topf als mögliche Diebesbeute für die Soldaten zurückzulassen. So kam es, dass die Aquitanier im Gefolge der Königin lautstark streitend hin und her hasteten, um noch mehr Gepäck zu holen, von dem ohnehin nichts mitgenommen werden konnte, während sich Soldaten draußen vor dem Turm mit steif gefrorenem Zuggeschirr abmühten, die Pferde und Maultiere vorzubereiten.

In diesem Moment beschloss Adelia, dass sie, komme was da wolle, versuchen würde, zu dem Treidelpfad zu gelangen – und zwar schnell. Bei diesem Tohuwabohu würde niemand merken, wenn sie verschwand, und mit Glück und Gottes Gnade könnte sie es zu Fuß zurück zum Kloster schaffen.

Doch zuerst musste sie Rowley, Jacques und Walt finden.

Sie blieb auf der Treppe stehen und schaute sich das hektische Treiben an. Die drei waren nirgends zu sehen, man hatte sie wohl nach draußen gebracht. Dafür sah sie etwas anderes: eine schwarze Gestalt, die sich im Schatten der Mauer hielt, während sie sich Richtung Treppe bewegte, und zwar seltsam hüpfend, weil ihre Füße gefesselt waren. Der Strick, den man ihr um den Hals gelegt hatte, pendelte hin und her.

Adelia wich in das dunkle Treppenhaus zurück, und als die Gestalt auf den ersten Absatz gehüpft kam, packte sie ihren Arm. »Nein«, sagte sie.

Die Fesseln an Händen und Füßen der Haushälterin waren so straff, dass sie eine normale Frau zurückgehalten hätten, doch wer auch immer sie ihr angelegt hatte, er hatte nicht mit dem Abnormen gerechnet: Dakers war von dort, wo die Wachen sie allein gelassen hatten, weggehüpft, um wieder zu ihrer Herrin oben im Turm zu gelangen. Und dazu war sie nach wie vor fest entschlossen. Dakers sträubte sich mit aller Kraft, um Adelia abzuschütteln, ohne dass irgendwer mitbekam, wie die beiden Frauen miteinander rangen.

»Ihr werdet brennen«, zischte Adelia, »um Gottes willen, wollt Ihr wirklich mit ihr verbrennen?«

»Ja-a-a.«

»Das lasse ich nicht zu.«

Die Haushälterin war die Schwächere von beiden. Sie gab auf und drehte sich zu Adelia um. Sie war grob behandelt worden, ihre Nase blutete, und ein Auge war dick angeschwollen. »Lasst mich gehen, lasst mich gehen. Ich will bei ihr sein. Ich *muss* bei ihr sein.«

Wie verrückt. Wie traurig. Ein Soldat bereitete das Niederbrennen des Turms vor, die Diener hatten nur ihre eigenen Sorgen im Kopf.

Keinen kümmerte es, ob die verhinderte Mörderin der Königin in den Flammen umkam oder nicht, und die meisten hätten Ersteres vielleicht sogar begrüßt.

Das können sie nicht machen, sie ist wahnsinnig. Einer der Gründe, warum Adelia England liebte, war der, dass kein Gericht des Landes Dakers wegen des Mordanschlags auf die Königin zum Tode verurteilen würde, wenn es sah, wie es um ihre geistige Verfassung bestellt war. Eleanor selbst hatte sich daran gehalten. Nehmt die Frau in Gewahrsam, das ja, aber das vernünftige alte Diktum *furiosus furore solum punitur* (der Wahnsinn der Verrückten ist Strafe genug) verlangte, dass jeder, der einmal Vernunft besessen und durch Krankheit, Trauer oder sonstige Katastrophen die Fähigkeit zu vernünftigem Handeln verloren hatte, von der Schuld seines Verbrechens freigesprochen werden musste.

Es war eine Regel, die allem entsprach, woran Adelia glaubte, und sie würde nicht zulassen, dass sie umgangen wurde, auch wenn Dakers selbst nur allzu bereit dazu war und neben Rosamunds Leichnam in den Flammen sterben wollte. Das Leben war heilig. Niemand wusste das besser als eine Ärztin, die sich mit dem Tod befasste.

Die Frau wollte sich erneut losreißen. Adelia packte noch fester zu, obwohl sie körperlichen Ekel empfand. Sie, die Leichen nie abstoßend fand, war angewidert von diesem lebenden Körper, den sie jetzt so eng an sich drückte, von seiner Magerkeit – es war, als umarmte sie ein Bündel Stöcke –, von seiner Leidenschaft für den Tod.

»Wollt Ihr sie denn nicht rächen?« Sie sagte das, weil ihr nichts Besseres einfiel, um die Frau zu beruhigen, doch für einen Moment kehrte ein Anflug von Klarheit in die Augen zurück, die sie anfunkelten.

Der Mund hörte auf zu fauchen. »Wer war es?«

»Das weiß ich noch nicht. Aber eines kann ich Euch sagen, es war nicht die Königin.«

Wieder ein Fauchen. Dakers glaubte ihr nicht. »Sie hat einen Mörder bezahlt.«

»Nein.« Adelia fügte hinzu: »Und Bertha war es auch nicht.«

»Das weiß ich.« *Verächtlich.*

Plötzlich war eine seltsame Nähe zwischen ihnen. Adelia spürte, wie sie in die Überlegungen der Frau einbezogen wurde, sofern bei ihr überhaupt von Überlegung die Rede sein konnte, sah, wie ihr Wert als Verbündete in Betracht gezogen, verworfen und dann wieder abgewogen wurde. Schließlich war sie ja auch die *einzige* Verbündete.

»Ich finde Dinge heraus. Das ist meine Arbeit«, sagte Adelia und lockerte ihren Griff ein wenig. Sie kämpfte ihren Abscheu nieder und rang sich zu einem Vorschlag durch. »Kommt mit mir, und wir gehen der Sache gemeinsam auf den Grund.«

Wieder wurde sie abgeschätzt, für unzulänglich befunden, erneut abgeschätzt und dann als möglicherweise nützlich eingestuft.

Dakers nickte.

Adelia tastete in ihrer Tasche nach dem Messer, schnitt den Strick um die Fußknöchel der Haushälterin durch und zog ihr die Schlinge, die sie um den Hals hatte, über den Kopf. Sie stockte, unsicher, ob sie ihr auch die Hände losbinden sollte. »Versprecht Ihr es mir?«

Das eine noch offene Auge blinzelte sie an. »Ihr findet es heraus?«

»Ich werde es versuchen. Deshalb hat mich der Bischof von St. Albans mit hergebracht.« Nicht sehr beruhigend, dachte sie, wenn man bedachte, dass der Bischof von St. Albans diesen Ort jetzt als Gefangener verließ und Armageddon drohte.

Dakers streckte ihr die mageren Handgelenke entgegen.

Schwyz hatte den Wachraum verlassen, um draußen auf dem Hof für Ordnung zu sorgen. Einige der Diener waren mit ihm gegangen. Die wenigen, die noch verweilten, waren nach wie vor damit beschäftigt, ihre Sachen zusammenzusuchen, daher achteten sie nicht auf die beiden Frauen, die sich nach draußen schlichen.

Auf dem Burghof war das Chaos ebenso groß. Adelia zog Dakers die Kapuze ihres Umhangs über den Kopf und setzte dann ihre eigene auf, damit sie bloß zwei weitere dunkle Gestalten in dem allgemeinen Durcheinander waren.

Ein aufkommender Wind sorgte für eine noch höhere Lautstärke und trieb kleine Wolken von Schneeflocken vor sich her, die nur langsam schmolzen. Das Mondlicht kam und ging wie eine flackernde Kerze.

Unbeachtet, Dakers' Arm festhaltend und gefolgt von Wächter, bewegte sich Adelia auf der Suche nach Rowley durch das Treiben. Sie entdeckte ihn auf der anderen Hofseite und sah mit Erleichterung, dass Jacques und Walt bei ihm waren, alle drei aneinandergefesselt. In ihrer Nähe debattierte der Abt von Eynsham mit Schwyz darüber, was mit ihnen geschehen sollte, und seine Stimme übertönte den Wind und das Chaos. »… ist mir egal, du Tyrann, ich muss wissen, was sie wissen. Die kommen mit.« Schwyz' Erwiderung war nicht zu verstehen, doch Eynsham hatte sich durchgesetzt. Die drei Gefangenen wurden grob zu dem Menschengedränge am Tor bugsiert, wo Eleanor gerade Anstalten machte, auf ein Pferd zu steigen.

Verdammt, *verdammt*. Sie musste mit Rowley sprechen, ehe sie getrennt wurden. Natürlich unbemerkt, was sich mit einer gescheiterten Attentäterin im Schlepptau noch schwieriger ge-

stalten würde … dennoch wagte sie es nicht, Dakers' Hand loszulassen.
In diesem Moment lachte Dakers, zumindest erklang unter der Kapuze, die ihr Gesicht umhüllte, ein leises, gackerndes Geräusch.
»Was ist?«, fragte Adelia und merkte, dass sie Rowley und die anderen aus den Augen verloren hatte. »Ach, seid *still.*«
In quälender Unentschlossenheit zog sie die Frau zu dem Torbogen, durch den man in den äußeren Hof und zum Eingang des Irrgartens gelangte. Der Wind ließ die Mäntel der herumhastenden Diener immer wieder aufflattern, so dass der goldene Löwe von Aquitanien auf ihren Wappenröcken im Fackelschein aufglänzte. Soldaten in ihren fest geschlossenen wattierten Jacken versuchten, Befehle zu geben, rissen unnötige oder zu schwere Gegenstände aus widerspenstigen Armen und hinderten ihre Besitzer daran, erneut danach zu greifen. Nur Eleanor war ruhig, hielt ihr Pferd mit einer Hand im Zaum und schirmte mit der anderen die Augen ab, um das Geschehen zu beobachten. Ihr Blick war suchend.
Sie sah Wächter, der sich wie ein kleines schwarzes Schaf gegen den Schnee abhob, und zeigte mit einem behandschuhten Finger auf das Tier, während sie Schwyz einen Befehl gab. Schwyz schaute in die Richtung und deutete dann selbst darauf. »Cross, die da«, rief er einem seiner Männer zu. »Nimm sie mit. Die mit dem Hund.«
Adelia wurde gepackt und auf ein Maultier gehoben. Sie wehrte sich, wollte Dakers' Hand nicht loslassen.
Der Mann namens Cross entschied sich für den Weg des geringsten Widerstands und hob Dakers ebenfalls auf das Tier, wo sie sich an Adelias Rücken presste. »Und bleibt schön da sitzen«, schrie er sie an. Mit einer Hand am Zaumzeug drückte er den Körper gegen Adelias Bein und führte seine Schützlinge

durch den Torbogen in den äußeren Hof, wo er wartete, bis der Rest des Reiterzuges zu ihnen stieß.
Eleanor ritt an die Spitze, Eynsham dicht hinter ihr. Vor ihnen lag das offene Tor des Irrgartens wie ein gähnendes schwarzes Loch.
»Reitet geradewegs hindurch, Königin meines Herzens«, rief der Abt ihr fröhlich zu. »So gerade wie der Pflug meines alten Papas.«
»Geradewegs?«, rief die Königin zurück.
Er breitete die Arme aus. »Habt Ihr mir nicht befohlen, die Geheimnisse der Hure zu erkunden? Und hab ich das nicht prächtig getan?«
»Es gibt einen direkten Weg hindurch?« Eleanor lachte. »Abt, mein lieber Abt. ›*Und was krumm ist, soll gerade werden …*‹«
»›*… und was hügelig ist, werde eben*‹«, sprach er für sie zu Ende. »Der alte Jesaja war ein kluges Kerlchen. Ich bin sein ergebener Diener, und der Eure. Wohlan, meine Königin, und der Weg des Herrn wird Euch durch das Dickicht der Hure führen.«
Noch immer lachend, ritt Eleanor hinter einigen ihrer Männer, von denen einer eine Laterne hielt, in den Irrgarten hinein. Der Rest des Zuges folgte.
Hinter ihnen rief Schwyz wieder einen Befehl, und eine brennende Fackel flog im hohen Bogen durch die Luft auf das angehäufte Brennholz im Wachraum …
Der Abt hatte recht. Der Weg durch den Irrgarten verlief jetzt schnurgerade. Schmale Wege öffneten sich direkt in die nächsten. Vermeintlich unüberwindbare Hecken entpuppten sich als getarnte und nun offenstehende Türen.
Alles Geheimnisvolle war verschwunden. Der Wind zerriss die Stille des Irrgartens, und die Hecken um sie herum bogen und schüttelten sich wie ganz alltägliches, windgepeitschtes Strauch-

werk. Irgendeine heimtückische Essenz war verflogen, und Adelia war nicht traurig darum. Wenn man diesem seltsamen Abt glauben konnte, der beteuerte, ein glühender Verehrer der Königin zu sein, hatte Rosamund selbst ihm diesen geheimen Weg verraten, und das fand Adelia bemerkenswert.

»Kennt Ihr diesen Mann?«, fragte sie über die Schulter. Sie zuckte zusammen, als sie spürte, wie sich Dakers' magere Brust an ihrem Rücken auf und ab bewegte, als die Haushälterin wieder kicherte.

»Hält sich für besonders schlau.« Es war weniger eine Antwort als vielmehr eine Art Selbstgespräch. »Bildet sich ein, er hat unsere Schlange besiegt. Soll er ruhig, aber die hat noch immer ihre Giftzähne.« Vielleicht war es Ausdruck ihres Wahns, dachte Adelia, dass in ihrer Stimme kein Hass auf den Mann zu hören war, der, wie er selbst gestanden hatte, Rosamund in ihrem Turm besucht hatte, um sie an die Königin zu verraten.

Nach kurzer Zeit waren sie durch den Irrgarten hindurch. Cross schimpfte fürchterlich auf das Maultier und zwang es in den Trab, so dass Adelia und Dakers unsanft auf dem sattellosen Rückgrat durchgeschüttelt wurden, als das Tier den Hügel hinauflief.

Der Wind nahm an Stärke zu und trieb waagerechte Schneeschauer vor sich her, die immer wieder den Mond verdunkelten, der hoch am Himmel hing. Als sie den Hügelkamm erreichten, peitschte ihnen der Sturm heulend ins Gesicht.

Adelia schaute sich um und sah, wie Rowley, Jacques und Walt von den Speerspitzen der Männer hinter ihnen aus dem Irrgarten gestoßen wurden.

Dakers stieß einen gellenden triumphierenden Schrei aus. Sie hatte das Gesicht dem Turm zugewandt – eine schwarze, aufrechte und gleichgültige Silhouette vor dem Mond.

»So ist's recht, so ist's recht«, kreischte Dakers. »Satan, unser dunkler Herr, hat mich erhört, Liebste. Ich komme zu dir zurück, mein Herz. Warte auf mich.«

Der Turm brannte nicht. Inzwischen hätte er ein loderndes Fanal sein müssen, doch trotz der zerschlagenen Möbel, trotz des Öls, des Windes und einer Fackel hatte das Feuer nicht um sich gegriffen. Es war gelöscht worden, aber wie?

Seine Haupttür lag in Windrichtung, sagte Adelia sich. Der Wind hatte Schnee hineingetrieben und die Flammen erstickt. Was er jedoch nicht ersticken konnte, das war das Bild vor ihrem geistigen Auge, wie die teuflisch konservierte Rosamund in diesem eisigen Turmzimmer auf die Rückkehr ihrer Dienerin wartete …

Die kleine Flotte auf dem Fluss war erbärmlich: Fischerboote, kleinere Kähne und ein alter Lastkahn, allesamt von Schwyz' Männern vertäut entlang des Ufers gefunden und beschlagnahmt. Das einzige etwas größere Gefährt war die Barkasse, mit der Mansur und Oswald und die Männer aus Godstow den Fluss heraufgekommen waren. Adelia hielt nach Mansur Ausschau, und als sie ihn nirgends entdeckte, bekam sie Angst, dass die Soldaten ihn getötet hatten. Es waren rohe Männer. Sie erinnerten Adelia an so manche Nachhut von Kreuzfahrerheeren, die durch Salerno gezogen waren, allzeit bereit, jeden zu erschlagen, der anders aussah als sie selbst. Im Bug der Barkasse stand eine hohe Gestalt, doch der Mann trug einen Umhang mit Kapuze wie alle anderen auch und war in dem Schneetreiben nicht deutlich zu erkennen. Er könnte Mansur sein, aber auch ein Soldat.

Sie versuchte, sich mit dem Gedanken zu beruhigen, dass Schwyz und seine Männer Söldner waren, denen es mehr um Beute ging als darum, einen Sarazenen zu erschlagen. Und gewiss war ihnen klar, dass sie jeden erfahrenen Bootslenker brauchen konnten, um nach Oxford zu kommen.

Das Chaos, das im Hof des Wormhold Tower geherrscht hatte, wurde nun noch verdoppelt, als Eleanors Leute sich darum stritten, ihre Königin auf die Barkasse aus Godstow zu begleiten, denn nur dieses Boot hatte eine Kajüte. Falls irgendwer zuständig war, für die Verteilung der Passagiere auf die Boote zu sorgen, so gelang ihm das nicht.

Der Söldner Cross, der auf Adelia und Dakers aufpassen sollte, wartete noch immer auf Befehle. Als ihm endlich klar wurde, dass es keine geben würde, war die Barkasse mit den Dienern und dem Gepäck der Königin schon bedenklich überladen. Er und die beiden Frauen wurden weggewinkt.

Fluchend hievte er sie auf das nächste Boot in der Reihe und warf sie beinahe ins Heck. Wächter sprang hinterdrein.

Es war ein Ruderboot. Ein *offenes* Ruderboot, das mit einem Tau ans Heck der Godstow-Barkasse gebunden war. Adelia schrie den Soldaten an: »Du kannst uns nicht hierlassen. Wir werden erfrieren.« Wenn sie in diesem Ding schutzlos dem schneidenden Wind ausgesetzt blieben, wären sie tot, ehe sie Oxford erreichten, und ebenso steif gefroren wie Rosamund.

Das Boot erbebte, als drei weitere Passagiere von einem anderen Wachmann hineingestoßen wurden, der hinter ihnen herstolperte. Ein tiefere Stimme als die Adelias, eine Stimme, die es gewohnt war, Gehör zu finden, übertönte den Wind: »In Gottes Namen, Mann, willst du uns umbringen? Besorg uns einen Windschutz. Frag die Königin, die Lady hier hat ihr das Leben gerettet.« Der Bischof von St. Albans saß mit ihr in einem Boot und unterstützte ihre Bitte. Und obwohl er noch immer an Jacques und Walt gefesselt war und mit vorgehaltenem Spieß bedroht wurde, hatte er dennoch Autorität.

»Ich hol ja schon was«, rief Cross zurück. »Hört auf zu jammern und setzt Euch hin. Vor die Frauen.«

Sobald sich alle zu seiner Zufriedenheit niedergelassen hatten, kam er mit einem großen Bündel an, das sich als ein altes Segel erwies, und er rief seinen Gefährten, den er mit Giorgio ansprach, damit der ihm half, es auszubreiten.

Ihre Manieren ließen zu wünschen übrig, aber er und sein Freund arbeiteten geschickt. Als der Wind drohte, ihnen das Segeltuch zu entreißen, mussten Dakers und Adelia sich an einem Ende darauf setzen, ehe es über ihren Rücken nach vorn gezogen wurde, so dass es sie beide ebenso bedeckte wie die drei Gefangenen und schließlich auch die zwei Soldaten, die vorn im Bug Platz nahmen. Ihre Bemühungen waren also nicht uneigennützig gewesen, sie kamen mit. Mit einer betont vielsagenden Geste legte Giorgio sich ein Stoßschwert über die Knie.

Das Segel war verdreckt, stank und drückte jedem von ihnen schwer auf den Kopf, und es war auch nicht breit genug. Als sie es so zogen, dass sie gegen den heulenden Wind auf der linken Seite geschützt waren, blieb auf der rechten Seite eine Lücke. Binnen kurzem hatte sich Eis darauf gebildet, das es steif machte, aber auch mit einer schützenden Schicht überzog. Es war ein notdürftiger Schutz.

Der Fluss wurde zu einer wütenden Gischt aufgepeitscht, die eisiges Wasser über das Dollbord trieb. Adelia hob Wächter auf ihren Schoß, deckte ihn mit ihrem Umhang zu und stützte die Füße gegen Rowleys Rücken, um sie aus dem Wasser zu halten – er saß auf der Ruderbank direkt vor ihr, auf der Steuerbordseite, wo die Lücke war. Jacques saß zwischen ihm und Walt.

»Geht es Euch gut?« Sie musste gegen das Heulen des Windes anbrüllen.

»Und Euch?«, fragte er.

»Bestens.«

Auch der Bote gab sich tapfer. Adelia hörte ihn sagen: »Bootsfahrt – mal eine nette Abwechslung.«

»Zieh ich dir vom Lohn ab«, entgegnete der Bischof. Walt schnaubte.

Für mehr reichte die Zeit nicht, denn die beiden Soldaten schrien sie an, sie sollten Wasser aus dem Boot schöpfen, »ehe das Scheißding absäuft«, und verteilten zu diesem Zweck Gefäße. Die drei Gefangenen bekamen richtige Schöpfeimer, während man den Frauen zwei Krüge in die Hand drückte. »Und strengt euch verdammt noch mal an.«

Adelia begann, Wasser zu schöpfen – wenn das Boot mit ihnen unterging, wären sie tot, ehe sie sich ans Ufer retten könnten. So schnell wie möglich kippte sie eisiges Wasser raus in den Fluss – und der Fluss kippte es zurück ins Boot.

Wenn sie durch die Lücke im Segel spähte, wurde der dahinjagende Schnee schwach von einer Lampe im Heck der Barkasse und einer im Bug des nachfolgenden Bootes erhellt. Das bisschen Licht genügte Adelia, um zu erkennen, mit was für einem jammervoll unpraktischen Krug sie gegen das Wasser kämpfte. Er war aus Silber und hatte kürzlich noch auf dem Tablett gestanden, auf dem ein Diener Essen für Eleanor in Rosamunds Zimmer getragen hatte. Die Aquitanier hatten recht gehabt: Die Söldner, zumindest die beiden bei ihr im Boot, waren Diebe.

Plötzlich packte Adelia eine unbändige Wut, die um den gestohlenen Krug kreiste, aber in Wahrheit mehr damit zu tun hatte, dass sie fror, müde und nass war, körperlich litt und um ihr Leben fürchtete. Sie herrschte Dakers an, die untätig war. »Nun schöpft schon, zum Donnerwetter.«

Die Frau rührte sich nicht, und ihr Kopf hing herab. Wahrscheinlich tot, dachte Adelia.

Auch Rowley wurde von Zorn übermannt. Er brüllte die zwei Soldaten an, sie sollten ihnen die Hände losschneiden, damit er und Jacques und Walt schneller schöpfen könnten – sie wurden

dadurch behindert, dass sie das Wasser stets mit einer unbeholfenen Bewegung gleichzeitig aufschöpfen und über Bord gießen mussten.
Man sagte ihm, er solle aufhören zu jammern, doch kurz darauf spürte Adelia, wie das Boot noch stärker wackelte, und dann hörte sie die Männer vor ihr fluchen. Sie schloss aus ihren Schimpfereien, dass sie jetzt zwar voneinander losgeschnitten worden waren, aber jeder einzelne noch immer die Hände gefesselt hatte.
Dennoch, nun konnten die drei schneller schöpfen – und taten es auch. Adelia verlagerte ihre Wut auf Dakers, die einfach so gestorben war, nach allem, was sie, Adelia Aguilar, für sie getan hatte. »Undank ist der Welt Lohn«, knurrte sie und packte das Handgelenk der Frau. Zum zweiten Mal in dieser Nacht spürte sie einen schwachen Puls.
Sie beugte sich so weit vor, dass sie fast den Hund auf ihrem Schoß zerquetschte, und riss Dakers' Füße aus dem Bilgewasser. Um sie zu wärmen, schob sie einen zwischen die Körper von Rowley und Jacques und den anderen zwischen Jacques und Walt.
»Wie lange sollen wir denn hier noch sitzen?«, schrie sie über deren Köpfe hinweg die Soldaten an. »Herrje, wann *bewegen* wir uns endlich?«
Aber der Wind brüllte lauter, als sie das vermochte. Die Männer hörten sie nicht. Rowley jedoch deutete mit einem Nicken auf die Lücke.
Sie spähte hinaus in den wirbelnden Schneevorhang. Sie bewegten sich, bewegten sich schon seit einer ganzen Weile und hatten gerade eine Biegung erreicht, wo ihnen offenbar ein Steilufer oder hohe Bäume etwas Schutz boten.
Sie wusste nicht, ob die Barkasse vor ihnen, an der sie angebunden waren, von Männern gestakt oder von einem Pferd ge-

zogen wurde – es war jedenfalls für Mensch oder Tier eine grässliche Aufgabe. Wahrscheinlich wurde sie gestakt; sie schienen schneller voranzukommen als nur mit Schrittgeschwindigkeit. Der Wind in ihrem Rücken und die Strömung des Flusses trugen sie zusätzlich weiter, mitunter auch zu schnell – der Bug ihres Bootes stieß gegen das Heck der Barkasse, und die Soldaten wechselten sich darin ab, unter dem Schutz des Segels hervorzukriechen und mit einem Ruder Abstand zu halten.

Sie wusste auch nicht, wie weit es noch bis Oxford war, aber wenn sie weiter so gut vorankamen, konnte es bis Godstow nicht mehr allzu lange dauern – und dort musste sie irgendwie ans Ufer gelangen.

Nachdem dieser Entschluss gefasst war, fühlte Adelia sich ruhiger und wurde wieder zur Ärztin – zu einer Ärztin, die eine kranke Patientin zu versorgen hatte. Ihre extreme Wut war zum Teil darauf zurückzuführen gewesen, dass sie Hunger hatte. Ihr kam der Gedanke, dass Dakers wahrscheinlich noch hungriger war als sie, schon fast verhungert – in der Küche in Wormhold war nichts Essbares mehr gewesen, als sie sie erkundet hatten.

Adelia mochte ja die diebischen Söldner verurteilen, doch auch sie hatte Rosamunds Zimmer nicht mit leeren Händen verlassen; auf dem Tablett der Königin war noch Essen übrig gewesen, und sie hatte in harten Zeiten gelernt, sich immer dann mit Nahrung zu versorgen, wenn sich die Gelegenheit bot.

Und überhaupt, Rosamund würde es nicht vermissen.

Sie griff in ihre Tasche, holte den in einer Serviette eingeschlagenen Rest von Eleanors Kalbfleischpastete hervor und brach ein großes Stück ab, das sie Dakers unter die Nase hielt. Schon allein der Duft wirkte wie ein Stärkungsmittel; die Pastete wurde ihr aus den Fingern gerissen.

Sie passte auf, dass die Soldaten, die sie unter dem Segel kaum sehen konnte, nichts davon mitbekamen, als sie sich erneut vorbeugte und den Käse, den sie ebenfalls hatte mitgehen lassen, zwischen Jacques und Rowley schob, bis sie spürte, dass die gefesselten Hände von einem der beiden ihn ertasteten, ergriffen und ihr kurz zum Dank die Hand drückten. Als die Männer daraufhin kurz das Wasserschöpfen unterbrachen, wohl um heimlich den Käse aufzuteilen, wie Adelia vermutete, wurden sie prompt wieder von den Soldaten angeschnauzt.

Die restliche Kalbfleischpastete teilte sie zwischen sich und Wächter auf.

Danach blieb nur wenig zu tun, außer auszuharren und Wasser zu schöpfen. Mitunter hing das Segel so tief zwischen ihnen herab, dass einer der Männer von unten dagegenschlagen musste, um den Schnee abzuschütteln, der es immer schwerer werden ließ.

Der Pegel des Wassers, das unter ihren erhobenen Beinen schwappte, wollte einfach nicht sinken, ganz gleich, wie viel sie über Bord kippte. Jedes Ausatmen benetzte ihren Mantel, den sie bis unter die Nase gezogen hatte, und die Feuchtigkeit gefror augenblicklich, so dass ihre Lippen wund wurden. Das Segeltuch schabte über ihren Kopf, wenn sie sich bückte und wieder hochkam. Aber wenn sie aufhörte, würde die Kälte das Blut in ihren Adern erstarren lassen.

Schöpfe weiter, bleib am Leben, lebe, um Allie wiederzusehen.

Rowleys Ellbogen stieß gegen ihre Knie. Sie schöpfte weiter, vorbeugen, eintauchen, ausschütten, vorbeugen, eintauchen, ausschütten; sie tat es seit einer Ewigkeit und würde es weiter bis in alle Ewigkeit tun. Rowley musste sie noch einmal anstoßen, ehe sie merkte, dass sie aufhören konnte. Es kam kein Wasser mehr ins Boot.

Der Wind hatte nachgelassen. Eine gedämpfte Stille umgab sie,

und ein schwaches Licht – war es Tag? – drang durch den Spalt im Segel, vor dem der Schnee so dicht fiel, dass das Auge den trügerischen Eindruck hatte, das Boot gleite durch von Schwanendaunen erfüllte Luft.
Von der Kälte, die gleichfalls durch die Lücke drang, waren Adelias rechte Seite und Schulter gefühllos geworden. Sie presste sich gegen Rowleys Rücken, um sich und ihm ein wenig Wärme zu verschaffen, und zog Dakers mit nach vorne, so dass die Haushälterin gegen Jacques lehnte.
Rowley wandte leicht den Kopf, und sie spürte seinen Atem an der Stirn. »Und?«
Adelia schob sich etwas höher, um über seine Schulter zu spähen. Obwohl der Wind sich etwas gelegt hatte, war die Strömung schneller denn je und drohte, das Ruderboot gegen die Barkasse zu schieben oder Richtung Ufer zu drehen.
Einer der Soldaten – sie glaubte, es war Cross, der Jüngere der beiden – war damit beschäftigt, den Zusammenstoß zu verhindern, und hatte den Schutz des Segels verlassen, das nun tief über seinem Gefährten hing, der schlaff auf der vorderen Ruderbank saß, entkräftet oder eingeschlafen oder beides.
Auch Walt oder Jacques bewegten sich nicht mehr. Dakers lehnte noch immer an Jacques' Rücken.
Adelia schob Rowleys Kapuze mit der Nase von seinem Ohr weg und legte die Lippen daran: »Sie wollen Eleanors Banner in Oxford hissen. Sie glauben, die Midlands werden sich erheben und sich auf ihre Seite schlagen.«
»Wie viele Männer? In Oxford, wie viele Männer?«
»Eintausend, glaube ich.«
»Hab ich da vorhin am Turm Eynsham gesehen?«
»Ja. Wer ist das?«
»Hundsfott. Gerissen. Hat Einfluss beim Papst. Trau ihm nicht.«
»Schwyz?«, fragte sie.

»Hundsfott von Söldner. Erstklassiger Soldat.«

»Einer namens Wolvercote ist der Heerführer in Oxford.«

»Hundsfott.«

Damit waren also die Hauptakteure hinlänglich abgehandelt. In einer momentanen Aufwallung schmiegte sie ihr Gesicht an seine Wange.

»Hast du dein Messer dabei?«, fragte er.

»Ja.«

»Schneid diesen verdammten Strick durch.« Er schüttelte seine gefesselten Hände.

Sie schaute erneut zu dem Soldaten hinüber, der im Bug hockte. Er hatte die Augen geschlossen.

»Nun mach schon.« Rowleys Lippen bewegten sich kaum. »Ich steig nämlich gleich aus.« Als ob sie beide eine Vergnügungsfahrt machten und ihm gerade eingefallen wäre, dass die nächste Anlegestelle für ihn günstiger war.

»Nein.« Sie schlang die Arme um ihn.

»Lass mich«, sagte er, »ich *muss* Henry finden. Ihn warnen.«

»Nein.« In diesem Schneesturm würde keiner keinen finden. Er würde sterben. Im Sumpfland erzählte man sich Geschichten über diese Art von Sturm, von arglosen Kleinbauern, die sich hinausgewagt hatten, um ihre Hühner einzusperren oder eine Kuh hereinzuholen, und dann nicht mehr zurückfanden durch ein eisig wirbelndes Weiß, das ihnen die Sicht und den Orientierungssinn raubte, so dass sie nur wenige Schritte vor ihrer eigenen Haustür steif und tot endeten. »Nein«, wiederholte sie.

»*Schneid den verdammten Strick durch.*«

Der Soldat im Bug bewegte sich und murmelte: »Was macht ihr da?«

Sie warteten, bis er sich wieder beruhigt hatte.

»Willst du, dass ich mit gefesselten Händen verschwinde?«, hauchte Rowley.

Herrgott, wie sie ihn hasste. Und Henry Plantagenet hasste. Der König, immerzu der König, und wenn es mein Leben kostet, deines, das unseres Kindes, alles Glück.
Sie griff in ihre Tasche, umklammerte das Messer und erwog einen Moment lang ernsthaft, es ihm ins Bein zu stoßen. Dann könnte er nicht im Kreis herumirren und als Eishaufen auf irgendeinem Feld enden.
»Ich hasse dich«, sagte sie zu ihm. Tränen gefroren an ihren Wimpern.
»Ich weiß. Schneid den verdammten Strick durch.«
Sie schob die rechte Hand mit dem Messer weiter um ihn herum, beobachtete dabei den Mann im Bug, fragte sich, warum sie ihn nicht warnte, damit er Rowley festhielt …
Sie konnte nicht; sie wusste nicht, welches Schicksal Eleanor ihrem Gefangenen zugedacht hatte oder was, selbst wenn sie nichts Arges im Schilde führte, Eynsham oder Schwyz mit ihm machen würden.
Ihre Finger fanden seine Hände und tasteten sich zu dem Strick an den Handgelenken. Sie begann zu schneiden, vorsichtig – das Messer war so scharf, dass sie ihm mit einer falschen Bewegung die Schlagader öffnen könnte.
Ein Strang war durchtrennt, und wieder einer. Während sie arbeitete, zischte sie gehässig. »Deine Buhlin bin ich, ja? Für die du keine Verwendung hast, ja? Ich hoffe, du schmorst in der Hölle – und Henry gleich mit.«
Der letzte Strang fiel, und sie fühlte, wie er die Hände bewegte, um das Blut wieder in Gang zu bringen.
Er wandte den Kopf, damit er sie küssen konnte. Sein Kinn strich über ihre Wange.
»Überhaupt keine Verwendung«, sagte er. »Außer dass du die Sonne aufgehen lässt.«
Und dann war er fort.

Jacques übernahm die Führung. Adelia hörte, wie er ein Schluchzen in seine Stimme legte, als er dem wütenden Cross erklärte, der Bischof sei bei dem Zusammenstoß mit dem Ufer über Bord gefallen.

Sie hörte den Söldner erwidern. »Dann ist er hin.«

Jacques brach in lautes Gejammer aus, nahm aber gleichzeitig Wächter von Adelias Schoß, zog sie herüber, so dass sie nun zwischen ihm und Walt saß und die schlafende Dakers an ihrem Rücken lehnte, und schob dann den Hund wieder unter ihren Umhang.

Sie nahm die Veränderung kaum wahr. *Außer dass du die Sonne aufgehen lässt.*

Dem werd ich die Sonne aufgehen lassen, wenn ich ihn wiedersehe.

Ich bring ihn um. Gütiger Gott, beschütze ihn.

Es hörte auf zu schneien, und die tiefen Schneewolken trieben gen Westen davon. Als die Sonne hervorkam, rollte Cross in der Hoffnung, ein wenig Wärme abzubekommen, das Segel zurück.

Auch das registrierte Adelia kaum, bis Walt sie anstieß. »Was is 'n mit dem los, Mistress?«

Sie hob den Kopf. Die beiden Söldner saßen ihr gegenüber auf der vorderen Ruderbank. Derjenige, der Cross genannt wurde, versuchte seinen Gefährten zu wecken. »Komm schon, Giorgio, hoch mit dir. War doch nicht deine Schuld, dass wir diesen dämlichen Bischof verloren haben. Nun komm schon.«

»Er ist tot«, erklärte Adelia. Die Stiefel des Mannes steckten fest im gefrorenen Bilgewasser. Ein weiterer Erfrorener unter den vielen anderen dieser Nacht.

»Das kann nicht sein. Das *kann* nicht sein. Ich hab ihn doch warm gehalten, na ja, so gut ich konnte.« Cross' übellauniges Gesicht war schmerzverzerrt.

O Gott, der Tod dieses Mannes geht ihm nahe. Und er sollte mir auch nahegehen, dachte Adelia.
Um den Schein zu wahren, streckte sie die Hand aus und legte sie an den Hals des Mannes, wo sein Puls sein müsste. Er war totenstarr. Sie schüttelte den Kopf. Der Mann war erheblich älter gewesen als sein Freund.
Jacques und Walt fielen auf die Knie. Sie ergriff die Hand des lebenden Soldaten. »Es tut mir leid, Master Cross.« Sie sprach die Schlussworte. »Möge Gott seiner Seele gnädig sein.«
»Er hat doch bloß hier gesessen und sich warm gehalten, hab ich gedacht.«
»Ich weiß. Ihr habt für ihn getan, was Ihr konntet.«
»Wieso seid ihr dann nicht alle tot?« Sein Zorn kehrte zurück. »Ihr habt doch genauso dagesessen wie er.«
Es war unnötig, ihm zu erklären, dass sie Wasser geschöpft und sich daher bewegt hatten, genau wie Cross selbst, der zwar dem Wind ausgesetzt gewesen war, aber doch immer in Bewegung, um Zusammenstöße zu verhindern. Und der arme Giorgio hatte allein gesessen, ohne menschliche Wärme neben sich.
»Es tut mir leid«, sagte sie erneut. »Er war alt und hat die Kälte nicht verkraftet.«
Cross sagte: »Von ihm hab ich das Soldatenhandwerk gelernt, er hat's mir beigebracht. Wir haben drei Feldzüge gemeinsam überstanden. Er war Sizilianer.«
»Ich bin auch aus Sizilien.«
»Oh.«
»Bewegt ihn nicht«, sagte sie beschwörend.
Cross versuchte, den Toten anzuheben, um ihn ausgestreckt neben die Ruderbank zu legen. Doch wie bei Rosamund würde auch hier die Starre anhalten, bis der Körper ins Warme kam – wofür diese Sonne nicht ausreichte –, und der Anblick, wie er auf dem Rücken lag und Hände und Füße in die Luft ragten

wie bei einem Hund, wäre für seinen Freund bestimmt schwer erträglich.
Walt sagte: »Gott sei Dank, ich glaub, da vorn is Godstow.«
Allie.
Sie bemerkte die diamantharte Landschaft, die sie umgab und so grell glitzerte, dass sie die Augen abschirmen musste, um sich umzuschauen. Bäume waren umgestürzt, die Wurzeln wie gespenstische, verzweifelte, dürre Finger, die flehend erstarrt waren. Ansonsten schien alles von dem monströsen Gewicht des Schnees abgeflacht worden zu sein, denn Bodensenken waren nur noch flache Mulden zwischen sanften Erhöhungen. Schnurgerade Rauchfäden, die in einen kornblumenblauen Himmel hinaufstiegen, verrieten ihnen, dass die vereinzelten Buckel am Hang über dem Ufer halb eingeschneite Häuser waren.
In der Ferne war eine kleine geduckte Brücke zu sehen, weiß wie Marmor.
In einem anderen Jahrhundert hatte sie einmal mit Rowley nachts dort gestanden. Dahinter – sie musste die Augen zu kleinen Schlitzen zusammenpressen, um es zu sehen – waren viele Rauchfäden, und dort, wo die Brücke endete, ein Wald und etwas, das aussah, wie ein Tor.
Sie waren gegenüber dem Dorf Wolvercote. Dort hinten lag, obwohl sie sie nicht sehen konnte, die Abtei Godstow. Wo Allie war.
Adelia stand auf, rutschte aus und brachte das Boot ins Schwanken, als sie hastig versuchte, wieder hochzukommen. »Bringt uns ans Land«, sagte sie zu Cross, doch er schien sie gar nicht zu hören.
Walt und Jacques zogen sie runter.
Der Bote sagte: »Nicht gut, Mistress, selbst wenn …«
»Seht Euch das Ufer an, Mistress«, forderte Walt sie auf.

Sie schaute hinüber – eine kleine Klippe, wo flache Weiden sein sollten. Dahinter ragten Gebilde auf, die aussahen wie riesige gefrorene Büsche, doch in Wahrheit handelte es sich um das Geäst hoher Eichen, die verloren in – wie Adelia schätzte – mindestens fünfzehn Fuß hohen Schneewehen standen.

»Da kämen wir niemals durch«, sagte Jacques jetzt.

Sie flehte, bettelte und wusste doch, dass er recht hatte. Vielleicht würden die Dorfbewohner, wenn sie sich ausgegraben hatten, Tunnel durch den Schnee schaufeln, um den Fluss zu erreichen, doch bis dahin, oder bis Tauwetter einsetzte, war sie vom Kloster ebenso abgeschnitten, als läge ein ganzes Gebirge davor. Sie würde in diesem Boot sitzen bleiben müssen und an Allie vorbeifahren, und nur Gott allein wusste, wann oder *ob* sie je wieder zu ihr zurückkehren konnte.

Inzwischen hatten sie das Dorf passiert und schon fast die Brücke über den Nebenfluss erreicht, der die Mühle antrieb. Die Themse verbreiterte sich hier und würde in einem langgestreckten Bogen um die Weiden der Abtei herumführen.

Und plötzlich geschah irgendwas mit ihr …

Die Barkasse war langsamer geworden. Wegen ihrer hohen Seitenwände war nicht zu sehen, was da an Bord geschah, doch es war spürbar Hektik ausgebrochen, und heftiges Fluchen war zu vernehmen.

»Was ist denn los?«

Walt nahm einen Schöpfeimer, tauchte ihn in den Fluss, hielt ihn hoch und rührte mit einem Finger darin. »Seht euch das an.«

Sie sahen es sich an. Das Wasser in dem Eimer war grau und körnig, als hätte jemand Salz hineingeschüttet. »Was ist das?«

»Eis«, sagte Walt leise. »Das is Eis.« Er schaute sich um. »Muss ziemlich flach hier sein. Das is Eis, jawohl. Der Fluss friert zu.«

Adelia starrte darauf, dann auf Walt, dann auf den Fluss. Sie setzte sich unvermittelt auf und dankte für ein beinahe biblisches Wunder; Flüssiges wurde fest, ein Element verwandelte sich in ein anderes. Jetzt würden sie anhalten müssen. Sie könnten ans Ufer gehen, und da sie so viele waren, könnten sie sich ihren Weg bis zum Kloster freischaufeln.

Sie blickte nach hinten zu den anderen Booten.

Es waren keine zu sehen. Soweit das Auge reichte, war der Fluss leer, und seine graue Färbung wurde immer blauer, je weiter er sich in einer gleißenden, stillen Ferne verlor.

Sie blinzelte und hielt nach dem Kontingent Ausschau, das sie über den Treidelpfad hätte begleiten sollen.

Aber da war kein Treidelpfad, natürlich nicht. Dort, wo er mal gewesen war, erhob sich jetzt eine wellige ununterbrochene Schneewand, an manchen Stellen doppelt mannshoch, der Rand von Wind und Wasser glattgeschliffen, als hätte ein riesenhafter Konditor mit einem Messer alle vorstehenden Zuckergussränder von einer Torte abgeschnitten.

Adelia wollte nur noch zu ihrer Tochter, und einen kurzen Moment lang dachte sie: Egal, wir sind immer noch genug, um einen Weg zu graben …

Und dann: »Allmächtiger, wo sind sie?«, sagte sie. »Wo sind all die Menschen?«

Die Sonne schien weiter herrlich, ungerecht, erbarmungslos auf einen leeren Fluss, auf dem vielleicht weiter oben Männer und Frauen so reglos in ihren Booten saßen wie Giorgio in diesem, wo vielleicht Leichen in glitzerndem Wasser trieben.

Und was war mit den Reitern? Wo waren sie, Gott helfe ihnen? Wo war Rowley?

Die Stille, die ihre Fragen beantwortete, war fürchterlich, weil sie die einzige Antwort war. Sie fing das Fluchen und angestrengte Ächzen, das von der Barkasse herüberdrang, wie

unter einer Glasglocke ein und ließ es in einer lautlosen Luft widerhallen.
Die Männer auf der Barkasse mühten sich ab, stießen Stakstangen in das flache, immer dicker werdende Wasser, bis sie auf dem Grund auf Widerstand trafen und das Boot ein Stück weiterschieben konnten, und noch ein Stück …
Nach einer Weile füllte sich die Glasglocke mit Geräuschen wie von einer knallenden Peitsche – sie stießen gegen Eisplatten und mussten hindurchbrechen.
Sie schoben sich unendlich langsam an der Stelle vorbei, wo der Fluss sich teilte und ein Arm Richtung Mühle und Brücke abzweigte. Vom Mühlgraben drang kein Laut herüber, und ein kleiner Wasserfall hing da in glänzender Reglosigkeit.
Und, Allmächtiger, steh uns bei, in dieser verwandelten Welt hatte irgendwer die Brücke als Galgen benutzt. Zwei schimmernde verrenkte Gestalten hingen dort mit einem Strick um den Hals. Als Adelia aufschaute, blickte sie in zwei tote Gesichter, die verwundert schräg zu ihr herabstarrten, sah zwei Paar gestreckte Füße, als wären ihre Besitzer mitten in einem anmutigen kleinen Tanzsprung gefroren.
Niemand sonst schien davon Notiz zu nehmen oder sich dafür zu interessieren. Walt und Jacques benutzten die Ruder, um das Boot weiterzustaken, damit es die Barkasse nicht noch zusätzlich verlangsamte. Dakers saß jetzt neben ihr, die Kapuze übers Gesicht gezogen. Irgendwer hatte das Segel um sie beide gelegt, um sie warm zu halten.
Sie schoben sich an der Brücke vorbei und kamen zu einer breiteren Flussbiegung, wo die Themse an einer der Weiden von Godstow entlangfloss – und die war erstaunlicherweise noch als Weide zu erkennen. Ein launischer Wind hatte sie von Schnee freigefegt, so dass eine weite Fläche aus überfrorenem Gras und Erde die einzige Farbe in eine weiße Welt brachte.

Und hier blieb die Barkasse stehen, weil das Eis zu dick geworden war, um noch weiter voranzukommen. Egal, *egal* – denn vom Kloster aus führte eine Narbe den Hang hinunter zum Ufer, wo mit Schaufeln bewaffnete Männer riefen und winkten, und in den beiden Booten riefen und winkten alle zurück, als wären die anderen diejenigen, die von der Außenwelt abgeschnitten waren und nun ein rettendes Segel erspäht hatten, das sich ihnen näherte …

Erst jetzt merkte Adelia, dass sie die Nacht nur mit geborgter Kraft überstanden hatte, die ihrem Körper jetzt so rasch entzogen wurde, dass sie plötzlich der schläfrigen Mattigkeit nahe war, die mit dem Tod kommt. Es war verdammt knapp gewesen.

Sie mussten aus den Booten aufs Eis steigen und darüberlaufen, um festen Boden zu erreichen. Wächters Pfoten rutschten weg, er fiel hin und schlitterte ein Stück, ehe er knurrend wieder auf die Beine kam. Ein Arm legte sich stützend um Adelias Taille, und als sie aufsah, blickte sie in Mansurs Gesicht. »Allah ist barmherzig«, sagte er.

»Irgendjemand ganz bestimmt«, sagte sie. »Ich hatte solche Angst um dich. Mansur, wir haben Rowley verloren.«

Er trug sie halb, während sie neben ihm über das Eis und dann über das platt gedrückte Gras der Weide stolperte.

In der kleinen Menschenmenge weiter vorn erblickte sie Eleanors kerzengerade Gestalt, ehe sie in dem Tunnel verschwand, der zur Klostertür führte, ein steiler schmaler Pfad, mit doppelt mannshohen Schneewänden auf beiden Seiten. Er war für Rosamunds Sarg gegraben worden; stattdessen wurde jetzt eine Art Sänfte hindurchgetragen, die aus Rudern und Segeltuch bestand, unter der die gekrümmte Leiche eines Söldners lag.

Aber trotzdem ein wunderschöner Tunnel. Denn an seinem

Ende stand eine ältere Frau, deren bemühte Gelassenheit ihre Erleichterung verriet. »Ihr habt euch aber Zeit gelassen.«
Als Adelia ihr stammelnd in die Arme fiel, sagte Gyltha: »Natürlich geht's ihr gut. Gesund und munter wie eine Hummel. Meinst du, ich kann nich auf sie aufpassen? Menschenskind, Mädchen, du warst doch bloß einen Tag weg.«

Kapitel acht

Falls die Vorstellung, die rund vierzig erschöpften, durchnässten, halb erfrorenen Männer, Frauen und Hunde, die da durch ihr Tor getaumelt kamen, zu verpflegen und unterzubringen, bei ihr Missmut auslöste, so ließ sie es sich nicht anmerken, obgleich sie bestimmt noch missmutiger wurde, als sie unter den Ankömmlingen die Königin von England und den Abt von Eynsham entdeckte, beide keine Freunde von Godstow, von der Söldnertruppe ganz zu schweigen.

Sie kam gar nicht auf den Gedanken, dass sie eine Besatzungsmacht begrüßte.

Sie ließ ihren Gästen heiße Milch mit Rum bringen. Sie räumte ihr Haus für Königin Eleanor und deren Zofen, brachte den Abt und Montignard samt Dienern und den Dienern der Königin im Gästehaus der Männer unter und quartierte Schwyz beim Torwächter ein. Sie ließ die Hunde und Falken der Königin in die Zwinger und Käfige der Abtei bringen, verteilte die restlichen Söldner möglichst weit auseinander, indem der eine beim Schmied, der andere in der Bäckerei und die übrigen bei alleinstehenden – und alten – Laienbrüdern Quartier erhielten, deren Häuser im Innern der Klostermauern ein eigenes kleines Dorf bildeten.

»So sind sie alle hübsch aufgeteilt, und keiner von denen in der Nähe von irgendwelchen Frauen«, sagte Gyltha anerkennend. »Ganz schön durchtrieben, diese Ma Edyve.«

Gyltha war es gewesen, die der Äbtissin von den Ereignissen in

Wormhold berichtet hatte. Adelia war zu müde dazu und fühlte sich außerdem nicht in der Verfassung, ihr von Rowleys Tod zu erzählen.

»Sie glaubt nich dran«, sagte Gyltha bei ihrer Rückkehr. »Genauso wenig wie ich. So, und jetzt kümmer ich mich erst mal um euch beide.«

Mansur mochte es nicht, wenn er umsorgt wurde, und beteuerte immerzu, dass es ihm gutgehe, doch anders als Adelia, Jacques und Walt war er, als er die Barkasse stakte, der Kälte im Freien ausgesetzt gewesen, und sie und Gyltha waren beunruhigt.

»Sieh dir an, was du mit deinen Händen gemacht hast, du großer Tölpel«, sagte Gyltha, deren Sorge sich stets in Form von Ärger äußerte. Mansurs Hände bluteten an den Stellen, wo das Holz der Stakstange erst seine Handschuhe und dann seine Haut durchgescheuert hatte.

Adelia hatte eher Angst um seine Finger, die da, wo sie aus den kaputten Handschuhen geragt hatten, weiß und glänzend waren. »Erfrierung.«

»Sie bereiten mir keine Schmerzen«, sagte Mansur stoisch.

»Werden sie aber bald«, versprach Adelia.

Gyltha lief zu Mansurs Unterkunft, um ihm trockene Kleidung zu holen, und brachte einen Eimer warmes Wasser aus der Küche mit, in das sie die Hände ihres Geliebten tauchen wollte, doch Adelia bremste sie. »Warte, bis es etwas abgekühlt ist.«

Sie hielt Gyltha auch davon ab, das Kohlenbecken näher an ihn heranzuziehen. Ihr Vater hatte Frostbeulen und Erfrierungen genauer untersucht, nachdem er diese Erscheinung in den Alpen beobachtet hatte, wo sie jedes Jahr einige Wochen verbrachten – einmal hatte er sogar allein wegen seiner Studien einen ganzen Winter dort überstanden –, und er war zu dem Schluss gelangt, dass das Erwärmen der befallenen Körperpartien ganz allmählich zu erfolgen hatte.

Die kleine Allie, der das Vergnügen, sich am Kohlenbecken zu verbrennen, stets versagt blieb – es stand in einem Schutzgitter –, unternahm den Versuch, sich den Eimer über den Kopf zu stülpen. Adelia hätte das daraus resultierende Gerangel zwischen Gyltha und diesem ungewöhnlichen Kind sicherlich genossen, wenn ihr selbst die Zehen nicht schrecklich wehgetan hätten, da das Blut anfing, in steif gefrorene Muskeln zurückzuströmen.

Sie dachte darüber nach, ob sie sich und Mansur mit einem schmerzlindernden Sud aus Weidenrinde behandeln sollte, und verwarf den Gedanken dann wieder. Sie waren beide Stoiker, und da ihre Zehen und Finger rot wurden, ohne Blasen zu werfen, konnten die Erfrierungen nicht allzu schlimm sein. Sie sollte die Arznei besser für diejenigen aufheben, die es schlimmer erwischt hatte.

Sie kroch ins Bett, um behaglicher zu leiden. Wächter folgte ihr mit einem Satz, und sie hatte weder die Kraft noch den Willen, ihn wegzuscheuchen. Der Hund hatte auf dem Boot seine Körperwärme mit ihr geteilt; was waren da schon ein paar Flöhe, wenn sie jetzt ihre mit ihm teilte?

»Was habt ihr mit Dakers gemacht?«, fragte sie.

»Ach die.« Gyltha war nicht angetan gewesen von diesem Skelett auf zwei Beinen, das Adelia durch das Klostertor gezerrt hatte, ohne überhaupt zu merken, *dass* sie es zerrte, doch sie hatte erkannt, eben *weil* Adelia sich mit diesem Geschöpf abplagte, dass es möglichst am Leben erhalten werden sollte. »Ich hab sie Schwester Havis übergeben, und die hat sie an Schwester Jennet im Klosterspital übergeben. Sie wird versorgt, das hässliche Ding.«

»Gut gemacht.« Adelia schloss die Augen.

»Willst du denn nich wissen, wer hier alles aufgetaucht is, als ihr weg wart?«

»Nein.«

Als sie aufwachte, war es Nachmittag. Mansur war ins Gästehaus der Männer gegangen, um sich auszuruhen. Gyltha saß neben dem Bett und strickte – eine Fertigkeit, die sie während ihrer Zeit als Aalhändlerin bei ihren skandinavischen Kundinnen abgeguckt hatte.

Adelias Augen ruhten auf Allies rundlicher kleiner Gestalt, die sich auf dem Allerwertesten über den Boden schob, den Hund jagte und Grimassen schnitt, um den einsamen kleinen Zahn zu zeigen, der in ihrem Unterkiefer zum Vorschein gekommen war, nachdem ihre Mutter sie das letzte Mal gesehen hatte.

»Ich schwöre, ich lass dich nie wieder allein«, versprach sie ihr.

Gyltha schnaubte. »Wie oft soll ich dir noch sagen, es war bloß ein Tag und eine Nacht.«

Doch Adelia wusste, dass die Trennung länger gewesen war. »Fast wäre es für immer gewesen«, sagte sie und fügte schmerzerfüllt hinzu: »Für Rowley ist es das.«

Gyltha war da anderer Meinung. »Der kommt wieder, putzmunter und quicklebendig. Von so ein bisschen Schnee lässt sich dieser Bursche nich unterkriegen.« Für Gyltha würde der Hochwürdige Bischof von St. Albans immer nur »dieser Bursche« sein.

»Von mir aus kann er wegbleiben«, sagte Adelia. Sie klammerte sich an ihren Groll auf ihn wie an ein Rettungsfloß, um nicht in Trauer unterzugehen. »Ihm war alles egal, Gyltha, sein Leben, Allies, meines.«

Außer dass du die Sonne aufgehen lässt.

»Ist ja auch kein Wunder. Er will einen Krieg verhindern, der mehr Leben kosten würde als bloß deins. Das ist Gottes Werk, jawohl, und deshalb wird der Herr auch auf ihn aufpassen.«

Auch Adelia klammerte sich an diese Hoffnung, aber sie war zutiefst verängstigt. »Ist mir egal. Wenn es Gottes Werk ist, dann soll er es gefälligst selbst erledigen. Wir verschwinden hier. Sobald das Wetter es zulässt, verdrücken wir uns ins Sumpfland.«

»Ach ja?«, sagte Gyltha.

»Komm mir nicht so. Ich mein's ernst.« In den Sümpfen war ihr Leben angenehm, geregelt, nützlich gewesen. Sie war dort weggeholt worden, war körperlichen und seelischen Qualen ausgesetzt und dann damit allein gelassen worden, und zwar durch den Mann, *auf dessen Bitte hin* sie sich überhaupt erst auf das alles eingelassen hatte. Und zu allem Übel hatte er in ihr wieder ein Gefühl geweckt, das sie längst tot geglaubt hatte, tot gewünscht hatte.

Außer dass du die Sonne aufgehen lässt.

Verflucht soll er sein, denk nicht dran.

Mit wachsendem Zorn sagte sie: »Es geht sowieso nur um hohe Politik. Das steckt hinter Rosamunds Tod, wie ich das sehe – ein Mord, der mit Königinnen und Königen und politischem Kalkül zu tun hat. Das übersteigt meine Fähigkeiten. Waren es die Pilze? Ja, vermutlich. Weiß ich, wer sie geschickt hat? Nein, tu ich nicht, Schluss, Ende, aus. Ich bin Ärztin, ich lass mich nicht in ihre Kriege mit hineinziehen. Meine Güte, Gyltha, Eleanor hat mich entführt, *mich entführt* – um ein Haar wäre ich bei ihrem verdammten Heer gelandet.«

»Hättest ihr vielleicht nich das Leben retten sollen.«

»Was hätte ich denn tun sollen? Dakers wollte mit einem Messer auf sie los.«

»Willst du wirklich nich wissen, wer sonst noch alles hier aufgetaucht is?«

»Nein. Ich will nur wissen, ob uns irgendwer am Aufbruch hindern wird.«

Doch allem Anschein nach waren alle Reisenden, selbst Eleanor, bei ihrer Ankunft im Kloster praktisch zusammengebro-

chen, und so hatte niemand einen Gedanken an die Frau verschwendet, die der Königin das Leben gerettet hatte – und auch nicht an die Frau, die es ihr fast genommen hätte.
Vielleicht, so dachte Adelia, hatte die Königin Dakers und sie ja völlig vergessen und würde, sobald die Straßen wieder passierbar waren, ihren Weg nach Oxford fortsetzen, ohne sich weiter um sie beide zu kümmern. Sie selbst würde sich dann schleunigst mit Gyltha, Mansur und Allie davonmachen und sich auch nicht mehr um Dakers und deren böse Pläne scheren.
Gyltha ging das Essen aus der Küche holen.
Adelia beugte sich vom Bett herab, hob ihre Tochter hoch, drückte die Nase gegen den weichen Samt ihrer Wange und setzte sie sich auf die Knie, so dass sie einander ansahen.
»Wir gehen nach Hause, nicht, Mistress? Jawohl, das tun wir. Wir lassen uns nicht in ihre blöden Kriege verwickeln, nicht? Nein, auf keinen Fall. Wir gehen weit weg, wir fahren zurück nach Salerno, uns ist egal, was der fiese alte König Henry sagt, nicht wahr? Irgendwie kriegen wir das Geld schon zusammen. Zieh nicht so ein Gesicht …« Denn Allie hatte die Unterlippe vorgeschoben und zeigte ihren neuen Zahn mit einer Miene, die irgendwie an das Kamel in der Menagerie von Salerno erinnerte. »Salerno wird dir gefallen, da ist es warm. Wir werden mit Mansur und Gyltha und Ulf reden, jawohl, das machen wir. Dir fehlt Ulf, nicht? Mir auch.«
Bei einer Ermittlung wie dieser – *wenn* sie sie weiterverfolgt hätte – wäre Gylthas Enkel ihr Auge und Ohr gewesen, weil er sich unbemerkt überall herumtreiben konnte, wie das nur einem elfjährigen Bengel möglich war, und weil sich hinter seinem nicht gerade ansehnlichen Gesicht ein ungemein gescheiter Verstand verbarg.
Dennoch, Adelia dankte Gott, dass zumindest Ulf außer Gefahr

war. Aber sie ertappte sich bei der Frage, was der Junge wohl zur Lage gesagt hätte …
Allie fing an zu zappeln, wollte weiter Jagd auf Wächter machen, also setzte Adelia sie geistesabwesend wieder auf den Boden und lauschte auf die unnachgiebige kleine Stimme in ihrem Kopf, die wie eine hartnäckige Krähe Fragen stellte.
Zwei Morde, nicht? Rosamund und der Kerl auf der Brücke. Hängen die nicht vielleicht zusammen?
»Ich weiß nicht. Ist auch egal«, sagte sie laut zu sich selbst.
Würde davon abhängen, wer hier auftaucht, würd ich sagen. Irgendwer muss doch herkommen und rausfinden wollen, wieso es kein großes Hallo um den Toten auf der Brücke gegeben hat, was? Wer das gemacht hat, wollte, dass er tot ist und dass es ein Mordsgeschrei drum gibt, stimmt doch, oder?
»Davon bin ich ausgegangen. Aber es war keine Zeit, der Schnee wird den- oder diejenigen aufgehalten haben.«
Es ist aber wer gekommen.
»Interessiert mich nicht. Ich will nach Hause, ich hab Angst.«
Und den armen Kerl willste einfach im Eishaus lassen, ja? Sehr gottesfürchtig, muss ich schon sagen.
»Ach, sei still.«
Adelia legte Wert auf Ordnung. In gewisser Weise ging es auch in ihrem Beruf darum – denn eines konnte man den Toten zumindest zugute halten: Sie trafen keine unvorhergesehenen Entscheidungen und bedrohten dich auch nicht mit dem Messer. Machtlos zu sein und anderen ausgeliefert – vor allem wenn diese Böses im Schilde führten –, wie Adelia es in Wormhold und auf dem Fluss gewesen war, hatte sie zutiefst verunsichert.
Das Kloster umschloss sie. Der lange, niedrige, schlichte Raum kündete von wohltuender Harmonie. Es war jetzt dunkel draußen, und die Glut im Kohlenbecken erzeugte bei jedem De-

ckenbalken einen Schatten, malte ein angenehm gleichmäßiges Muster aus dunklen und weniger dunklen Bahnen auf den weißen Putz. Obgleich gedämpft durch die Wolle, die Gyltha zum Schutz gegen die Kälte in die Ritzen der Fensterläden gestopft hatte, vermittelten die fernen Stimmen der Nonnen, die die Vesper sangen, die Beruhigung von tausend Jahren disziplinierter Gleichförmigkeit.

Und all das war trügerisch, weil hier im Eishaus eine Leiche lag und sieben Meilen entfernt eine tote Frau an einem Schreibtisch saß. Beide warteten sie auf … ja, auf was?

Aufklärung.

Adelia flehte die Toten an: Ich kann sie euch nicht geben, ich fürchte mich, ich will nach Hause.

Aber bruchstückhafte, beinah vergessene Bilder drängten sich ihr unaufhörlich in den Sinn: Fußspuren im Schnee auf der Brücke, ein zerknitterter Brief in einer Sattelrolle, andere Briefe, abgeschriebene Briefe, Berthas schweinsähnliche Nase, die einen Geruch erschnüffelt …

Gyltha kam zurück und brachte eine große Schüssel Eintopf mit Hammelfleisch und ein paar Löffel mit; sie hatte ein Brot unter einem Arm und unter dem anderen eine Lederflasche Ale. Sie goss etwas Eintopf in Allies Schälchen und begann, ihn zu einem Brei zu zermatschen. Die Fleischstücke zerkaute sie mit ihren großen, starken Zähnen, bis auch sie nur noch Matsch waren, und gab sie dann zurück ins Schälchen. »Weiße Rüben und Gerste«, sagte sie. »Eins muss ich den Schwestern lassen, die machen ein anständiges Abendessen. Und heute Morgen gab's gute warme Milch von der Kuh mit ein bisschen Porridge für die Kleine.«

Da die Erwähnung eines der Probleme des Klosters der Situation irgendwie mehr Realität gab, fragte Adelia widerwillig: »Ist Bertha noch immer im Kuhstall?«

»Kommt einfach nich raus, das arme Ding. Will die alte Dakers sie immer noch abmurksen?«

»Nein, ich glaub nicht.«

Allie zu füttern, die beherzte Anstrengungen unternahm, sich selbst zu füttern, bedurfte einer Konzentration, die keinen anderen Gedanken mehr zuließ.

Als sie die letzten Essensreste aus Allies und ihren eigenen Haaren geklaubt hatten, wurde das Kind ins Bett gelegt, und die beiden Frauen aßen ihr Nachtmahl schweigend, die Füße nah zum Kohlenbecken gestreckt, während die Flasche Ale zwischen ihnen hin und her wanderte.

Wohlig warm und mit abklingenden Schmerzen dachte Adelia, dass die hagere alte Frau auf dem Hocker ihr gegenüber die einzige Sicherheit war, die es derzeit in ihrer Welt gab. Es verging kein Tag ohne den Gedanken daran, wie viel Dankbarkeit sie Prior Geoffrey dafür schuldete, dass er sie miteinander bekannt gemacht hatte, doch auch kein Tag ohne die jähe Angst, Gyltha könnte sie verlassen, oder ohne dass sie sich verwundert die Frage stellte, warum sie blieb.

Adelia sagte: »Gyltha, macht es dir was aus, hier zu sein?«

»Geht nich anders, Mädchen. Wir sind eingeschneit. Schneit schon wieder, wenn du's gemerkt hast. Der Weg runter zum Fluss is schon wieder dicht.«

»Ich meine, quer durchs Land zu reiten, um hierherzukommen, weit weg von daheim, Mord … das alles. Du beklagst dich nie.«

Gyltha pulte eine Faser Hammelfleisch zwischen den Zähnen hervor, betrachtete sie und schob sie sich wieder in den Mund. »So krieg ich auch mal was zu sehen, denk ich«, sagte sie.

Vielleicht war es das. Frauen mussten meist da bleiben, wo sie waren, in Gylthas Fall das Sumpfland von Cambridgeshire, eine Gegend, die Adelia zwar ungemein exotisch fand, die aber ohne jeden Zweifel flach wie ein Brett war. Wieso sollte Gylthas

Herz nicht wie das eines Kreuzfahrers für Abenteuer in der Fremde entflammen? Oder sich ebenso sehr – wie es Rowley ergangen war – danach sehnen, den Frieden Gottes in ihrem Land bewahrt zu sehen? Oder trotz aller Gefahren dafür sorgen wollen, dass Gottes Gerechtigkeit denjenigen widerfuhr, die ein Menschenleben genommen hatten?

Adelia sah sie kopfschüttelnd an. »Was würde ich nur ohne dich tun?«

Gyltha goss den Rest Eintopf aus Adelias Schale in ihre eigene und stellte sie für Wächter auf den Boden. »Vor allem hättste keine Zeit, rauszufinden, wer den armen jungen Burschen erledigt hat oder warum Rosamund dran glauben musste.«

»Oh«, seufzte Adelia, »na schön, lass hören.«

»Was willst du hören?« Aber Gyltha grinste zufrieden.

»Das weißt du ganz genau. Wer ist hier aufgetaucht? Wer hat Fragen nach dem Jungen im Eishaus gestellt? Jemand wollte, dass er gefunden wird, und ich wette, dieser Jemand wird sich umhören, warum das nicht geschehen ist. Wer ist es?«

Es war mehr als einer. In Adelias Abwesenheit waren vier Menschen in Godstow eingetroffen, als hätte der Schnee sie vor sich hergeweht, um sie hier einzusperren.

»Master und Mistress Bloat aus Abingdon. Das sind die Ma und der Pa von dieser jungen Emma, die du so magst. Wollen bei ihrer Hochzeit dabei sein.«

»Wie sind sie?«

»Dick.« Gyltha hob die Arme, als wollte sie einen mächtigen Baumstamm umfassen. »Dicke Bäuche, große Worte, laute Stimmen. Er hat hier rumgetönt, dass er mehr Wein von irgendwo im Ausland mit Schiffen herbringen lässt als sonst wer und auch mehr verkauft als sonst wer – noch dazu günstiger als sonst wer, glaub ich. Ein Fettwanst auf hohem Ross, so einer is das.«

Adelia schloss daraus, dass Master Bloat sich einer gesellschaftlichen Stellung erfreute, in die er nicht hineingeboren worden war. »Und seine Frau?«

Statt einer Antwort verzog Gyltha den Mund zu einem völlig affektierten Lächeln, griff nach der Aleflasche und spreizte demonstrativ den kleinen Finger ab, während sie so tat, als nähme sie einen Schluck. Die Bloats hatten Gyltha missfallen.

»Als mörderisches Ehepaar aber ziemlich unwahrscheinlich«, sagte Adelia. »Wer noch?«

»Ihr zukünftiger Schwiegersohn.«

Auch er hatte einen triftigen Grund, nach Godstow zu kommen. »Aaaah.«

Der schöne, galante Gedichteschreiber war also erschienen, um seine Braut zum Altar zu führen. Wie schön für dieses fröhliche bezaubernde Mädchen, wie schön, dass die winterliche Dunkelheit zumindest für eine Weile durch Liebe erhellt werden würde.

»Wie ist er hergekommen?«

Gyltha zuckte die Achseln. »Direkt aus Oxford, kurz bevor der Schneesturm losging, genau wie die anderen. Anscheinend is er der Grundherr da drüben auf der anderen Seite von der Brücke, obwohl er nich oft da is. Runtergekommene alte Ruine is das, meint Polly.« Gyltha hatte in der Küche Freundschaften geschlossen. »Sein Pa stand im Krieg auf der Seite von Stephen und hatte flussaufwärts eine Burg, die hat dann aber König Henry abreißen lassen.«

»Sieht er wirklich so edel aus, wie Emma ihn beschreibt?«

Doch Adelia sah, dass auch er einer war, der Gyltha missfiel, aber gründlich. »Edel is, wer edel handelt«, sagte Gyltha. »Älter, als ich gedacht hätte, und er kommandiert die Leute rum wie ein richtiger Lord. War schon mal verheiratet, aber sie is gestorben. Die Bloats lecken ihm die Stiefel dafür, dass er ihr

Mädchen zur Adeligen macht …«, Gyltha beugte sich leicht vor, »… und er die Güte hat, als Mitgift zweihundert Mark in Gold anzunehmen.«
»Zweihundert Mark?« Eine gewaltige Summe.
»Hat Polly gesagt. In Gold.« Gyltha nickte. »Unser Master Bloat is nich gerade knapp bei Kasse.«
»Offensichtlich. Aber immerhin, wenn er gewillt ist, das Glück seiner Tochter zu erkaufen …« Sie stockte. »Ist sie denn glücklich?«
Gyltha zuckte die Achseln. »Hab sie nich gesehen. Sie bleibt bei den Nonnen. Ich hätte ja gedacht, sie kommt angerannt, um diesen Lord Wolvercote zu begrüßen …«
»Wolvercote?«
»So heißt Seine Lordschaft. Passt auch gut, weil er wirklich richtig was von 'nem Wolf an sich hat.«
»Gyltha … Wolvercote, das ist der Mann … der hat ein Heer für die Königin aufgestellt. Er sollte in Oxford sein und da warten, bis Eleanor zu ihm stößt.«
»Tja, is er aber nich, er is hier.«
»Tatsächlich? Aber …« Adelia war fest entschlossen, an den Glanz einer romantischen Liebe zu glauben. »Er scheint mir als Mörder auch nicht wahrscheinlich. Es spricht schließlich für ihn, dass er bereit ist, einen Krieg zu verschieben, weil er es nicht abwarten kann, seine Emma zu heiraten.«
»Er verschiebt ihn«, stellte Gyltha klar, »für seine Emma plus zweihundert Mark. In *Gold.*« Sie beugte sich vor und gestikulierte mit ihrer Stricknadel. »Weißt du, was er als Erstes gemacht hat, als er ins Dorf kam? Er hat ein paar Spitzbuben geschnappt, die sein Gut ausgeraubt haben, und sie im Handumdrehen aufgeknüpft.«
»Die beiden an der Brücke? Ich hab mich schon gefragt, warum sie da hängen.«

»Schwester Havis is sauer. Die hat sich richtig aufgeregt, sagt Polly. Die Brücke gehört nämlich der Abtei, und die Schwestern wollen nich, dass sie mit Leichen vollgehängt wird. ›Ihr nehmt sie sofort wieder ab‹, hat sie Seiner Lordschaft gesagt. Aber der Kerl sagt, es wär *seine* Brücke, und er würd's nich tun. Und er tut's nich.«

»Oje.« So viel zum Traum von romantischer Liebe. »Und wer ist nun der vierte Ankömmling?«

»Advokat. Heißt Warin. Und *der* hat Fragen gestellt. Macht sich große Sorgen um seinen jungen Vetter, wie's scheint. Der wurde zuletzt gesehen, als er flussaufwärts geritten is.«

»Warin, Warin. Er hat den Brief geschrieben, den der Junge bei sich hatte.« Es war, als würde eine Eisbarriere schmelzen, so dass alle Erinnerungen ungehindert auf sie einströmen konnten. *Euer liebnd. Vetter Wlm Warin, Diener des Rechts, der Euch hiermit 2 Mark in Silber als Anzahlung auf Euer Erbe übersendet, dessen Rest Ihr beanspruchen mögt, wenn wir uns sehen.*

Briefe, immer wieder Briefe. Ein Brief in der Sattelrolle. Ein Brief auf Rosamunds Tisch. Verbanden sie die beiden Morde miteinander? Nicht unbedingt. Menschen, die des Schreibens mächtig waren, schrieben nun mal Briefe. Andererseits …

»Wann ist Master Warin hier aufgetaucht und hat nach seinem Vetter gefragt?«

»Gestern am späten Abend, vor dem Schneesturm. Und er is 'ne Heulsuse. Hatte 'nen Heulkrampf vor Angst, sein Vetter könnte vom Schnee überrascht oder wegen seiner Geldbörse überfallen worden sein. Wollte über die Brücke und sich im Dorf erkundigen, aber das ging dann nich mehr, weil alles zugeschneit war.«

Adelia überlegte. »Dann war ihm aber schnell klar, dass der Junge vermisst wird. Schließlich ist Talbot aus Kidlington – er

muss der im Eishaus sein – erst in der Nacht davor getötet worden.«
»Ist das ein Beweis?« In Gylthas Augen lag ein angriffslustiges Glimmen.
»Ich weiß nicht. Wahrscheinlich nicht. Ach gütiger Gott, was ist denn nun wieder?«
In der Nähe hatte die Kirchenglocke begonnen zu läuten, ließ den Krug in seiner Schüssel erbeben und das Bett vibrieren. Allie öffnete den Mund, um zu schreien, und Adelia sprang aus dem Bett, um sie hochzuheben und ihr die Ohren zuzuhalten. »Was ist denn los? Was ist los?« Die Glocke rief nicht zum Gottesdienst.
Gyltha hatte das Ohr an den Fensterladen gedrückt und versuchte, die Rufe von unten zu verstehen. »Alle in die Kirche.«
»Brennt es?«
»Weiß nich. Klingt eher wie ein Ruf, sich zu versammeln.« Gyltha lief zu den Haken, an denen ihre Mäntel hingen. Adelia begann, Allie in ihren Pelz zu wickeln.
Draußen hasteten Menschen von allen Seiten herbei und gesellten sich zu dem lauten Gedränge vor dem Kirchenportal, wo manche stehenblieben, um andere vorzulassen, einander verstört Fragen stellten und keine Antworten erhielten. Sie nahmen den Lärm mit hinein … und verstummten.
Die Kirche war voller Menschen, aber still und größtenteils dunkel. Alles Licht bündelte sich im Altarraum, wo Männer im Chorgestühl saßen, *Männer,* manche von ihnen in Rüstung. Der Bischofsthron war vor den Altar gestellt worden, und Königin Eleanor saß darauf. Sie trug ihre Krone, wirkte aber zwergenhaft in dem riesigen Sessel.
Neben ihr stand ein behelmter Ritter, den Mantel zurückgeworfen, damit das rot-schwarze Wappen mit einem Wolfskopf vorn auf seinem Rock zu sehen war. Eine Hand im Panzerhand-

schuh ruhte auf dem Schwertheft. Er stand so reglos da, dass er auch eine bemalte Skulptur hätte sein können, doch er zog alle Blicke auf sich.

Das leise Raunen, das von den Neuankömmlingen hereingetragen wurde, erstarb. Inzwischen waren sämtliche Bewohner von Godstow eingetroffen, zumindest alle, die gehen konnten. Adelia, die allmählich fürchtete, das Kind in ihren Armen könnte zerquetscht werden, schaute sich nach einer Stelle um, wo mehr Platz war, und jemand, der schon zu einigen anderen auf ein Grabmal geklettert war, zog sie mit herauf. Gyltha und Wächter folgten ihr.

Die Glocke hörte auf zu läuten. Sie hatte lediglich den Hintergrund des Geschehens gebildet und war erst aufgefallen, als ihr Klang verstummte.

Der Ritter nickte, woraufhin sich ein livrierter Mann hinter dem Chorgestühl umwandte und die Tür zur Sakristei öffnete, der Eingang, der den Ordensschwestern vorbehalten war.

Mutter Edyve kam, auf ihren Stock gestützt, herein, gefolgt von den Godstower Nonnen. Sie blieb stehen, als sie den Altarraum erreichte, und betrachtete die Männer, die auf den Plätzen saßen, die sonst für sie und ihre Schwestern reserviert waren.

Ein erschrockenes Zischen durchlief die Versammlung, doch Mutter Edyve neigte nur leicht den Kopf, humpelte dann an ihnen vorbei und winkte ihrer Herde mit einem Finger, ihr zu folgen, als sie die Stufen hinunterging und sich mit zu der Gemeinde stellte.

Adelia schaute sich im Kirchenschiff um, suchte nach Mansur. Sie sah ihn nirgends; stattdessen fiel ihr Blick auf Männer in Rüstungen, die sich mit gezogenen Schwertern entlang der Mauern aufgebaut hatten, als wären den alten Steinen Bolzen aus Stahl und Eisen gewachsen.

Wachen.

Sie drehte sich um. Der Ritter im Chorraum hatte zu reden begonnen. »Ihr alle kennt mich. Ich bin Lord Wolvercote, und von nun an bestimme ich im Namen unseres Erlösers und meiner huldvollen Lehnsherrin, Königin Eleanor von England, über den geweihten Bezirk Godstow, damit er gegen die Feinde der Königin verteidigt und gehalten wird, bis zu dem Augenblick, da sie im ganzen Land den Sieg errungen hat.«
Für einen so großen Mann war seine Stimme verblüffend hell und schwach, doch in der Stille benötigte sie keine Kraft.
Ein fassungsloses Raunen ertönte. Hinter Adelia sagte jemand: »Was meint der denn?«
Jemand anderer murmelte. »Menschenskind, heißt das, wir haben Krieg?«
Aus dem Mittelschiff drang ein Ruf: »Welche Feinde denn? Wir haben keine Feinde, wir sind doch eingeschneit.« Adelia meinte die Stimme des Müllers zu erkennen, der schon Bischof Rowley hinterfragt hatte. Allgemeines nervöses Kichern war die Folge.
Augenblicklich drängten sich zwei der Waffenknechte, die an der Südmauer gestanden hatten, vor, und stießen Menschen mit der Flachseite ihrer Schwerter beiseite, bis sie den Störenfried erreicht hatten. Sie packten ihn und zerrten ihn durch die Menge zum Hauptportal.
Es *war* der Müller. Adelia sah kurz sein rundes Gesicht, den vor Schreck offenen Mund. Die Männer, die ihn rausschafften, trugen das Wolfskopfwappen. Ein Junge rannte hinterdrein. »Pa. Lasst meinen Pa los.« Sie konnte nicht sehen, was danach geschah, doch die Tür knallte zu, und es trat wieder Stille ein.
»Ich dulde keine Aufsässigkeiten«, sagte die helle Stimme. »Die Abtei steht ab jetzt unter militärischer Herrschaft, und all ihre Bewohner unterstehen dem Kriegsrecht. Es wird ein Ausgangsverbot verhängt werden …«

Adelia wollte ihren Ohren nicht trauen. Das Schockierende an der Sache war ihre Dummheit. Wolvercote brachte just die Leute gegen sich auf, deren Freundschaft er brauchte, solange der Schnee liegenblieb. Und das unnötigerweise. Wie der Müller schon gesagt hatte, es gab keinen Feind. Soweit sie wusste, lag die nächste Streitmacht bei Oxford – und das war die von Wolvercote.

O Gott, ein dummer Mensch, das gefährlichste Tier überhaupt.

Im Chorgestühl lächelte Montignard der Königin zu. Die meisten anderen dort beobachteten die Menge im Kirchenschiff, doch der Abt von Eynsham studierte seine Fingernägel, während Schwyz' finstere Miene sich ausnahm wie die eines Mannes, der gezwungen war, einen als Menschen verkleideten Affen zu betrachten.

Er hätte das nicht getan, dachte Adelia, er ist Berufssoldat. *Ich* hätte es nicht getan, ich verstehe nichts vom Kriegshandwerk.

»... die frommen Frauen werden sich in ihren Klosterbereich zurückziehen; solange wir eingeschneit sind, wird das Essen rationiert werden und eine Mahlzeit am Tag gemeinsam eingenommen werden – Adelige im Refektorium, Gemeine in der Scheune. Abgesehen von den Gottesdiensten, sind keinerlei Versammlungen erlaubt. Jede Ansammlung von mehr als fünf Personen ist verboten.«

»Dann kann er sich seine blöden gemeinsamen Mahlzeiten ja wohl auch abschminken«, flüsterte Gyltha.

Adelia grinste. Das hier war Dummheit par excellence. Schon allein in der Küche arbeiteten zwanzig Leute zusammen, und wenn die sich nicht versammeln konnten, würde nicht gekocht werden.

Was auch immer der Mann vorhat, dachte sie, auf diesem Weg wird er es nicht erreichen.

Und dann dachte sie: Aber er kennt keinen anderen. Für ihn sind nur verängstigte Leute gehorsame Leute.
Und wir *sind* verängstigt. Sie spürte es, die kollektive Erinnerung, die sich wie ein kalter Luftzug durch die Körperwärme in der Kirche bohrte. Eine altvertraute Hilflosigkeit. Die Apokalyptischen Reiter waren unter ihnen, hatten sich durch ein dummes, dummes Schwein Einlass in ihre friedliche Welt verschafft.
Wozu?
Adelia schaute zu Schwyz und Abt Eynsham hinüber, die Beunruhigung ausströmten. Wenn das der Krieg der Königin ist, dann stehen sie alle auf einer Seite. Will Wolvercote sich *jetzt* über seine Verbündeten erheben, ehe sie seine Autorität anfechten können? Falls Ruhm zu gewinnen war, dann sollte ihn nicht der Abt von Eynsham, nicht Schwyz noch irgendein anderer gewinnen. Die Königin von England war Wolvercote förmlich in den Schoß gefallen, und er musste sich als ihr Erretter beweisen, ehe das ein anderer tat. Falls sie mit ihm als Feldherrn den Sieg errang, konnte Wolvercote sogar zum wahren Herrscher Englands aufsteigen.
Ich sehe einen Mann, der einen hohen Einsatz wagt.
Er war mit seinen Anweisungen fertig. Jetzt wandte er sich um, kniete vor Eleanor nieder und streckte ihr das Heft seines Schwertes entgegen, damit sie es berührte. »Auf immer Euer Diener, Lady. Euch und Gott dem Allmächtigen schwöre ich Treue.«
Und Eleanor berührte das Schwert. Stand auf. Ging um ihn herum zu den Stufen des Altarraums. Hob ihre zierliche Faust. Ein wunderschöner Anblick.
»Ich, Eleanor, Königin von England, Herzogin von Aquitanien, schwöre, dass ich Euch, mein Volk, lieben und ehren werde, so wie ich meinen gütigen Herrn Jesus Christus liebe und ehre.«

Falls sie Applaus erwartet hatte, so wurde sie enttäuscht. Doch sie lächelte, war sich ihres Charmes sicher. »Mein guter und treuer Vasall Lord Wolvercote ist ein Mann des Krieges, aber auch ein Mann der Liebe, wie durch seine Hochzeit mit einer der Euren bezeugt werden wird, die in wenigen Tagen stattfindet. Ich lade alle hier Anwesenden zu dieser Feier ein.«

Auch das wurde nicht mit Applaus belohnt, doch irgendwo tief in der Menschenmenge furzte jemand. Laut.

Die Waffenknechte wandten die Köpfe hin und her, suchten nach dem Übeltäter, doch abgesehen von einem leichten Beben, das durch die Menge lief, rührte sich niemand oder verzog auch nur die Miene.

Ich liebe die Engländer, dachte Adelia.

Der Abt von Eynsham war aufgestanden und rettete die Situation, indem er einen Segen sprach. Beim Gehet-hin-in-Frieden wurden die Türen geöffnet, und alle durften durch eine Phalanx von Bewaffneten, die ihnen befahlen, schweigend nach Hause zu gehen, nach draußen schlurfen.

Zurück in ihrem Zimmer, riss Gyltha sich den Mantel von den Schultern. »Sind die alle bekloppt geworden oder ich?«

»Nein, die.« Sie legte Allie aufs Bett. Das Kind hatte sich in der Kirche gelangweilt und war eingeschlafen.

»Was hat er davon?«

»Innerer Machtkampf«, erklärte Adelia. »Er will dafür sorgen, dass er der wichtigste Streiter der Königin ist, ehe sie sich einen anderen aussuchen kann. Hast du Schwyz' Gesicht gesehen? Die arme Emma.«

»Der Streiter der Königin?«, höhnte Gyltha. »Wenn Godstow bisher nich für Henry Plantagenet war, dann auf jeden Fall jetzt – das hat der Streiter der Königin für sie erreicht.«

Es klopfte an der Tür.

Es war Cross, der Söldner, mürrisch wie immer. Er sprach

Gyltha an, deutete aber mit dem Kinn auf Adelia. »Die muss mitkommen.«

»Und wer bist du? Ha, du bist einer von denen.« Wütend bugsierte Gyltha den Mann raus auf den Flur. »Sie geht nirgendwo mit dir hin, du Pirat, das kannst du deinem dämlichen Wolvercote von mir bestellen.«

Der Söldner wehrte sich taumelnd gegen ihre Attacke. »Ich bin keiner von Wolvercotes Leuten, ich gehör zu Schwyz.« Er wandte sich Adelia zu. »Sagt ihr das.«

Gyltha schob ihn immer noch weg. »Du bist so ein verfluchter Flame, egal, zu wem du gehörst. Hau ab.«

»Schwester Jennet schickt mich.« Wieder richtete er sich an Adelia. Schwester Jennet war Godstows Infirmarin, die Leiterin des Klosterspitals. »Der Doktor braucht Euch für irgendwas. Dringend.«

Gyltha wurde friedlicher. »Welcher Doktor?«

»Der Braunkopf. Ich dachte, der wär Kahnführer, aber nun hat sich rausgestellt, dass er Arzt is.«

»Ein Patient«, sagte Adelia erleichtert. Damit zumindest konnte sie umgehen. Sie bückte sich, gab Allie einen Kuss und holte ihre Tasche. »Wo müssen wir hin? Worum geht's?«

Cross sagte: »Na, um Poyns«, als müsste sie das doch wissen. »Er hat 'nen schlimmen Arm.«

»Was heißt schlimm?«

»Is irgendwie grün geworden.«

»Hmm.« Adelia packte ihr Bündel Messer mit in die Tasche.

Als sie schon in Begleitung von Wächter zur Tür hinausgingen, versetzte Gyltha dem Söldner kleine Stöße. »Und du bringst sie mir gesund wieder, du widerlicher Schmarotzer, sonst kriegst du's mit mir zu tun. Und was is mit dem verdammten Ausgangsverbot?«

»Is nich meins«, schrie Cross zurück. »Is das von Wolvercote.«

Es war schon in Kraft. Wächter knurrte einmal, als ein Fuchs irgendwo draußen auf den Feldern bellte, doch ansonsten war die Abtei totenstill. Sie gingen um die Kirche herum, und als sie die Scheune passierten, trat eine Wache aus dem Eingang des kleinen kreisrunden Häuschens, das als Arrestzelle des Klosters diente.

Die Fackel über der Tür beschien seinen Helm. Er hielt eine Pike in der Hand. »Wer da?«

»Zum Spital, Kumpel«, erklärte Cross. »Das hier is eine Pflegerin. 'nem Freund von mir geht's schlecht.«

»Losung?«

»Was für 'ne Losung, Mann? Ich bin Soldat der Königin, genau wie du.«

»Im Namen von Lord Wolvercote, sag die Losung, oder ich spieß dich auf.«

»Hör mal, mein Freund …« Cross trottete an der Pike vorbei auf den Wachmann zu, als wollte er mit ihm reden, und verpasste ihm einen Kinnhaken.

Cross war ein kleiner Kerl, aber der größere Mann kippte um, wie von einer Axt getroffen. Cross würdigte ihn keines Blickes mehr. Er winkte Adelia. »Nun komm endlich.«

Ehe sie gehorchte, vergewisserte sie sich rasch, dass der Wachmann atmete. Er tat es und begann schon zu stöhnen.

Na ja, dachte sie, immerhin eine Lösung ohne Losung.

»Ich komme.«

Schwester Jennet brachte ihre unsterbliche Seele in Gefahr, als sie wegen einem ihrer Patienten einen Mann um Hilfe bat, den sie für einen heidnischen Arzt hielt. Und sie tat ihr auch nichts Gutes damit, dass sie der Anwesenheit seiner »Assistentin« zustimmte, einer Frau, deren Beziehung zum Bischof den Schwestern Anlass für allerlei Spekulationen geliefert hatte.

Aber derselbe Bischof hatte bei seinem Besuch von den Möglichkeiten und Erfolgen der arabischen Medizin im Allgemeinen und dieses Arztes im Besonderen geschwärmt, und wenn Schwester Jennet auch Nonne war, so war sie doch auch eine verhinderte Ärztin. Es widersprach all ihren Instinkten, einen Mann an einem Leiden sterben zu lassen, gegen das sie nichts tun konnte, der Sarazene aber doch.

Die innere Schlacht, die in ihr tobte, äußerte sich in der Wut, mit der sie Adelia begrüßte: »Ihr habt Euch Zeit gelassen, Mistress. Und lasst diesen Hund draußen, ist schon schlimm genug, dass ich im Krankensaal Söldner dulden muss.« Die Infirmarin blickte Cross erbost an, der sich duckte.

Adelia hatte schon Krankensäle gesehen, in denen Wächters Erscheinen den Geruch verbessert hätte. Dieser war anders. Sie schaute sich um. Der lange Raum war makellos sauber. Frisches Stroh auf den Dielen, der Duft von brennenden Kräutern in den Kohlenbecken, weiße Laken, der Kopf jedes Patienten zum Schutz gegen Läuse kahlgeschoren, die ruhige Geschäftigkeit der helfenden Nonnen, all das zeigte, dass die Kranken hier gut versorgt wurden.

Sie sperrte Wächter aus. »Vielleicht könntet Ihr mir sagen, was ich tun kann.«

Schwester Jennet war verblüfft. Adelias Auftreten und die Schlichtheit ihrer Kleidung passten nicht zur Hure eines Bischofs. Ein wenig besänftigt, erklärte die Infirmarin, was sie von Dr. Mansur wollte. »… aber wir sind beide Gefangene des verfluchten Turmes zu Babel.«

»Aha«, sagte Adelia, »Ihr könnt ihn nicht verstehen.« Mansur verstand sie wahrscheinlich recht gut, konnte aber ohne Adelia nichts tun.

»Und er mich nicht. Deshalb hab ich nach Euch gesandt. Ihr sprecht seine Sprache, wie ich hörte.« Sie stockte. »Ist er so erfahren, wie Bischof Rowley gesagt hat?« Bei der Erwähnung seines Namens huschte ihr Blick ganz kurz über Adelias Gesicht.

»Ihr werdet nicht enttäuscht werden«, versprach Adelia ihr.

»Nun ja, alles ist besser als der Bader aus dem Dorf. Steht hier nicht rum. Kommt mit.« Wieder funkelte sie den Söldner an. »Und Ihr auch, wenn's sein muss.«

Der Patient lag am hinteren Ende des Saales. Man hatte einen Sichtschutz aus Weidengeflecht um das Bett aufgestellt, doch der Geruch, der dahinter hervordrang, verriet den Grund für Schwester Jennets Bedarf nach unchristlichem Beistand.

Er war ein junger Mann, und seine Panik angesichts der Umstände wurde noch verstärkt durch die hohe, weißgewandete, dunkelhäutige Gestalt, die neben ihm aufragte. »Tut gar nich weh«, sagte er immer wieder. »Tut gar nich weh.«

Mansur fragte auf Arabisch: »Wo bist du gewesen?«

Adelia antwortete ebenfalls auf Arabisch: »Musste in die Kirche. Wir stehen unter Kriegsrecht.«

»Gegen wen kämpfen wir?«

»Weiß der Himmel. Schneemänner. Was haben wir hier?«

Mansur beugte sich vor und hob behutsam das dünne Baumwolltuch an, das den linken Arm des Jungen bedeckte.

»Höchste Zeit, denke ich.«

Allerhöchste Zeit. Der zerfetzte Unterarm war schwarz und sonderte übelriechenden gelben Eiter ab.

»Wie ist das passiert?«, fragte Adelia auf Englisch – und fügte dann, wie sie das so oft musste, hinzu: »Der Doktor will das wissen.«

Cross meldete sich zu Wort. »Is unter ein Wagenrad geraten, als wir zum Turm marschiert sind, der ungeschickte Junge. Da muss irgend 'ne Salbe drauf, nich?«

»Kannst du ihm den Ellbogen lassen?«, fragte Mansur.

»Nein.« Die verräterischen Anzeichen der Nekrose wanderten schon über das Gelenk weiter aufwärts.
»Wir können von Glück sagen, wenn wir sein Leben retten.«
»Wieso hat die kleine Frau das nicht schon längst getan?«
»Sie kann nicht, sie darf kein Blut vergießen.«
Das kirchliche Verbot von Amputation war rigoros, Schwester Jennet durfte es nicht missachten.
Mansur rümpfte die Hakennase. »Und da lassen sie ihn lieber sterben?«
»Sie wollten den Bader aus Wolvercote kommen lassen.« Die Vorstellung war einfach zu schrecklich. »Einen *Bader*, großer Gott.«
»Ein Bader, der Blut vergießt? Dann soll er mich bitte schön nicht rasieren, inschallah.«
Selbst wenn der Bader gerufen worden wäre, hätte er seine Arbeit in der Küche verrichten müssen, weil es eine Beleidigung für Gottes Nase gewesen wäre, Blut im heiligen Klosterbereich zu vergießen. Jetzt stand Adelia vor demselben Problem. Dieser zusätzliche Konflikt zwischen Medizin und ihrem Glauben wühlte Schwester Jennet dermaßen auf, dass sie wütend die erforderlichen Befehle blaffte, um die Operation vorzubereiten, und mit einem so finsteren Blick zusah, wie Mansur ihren Patienten aus dem Saal trug, als hasste sie sie beide. »Und Ihr«, schnauzte sie den vielgeschmähten Cross an, »kriecht zurück in Euren Zwinger. Die brauchen Euch nicht.«
»Aber«, widersprach Adelia. »Er … äh, er kennt das Losungswort.«
Doch die Prozession – bestehend aus Doktor, Patient, Assistentin des Doktors, Hund, Söldner, zwei Nonnen mit frischen Tüchern und Strohsack – blieb unbehelligt, als sie sich von der Tür der Spitalskapelle nach links Richtung Küche bewegte.
Adelia ließ die anderen zuerst reingehen und packte Cross vorn

am Wams, bevor er ihnen folgen konnte. Sie würde ihn brauchen; der Patient würde weniger Angst haben, wenn er, sein Freund, bei ihm wäre. Sie konnte Cross nicht besonders leiden – und er sie auch nicht –, aber sie vertraute darauf, dass er den Mund halten würde. »Hört zu, der Arm des Jungen muss ab …«

»Was heißt das, muss ab?«

Sie erklärte es kurz und bündig. »Das Gift wandert durch den Arm Eures Freundes, und wenn es sein Herz erreicht, wird er sterben.«

»Kann der Braunkopf denn nich ein paar Zauberworte sprechen oder so?«

»Nein, er wird den Arm amputieren … abschneiden. Oder genauer gesagt, ich werde das für ihn tun, aber …«

»Geht nich. Ihr seid 'ne Frau.«

Adelia schüttelte ihn; sie hatten keine Zeit für so was. »Habt Ihr gesehen, wie die Hände des Doktors aussehen? Die sind verbunden. Ihr werdet ihn reden und mich arbeiten sehen, aber …«

»Der sagt Euch, was Ihr zu tun habt, nich?« Cross war leicht beruhigt. »Aber was soll mein Kumpel denn eigentlich ohne seinen Scheißarm machen?«

»Was soll er ohne sein Scheißleben machen?« Adelia schüttelte den Mann erneut. »Die Sache ist die … Ihr müsst schwören, niemandem, *niemandem* zu erzählen, was Ihr heute Abend seht. Habt Ihr verstanden?«

Cross' unschönes, bedrücktes Gesicht hellte sich auf. »Dann is es also doch Zauberei, was? Der Braunkopf tut irgendein Hexenwerk, und deshalb dürfen die Nonnen nich dabei zusehen.«

»Wer ist Euer Schutzheiliger?«

»St. Acacias natürlich. Hat immer gut auf mich aufgepasst.«

»Schwört bei St. Acacias, dass Ihr nichts verraten werdet.«
Cross schwor.
So spät abends war niemand mehr in der Küche. Die Nonnen bereiteten den riesigen Hauklotz mit Strohsack und sauberen Tüchern als Lager für den Patienten vor, dann verbeugten sie sich und gingen.
Die Augen des jungen Poyns traten fast aus den Höhlen, und er atmete schnell. Er hatte Fieber und große Angst. »Tut gar nich weh. Tut überhaupt nich weh.«
Adelia lächelte ihn an. »Nein, tut es nicht. Und wird es auch nicht, weil Ihr schlafen werdet.« Sie holte das Opiumfläschchen und einen sauberen Lappen aus der Tasche. Mansur legte bereits ihr Netz mit Messern in einen Topf mit brodelndem Wasser, der an einem Haken über der Feuerstelle hing; warmer Stahl schnitt besser als kalter.
Allerdings reichte das Licht in der Küche nicht aus. »Ihr da«, sagte sie zu Cross. »Zwei Kerzen. In jeder Hand eine. Haltet sie so, wie ich es Euch sage, aber passt auf, dass sie nicht tropfen.«
Cross beobachtete, wie Mansur die Messer aus dem Topf hob und sie mit seinen verbundenen Händen aus dem Netz löste. »Seid Ihr sicher, dass er was davon versteht?«
»*Kerzen*«, fauchte Adelia ihn an. »Helft uns oder verschwindet.«
Er half. Zumindest hielt er die Kerzen, aber als sie dem Patienten den opiumgetränkten Lappen aufs Gesicht drückte, wollte er einschreiten. »Du Hexe erstickst ihn ja.« Mansur hielt ihn zurück.
Sie hatte nur wenig Zeit, weil der Junge nicht zu lange Opium einatmen durfte. »Sein Arm muss ab. Das wisst Ihr doch schon. Vielleicht stirbt er trotzdem, aber wenn wir nicht sofort operieren, kann er nicht überleben.«
»Aber er da sagt Euch doch, was Ihr machen müsst?« Cross

war inzwischen schwer von Mansur beeindruckt, seiner Kraft, seinem langen Gewand und seiner Keffiyeh. »Er is ein Zauberer, nich? Deshalb redet der auch so komisch.«

»Du musst so tun, als würdest du mir Anweisungen geben«, sagte Adelia.

Mansur begann auf Arabisch zu plappern.

Sie musste schnell arbeiten. Gott sei Dank wuchs reichlich Schlafmohn in den Sümpfen von Cambridgeshire, und sie hatte einen ordentlichen Vorrat Opium dabei, aber sie musste dessen segensreiche Wirkung gegen die Gefahren abwägen.

Die Welt schrumpfte auf die Größe einer Tischplatte.

Da er unentwegt reden musste, entschied Mansur sich für das Thema *Kit b'Alf Laila wa-Laila,* auch bekannt als *Geschichten aus Tausendundeiner Nacht.* So kam es, dass die helle Stimme eines Kastraten in einer Klosterküche in Oxfordshire die arabischen Geschichten erzählte, die die Perserin Scheherazade dreihundert Jahre zuvor für ihren Mann, den Sultan, ersann, um ihre Hinrichtung hinauszuzögern. Er hatte sie früher der kleinen Adelia erzählt, und sie hatte sie geliebt. Jetzt hörte sie sie ebenso wenig wie das Knistern und Prasseln des Feuers.

Wäre Rowley aus dem eisigen Wasser errettet in die Küche getreten, Adelia hätte nicht mal aufgeblickt, oder wenn doch, so hätte sie ihn nicht erkannt. Wäre der Name ihres Kindes gefallen, sie hätte nur gefragt: »Wer?« Es gab bloß den Patienten, nein, eigentlich nicht mal ihn, nur seinen Arm. Nun die Hautlappen zurückfalten, dachte sie.

»Suturae«.

Mansur klatschte eine Nadel mit Faden in ihre ausgestreckte Hand und begann, Blut aufzutupfen.

Arterien, Venen.

Den Knochen durchsägen oder abhacken? Wie der Patient sein Leben mit einem kurzen Stumpf meistern würde, ging sie

nichts an. Sie konnte nur jeweils bis zum nächsten Schritt der Operation denken.
Ein schweres Etwas plumpste in den Eimer für Küchenabfälle.
Nähen. Salbe, Gaze, Verband.
Schließlich wischte sie sich mit dem Unterarm über die Stirn. Allmählich weitete sich ihr Gesichtsfeld wieder, und sie nahm Balken und Töpfe und ein loderndes Feuer wahr.
Eine lästige Stimme drang in ihr Bewusstsein. »Was hat der Doktor gesagt? Wird er's überleben?«
»Ich weiß nicht.«
»Das war prächtig, nich?« Cross schüttelte Mansur begeistert die Hand. »Sagt ihm, er is ein Prachtkerl.«
»Du bist ein Prachtkerl«, sagte Adelia auf Arabisch.
»Ich weiß.«
»Wie geht's deinen Händen, mein Lieber?«, fragte sie. »Kannst du ihn zurück ins Spital tragen?«
»Ich kann.«
»Dann wickle ihn warm ein und beeil dich, ehe das Schlafmittel nachlässt. Vorsicht mit der Schulter. Sag Schwester Jennet, dass er wahrscheinlich erbrechen muss, wenn er wach wird. Ich komm gleich nach.«
»Er bleibt am Leben, nich? Jetzt kommt der Junge doch wieder in Ordnung, oder?«
Sie wandte sich der Nervensäge zu. An diesem Punkt war sie immer reizbar; es war ein Wettrennen gewesen, und wie eine Läuferin brauchte sie hinterher eine Erholungsphase, und … Cross, so hieß der Mann wohl … ließ ihr keine.
»Der Doktor *weiß* es nicht«, sagte sie – zum Teufel mit irgendwelchen Nettigkeiten. Schließlich war dieser Mann auf dem Boot auch nicht nett zu ihr gewesen. »Die Jugend Eures Freundes spricht für ihn, aber seine Verletzung war zu lange vergiftet und …«, sie beugte sich vor und sagte betont, »… *hätte*

früher behandelt werden müssen. Nun geht und lasst mich in Ruhe.«

Sie sah ihm nach, wie er dem schwer schleppenden Mansur mit hängendem Kopf folgte, dann setzte sie sich ans Feuer und begann im Geist, Listen aufzustellen. An Weidenrinde bestand kein Mangel, zum Glück. Der Patient würde viel davon gegen die Schmerzen brauchen. Falls er überlebte.

Der Verwesungsgestank, der aus dem Kücheneimer drang, beunruhigte sie. Schließlich wurde hier in der Küche ihr Essen zubereitet. Eine Ratte tauchte hinter einem Schrank auf und schnupperte mit zuckenden Schnurrhaaren Richtung Eimer. Adelia griff nach dem Haufen Brennholz und warf ein Scheit nach ihr.

Wohin mit amputierten Gliedern? In Salerno hatte sie Leute gehabt, die sie entsorgten. Adelia hatte immer den Verdacht gehegt, dass sie sie unters Schweinefutter mischten, und das war einer der Gründe gewesen, warum sie bei Schweinefleisch immer ein ungutes Gefühl hatte.

Sie hüllte sich in ihren Mantel und trug den Eimer nach draußen auf die Gasse, um eine Stelle zu suchen, wo sie den Arm entsorgen konnte. Nach der Wärme in der Küche war es draußen unerhört kalt und sehr dunkel.

Ein Stück weiter die Gasse hinunter begann jemand zu schreien. Unaufhörlich.

»Ich kann nicht«, sagte Adelia laut. »Ich kann einfach nicht.«

Aber dann lief sie doch schwerfällig in die Richtung, aus der das Geschrei kam, obwohl sie hoffte, irgendjemand anderer würde vor ihr dort sein und die Dinge in die Hand nehmen.

Eine Laterne tauchte schwankend in der Dunkelheit auf, begleitet von raschen Schritten. »Wer ist da?« Es war Jacques, der Bote. »Ach, Ihr seid es, Mistress.«

»Ja. Was ist da los?«

»Ich weiß es nicht.«
Sie trabten auf das Geräusch zu, und nach und nach kamen weitere Laternen hinzu, die immer mal wieder besorgte Gesichter und Füße in Pantoffeln sehen ließen.
Vorbei am Waschhaus, vorbei an der Schmiede, vorbei am Pferdestall – alles bekannt und schrecklich, weil Adelia jetzt wusste, woher die Schreie kamen.
Die Doppeltür zum Kuhstall stand weit offen, und davor drängten sich Menschen, von denen einige versuchten, eine hysterische Melkerin zu beruhigen, die meisten starrten jedoch wie gebannt nach oben und hielten ihre Laternen so, dass das Licht auf die baumelnde Gestalt von Bertha fiel.
Sie hatte einen Riemen um den Hals, der an einem Haken im Deckenbalken befestigt war. Ihre nackten Zehen zeigten nach unten auf einen Melkschemel, der umgekippt im Stroh lag.

Die Nonnen beklagten das tote Mädchen. Was, so fragten sie, konnte nur in sie gefahren sein, dass sie Selbstmord begangen hatte, eine so überaus schlimme Sünde? Hatte sie denn nicht gewusst, dass ihr Leben Gott gehörte und dass ihre Tat daher ein gesetzloser Akt wider die göttliche Ordnung war, den die Heilige Schrift und die Kirche verboten?
Nein, dachte Adelia zornig, das hatte Bertha nicht gewusst. Weil sie das niemand gelehrt hatte.
Schuld, sagten die Schwestern. Ihre Hand hatte Rosamund die giftigen Pilze gegeben; sie war von Reue übermannt worden.
Aber sie waren gute und barmherzige Frauen, und obwohl Bertha in ungeweihter Erde außerhalb der Klostermauern bestattet werden musste, brachten sie den Leichnam bis dahin in ihre eigene Kapelle, um die Totenwache zu halten. Während sie ihn wegtrugen, sangen sie Gebete für die Tote. Die Menschenmenge vor dem Kuhstall folgte ihnen.

Im Leben hatte Bertha nie so viel Aufmerksamkeit erfahren. In einer so kleinen Gemeinschaft war der Tod immer ein Ereignis, und Selbsttötung war etwas Unerhörtes und erregte beträchtliches Aufsehen.

Während Adelia der Prozession durch die dunklen Gassen folgte, dachte sie voller Zorn, wie falsch es doch war, einem Geschöpf, dem in seinem kurzen Leben so viel versagt geblieben war, nun auch noch ein christliches Begräbnis zu versagen.

Jacques ging kopfschüttelnd neben ihr her. »Schrecklich ist das, Mistress. Das arme Kind. Hat sich bestimmt die Schuld an Lady Rosamunds Tod gegeben.«

»Nein, hat sie nicht, Jacques. Ihr wart doch dabei. Sie hat immer wieder gesagt, dass es nicht ihre Schuld war.« Da war Bertha sich ganz sicher gewesen.

»Dann hatte sie eben Todesangst vor der Haushälterin Dakers. Konnte ihr nicht gegenübertreten, schätze ich.«

Ja, sie hatte sich vor Dakers gefürchtet. Darauf würde es hinauslaufen. Entweder hatte Bertha unerträglich unter der Schuld am Tod ihrer Herrin gelitten, oder sie hatte sich aus Panik davor, was Dakers ihr antun würde, lieber selbst das Leben genommen.

»Es ist falsch«, sagte Adelia.

»Eine Sünde«, pflichtete Jacques ihr bei, »möge Gott sich dennoch ihrer Seele erbarmen.«

Aber es war falsch, alles war falsch. Das Bild, wie Bertha da am Haken hing, war falsch gewesen.

Sie näherten sich der Kapelle. Außer den Nonnen blieben alle, die den Leichnam begleitet hatten, stehen, hier durften sie nicht weiter. Selbst wenn Adelia nicht diesem Gebot unterstanden hätte, sie konnte es nicht mehr ertragen, weder Jacques und sein makabres Geplauder noch die Spekulationen der

Männer und Frauen noch den Gesang der Nonnen. »Wie komme ich von hier zum Gästehaus?«
Jacques brachte sie zurück. »Eine gute Nachtruhe, Mistress. Das wird Euch jetzt guttun.«
»Ja.« Aber sie litt nicht unter der Erschöpfung, obwohl sie wahrhaftig müde war, sondern darunter, dass einfach nichts zusammenpasste. Etwas klopfte in ihrem Kopf, wollte sich Gehör verschaffen.
Der Bote leuchtete ihr die Treppe hinauf und ging dann murmelnd und kopfschüttelnd seines Weges.
Gyltha hatte in ihrem Zimmer das Geschrei gehört und aus dem Fenster gerufen, um die Ursache zu erfahren. »Schlimme Sache«, sagte sie. »Die sagen, der Kummer hat sie dazu getrieben, das arme Würmchen.«
»Oder vielleicht hatte sie einfach panische Angst, Dakers würde sie in eine Maus verwandeln und den Katzen zum Fraß vorwerfen, jaja, ich weiß.«
Gyltha blickte alarmiert von ihrer Strickerei auf. »Hoppla? Was soll das heißen?«
»Es stimmt nicht.« Adelia kraulte Wächter die Ohren und schob den Hund dann weg.
Gylthas Augen wurden schmal, aber sie sagte nichts mehr zu dem Thema. »Wie geht's dem Flamen?«
»Ich glaub nicht, dass er überlebt.« Adelia ging zu ihrem gemeinsamen Bett und strich ihrer schlafenden Tochter übers Haar.
»Geschieht ihm recht.« Gyltha hielt nichts von Söldnern. Im Krieg zwischen Stephen und Matilda hatten viele Söldner gekämpft und sich bei der Bevölkerung verhasst gemacht. Ob sie nun aus Flandern kamen oder nicht – und die meisten kamen tatsächlich daher –, für sie stand die Bezeichnung »Flame« für Vergewaltigung, Plünderei und Grausamkeit. »Das spricht für

den König«, sagte sie, »dass er die ganzen Mistkerle verscheucht hat, und jetzt bringt Eleanor sie wieder her.«
»Hmm.«
Gyltha hob die Augenbrauen. Sie hatte heiße Milch mit Rum zubereitet, der ganze Raum duftete danach, und reichte Adelia einen Becher. »Weißt du, wie spät es ist?« Sie zeigte auf die Stundenskala der Kerze neben dem Bett. »Du musst schlafen. Ist schon fast Morgen. Bald wird die Frühandacht gesungen.«
»Es ist alles falsch, Gyltha.«
Gyltha seufzte. Sie kannte das. »Das bleibt es auch bis morgen.«
»Nein, bleibt es nicht.« Adelia raffte sich auf und zog ihren Mantel an. »Ein Maß, ich brauche ein Maß. Haben wir eine Schnur oder so?«
Sie fanden eine Kordel, mit der sie ihre Reisebündel verschnürt hatten. »Und die will ich wiederhaben«, sagte Gyltha. »Is 'ne gute Kordel. Wo willst du hin?«
»Ich hab meine Medizintasche in der Küche vergessen. Die muss ich holen.«
»Du bleibst hier«, befahl Gyltha ihr barsch. »Ohne den alten Araber gehst du nirgendwohin.«
Aber Adelia war schon weg, und mit ihr Kordel und Laterne. Sie ging nicht zur Küche, sondern zur Kapelle der Nonnen. Der Morgen graute.
Sie hatten Berthas Leichnam in dem kleinen Mittelschiff auf einen Katafalk gelegt. Das Tuch, mit dem sie ihn bedeckt hatten, zog alles diffuse Licht von den hohen Fenstern auf die langgestreckte weiße Form, so dass der übrige Raum in diesigem Halbdunkel lag.
Als Adelia durch das Längsschiff schritt, störte das Rascheln ihrer Füße in den Binsen auf dem Boden die Stille, und die Nonne, die vor dem Katafalk kniete, wandte sich um.

Adelia achtete nicht auf sie. Sie stellte die Laterne auf den Boden und schlug das Tuch zurück.
Berthas Gesicht war bläulich angelaufen. Ihre Zungenspitze ragte seitlich aus dem Mund. In Verbindung mit der winzigen Nase verlieh ihr das ein fast keckes Aussehen, wie ein kleiner Kobold.
Die Nonne – Adelia kannte sie nicht – gab ein bestürztes Zischen von sich, als Adelia die Laterne aufnahm und mit der anderen Hand Berthas Lider zurückzog, um die Augen zu untersuchen.
Im Weiß waren kleine Blutflecke zu sehen. Wie nicht anders zu erwarten.
Adelia ging auf die Knie und hielt die Laterne so dicht wie möglich an den Hals. Dort waren Furchen von den Rändern des Riemens zu sehen, an dem das Mädchen gehangen hatte, aber auch andere Spuren – Rillen, die sich über die Kehle nach unten zogen.
Und knapp unterhalb der Blutergüsse, die der Riemen verursacht hatte, verlief einmal rund um den Hals eine Linie von kleinen, kreisrunden Abdrücken.
Die Nonne war aufgestanden und versuchte, Adelia von der Leiche wegzuscheuchen. »Was tut Ihr da? Ihr stört die Totenruhe.«
Adelia achtete nicht auf sie, hörte sie nicht mal. Sie deckte das Tuch wieder über Berthas Gesicht, schlug es am anderen Ende zurück und hob die Röcke des Mädchens an, um den Unterleib zu inspizieren.
Die Nonne rannte aus der Kapelle.
Die Vagina zeigte keinerlei Anzeichen von Gewalt und, soweit zu erkennen war, auch keine Samenspuren.
Adelia legte das Tuch zurück.
Verdammt. Es gab eine Möglichkeit, die Wahrheit herauszufin-

den. Ihr alter Lehrer Gordinus hatte sie ihr gezeigt, indem er den Hals von Gehenkten öffnete und deren Zungenbein mit dem von Garrottierten verglich – eine Form der Hinrichtung, die im Bezirk Pavia praktiziert wurde, wo man sie von den Römern übernommen hatte. »*Siehst du, meine Liebe? Beim Garrottieren bricht der Knochen nur selten, doch beim Erhängen fast immer. Wenn wir also unsicher sind, ob sich jemand selbst erhängt hat oder von jemand anderem stranguliert wurde, liefert uns das einen Anhaltspunkt. Außerdem kommt es bei Selbstmord durch Erhängen so gut wie nie zu einer Einblutung in die Halsmuskulatur. Wenn wir eine solche bei dem Opfer einer angeblichen Selbsterhängung feststellen, legt das die Vermutung nahe, dass wir es mit Mord zu tun haben.*«

Ach … wenn sie die Leiche doch nur sezieren dürfte … Nun denn, so musste sie sich eben auf genaues Maßnehmen verlassen …

»Was geht hier vor?« Die tiefe Stimme dröhnte durch die Kapelle, vertrieb die Stille, schien selbst die Staubflöckchen aufzuschrecken und deutlicher hervortreten zu lassen.

Die Nonne war ganz aufgeregt. »Seht Ihr sie, Mylord. Diese Frau …«

»Ich sehe sie.« Er herrschte Adelia an, die die Kordel von Berthas Schädeldecke bis zu ihren nackten Zehen angelegt hatte. »Seid Ihr von Sinnen? Warum entehrt Ihr die Tote, Mistress? Selbst eine wie diese?«

»Hmm.« Adelia machte einen Knoten in die Kordel, wickelte sie sich um die Hand und ging geistesabwesend Richtung Tür. Der Abt, der in Breite und Höhe und Farbe unübersehbar war, stellte sich ihr in den Weg. »Mistress, ich habe gefragt, warum Ihr den Frieden der armen Seele stört, die hier ruht?« Alles Bäuerliche war verschwunden, jetzt war der Mann ausschließlich ein gelehrter Vertreter des kirchlichen Standes.

Adelia schob sich an ihm vorbei. Der Riemen, dachte sie, vielleicht ist der ja noch im Kuhstall. Und meine Kette auch.
Der Abt sah ihr nach und schickte die Nonne dann mit einer heftigen Armbewegung zurück zu ihrer Totenwache.
Draußen kam der gewohnte Klosteralltag allmählich in Gang, und das trotz eines Selbstmordes, der Anwesenheit einer Königin, der Besatzung durch ihre Söldner und der grässlichen Kälte. Godstows Bewohner schlitterten auf schmutzigem, buckeligem Eis hastig dahin, um ihre Feuer neu zu entfachen und mit ihrer Arbeit zu beginnen.
Jacques holte Adelia ein, als sie gerade am Pferdestall vorbeiging. »Ich hab auf Euch gewartet, Mistress. Was soll denn hiermit geschehen?« Er trug einen Eimer und schwenkte ihn so vor ihr, dass sie stehenbleiben musste. Darin lag ein Arm. Adelia starrte einen Moment lang darauf, bis ihr wieder einfiel, dass sie ja vor einer halben Ewigkeit, so kam es ihr zumindest vor, eine Amputation vorgenommen hatte.
»Ich weiß nicht. Vergrabt ihn irgendwo, würde ich sagen.« Sie eilte weiter.
»Vergraben«, sagte Jacques und schaute ihr nach. »Wie denn bei dem knochenharten Boden?«

Der Kuhstall bei Tageslicht. Warm, trotz der offenen Tür. Die Sonne auf dem verdreckten Boden, ruhig bis auf das gleichmäßige Zischen aus einem der Verschläge, wo eine junge Frau beim Melken war. Sie saß auf dem Hocker, der umgekippt unter Berthas baumelndem Leichnam gelegen hatte.
Ihr Name sei Peg, sagte sie, und sie war es auch gewesen, die, als sie früh am Morgen zum Melken in den Stall gekommen war, Bertha entdeckt hatte. Der Anblick hatte bei ihr einen Schreikrampf ausgelöst, und sie war zurück nach Hause gerannt, wo sie von ihrer Mutter einen Schluck beruhigenden

Kräuterschnaps bekommen hatte, ehe sie sich dazu aufraffen konnte, wieder herzukommen und mit der Arbeit anzufangen. »Deshalb bin ich heute so spät dran, die armen Viecher haben nach mir gemuht, dass ich komm und ihnen Erleichterung verschaffen tu, aber ich war fix und fertig. Hab die Tür aufgemacht, und da hing sie da. Da komm ich nie drüber weg, nie. Der alte Stall hier is nich mehr derselbe für mich, wird er nie wieder sein.«

Adelia wusste, wie sich das anfühlte. Der tröstliche Geruch von Tierblähungen und Stroh, die unschuldige Geborgenheit des Raumes war geschändet worden. Ein alter Balken, von dem ein Körper gehangen hatte, war jetzt ein Galgen. Auch sie würde nie darüber hinwegkommen. Bertha war hier gestorben, und von all den Todesfällen war Berthas der, welcher am lautesten zum Himmel schrie.

»Kann ich was für Euch tun, Mistress?«, erkundigte sich Peg, während sie weitermelkte.

»Ich such nach einem Halskettchen mit einem Kreuz dran. Ich hab es Bertha geschenkt. Sie trägt es nicht, und ich würde es ihr gern mit ins Grab geben.«

Pegs Kappe verrutschte, als sie den Kopf schüttelte, ohne dabei Kontakt mit der Kuhflanke zu verlieren. »Nie gesehen.«

Adelia führte sich die Szene von vor einer Stunde wieder vor Augen. Ein Mann, sie glaubte, es war Fitchet, der Torwächter, war zu dem Schemel unter Berthas Füßen gestürzt und hatte ihn aufgerichtet, dann war er daraufgestiegen und hatte den Leichnam angehoben, damit der Riemen, an dem sie hing, von dem Haken am Balken rutschte.

Was dann? Richtig, richtig, andere Männer hatten ihm geholfen, den Körper auf den Boden zu legen. Irgendwer hatte ihr den Riemen vom Hals genommen und beiseitegeworfen. Bei dem Gedränge von Menschen, die dann vergeblich versuchten, das tote Mädchen wiederzubeleben, hatte Adelia nicht sehen können, ob Bertha die Kette mit dem Kreuz um den Hals gehabt hatte. Falls ja, hätte der Riemen, an dem sie gehangen hatte, die Kette bedecken und sie fest in die Haut des Mädchens drücken müssen, so dass die Kettenglieder kreisrunde Abdrücke hinterlassen hätten.

Aber wenn sie sie *nicht* getragen hatte …

Adelia machte sich auf die Suche.

Den Riemen entdeckte sie in einer Ecke voller Spinnweben. Es war eine Art Gürtel. Ein ausgeleiertes Loch verriet, an welcher Stelle der Benutzer ihn immer verschlossen hatte, doch am äußeren Ende des Leders war ein weiteres Loch stark geweitet, das über den Haken im Deckenbalken gestülpt worden war, um das Gewicht von Berthas Körper zu tragen.

»Wo hat sie wohl einen Gürtel hergehabt?«, fragte sich Adelia laut und warf ihn sich über die Schulter.

»Weiß nich, die hatte nie 'nen Gürtel«, sagte Peg.

Genau … sie hatte keinen. Adelia ging langsam ans hintere Ende des Stalls, trat kleine Heubüschel beiseite, um nachzuschauen, ob sich darunter etwas verbarg.

Hinter ihr zischte weiter regelmäßig Milch in den Eimer, und Peg sagte nachdenklich: »Die Arme, ich kann mir gar nich vorstellen, was in sie gefahren is. Klar war sie ein bisschen bekloppt, aber trotzdem …«

»Hat sie dir irgendwas gesagt?«

»Die hat viel gesagt, hat immer da hinten so rumgemurmelt, dass man 'ne Gänsehaut kriegen konnte, aber mir hat das nix ausgemacht.«

Adelia erreichte den Verschlag, in dem Bertha gehaust hatte. Hier war es dunkel. Sie stellte die Laterne vorsichtig auf eine Zwischenwand und begann, auf allen vieren im Stroh herumzutasten bis auf die festgetrampelte Erde darunter.

Sie hörte, wie Peg zu ihrer Kuh sagte: »Ihr seid dann fertig, Madam«, und das freundliche Klatschen aufs Hinterteil, als die Melkerin zum nächsten Tier ging, und das Geräusch von anderen Schritten, als ein Neuankömmling den Stall betrat, und schließlich Pegs Stimme: »Einen schönen guten Morgen, Master Jacques.«

»Auch *Euch* einen schönen guten Morgen, Mistress Peg.«

Die beiden Stimmen hatten etwas spielerisch Kokettes an sich, das den Tag ein klein wenig aufhellte. Jacques, so dachte Adelia, hatte trotz seiner abstehenden Ohren und seines atemlosen Übereifers eine kleine Eroberung gemacht.

Er kam rasch die Stallgasse hoch und blieb stehen, um Adelia bei ihrer Suche zu beobachten. »Ich hab ihn vergraben, Mistress.«

»Was? Ach so, gut.«

»Kann ich Euch irgendwie helfen, Mistress?« Allmählich gewöhnte er sich an ihre Überspanntheiten.

»Nein.«

Denn sie war fündig geworden. Ihre Finger hatten das grobe, dünne Metallband ertastet, klein und zerbrochen – das Kreuz wurde vom Verschluss gehalten, doch ein Stückchen weiter waren die Glieder gerissen.

Gott steh uns bei. Hier also war es passiert. In diesem dunklen Verschlag hatte Bertha sich selbst den Hals zerkratzt, als sie versuchte, die Kette zu lockern, mit der starke Hände sie strangulierten.

Ach, das arme, arme Kind.

Adelia sah wieder, wie Bertha auf sie zugekrochen kam, schnüffelte und zu ihr sagte, die Alte im Wald, die ihr die Pilze für Rosamund gegeben hatte, habe so gerochen wie sie.

»Hat gut gerochen. Wie Ihr.«

Die Erinnerung war unerträglich. Das kurze, traurige Leben, das durch Gewalt beendet worden war … Warum? Wer?

»Mistress?« Ihr Schweigen gab Jacques zu denken.

Adelia rappelte sich auf. Die Halskette fest in der Hand, ging sie mit dem Boten zu Peg zurück, die gerade die Milch aus ihrem vollen Eimer schäumend in ein größeres Behältnis goss und kurz aufmunternd mit dem Hinterteil wackelte, als Jacques näher kam.

Der Melkschemel. Sie wusste jetzt, dass Bertha ermordet worden war, aber es gab noch einen weiteren Beweis …

Als Peg den Schemel aufheben und damit zur nächsten Kuh gehen wollte, kam Adelia ihr zuvor. »Kann ich den einen Moment haben?«

Peg und Jacques starrten sie an, als sie den Schemel nahm und ihn direkt unter den Haken am Balken stellte. Sie wickelte sich die Kordel von der Hand und hielt sie Jacques hin. »Messt mich.«

»Euch messen, Mistress?«

»*Ja.*« Sie wurde ungeduldig. »Vom Scheitel bis zur Sohle.«

Mit einem Achselzucken hielt er das eine Ende der Kordel oben an Adelias Kopf und ließ sie herunterhängen. Dann bückte er sich und machte einen Knick an der Stelle, wo die Kordel den Boden berührte. »Bitte sehr. Ihr seid nicht sehr groß, Mistress.«

Sie rang sich ein Lächeln ab – seine eigene geringe Körpergröße störte ihn. Ohne seine Stiefelabsätze hätte er sie kaum überragt. Sie betrachtete die Kordel und sah, dass der Knick ein kleines Stück unterhalb des Knotens war, den sie gemacht hatte, als sie die Leiche auf dem Katafalk gemessen hatte. Sie war fast zwei Zoll größer als Bertha.

Jetzt wollen wir mal sehen.

Peg sagte: »Wenn ich drüber nachdenk, fällt mir ein, dass sie gestern auf einmal ganz aufgeregt war, so ungefähr beim Abendmelken.«

»Wer? Bertha?«
»Ja. Hat gesagt, sie müsste der Lady mit dem Kreuz was erzählen und is rausgerannt. Bestimmt hat sie eine von den Nonnen gemeint, weil sie kein anderes Wort dafür wusste.«
Nein, dachte Adelia, sie hat mich gemeint. Ich war die Lady mit dem Kreuz. »Wo ist sie denn hingelaufen?«
»Kann nich weit gewesen sein«, sagte Peg, »weil sie gleich wieder da war und so getan hat, als hätte sie den Teufel mit seinem Schwefelgestank gerochen.«
»Bestimmt hat sie Dakers gesehen«, sagte Jacques. »Sie hatte eine Todesangst vor dieser Frau.«
Adelia fragte: »Und sie hat nicht verraten, was sie der Nonne erzählen wollte?«
»Sie hat dauernd was gemurmelt von es war nich sie, es war er.«
Adelia stützte sich am Pfosten des Verschlages ab, umklammerte ihn fest. »Hat sie vielleicht gesagt: ›*Es war keine Sie, es war ein Er?*‹«
»Kann schon sein.«
»Hmm.« Sie wollte darüber nachdenken, doch die Kühe weiter hinten brüllten schon vor Unbehagen, und Peg wartete ungeduldig auf ihren beschlagnahmten Melkschemel.
Adelia schob das Gürtelende durch die Schnalle, legte sich die Schlinge um den Hals und zog sie fest. Dann stieg sie auf den Schemel und versuchte, das freie Gürtelende an den Haken zu hängen, doch es gelang ihr nur, mit dem Lederrand an den Haken zu stoßen. Zwischen dem Loch zum Einhängen und dem Haken war eine Lücke. Sie stellte sich auf die Zehenspitzen; noch immer blieb ein Abstand zwischen Loch und Haken – und sie war größer als Bertha.
»Er ist zu kurz«, sagte sie. »Der Gürtel ist zu kurz.«
Genau das hatte sie gestört. Der Anblick des baumelnden Kör-

pers war im ersten Moment zu schockierend gewesen, doch ihr Verstand hatte es trotzdem registriert – *Berthas Füße hätten den Schemel gar nicht erreichen können, um ihn wegzutreten.*

Sie begann zu würgen und versuchte hektisch, die Schnalle zu öffnen, ehe ungesehene Arme sie hochhoben und den Gürtel an den Haken hängten; sie bekam keine Luft mehr.

Jacques' Hände griffen nach ihrem Hals, und sie wehrte sich, so wie Bertha sich gegen die Hände des Mörders gewehrt hatte.

»Ist ja gut, Mistress«, sagte er. »Ruhig. Ganz ruhig.« Als er den Gürtel gelöst hatte, streckte er den Arm aus und strich ihr über den Rücken, wie einer verängstigten Katze. »Ganz ruhig. Ruhig.«

Peg starrte sie beide an, als wären sie verrückt geworden. Jacques nickte ihr zu, deutete auf den Schemel, und sie schnappte ihn sich erleichtert und ging wieder zu ihren Kühen.

Adelia blieb wie angewurzelt stehen, lauschte, als Pegs geschickte rissige Hände die Euterzitzen zusammendrückten und losließen, so dass die Milch mit der Gleichmäßigkeit eines langsamen Trommelwirbels in den Eimer schoss.

»Es war keine Sie, es war ein Er.«

Jacques' Augen blickten sie fragend an. Er zumindest hatte verstanden, worum es ihr gegangen war.

»Nun denn«, sagte Adelia. »Zumindest kann Bertha jetzt in geweihter Erde begraben werden.«

»Kein Selbstmord?«

»Nein. Sie wurde ermordet.«

Wieder sah sie, wie sein junges Gesicht jäh altern konnte.

»Dakers«, sagte er.

Kapitel neun

Die Nonnen waren derselben Ansicht.

»Hab ich Euch richtig verstanden?«, sagte Mutter Edyve. »Ihr sagt, Mistress Dakers hat das arme Kind erhängt?«

Sie waren im Kapitelsaal, wo die Äbtissin sich mit ihren ältesten Nonnen beriet.

Sie hatten Adelia nicht gerade freudig begrüßt. Immerhin gab es wichtigere Dinge zu besprechen: Ihre Abtei war praktisch besetzt worden, und das von gefährlichen Söldnern; an ihrer Brücke baumelten Erhängte; falls sie weiter eingeschneit blieben, würden die Vorräte bald zur Neige gehen. Da waren sie weiß Gott nicht darauf erpicht, sich auch noch den seltsamen und beunruhigenden Bericht über einen Mord – *Mord?* – in ihrer Mitte anzuhören.

Dennoch, eines hatte Adelia richtig gemacht: Sie hatte Mansur mitgebracht. Dazu hatte Gyltha sie überredet. »Auf *dich* werden die nich hören«, hatte sie gesagt, »aber von dem alten Araber lassen sie sich vielleicht beeindrucken.« Und damit hatte sie recht behalten, wie Adelia nach ein paar Stunden Schlaf befand. Mansur war den Nonnen von ihrem Bischof empfohlen worden, er sah geheimnisvoll aus, er stand bei ihrer Infirmarin in hohem Ansehen. Vor allem war er ein Mann und genoss als solcher mehr Achtung als sie, auch wenn er Ausländer war.

Es war nicht leicht gewesen, noch vor Ende der Kapitelversammlung angehört zu werden, doch Adelia hatte sich geweigert, länger zu warten. »Es geht um eine Angelegenheit des Königs«, hatte sie gesagt. Und das stimmte auch. Jeder Mord fiel unter die königliche Gerichtsbarkeit, ganz gleich, wo er geschah.

Master Mansur, so erzählte sie ihnen, war darin geübt, Verbrechen aufzudecken, und ursprünglich von Henry II. nach England gerufen worden, um den Tod einiger Kinder in Cambridgeshire zu untersuchen – na ja, das hatte er ja auch in gewisser Weise –, und der Mörder war entlarvt worden.

Mansurs mangelnde Sprachkenntnisse hatte sie als Erklärung angeführt, dass sie für ihn übersetzen müsse. Adelia hatte die Nonnen angefleht, sich selbst die Spuren an Berthas Hals anzusehen, hatte ihnen die Beweise für den Mord vorgelegt ... und regelrecht hören können, wie ihre Worte ebenso ins Leere gingen wie Berthas Finger, die nach der Kette gegriffen hatten, die sie strangulierte.

Sie beantwortete Mutter Edyves Frage: »Nein, Master Mansur klagt Dakers nicht an. Er sagt nur, dass *jemand* Bertha erhängt hat. Sie hat sich nicht selbst aufgehängt.«

Es war einfach zu grässlich für die Nonnen. Hier, in ihrem vertrauten englischen Kapitelsaal mit den mächtigen Holzstreben, stand eine hochragende Gestalt in fremdländischer Kleidung – ein Heide, ob nun vom König gerufen oder nicht – und erzählte ihnen mit Hilfe einer Frau von zweifelhaftem Ruf Dinge, die sie nicht hören wollten.

Sie hatten keinen Forschergeist. Anscheinend besaß keine von ihnen, nicht mal ihre kluge alte Äbtissin, die zügellose Neugier, von der Adelia getrieben wurde; eigentlich waren sie überhaupt nicht neugierig. Für sie hatten alle Fragen mit der Auferstehung Christi und den Regeln des heiligen Benedikt ihre Antwort gefunden.

Außerdem lag ihnen die irdische Gerechtigkeit nicht sonderlich am Herzen. Der Mörder, so es denn einen gab, würde weitaus schrecklicher bestraft werden – wenn er einst vor den göttlichen Richter trat, der um alle Sünden wusste –, als ein irdisches Gericht das je vermocht hätte.

Der Gürtel, die zerrissene Kette und die Kordel zum Messen lagen zusammengerollt auf dem Tisch vor ihnen, doch sie wandten die Augen ab.

Gut und schön, sagten sie, aber war der Abstand zwischen Berthas Füßen und dem Melkschemel denn wirklich wichtig? Das arme irregeleitete Mädchen hätte doch gewiss auch mit dem Gürtel um den Hals auf eine der Trennwände im Kuhstall steigen und von dort springen können? Wer konnte schon ermessen, wie viel Kraft die Verzweiflung einem Menschen verlieh? Ja, Bertha hatte sich davor gefürchtet, was die Haushälterin ihr antun könnte, aber sprach das denn nicht gerade für Selbsttötung?

Rowley, wenn du doch hier wärst …

»Es war Mord«, beharrte Adelia, »Master Mansur hat bewiesen, dass es Mord war.«

Mutter Edyve sagte nachdenklich: »So viel Kraft hätte ich Dakers gar nicht zugetraut.«

Adelia verzweifelte. Es war wie mit einer Röstgabel, bei der immer abwechselnd eine Seite dem Feuer zugewandt wurde. Falls Bertha ermordet worden war, dann von Dakers, die Rosamunds Tod rächen wollte – von wem auch sonst? Falls Dakers nicht die Mörderin war, dann hatte Bertha sich eben selbst getötet.

»Vielleicht war es ja einer von Wolvercotes oder Schwyz' Flamen«, warf Schwester Bullard, die Cellerarin, ein. »Das sind lüsterne, gewalttätige Männer, besonders, wenn sie berauscht sind. Dabei fällt mir ein, Mutter, wir müssen unseren Keller bewachen lassen. Die Fremden stehlen unseren Wein.«

Prompt setzte eine Flut von Klagen ein: »Mutter, wie sollen wir sie bloß alle satt bekommen?«
»Mutter, die Söldner … ich bange um unsere jungen Frauen.«
»Und um unsere Freunde und Nachbarn – bedenkt nur, wie sie den armen Müller verprügelt haben.«
»Die Höflinge sind noch schlimmer, Mutter. Was für unanständige Lieder die singen …«
Adelia hatte Mitleid mit ihnen. Als ob sie nicht schon genug Sorgen hätten, standen jetzt auch noch zwei Fremde vor ihnen, die mit einem auf der Brücke gefundenen Ermordeten in Godstow aufgetaucht waren und ihnen nun erklärten, dass ein weiterer Mörder in ihrer Abtei sein Unwesen trieb.
Die Schwestern gaben ihnen an keinem der beiden Todesfälle die Schuld – das konnten sie auch gar nicht –, doch Adelia hatte einige schiefe Blicke unter den Nonnenschleiern erhascht und wusste, dass ihr und Mansur jetzt Aasgeruch anhaftete.
»Selbst wenn Master Mansur die Wahrheit sagt, Mutter«, gab Schwester Gregoria, die Almosenpflegerin, zu bedenken, »was können wir tun? Wir sind eingeschneit. Erst wenn Tauwetter einsetzt, könnten wir den Leichenbeschauer des Sheriffs kommen lassen.«
»Und solange der Schnee liegenbleibt, kann König Henry uns nicht befreien«, stellte Schwester Bullard fest. »Bis dahin ist unsere Abtei, unser Fortbestand in Gefahr.«
Das war ihre Hauptsorge. Ihre Abtei hatte einen Krieg zwischen Monarchen überstanden, einen zweiten würde sie vielleicht nicht überstehen. Falls es der Königin gelang, den König zu stürzen, wäre sie gezwungen, Wolvercote zu belohnen, der ihren Sieg ermöglicht hatte. Und Lord Wolvercote gelüstete es schon lange nach Godstow und seinen Ländereien. Den Nonnen drohte eine Zukunft, in der sie sich ihr Brot auf den Straßen würden erbetteln müssen.

»Erlaubt Master Mansur, mit seinen Ermittlungen fortzufahren«, bettelte Adelia. »Zumindest begrabt Bertha nicht in ungeweihter Erde, bis alle Fakten geklärt sind.«
Mutter Edyve nickte. »Bitte sagt Master Mansur, dass wir ihm für seine Bemühungen danken«, sagte sie mit ihrer klaren, emotionslosen Stimme. »Überlasst es uns, Dakers zu befragen. Danach werden wir in dieser Sache um Gottes Rat beten.«
Sie waren entlassen. Mansur und Adelia mussten sich verneigen und gehen.
Noch ehe sie die Tür erreichten, ging hinter ihnen schon wieder die Debatte weiter – aber sie drehte sich nicht um Bertha …
»Ja, aber wo *ist* der König? Wie soll er uns zu Hilfe kommen, wenn er nicht mal weiß, dass wir sie benötigen? Wir können nicht darauf vertrauen, dass Bischof Rowley ihn erreicht hat – ich fürchte, er ist tot.«
Als sie den Kapitelsaal verließen, sagte Mansur: »Die Frauen haben Angst. Sie werden uns nicht helfen, den Mörder zu finden.«
»Ich hab sie nicht mal davon überzeugt, dass es überhaupt einen Mörder gibt«, sagte Adelia.
Sie gingen gerade um das Hospital herum, als eine Stimme hinter ihnen Adelias Namen rief. Es war die Priorin. Sie kam atemlos angelaufen. »Auf ein Wort, bitte, Mistress.« Adelia nickte, verabschiedete Mansur mit einer Verbeugung und drehte sich um.
Eine Weile gingen die beiden Frauen schweigend nebeneinander her.
Adelia fiel erst jetzt auf, dass Schwester Havis während der Debatte im Kapitelsaal kein Wort gesagt hatte. Sie war sich auch darüber im Klaren, dass die Nonne sie nicht mochte. Neben ihr zu gehen war, als begleitete sie die Verkörperung der Kälte, die die Abtei fest im Griff hatte, eine Gestalt, die aller Wärme

beraubt war, so frostig wie die Eiszapfen, die von jedem Dach hingen.
Vor der Kapelle der Nonnen blieb die Priorin stehen. Sie hielt das Gesicht von Adelia abgewandt, und ihre Stimme klang hart. »Ich kann Euch nicht billigen«, sagte sie, »und ich habe Rosamund nicht gebilligt. Die Duldsamkeit, die unsere Mutter Äbtissin gegenüber den Sünden des Fleisches zeigt, teile ich nicht.«
»Wenn das alles ist, was Ihr zu sagen habt …«, unterbrach Adelia sie und wandte sich ab.
Schwester Havis kam ihr nach. »Das ist es nicht, aber es musste gesagt werden.« Sie zog eine behandschuhte Hand unter ihrem Skapulier hervor und streckte sie aus, um Adelia zum Bleiben zu bewegen. Darin lagen die gerissene Kette, die Kordel und der Gürtel. »Ich beabsichtige, diese Gegenstände so zu nutzen, wie Ihr es getan habt, nämlich um Nachforschungen anzustellen. Ich werde zum Kuhstall gehen. Was auch immer Eure Schwächen sein mögen, Mistress, ich erkenne eine analytische Seele.«
Adelia blieb stehen.
Die Priorin hielt ihr schmales Gesicht weiterhin abgewandt. »Ich reise«, sagte sie. »Mir obliegt es, unsere Ländereien überall im Reich zu verwalten, und so sehe ich mehr von dem Misthaufen der Menschheit als meine Schwestern, ich sehe die Frevel und das Irren der Menschen, ich sehe ihre Missachtung der Höllenflammen, die ihrer harren.«
Adelia blieb ruhig. Das war keine Predigt über die Sünde; Schwester Havis hatte ihr etwas zu sagen.
»Und doch«, fuhr die Priorin fort, »gibt es ein noch größeres Böses. Ich war an Rosamunds Sterbebett, ich war Zeugin ihres furchtbaren Endes. Auch wenn die Frau eine Ehebrecherin war, so hätte sie nicht sterben dürfen.«

Adelia wartete weiter.
»Unser Bischof hatte sie kurz zuvor besucht, er hat die Mägde befragt und brach dann wieder auf. Zu dem Zeitpunkt ging es Rosamund noch gut, aber nach dem, was er in Erfahrung gebracht hatte, glaubte er, dass jemand absichtlich versucht hatte, sie zu vergiften, was letzten Endes ja auch gelungen ist, wie Ihr ebenso gut wisst wie ich.« Plötzlich wandte die Priorin den Kopf und blickte Adelia durchdringend an. »Hat er Euch das gesagt?«
»Ja«, sagte Adelia, »und deshalb hat er uns hierher mitgenommen. Er wusste, dass man der Königin die Schuld geben würde, er wollte den wahren Mörder entlarven und einen Krieg abwenden.«
»Dann hatte er eine hohe Meinung von Euch, Mistress.« Es klang höhnisch.
»Ja, das hatte er«, zischte Adelia sie an. Ihre Füße waren gefühllos vom langen Stehen, und ihre Trauer um Rowley drohte, sie zu übermannen. »Sagt endlich, was Ihr mir sagen wollt, oder lasst mich gehen. In Gottes Namen, reden wir über Rosamund oder Bertha oder den Bischof?«
Die Priorin blinzelte. Mit Zorn hatte sie nicht gerechnet.
»Bertha«, sagte sie ein wenig versöhnlicher. »Wir reden über Bertha. Ihr solltet wissen, dass ich Dakers gestern in Gewahrsam genommen habe. Die Frau ist geistesgestört, und ich wollte nicht, dass sie in der Abtei umherstreift. Daher hab ich sie vor der Vesper über Nacht im Wärmeraum eingeschlossen.«
Adelias Kopf schnellte hoch. »Um welche Zeit wird abends gemolken?«
»*Nach* der Vesper.«
Sie gingen jetzt im Gleichschritt. »Da lebte Bertha noch«, sagte Adelia. »Die Melkerin hat sie gesehen.«
»Ja, ich habe mit Peg gesprochen.«

»Ich *wusste*, dass Dakers es nicht war.«

Die Priorin nickte. »Dafür müsste die unglückliche Frau schon durch eine dicke, verriegelte Tür gehen können. Was ihr, wenn ich das so sagen darf, die meisten meiner Schwestern durchaus zutrauen.«

»Ihr dürft, Ihr dürft.« Adelia blieb erbost stehen. »Warum habt Ihr das nicht vorhin im Kapitelsaal gesagt?«

Die Priorin trat vor sie. »Ihr wart damit beschäftigt, uns zu beweisen, dass Bertha ermordet worden war. Ich wusste zufällig, dass Dakers sie nicht getötet haben konnte. Daraus ergab sich die Frage: Wer dann? Und warum? Diesen Wolf wollte ich nicht zwischen Schwestern freilassen, die ohnehin schon bekümmert und verängstigt genug sind.«

Ah. Endlich, dachte Adelia, ein logischer Verstand. Mir gegenüber abweisend und kalt wie der Winter, aber mutig. Vor ihr stand eine Frau, die gewillt war, schrecklichen Ereignissen auf den schrecklichen Grund zu gehen.

Sie sagte: »Bertha wusste etwas über die Person, die ihr im Wald die Pilze geschenkt hat. Aber es war ihr nicht bewusst. Ich denke, gestern ist es ihr wieder eingefallen, ich *denke*, sie ist aus dem Kuhstall gelaufen, um es mir zu erzählen. Irgendetwas oder vielleicht auch irgendjemand hat sie aufgehalten, und sie ist wieder zurück in den Stall gegangen. Wo sie erdrosselt und dann aufgehängt wurde.«

»Sie war kein zufälliges Opfer?«

»Ich glaube nicht. Es gab keine sexuellen Handlungen, soweit ich das feststellen konnte. Und sie wurde nicht ausgeraubt, die Goldkette war noch da.«

Beide hatten unbewusst begonnen, vor der Kapelle auf und ab zu gehen. Adelia sagte: »Sie hat Peg erzählt, dass es keine Sie war, sondern ein Er.«

»Die Person im Wald?«

»Ich denke, ja. Ich glaube, Bertha hat sich an irgendetwas erinnert, irgendetwas an der alten Frau, die ihr die Pilze für Rosamund geschenkt hat. Ich denke, ihr ist klar geworden, dass es gar keine alte Frau war – ihre Beschreibung hat sich immer irgendwie … ich weiß nicht, sonderbar angehört.«
»Alte Frauen, die im Wald vergiftete Pilze verschenken, sind ja auch wohl sonderbar.«
Adelia lächelte. »Dann eben übertrieben. Geschauspielert. Ich denke, das wollte Bertha mir sagen. *Keine Sie, sondern ein Er.*«
»Ein Mann? Als Frau verkleidet?«
»Ich denke, ja.«
Die Priorin bekreuzigte sich. »Woraus zu schließen ist, dass Bertha uns hätte sagen können, wer Rosamund getötet hat …«
»Ja.«
»… aber nicht mehr dazu kam, weil sie erdrosselt wurde, *von derselben Person.*«
»Ich denke, ja.«
»Das habe ich befürchtet. Der Teufel wandelt unter uns.«
»In Menschengestalt, ja.«
»Ich soll mich nicht fürchten«, sagte Schwester Havis, »ich soll mich nicht fürchten, vor dem Pfeil, der des Tages fliegt, vor der Pest, die im Finstern schleicht, vor der Seuche, die am Mittag Verderben bringt.« Sie schaute Adelia an. »Und doch empfinde ich Furcht.«
»Ich auch.«
Seltsamerweise jedoch nicht mehr ganz so sehr wie zuvor. Es tröstete Adelia ein wenig, ihr Wissen an die Obrigkeit weitergegeben zu haben, und obwohl ihr die Frau ablehnend begegnete, war sie doch praktisch die einzige Obrigkeit, die das Kloster zu bieten hatte.
Nach einer Weile sagte Schwester Havis: »Wir mussten den

Toten von der Brücke aus dem Eishaus holen. Ein Mann hat nach ihm gefragt, ein Vetter, wie er sagte – Master Warin, ein Advokat aus Oxford. Wir haben den Leichnam für die Totenwache in der Kirche aufgebahrt, und damit er ihn identifizieren konnte. Anscheinend handelt es sich um einen jungen Mann namens Talbot aus Kidlington. Ist er auch ein Opfer dieses Teufels geworden?«

»Ich weiß es nicht.« Sie merkte, dass sie die ganze Zeit »ich« gesagt hatte. »Ich werde Master Mansur berichten. Er wird der Frage nachgehen.«

Ein leiser Hauch von Erheiterung huschte über das Gesicht der Priorin. Sie wusste, wer hier ermittelte. »Bitte tut das«, sagte sie.

Aus dem Kreuzgang weiter vorne tönte Lachen und Gesang herüber, und Adelia merkte, dass sie das schon seit einer Weile hörte. Es gab also doch noch irgendwo Musik und Frohsinn.

Im Innenhof kreischten zwei junge Nonnen vor Vergnügen, während sie Schneebällen auswichen, die ein scharlachrot gekleideter junger Mann nach ihnen warf. Ein anderer junger Mann zupfte eine Gambe und sang, den Blick auf eines der oberen Fenster im Haus der Äbtissin gerichtet, wo Eleanor stand und über die ausgelassene Szene lachte.

Und das im Heiligtum. Das kein nichtgeistlicher Mann je betreten sollte, und vermutlich bis jetzt nie betreten hatte.

Aus Eleanors Fenster drang ein schwacher Parfümhauch, flüchtig wie eine Fata Morgana, schillernd vor Sinnlichkeit, ein Sirenenduft, der zu palmengesäumten Eilanden lockte, so betörend, dass Adelias Nase, noch während sie ihn analysierte – Bergamotte, Sandelholz, Rosen –, zugleich seiner Üppigkeit sehnsüchtig nachschnupperte, bis die eisige Luft ihn davontrug.

O Gott, ich hab den Tod und die Kälte so satt.

Neben ihr blieb Schwester Havis steif und stumm vor Entrüstung stehen.

Als die jungen Leute sie erblickten, erstarrte die ganze Szene. Dem Troubadour blieb sein Lied im Halse stecken, seinem jungen Gefährten fiel der nächste Schneeball harmlos aus der Hand, die Nonnen nahmen die Haltung empörter Frömmigkeit an und gingen weiter, als hätten sie sich nie von irgendetwas ablenken lassen. Der Schneeballwerfer riss sich mit großer Geste den Hut vom Kopf und drückte sich ihn in gespielter Zerknirschung an die Brust.

Eleanor winkte vom Fenster her. »Verzeihung«, rief sie und schloss die Läden.

Dann bin ich also nicht der einzige Schandfleck, dachte Adelia amüsiert. Die Königin und ihr Gefolge brachten die verlockenden Farben der Weltlichkeit in die schwarz-weiße Welt des Klosters. Die Anwesenheit Eleanors, die schon einen ganzen Kreuzzug gefährdet hatte, bedrohte Godstow in seinen Grundfesten mehr als Wolvercote und seine Söldner.

Dann verflog Adelias Amüsement. Hat sie einen Mörder mitgebracht?

Adelia war zu müde, um den Rest des Vormittags noch etwas anderes zu tun, als auf Allie aufzupassen, während Gyltha zum Plaudern in die Küche ging. Dort schnappte sie stets viele Neuigkeiten und Tratsch auf.

Bei ihrer Rückkehr sagte sie: »Die haben jetzt alle Hände voll zu tun, für die Hochzeit von der hübschen Emma zu kochen, wo doch jetzt der alte Wolf aufgetaucht is. Das arme Würmchen, ich hätte keine Lust, diese Schlange zu heiraten. Die Leute fragen sich, ob sie's sich noch anders überlegt – sie bleibt die ganze Zeit im Kloster und hat noch kein Wort mit ihm gesprochen, sagen sie.«

»Es bringt Unglück, den Bräutigam vor der Hochzeit zu sehen«, sagte Adelia geistesabwesend.
»Den würd ich auch hinterher nich sehen wollen«, sagte Gyltha. »Ach so, und später wollen die Schwestern was wegen den Gehängten an der Brücke tun. Die Äbtissin meint, es wär Zeit, dass sie beerdigt werden.« Sie zog ihren Mantel aus. »Bin mal gespannt. Dem alten Wolf trau ich zu, dass er ganz gern ein paar Leichen rumhängen hat.« Sie hatte ein Leuchten in den Augen. »Vielleicht kriegen die sich richtig in die Wolle. Mein Gott, wo willst du denn nun schon wieder hin?«
»Zum Hospital.« Adelia war ihr Patient gerade wieder eingefallen.
Schwester Jennet begrüßte sie freundlich. »Vielleicht könnt Ihr Master Mansur meine Dankbarkeit übermitteln. So ein glatter, sauberer Stumpf, und der Patient erholt sich gut.« Sie blickte sehnsüchtig. »Wie gern hätte ich der Operation beigewohnt.«
Aus ihr sprach der Instinkt einer Ärztin, und Adelia dachte an all die Frauen, die ihrer Berufung ebenso entsagen mussten wie diese hier, und dankte Gott für das Privileg, das Salerno ihr geboten hatte.
Sie wurde durch den Krankensaal geleitet. Alle Patienten waren Männer – »Frauen behandeln sich meistens selbst« –, und die meisten litten unter einer Verstopfung der Lunge, eine Folge, wie die Infirmarin meinte, vom Leben in den Niederungen, wo sie den ungesunden Dämpfen des Flusses ausgesetzt waren.
Drei waren ältere Männer aus Wolvercote. »Sie sind unterernährt«, sagte die Infirmarin, ohne die Stimme zu senken. »Lord Wolvercote vernachlässigt seine Untertanen sträflich. Sie haben nicht mal eine Kirche, in der sie beten könnten, seit die alte eingestürzt ist. Es ist eine Gnade Gottes für sie, dass wir in ihrer Nähe sind.«

Sie ging zu einem anderen Bett, wo eine Nonne gerade die Ohren eines Patienten mit warmem Wasser betupfte. »Erfrierung«, sagte sie.

Adelia bekam ein schlechtes Gewissen, als sie Oswald erkannte, Rowleys Waffenknecht. Sie hatte ihn vergessen, dabei war er doch unter den Männern gewesen, die zusammen mit Mansur die Barkasse vom Kloster nach Wormhold gestakt hatten. Walt saß an seinem Bett. Er schlug sich an die Stirn, als Adelia zu ihnen trat.

»Es tut mir leid«, sagte sie zu Oswald. »Ist es schlimm?«

Es sah schlimm aus. Am Außenrand des Ohrs hatten sich dunkle Blasen gebildet, so dass es aussah, als hätte er eine schwammige Geschwulst am Kopf.

»Hätte seine Kapuze aufbehalten sollen«, sagte Walt munter. »Haben wir gemacht, nich, Mistress?« Das gemeinsame Leiden auf dem Boot hatte sie einander näher gebracht.

Adelia lächelte ihn an. »Wir hatten Glück.«

»Wir behalten das Ohr im Auge«, sagte Schwester Jennet ebenso gutgelaunt. »Ich hab ihm schon gesagt: Entweder es bleibt dran, oder es fällt ab. Kommt weiter.«

Noch immer stand der Sichtschutz um das Bett des jungen Poyns, aber, wie Schwester Jennet erklärte, weniger, damit er nicht gestört wurde, als vielmehr, um zu verhindern, dass er mit seiner üblen Söldnersprache die übrigen Patienten ansteckte.

»Obwohl ich sagen muss, dass er keinen einzigen Fluch ausgestoßen hat, seit er hier ist, was für einen Flamen ungewöhnlich ist.« Sie zog, noch immer redend, den Sichtschutz zur Seite: »Von seinem Freund kann ich das nicht behaupten.« Sie drohte Cross mit dem Finger, der wie Walt am Bett seines Kameraden saß.

»Wir sind keine Scheißflamen«, sagte Cross müde.

Adelia durfte sich die Wunde nicht ansehen. Offenbar hatte das Dr. Mansur bereits getan und seine Zufriedenheit erklärt.
Der Stumpf war gut verbunden, und als Adelia daran roch, bemerkte sie keinen Fäulnisgestank. Mansur, der so oft bei ihren Operationen dabei war, hätte Anzeichen von Nekrose erkennen können.
Poyns selbst war blass, aber fieberfrei, und er hatte Appetit. Adelia gönnte sich einen stillen Moment des Stolzes auf ihren Erfolg, während sie zugleich die Zähigkeit des menschlichen Körpers bestaunte.
Sie erkundigte sich nach Dakers. Noch jemand, den sie vernachlässigt hatte und für den sie sich verantwortlich fühlte.
»Wir bewahren sie im Wärmeraum auf«, sagte Schwester Jennet wie über ein Ausstellungsstück. »Nachdem es ihr wieder besserging, konnte ich sie nicht hierlassen. Meine Patienten hatten Angst vor ihr.«

In einem Mönchskloster wäre der Wärmeraum das Skriptorium gewesen, wo die des Schreibens mächtigen Mönche den lieben langen Tag Handschriften kopierten und sorgsam gehütete Kohlenbecken dafür sorgten, dass ihre armen Finger nicht vor Kälte verkrampften.
Hier gab es nur Schwester Lancelyne und Pater Paton – ihn hatte Adelia nicht erwartet, ja, sie hatte völlig vergessen, dass Rowleys Sekretär existierte. Beide schrieben, aber keine Bücher.
Schwache Wintersonne fiel auf ihre gebeugten Köpfe und die mit dicken Bandsiegeln versehenen Dokumente, die vor ihnen auf dem Tisch lagen.
Adelia stellte sich vor. Pater Paton blickte mit zusammengekniffenen Augen auf und nickte dann. Er hatte sie genauso vergessen.

Schwester Lancelyne war entzückt, ihre Bekanntschaft zu machen. Sie war die Sorte Mensch, für die Tratsch nur dann von Interesse war, wenn er literarische Gestalt annahm. Und sie schien nicht zu wissen, dass Rowley vermisst wurde. »Natürlich, Ihr seid zusammen mit dem Bischof gekommen, nicht wahr? Bitte dankt Seiner Lordschaft in meinem Namen für Pater Paton. Was hätte ich ohne ihn nur gemacht … Ich hatte geschworen, unser Kopialbuch und Register in Ordnung zu bringen, doch die Aufgabe erwies sich als zu groß für mich, bis Seine Lordschaft diesen Herkules in meinen Augiasstall entsandt hat.«

Pater Paton als Herkules, eine skurrile Vorstellung. Ebenso skurril wie Schwester Lancelyne selbst, eine alte, kleine, gnomenhafte Gestalt mit den hellen Bernsteinaugen einer Kröte. Und ebenso skurril wie der Raum, der vom Boden bis zur Decke mit Regalen ausgestattet war, in denen aus Stapeln von Dokumentenrollen und Urkunden ein Wirrwarr von Siegeln heraushing.

»Eine alphabetische Ordnung, versteht Ihr?«, trällerte Schwester Lancelyne. »Die müssen wir erstellen, und einen Kalender, aus dem hervorgeht, wer uns an welchem Tag den Zehnten schuldet, welche Pacht … Doch ich sehe, Ihr habt unser Buch entdeckt.«

Es war das *einzige* Buch, ein schmaler, in Kalbsleder gebundener Band. Es hatte ein kleines Regalbrett ganz für sich allein, das mit Samt ausgekleidet war wie eine Schmuckschatulle. »Wir haben natürlich das Testament«, erklärte Schwester Lancelyne wie zur Entschuldigung für das Fehlen einer Bibliothek, »und ein Brevier, beide sind in der Kapelle, aber … oje.« Denn Adelia hatte sich dem Buch genähert. Als sie dessen Rücken zwischen Daumen und Zeigefinger fasste, um es sich anzusehen, stieß die Nonne einen erleichterten Seufzer aus: »Ich sehe, Bücher liegen Euch am Herzen. So mancher zieht einfach mit einem Finger oben am Rand und reißt dabei …«

»Boethius«, sagte Adelia erfreut. »›*O glückseliges Menschengeschlecht, wenn die Liebe auch euren Geist lenkt, so wie sie den Himmel lenkt.*‹

»›*Um Göttlichkeit zu erlangen, werdet zu Göttern*‹«, frohlockte Schwester Lancelyne. »›… *omnis igitur beatus deus … durch Teilhabe.*‹ Sie haben ihn dafür eingesperrt.«

»Und getötet. Ich weiß, aber wie mein Ziehvater immer sagt, wenn er nicht im Kerker gesessen hätte, hätte er niemals den *Trost der Philosophie* geschrieben.«

»Wir haben nur *Fides und Ratio*«, sagte Schwester Lancelyne. »Ich wünsche mir … nein, *mea culpa,* ich verzehre mich nach dem Rest, wie es König David nach Bathseba gelüstete. In der Bibliothek in Eynsham haben sie eine vollständige *Consolatio,* und ich habe es gewagt, den Abt zu fragen, ob wir sie ausleihen und kopieren dürften, aber er hat zurückgeschrieben, dass sie zu kostbar sei, um sie uns zu schicken. Er traut Frauen keine Gelehrsamkeit zu, und das ist ihm natürlich nicht zu verdenken.«

Adelia selbst war keine Gelehrte. Schließlich hatte sie notgedrungen fast immer nur medizinische Abhandlungen studiert, aber sie hatte große Hochachtung vor Menschen, die es waren. Die Gespräche mit ihrem Ziehvater und ihrem Lehrer Gordinus hatten ihr eine Tür zur Literatur des Geistes geöffnet, hinter der sie einen leuchtenden Pfad zu den Sternen erblickt hatte, den sie, das hatte sie sich geschworen, eines Tages erkunden würde. In der Zwischenzeit war es schön, ihn hier wiederzuentdecken, zwischen den Regalen und dem Velingeruch und dem unverwüstlichen Wissensdrang dieser kleinen alten Frau.

Behutsam stellte sie das Buch zurück. »Ich hatte gehofft, Mistress Dakers hier bei Euch zu finden.«

»Eine weitere große Hilfe«, sagte Schwester Lancelyne fröhlich und zeigte auf eine Gestalt mit Kapuze, die halb versteckt zwischen den Regalen auf dem Boden kauerte.
Sie hatten Rosamunds Haushälterin ein Messer gegeben, um die Schreibfedern damit anzuspitzen. Gänsefedern lagen neben ihr, sie hielt eine in der Hand, und ihr Schoß war übersät mit Calamusspänen. Eine harmlose Arbeit, noch dazu eine, die sie zahllose Male für Rosamund erledigt haben musste, und doch musste Adelia unwillkürlich daran denken, dass da etwas zerstückelt wurde.
Sie ging zu der Frau und hockte sich neben sie. Schwester Lancelyne und Pater Paton widmeten sich schon wieder ihrer Arbeit.
»Erinnert Ihr Euch an mich, Mistress?«
»Ich erinnere mich.« Dakers spitzte weiter mit raschen Schnitten die Feder an.
Sie hatte zu essen bekommen und sich ausgeruht, daher sah sie nicht mehr ganz so ausgezehrt aus, doch keine noch so gute Fürsorge würde je Dakers' skelettartigen Körper fülliger machen oder ihren Hass mildern. Er loderte noch immer in den Augen, die auf ihre Arbeit gerichtet waren. »Ist der Mörder meiner Liebsten schon gefunden?«, fragte sie.
»Noch nicht. Habt Ihr gehört, dass Bertha tot ist?«
Dakers' Mund verzog sich, zeigte ihre Zähne. Sie hatte es gehört – und das mit Freuden. »Ich hab meinen Meister angerufen, er möge sie bestrafen, und er hat's getan.«
»Welchen Meister?«
Dakers drehte den Kopf so, dass Adelia ihr voll ins Gesicht sah. Es war, als starrte sie in eine Leichengrube. »Es gibt nur den Einen.«

Draußen wartete Cross auf sie, und als sie an ihm vorbeikam, trottete er griesgrämig hinterdrein. »He«, sagte er, »was machen die denn jetzt mit Giorgio?«

»Mit wem? Ach so, Giorgio. Nun ja, ich vermute, die Schwestern werden ihn bestatten.« In Godstow stapelten sich die Leichen allmählich.

»Aber wo denn? Ich will, dass er anständig unter die Erde kommt. Giorgio war nämlich Christ, jawohl.«

Und Söldner, dachte Adelia, was ihn in Godstows Augen auf eine Ebene mit denjenigen stellen könnte, die ihr Recht auf ein christliches Grab preisgegeben hatten. Sie sagte: »Habt Ihr die Nonnen gefragt?«

»Kann nich mit denen reden.« Die frommen Schwestern machten Cross Angst. »Fragt Ihr sie.«

»Wieso sollte ich?« Was bildete der Kerl sich eigentlich ein?

»Ihr seid doch Sizilianerin, nich? Genau wie Giorgio. Ihr habt gesagt, ihr wärt Sizilianerin, dann müsst Ihr auch dafür sorgen, dass er anständig unter die Erde kommt, mit 'nem Priester und dem Segen von … wie heißt noch mal die Heilige, der sie die Titten abgeschnitten haben?«

»Ich vermute, Ihr meint St. Agatha«, sagte Adelia unterkühlt.

»Ja, genau die.« Cross' unschöne Gesichtszüge runzelten sich zu einem anzüglichen Grinsen. »Tragen sie die Titten von der an Feiertagen immer noch rum?«

»Leider ja.« Sie hatte diese Sitte stets missbilligt, aber noch immer wurde des besonders grauenhaften Martyriums der armen heiligen Agatha in Palermo mit einer Prozession gedacht, bei der auf einem Tablett zwei Nachbildungen von abgetrennten Brüsten herumgetragen wurden, die aussahen wie zwei Torten mit Brustwarzen.

»Hat viel an St. Agatha gedacht, der arme Giorgio. Das könnt Ihr denen sagen.«

Adelia öffnete den Mund, um ihm mal was zu sagen, doch dann sah sie die Augen des Söldners und stockte. Der Mann litt unter dem Tod seines Freundes, und er hatte um den verletzten Poyns gebangt. In ihm steckte eine fühlende Seele, trotz seines wenig einnehmenden Wesens.

»Ich will es versuchen«, sagte sie.

»Tut das.«

Auf der großen Freifläche hinter der Scheune ging einer von Wolvercotes Männern vor dem kreisrunden Gefängnis auf und ab, doch Adelia konnte sich beim besten Willen nicht vorstellen, was er da bewachte.

Weiter hinten versuchte der Klosterschmied ein Loch ins Eis des zugefrorenen Teiches zu schlagen, um einigen betrübt dreinblickenden Enten Zugang zum Wasser zu verschaffen. Kinder – vermutlich seine eigenen – hatten sich Schlittknochen an die Stiefel gebunden und rutschten damit am Rand des Teiches herum.

Adelia blieb stehen und sah ihnen sehnsüchtig zu. Sie hatte erst spät die Freude am Eislaufen entdeckt – erst als sie einen Winter im Sumpfland verbrachte, wo die vereisten Wasserläufe zu Wegen und Spielplätzen wurden. Ulf hatte es ihr beigebracht. Die Menschen im Sumpfland waren ausgezeichnete Eisläufer.

Einfach von hier weggleiten, frei, die Toten die Toten begraben lassen. Doch selbst wenn das möglich gewesen wäre, sie konnte nicht fort, solange die Person frei herumlief, die Bertha an einem Haken aufgehängt hatte, wie ein Stück Schlachtvieh …

»Könnt Ihr eislaufen?«, fragte Cross, der sie beobachtet hatte.

»Ja, aber wir haben keine Schuhe dafür«, sagte sie.

Als sie sich der Kirche näherten, kam eine Schar Nonnen unter Führung ihrer Priorin durch das Portal marschiert wie eine Reihe gutgedrillter und festentschlossener Dohlen.

Sie strebten Richtung Klostertor und dahinterliegende Brücke, und eine von ihnen schob eine Karre auf zwei Rädern. Eine stattliche Anzahl von Godstows nichtgeistlichen Bewohnern hastete erwartungsvoll hinter ihnen her. Adelia entdeckte Walt und Jacques und gesellte sich zu ihnen. Cross tat es ihr gleich. Als sie das Gästehaus passierten, kam Gyltha mit Mansur die Treppe herab, Allie warm eingepackt in ihren Armen. »Das lass ich mir nich entgehen«, sagte sie.

Am Tor ertönte klar und deutlich Schwester Havis' Stimme. »Macht auf, Fitchet, und bringt mir ein Messer.«

Draußen hatte man einen Pfad durch den Schnee auf der Brücke freigeschaufelt, um das Kommen und Gehen zwischen Dorf und Kloster zu erleichtern. Er führte sonst nirgendwohin, deshalb wusste niemand so recht, warum Lord Wolvercote es für notwendig erachtet hatte, einen Wachposten auf die Brücke zu stellen. Aber dort stand einer, der sich angesichts einer Schar schwarzgekleideter verschleierter Frauen, von denen jede ein Kreuz auf der Brust trug, dennoch zu fragen bemüßigt sah: »Wer da?«

Schwester Havis ging auf ihn zu, wie Cross in der Nacht zuvor auf seinen Kameraden zugegangen war. Adelia rechnete schon fast damit, dass sie ihn niederschlagen würde; zuzutrauen wäre es ihr, so wie sie aussah. Doch stattdessen drückte die Priorin die gesenkte Pike mit dem Handrücken beiseite und marschierte weiter.

»Nix zu machen, mein Freund«, sagte Fitchet beinahe mitfühlend zu dem Wachposten. »Wenn die ein göttliches Anliegen haben, is nix zu machen.«

Adelia hatte die zwei Erhängten ja schon kurz vom Boot aus gesehen, doch da war sie zu durchgefroren, zu verängstigt, zu beschäftigt gewesen, um darüber nachzudenken, wie sie gehängt worden waren.

Nur der Anblick ihrer baumelnden Füße hatte sich in ihr Gedächtnis gegraben.
Jetzt sah sie es. Man hatte die beiden gefesselten Männer auf die Brücke geführt, ihnen jeweils die Schlinge um den Hals gelegt und das andere Ende des Stricks an einem der Brückenpfosten festgebunden. Dann waren sie über das Geländer geworfen worden.
Brücken waren Verbindungen von Mensch zu Mensch, zu heilig, um als Galgen missbraucht zu werden. Adelia wünschte, Gyltha hätte Allie nicht mitgebracht. Was jetzt kam, sollte ihre Tochter nicht sehen. Andererseits schaute ihr Kind sich mit wachen, frohen Augen um. Diese Umgebung bot endlich eine Abwechslung, eine wohltuende Abwechslung von den Sträßchen im Kloster, in denen sie täglich herumgetragen wurde, damit sie frische Luft bekam. Die Brücke war Bestandteil eines Gemäldes in Weiß, ihre Spiegelung im vereisten Fluss war vollkommen, und der Wasserfall auf der Seite der Mühle war wie zu gemeißelten Säulen erstarrt.
Dahinter glitzerte das reglose Mühlrad mit seinen Eiszapfen wie von tausend Stalaktiten. Der verzerrte Tod verunzierte auf obszöne Weise dieses Bild. »Lass sie nicht die Leichen sehen«, wies sie Gyltha an.
»Lass sie sich dran gewöhnen«, sagte Gyltha. »Sie kriegt noch oft genug Erhängte zu sehen, wenn sie größer wird. Mein Pa hat mich zu meiner ersten Hinrichtung mitgenommen, als ich drei war. Hat mir sogar Spaß gemacht.«
»Ich will aber nicht, dass es ihr Spaß macht.«
Die Körper nach oben zu ziehen würde nicht leicht werden. Durch das viele Eis waren sie noch schwerer geworden, und die Stricke, an denen sie hingen, waren so fest über das Geländer gespannt, dass sie daran festgefroren waren.
Walt trat neben Adelia.

»Die Priorin sagt, wir sollen nich helfen. Anscheinend müssen sie das selbst machen.«

Schwester Havis überlegte einen Moment und erteilte dann ihre Anweisungen. Während eine Nonne mit Fitchets Messer das Eis von den Stricken kratzte, beugte sich die größte von ihnen, die Cellerarin, über das Geländer und packte mit einem ausgestreckten Arm das Haar eines der Gehenkten. Sie hob ihn ein wenig an, damit der Strick sich lockerte.

Eine Möwe, die an den Augen des Mannes gepickt hatte, flatterte kreischend in den klaren Himmel. Allie sah, wie sie davonflog.

»Zieht, meine Schwestern.« Die Stimme der Priorin hallte dem Vogel nach. »Zieht, im Namen der barmherzigen Muttergottes.«

Eine Reihe schwarzer Rücken beugte sich übers Geländer. Sie zogen mit aller Kraft, und ihre Atemluft strömte aufwärts wie Rauch.

»Was zum Teufel treibt ihr Frauen da?«

Lord Wolvercote war auf der Brücke erschienen und wurde von den Schwestern ebenso wenig beachtet wie die Möwe. Er trat vor, eine Hand am Schwert. Fitchet und Walt und einige andere Männer krempelten die Ärmel hoch. Wolvercote blickte sich um. Das hilflose Achselzucken seines Wachpostens verriet ihm, dass er gegen Gottes Frauenbataillon keine Hilfe zu erwarten hatte. Sie waren in der Überzahl. Stattdessen brüllte er: »Lasst sie, wo sie sind. Das hier ist *mein* Land, *meine* Hälfte der Brücke, und ich lasse Schurken hier hängen, solange es mir beliebt.«

»Es ist unsere Brücke, Mylord, das wisst Ihr genau.« Das war Fitchets Stimme, laut, aber auch müde, weil dieser Streit schon so lange währte. »Und die Mutter Äbtissin will nich, dass Leichen dran hängen.«

Inzwischen war ein Körper oben, und da er völlig steif war, mussten die Schwestern ihn praktisch kerzengerade über das Geländer heben. Sein Kopf hing schief, neugierig in Richtung des Mannes geneigt, der ihn zum Tode verurteilt hatte.
Die Nonnen legten ihn auf die Karre und traten dann wieder ans Geländer, um seinen Kameraden zu bergen.
Der Disput hatte die Familie des Müllers alarmiert, und jetzt säumten Gesichter die Fensterbänke, um die weißen Wölkchen zu betrachten, die wie Drachenatem von den streitenden Männern aufstiegen.
»Das waren Räuber, du Tölpel. In Besitz von gestohlenem Eigentum, und ich habe an ihnen ein Exempel statuiert, wie das mein Vorrecht ist. Lasst sie *hängen.*«
Er war groß, etwa um die dreißig, hatte einen dunklen Teint und wäre ein gutaussehender Mann gewesen, wenn in seinem schmalen Gesicht nicht ein unentwegt verächtlicher Ausdruck gelegen hätte, der in diesem Moment noch durch Wut verstärkt wurde. Emma hatte hingerissen von der poetischen Neigung ihres Zukünftigen geschwärmt, doch in diesem Gesicht sah Adelia keine Poesie. Nur Dummheit. Er hatte an den beiden Dieben ein Exempel statuiert, sie hingen seit zwei Tagen hier, und da der Fluss derzeit nicht befahren wurde, waren sie inzwischen von jedem gesehen worden, der sie sehen konnte. Ein klügerer Mann hätte sich dem Unvermeidlichen gebeugt, seinen Segen dazu gegeben und wäre gegangen.
Aber Wolvercote kann das nicht, dachte Adelia, in seinen Augen untergraben die Schwestern seine Macht, und das ängstigt ihn. Er muss der Platzhirsch sein, sonst ist er gar nichts.
Sie fragte sich, wieso er überhaupt das Recht besaß, Todesurteile zu fällen, und musste an ein Gespräch mit Rowley denken, der ihr einmal eines der alten in England herrschenden Gewohnheitsrechte erklärt hatte. »Manche Grundherren sind

von alters her berechtigt, Diebe zum Tode zu verurteilen, die auf ihrem Land gefasst werden. Dem König gefällt das ganz und gar nicht, weil er meint, damit haben die Kerle praktisch das Recht, jeden zu hängen, der ihnen nicht in den Kram passt.«

»Und wieso verbietet er es dann nicht einfach?«

Doch alte Rechte konnten offenbar nicht abgeschafft werden, ohne bei denjenigen, die sie innehatten, Unmut oder gar Auflehnung zu entfachen. »Das wird er schon noch – zum richtigen Zeitpunkt.«

Der zweite Leichnam war geborgen, und man hatte beide mit Sackleinen zugedeckt. Die Nonnen machten sich daran, ihren beladenen Karren zurück über die vom Eis rutschige Brücke zu schieben.

»Siehst du, mein Liebchen«, sagte Gyltha zu Allie. »Das war lustig, nich?«

Schwester Havis blieb stehen, als sie an Wolvercote vorbeikam, und ihre Stimme war kälter als die Toten. »Wie waren ihre Namen?«

»Namen? Wozu wollt Ihr ihre Namen wissen?«

»Für ihre Gräber.«

»Die hatten keinen Namen, Herrgott noch mal. Die hätten sogar den Abendmahlskelch von Eurem verdammten Altar gestohlen, wenn ich sie nicht daran gehindert hätte. Es waren *Diebe*, Weib.«

»So wie die beiden, die neben unserem Herrn gekreuzigt wurden. Ich entsinne mich nicht, dass er ihnen seine Gnade vorenthalten hat.« Die Priorin wandte sich ab und folgte ihren Schwestern.

Er konnte es nicht dabei bewenden lassen und rief ihr nach: »Ihr seid eine nörgelnde alte Hexe, Havis. Kein Wunder, dass Ihr keinen Mann abgekriegt habt.«

Sie drehte sich nicht um.
»Sie werden sie begraben«, sagte Adelia. »Oje.«
Jacques, der in ihrer Nähe stand, grinste. »Das macht man mit Toten gemeinhin so«, sagte er.
»Ja, aber ich habe mir ihre Schuhe nicht angesehen. Und du«, sagte sie zu Gyltha, »bringst jetzt das Kind nach Hause.« Sie hastete den Nonnen nach und stoppte den Karren, indem sie sich einfach davorstellte. »Dürfte ich mal kurz? Geht ganz schnell.«
Sie kniete sich in den Schnee, so dass ihre Augen auf einer Höhe mit den Beinen der Toten waren, und hob das Sackleinen an.
Sie fühlte sich zurück auf die Brücke versetzt, als sie sie zum ersten Mal sah, nachts, mit der schrecklichen Last, die sie trug, und den Fußspuren im Schnee, die ihr den Ablauf des Mordes so deutlich geschildert hatten, als hätten die beiden Täter ihn selbst gestanden.
Sie hörte ihre eigene Stimme, die mit Rowley sprach: »Seht Ihr? Der eine trägt genagelte Stiefel, der andere hat Querstreifen an den Sohlen, vielleicht mit Riemen umwickelte Holzschuhe. Sie waren beritten und haben ihre Pferde zwischen die Bäume dort geführt … Während sie warteten, haben sie gegessen …«
Jetzt sah sie ein Paar robuster genagelter Stiefel vor sich. Der andere Tote hatte den rechten Schuh verloren, doch der linke Holzschuh war von fest gebundenen Lederriemen am Fuß gehalten worden, die unter der Sohle verliefen und kreuzförmig bis hinauf zur Wade gewickelt waren.
Sorgsam legte sie das Sackleinen wieder zurück und richtete sich auf. »Danke.«
Verblüfft zogen die Nonnen mit dem Karren weiter. Schwester Havis sah Adelia kurz in die Augen. »Waren sie es?«
»Ja.«

Walt hörte das. »He, sind das die Schweine, die das arme Pferd umgebracht haben?«
Adelia lächelte ihn an. »Und den Reisenden. Ja, ich glaube schon.« Sie drehte sich um und bemerkte, dass Wolvercote näher gekommen war, um zu sehen, was sie da machte. Die vielen Leute aus der Abtei blieben in der Nähe, um das Gespräch mitzubekommen.
»Wisst Ihr, wo die beiden herkamen?«, fragte sie ihn.
»Ist mir doch egal, wo die herkamen! Ich hab sie erwischt, wie sie mein Haus ausrauben wollten. Die hatten einen Silberbecher, *meinen* Silberbecher, und mehr muss ich nicht wissen.« Er sah den Torwächter an. »Wer ist das Weib, was macht die hier?«
»Ist mit dem Bischof gekommen«, antwortete Fitchet knapp.
Walt meldete sich stolz zu Wort: »Sie gehört zu dem Sarazenenarzt. Sie kann Sachen erkennen, jawohl. Sie sieht Sachen und weiß genau, was passiert ist.«
Das war unglücklich formuliert. Adelia senkte den Kopf, während sie auf das Unvermeidliche wartete.
Wolvercote musterte sie. »Also eine Hexe«, sagte er.
Das Wort tropfte in die Luft wie Tinte in klares Wasser, verfärbte sie, durchzog sie mit schwarzen, schlängelnden Spuren, ehe es sie für alle Zeit grau werden ließ.
So wie die Anspielung, dass Havis eine frustrierte Jungfrau sei, an ihr haftenbleiben würde, so würden die Umstehenden, die das Wort »Hexe« in Bezug auf Adelia hörten, es nie mehr vergessen. Das Wort hatte Frauen gesteinigt und verbrannt, man konnte keinen Widerspruch dagegen einlegen. Es bewölkte die Gesichter der Männer und Frauen, die zuhörten. Selbst bei Jacques und Walt waren neue Zweifel spürbar.
Sie geißelte sich selbst. Herrje, wie dumm. Wieso hab ich nicht gewartet? Sie hätte eine andere Gelegenheit finden können,

um sich die Schuhe der Männer anzusehen, ehe sie beerdigt wurden. Aber nein, sie musste es ja gleich hier tun. Unbedacht, *unbedacht.*

»Verdammt«, sagte sie. »*Verdammt.*« Sie sah sich um. Lord Wolvercote war gegangen, doch alle anderen starrten sie an. Sie hörte das Gemurmel. Das Malheur war geschehen.

Jacques trottete schnaufend auf sie zu. »Ich glaub nicht, dass Ihr eine Hexe seid, Mistress. Bleibt einfach nur in Eurem Zimmer, ja? Aus den Augen, aus dem Sinn. Wie der heilige Matthäus sagt: ›Es ist genug, dass ein jeglicher Tag seine eigene Plage habe.‹«

Aber der Tag war noch nicht vorüber. Als sie durch das Klostertor gingen, stürzte ihnen ein dicker Mann mit weit aufgerissenen Augen aus dem Kirchenportal entgegen. Er deutete auf Jacques. »Du da«, schrie er, »hol die Infirmarin.«

Der Bote rannte los. Der Dicke drehte sich um und stürmte zurück in die Kirche.

Adelia zögerte draußen. *Es ist genug* … Der Plagen hatte es heute wahrlich genug gegeben, und einige davon hatte sie selbst heraufbeschworen. Was auch immer da los ist, es geht dich nichts an.

Doch die Geräusche, die aus der Kirche drangen, klangen gequält.

Sie ging hinein.

Es drang nicht viel Sonne in das große Mittelschiff, in dem tagsüber keine Kerzen brannten. Aus den hohen, schmalen Fenstern im Obergaden fielen eisige Lichtstrahlen ins dunkle Innere, beschienen hier und dort eine Säule und durchschnitten den hohen Raum in dünnen Streifen, ohne die Mitte zu erhellen, wo die Klagelaute herkamen.

Bis ihre Augen sich an die Dunkelheit gewöhnt hatten, konnte Adelia nicht erkennen, was vor sich ging. Langsam nahm die

Szene Gestalt an: Da war ein Katafalk, und zwei stämmige Gestalten, ein Mann und eine Frau, zerrten an etwas, das darauf lag.
Dieses Etwas war – wie sie jetzt sehen konnte – die junge Emma. Sie lag ganz still da, doch ihre Hände umklammerten die hintere Kante des Katafalks, damit ihr Körper nicht von dem Körper weggezogen werden konnte, der unter ihr ruhte.
»Lass ihn, Mädchen. Komm jetzt weg da. Das is peinlich. Du liebe Güte, was hat sie nur?« Die Stimme des dicken Mannes.
Die Frau war sanfter, aber nicht weniger entrüstet. »Na, na, mein Engelchen, reiß dich zusammen, du regst deinen Pa auf. Der Tote kann dir doch egal sein. Nun steh doch auf.«
Der Dicke sah sich ratlos um und erblickte Adelia, die in der Tür stand, die Sonne im Rücken. »He, Ihr da, kommt her und fasst mit an. Ich glaub, unsere Tochter is ohnmächtig geworden.«
Adelia trat näher. Emma war nicht ohnmächtig, ihre Augen waren weit geöffnet und stierten ins Leere. Sie hatte sich quer über den Leichnam geworfen und umklammerte den Katafalk darunter so fest, dass ihre Fingerknöchel sich wie weiße Kieselsteine gegen das dunkle Holz abhoben.
Als Adelia ganz nah war, blickte sie nach unten.
Die Nonnen hatten Münzen auf die Augen gelegt, doch das Gesicht war das Gesicht des toten jungen Mannes auf der Brücke, den sie und Rowley ins Eishaus gebracht hatten. Es war Master Talbot aus Kidlington. Gerade eben hatte sie die Schuhe seiner Mörder untersucht.
Ihr wurde bewusst, dass der dicke Mann laut schimpfte, wenn auch nicht auf sie. »Schönes Kloster is das, wo sie einfach so tote Leute rumliegen lassen. Hat unsere Tochter ganz schön erschreckt, und ich kann's verstehen. Bezahlen wir dafür etwa unseren Zehnten?«
Inzwischen hatte die Infirmarin mit Jacques die Kirche betre-

ten. Schreie und Ermahnungen vermischten sich zu einem unverständlichen Lärm, der ein einziges Echo hatte, nämlich Schwester Jennets resolute Stimme – »Na, na, Kind, so geht das nicht« –, durchsetzt mit dem Gezeter des Vaters, der sich zunehmend aufregte und einen Schuldigen suchte, während die ängstliche Sorge der Mutter zu beiden einen leiseren Gegenpol bildete.

Adelia berührte sanft Emmas verkrampfte Hände. Das Mädchen hob den Kopf, doch Adelia hätte nicht sagen können, was die gequälten Augen sahen. »Seht Ihr, was sie getan haben? Was sie ihm angetan haben, ihm?«

Der Vater und Schwester Jennet standen jetzt ein Stück entfernt und stritten sich unverhohlen. Die Mutter hatte es aufgegeben, sich um ihre Tochter zu kümmern, und war zu den beiden gegangen.

»Beherrscht Euch, Master Bloat. Wo sonst hätten wir denn einen Leichnam aufbahren sollen, wenn nicht in der Kirche?« Schwester Jennet fügte nicht hinzu, dass ihnen in Godstow allmählich der Platz für die Toten ausging.

»Aber nicht da, wo man praktisch drüberfallen kann, dafür bezahlen wir unseren Zehnten nicht.«

»Ganz recht, Vater, ganz recht …« Das war Mistress Bloat. »Wir haben uns gerade alles zeigen lassen, nich? Unsere Tochter hat uns herumgeführt.«

Emmas Augen starrten noch immer in Adelias, als blickten sie in den Höllenschlund. »Versteht Ihr, o Gott, versteht Ihr?«

»Ich verstehe«, sagte Adelia zu ihr.

Sie verstand wirklich und fragte sich, wie sie so blind gewesen sein konnte, es nicht schon viel früher verstanden zu haben. Deshalb also war Talbot aus Kidlington ermordet worden.

Kapitel zehn

»Wohin wolltet Ihr denn fliehen?«

»Wales.«

Das Mädchen saß auf einem Hocker in der Ecke von Adelias und Gylthas Zimmer. Sie hatte sich den Schleier vom Kopf gerissen, und ihr langes, weißblondes Haar fiel ihr übers Gesicht, während sie vor und zurück schwankte. Allie, die von den Äußerungsformen einer solchen Trauer ganz verstört war, hatte angefangen zu brüllen und wurde jetzt zur Beruhigung wieder in den Armen ihrer Mutter gewiegt. Wächter, der gleichfalls ein unerwartetes Mitgefühl zeigte, hatte den Kopf auf Emmas Stiefel gelegt.

Sie hatte im wahrsten Sinne des Wortes darum gekämpft, herkommen zu können. Nachdem sie endlich von dem Leichnam weggezogen worden war, hatte sie die Arme nach Adelia ausgestreckt. »Ich geh mit ihr, mit ihr. Sie versteht, sie *weiß*.«

»Auf jeden Fall mehr als ich«, hatte Master Bloat gesagt, und Adelia hätte fast Mitleid mit ihm haben können, doch dann hatte er versucht, seine Tochter wegzuschleppen, und ihr dabei eine Hand auf den Mund gelegt, damit ihre Schreie nicht noch mehr Aufmerksamkeit erregten, als sie es ohnehin schon getan hatten. Emma war ihm ebenbürtig gewesen, hatte sich gewunden und kreischend gewehrt.

Schließlich hatte Schwester Jennet zur Nachsicht geraten. »Lasst sie vorläufig mit dieser Lady hier gehen. Sie hat einige medizinische Kenntnisse und kann sie vielleicht beruhigen.«

Es blieb ihnen nichts anderes übrig, aber die Blicke, die Master und Mistress Bloat ihr zuwarfen, als sie ihrer Tochter zum Gästehaus half, verrieten Adelia, dass sie ihrer immer länger werdenden Liste von Feinden zwei weitere hinzufügen konnte.

Sie konnte das Mädchen überreden, eine Tasse Frauenschuhaufguss zu trinken, der sie so weit beruhigte, dass sie Fragen beantwortete, obwohl Gyltha, die Emma den Nacken sanft mit Rosenöl einrieb, jedes Mal die Stirn runzelte, wenn Adelia eine neue Frage stellte.

Um Himmels willen, lass das arme Ding doch in Ruhe.

Ich kann nicht.

Ihr bricht das Herz.

Es wird wieder heilen. Talbots nicht.

Gyltha mochte ja auf der Seite der Trauernden sein, doch Adelia sah sich zuerst Talbot aus Kidlington verpflichtet, der Emma Bloat geliebt hatte und durch den Schnee zum Kloster geritten war, um sie abzuholen und zu heiraten. Ein Plan, dessen Umsetzung eine so große finanzielle Katastrophe für einen Dritten dargestellt hätte – Adelia dachte dabei an Lord Wolvercote –, dass er seine Ermordung angeordnet hatte.

Master Nagelschuh und Master Holzschuh hatten nicht in einer kalten Schneenacht an einer einsamen Brücke auf irgendeinen beliebigen Reisenden gelauert. Sie waren zweifellos gemeine Verbrecher, aber sie waren nicht völlig hirnlos. Sie wussten, weil es ihnen jemand erzählt hatte, dass zu einer bestimmten Stunde ein bestimmter Mann zum Klostertor reiten würde … *Tötet ihn.*

Sie hatten ihn getötet, und dann waren sie über die Brücke ins Dorf geflohen – um selbst getötet zu werden.

Von demselben Mann, der ihnen zuvor den Mordauftrag erteilt hatte?

O ja, Wolvercote war das zuzutrauen.

Aber vielleicht doch nicht ganz. Adelia rätselte noch immer, warum jemand unbedingt gewollt hatte, dass Talbots Leiche identifiziert wurde. Sie vermutete, falls Wolvercote doch dahintersteckte, wollte er, dass Emma so bald wie möglich vom Tod ihres Geliebten erfuhr, damit sie wusste, dass ihre Hand – und ihr Vermögen – wieder ihm gehörte.

Ja, aber das wäre auch passiert, wenn Talbot nicht wieder aufgetaucht wäre. Warum musste ihr die Leiche sofort gleichsam vor die Nase gelegt werden? Und warum unter Umständen, die den Verdacht so offenkundig auf Wolvercote lenkten?

Seht Ihr, was sie getan haben?

Wen meinte Emma mit »sie«?

Adelia setzte Allie auf den Boden, gab ihr den Beißring, den Mansur aus Knochen für das Kind geschnitzt hatte, und setzte sich neben Emma. Sie strich ihr das lange Haar zurück und formte über ihren Kopf hinweg lautlos mit den Lippen »Ich muss einfach« in Gylthas Richtung.

Das Mädchen war fast apathisch vor Schock. »Lasst mich hier bei Euch bleiben.« Das sagte sie wieder und wieder. »Ich will sie nicht sehen, keinen von ihnen. Ich kann nicht. Ihr habt einen Mann geliebt, Ihr habt sein Kind. Ihr versteht mich. Die nicht.«

»Klar kannst du bleiben«, beruhigte Gyltha sie.

»Mein Geliebter ist tot.«

Der meine auch, dachte Adelia. Die Trauer des Mädchens war ihre eigene. Sie zwang sie nieder. Ein Mord war geschehen, und der Tod war ihr Metier. »Ihr wolltet nach Wales?«, fragte sie. »Im *Winter?*«

»Wir mussten doch warten. Bis er einundzwanzig war. Um sein Erbe zu bekommen.« Sie sprach abgehackt mit geistesabwesender Teilnahmslosigkeit.

An Talbot aus Kidlington, mögen der Herr und seine Engel

Euch an diesem Tage segnen, an dem Ihr in das Mannesalter eintretet.

Und an diesem Tag war Talbot aus Kidlington aufgebrochen, um Emma Bloat zu entführen, mit, wenn Adelia sich recht erinnerte, den zwei Mark in Silber, die Master Warins Brief beilagen.

»Sein Erbe waren zwei Mark in Silber?« Dann fiel ihr ein, dass Emma nichts von dem Geld wusste, da sie ja auch nichts von dem Brief wusste.

Das Mädchen nahm ihren Einwurf kaum wahr. »Das Land in Wales. Seine Mutter hat es ihm hinterlassen, Felin Fach …« Sie gab dem Namen einen weichen Klang, als hätte sie ihn oft ausgesprochen, eine Liebesgabe aus dem Mund ihres Geliebten. »›Felin Fach‹, hat er oft gesagt, ›das Tal des Aeron, wo die Lachse an die Angel springen und die Erde selbst Gold gebiert.‹«

»Gold?« Adelia sah Gyltha fragend an. »Gibt es Gold in Wales?«

Gyltha zuckte die Achseln.

»Es sollte ihm gehören, sobald er ins mündige Alter kam. Es war Teil seiner Erbschaft, versteht Ihr. Dort wollten wir hin. Pfarrer Gwilym wartete auf uns, um uns zu trauen. ›Ulkiger kleiner Mann, spricht kein Wort Englisch …‹« Sie zitierte erneut und lächelte fast dabei. »›… aber auf Walisisch kann er ein ebenso festes Eheband knüpfen wie jeder Priester im Vatikan.‹«

Es war unendlich traurig. Gyltha wischte sich über die Augen. Und auch Adelia empfand tiefes, tiefes Mitgefühl. Einen solchen Schmerz zu sehen war so, wie ihn selbst zu erleiden, aber sie musste ihre Antworten bekommen.

»Emma, wer wusste, dass ihr fliehen wolltet?«

»Niemand.« Jetzt lächelte sie tatsächlich. »›Kein Umhang, sonst merken sie was. Ich bringe einen für dich mit. Fitchet macht das Tor auf …‹«

»Fitchet?«

»Ja, natürlich wusste Fitchet über uns Bescheid. Talbot hat ihm Geld gegeben.«
Offenbar war der Torwärter in Emmas Wahrnehmung ein Niemand.
Das Gesicht des Mädchens verzog sich. »Aber er ist nicht gekommen. Ich hab im Torhaus gewartet … Ich hab gewartet … Ich dachte … Ich dachte … O Jesus Christus, erbarme dich, ich war böse auf *ihn* …« Sie begann, mit den Händen durch die Luft zu fahren. »Warum haben sie ihn getötet? Hätten sie ihm nicht einfach die Börse abnehmen können? Warum ihn töten?«
Wieder trafen sich Adelias und Gylthas Blicke. Gut so. Emma glaubte, ihr Geliebter wäre von Räubern getötet worden, und im Augenblick war es vermutlich am besten, sie in dem Glauben zu lassen. Es war sinnlos, sie gegen Wolvercote aufzubringen, ehe seine Schuld bewiesen war. Vielleicht war er ja sogar unschuldig. Falls er nichts von den Fluchtplänen gewusst hatte … Aber Fitchet war eingeweiht gewesen.
»Dann war es also ein Geheimnis?«
»Die kleine Priscilla wusste es, sie hat es erraten.« Wieder diese Verzauberung, als sie an die Vergangenheit dachte; die Heimlichkeiten waren aufregend gewesen. »Und Fitchet hat unsere Briefe rein- und rausgeschmuggelt. Und natürlich Master Warin, weil er den Brief nach Felin Fach senden musste, damit Talbot es in Besitz nehmen konnte, aber alle haben geschworen, nichts zu verraten.« Plötzlich packte sie Adelias Arm. »Fitchet. Er wird den Räubern doch nichts gesagt haben, oder? Das *kann* er nicht gemacht haben.«
Adelia beruhigte sie wider besseres Wissen. Die Anzahl der Niemande, die von ihrem Plan gewusst hatten, wuchs stetig. »Nein, nein. Bestimmt nicht. Wer ist Master Warin?«
»Haben sie ihm aufgelauert?« Sie grub die Nägel in Adelias

Haut. »Wussten sie, dass er Geld bei sich hatte? *Wussten sie es?*«

Gyltha ging dazwischen. »Natürlich nich.« Sie zog Emmas Hand von Adelias Arm und umschloss sie mit beiden Händen. »Das war bloß Gesindel. Die Straßen sind heutzutage einfach nich sicher, für keinen.«

Emma blickte Adelia mit großen Augen an. »Hat er leiden müssen?«

Endlich wieder sicherer Boden. »Nein. Ein Armbrustbolzen traf ihn in die Brust. Er wird an Euch gedacht haben und dann … nichts.«

»Ja.« Das Mädchen sank zurück. »Ja.«

»Wer ist Master Warin?«, fragte Adelia erneut.

»Aber wie soll ich ohne ihn weiterleben?«

Wir tun es, dachte Adelia, wir müssen.

Allie hatte sich vorgerobbt, um Wächter zu vertreiben und ihr Hinterteil auf Emmas Stiefel zu platzieren. Sie legte ein rundliches Händchen auf das Knie des Mädchens. Emma starrte auf sie hinunter. »Kinder«, sagte sie. »Wir wollten viele Kinder haben.« Ihre Trostlosigkeit war so greifbar, dass der vom Feuerschein erhellte Raum zu einer kahlen winterlichen Ödnis wurde, die sich in alle Ewigkeit erstreckte.

Sie ist jung, dachte Adelia. Eines Tages wird der Frühling vielleicht zu ihr zurückkehren, doch nie mehr mit derselben Frische. »Wer ist Master Warin?«

Gyltha schnalzte missbilligend mit der Zunge. Das Mädchen begann zu zittern. *Hör jetzt auf.*

Ich kann nicht. »Emma, wer ist Master Warin?«

»Talbots Vetter. Sie standen sich sehr nahe.« Die armen Lippen dehnten sich erneut. »›Mein Immer-mit-der-Ruhe-Warin. Ein vorsichtiger Mann, Emma, noch nie hatte ein Mündel einen umsichtigeren Vormund.‹«

»Er war Talbots Vormund? Er hat seine geschäftlichen Angelegenheiten geregelt?«
»Oh, belästigt ihn jetzt nicht damit. Er wird so … Ich muss ihn sehen. Nein, ich kann nicht … Ich ertrage seine Trauer nicht … Ich ertrage nichts mehr.«
Emmas Lider senkten sich, erschöpft vom Schmerz.
Gyltha wickelte eine Decke um sie, führte sie zum Bett, setzte sie hin und hob ihre Beine darauf, so dass sie zurücksank. »Schlaf jetzt.« Sie kehrte zu Adelia zurück. »Und du kommst mit.«
Sie gingen in die hinterste Ecke des Raumes, um sich im Flüsterton zu unterhalten.
»Du denkst, Wolvercote hat den Burschen von diesem Mädchen umgebracht?«
»Möglich, obwohl mich inzwischen der Verdacht beschleicht, dass dieser Vetter-Vormund viel zu verlieren hatte, als Talbot sein Erbe antreten wollte. Wenn er alles für Talbot geregelt hat … Es sieht für mich mehr und mehr nach einer Verschwörung aus.«
»Für mich nich. Der Junge is schlicht und einfach ausgeraubt worden, und dabei haben sie ihn umgebracht.«
»So war es nicht. Die Räuber wussten, dass er kommt.«
»Nein, verdammt noch mal, wussten sie nich.«
»Wieso?« So hatte sie Gyltha noch nie erlebt.
»Weil die arme Kleine den alten Wolf jetzt heiraten muss, ob sie will oder nich, und dann is es besser, wenn sie nich denkt, dass er ihren Schatz umgebracht hat.«
»Unsinn, sie werden sie doch nicht zwingen, ihn …« Adelia musterte die ältere Frau aus zusammengekniffenen Augen. »Oder doch?«
Gyltha nickte. »Höchstwahrscheinlich. Die Bloats sind ganz wild drauf. *Er* ist ganz wild drauf. Deshalb wollte sie ja weglaufen, damit die sie nich zwingen können.«

Dergleichen kam vor. Weil Adelia selbst nicht davon betroffen gewesen war, hatte sie gar nicht daran gedacht. Ihre freigeistigen Zieheltern hatten ihr erlaubt, ihren Beruf zu erlernen und auszuüben, doch um sie herum wurden überall in Salerno junge Frauen aus gutem Hause gegen ihren Willen mit Männern vermählt, die ihre Väter für sie aussuchten, weil es nach Ansicht der Eltern dem Wohl der Familie diente. Denjenigen, die sich sträubten, blühten unaufhörliche Schläge. Oder die Straße. Oder ein Kloster.

»Nun, sie könnte sich entscheiden, Nonne zu werden.«

»Sie ist ihr einziges Kind«, sagte Gyltha. »Master Bloat will keine Nonne, er will eine Lady in der Familie – is besser fürs Geschäft.« Sie seufzte. »Meine Tante is Köchin bei den De Pringhams gewesen, und die haben ihre arme kleine Alys unter Heulen und Zähneknirschen mit Baron Coton verheiratet, diesem bösen alten Mistkerl.«

»Man muss doch ›ja‹ sagen, sonst ist es nach Ansicht der Kirche nicht rechtsgültig.«

»Pah. Die kleine Alys hat keiner ›ja‹ sagen hören.«

»Aber Wolvercote ist ein Tyrann und ein Idiot. Das weißt du.«

»Na und?«

Adelia starrte in Emmas Zukunft. »Sie könnte sich an die Königin wenden. Eleanor weiß, wie es ist, unglücklich verheiratet zu sein. Sie hat sich von Ludwig scheiden lassen.«

»O ja«, sagte Gyltha und schlug die Augen zur Decke. »Klar legt sich die Königin mit 'nem Burschen an, der ihre Schlacht für sie schlägt. Ganz bestimmt.« Sie tätschelte Adelias Schulter. »Es wird schon nich so schlimm werden für die kleine Emma ...«

»Nicht so schlimm?«

»Sie wird Kinder kriegen, und das wollte sie doch, nich? Und überhaupt, ich schätze, sie muss sich nich lange mit ihm rumschlagen. Nich, wenn König Henry ihn zu fassen kriegt. Wolvercote is ein Verräter, und Henry wird ihm den Hals umdrehen.« Gyltha legte den Kopf schief und dachte noch mal darüber nach. »Eigentlich überhaupt nich schlimm.«

»Ich dachte, sie tut dir leid?«

»Tut sie auch, aber ich hab mir überlegt, was auf sie zukommt. Mit ein bisschen Glück is sie noch vor Jahresende Witwe, und dann hat sie sein Baby und seine Ländereien … ja, ich denke, am Ende wird's noch wie im Märchen.«

»*Gyltha.*« Adelia wusste, dass Gyltha eine praktisch denkende Frau war, doch dieser Pragmatismus schreckte sie ab. »Das ist abscheulich.«

»Das is Geschäft«, sagte Gyltha. »Und genau das sind doch die Ehen von den Hochwohlgeborenen, oder?«

Jacques hatte an diesem Tag viel damit zu tun, den Frauen im Gästehaus Botschaften zu bringen. Die erste kam von der Priorin: »An Mistress Adelia, es grüßt Euch Schwester Havis und teilt Euch mit, dass das Mädchen Bertha auf dem Friedhof der Nonnen bestattet werden wird.«

»Ein christliches Begräbnis. Ich hab gedacht, das würd dich freuen«, sagte Gyltha, die Adelias Reaktion beobachtete. »Das wolltest du doch, oder?«

»Ja. Ich bin froh.« Die Priorin hatte ihre Ermittlung beendet, und es war ihr gelungen, die Äbtissin davon zu überzeugen, dass Bertha nicht durch eigene Hand gestorben war.

Aber Jacques war noch nicht fertig. Pflichtschuldig fügte er hinzu: »Und ich soll Euch ermahnen, Mistress, Ihr möget nicht vergessen, dass der Teufel durch die Abtei schleicht.«

Das war der Pferdefuß. Seit die Nonne eingeräumt hatte, dass ein Mörder in Godstow sein Unwesen trieb, war dessen Anwesenheit realer geworden und das Leben dunkler.

Später am Morgen tauchte der Bote erneut auf. »An Mistress

Adelia, es grüßt Euch Mutter Edyve, und Ihr mögt Mistress Emma bitte zurück ins Kloster bringen. Um den Frieden zu wahren, sagt sie.«

»Wessen Frieden denn?«, wollte Gyltha wissen. »Wahrscheinlich haben sich die Bloats beschwert.«

»Und Lord Wolvercote auch«, sagte Jacques. Er verzog das Gesicht, kniff die Augen zusammen und bleckte die Zähne, als sträube sich alles in ihm, noch eine weitere schlechte Nachricht zu überbringen. »Er sagt … also, er sagt …«

»Was denn?«

Der Bote atmete geräuschvoll aus. »Es wird gesagt, Mistress Emma ist von Mistress Adelia verzaubert worden, damit sie sich gegen ihren rechtmäßigen zukünftigen Mann wendet.«

Gyltha trat vor: »Du kannst diesem gottlosen arschgesichtigen Schweinehund von mir bestellen …«

Eine Hand auf der Schulter gebot ihr Einhalt. Emma zog sich bereits ihren Mantel an. »Es hat schon genug Ärger gegeben«, sagte sie.

Und noch ehe sie reagieren konnten, war Emma schon die Treppe hinunter verschwunden.

Die verschiedenen Gruppen, die hinter den Mauern der Abtei festsaßen, verhärteten sich wie gefrorenes Gras. Über Godstow senkte sich eine Dunkelheit, die nichts mit dem dämmrigen Winterlicht zu tun hatte.

Als Protest gegen die Besatzung verschwanden die Nonnen in ihrem Bezirk, nahmen ihre Mahlzeiten in der Küche des Hospitals ein und absolvierten ihre Gebete im Kloster.

Die Anwesenheit von zwei verschiedenen Söldnertruppen erwies sich als immer schwieriger. Schwyz' Leute waren erfahrener, hatten in ganz Europa gemeinsam gekämpft und hielten fest zusammen. Sie verachteten Wolvercotes Männer als bloße

Bauernlümmel, die für die Rebellion angeworben worden waren – und auf viele von ihnen traf das tatsächlich zu.
Aber Wolvercotes Männer hatten bessere Kleidung, bessere Waffen und einen Anführer, der das Sagen hatte – und überhaupt, sie waren bei weitem in der Überzahl. Sie beugten sich niemandem.
Schwyz' Männer begannen, in der Schmiede Schnaps zu brennen, und betranken sich, Wolvercotes Männer plünderten den Klosterkeller und betranken sich. Hinterher kam es unweigerlich zu Schlägereien zwischen ihnen.
Die Nächte wurden grauenhaft. Godstows Bewohner und Gäste verschanzten sich in ihren Räumen, horchten auf die Kämpfe in den Gassen, fürchteten, ihre Türen könnten eingetreten werden und berauschte Söldner hereinstürmen, um zu rauben oder zu vergewaltigen.
Um Besitz und Frauen zu beschützen, stellte das Kloster eine Art Bürgerwehr auf. Auch Mansur, Walt, Oswald und Jacques beteiligten sich als pflichtgetreue Männer an den Patrouillen, was lediglich zur Folge hatte, dass nun drei gegnerische Seiten nächtliche Kämpfe ausfochten.
Ein Versuch von Klosterkaplan Egbert, die von den Nonnen verlassene Gemeinde geistlich zu betreuen, endete damit, dass Schwyz während der abendlichen Sonntagskommunion Wolvercote anschnauzte: »Wollt Ihr Eure Männer nun zügeln, oder soll ich das für Euch übernehmen?«, woraufhin zwischen ihren Anhängern ein Kampf ausbrach, der sich sogar bis in die Marienkapelle ausbreitete und bei dem ein paar Lampen, ein Chorpult und etliche Köpfe Schaden nahmen. Einer von Wolvercotes Männern verlor ein Auge.

Es war, als wäre die Welt eingefroren und hätte aufgehört, sich zu drehen, so dass kein anderes Wetter das leidende Oxfordshire erreichen konnte als immer nur eine strahlende Sonne bei Tag und ein sternenübersäter Himmel bei Nacht, wobei weder das eine noch das andere Erlösung von der Kälte brachte.

Jeden Morgen stieß Adelia kurz die Fensterläden auf, um frische Luft hereinzulassen, und hielt Ausschau nach … was? Henry Plantagenet und seinem Heer? Rowley?

Aber Rowley war tot.

Es hatte erneut geschneit; die Seitenwände des Pfades, den man hinunter zur Themse gegraben hatte, stürzten unter der Schneelast ein. Es war unmöglich, den Fluss vom Land zu unterscheiden. Da draußen war kein menschliches Leben und kaum tierisches.

Ein Gewirr von Spuren, wie gestickt, zeugte davon, dass Vögel im Morgengrauen, von Durst gepeinigt, herumgetrippelt waren und die Schnäbel mit Schnee gefüllt hatten, doch wo waren sie? Vielleicht suchten sie Schutz in den Bäumen, die wie eiserne Wächter auf der anderen Seite des Flusses standen. Konnten sie der brutalen Witterung widerstehen? Wo waren die Rehe? Schwammen noch Fische unter dem Eis?

Eine einsame Krähe flatterte am blauen Himmel, und Adelia fragte sich, ob sie von oben eine tote unberührte Welt sah, in der Godstow der einzige noch lebende Kreis war. Während sie den Vogel beobachtete, zog er seine Flügel ein und stürzte zur Erde, ein kleines, zerzaustes schwarzes Opfer in all dem Weiß.

Als wären die Nächte nicht schon schlimm genug, wurden die Tage in Godstow von dem schauerlichen Geräusch der Spitzhacken untermalt, die Gräber in die gefrorene Erde brachen, während die Kirchenglocke für die Toten schlug und schlug, als hätte sie die Fähigkeit verloren, für irgendetwas anderes zu läuten.

Adelia blieb so viel wie möglich im Gästehaus. Wenn sie mal

hinausging, jagten ihr die Blicke der Menschen, die ihr entgegenkamen, ebenso Angst ein wie die Tatsache, dass sie sich immer öfter bekreuzigten und das Zeichen des bösen Blicks machten, wenn sie an ihr vorbeigingen. Aber es gab einige Beerdigungen, an denen sie teilnehmen musste.
Zum Beispiel die von Talbot aus Kidlington. Selbst die Nonnen kamen. Ein kleiner Mann ganz vorne in der Trauergemeinde, in dem Adelia den Vetter Master Warin vermutete, weinte ohne Unterlass, doch von ihrem Platz im hinteren Teil aus hielt sie den Blick auf Emma gerichtet, die bleich und trockenen Auges im Chor saß, während die kleine Schwester Priscilla fest ihre Hand hielt.
Eine Beerdigung für Bertha. Sie fand nachts in der Abgeschiedenheit der Kapelle der Nonnen statt. Anwesend waren das gesamte Klosterkapitel, eine Melkerin sowie Jacques und Adelia, die Berthas Hände um eine zerrissene Kette und ein silbernes Kreuz gefaltet hatte, ehe der schlichte Kiefernsarg auf dem Friedhof der Nonnen in die Erde gesenkt wurde.
Eine Beerdigung für Giorgio, den Sizilianer. Diesmal waren keine Nonnen dabei, aber fast alle von Schwyz' Söldnern und Schwyz selbst. Wie schon bei Talbots Beerdigung kamen auch Mansur, Walt und Jacques. Und Adelia. Sie hatte einer zunächst widerstrebenden Schwester Havis abringen können, Giorgio als Christen zu behandeln, weil sie außer seinem Beruf nichts Schlechtes über ihn wussten. Es war ihr zu verdanken, dass der Sizilianer mit dem Segen der heiligen Agatha in ein kaltes christliches Grab gesenkt wurde.
Von seinem Freund Cross kam kein Wort des Dankes. Nach der Beerdigung verließ er schweigend den Friedhof, aber drei Tage später lagen drei Paar schön gefertigter Schlittknochen mit Riemen und allem Drum und Dran vor Adelias Tür.
Eine Beerdigung für zwei Dorfbewohner aus Wolvercote, die

an Lungenentzündung gestorben waren. Schwester Jennet und ihre Pflegerinnen nahmen dran teil, nicht jedoch Lord Wolvercote.

Eine Beerdigung für die Gehenkten. Außer dem Priester war sonst niemand dabei, obwohl auch diese beiden Leichen auf dem Friedhof bestattet wurden.

Nachdem er seine Pflicht getan hatte, schloss Kaplan Egbert die Kirche ab und zog sich ebenso wie die Nonnen in die Abgeschiedenheit zurück. Er würde keine Gottesdienste mehr abhalten, sagte er, wenn damit zu rechnen war, dass sich irgendwelche Söldner unter den Gläubigen befanden. Die Gnadenzeit vor dem Fest von Christi Geburt dürfte nicht durch einen Haufen zerstrittener Heiden entweiht werden, die die Friedenstaube nicht mal erkennen würden, wenn sie ihnen auf den Kopf kacken würde. Was sie doch bitte tun möge.

Es war ein Urteil, das die ganze Gemeinde traf. Kein *Weihnachten?*

Ein Schrei stieg auf, am lautesten von den Bloats. Sie waren gekommen, um zu erleben, wie ihre Tochter am Julfest heiratete. Und ihre Tochter sagte jetzt unter dem unheilvollen Einfluss einer Frau von loser Moral, sie wolle überhaupt nicht heiraten. Dafür hatten sie ihren Zehnten nicht bezahlt.

Eine Stimme aber erhob sich noch über die der Bloats. Und mit größerer Wirkung. Schwester Bullard, die Cellerarin, war wirtschaftlich gesehen die wichtigste Person in der Abtei, und sie sah sich am ärgsten geprüft. Denn selbst die neue Bürgerwehr des Klosters konnte nicht verhindern, dass des Nachts aus dem großen Vorratskeller Ale- und Weinfässer sowie Lebensmittel geplündert wurden.

Voller Sorge, dass ganz Godstow bald Hunger leiden müsste, wandte sie sich an die einzige irdische Macht, die ihr noch blieb – an die Königin von England.

Eleanor war in ihren Gemächern geblieben und hatte sich um nichts anderes gekümmert als um ihr eigenes Amüsement. Da sie den Rest der Abtei langweilig fand, waren ihr deren Sorgen gleichgültig. Doch sie saß nun mal auf der Insel Godstow fest, solange der Schnee die Weiterreise verhinderte, und so musste sie sich von Schwester Bullard anhören, dass Zwietracht und Hunger drohten.

Die Königin erwachte.

Lord Wolvercote und Master Schwyz wurden zu ihr ins Haus der Äbtissin bestellt, wo sie ihnen erklärte, dass sie nur unter ihrer königlichen Fahne Verbündete gewinnen würden und dass sie nicht beabsichtige, so ein Gesindel anzuführen, wie es die beiden samt ihren Männern offenbar zunehmend darstellten.

Regeln wurden festgelegt. Es würden wieder Gottesdienste stattfinden, an denen nur Nüchterne teilnehmen durften. Ab sofort würden Wolvercotes Männer nachts die Brücke überqueren und im Herrenhaus ihres Lords im Dorf schlafen. Nur sechs von ihnen sollten zurückbleiben, um gemeinsam mit Schwyz' Männern dafür zu sorgen, dass die Ausgangssperre eingehalten wurde.

Keine weiteren Plünderungen des Vorratskellers, von niemandem – jeder Söldner, der dabei oder bei einer Prügelei erwischt wurde, sollte öffentlich ausgepeitscht werden.

Bei dem Gespräch hätte eigentlich Lord Wolvercote besser abschneiden müssen als sein Widersacher. Schließlich wurde Schwyz für seine Dienste bezahlt, während Wolvercote die seinen ohne Entlohnung leistete. Doch der Abt von Eynsham war ebenfalls anwesend, und er war nicht nur mit Schwyz befreundet, sondern besaß außerdem Intelligenz und Überzeugungskraft.

Diejenigen, die Lord Wolvercote sahen, als er das Zimmer der Königin verließ, bemerkten, dass er förmlich die Zähne fletschte.

»Weil er jetzt nich mal die junge Emma kriegt«, berichtete Gyltha. »Jedenfalls noch nich.«
»Bist du sicher?«
»Ganz sicher«, sagte Gyltha. »Das Mädchen hat sich an Mutter Edyve gewandt, und die hat um Eleanors Schutz gebeten. Worauf die Königin gesagt hat, der alte Wolf soll warten.«
Wieder einmal hatte sie das in der Klosterküche erfahren, wo Polly, eine Freundin von Gyltha, den königlichen Dienern geholfen hatte, bei dem Gespräch zwischen Königin und Söldnerführern Erfrischungen zu servieren, und dabei hatte Polly unter anderem aufgeschnappt, dass die Königin der Bitte von Mutter Edyve entsprochen hatte, Emmas Vermählung mit Wolvercote auf unbestimmte Zeit zu verschieben. »... bis die junge Frau sich von dem Kummer erholt hat, der ihren Geist derzeit heimsucht.«
Polly berichtete, dass »Seine Wölfische Lordschaft nicht gerade erfreut war«.
Adelia dachte erleichtert, dass es den Bloats ähnlich ergehen würde. Doch mittlerweile wussten alle, welcher Kummer Emmas Geist heimgesucht hatte, und laut Gyltha herrschte allgemeines Mitgefühl für sie, was wiederum zu großen Teilen aus der gleichfalls allgemeinen Abneigung gegen Wolvercote erwuchs.
Es gab noch mehr gute Nachrichten aus der Küche. Nachdem die Ordnung wiederhergestellt war, hatte Eleanor offenbar verkündet, dass die Kirche wieder geöffnet und Gottesdienste gefeiert werden sollten und dass Weihnachten mit einem Fest begangen werden würde.
»Und zwar ein schönes altes englisches Fest«, sagte Gyltha mit einem heidnischen Glimmen in den Augen. »Lieder, Festschmaus, Mummenschanz, Weihnachtsklotz, alles, was dazugehört. Die sind schon dabei, die Gänse zu schlachten ...«

Es war typisch für Eleanor, dachte Adelia, dass sie die Nahrungsvorräte des Klosters erst rettete und dann selbst in Gefahr brachte. Die ganze Gemeinde zu bewirten würde ein gewaltiges und teures Unterfangen werden. Andererseits waren die Anweisungen der Königin notwendig und umsichtig gewesen und würden hoffentlich eine Lage entschärfen, die unerträglich geworden war. Und wenn ein Fest Freude nach Godstow bringen konnte – bei Gott, die konnten sie alle gebrauchen.

Das Wiedererwachen von Eleanors Energie hatte eine Einladung zur Folge, die Jacques überbrachte: »Unsere huldvolle Lady, Königin Eleanor, wünscht Mistress Adelia zu sehen.«
»Bist du jetz der ihr Laufbursche?«, fragte Gyltha an der Tür.
Der Bote hatte irgendwo buntere Kleidung aufgetrieben, gelocktes Haar verbarg seine Ohren, und sein Parfüm drang quer durch den Raum bis zu Adelia.
Er hatte auch eine neue Würde gefunden. »Mistress, ich schätze mich glücklich. Und jetzt muss ich zu Master Mansur. Auch er ist zu ihr bestellt worden.«
Gyltha sah ihm nach. »Der äfft ihre Höflinge nach«, sagte sie abschätzig. »Unser Rowley tritt ihn in den Hintern, wenn er zurückkommt.«
»Rowley kommt nicht zurück«, sagte Adelia.

Als Mansur das königliche Gemach betrat, murmelte einer der Höflinge hörbar: »Jetzt empfangen wir schon Heiden.« Und als Adelia ihm mit Wächter auf den Fersen folgte: »Großer Gott, seht euch die Kappe an. Und den Hund, ach du meine Güte …«
Eleanor jedoch war die Freundlichkeit in Person. Sie kam angerauscht und bot den Gästen ihre Hand zum Kuss. »Master

Mansur, Wir sind entzückt, Euch zu sehen.« An Adelia gerichtet: »Mein liebes Kind, Wir waren nachlässig. Natürlich waren Wir mit Staatsangelegenheiten beschäftigt, aber dennoch, ich fürchte, Wir haben jemanden vernachlässigt, mit dem Wir gegen die Teufelsbrut gekämpft haben.«

Der langgestreckte obere Raum hatte der Äbtissin gehört, doch jetzt hatte ihn unverkennbar Eleanor in Beschlag genommen. Mutter Edyve hätte ihn gewiss nicht mit dem schweren Aroma des heidnischen Ostens durchtränkt oder ihn mit so buntem Zierrat gefüllt – Tücher, Kissen, ein herrlich herbstliches Triptychon –, wodurch die naiven biblischen Zeichnungen an den Wänden dahinter nahezu verschwanden. Mutter Edyve hatte nie an einem goldenen Betpult gekniet, auf ihren Bettpfosten hatten sich keine geschnitzten Löwen getummelt, vom Baldachin des Himmelbetts hatte sich kein hauchdünner Stoff federleicht wie Spinnweben über ihre Kopfkissen ergossen, keine Höflinge hatten sie wie bewundernde Statuen umstanden, kein schöner Minnesänger hatte die Luft ihres Raumes mit einem Liebeslied erfüllt.

Und doch, dachte Adelia, während sie sich noch immer über das Bett wunderte – wie hatte sie das Ding auf die Barkasse bekommen? –, war die Wirkung nicht sexuell. Sinnlich, gewiss, aber es war nicht der Raum einer Haremsdame, es war lediglich ... Eleanor.

Auf jeden Fall hatte er Jacques in seinen Bann gezogen. Der Bote stand lässig in einer Ecke, verbeugte sich in Adelias Richtung, strahlte sie an und winkte neckisch. Hier war er also, und die Freude, die von ihm ausging, seine inzwischen noch höheren Stiefel und die neue Frisur, die seine abstehenden Ohren kaschierte, ließen darauf schließen, dass er ins aquitanische Modeparadies eingegangen war.

Die Königin belagerte Mansur mit getrockneten Datteln und

Süßigkeiten aus Mandelcreme. »Wir, die wir in Outremer waren, wissen sehr wohl, dass Wir Euch keinen Wein anbieten können, Mylord, aber …«, elegante königliche Finger schnippten einem Pagen, »… Unser Koch zaubert ein ganz leidliches Sorbet.«
Mansurs Gesicht zeigte keine Regung.
»Oje«, sagte Eleanor, »versteht der Doktor mich etwa nicht?«
»Ich fürchte, nein, Lady«, sagte Adelia. »Ich übersetze für ihn.«
Mansur beherrschte das normannische Französisch, das hier gesprochen wurde, recht gut, doch der Anschein, dass er nur Arabisch sprach, hatte sich für sie beide als durchaus nützlich erwiesen und würde es wahrscheinlich wieder tun. Es war erstaunlich, was er alles erfuhr, wenn er unter Menschen war, die glaubten, er könne sie nicht verstehen. Und falls Berthas Mörder sich irgendwo in dieser Gesellschaft befand …
Was konnte man von ihm wollen? Er wurde fast ehrfürchtig behandelt, und doch war die Königin auf einem Kreuzzug gewesen, um seine Rasse zu besiegen.
Aha, Eleanor bat sie, Mansur ein Lob für seine medizinischen Fähigkeiten auszusprechen. Immerhin hatte er »einem der Söldner unseres guten Schwyz« das Leben gerettet, und Schwester Jennet hatte ihn über *alle* Maßen gerühmt.
Das war es also. Ein guter Arzt war immer gern gesehen. Die christliche Verachtung für Araber und Juden bezog sich nicht auf ihre Ärzte, die aufgrund ihrer Heilungserfolge bei ihresgleichen – was, wie Adelia glaubte, zum Teil auch auf die strengen Speisevorschriften ihrer jeweiligen Religion zurückzuführen war – hohes Ansehen genossen.
Dann war sie selbst also lediglich als Vermittlerin hier.
Aber nein, allem Anschein nach sollte sie als Zeugin für Eleanors Mut herhalten; die Geschichte wurde einfach umgedichtet.

Die Königin legte ihr eine Hand auf die Schulter, schob sie im Kreis herum und erzählte, was im obersten Zimmer von Wormhold Tower geschehen war, als in Gegenwart einer verwesenden Leiche ein schwertschwingender Dämon erschienen war.
Allem Anschein nach hatte Eleanor ihm seelenruhig eine erhobene Hand entgegengestreckt. »Du bist ein Plantagenet-Unhold, denn diese Sippe stammt von Dämonen ab. Im Namen unseres Erlösers: Kehre zurück zu deinem Herrn.«
Und siehe, der Unhold hatte sein Schwert fallen lassen und war dorthin zurückgekrochen, wo er hergekommen war.
Was hab *ich* denn eigentlich gemacht?, dachte Adelia.
»... und dann nahm diese kleine Frau hier, meine Mistress Adelia, das Schwert, das der Unhold verloren hatte, in beide Hände, obwohl es noch sehr heiß war und nach Schwefel stank, und warf es aus dem Fenster.«
Schön, dass ich behilflich sein konnte. Adelia überlegte, ob die Königin diesen Unsinn nun selbst glaubte oder nicht, und entschied, dass sie es nicht tat. Vielleicht hatte Dakers' Angriff sie derart verstört und beschämt, dass sie ihre eigene Rolle nun beschönigen musste. Oder vielleicht amüsierte sie sich nur. Sie langweilte sich, all diese Leute langweilten sich.
Die Höflinge, die während der ganzen Schilderung Oooohs und Aaaahs ausgestoßen hatten, applaudierten nur – außer Montignard, der Adelia einen gehässigen Blick zuwarf und rief: »Aber ich war es, der Euch danach versorgt hat, nicht wahr, Lady?« Als er jedoch aufzählen wollte, was er alles getan hatte, wurde das von einem betont langsamen Händeklatschen des Abtes von Eynsham übertönt, der lässig an einem Bettpfosten lehnte.
Eleanor fuhr ihn an: »Unsere Nachlässigkeit ist in Wahrheit Eure, Mylord. Wir hatten Euch doch beauftragt, Euch um unsere tapfere Mistress Adelia zu kümmern, oder etwa nicht?«

Der Abt musterte Adelia von den Spitzen ihrer schneenassen Stiefel bis zu der unschönen Kappe mit Ohrenklappen auf dem Kopf und wieder hinunter, so dass sich ihre Blicke trafen. »Lady, ich dachte, das hätte ich getan«, sagte er.

Die Königin redete noch immer. Adelia war so erschrocken, dass sie gar nicht mehr hinhörte. Der Mann wünschte ihr Übel und hatte versucht, es herbeizuführen. Zugleich jedoch empfand sie seinen Blick wie den eines alten Kämpfers, der einen anderen grüßt. Aus bislang unerfindlichen Gründen nahm der ehrwürdige Abt von Eynsham sie ernst, sie, Vesuvia Adelia Rachel Ortese Aguilar, die hier doch eigentlich nur als Buhlin des Bischofs von St. Albans und als nützliche Schwertaufheberin bekannt war. Das hatte er ihr gerade gezeigt.

Die Hände der Königin waren fragend geöffnet, und sie lächelte. Die Höflinge lachten. Einer von ihnen sagte: »Das arme Ding ist sprachlos vor Ehrfurcht.«

Adelia blinzelte. »Verzeihung, Lady.«

»Meine Gute, ich sagte gerade, dass Ihr zu uns ins Haus ziehen müsst. Wir können unsere kleine Helferin doch nicht in einem von diesen Löchern wohnen lassen, die die Abtei zu bieten hat. Ihr werdet zu meinen Zofen ziehen, die haben bestimmt noch Platz, und Ihr werdet an unserem Zeitvertreib teilhaben. Da draußen langweilt Ihr Euch doch sicherlich furchtbar.«

Du langweilst dich, dachte Adelia erneut. Wahrscheinlich hatte Eleanor insgeheim doch das Gefühl, in ihrer Schuld zu stehen, weil sie ihr das Leben gerettet hatte, aber vor allem brauchte sie ein neues Spielzeug. *Ennui* war allenthalben spürbar: in dem schrillen Tuscheln der Frauenstimmen im Nebenzimmer, wo die Zofen sich aufhielten. In dem abfälligen Gelächter, das ihr galt, in dem Gefühl, dass ihnen die Zielscheiben für ihre spöttischen Bemerkungen ausgegangen waren und sie eine neue brauchten.

Schließlich waren die Königin und ihr Hof daran gewöhnt, eine Burg hinter sich zu lassen, sobald sie anfing zu stinken, und weiter zur nächsten zu ziehen, um zu jagen, sich zu unterhalten und unterhalten zu lassen und um von einem ganzen Heer von Köchen, Tuchwalkern, Wäscherinnen und Dienern umhegt zu werden. Ein Großteil dieses Heeres war bei Eleanors Aufbruch in den Krieg zurückgelassen worden, und ein weiterer Teil war später im Schnee verlorengegangen. Ohne ihre dienstbaren Geister begann ihr Hofstaat zu gären.
Einer der Höflinge hielt sich demonstrativ über Wächter die Nase zu, obwohl der junge Mann selbst kaum besser roch, von seiner Kleidung ganz zu schweigen.
Zu ihnen ziehen? Herr, steh mir bei. Sie würde die Einladung in eine überfüllte Hölle nicht annehmen, selbst wenn sie von einer Königin ausgesprochen wurde.
Andererseits, wenn einer von ihnen Berthas Mörder war, wie sollte sie ihm dann besser auf die Schliche kommen als dadurch, dass sie Fragen stellte und hoffentlich auch Antworten erhielt. Bei ihnen einziehen? Nein, aber wenn sie tagsüber Zugang zu den königlichen Räumen hätte …
Adelia verbeugte sich. »Lady, Ihr seid die Güte in Person. Solange mein Säugling Eure Nachtruhe nicht stört …«
»Ein Kind?« Die Königin merkte auf. »Wieso habt Ihr mir das nicht gesagt? Ein kleiner Junge?«
»Ein Mädchen«, antwortete Adelia. »Sie zahnt gerade und ist daher unruhig …«
Montignard schrie leise auf. »Sie *zahnt?*«
»Das ist gleichbedeutend mit ›sie brüllt‹, glaube ich«, sagte Eynsham.
»Die beiden Lords mögen keine Kinder«, sagte Eleanor vertraulich zu Adelia.
»O doch, liebste Lady«, entgegnete der Abt. »Und wie. Knusp-

rig gebraten mit ein wenig Petersilie finde ich sie ganz köstlich.«

Adelia ließ sich nicht beirren. »Außerdem muss ich unserem Master Mansur hier assistieren, wenn er nachts ins Hospital gerufen wird, was häufig vorkommt. Ich kümmere mich um seine Arzneien.«

»Was wiederum gleichbedeutend ist mit Gestank und klappernden Töpfen«, sagte der Abt.

Montignard faltete flehend die Hände. »Lady, Ihr werdet kein Auge zutun. Nicht genug damit, dass die Glocke zu jeder Stunde schlägt und die Schwestern ständig singen, dann hätten wir es auch noch mit Kindergeschrei und Gott weiß was für Teufelskram zu tun ... Das wird Euch alle Kraft rauben.«

Gott segne ihn, dachte Adelia.

Eleanor lächelte. »Was seid Ihr doch für ein Hedonist, mein Lieber.« Sie dachte nach. »Es stimmt, ich brauche meinen Schlaf, aber mir liegt daran, die Gute zu belohnen.«

»Ach, lasst sie kommen und gehen«, sagte Eynsham verdrossen, »aber bitte *nicht* in dieser Kleidung.«

»Natürlich, *natürlich*. Wir werden sie neu einkleiden.«

Das war etwas Neues, ein Zeitvertreib.

Es war außerdem Adelias Passierschein – obwohl sie dafür zahlen musste. Sie wurde in das Zimmer der Frauen geschleppt, dessen Tür ein wenig offen blieb, so dass immer mal wieder Männerköpfe hereinspähen und mit einem aufgeregten Chor von Kommentaren begrüßt werden konnten. Das steigerte die Demütigung nur noch, bis aufs Hemd ausgezogen zu werden, während Stoffe an ihren Körper und den seiner Kappe beraubten Kopf gehalten wurden, um dann als zu sehr dieses oder zu sehr jenes befunden zu werden – doch nicht *mauve*, meine Liebe, nicht bei dem Teint – wie bei einer Leiche. Wo um alles in der Welt hatte sie dieses feine weiße Linnen für ihr Hemd gefunden? War sie mit ihrer hellen Haut etwa Angelsächsin? Nein, nein, die hatten blaue Augen; wahrscheinlich Wendin.

Sie wurde nicht mal gefragt, ob sie überhaupt ein neues Gewand wollte. Sie wollte keins; sie kleidete sich, um unsichtbar zu werden. Adelia war eine Beobachterin. Wirkung wollte sie höchstens bei ihren Patienten erzielen, und dann auch nicht als Frau. Nun ja … auf Rowley hatte sie wirken wollen, und es war ihr auch gelungen, aber da war sie gänzlich unbekleidet gewesen …

Auch die armen Näherinnen unter den Zofen der Königin wurden nicht konsultiert, obwohl es eine mühsame Arbeit werden würde, den Stoff, für den man sich dann letztlich entschied, in einen Bliaut für sie zu verwandeln, oben anliegend, weit ausgestellter Rock, Ärmel bis zum Ellbogen eng, dann lose fast bis zum Boden hängend, vor allem, da Eleanor auch noch eine Filigranstickerei an Halsausschnitt und Ärmeln verlangte und das Ganze bis zum Weihnachtsfest fertig sein sollte.

Adelia war fassungslos, dass man sogar Näherinnen mit auf den Kriegszug genommen hatte, samt Truhen voller buntschillernder Brokatbahnen, Seidenballen, Leinen und Samt.

Schließlich entschied sich Eleanor für einen tief dunkelblauen Samtstoff, der, wie sie sagte, »den Glanz der Trauben Aquitaniens« hatte.

Wenn die Königin etwas tat, dann auch richtig. Ein hauchdünner Schleier – sie selbst machte vor, wie er an der Barbette, der Kinnbinde, befestigt wurde –, ein schmaler Goldreif, ein kunstvoll gewebter Gürtel, bestickte Schuhe, ein Kapuzenumhang aus so feiner Wolle, dass er durch einen Ring gezogen werden konnte, all das sollte Adelia gehören.

»Ihr habt es Euch verdient, meine Liebe«, sagte Eleanor und tätschelte ihr den Kopf. »Es war ein sehr böser Dämon.« Sie drehte sich zu Eynsham um. »Wir sind doch jetzt vor ihm sicher, nicht wahr, Abt? Ihr sagtet ja, Ihr habt ihn unschädlich gemacht, hab ich recht?«

Dakers. Was haben sie mit Dakers gemacht?

»Ich konnte die Kreatur ja schlecht umherlaufen und die Dame meines Herzens erneut angreifen lassen.« Der Abt gab sich vergnügt. »Ich hab sie versteckt zwischen den Klosterbüchern gefunden. Ich glaube kaum, dass sie lesen kann, und am liebsten hätte ich sie gleich dort aufgehängt. Aber unsere frommen Schwestern haben ein großes Geschrei veranstaltet, also musste ich sie, *pendent opera interrupta,* stattdessen ins Klostergefängnis sperren. Wir werden sie bei unserem Aufbruch mitnehmen und dann aufhängen ...« Er zwinkerte. »Vorausgesetzt, sie ist bis dahin nicht erfroren.«

Das erntete anerkennendes Gelächter, in das Eleanor mit einfiel, obwohl sie widersprach. »Nein, nein, Mylord, das Weib ist besessen, wir können keine Wahnsinnige hinrichten.«

»Besessen vom Bösen ihrer Herrin. Sie wäre besser tot, Lady, besser tot. Wie Rosamund.«

Es wurde eine lange Nacht. Niemand durfte sich zurückziehen, ehe die Königin die Erlaubnis erteilte, und Eleanor schien einfach nicht zu ermüden. Es gab Gesellschaftsspiele, Brettspiele wie »Fuchs im Hühnerhof« oder Alquerque, und es wurde gewürfelt. Reihum musste jeder seine Sangeskunst zum Besten geben, sogar Adelia, die keine nennenswerte Stimme hatte und nur Gelächter erntete.

Als Mansur an die Reihe kam, war Eleanor hingerissen und neugierig. »Wunderbar, wunderbar, ist er ein Kastrat?«

Adelia, die auf einem Hocker zu Füßen der Königin saß, bejahte.

»Wie faszinierend. In Outremer hab ich Kastraten singen gehört, aber noch nie in England. Sie können einer Frau Lust bereiten, glaube ich, müssen aber kinderlos bleiben, richtig?«

»Das weiß ich nicht, Lady.« Es war richtig, doch Adelia war nicht gewillt, in dieser Gesellschaft darüber zu sprechen.

Es wurde heiß im Raum. Noch mehr Spiele, noch mehr Gesang. Adelia begann einzunicken, wurde aber immer wieder durch einen kalten Luftzug von der Tür her geweckt, wenn Leute kamen und gingen.

Jacques war fort – nein, er brachte gerade Essen aus der Küche herein. Montignard war fort und Mansur, nein, da waren sie wieder, wo auch immer sie gewesen sein mochten. Der Abt war fort und kam mit einer Schnur zurück, weil Eleanor unversehens Lust auf ein Fadenspiel bekommen hatte. Da war er wieder, diesmal mit Mansur, ein Tisch zwischen ihnen, die Köpfe über ein Schachbrett geneigt. Ein Höfling kam mit einem Armvoll Schnee herein, um den Wein zu kühlen … Ein anderer junger Mann, derjenige, der die Nonnen mit Schneebällen beworfen hatte, sang zur Laute …

Adelia zwang sich auf die Beine. Sie ging zu dem Schachtisch hinüber und warf einen Blick auf das Brett.

»Du verlierst«, sagte sie auf Arabisch.

Mansur blickte nicht auf. »Er ist der bessere Spieler, möge Allah ihn verfluchen.«

»Sprich noch ein wenig.«

Er schnaubte. »Was soll ich denn sagen? Ich bin diese Leute satt. Wann gehen wir endlich?«

Adelia wandte sich an Eynsham. »Mylord Mansur bittet Euch, ihm zu sagen, was Ihr über den Tod dieser Rosamund Clifford wisst, Mylord.«

Der Abt hob den Kopf, um sie anzusehen, und wieder spürte sie diese durchdringende Verbindung zwischen ihnen. »Ach ja? Wahrhaftig? Und wieso sollte Mylord Mansur solcherlei Erkundigungen einziehen?«

»Er ist Arzt, er interessiert sich für Gift.«

Eleanor hatte Rosamunds Namen gehört. Sie rief quer durch den Raum: »Wie bitte? Wovon sprecht Ihr?«
Sofort wurde der Abt ein anderer Mensch, rustikal und lustig. »Unser wackerer Arzt möchte mehr über den Tod der Hure Rosamund wissen. Ich war doch bei Euch, als wir davon erfuhren, nicht wahr, meine Werteste? War das nicht, als wir gerade aus der Normandie übergesetzt waren, gleich nach der Landung? Bin ich da nicht niedergesunken und hab dem großen Rächer aller Sünden auf Knien gedankt?«
Eleanor streckte ihm die Hände entgegen. »Das habt Ihr, Abt, das habt Ihr.«
»Aber Ihr kanntet Rosamund doch schon früher«, sagte Adelia. »Das habt Ihr gesagt, als wir in Wormhold waren …«
»Ob ich Rosamund kannte? O ja, ich kannte sie. Hätte ich denn eine solche Schändlichkeit in meinem eigenen Land ungezügelt wuchern lassen sollen? Dafür hätte sich mein alter Pa geschämt. Ach, wie viele Tage hab ich in der Höhle dieser verruchten Isebel verbracht und sie wie ein Daniel ermahnt, hinfort der Hurerei abzuschwören!« Seine Vorstellung richtete sich an die Königin, doch er ließ Adelia dabei nicht einen Moment aus den Augen.
Noch mehr Lieder, noch mehr Spiele, bis selbst Eleanor müde wurde. »Zu Bett, ihr Lieben. Geht zu Bett.«
Als Mansur Adelia nach Hause begleitete, war er mürrisch und ärgerlich über seine Niederlage beim Schach, das er doch meisterhaft beherrschte. »Er ist ein exzellenter Spieler, dieser Priester. Ich mag ihn nicht.«
»Er war irgendwie an Rosamunds Tod beteiligt«, sagte Adelia. »Ich weiß es, er hat mich damit verhöhnt.«
»Er war nicht dort.«
Zugegeben, Eynsham war auf der anderen Seite des Ärmelkanals gewesen, als Rosamund starb.

Aber irgendwas war da …
»Wer war denn der Dicke mit Syphilis?«, fragte Mansur. »Er hat mich mit rausgenommen, um's mir zu zeigen. Er will eine Salbe haben.«
»Montignard? Montignard hat die Syphilis? Geschieht ihm recht.« Adelia war vor Übermüdung gereizt. Es war fast Morgen. Während sie weitertrotteten, war von der Kapelle her eine Vigil-Antifon zu vernehmen.
Mansur hob die Laterne, um ihr am Gästehaus die Treppe hinaufzuleuchten. »Hat die Frau die Tür für dich unverriegelt gelassen?«
»Ich denke, ja.«
»Das sollte sie nicht. Es ist zu gefährlich.«
»Dann würde ich sie aber wecken müssen«, sagte Adelia, während sie die Stufen hinaufstieg. »Und sie heißt Gyltha. Wieso sprichst du den Namen nie aus?« Verdammt, dachte sie, sie sind schließlich so gut wie verheiratet.
Auf der oberen Stufe stolperte sie über etwas Großes, das dadurch fast über den Rand hinunter in die Gasse gestürzt wäre.
»Großer Gott. Mansur. *Mansur.*«
Gemeinsam trugen sie die Wiege ins Zimmer. Das schlafende Kind darin war warm zugedeckt und schien die Kälte unbeschadet überstanden zu haben.
Die Kerze war ausgegangen. Gyltha saß reglos am Fenster, wo sie auf Adelias Rückkehr gewartet hatte. Einen grauenhaften Moment lang dachte Adelia, sie wäre ermordet worden – Gylthas Hand hing schlaff über der Stelle, wo sonst die Wiege stand.
Ein Schnarchlaut beruhigte sie.
Zu dritt kauerten sie sich um die Wiege herum und sahen Allie beim Schlafen zu, als hätten sie Angst, die Kleine könnte sich in Luft auflösen.
»Hier is wer reingekommen und hat sie gestohlen? Draußen

auf die Treppe gestellt?« Gyltha kam gar nicht darüber hinweg.

»Ja«, bestätigte Adelia. Ein Zoll weiter auf der Stufe, bloß ein einziger Zoll … Im Geist sah sie unentwegt die Wiege durch die Luft trudeln und rund sechs Meter tief hinab in die Gasse stürzen.

»Hier is wer reingekommen? Und ich hab nix gehört? Hat sie draußen auf die Treppe gestellt?«

»Ja, *ja.*«

»Aber wozu denn?«

»Ich weiß nicht.« Aber sie wusste es.

Mansur sprach es aus: »Er hat dich gewarnt.«

»Ich weiß.«

»Du stellst zu viele Fragen.«

»Ich weiß.«

»Was für Fragen?« In ihrer Panik kam Gyltha nicht mehr mit. »*Wer* will nich, dass du Fragen stellst?«

»Ich weiß nicht.« Hätte sie es gewusst, sie wäre vor ihm zu Kreuze gekrochen, hätte sich ihm zu Füßen geworfen. *Du hast gewonnen. Du bist schlauer als ich. Geh, wohin du willst, ich werde dich nicht daran hindern. Aber lass mir meine Allie.*

Kapitel elf

Am liebsten hätte sie sich mit Allie ins nächste Mauseloch verkrochen.

Als die Königin Jacques sandte, um sie zu holen, sagte Adelia, sie sei krank und könne nicht mitkommen.

In ihrem Kopf sprach der Mörder mit ihr.

Wie gehorsam bist du jetzt?

Ganz gehorsam, Mylord. Völlig gehorsam. Ich werde nichts tun, was Euch missfällt, nur tut Allie nichts.

Sie kannte ihn jetzt, wusste nicht, *wer* er war, aber *was* er war. Als er Allies Wiege unter der Hand der schlafenden Gyltha wegholte und auf die oberste Treppenstufe stellte, da hatte er sich offenbart.

Ein so simples Mittel, um seine Gegnerin hilflos zu machen. Wenn sie ihn nicht so fürchten würde, könnte sie ihn beinahe bewundern – seine Unverfrorenheit, seine Effektivität, seinen Einfallsreichtum.

Und es hatte ihr verraten, für welche Morde er verantwortlich war.

Es hatte, das war ihr nun klar, zwei Kategorien von Mord gegeben, die nichts miteinander zu tun hatten. Nur die Tatsache, dass sie die jeweiligen Opfer innerhalb kurzer Zeit gefunden hatte, erweckte den Anschein, dass sie zusammenhingen.

Der Tod des Talbot aus Kidlington war am leichtesten zu durchschauen, weil er das älteste Motiv überhaupt hatte: Gier.

Wolvercote hatte guten Grund gehabt, den Jungen zu töten,

denn wäre dieser mit Emma geflohen, hätte der Lord seine kostbare Braut verloren.

Oder aber die Erbschaft, die Talbot an seinem einundzwanzigsten Geburtstag zugefallen wäre, hätte seinen Vormund einer Einnahmequelle beraubt. Durchaus möglich, dass Master Warin den Jungen betrogen hatte. Nicht selten musste jemand, der sein Erbe antreten wollte, feststellen, dass alles dahin war.

Oder aber – diese Möglichkeit hatte Emma selbst angesprochen und gleich wieder verworfen – Fitchet hatte zwei Bekannten davon erzählt, dass ein junger Mann mitten in der Nacht mit Geld in der Tasche zum Kloster kommen würde. Immerhin hatte der Torwächter für die beiden als Liebesbote agiert – vermutlich gegen ein Entgelt –, was darauf schließen ließ, dass er bestechlich war.

Oder aber – das war jedoch am unwahrscheinlichsten – die Bloats hatten von den Fluchtplänen ihrer Tochter erfahren und Mörder gedungen, um sie zu vereiteln.

Das waren die Gründe, die für den Mord an Talbot in Frage kamen.

Doch keiner der möglichen Täter auf dieser Liste besaß den Charakter des Mannes, der in das Gästehaus geschlichen war und Allies Wiege auf die Treppe gestellt hatte. Seine Witterung roch anders, er ging nicht mit der zügellosen Brutalität vor, der Talbot zum Opfer gefallen war.

Nein, dieser Mann war … was? Kultiviert? Sachlich? *Ich töte nur, wenn ich muss. Ich hab dir ein Warnzeichen gegeben. Ich hoffe, du verhältst dich entsprechend.*

Er war der Mörder von Rosamund und Bertha.

Es fiel noch mehr Schnee, der den Pfad hinunter zur Themse endgültig unter sich begrub.

Es blieb Gyltha überlassen, die Mahlzeiten aus der Küche zu

besorgen, die Nachttöpfe zur Latrine zu tragen und Scheite vom Holzstoß des Klosters zu holen.
»Bringen wir das arme Kind denn gar nicht mehr raus an die frische Luft?«, wollte sie wissen.
»Nein.«
Ich liege draußen auf der Lauer. Wie gehorsam bist du?
Völlig gehorsam, Mylord. Tut meinem Kind nichts.
»Es kann sie doch keiner wegholen, nich, wenn der alte Araber bei uns is.«
»Nein.«
»Dann bleiben wir hier drin, hinter verriegelten Türen?«
»Ja.«
Aber natürlich war das nicht möglich …

Das erste Unglück geschah nachts. Eine Handglocke gellte, und Menschen schrien durcheinander.
Gyltha lehnte sich aus dem Fenster in die Gasse. »Die brüllen Feuer«, sagte sie. »Und es riecht nach Rauch. O barmherziger Gott, steh uns bei.«
Sie wickelten Allie in ihre Pelze, kleideten sich rasch an und rafften so viel von ihrer Habe zusammen wie möglich, ehe sie das Kind die Treppe hinuntertrugen.
Feuer, diese größte aller Gefahren, hatte die gesamte Abtei aufgeschreckt. Fitchet kam mit zwei Eimern vom Tor her gerannt, Männer drängten aus dem Gästehaus, darunter Mansur und Master Warin.
»Wo brennt es? Wo brennt es?«
Das Läuten und das Geschrei kamen aus Richtung Teich.
»Scheune?«
»Hört sich eher nach dem Gefängnis an.«
»O Gott«, sagte Adelia, »Dakers.« Sie drückte Allie in Gylthas Arme und rannte los.

Zwischen dem Teich und dem Gefängnis schwang Peg die Glocke, als prügelte sie damit auf eine aufsässige Kuh ein. Sie hatte die Flammen auf dem Weg zum Melken entdeckt. »Da oben.« Sie zeigte mit der Glocke auf den schmalen Schlitz, der Luft in das kleine bienenkorbähnliche Gebäude ließ, das der Abtei als Gefängnis diente.

Schon bildeten Helfer eine Reihe und feuerten den Schmied an, der mit einer Eisenstange ein Loch in den zugefrorenen Teich schlug, damit sie mit ihren Eimern Löschwasser schöpfen konnten.

Mansur trat neben Adelia. »Ich rieche keine Feuer.«

»Ich auch nicht.« Es lag nur ein ganz feiner Rauchgeruch in der Luft, nicht mehr, und in dem Mauerschlitz waren keine Flammen zu sehen.

»Es hat aber gebrannt, so wahr ich hier steh«, sagte Peg.

Die Tür zum Gefängnis ging auf, und ein übellauniger Wachposten kam heraus. »Macht, dass ihr nach Hause kommt«, schrie er. »Kein Grund zur Aufregung. Das Stroh hat Feuer gefangen, mehr nich. Ich hab's ausgetreten.« Es war Cross. Er schloss die Tür hinter sich und drohte der Menge mit seinem Spieß. »Los jetzt, haut ab.«

Erleichtert und murrend, begann die Menge, sich zu zerstreuen.

Adelia rührte sich nicht vom Fleck.

»Was ist denn?«, fragte Mansur.

»Ich weiß nicht.«

Cross richtete den Spieß auf sie, als sie aus der Dunkelheit auf ihn zuging. »Verschwindet, hier gibt's nichts zu sehen. Geht nach Hause … ach so, Ihr seid das.«

»Ist sie wohlauf?«

»Die alte Unke? Der geht's gut. Hat ein bisschen rumkrakreelt, aber jetzt is sie putzmunter. Da drin isses besser als hier draußen. Schön warm. Kriegt regelmäßig Futter. Aber was is mit den armen Schweinen, die sie bewachen müssen, das würd ich gern wissen.«

»Wie ist das Feuer ausgebrochen?«

Cross mied ihren Blick. »Schätze, sie hat das Kohlenbecken umgetreten.«

»Ich will sie sehen.«

»Kommt nich in Frage. Befehl von Hauptmann Schwyz: Kein Schwein spricht mit ihr. Kein Schwein kommt in ihre Nähe, außer wenn sie Essen kriegt. Und immer schön die Scheißtür abgeschlossen halten.«

»Und von wem hat Schwyz seinen Befehl? Vom Abt?«

Cross zuckte die Achseln.

»Ich will sie sehen«, wiederholte Adelia.

Mansur hob den Arm und zog den Spieß so mühelos aus der Hand des Söldners, als rupfe er Unkraut. »Die Lady will hineinsehen.«

Cross pustete die Backen auf, schnallte einen riesigen Schlüssel von einem Gürtel ab und schob ihn ins Schloss. »Aber nur einen ganz kurzen Blick. Der Hauptmann muss jeden Moment hier sein, der hat den Krawall bestimmt gehört. Verdammte Bauern, verdammter Krawall.«

Es war wirklich nur ein kurzer Blick. Mansur musste Adelia hochheben, damit sie über die Schulter des Söldners spähen konnte, weil er sich vor die Tür stellte, um zu verhindern, dass sie hineingingen. Das wenige Licht im Innern kam von den brennenden Scheiten im Kohlenbecken. Bis auf eine verbrannte Stelle an einer Seite lag ein hoher Streifen Stroh entlang der gerundeten Steinmauern. Etwas bewegte sich darin.

Adelia musste an Bertha denken. Einen kurzen Moment lang spiegelte ein Augenpaar im Stroh den Lichtschein aus dem Kohlenbecken wider und war gleich wieder verschwunden.

Stiefel knirschten über Eis, als ihr Besitzer auf sie zukam. Cross riss Mansur den Spieß aus der Hand. »Der Hauptmann kommt. Verschwindet um Gottes willen.«

Sie machten, dass sie wegkamen.

»Und?«, fragte Mansur im Gehen.

»Jemand hat versucht, sie zu verbrennen«, sagte Adelia. »Der Luftschlitz ist an der hinteren Wand, gegenüber der Tür. Ich glaube, irgendwer hat einen brennenden Lappen hindurchgeworfen. Wenn Cross die Tür bewacht hat, kann er nicht gesehen haben, wer es war. Aber er weiß, dass es so gewesen sein muss.«

»Der Flame sagt, das Kohlenbecken ist umgekippt.«

»Nein. Das ist am Boden festgeschraubt. Nichts deutete darauf hin, dass ein Scheit herausgefallen ist. Irgendwer hat versucht, sie zu töten, und es war nicht Cross.«

»Sie ist eine traurige, verrückte Frau, vielleicht hat sie versucht, sich selbst zu verbrennen.«

»Nein.« Es war eine natürliche Abfolge. Rosamund. Bertha. Dakers. Alle drei hatten etwas gewusst, was sie nicht wissen sollten – das hieß, Dakers wusste es noch immer.

Wenn Cross das Feuer nicht so reaktionsschnell gelöscht hätte, wäre auch die Letzte von ihnen zum Schweigen gebracht worden.

Früh am nächsten Morgen brachen bewaffnete Söldner in die Kapelle ein, wo die Nonnen beim Gebet waren, und verschleppten Emma Bloat.

Adelia, die länger geschlafen hatte, erfuhr davon, als Gyltha aus der Küche zurückgeeilt kam, wo sie ihnen Frühstück geholt hatte. »Das arme Mädchen. Das arme Mädchen. Eine schreckliche Geschichte. Die Priorin wollte sie aufhalten, und die haben sie niedergeschlagen. In ihrer eigenen Kapelle. *Haben sie niedergeschlagen.*«

Adelia war schon dabei, sich anzuziehen. »Wohin haben sie Emma gebracht?«
»Ins Dorf. Es war Wolvercote mit seinen verdammten Flamen. Die haben sie in sein Herrenhaus geschleppt. Geschrien hat das arme Mädchen, haben sie gesagt, das arme, arme Mädchen.«
»Können sie Emma denn nicht zurückholen?«
»Die Nonnen sind hinterher, aber was sollen sie machen?«
Als Adelia am Tor ankam, kehrte der Rettungstrupp der Nonnen gerade mit leeren Händen über die Brücke zurück.
»Kann man denn gar nichts tun?«, fragte Adelia, als sie an ihr vorbeitrotteten.
Schwester Havis war weiß im Gesicht und hatte eine Platzwunde unter dem Auge. »Man hat uns mit vorgehaltenen Spießen verjagt. Einer seiner Männer hat uns verlacht. Er sagte, es wäre rechtsgültig, weil sie einen Priester dabei hatten.« Sie schüttelte den Kopf. »Ich kann mir nicht vorstellen, was das für ein Priester sein soll.«
Adelia eilte zur Königin.
Eleanor war die Neuigkeit gerade erst übermittelt worden, und sie tobte vor ihren Höflingen. »Herrsche ich über Wilde? Das Mädchen stand unter meinem Schutz. Ich hatte Wolvercote gesagt, er soll ihr Zeit lassen, oder etwa nicht?«
»Das habt Ihr, Lady.«
»Sie muss zurückgeholt werden. Sagt Schwyz – wo ist Schwyz? –, sagt ihm, er soll seine Männer zusammenrufen ...« Sie blickte sich um. Niemand hatte sich bewegt. »*Was ist?*«
»Lady, ich fürchte ... äh ... es ist nicht mehr zu ändern«, meldete sich der Abt von Eynsham zu Wort. »Offenbar hat Wolvercote in seinem Dorf einen Wanderpriester parat gehabt. Die Worte wurden gesprochen.«
»Aber bestimmt nicht von dem Mädchen, nicht unter diesen Umständen. Waren ihre Eltern anwesend?«

»Anscheinend nicht.«
»Dann ist es eine Entführung.« In Eleanors Stimme schrillte die Verzweiflung einer Herrscherin, die die Kontrolle über die Beherrschten verliert. »Sollen meine Befehle derart missachtet werden? Leben wir denn in den Höhlen wilder Bestien?«
Abgesehen von Adelia, war die Königin die Einzige im Raum, die zornig reagierte. Alle anderen, vor allem die Männer, waren verstört und verstimmt, aber auch ein wenig, ein ganz klein wenig amüsiert. Eine Frau, sofern es nicht die eigene war, die entführt und ins Bett geschleppt wurde, war Stoff für eine derbe Komödie.
Ein kaum wahrnehmbares Zwinkern umspielte die Augen des Abtes, als er sagte: »Ich fürchte, unser Lord Wolvercote hat sich gegenüber unserer Sabinerin die römische Haltung zu eigen gemacht.«
Es konnte nichts mehr getan werden. Ein Priester hatte die Worte gesprochen, und Emma Bloat war verheiratet, ob ihnen das nun gefiel oder nicht. Sie war entjungfert worden und hatte es – so ging es durch jeden Männerkopf – vermutlich genossen.
Hilflos verließ Adelia den Raum, weil sie die Gesellschaft darin nicht mehr ertrug.
Im Kreuzgang versperrte ihr einer von Eleanors jungen Männern den Weg, der ganz gedankenverloren auf und ab ging, auf seiner Gambe klimperte und ein neues Lied ausprobierte.
Adelia versetzte ihm einen solchen Stoß, dass er ins Stolpern geriet. Die Tür zur Nonnenkapelle am Ende des Kreuzgangs lockte sie, und sie stürmte hinein. Erleichtert fand sie den Raum menschenleer vor. Sie wusste bloß, dass sie verzweifelt Trost suchte, der ihr – und das wusste sie ebenfalls – nicht gespendet werden konnte.
Sie fiel im Mittelschiff auf die Knie.

Barmherzige Mutter Gottes, behüte und tröste sie.
Die eisige, weihrauchgeschwängerte Luft hielt nur eine Antwort bereit: *Sie ist Vieh, genau wie du Vieh bist. Finde dich damit ab.*
Adelia trommelte mit den Fäusten auf die Steine und ließ ihrer Anklage freien Lauf: »Rosamund tot. Bertha tot. Emma vergewaltigt. Warum erlaubst du das?«
Sie erhielt eine Antwort: »Irgendwann wird es eine Arznei für Eure Beschwerden geben, mein Kind. Gerade Ihr als Meisterin der Heilkunst solltet das wissen.«
Die Stimme war real, trocken und scheinbar ohne menschlichen Antrieb, als käme sie auf ihren eigenen Schwingen aus dem Mund gehuscht, um dann von dem kleinen Chor ins Mittelschiff zu flattern.
Mutter Edyve war so klein, dass sie kaum das Gestühl überragte, in dem sie saß, die Hände über ihrem Gehstock gefaltet, das Kinn auf die Hände gelegt.
Adelia stand auf. Sie sagte: »Ich störe Euch, Mutter. Ich werde gehen.«
Die Stimme erreichte ihr Ohr, als sie sich zur Tür wandte. »Emma war neun Jahre alt, als sie nach Godstow kam und uns allen Freude brachte.«
Adelia drehte sich um. »Jetzt ist es mit der Freude vorbei, für sie und für Euch«, sagte sie.
Unvermittelt fragte Mutter Edyve: »Wie hat Königin Eleanor die Nachricht aufgenommen?«
»Mit Wut.« Weil sie selbst ihre eigene Wut kaum bändigen konnte, sagte Adelia: »Ich vermute, sie ist erbost, weil Wolvercote ihren Befehl missachtet hat.«
»Ja.« Mutter Edyve rieb mit dem Kinn über die gefalteten Hände. »Ihr seid ungerecht, denke ich.«
»Eleanor gegenüber? Was kann sie denn tun außer zetern?

Was kann irgendwer tun? Euer fröhliches Kind ist für den Rest seines Lebens zur Sklavin eines Schweins gemacht worden, und sogar der Königin von England sind die Hände gebunden.«

»Ich habe mir die Lieder angehört, die sie ihr singen, der Königin«, sagte Mutter Edyve. »Die Gambe und die Stimmen der jungen Männer – ich habe hier gesessen und darüber nachgedacht.«

Adelia hob die Augenbrauen.

»Wovon singen sie da?«, fragte Mutter Edyve. »*Cortez amors?*«

»Höfische Liebe. Ein provenzalischer Ausdruck. Provenzalisches Gesäusel und sentimentaler Blödsinn.«

»Höfische Liebe, ja. Eine Serenade für die unerreichbare Dame. Höchst interessant – irdische Liebe, die adelt. Man könnte fast sagen, das, wonach sich diese jungen Männer sehnen, ist die gedankliche Essenz der Jungfrau Maria, nicht wahr?«

Törichte alte Seele, dachte Adelia, bebend vor Zorn. »Wonach sich diese jungen Männer sehnen, Äbtissin, ist nicht Heiligkeit. Das Lied endet mit einer hochtrabenden Beschreibung einer verbotenen Arkade. Das ist ihr Bild für die Vagina.«

»Geschlechtliche Liebe, natürlich«, sagte die Äbtissin zu Adelias Verblüffung, »aber mit einer sanfteren Sehnsucht, als sie ihr meiner Erfahrung nach je zugeschrieben wurde. O ja, im Grunde besingen sie etwas Höheres, als ihnen selbst bewusst ist, sie besingen Gott, die Mutter.«

»Gott, die *Mutter?*«

»Gott ist unser Vater und unsere Mutter. Wie sollte es auch anders sein? Es wäre doch eine sehr voreingenommene Schöpfung, zwei Geschlechter zu erschaffen und doch nur eines zu begünstigen, auch wenn Kaplan Egbert mich tadelt, wenn ich das sage.«

Kein Wunder, dass Kaplan Egbert sie tadelte, es war ein Wun-

der, dass er sie nicht exkommunizierte. Ein zugleich männlicher und weiblicher Gott?
Adelia, die sich doch für eine moderne Denkerin hielt, war mit einer Vorstellung des Allmächtigen belastet, der in jedem Glauben, den sie kannte, eine schwache und sündige Frau ausschließlich zum Vergnügen des Mannes erschaffen hatte, als menschlichen Ofen, in dem sein Samen heranreifen konnte. Ein frommer Jude dankte Gott jeden Tag dafür, dass er nicht als Frau geboren worden war. Und diese kleine Nonne hier rupfte den Bart von Gottes Kinn und versah ihn nicht nur mit Brüsten, sondern auch mit einem weiblichen Geist.
Das war ein zutiefst rebellisches Denken. Aber Mutter Edyve war ja auch eine Rebellin, wie Adelia erkannte, als sie sie jetzt mit neuen Augen betrachtete, sonst wäre sie nicht bereit gewesen, den Wunsch der Kirche zu unterlaufen und den Leichnam einer Hure des Königs auf ihrem Friedhof zu bestatten. Und nur ein unabhängiger Geist konnte sich zugleich wohlgefällig über eine Königin äußern, die der Abtei nichts als Unruhe beschert hatte.
»Ja«, fuhr die vogelähnliche Stimme fort, »wir beklagen die Voreingenommenheit der Welt ebenso, wie das allmächtige Weibliche sie wohl beklagt. Doch Gottes Zeit ist nicht unsere Zeit, wie man uns sagt; ein Jahrhundert ist nur ein Augenblick für ein Wesen, das Alpha und Omega ist.«
»J-ja.« Stirnrunzelnd trat Adelia näher, setzte sich schräg auf die Stufen zum Altarraum, schlang die Arme um die Knie und starrte die reglose Gestalt im Chorgestühl an.
»Ich glaube, wir erleben in Eleanor einen solchen Augenblick«, sagte die Gestalt.
»Hä?«
»Ja, soweit ich weiß, haben wir zum ersten Mal eine Königin, die ihre Stimme für die Würde der Frauen erhebt.«

»*Hä?*«

»Hört zu«, sagte die Äbtissin.

Der Troubadour im Kreuzgang war mit der Komposition seines Liedes fertig. Nun sang er es, und der Klang seines wunderschönen Tenors strömte in die graue Kapelle wie Honig. »*Las! Einssi ay de ma mort exemplaire, mais la doleur qu'il me convendra traire, douce seroit, se un tel espoir avoie …*«

Wenn auch der Sänger vor Liebespein starb, so hatte er seinen Schmerz doch immerhin in eine Melodie gefasst, die so schön war wie der Frühling. Unwillkürlich musste Adelia lächeln. Mit dieser Mischung würde er die Dame seines Herzens schon noch erobern.

»*… Dame, et se ja mes cuers reins entreprent, dont mes corps ait honneur n'avancement, de vous venracom lointeins que vos soie …*«

Falls also sein Herz je irgendetwas tat, das ihm zur Ehre gereichte, dann ginge das nur auf die Geliebte zurück, und sei sie auch noch so fern.

Diese Musik, die Eleanor stets überallhin begleitete, war für Adelias taube Ohren bloß eine weitere Geziertheit gewesen, das unvermeidliche Hintergrundgeräusch für eine Frau mit all jenen Schwächen, die man der weiblichen Natur zuschrieb; eine eitle, eifersüchtige und oberflächliche Frau, die in anmaßender Selbstüberschätzung beschlossen hatte, Krieg gegen einen Mann zu führen, der größer war als sie.

Doch die Äbtissin lauschte dieser Musik, als wäre es eine Lesung der Heiligen Schrift.

Und während Adelia mit ihr lauschte, geriet sie ins Grübeln. Sie hatte die kunstvolle, seufzende Poesie der Höflinge ebenso abgetan wie ihr Interesse an Kleidung und ihre parfümierten Locken, weil sie sie nach den Maßstäben einer rauhen Männlichkeit beurteilt hatte, die von einer rauhen männlichen Welt aufgestellt worden waren. War es denn wirklich dekadent, Zartes und Schönes zu bewundern? Rowley, so dachte sie mit einer schmerzlich zärtlichen Aufwallung, hätte das so gesehen – er hatte alles Weibliche an Männern verachtet und die Vorliebe seines Boten für wohlriechende Essenzen in etwa so schlimm eingestuft wie die übelsten Exzesse des Kaisers Caligula. Doch Eleanors Spielart dessen konnte ja gar nicht dekadent sein, weil sie neu war. Adelia setzte sich auf. Bei Gott, sie war *neu*. Die Äbtissin hatte recht. Ob nun bewusst oder nicht, die Königin trug in die kulturlosen bäuerlichen Regionen ihres Reiches ein Bild von Frauen als Menschen, die Respekt verdienten, und nicht als Waren, sondern wegen ihres persönlichen Wertes geschätzt und geachtet werden sollten. Dieses Bild forderte, dass Männer sich Frauen *verdienen* mussten. Eleanor hatte Wolvercote ihren Höflingen gegenüber für einen Moment nicht als mächtigen Mann hingestellt, der sich das geholt hatte, was ihm zustand, sondern als eine brutale Bestie, die ihre Beute zum Fraß in den Wald schleppte.

»Ich vermute, Ihr habt recht«, sagte Adelia fast widerwillig.

»*... vous que j'aim tres loyaument. Ne sans amours, emprendre nel saroie.*«

»Aber es ist Heuchelei, es ist künstlich», gab Adelia zu bedenken. »Liebe, Ehre, Achtung, wann werden sie denn je den einfachen Frauen erwiesen werden? Ich glaube kaum, dass der Junge das, was er da singt, auch tatsächlich praktiziert. Es ist ... es ist eine hübsche Heuchelei.«

»Oh, ich halte viel von Heuchelei», sagte die kleine Nonne. »Sie legt ein Lippenbekenntnis zu einem Ideal ab, das demzufolge auch existieren muss. Sie räumt ein, dass es ein Gutes gibt. In gewisser Weise ist sie ein Merkmal der Zivilisation. Bei den Tieren auf den Feldern findet man keine Heuchelei. Und auch nicht bei Lord Wolvercote.«

»Was nützt das Gute, wenn sich niemand dran hält?«

»Genau die Frage habe ich mir auch gestellt», sagte Mutter Edyve ruhig. »Und ich bin zu dem Schluss gekommen, dass die frühen Christen sich das vielleicht auch gefragt haben und dass Eleanor auf ihre eigene Weise vielleicht einen Anfang gemacht hat, indem sie den ersten Stein für ein Fundament gelegt hat, auf dem die Töchter unserer Töchter irgendwann mit Gottes Hilfe beginnen können, ein neues und besseres Jerusalem zu erbauen.«

»Zu spät für Emma», sagte Adelia.

»Ja.«

Vielleicht, dachte Adelia trübselig, konnte nur eine sehr alte Frau voller Hoffnung auf einen einzigen Grundstein in einer weiten Ödnis blicken.

Sie blieb noch eine Weile sitzen und lauschte. Der Sänger hatte die Melodie gewechselt und das Thema: »*Ich würde Euch des Abends nackt in den Armen halten, auf dass wir im Sinnenrausch zusammenliegen, mein Kopf an Eurer Brust …*«

»Dennoch, auch das ist eine Form der Liebe«, sagte Mutter Edyve, »und für unseren großen Elterngott, der unsere Körper so geschaffen hat, wie sie sind, ist vielleicht alle Liebe eins.«

Adelia lächelte ihr zu und dachte daran, wie es mit Rowley im Bett war. »Man hat mich gelehrt, dass es so ist.«

»Mich auch, was für die Männer spricht, die wir geliebt haben.« Sie stieß einen nachdenklichen Seufzer aus. »Aber erzählt das nicht Kaplan Egbert.«

Die Äbtissin erhob sich mühsam und erprobte ihre Beine. Ermutigt stand Adelia auf und half ihr, ihren Umhang zu ordnen. »Mutter«, sagte sie impulsiv, »ich fürchte um die Sicherheit von Dakers, der Haushälterin.«

Eine dick geäderte Hand winkte sie weg. Mutter Edyve wollte jetzt gehen und war ungeduldig. »Ihr seid eine emsige kleine

Seele, Kind, und ich danke Euch dafür, aber Dakers' Sicherheit könnt Ihr getrost mir überlassen.«
Als sie nach draußen hinkte, sagte sie noch etwas, doch die Worte waren schwer zu verstehen. Es klang wie: »Schließlich habe ich den Schlüssel zum Gefängnis.«

Am Ende dieses Tages hatte Adelia sich verändert. Vielleicht war es der Zorn über die Vergewaltigung von Emma Bloat. Vielleicht war es der Zorn über den Anschlag auf Dakers' Leben. Vielleicht war es der Mut, den Mutter Edyve in ihr geweckt hatte.
Was auch immer, sie wusste, dass sie sich nicht weiter im Gästehaus verkriechen durfte, während Mörder und Entführer schalten und walten konnten, wie es ihnen beliebte.
Im Grunde hatte der Mörder von Rosamund und Bertha einen Pakt mit ihr geschlossen: *Lass mich in Ruhe, und deinem Kind wird nichts widerfahren.*
Es war ein schändlicher Pakt, aber sie hätte sich trotzdem daran gehalten, weil sie vorausgesetzt hatte, dass er nicht wieder töten würde.
Aber er hatte einen brennenden Lappen durch einen Luftschlitz geworfen, als wäre die Frau in dem Raum bloß Müll.
Das kann ich nicht zulassen, sagte sie ihm.
Sie hatte Angst, sogar sehr große Angst. Ihre Kleine würde so gut beschützt werden müssen wie noch kein Kind vor ihr, aber sie *und* ihre Tochter konnten nicht auf Kosten des Todes anderer Menschen weiterleben.
»Wo willst du hin?«, rief Gyltha ihr nach.
»Ich gehe mich umhören.«

Sie fand Jacques im Kloster, wo ihm einer der Troubadoure das Gambespiel beibrachte. Die Höflinge hatten sich überall breit-

gemacht, und offenbar waren die Nonnen von den Geschehnissen zu eingeschüchtert, um ihnen Einhalt zu gebieten.
Sie zerrte den widerwilligen Boten ein Stück weg, bugsierte ihn auf einen großen Stein, der als Steighilfe beim Aufsitzen diente, und nahm neben ihm Platz.
»Ja, Mistress?«
»Ihr sollt mir helfen herauszufinden, wer den Mord an Talbot aus Kidlington angeordnet hat.«
Er war verblüfft. »Ich weiß nicht, ob ich das kann, Mistress.«
Ohne auf seinen Einwand einzugehen, zählte sie diejenigen auf, die sie verdächtigte: »Wolvercote, Master Warin, der Torwächter und die Bloats.« Dann ging sie ins Detail.
Er rieb sich das Kinn. Er war jetzt glatt rasiert wie alle jungen Männer in Eleanors Gefolge.
»Ich weiß nicht, ob es hilft, aber eins kann ich Euch sagen«, stellte er schließlich fest. »Advokat Warin hat ein großes Getue gemacht, als er Lord Wolvercote in der Kirche vorgestellt wurde. ›*Ist mir eine große Ehre, Eure Bekanntschaft zu machen, Mylord. Wir sind uns ja noch nie begegnet, aber ich hatte schon lange den Wunsch, Euch … und so weiter und so weiter.*‹ Deutlicher ging's nicht – ich war da und hab ihn gehört. Er hat bestimmt drei- oder viermal fallenlassen, dass sie sich vorher noch nie begegnet waren.«
»Wie hat Wolvercote Master Warin begrüßt?«
»Wie er nun mal alle Menschen behandelt – als wäre er aus irgendeinem Hintern gekrochen.« Er verzog das Gesicht, fürchtete, sie beleidigt zu haben. »Verzeihung, Mistress.«
»Aber Ihr glaubt, Warin hat nur so getan, als wären sie sich noch nie begegnet?«
Jacques überlegte kurz. »Ja, das glaube ich.«
Adelia fröstelte. Wächter war unter ihre Röcke gekrochen und drückte sich wärmesuchend an ihre Knie. Gegenüber am Haus

der Äbtissin glotzte ein Wasserspeier sie an, am Kinn ein Eiszapfenbart.

Ich beobachte dich.

Sie sagte: »Emma hatte eine gute Meinung von Master Warin, was bedeutet, dass Talbot das auch hatte, was wiederum bedeutet, dass der Junge ihm vertraute …«

»So sehr, dass er ihn in seine Fluchtpläne eingeweiht hat?« Beim Boten keimte Interesse auf.

»Ich weiß, dass er das getan hat«, sagte sie. »Emma hat es mir erzählt. Der Junge hat Warin gesagt, dass er an seinem Geburtstag mit Emma fliehen wollte, also an dem Tag, an dem er sein Erbe antreten konnte …«

»Das Master Warin jedoch ohne Talbots Wissen inzwischen durchgebracht hatte …« Er fand Gefallen an der Sache.

Adelia nickte. »Das Master Warin vielleicht durchgebracht hat, was, falls dem so ist, die Beseitigung des jungen Vetters erforderlich machte …«

»… und dann dämmert es Master Warin, dass er in Lord Wolvercote ja einen Verbündeten hat. Dem alten Wolf würden eine Braut und ein Vermögen durch die Lappen gehen, wenn der Fluchtplan gelingt.«

»Richtig. Also geht er zu Lord Wolvercote und schlägt ihm vor, dass Talbot sterben soll.«

Sie dachten eine Weile darüber nach.

»Wieso war es so dringend, dass Talbots Leiche gleich identifiziert wird?«, grübelte Adelia.

»Das liegt doch auf der Hand, Mistress. Advokat Warin könnte in Geldnöten stecken – er sieht aus wie ein Mann, der es sich gern gut gehen lässt. Es hätte zu lange gedauert, einem Untersuchungsrichter zu beweisen, dass das Vermögen der anonymen Leiche ihm gehört, falls er Talbots Erbe ist. So etwas dauert seine Zeit. Gerichte arbeiten langsam. Seine Gläubiger hätten ihn drangekriegt, ehe er über das Erbe hätte verfügen können.«

»Und Wolvercote war daran gelegen, dass Emma vom Tod ihres Geliebten erfährt. Ja, das passt alles zusammen.« Sie sagte: »Wolvercote hat die Mörder gedungen. Warin kannte sie wahrscheinlich nicht.«

»Und dann hat Wolvercote sie nach vollbrachter Tat beseitigt. So könnte es gewesen sein, Mistress.«

Durch das Gespräch war der Fall für Adelia sonnenklar geworden, von bloßer Theorie zu Wirklichkeit gereift. Zwei Männer hatten sich verschworen, um ein junges Leben auszulöschen. In Advokatenhäusern wurde das Böse als geschäftliche Transaktion erörtert, in Herrenhäusern bei einer Flasche Wein gründlich durchdacht; Männer wurden darin unterwiesen. Normalität, Güte waren Annehmlichkeiten, die gegen Geldgier aufgegeben wurden. Unschuld stand dagegen auf verlorenem Posten. Sie selbst stand dagegen auf verlorenem Posten. Das Böse lachte von den Dächern auf sie herab.

»Aber wie wollt Ihr das beweisen?«, fragte Jacques.

»Verschwörer misstrauen einander«, sagte sie. »Ich denke, es ist machbar, aber dafür brauche ich Eure Hilfe.«

Sie ließ ihn gehen und eilte zurück zum Gästehaus, weil sie ihre Angst um Allie einfach nicht abschütteln konnte.

»Munter wie ein Fisch im Wasser«, sagte Gyltha. »Schau sie dir an.«

Aber Adelia wusste, dass auch Gyltha Angst hatte, weil sie Mansur gebeten hatte, von nun an Tag und Nacht bei ihnen zu bleiben.

»Wem das nich passt, der soll mich mal … na ja, du weißt schon, was«, sagte sie. »Also geh los und tu, was du tun musst. Mansur is auf der Hut.«

Aber das war der Mörder auch …

Jetzt musste sie zu Pater Paton.

Diesmal war sie vorsichtiger, wartete, bis es dunkel geworden war, achtete darauf, ob sie verfolgt wurde, huschte von Schatten zu Schatten, bis sie im Schutz des schmalen Durchgangs vor der Treppe war, die hinauf zum Wärmeraum führte.

Schwester Lancelyne war bei der Vesper, daher traf sie den kleinen Priester allein an, wie er bei Kerzenlicht über dem Kopialbuch brütete. Er war nicht gerade erfreut über die Störung.

Adelia erzählte ihm alles haarklein, angefangen mit dem Auffinden von Talbots Leiche auf der Brücke – der kleine Priester war nicht dabei gewesen, weil er sich auf dem Fuhrwagen warm gehalten hatte –, dann die Geschehnisse in Wormhold, die Rückkehr nach Godstow und Berthas Tod, ihr Verdacht, wer was getan hatte, die drohende Gefahr für Allie, die drohende Gefahr für Dakers.

Er wollte nichts davon hören, rutschte unruhig hin und her und schielte ständig sehnsüchtig auf die Dokumente vor sich; diese ganze Geschichte roch nach Todsünden, und Pater Paton zog die Menschlichkeit in ihrer abstrakteren Form vor. »Seid Ihr sicher?«, fragte er immer wieder. »Gewiss nicht. Wie könnt Ihr es wagen, derlei Dinge zu vermuten?«

Adelia blieb hartnäckig, durchbohrte ihn mit Logik, als spieße sie eine Nadel durch einen Schmetterling. Sie mochte ihn nicht besonders, und er mochte sie überhaupt nicht, aber er war unbeteiligt an dem Kampf, den sie führte, und sein Verstand war wie eines seiner Kassenbücher. Adelia brauchte ihn als Register.

»Über das alles müsst Ihr absolutes Stillschweigen bewahren«, schärfte sie ihm ein. »Sprecht mit niemandem darüber, außer dem König.« Dieser blutarme kleine Mann musste ihr Wissen aufbewahren, damit er es im Falle ihres Todes an Henry Plantagenet weitergeben konnte. »Wenn der König kommt, wird er wissen, was zu tun ist.«

»Aber ich weiß es nicht!«

»Doch, das tut Ihr.« Und dann sagte sie ihm, wonach er suchen musste.

»Das ist unerhört.« Er war entrüstet. »Und überhaupt, ich bezweifle, dass es, selbst wenn es noch vorhanden ist, Euren Fall beweist.«

Adelia bezweifelte das auch, aber es war ihre einzige Waffe. Sie versuchte, eine Zuversicht an den Tag zu legen, die sie gar nicht empfand. »Der König *wird* kommen«, sagte sie, »und er wird am Ende den Sieg davontragen.« Das war ihre einzige Gewissheit. Eleanor mochte ja eine Ausnahmepersönlichkeit sein, aber sie hatte sich mit einem Mann angelegt, der sein Königreich wie ein Koloss überragte. Sie konnte nicht gewinnen.

In diesem Punkt war Pater Paton mit ihr einer Meinung. »Ja, ja«, sagte er, »eine Königin ist bloß eine Frau und unfähig, für irgendetwas erfolgreich zu kämpfen, nicht mal für sich selbst. Das Einzige, was sie zu erwarten hat, ist Gottes Strafe für ihre Rebellion gegen den rechtmäßigen Herrscher.«

Dann fuhr er Adelia an. »Und auch Ihr, Mistress, seid bloß eine Frau, sündig, unverschämt, und ob Ihr nun recht habt oder nicht, Ihr solltet diejenigen, die über Euch stehen, nicht in Frage stellen.«

Sie zügelte ihren Zorn und verlegte sich stattdessen darauf, den Priester zu ködern. »Wenn der König kommt«, sagte sie, »wird er wissen wollen, wer Rosamund ermordet hat. Dem Mann, der ihm sagen kann, wer es war, wird gewiss große Anerkennung zuteil werden.«

Sie sah, wie der Mund des Priesters sich spitzte, während er im Geiste eine Soll-und-Haben-Rechnung anstellte, bei der er eine mögliche Ernennung zum Abt oder gar Bischof gegen die

Risiken und Gefahren dessen abwog, was er für Adelia tun sollte.
»Ich denke, ich würde Gott dienen, der die reine Wahrheit ist«, sagte er bedächtig.
»Das werdet Ihr«, sagte sie und ging, damit er zur Tat schreiten konnte.

Und dann war Weihnachten.
Zur Messe drängten sich so viele in die Kirche, dass sie richtig warm wurde und der menschliche Körpergeruch den frischen, bitteren Duft der Stechpalmen und Efeugirlanden fast überdeckt hätte.
Adelia geriet in ihrem Bibermantel ins Schwitzen. Sie behielt ihn an, weil sie darunter den Bliaut trug, den Eleanors Näherinnen noch gerade rechtzeitig fertiggestellt hatten, und mit all dem anderen Zierrat, den die Königin ihr geschenkt hatte, in dem Gewand so hübsch aussah, dass sie fürchtete, Aufmerksamkeit zu erregen.
»Nun zeig dich doch ruhig«, hatte Gyltha genörgelt, »du siehst gar nich mal schlecht aus.« Was aus ihrem Munde ein echtes Lob war.
Doch der Instinkt, den Blick des Mörders zu meiden, war noch immer stark. Vielleicht würde sie den Mantel beim Fest ablegen, vielleicht aber auch nicht.
Das Chorgestühl, das erneut den Nonnen vorbehalten war, bildete eine schwarz-weiße Umrahmung für den mit Stickereien bedeckten Altar, auf dem zahllose Kerzen erstrahlten, sowie die Roben des Abtes und der zwei Priester, die sich wie leuchtende Schachfiguren durch die Litanei bewegten.
Die Magie war unfehlbar.
Die Schlange, die zur heiligen Kommunion anstand, umfasste mörderische Männer, zerstrittene Söldnertruppen, jede Spiel-

art menschlicher Schwächen und Kümmernisse, doch als sie sich still vorwärtsbewegte, wurden alle von der gleichen Ehrfurcht erfasst. Vorne angekommen, kniete der Müller neben einem der Männer, die ihn malträtiert hatten, empfing Adelia die Hostie vom Abt von Eynsham, dessen Hände sich einen kurzen Moment segnend auf den Kopf der kleinen Allie senkten. Der Kelch wurde von einem Wolvercote-Söldner zu einem von Schwyz' Männern weitergereicht, ehe jeder wieder zu seinem Platz zurücktrottete, kauend und weihevoll.

Eine wachsende Atemlosigkeit griff um sich, als Maria wenige Schritte entfernt in ihrem Stall in den Wehen lag. Die eiligen Schritte der Hirten kamen näher und näher. Engel sangen über dem sternenbeschienenen, schneebedeckten Kirchendach.

Als der Abt die Arme hob und mit tiefer kehliger Stimme verkündete: »Ein Kind ist uns geboren«, wurde seine Aufforderung »Gehet hin in Frieden« von lautem Jubel übertönt, während einige Frauen der unsichtbaren und doch anwesenden Maria Ratschläge zuriefen, wie sie zu stillen habe, und sie beschworen, immer gut aufzupassen, »dass der Kleine es auch schön warm hat«.

Bethlehem war hier. Es war jetzt.

Als Adelia in die große Scheune trat, drängte sich Jacques durch die Menge zu ihr und berührte sie an der Schulter. »Die Königin grüßt Euch, Mistress, und sie wird enttäuscht sein, wenn Ihr nicht die Geschenke tragt, die sie Euch gemacht hat.«

Widerstrebend zog Adelia den Mantel mit der Kapuze aus, so dass der Bliaut und die Barbette zum Vorschein kamen, und fühlte sich nackt. Direkt neben ihr sah Walt sie an und bekam Stielaugen. »Hab mich schon gefragt, wer die fremde Frau is«, sagte er. Sie nahm an, dass auch das als Kompliment gemeint war. Und tatsächlich erntete sie viele verblüffte Blicke – die meisten davon freundlich. Denn das war ein weiteres Geschenk, das Eleanor ihr, ohne es selbst zu wissen, gemacht hatte: Durch den Gunstbeweis der Königin war Adelia vom Verdacht der Hexerei befreit worden.

Obwohl Eleanor und ihr Gefolge das Fest in der Scheune geplant hatten, übernahmen die Engländer die Ausrichtung.

Übernahmen? Sie rissen sie förmlich an sich.

Entzückende aquitanische Weihnachtslieder gingen in grölenden Trinkliedern unter. Der brennende Weihnachtsklotz wurde am Zuggeschirr eines Ochsen hereingeschleift und auf eine Feuerstelle mitten in das große Quadrat gelegt, das die in der Scheune aufgestellten Tische bildeten. Oben in der Galerie – eigentlich der Heuboden – versuchte ein Spielmann, die Speisenden mit seiner Sangeskunst zu erfreuen, doch da alle Bewohner von Godstow und die meisten Leute aus dem Dorf gekommen waren und einen Mordslärm veranstalteten, gab er es schließlich auf und kam herunter, um mit den anderen Gästen zu tafeln.

Es war das reinste Wikingermahl. Fleisch, Fleisch und noch mehr Fleisch. Das Eishaus hatte seine feinsten Leckerbissen hergegeben. Eleanors Koch hatte sich in der Küche selbst übertroffen, doch seine Wintersalate und Fromentées, seine hübsch bemalten Blätterteigburgen und zarten Götterspeisen aus Orangenblütenwasser waren von Schweineschmalz und Blutwurst förmlich begraben und besudelt worden, so dass er richtiggehend krank davon war und jetzt mit leerem Blick dasaß, während sein Gehilfe ihm zum Trost kleine Stücke Schweinebraten in den Mund schob.

Es wurden auch keine einzelnen Gänge serviert. Die Klosterdiener hatten sich schon zu lange mit Godstows viel zu vielen und anspruchsvollen Gästen herumgeschlagen, und das nahende Weihnachtsfest hatte ihnen noch mehr abverlangt. Die letzten paar Tage hatten sie in der sengenden Hitze der Küchenherde geschwitzt oder die Scheune geschmückt, bis sie einer Waldlichtung ähnelte. Sie würden das Fest nicht verpassen, indem sie im Schweiße ihres Angesichts zwischen Küche und Scheune hin und her rannten. Alles, was sie zubereitet hatten, pikant, süß, mit oder ohne Soße, Brote und Nachspeisen, wurde einfach zu einem prächtigen Durcheinander auf die Tische geknallt, und dann ließen sie sich auf die Bänke fallen, die dem Scheunentor am nächsten waren, und langten kräftig zu.

Gut so. Es musste so vieles unverzüglich tranchiert werden, so viele Gerichte die Reihen auf und ab gereicht werden, so viele lärmende Bitten erfüllt werden – »Noch was von der Füllung für meine Lady«, »Eine Scheibe von der Gans, wenn ich bitten darf«, »Gebt mal das Rübenmus rüber« –, dass zwischen oben und unten eine Kameraderie des Genusses entstand, von der allerdings die Hunde ausgenommen blieben, die unter den Tischen auf Abfälle warteten und sich gegenseitig bissen, wenn etwas bei ihnen landete.

Wächter blieb bei Adelias Knien, wo er die besten Happen abbekam – seine Herrin war eine schlechte Esserin, und um Mansur nicht zu kränken, der neben ihr saß und ihren Teller unermüdlich nachfüllte, steckte sie dem Hund heimlich Fleischbrocken zu.

Eleanor nahm alles gelassen hin, wie Adelia sah. Die Königin hatte sich gutmütig die riesige Krone aus Efeu und Lorbeerblättern aufgesetzt, die ihr von der Frau des Schmiedes überreicht wurde, und dabei ihren eigenen schlichten Kopfschmuck ruiniert. Plötzlich ähnelte sie einer Erdgöttin, was den Eindruck, dass der Abend immer heidnischere Züge annahm, nur noch verstärkte.

Außer dem königlichen Koch gab es nur noch eine weitere Person, die sich nicht der allgemeinen Heiterkeit anschloss: Emma saß als eisige, reglose Gestalt neben ihrem Mann, der sie ignorierte. Adelia versuchte, ihren Blick aufzufangen, und gab es dann auf. Das Mädchen starrte ins Leere.

Wie gingen Master und Mistress Bloat wohl mit der Situation um?, fragte sich Adelia. Verurteilten sie die Entführung ihrer Tochter?

Nein, sie hatten beschlossen, sie nicht zur Kenntnis zu nehmen. Die beiden hatten sich innen an einen der Tische dem Entführer gegenübergesetzt, doch Wolvercote strafte ihre Bemühungen, ihn in ein Gespräch zu verwickeln, meistens mit Verachtung.

Master Bloat wollte sogar einen Trinkspruch auf das glückliche Paar ausbringen, doch der Lärm schwoll schlagartig an, als er sich erhob, und Emma, die zum ersten Mal aus ihrer Trance erwachte, bedachte ihren Vater mit einem so bitterbösen Blick, dass dem Mann die Worte im Hals steckenblieben und er sich wieder setzte.

Mit Mansur zu ihrer Linken und Allie sicher in einer Trageschlinge an ihrer Hüfte – es würde keine entführten Töchter mehr geben – richtete Adelia ihre Aufmerksamkeit auf den Mann zu ihrer Rechten. Sie hatte sich größte Mühe gegeben, den Platz neben ihm zu ergattern.

Master Warin war die meiste Zeit für sich geblieben, und die Tatsache, dass er sich höflich erkundigen musste, wer sie war, und nicht abweisend reagierte, als sie ihm ihren Namen nannte, zeigte, dass ihm der übliche Klostertratsch entgangen war.

Er hatte die nervöse Angewohnheit, sich die Lippen zu lecken, und keineswegs das aalglatte herablassende Auftreten der meisten Advokaten. Ein unauffälliger Mensch, der sich seinen starken Gloucestershire-Akzent zwar ein wenig abgewöhnt hatte, aber auch nicht versuchte, ihn zu verbergen. Adelia gewann den Eindruck, dass es für ihn sowohl finanziell als auch intellektuell nicht leicht gewesen war, die Zulassung als Advokat zu erhalten, und dass er sich auf *consilio et auxilio* beschränkte, also auf Beratung beim Aufsetzen von Testamenten, Rodungsanträgen, Dienstverträgen, eben auf die vielen Details des Alltagsrechts, die für den Laien, der damit zu tun hatte, ungemein wichtig sein konnten.

Als sie ihm zum Tod seines jungen Vetters ihr Beileid aussprach, benetzte er sich erneut die Lippen, und echte Tränen traten in seine kurzsichtigen Augen: Der Mord hatte ihn seiner Familie beraubt, sagte er, da er bislang unverheiratet war. »Wie ich Euch um diese wonnige Kleine beneide, Mistress. Ich hätte so gern Kinder.«

Adelia hegte einen schlimmen Verdacht gegen Master Warin. Sie musste sich selbst in Erinnerung rufen, dass *irgendwer* die Information weitergegeben hatte, aufgrund deren zwei Mörder Talbot aus Kidlington auf der Brücke aufgelauert hatten, und niemand kam dafür eher in Frage als dieser kleine Mann, der über Talbot sagte: »Wir standen uns näher, als Vettern das normalerweise tun. Nach dem Tod seiner Eltern war er für mich wie ein kleiner Bruder. Ich hab alles für ihn erledigt.«

Doch trotz seines bescheidenen Auftretens war seine Kleidung von einer Qualität, die man bei einem einfachen Familienadvokaten nicht erwartet hätte, und der große Siegelring an seinem Finger bestand aus massivem Gold. Master Warin ließ es sich gutgehen. Außerdem schienen ihm Met und Ale nicht zu munden, dafür griff er häufiger nach dem Weinkrug.

Adelia setzte die Daumenschrauben an. »Dann hat Euer Vetter Euch nicht von seinem Plan erzählt, mit Mistress Bloat durchzubrennen?«, fragte sie.

»Selbstverständlich nicht.« Master Warins Stimme nahm einen schneidenden Tonfall an. »Eine wahnwitzige Idee. Ich hätte ihm das ausgeredet. Lord Wolvercote ist ein bedeutender Mann,

ich hätte nicht zugelassen, dass jemand aus meiner Familie Schande über ihn bringt.«
Er log. Emma hatte gesagt, dass er in die Fluchtpläne eingeweiht gewesen war.
»Dann kanntet Ihr ihn also? Wolvercote, meine ich.«
»Nein.« Master Warins Zunge fuhr einmal über die Lippen. »Wir sind uns neulich Abend in der Kirche zum ersten Mal begegnet.«
Schon wieder gelogen. Er war ihr Mann.
»Ich hab mich nur gefragt, ob Ihr wusstet, was Euer Vetter vorhatte, weil die Leute gesagt haben, Ihr seid gleich nach ihm hier eingetroffen ...«
»Wer sagt das?«
»... ganz kurz nach dem ...«
»Das ist eine Verleumdung. Ich habe mir Sorgen gemacht, weil mein Vetter bei diesem Schneesturm unterwegs war. Wer sind diese bösen Zungen? Wer seid Ihr? Ich habe es nicht nötig, hier zu sitzen ...« Züngelnd wie eine Schlange, griff Master Warin nach seinem Weinbecher und suchte sich einen Platz weiter hinten am Tisch.
Mansur wandte den Kopf und sah den aufgebrachten Advokaten von dannen ziehen. »Hat er den Jungen getötet?«, fragte er auf Arabisch.
»In gewisser Weise. Er hat Wolvercote den Hinweis gegeben, der es Wolvercote ermöglichte, die Mörder auf den Jungen anzusetzen.«
»Dann ist er ebenso schuldig.«
»Als hätte er selbst den Bolzen abgeschossen, ja. Er hätte behaupten können, dass er von den Fluchtplänen wusste und in die Abtei gekommen ist, um sie zu vereiteln. Das hätte erklärt, wieso er so schnell hier war. Aber er hat es nicht gesagt – ich hab ihm die Gelegenheit dazu geboten –, weil die Leute dann

denken würden, dass er Wolvercotes Werkzeug ist, und er beteuert, sie seien einander vorher nie begegnet. Im Grunde hätte es ihn nicht belastet, wenn er zugegeben hätte, dass sie sich kennen, aber sie haben zusammen den Mord an dem Jungen geplant, und das beeinträchtigt sein Urteilsvermögen. Das Schuldgefühl treibt ihn dazu, sich möglichst deutlich von Wolvercote zu distanzieren, auch wenn er es gar nicht müsste.«

»Er hat sein eigen Fleisch und Blut verraten, Allah spuckt auf ihn. Können wir es beweisen?«

»Wir werden es versuchen.« Adelia holte Allie aus der Hüftschlinge und rieb die Wange an dem flaumigen Kopf ihrer Tochter. Die banale Durchschnittlichkeit eines Mörders wie des kleinen Advokaten Warin war noch viel deprimierender als die Brutalität eines Wolvercote.

Plötzlich wurde sie ruppig zur Seite gedrückt, als Cross den Platz einnahm, den Warin verlassen hatte, und die Kälte von draußen mit hereinbrachte. »Rückt ein Stück.« Der Söldner begann, wie ein Verhungernder nach den Speisen zu greifen.

»Wo habt Ihr gesteckt?«, fragte sie.

»Was glaubt Ihr denn wohl, wo ich gesteckt hab? Ich bin vor diesem Scheißgefängnis auf und ab marschiert. Das nenn ich Zeitverschwendung. Sie is nämlich weg.«

»Wer ist weg?«

»Dieser alte Dämon. Der Abt hat mir selbst gesagt, sie ist ein Dämon. Wer dachtet Ihr denn?«

»Dakers? Dakers ist verschwunden?« Sie sprang auf und erschreckte Allie, die gerade das Mark aus einem Rinderknochen lutschte. »Großer Gott, sie haben sie geholt.«

Bratensoße tropfte Cross vom Kinn, als er zu ihr hochblickte. »Was redet Ihr denn da? Die hat keiner geholt. Die is verschwunden. So is das mit Dämonen, die verschwinden einfach.«

Adelia setzte sich. »Lasst hören.«
Wie es geschehen war oder auch nur wann, konnte Cross ihr nicht sagen, weil er es nicht wusste. Niemand wusste das. Es war erst vor kurzem entdeckt worden, als Cross die Gefängnistür aufgeschlossen hatte, weil ein Küchenjunge auf Anweisung der Cellerarin mit einem Tablett mit Weihnachtsessen für die Gefangene erschienen war.
»Der Schlüssel hängt an so 'nem Ring, versteht Ihr«, sagte er. »Jeder Wachposten gibt ihn an den nächsten weiter, wenn er seinen Dienst antritt. Oswald hat ihn mir gegeben, als ich übernommen hab, und als sein Dienst anfing, hat er ihn von Walt gekriegt, und die beiden schwören, sie haben diese Scheißtür kein einziges Mal aufgemacht, und ich auch nicht, bis gerade eben ...«
Er verstummte kurz, um sich ein Stück Rindfleisch in den Mund zu schieben.
»*Und?*«, fragte Adelia ungehalten.
»Und ich steck also den Schlüssel ins Schloss, dreh ihn, mach die Tür auf, und der Junge geht mit dem Futter rein, und da war sie ... weg. Weit und breit keine Spur von ihr.«
»Irgendwer muss sie rausgelassen haben.« Adelia war noch immer beunruhigt.
»Nein, das kann nicht sein«, sagte Cross. »Wenn ich's Euch doch sage, bis dahin hatte keiner diese Scheißtür aufgemacht. Das Weib is verschwunden. So is das mit Dämonen, die verschwinden. Hat sich in ein Rauchwölkchen verwandelt und is durch den Luftschlitz raus, jawohl.«
Er hatte Schwyz zum Gefängnis gerufen, sagte er, und deutete mit dem Kinn auf den leeren Platz am oberen Tischende, wo der Söldnerführer gesessen hatte. Auch Schwester Havis war geholt worden.
»Aber ich sag's Euch, die findet keiner mehr, weil die ver-

schwunden is, zurück in die Hölle, wo sie herstammt. Bei 'nem Dämon wundert mich das nich. Da kommt er ja, sieh sich den einer an, der scheißt sich gleich ins Hemd.«

Ein wütend dreinblickender Schwyz war in die Scheune gekommen und marschierte jetzt auf den Tisch zu, wo der Abt von Eynsham neben der Königin saß. Die Feiernden waren zu sehr mit Zechen und Tafeln beschäftigt, um auf ihn zu achten, nur diejenigen, denen er die Neuigkeit überbrachte, merkten auf.

Adelia sah, dass Eleanor lediglich die Brauen hochzog, doch der Abt erhob sich sofort. Er schien irgendwas zu brüllen, doch bei dem allgemeinen Lärm konnte Adelia ihn nicht hören.

»Der will die Abtei durchsuchen lassen«, erklärte Cross. »Aber das kann er vergessen. Kein Mensch lässt gutes Weihnachtsessen stehen und macht sich im Dunkeln auf die Suche nach 'nem Dämon. Ich jedenfalls nich, das weiß ich genau.«

Es war offensichtlich. Der Abt redete beschwörend auf Lord Wolvercote ein, der ihn mit einem gleichgültigen Achselzucken abspeiste. Dann wandte er sich flehend an die Äbtissin, deren Reaktion zwar höflicher war, aber ebenso ablehnend.

Während sie die Hände hob, um ihm zu verstehen zu geben, dass es sinnlos wäre, die Feiernden zu stören, wanderten Mutter Edyves ausdruckslose Augen für einen Moment durch den Raum zu Adelia.

Schließlich habe ich den Schlüssel zum Gefängnis.

»Worüber lacht Ihr?«, fragte Cross.

»Über einen Mann, der in eine Grube gefallen ist, die er selbst gegraben hat.«

Wie auch immer die Äbtissin diese Flucht zuwege gebracht hatte, wer auch immer von Dakers' Wächtern dazu gebracht worden war, beide Augen zuzudrücken, der Abt von Eynsham konnte niemanden beschuldigen oder bestrafen. Dadurch, dass er darauf bestanden hatte, Rosamunds Haushälterin einzusperren, hatte er selbst sie dämonisiert. Da konnte er sich jetzt nicht beschweren, dass sie etwas getan hatte, was bei Dämonen anscheinend an der Tagesordnung war, wie Cross meinte.

Adelia beugte sich grinsend zu Gyltha vor, die zur anderen Seite des Arabers saß, und erzählte ihr, was passiert war.

»Da kann man der alten Vogelscheuche nur viel Glück wünschen«.

Gyltha nahm noch einen tiefen Zug aus ihrem Becher, den sie schon etliche Male mit Begeisterung geleert hatte.

Mansur sagte auf Arabisch: »Männer von Godstow haben durch den Schnee einen Pfad zum Fluss gegraben. Auf Anweisung der Äbtissin. Ich hab gehört, wie dieser Fitchet gesagt hat, sie würden das machen, damit die Königin auf dem Fluss eislaufen könne. Aber jetzt denke ich, sie haben für Rosamunds Frau einen Fluchtweg angelegt.«

»Sie haben sie gehen lassen? Bei diesem Wetter?« Adelias Belustigung verflog. »Ich dachte, sie würden sie hier irgendwo in der Abtei verstecken.«

Mansur schüttelte den Kopf. »Bei den vielen Menschen hier hätte sie irgendwer entdeckt. Sie wird überleben, so Allah es will. Bis Oxford ist es nicht weit.«

»Sie wird aber nicht nach Oxford gehen.«

Es gab nur einen Ort, den Dakers zu erreichen versuchen würde.

Bis zum Ende des Essens und auch, als die Tische beiseitegeschoben wurden, um in der Scheune Platz zum Tanzen zu schaffen, dachte Adelia an den Fluss und die Frau, die auf ihm unterwegs nach Norden war. Würde das Eis sie halten? Konnte sie die Kälte überleben? Hatte der Abt, der sich bestimmt denken konnte, wo sie hinwollte, Männer und Hunde hinter ihr hergeschickt?

Mansur sah sie an und sagte: »Allah schützt die Wahnsinnigen. Er wird entscheiden, ob die Frau lebt oder stirbt.«

Doch gerade *weil* Dakers wahnsinnig war und *weil* sie keine Freunde hatte und *weil* sie zu viel wusste, spürte Adelia die Verantwortung für die Frau schwer auf sich lasten.

Allah, Gott, wer immer du bist, behüte sie.

Doch dann wachte Allie auf, die wohlig satt eine Weile geschlafen hatte. Sie musste von oben bis unten gereinigt werden, frische Windeln bekommen und wollte unterhalten werden, so dass Adelia gezwungen war, sich wieder ihrer Umgebung zu widmen.

An Unterhaltung bestand kein Mangel. Die Troubadoure hatten sich auf dem Heuboden versammelt und musizierten mit solchem Elan und Schwung, dass sich keiner entziehen konnte. Auf einer Seite der Scheune tanzten die Königin und ihr Gefolge mit spitzfüßiger, leichthändiger Eleganz, während die Engländer am anderen Ende in wogenden, lärmenden Kreisen umherhüpften.

Ein betagter Bewohner der Abtei jonglierte Äpfel mit einer Geschicklichkeit, die sein Alter Lügen strafte, und der Schmied versuchte sich gegen den Rat seiner Frau als Schwertschlucker.

Nach einigem hektischen Getuschel unter dem Heuboden sprang schließlich eine Schar von wild verkleideten Figuren hervor, um eine recht derbe Stegreifdarbietung von Noah und der Sintflut aufzuführen, und zwar mit so viel Spielfreude, dass die Tanzenden eine Pause einlegten und gebannt zuschauten.

Adelia, die auf dem Boden saß und eine vor Vergnügen quiekende und zappelnde Allie auf den Knien hielt, amüsierte sich köstlich. Sie bezweifelte, dass Noah die Tierarten, die da über eine unsichtbare Planke in seine unsichtbare Arche tollten, erkannt hätte. Das einzige echte Tier, der Klosteresel, spielte den

Rest des Ensembles an die Wand, indem er einen abfälligen Kommentar zu den Darstellungskünsten auf den Fuß des von Fitchet gespielten Einhorns plumpsen ließ, was bei Gyltha einen solchen Lachanfall auslöste, dass Mansur sie wegzerren musste, bis sie sich wieder beruhigt hatte.

Bei all ihrer Feinsinnigkeit konnten Eleanors Höflinge doch dem verlockenden Applaus nicht widerstehen, mit dem derlei Zoten quittiert wurden. Sie gesellten sich zu den Schauspielern, gaben jede Vornehmheit auf und entpuppten sich als verhinderte Hofnarren, indem sie in knallbunten Perücken und Röcken und mit mehlbestäubten oder krapprot bemalten Gesichtern auftraten.

Warum nur ahmten manche Männer so gern Frauen nach?, dachte Adelia, während sie eine von Montignard hingebungsvoll gespielte Mistress Noah ausbuhte, die dem armen Master Noah wütende Vorhaltungen machte, weil er betrunken war. War das da Jacques als Jafets Weib, mit Warzen und Strohhaar und wogendem Busen? Und das konnte doch wohl nicht der Abt von Eynsham sein, der mit geschwärztem Gesicht so schnell auf den Zehenspitzen kreiste, dass sein Unterrock hochwirbelte?

Allie, den Markknochen noch immer fest in der Hand, war wieder eingeschlafen. Es war Zeit, ins Bett zu gehen, ehe die manische Ausgelassenheit des Abends in Schlägereien ausartete, was wohl unweigerlich passieren würde. Schon jetzt hatten sich Schwyz' betrunkene Männer zusammengerottet und stierten zu Wolvercotes ebenfalls betrunkenen Männern hinüber, was vermuten ließ, dass der weihnachtlichen Stimmung allmählich die Puste ausging.

Wolvercote selbst war schon gegangen und hatte Emma mitgenommen.

Die Königin dankte der Äbtissin zum Abschied, und Mutter

Edyve winkte ihre Nonnen zu sich. Master Warin war verschwunden. Der Schmied, der sich den Hals hielt, wurde von seiner Frau weggeführt.

Adelia schaute sich nach Gyltha und Mansur um. Oje, ihr geliebter Araber – abgesehen von ihr selbst vielleicht der einzige nüchterne Mensch in der Scheune – hatte sich zur Begeisterung einiger Klosterdiener überreden lassen, seinen Schwerttanz aufzuführen, und Gyltha kreiselte um ihn herum wie ein berauschtes Frettchen. Normalerweise trank Gyltha nicht, aber wenn es Alkohol gratis gab, konnte sie einfach nicht widerstehen.

Adelia ging gähnend mit Allie in die Ecke, wo sie die Wiege abgestellt hatten, legte ihre Tochter hinein, nahm ihr den Markknochen weg, gab ihn Wächter, deckte ihre Tochter zu und zog die kleine Lederabdeckung der Wiege hoch. Dann setzte sie sich daneben, um zu warten.

Und hatte einen fiebrigen, wüsten Traum, der richtig beängstigend wurde, als ein Bär sie hochhob, an sein Fell drückte und sie in den Wald schleppen wollte. Sie hörte Knurren, als Wächter den Bär angriff, und dann ein Aufjaulen, als er einen Tritt abbekam.

Adelia bekam kaum Luft, ihre Beine schleiften über den Boden, und als sie anfing, sich zu wehren, erwachte sie. Sie wurde in den Armen des Abtes von Eynsham in die dunkelste Ecke unter dem Heuboden getragen, wo er sie so heftig gegen die Außenwand stieß, dass Splitter und Mörtelstücke auf sie beide herabregneten, während er seinen massigen Körper gegen ihren presste.

Er war ziemlich betrunken und flüsterte: »Du bist seine Spionin, du Miststück. Der Bischof. Ich durchschaue dich … bei mir tust du zimperlich, du Hure, ich weiß … was du vorhast. Wie macht er's dir? In den Arsch? In den Mund?«

Branntweindünste umhüllten sie, als sein geschwärztes Gesicht sich auf ihres senkte.
Sie drehte den Kopf weg und riss ihr Knie so fest hoch, wie sie konnte, aber der lächerliche Rock, den er trug, schützte ihn, und obwohl er aufstöhnte, blieb sein Gewicht auf ihr.
Das Flüstern hörte nicht auf: »... hältst dich für so schlau ... seh es in deinen Augen, aber du bist eine stinkende Dirne. Eine Spionin. Ich bin besser als St. Albans ... Ich bin *besser* ...« Seine Hand hatte ihre Brust gefunden und knetete sie. »Sieh mich an, ich kann es auch ... Liebe mich, du Nutte, liebe *mich* ...« Er leckte ihr das Gesicht.
Außerhalb des stickigen Kabuffs, in dem sie gefangen war, versuchte jemand, ihm Einhalt zu gebieten und diese keuchende zischende Grässlichkeit von ihr wegzuziehen. »Lass sie, Rob, sie ist es nicht wert.« Es war Schwyz' Stimme.
»Doch, ist sie. Sie sieht mich an, als wär ich der letzte Dreck ... Als wüsste sie es.«
Es gab einen lauten Schlag, dann Luft und Raum. Von dem Gewicht befreit, rutschte Adelia um Atem ringend die Wand herunter.
Der Abt lag – von Mansur niedergestreckt – auf dem Boden. Er weinte. Neben ihm kniete Schwyz und tröstete ihn wie eine Mutter. »Bloß eine Hure, Robert, so eine willst du doch gar nicht.«
Mansur ragte über ihnen beiden auf, lutschte an seinen Fingerknöcheln, wirkte aber ansonsten gleichmütig wie immer. Er drehte sich um und hielt Adelia eine Hand hin. Sie ergriff sie und kam auf die Beine.
Gemeinsam gingen sie zur Wiege zurück. Ehe sie sie erreichten, blieb Adelia stehen, wischte sich übers Gesicht und ordnete ihre Kleidung. Dennoch konnte sie ihr Kind nicht ansehen. Sie fühlte sich beschmutzt.

Hinter ihr sprach Schwyz immer noch beruhigend auf den Abt ein, doch dessen Klageschrei übertönte ihn: »Warum St. Albans? *Warum nicht ich?*«

Mansur nahm die Wiege, sie sammelten eine taumelnde, singende Gyltha ein und gingen durch die wohltuende Kälte der Nacht zurück zum Gästehaus.

Adelia war zu tief verstört, um wütend zu sein, doch sie wusste, das würde sich ändern. Schließlich hatte sie eine höhere Selbstachtung als die Frauen, die solche Übergriffe ergeben als den Preis dafür betrachteten, Frauen zu sein. Aber noch während sie am ganzen Körper zitterte, versuchte ihr Verstand den Grund für das Geschehene herauszufinden. »Ich verstehe das nicht«, jammerte sie. »Ich dachte, er wäre eine andere Sorte Feind.«

»Allah möge ihn bestrafen, aber er hätte dir nichts getan, glaube ich«, sagte Mansur.

»Was redest du da? Er *hat* mir was getan, er hat versucht, mich zu vergewaltigen.«

»Er ist nicht dazu fähig, glaube ich«, sagte Mansur. Seine eigene Befindlichkeit hatte ihn in dieser Hinsicht hellsichtig werden lassen. Die Sexualität sogenannter »normaler« Männer interessierte ihn. Obschon kastriert und unfähig, Kinder zu zeugen, konnte er dennoch Geschlechtsverkehr haben, und in seiner Stimme schwang herablassendes Mitleid für einen, der das nicht konnte.

»Mir kam er fähig genug vor.« Adelia blieb aufschluchzend stehen, nahm eine Handvoll Schnee und rieb sich damit durchs Gesicht. »Wieso bist du so duldsam?«

»Er will, kann aber nicht, glaube ich. Er redet davon, aber er tut es nicht.«

War es das? Unzulänglichkeit? Unter all dem Dreck war auch ein verzweifeltes Flehen um Liebe, Sex, irgendwas gewesen.

Rowley hatte über ihn gesagt: »*Hundsfott. Gerissen. Hat Einfluss beim Papst.*«
Und trotz aller Gerissenheit musste dieser Papstfreund, wenn er getrunken hatte, um die Anerkennung einer verachteten Frau betteln wie ein Kind um ein Spielzeug, das einem anderen gehört.
Weil sie ihn verachtete?
Und das tue ich, dachte sie. Falls der Abt diese Schwäche hatte, dann machte ihn das für sie nur noch widerwärtiger. Adelia war es fraglos und aus ganzem Herzen lieber, wenn ihre Feinde keine menschlichen Schwächen zeigten.
»Ich hasse ihn«, sagte sie – und jetzt war sie wütend. »Mansur, ich bring diesen Mann zur Strecke.«
Der Araber neigte den Kopf. »Beten wir, dass es Allahs Wille ist.«
»Wehe, wenn nicht.«
Die Wut verschaffte Adelia wieder einen klaren Kopf. Während Mansur Gyltha überredete, ihn nicht weiter zu küssen und stattdessen schlafen zu gehen, goss Adelia aus dem Krug eisiges Wasser in eine Schüssel und wusch sich von Kopf bis Fuß. Danach fühlte sie sich besser.
»Ich bring ihn zu Strecke«, wiederholte sie, »irgendwie bring ich ihn zur Strecke.«
Sie öffnete für einen kurzen Augenblick ein Fenster, länger hielt man die Kälte nicht aus, und betrachtete die geometrischen Schatten, die von den spitzen Abteidächern auf die Schneefläche jenseits der Mauer geworfen wurden.
Der neue Pfad, der zum Fluss gegraben worden war, zog sich als schwarze Rinne wie eine Narbe durch das mondbeschienene Weiß. Sie waren jetzt miteinander verbunden, die Abtei und die Themse. Zum ersten Mal gab es eine Möglichkeit, diesem brodelnden, überfüllten Kessel voller Menschen zu ent-

fliehen, wo Gut und Böse in erstickender Enge die letzte und doch nie endende Schlacht schlugen.
Zumindest eine Seele hatte die Möglichkeit genutzt. Irgendwo in dieser unerbittlichen Wildnis riskierte Dakers ihr Leben, nicht etwa, wie Adelia wusste, um ihren Feinden zu entgehen, sondern um das zu erreichen, was sie liebte, obwohl es tot war.

Kapitel zwölf

Als Adelia früh am nächsten Morgen die Fenster aufstieß, um das Licht des Stephanstages hereinzulassen, merkte sie, dass sich die Aussicht vom Gästehaus irgendwie verändert hatte. Ja natürlich, ein neuer Pfad führte hinunter zum Ufer – man hatte grobe Stufen hineingeschlagen –, aber das war es nicht allein. Das Gefühl von Abgeschiedenheit war verschwunden, und an seine Stelle war gespannte Erwartung getreten.

Es war schwer zu sagen, woran das lag. Die Morgendämmerung segnete die menschenleere Landschaft mit ihrem üblichen kurzlebigen, apricotfarbenen Hauch. Der Schnee war so kompakt wie eh und je und wies, soweit das Auge reichte, keine menschlichen Spuren auf.

Und doch schien der weiße Wald am gegenüberliegenden Ufer weniger abweisend …

»*Sie sind da.*«

Mansur trat zu ihr ans Fenster. »Ich sehe nichts.«

»Ich dachte, ich hätte da drüben zwischen den Bäumen was gesehen.«

Sie spähten hinüber. Adelias Begeisterung erstarb. Die gespannte Erwartung war in *ihr*, nicht in der Aussicht.

»Wahrscheinlich bloß Wölfe«, sagte Gyltha, die im hinteren Teil des Zimmers vor sich hin litt und das Licht mied. »Ich hab sie letzte Nacht gehört, die waren schrecklich nah.«

»Als du dich in den Nachttopf erbrochen hast?«, fragte Adelia interessiert.

Gyltha überging sie. »Direkt an den Mauern waren die. Ich schätze, die haben das Pferd von dem jungen Talbot gefunden, das im Wald liegengeblieben is.«

Adelia hatte nichts gehört – im Schlaf war sie von Bären heimgesucht worden. Aber Gyltha hatte vermutlich recht. Zwischen den Bäumen waren Wölfe unterwegs, und die waren weniger gefährlich als die im Innern der Abtei.

Dennoch wollte sie die jäh aufgekeimte Hoffnung, dass Rowley noch lebte und den König mit seinen Männern hergeführt hatte, noch nicht gänzlich fallenlassen. »Trotzdem, da draußen *könnte* sich ein Heer versteckt haben«, sagte sie. »Aber die würden nicht angreifen, ohne zu wissen, wie stark der Gegner ist – die Gefahr für die Schwestern wäre zu groß. Er würde warten, Henry würde warten.«

»Worauf?«, fragte Mansur.

»Genau, worauf denn?« Gyltha war ausgesprochen redselig, um zu zeigen, dass sie nicht litt. »Der würde doch kein Heer brauchen, um den Laden hier einzunehmen – den könnten ich und die kleine Allie ja allein stürmen. Und wie soll der König hergekommen sein? Nee, der alte Wolf weiß, dass er bis zur Schneeschmelze sicher ist. Der hat ja nich mal Wachposten aufgestellt.«

»Inzwischen doch«, sagte Mansur.

Adelia beugte sich aus dem Fenster. Gyltha ebenso. Direkt unter ihnen patrouillierte ein Mann in Wolvercotes blausilbernem Waffenrock auf dem Weg, der an den hoffnungslos unzureichenden Befestigungen der Klostermauer entlangführte. Sein Morgenschatten fiel rhythmisch auf die Mauerzacken und verschwand bei jeder Schießscharte. Er hielt eine Pike in der einen Hand und eine Klapper in der anderen.

»Wonach hält der denn Ausschau?«, fragte Gyltha, »Elstern? Da draußen is kein Heer. Kein Mensch kämpft im Winter.«

»Henry schon«, sagte Adelia.

Sie hörte Rowleys Stimme, die vor fast ungläubiger Freude bebte, wenn er von den Heldentaten seines Königs schwärmte und die Geschichte von dem jungen Plantagenet erzählte, der im Krieg gegen Stephen um das Recht seiner Mutter auf den englischen Thron gekämpft und während eines bitteren Weihnachtssturms mit einem kleinen Heer den Ärmelkanal überquert hatte, um seine Feinde im Winterlager zu überrumpeln – und zu besiegen.

Bis jetzt hatte Wolvercote darauf vertraut, dass der englische Winter seine Feinde ebenso zur Tatenlosigkeit verdammt hatte wie ihn selbst. Aber ob es nun daran lag, dass die Nabelschnur des Pfades durch den Schnee die Abtei jetzt mit der Außenwelt verband, oder ob wirklich heute am Stephanstag etwas in der Luft lag, er hatte Wachen aufgestellt …

»Er hat Angst.« Adelias eigene Stimme bebte. »Er denkt, Henry kommt. Und er könnte kommen, Mansur, der König könnte kommen. Seine Männer könnten auf Schlittknochen den Fluss herauf bis zu uns gelangen.« Ihr kam ein anderer Gedanke: »Ich vermute, Wolvercote könnte seine Männer auf dieselbe Art nach Oxford führen und dort zu den Rebellen stoßen. Wieso hat er das nicht getan?«

»Dieser Schwyz hat schon daran gedacht. Er ist der bessere Taktiker«, sagte Mansur. »Er hat Fitchet gefragt, ob das möglich wäre. Aber weiter unten ist die Themse tiefer und hat mehr Zuflüsse, deshalb hält das Eis dort nicht, und es wäre zu gefährlich. Auf diesem Weg kann keiner kommen oder gehen.« Mansur breitete entschuldigend die Hände aus, weil er Adelia enttäuschen musste. »Die Einheimischen wissen so was. Bis der Schnee schmilzt, bleibt jeder, wo er ist.«

»Und mach das verdammte Fenster zu«, sagte Gyltha. »Sonst erfriert Klein Allie noch.«

Dann fügte sie sanfter hinzu: »Da draußen weiß keiner, dass wir hier sind, mein Täubchen.«
»Die Frau hat recht«, sagte Mansur.
Sie haben die Hoffnung verloren, dachte sie, sie haben Rowley endlich aufgegeben, halten ihn für tot. Godstow faulte wie eine heimliche Pestbeule im weißen Fleisch der Welt und wartete darauf, sein Gift verbreiten zu können. Nur die Vögel am Himmel konnten wissen, dass hier die Flagge einer Rebellenkönigin wehte – und die Vögel würden es wahrscheinlich keinem weitersagen.
Doch trotz aller gegenteiligen Beweise flüsterte die Hoffnung Adelia heute ein, dass dort vor den Fensterläden etwas war ... zumindest gab es Stufen, die zum Fluss führten, und der Fluss, so heimtückisch er auch sein mochte, führte in die Außenwelt ... die Sonne schien, und es lag ein unbestimmbares Gefühl in der Luft. Sie wurde schon zu lange von Angst gepeinigt, war zu lange eingeschlossen und bedroht worden, tagsüber in dunkle Räume eingesperrt wie eine Geisel. Und das galt für sie alle.
Als sie draußen Stimmen und Lachen hörte, stieß sie die Fensterläden so heftig auf, dass sie gegen die Wand schlugen, und beugte sich erneut hinaus.
Weiter weg wurde das Klostertor geöffnet, und eine Schar von angeregt plaudernden Männern und Frauen versammelte sich davor. In ihrer Mitte war eine schlanke elegante Gestalt, deren schimmernde Pelze in der Sonne leuchteten.
»Die Königin geht eislaufen«, sagte Adelia. Sie drehte sich um. »Und wir auch. Wir drei, und Allie kommt mit.«
Alle gingen eislaufen. Schließlich war Stephanstag, der traditionell der Tag der Diener war, die nicht nach Hause in ihre Dörfer konnten und ihn daher vor Ort feiern mussten. Heute Abend würden sie mit den Resten vom gestrigen Abend ihr eigenes Fest feiern.

Fast alle Bediensteten stolperten hinaus aufs Eis, manche ohne Schlittknochen, doch alle mit dem traditionellen Tonkästchen in Händen, das den Gästen mit einem auffordernden Klappern unter die Nase gehalten wurde.
Nachdem Adelia ihre Gabe gespendet hatte, entzückte sie ihre Tochter, indem sie ihren Gürtel an der Wiege befestigte und sie beim Eislaufen hinter sich herzog. Andere mit Schlittknochen halfen auf die gleiche Weise denjenigen, die keine hatten, und so verwandelte sich der breite Themsebogen schon bald in einen bunten Reigen aus zahllosen Schlitten und dazu umfunktionierten Tabletts, atemlosen Scherzen und rosa Wangen, durch den eine lächelnde Königin mit schwanengleicher Anmut segelte, während ihr die Höflinge aufgeregt plappernd folgten.
Nach den Laudes gesellten sich auch die Nonnen dazu. Die jüngeren kreischten fröhlich und wetteiferten mit Schwester Havis, die schneller lief als alle anderen, obwohl es bei ihr immer irgendwie vornehm aussah.
Ein Kohlenbecken wurde in Ufernähe aufs Eis gesetzt und ein Stuhl herbeigetragen, damit Mutter Edyve im Warmen sitzen konnte. Bei ihr waren die gehfähigen Verwundeten, die Schwester Jennet aus dem Hospital hergeführt hatte. Wächter, dessen Versuche, hinter Adelia herzulaufen, unvermeidlich damit endeten, dass er alle viere von sich gestreckt übers Eis schlitterte, gab den Kampf verloren und ließ sich schmollend auf dem Stück Teppich unter dem Stuhl der Äbtissin nieder.
Adelia erkannte ihren Patienten und glitt zu ihm hinüber, die Wiege im Schlepptau. »Geht Eure Genesung voran?«
Poyns' junges Gesicht strahlte. »Sehr gut, Mistress, danke. Und die Äbtissin will mir Arbeit geben, als Helfer von Master Fitchet, dem Torwächter. Dafür brauch man keine zwei Arme.«
Adelia lächelte ihn an. Es war wirklich eine liebenswerte Abtei.

»Und dankt Master Man … Manum … ich mein den Doktor, von mir, Gott und die Heiligen mögen ihn segnen.«

»Das werde ich.«

Tische wurden aufgestellt und einige Reste vom Weihnachtsmahl aufgetragen.

Adelia und Gyltha setzten sich auf irgendeinen fremden Schlitten am anderen Ufer, wo Wächter sich zu ihnen gesellte, kauten Allies Essen für sie vor und aßen ihr eigenes, ohne auf das unaufhörliche »Bäär, bäär« des Kindes zu achten, das wieder aufs Eis wollte.

»Sie meint ›mehr‹«, sagte Adelia stolz. »Das ist ihr erstes Wort.«

»Das is ihr erster Befehl«, sagte Gyltha. »Was bist du bloß für ein kleiner Tyrann!« Sie überließ Wächter ihr Lammkotelett, nahm den Gürtel und glitt davon, wobei die Wiege einen kleinen Eisregen hinter sich versprühte.

Adelia und ihr Hund blieben sitzen. Von hier aus hatte sie einen unverstellten Blick auf die Klostermauer. Inzwischen patrouillierten dort zwei von Wolvercotes Männern, und beide hielten den Blick auf die Bäume hinter ihr gerichtet. An einem der Fenster im Gästehaus der Männer war eine Silhouette zu sehen – sie meinte, Master Warin zu erkennen.

Der Abt war nicht zu sehen, Gott sei Dank. Er war ihr ein Greuel geworden, so wie sie ihm ein Greuel geworden sein musste, weil sie ihn abgewiesen hatte – und dafür würde sie bestraft werden.

Die Brücke war geschlossen worden, was sie daran merkte, dass einige Dorfbewohner von Wolvercote sich auf der anderen Seite drängten und sehnsüchtig das muntere Treiben auf dem Eis beobachteten. Andere waren dabei, einen eigenen Pfad zum Fluss zu graben.

Hinter ihr in dem Wald, der, wie sie hoffte, Henry Plantagenet und sein Heer versteckte, konnte sie die Rufe der jüngeren Männer aus der Abtei hören, die ohne Furcht vor den Wölfen auf der Suche nach einem Zaunkönig das Unterholz durchstöberten, und ihrem Lärm nach zu urteilen, waren sie bisher auf nichts Nennenswertes gestoßen.

Sie drehte sich um und sah die Männer zwischen den Bäumen hindurchlaufen. Nach altem Brauch hatten sie sich die Gesichter geschwärzt. Wieso es unbedingt nötig war, am Stephanstag einen Zaunkönig zu fangen, wusste sie nicht. Englische Sitten waren und blieben ihr ein Rätsel. Die meisten davon stammten aus heidnischer Zeit.

Sie widmete ihre Aufmerksamkeit wieder der Szene auf dem Eis.

Wolvercote sprach mit Eleanor an einem der Esstische. Wo war Emma?

Adelia überlegte, was den Mann dazu bewogen hatte, ausgerechnet jetzt Wachen aufzustellen, wo er so lange auf diese Vorsichtsmaßnahme verzichtet hatte. Vielleicht hatte er dasselbe Erwachen in der Luft gespürt, das sie so belebt hatte – oder er hatte nur eine weitere Gelegenheit gesehen, seine Macht zu demonstrieren. So oder so, er war nicht nur ein Rohling, sondern auch ein Dummkopf. Was nützte es, die Abtei zu bewachen und sie anscheinend auf eine Belagerung vorzubereiten, wenn deren Bewohner nahezu vollzählig außerhalb der Mauern herumtollten und dem Feind verrieten, wie viele sie waren?

Aber sie war heilfroh darüber – über diese Befreiung. Sie wäre versucht gewesen, auf ihren Schlittknochen davonzugleiten und selbst nach Henry zu suchen, wenn sie dafür nicht die Menschen, die ihr auf der Welt am liebsten waren, hätte zurücklassen müssen.

Gerade aber war Schwyz aus dem Klostertor getreten und betrachtete den disziplinlosen Trubel unter ihm wie ein Mann, der Dinge besser organisieren konnte. Und, verflucht sollte er sein, er *würde* sie besser organisieren. Nun kam er die Stufen herab, ging auf Wolvercote zu, fluchte los …

Kurz darauf hatten seine Söldner an beiden Enden der Flussbiegung Stellung bezogen. Jetzt würde sich niemand mehr auf und davon machen. Er schimpfte sogar mit Eleanor, zeigte auf das Klostertor … sie schüttelte bloß den Kopf, amüsierte sich einfach zu gut und glitt davon.

Sie würden bald wieder zurück in die Abtei müssen. Die Sonne sank tiefer und nahm die Helligkeit und das bisschen Wärme mit, das sie verbreitet hatte. Endlich war Eleanors deutliche Aussprache zu vernehmen, wie sie Mutter Edyve für die Kurzweil dankte. »So erfrischend …« Die Ersten stiegen schon die Stufen des Pfades hinauf.

»Mistress«, sagte eine schneidende Stimme hinter Adelia. Es war Pater Paton.

Die Schlittknochen sahen an Rowleys kleinem Sekretär irgendwie unpassend aus, aber er hielt sich recht ordentlich darauf, die behandschuhten Hände auf der Brust verschränkt, als müsste er sich vor der Unwürdigen schützen. »Ich habe es«, sagte er.

Sie starrte ihn an. »Ihr habt es … *gefunden?* Nicht zu fassen … es war so unwahrscheinlich.« Sie musste sich zusammenreißen. »Und sind sie gleich?«

»Ja«, sagte er, »ich muss leider sagen, dass die Ähnlichkeit mit demjenigen, das Ihr mir gegeben habt, unbestreitbar ist.«

»Hätte der Vergleich vor einem ordentlichen Gericht Bestand?«

»Ja. Bestimmte Eigenarten, die bei beiden gleichermaßen festzustellen sind, würde auch ein Ungebildeter sofort erkennen. Ich habe es hier, ich habe sie beide …« Er begann, die große Tasche an seinem Gürtel zu öffnen.

Adelia bremste ihn. »Nein, nein, ich will sie nicht haben. Behaltet Ihr sie und meine eidliche Erklärung dazu. Bewahrt alles sicher auf, bis der richtige Zeitpunkt gekommen ist … und im Namen Jesu erzählt niemandem, dass Ihr sie habt.«

Pater Paton spitzte die Lippen. »Ich habe meine eigene Darstellung der Angelegenheit niedergeschrieben, in der ich erkläre, dass ich getan habe, was ich getan habe, weil ich glaube, dass es der Wille meines Herrn gewesen wäre, des verstorbenen Bischofs von St. Albans …«

Eis spritzte auf, als der Bote des Bischofs sie einmal umkreiste und dann schwungvoll vor ihnen zum Stehen kam. Jacques' Gesicht war gerötet vor Anstrengung. Er sah beinahe gut aus, obwohl der Bischof die kunstvolle und von einer zierlichen Handdrehung begleitete höchst aquitanische Verbeugung vor Adelia missbilligt hätte. »Es ist erledigt, Mistress. Mit etwas Glück werden sie sich nach der Vesper in der Kirche treffen. Ihr und dieser Gentleman solltet frühzeitig Posten beziehen.«

»Was ist das für ein Unsinn?« Pater Paton missbilligte Jacques nur unwesentlich weniger als Adelia. »Jacques hat zwei Einladungen ausgetragen, die ich geschrieben habe, Pater«, erklärte sie ihm. »Wir werden lauschen, wir werden beweisen, wer den Tod von Talbot aus Kidlington verschuldet hat.«

»Ich will nichts mit all Euren vermeintlichen Morden zu tun haben. Ihr erwartet von mir, dass ich andere belausche? Lächerlich, kommt gar nicht in Frage.«

»Welche vermeintlichen Morde?«, fragte Jacques verwundert.

»Wir werden dort sein«, sagte Adelia zu dem Priester und unterband seinen Widerspruch. »Ja, auch Ihr werdet dort sein. Wir brauchen einen unabhängigen Zeugen. Gott im Himmel, Pater, ein junger Mann wurde getötet.«

Eine gereizte Gestalt mit einer noch gereizteren Stimme war zu ihnen getreten. »Rein mit euch, allesamt, und zwar flott.«

Cross hielt die Arme gespreizt, um die drei Richtung Stufen zu scheuchen.
Froh, endlich wegzukommen, glitt Pater Paton davon.
»Kann er uns auch in Bezug auf Berthas Tod helfen?«, wollte Jacques wissen.
»Ich sag's nich noch mal«, blaffte Cross. »Der Hauptmann hat gesagt, rein mit euch, also macht, dass ihr reinkommt.«
Jacques gehorchte. Adelia trödelte.
»Kommt schon, Mistress. Es wird kalt.« Der Söldner ergriff recht behutsam ihren Arm. »Na bitte, Ihr zittert ja schon.«
»Ich will nicht wieder da rein.« Die Klostermauern würden sie und den Mörder erneut gemeinsam gefangen halten. Sie wurde zurück in einen Käfig gezwungen, in dem ein Ungeheuer mit Blut an den Klauen steckte.
»Ihr bleibt nich die ganze Nacht hier.« Während er sie übers Eis zog, rief Cross über die Schulter den Zaunkönigjägern im Wald zu: »Rein mit euch, Jungs.«
Als sie die Stufen erreichten, musste er Adelia hinaufhieven, wie ein Henker einem Gefangenen aufs Schafott hilft.
Hinter ihnen kam eine lärmende Gruppe Männer aus dem Wald am gegenüberliegenden Ufer, die sich triumphierend um einen kleinen aus Korbweide geflochtenen Käfig drängelten, in dem ein verängstigter Zaunkönig flatterte. Sie trugen Kapuzen, waren mit Schnee bedeckt, und ihre geschwärzten Gesichter machten sie unkenntlich.
Und wenn mit der johlenden und herumalbernden Meute einer mehr durchs Klostertor hineinging, als zuvor herausgekommen waren, so bemerkte das niemand.

In der Marienkapelle der großen Kirche hatte der Zimmermann der Abtei Bretter quer über die äußersten Dachsparren gelegt, um einige angefaulte Streben leichter austauschen zu können. Dadurch war ein kleiner provisorischer Teildachboden entstanden, wo die zwei Menschen, die sich dort versteckt hatten, zwar gut hören, aber nichts sehen konnten. Adelia und Pater Paton waren ganz auf ihre Ohren angewiesen.

Sie hatte den Priester heftig drängen müssen, mit ihr unters Dach zu klettern. Er hatte sich gegen die Heimlichkeiten, das Risiko, die Würdelosigkeit gewehrt.

Auch Adelia war nicht wohl dabei. Das war nicht ihr Stil, es war hinterlistig, unwissenschaftlich. Noch schlimmer war, dass die Angst, die sie befallen hatte, sobald sie wieder in der Abtei war, ihr die Energie raubte und ein lähmendes Gefühl der Sinnlosigkeit zurückließ.

Aber als sie durch die Tür in die Seitenkapelle getreten war, hatte ein Luftzug die Kerzen vor dem Altar der Jungfrau aufflackern lassen, darunter eine, die Emma für Talbot aus Kidlington entzündet hatte, und daher hatte sie den Priester unter Druck gesetzt, ihn angefleht und gelockt. »Wir haben eine Pflicht den Toten gegenüber, Pater.« Das war der Fels, auf dem ihr Glaube ruhte, eine Überzeugung, die für sie so fundamental war wie das Athanasianische Glaubensbekenntnis für die westliche Liturgie, und vielleicht hatte der Priester dessen Bedeutung erkannt, denn er hatte aufgehört zu widersprechen und war die Leiter hinaufgestiegen, die Jacques für sie bereitgestellt hatte.

Jetzt war die Vesper vorbei, der schwache Gesang vom Kloster her verstummt. Die Kirche war leer. Seitdem die Söldner immer wieder Radau gemacht hatten, hielten die Nonnen die Totenwache für ihre Toten in ihrer eigenen Kapelle.

Irgendwo bellte ein Hund. Wahrscheinlich Fitchets Köter – ein stichelhaariges Ungetüm, bei dessen Nahen sich Wächter, der nicht gerade für seinen Mut berühmt war, immer gleich hinlegte und auf den Rücken rollte.

Sie waren zu weit hinten im Dachboden, um unten irgendwas sehen zu können, nur der Lichtschein von den Altarkerzen im Hauptschiff reichte schwach bis zu ihnen herauf, so dass sie zumindest das halbrunde Dach über sich erahnen konnten. Adelia kam es so vor, als lägen sie und der Priester auf den Ruderbänken eines umgedrehten Bootes. Und zwar ziemlich unbequem.

Die Augen der Fledermäuse, die an den Latten über ihnen hingen, funkelten zu ihnen herunter wie wütende kleine Perlen.

Als es in der Nähe raschelte, piepste Pater Paton: »Ich hasse Ratten.«

»Seid still«, befahl sie.

»Das ist Tollheit.«

Vielleicht war es das, aber jetzt konnten sie nicht mehr zurück – Jacques hatte die Leiter weggenommen und zurück in den Glockenturm nebenan getragen, wo sie hingehörte. Er selbst hatte sich in der Dunkelheit oben im Turm versteckt.

Ein Schloss klickte. Die ungeölten Angeln der Seitentür in die Kapelle protestierten quietschend. Irgendwer zischte ungehalten ob des Geräusches. Die Tür schloss sich. Stille.

Warin. Das musste der Advokat sein. Wolvercote würde nicht so schleichen wie die Person da unten.

Adelia empfand eine eigenartige Niedergeschlagenheit. Es war eine Sache, über die Schuld eines Menschen zu theoretisieren, aber etwas gänzlich anderes, sie bestätigt zu sehen. Irgendwo unter ihr stand ein Mann, der seinen einzigen Verwandten verraten hatte, einen Jungen, der in seine Obhut gegeben worden war, einen Jungen, der ihm vertraut hatte und dafür mit dem Leben bezahlen musste.

Wieder das Kreischen der Türangeln, doch diesmal wurde es von stampfenden Stiefelschritten begleitet. Man spürte förmlich die vibrierende Energie.

»Hast du mir das geschickt?« Wolvercotes Stimme. Wütend. Falls Master Warin verneinte, so konnten es die Lauscher nicht hören, weil Wolvercote gleich weiterredete. »Jawohl, das hast du, du Hurensohn, du eklige Eiterbeule, du stinkender Scheißkerl, du kriegst nicht noch mehr Geld von mir, du dämlicher Drecksack …«

Die Tirade, deren gelungene Alliterationen aus diesem Munde recht verblüffend waren, wurde von klatschenden Schlägen vermutlich in Master Warins Gesicht begleitet, die wie das Knallen von Peitschenhieben an den Wänden widerhallten. Pater Paton fuhr jedes Mal zusammen, so dass Adelia, die direkt neben ihm lag, gleichzeitig mitzuckte. Der Advokat verlor nicht den Kopf, obwohl der ihm sicherlich dröhnte. Dann seine Stimme: »Seht, seht, Mylord. Im Namen Christi, *seht doch.*« Die Schläge hörten auf.

Jetzt zeigt er ihm *seinen* Brief.

Abgesehen von Ort und Zeitpunkt des vorgeschlagenen Treffens, war die Botschaft, die sie jedem der beiden geschrieben hatte, knapp gehalten: *Wir sind entdeckt.*

Langes Schweigen trat ein, während Wolvercote – kein geübter Leser – die Nachricht entzifferte, die Warin erhalten hatte. Der Advokat sagte leise: »Das ist eine Falle. Irgendwer ist hier.«

Hastige, leise Schritte waren zu hören, während Warin herumsuchte, das Öffnen von Schränken – ein dumpfer Laut, als ein Stapel Betkissen umgestoßen wurde. *»Irgendwer ist hier.«*

»Wer soll hier sein? Was für eine Falle?« Wolvercote blieb, wo er war, und rief hinter Warin her, während der kleine Mann ins Hauptschiff der Kirche lief, um auch dort nachzusehen. »Hast du mir das geschickt?«

»Was ist da oben?« Master Warin war zurückgekommen. »Wir müssen da oben nachsehen.«

Jetzt spähte er nach oben. Das Gefühl, dass die Augen des Mannes durch die Bretter sehen konnten, ließ Adelias Muskeln erstarren. Pater Paton rührte sich nicht.

»Da oben ist keiner. Wie soll denn da einer hochkommen? Was für eine Falle?«

»Mylord, irgendwer weiß Bescheid.« Master Warin hatte sich ein wenig beruhigt. »Mylord, Ihr hättet die beiden Schurken nicht aufhängen sollen. Das war nicht gut, ich hatte ihnen Geld versprochen, damit sie das Land verlassen konnten.«

Also hast du die Mörder beauftragt.

»Klar hab ich die Hunde aufgehängt.« Wolvercote sprach noch immer überlaut. »Wer weiß, ob die den Mund gehalten hätten. Gott verfluche dich, Warin, wenn das ein Trick ist, mit dem du mehr Geld rausschlagen willst ...«

»Ist es nicht, Mylord, obwohl es bei der heiligen Muttergottes ein großer Dienst war, den ich Euch erwiesen habe ...«

»Ja.« Wolvercotes Tonfall war ruhiger geworden, nachdenklicher. »Und allmählich frag ich mich, wieso.«

»Das hab ich Euch doch schon gesagt, Mylord. Ich wollte nicht zulassen, dass jemand aus meiner Familie Euch schadet. Als ich erfuhr, was der Junge vorhatte ...«

»Und für Euch ist nichts dabei rausgesprungen? Warum zum Teufel seid Ihr dann hergekommen? Wieso seid Ihr prompt zur Abtei galoppiert, um rauszufinden, ob er tot ist?«

Sie bewegten sich jetzt ins Mittelschiff, und der Wortwechsel zwischen einer argwöhnischen und einer kläglichen Stimme wurde unverständlich.

Nach einer ganzen Weile kamen sie zurück, wie an ihren Schritten zu hören war. Die Tür öffnete sich ächzend. Stiefel stapften ebenso laut nach draußen, wie sie hereingekommen waren.

Pater Paton bewegte sich, doch Adelia umklammerte seinen Arm. Noch nicht. Die wollen nicht zusammen gesehen werden. Wolvercote ist als Erster gegangen.

Wieder Stille. Ein leiser kleiner Mann, dieser Advokat.
Jetzt erst ging er. Sie wartete, bis sie die Tür ins Schloss fallen hörte, dann robbte sie sich nach vorne, um über die Bretter nach unten zu spähen.
Die Kapelle war leer.
»Geachtete Männer, ein Baron des Reiches, Unmenschen, Unmenschen.« In Pater Patons Entsetzen mischte sich Aufregung. »Das muss der Sheriff erfahren, ich muss alles aufschreiben, ja, alles aufschreiben. Ich kann Verschwörung und Mord bezeugen; der Sheriff wird eine richtige eidliche Aussage brauchen. Ich bin ein wichtiger Zeuge, jawohl, das hätte ich niemals geglaubt … ein Baron des Reiches.«
Er konnte kaum abwarten, dass Jacques die Leiter brachte. Noch während er herunterkletterte, löcherte er den Boten bereits mit Fragen, was denn im Hauptschiff gesagt worden war.
Adelia blieb noch einen Moment lang reglos liegen. Es spielte keine Rolle, was sonst noch gesagt worden war. Zwei Mörder hatten sich mit ihren eigenen Worten schuldig gesprochen, waren angesichts des Lebens, das sie gemeinsam ausgelöscht hatten, so gleichgültig, als wäre es ein Büschel Gras.
Ach, Emma.
Sie dachte an den Bolzen, der tief in der Brust des jungen Mannes das Herz, dieses wunderbare Organ, zum Stillstand gebracht hatte, dachte an die Ungerührtheit des Schützen, der ihn in dieses unfassbar komplizierte Zusammenspiel von Adern und Muskeln geschossen hatte, ebenso ungerührt wie der Vetter, der den Schuss befohlen hatte, wie der Lord, der ihn dafür bezahlt hatte.
Emma, Emma.
Pater Paton eilte zurück zum Wärmeraum – er wollte seine Aussage sogleich aufsetzen.
Der Mond schien hell und kalt und machte eine Laterne un-

nötig. Während Jacques sie nach Hause begleitete, berichtete er ihr, was er in der Kirche hatte verstehen können. Größtenteils war es nur eine Wiederholung des Gesprächs in der Kapelle gewesen. »Als sie gingen«, sagte er, »waren sie sicher, dass man sich einen Scherz mit ihnen erlaubt hatte. Zumindest Lord Wolvercote glaubt das, er verdächtigt seine Söldner. Advokat Warin war noch immer verstört, ich möchte wetten, er verlässt das Land, wenn er kann.«

Sie verabschiedeten sich am Fuße der Gästehaustreppe.

Unendlich müde schleppte Adelia sich nach oben. Auf den letzten Stufen bewegte sie sich besonders vorsichtig, wie sie das jetzt immer tat, weil sie in Erinnerung an ein Ereignis, das zum Glück nicht eingetreten war, an der Stelle stets im Geiste eine Wiege über den Rand stürzen sah.

Sie blieb stehen. Die Tür stand einen Spalt offen, und drinnen war es dunkel. Selbst wenn ihr kleiner Haushalt schon schlief, normalerweise ließen die anderen immer eine Kerze für sie brennen – und die Tür blieb nie offen. Sie war beruhigt, als Wächter sie begrüßen kam und sein freudiges Schwanzwedeln mehr Duft freisetzte als üblich. Sie trat ein.

Die Tür wurde hinter ihr geschlossen. Ein Arm umschlang ihre Brust, eine Hand presste auf ihren Mund. »Ganz ruhig«, flüsterte jemand, »rate mal, wer hier ist.«

Sie musste nicht raten. Fieberhaft drehte sie sich in der festen Umarmung, bis sie den Mann ansah, den einzigen Mann.

»Du *Bastard*«, sagte sie.

»Stimmt in gewisser Weise«, sagte er und hob sie auf. Er ließ sie auf das nächstbeste Bett fallen und legte sich auf sie. »Ma und Pa haben schließlich doch noch geheiratet, das weiß ich noch genau, ich war dabei.«

Eigentlich war es kein Zeitpunkt zum Lachen, doch sie tat es, mit seinem Mund fest auf dem ihren.

Nicht tot – herrlich lebendig. Sein Geruch war so gut, er war das Gute schlechthin, *alles* war gut, jetzt, wo er hier war. Er berührte ihre tiefste Seele und ach so sehr auch ihr Innerstes, das bei seiner Berührung flüssig wurde. Sie war viel zu lang ausgedörrt gewesen.
Ihre Körper, die wie gewaltige Flügel pumpten, trugen sie höher und höher auf einen Flug in kataklysmische Höhen, um dann in einem langen pulsierenden Sturz zurückzufallen auf ein Reisebett in einem dunklen, kalten Raum.
Als die Erde nicht mehr schwankte und wieder ruhig geworden war, wand sie sich unter ihm hervor und setzte sich auf. »Ich habe gewusst, dass du in der Nähe bist«, sagte sie. »Irgendwie habe ich es gewusst.«
Er grunzte.
Sie war voll neuer Kraft, als wäre sein Samen eine wundertätige Arznei gewesen, die ihren Körper zurück ins Leben geholt hatte. Sie fragte sich, ob sie noch ein Kind bekommen würde, und die Vorstellung machte sie froh.
Ihr Geliebter war in postkoitale Ermattung gefallen. Sie stieß ihm einen Finger in den Rücken. »Wo ist Allie? Wo sind Gyltha und Mansur?«
»Ich habe sie in die Küche geschickt, die Diener feiern da.« Er seufzte. »Ich hätte das nicht tun sollen.«
Um ihn anschauen zu können, stand sie auf und stolperte zum Tisch, tastete dort herum, holte etwas Zunder aus einer Schachtel, schlug einen Funken hinein und zündete damit eine Kerze an.
Er war dünn, Gott segne ihn, aber schön. In einer Hose – die ihm jetzt um die Waden hing – wie ein Bauer, das Gesicht verschmiert, wie es aussah, mit Baumrinde.
»Ein Zaunkönigfänger«, sagte sie entzückt. »Du bist mit den Zaunkönigfängern reingekommen. Ist Henry hier?«

»Irgendwie musste ich ja reinkommen. Gott sei Dank ist heute Stephanstag, sonst hätte ich über die verdammte Mauer klettern müssen.«

»Woher wusstest du, dass wir in Godstow sind?«

»Wo der Fluss zugefroren ist? Wo hättet ihr denn sonst sein sollen?«

Die Antwort gefiel ihr nicht. »Wir hätten tot sein können«, stellte sie klar, »wären wir um ein Haar auch gewesen.«

Er setzte sich auf. »Ich war zwischen den Bäumen«, sagte er. »Hab dir beim Eislaufen zugesehen. Sehr anmutig, vielleicht bei den Kehren ein bisschen wackelig ... Bei allen Heiligen, sie ist ein wonniges Kind, nicht?«

Unser Kind, dachte Adelia. Sie ist *unser* wonniges Kind.

Sie schlug ihm auf die Schulter, und das nicht ganz im Scherz. »Verdammt, Rowley. Ich habe gelitten, ich dachte, du wärst tot.«

»Ich kenne diesen Teil der Themse«, sagte er, »deshalb bin ich da ausgestiegen. Gehört Henry, da ist der Wald von Woodstock. Ganz in der Nähe ist ein Flusshüter – hab sein Kind für ihn getauft. Ich bin bis zu seiner Hütte, war nicht leicht, aber ich hab's geschafft.« Er setzte sich jäh auf. »Also ... wie sieht's hier aus?«

»Rowley, ich habe *gelitten.*«

»War nicht nötig. Der Hüter hat mich nach Oxford geführt – auf Schneeschuhen. Die verdammte Stadt wimmelte nur so von Rebellen, jeder Hundsfott, der für Stephen gekämpft hat und deswegen leiden musste, war in Waffen und hatte Eleanors Banner gehisst oder das des jungen Henry. Wir mussten einen Bogen um die Stadt machen und uns nach Wallingford durchschlagen. Das war schon immer eine königliche Hochburg. Im Krieg haben die FitzCounts es für die Herrscherin verteidigt. Hab mir gedacht, dass der König zuerst dahin kommt.« Er

wischte sich mit dem Handrücken über die Stirn. »Gott steh mir bei, es war ein steiniger Weg.«
»Geschieht dir recht«, sagte sie. »Hast du den König gefunden? Ist er da?«
»Eigentlich hat er mich gefunden. Ich lag in Wallingford darnieder mit verschleimter Brust, verdammt, ich wäre fast gestorben. Ich hätte einen Doktor gebrauchen können.«
»Tut mir leid, dass ich nicht verfügbar war«, sagte sie säuerlich.
»Tja, zumindest konnte ich von da aus den Fluss im Auge behalten. Und tatsächlich, er ist gekommen, und noch dazu mit einer regelrechten Flotte.« Rowley schüttelte staunend den Kopf. »Er war in der Touraine, um die Rebellion des jungen Henry niederzuschlagen, als er das von Rosamund erfuhr. Gott möge den Jungen strafen, jetzt hat er sich mit Ludwig von Frankreich verbündet, gegen den eigenen Vater. Mit *Ludwig*, ausgerechnet.« Rowley presste fassungslos die Fäuste an die Schläfen. »Wir haben ja alle gewusst, dass er ein Idiot ist, aber wer hätte gedacht, dass dieser treulose kleine Welpe den größten Feind seines Vaters um Hilfe bitten würde?«
Er beugte sich vor. »Und Eleanor hat ihn dazu aufgestachelt. Wusstest du das? Das haben unsere Spione berichtet. Hat ihren Sohn gegen seinen Vater aufgestachelt.«
»Ist mir egal«, sagte sie. »Mir ist egal, was sie tun. Was wird jetzt geschehen?«
Aber sie konnte ihn nicht ablenken. Er war in Gedanken noch immer bei Henry Plantagenet, der gegen die Anhänger des jungen Henry gekämpft, zwei tourainische Burgen eingenommen und die Rebellen aufgehängt hatte, ehe er im härtesten Winter seit Jahren mit einem kleinen Heer nach England aufgebrochen war.
»Wie er das geschafft hat, ist mir ein Rätsel. Aber da kommt er

einfach die Themse rauf, gefolgt von Booten voller Männer. Hab ich schon gesagt, dass er selbst gerudert ist? Die Männer auf der Barkasse waren dem Sauhund nicht schnell genug, also hat er sich selbst in die Riemen gelegt wie ein Pirat und dabei geflucht, dass der Himmel schwarz wurde.«

»Wo ist er jetzt?«

»Unterwegs.« Kurzes Zögern. »Er will dich sehen.«

»Ach ja?«

»Ich soll dich zu ihm bringen. Er will wissen, ob Eleanor hinter Rosamunds Tod steckt. Ich habe gesagt, du könntest ihm sagen, ob ja oder nein.«

»Großer Gott«, sagte sie. »Bist du deshalb hergekommen?«

»Ich wäre so oder so gekommen. Ich hab mir Sorgen gemacht, weil ich dich zurückgelassen habe ... aber ich hätte mir denken können, dass du in Sicherheit sein würdest.« Er legte den Kopf schief und schnalzte mit der Zunge, als müsse er ihre Fähigkeit zu überleben bewundern. »Gott hat seine Hand über dich gehalten. Ich habe darum gebetet.«

»*In Sicherheit?*« Sie kreischte förmlich. »Ich wäre fast in einem offenen Boot krepiert.« Er musste sie beschwören, nicht so laut zu sprechen, und sie fuhr leiser fort: »In Sicherheit? Wir leben mit Mördern unter einem Dach, deine Tochter, wir alle. Hier herrschen Mord und Totschlag und Verrat ... seit Wochen, *Wochen* hab ich Angst ... um Allie, um uns alle ... seit Wochen.« Sie wischte sich mit den Fäusten ihre Tränen ab.

»Zehn Tage waren es«, sagte er besänftigend. »Ich habe dich vor zehn Tagen verlassen.« Er stand auf, zog seine Hose hoch, richtete sein Hemd. »Zieh dich an, dann gehen wir.«

»Wohin?«

»Zu Henry. Hab ich doch gesagt. Er will dich sehen.«

»Ohne Allie? Ohne Gyltha und Mansur?«

»Die können wir schlecht mitnehmen. Ich habe einen Weg

durch den Schnee gefunden, aber es wird schon zu Pferd schwer genug werden, und ich habe nur zwei mitgebracht.«
»Nein.«
»Ja«, seufzte er. »Das habe ich befürchtet. Und ich habe es dem König gesagt. Ohne das Kind wird sie nicht mitkommen, habe ich gesagt.« Wie er das sagte, hörte es sich an wie ein schrullige Laune.
Es reichte ihr. »Nun sag endlich: *Wo ist Henry?*«
»Oxford, zumindest war er unterwegs dorthin.«
»Wieso ist er nicht hier?«
»Versteh doch«, erklärte er geduldig. »Godstow ist ein Nebenschauplatz. Wichtig ist Oxford. Henry schickt den jungen Geoffrey Fitzroy mit einer kleinen Truppe her, mehr wird nicht nötig sein. Mansur sagt, Wolvercote und Schwyz haben nur ein paar Männer. Henry kommt nicht persönlich ...« Sie sah ihn kurz grinsen. »Ich glaube, unser guter König traut sich selbst nicht, wenn er Eleanor von Angesicht zu Angesicht sieht. Könnte sein, dass er sie niedersticht. Auf jeden Fall wäre es ein bisschen peinlich, die eigene Frau gefangen zu nehmen.«
»Wann? Wann kommt dieser Geoffrey?«
»Morgen. Das heißt, falls ich es zurück zu ihm schaffe und ihm sagen kann, wie die Lage hier ist – damit er nicht die Falschen tötet.«
Er wird es tun, dachte sie. Er wird zurück durch dieses grässliche Land ziehen, verärgert, weil ich unsere Tochter nicht zurücklassen will, aber beruhigt, weil wir ja in Sicherheit sind. Er ist ganz Männlichkeit und Mut, wie sein verdammter König, und wir verstehen uns überhaupt nicht.
Nun, dachte sie, er ist, wie er ist, und ich liebe ihn.
Aber Kälte breitete sich aus, eine ungewohnte Fremdheit; sie hatte gedacht, der alte Rowley wäre wieder da – und für einen herrlichen Augenblick war er das auch gewesen, doch jetzt

wirkte er mühsam beherrscht. Er sprach mit der altvertrauten Unbekümmertheit, und doch schaute er sie nicht an. Er hatte eine Hand gehoben, um ihr die Tränen vom Gesicht zu wischen, ließ sie dann aber sinken.

Sie sagte, weil sie nicht anders konnte: »Liebst du mich?«

»Zu sehr, Gott helfe mir«, antwortete er. »Zu sehr für mein Seelenheil. Ich hätte es nicht tun sollen.«

»Was tun?«

»Allmächtiger Gott, verzeih mir. Ich habe es versprochen, ich habe geschworen, dass ich mich, wenn er dich sicher behütet, deiner enthalten und dich nicht wieder zur Sünde verführen werde. Aber ich hätte dich nicht berühren dürfen. Ich begehre dich zu sehr. Dich zu spüren, das war … zu viel.«

»Was bin ich? Etwas, auf das man in der Fastenzeit verzichtet?«

»In gewisser Weise.« Seine Stimme klang jetzt gesetzt, wie die eines Bischofs. »Versteh doch, jeden Sonntag muss ich in irgendeiner Kirche gegen die Unzucht predigen und höre zwischen meinen eigenen mahnenden Worten Gott raunen: ›Du bist ein Heuchler, du begehrst sie, du bist verdammt, und sie ist verdammt.‹«

»Heuchelei ist gar nicht so schlecht«, sagte sie dumpf. Sie begann, ihre Kleider überzustreifen.

»Das musst du doch verstehen. Ich kann nicht zulassen, dass du für meine Sündhaftigkeit bestraft wirst. Ich habe dich Gott überlassen. Ich habe einen Pakt mit ihm geschlossen. Wenn sie sicher ist, Herr, bin ich dein Diener in allen Dingen. Ich habe den Eid in Anwesenheit des Königs geschworen, um ihn zu besiegeln.« Er seufzte. »Und jetzt sieh dir an, was ich getan habe.«

Sie sagte: »Es kümmert mich nicht, wenn es eine Sünde ist.«

»Mich aber«, sagte er gewichtig. »Ich hätte dich geheiratet, aber nein, du wolltest deine Unabhängigkeit behalten. Und so bekam Henry seinen Bischof. Aber eben einen Bischof, verstehst du? Der die Seelen der Menschen bewahren soll. Seine eigene, deine …«

Jetzt sah er sie an. »Adelia, es ist von Belang. Ich dachte, dem wäre nicht so, aber ich habe mich geirrt. Hinter dem ganzen Brimborium und dem Gesang – du glaubst nicht, wie viel da gesungen wird – ist immer diese leise, ruhige Stimme … die mich mahnt. Sag, dass du es verstehst.«

Sie tat es nicht. In einer Welt voller Hass und Mord verstand sie nicht, war ihr ein Gott unbegreiflich, für den Liebe Sünde war. Und auch der Mensch, der dieser Gottheit gehorchte.

Er hob die Hand, als wollte er das Kreuzzeichen über ihr machen. Sie schlug ihn. »Wage es nicht«, sagte sie. »Wage es nicht, mich zu segnen.«

»Nun gut.« Er griff nach seinem Mantel. »Aber hör mir trotzdem zu. Wenn Geoffrey angreift, *bevor* er angreift, gehst du ins Kloster – er wird den Kampf von dort fernhalten. Nimm Allie und die anderen mit. Ich habe Walt gesagt, er soll dafür sorgen, dass du dorthin gehst … sie ist dem König wichtig, habe ich gesagt.«

Sie hörte nicht zu. Sie war nie gegen Henry Plantagenet angekommen, und gegen Gott würde sie erst recht nicht gewinnen. Es war also doch noch Winter. Und in gewisser Weise würde es für sie nun immer Winter bleiben.

Wie ein Angelhaken in ihrem Verstand zerrte etwas ihre Aufmerksamkeit von der Verzweiflung weg. Sie fragte: »Du hast es Walt gesagt?«

»Mansur hat ihn hergeholt, während ich hier gewartet habe … übrigens, wo warst du so lange?«

»Du hast es Walt gesagt«, wiederholte sie.

»Und Oswald – die zwei wussten nicht, wo Jacques war oder

Paton, aber ich habe ihnen gesagt, sie sollen die beiden unterrichten – ich will, dass alle meine Männer vorbereitet sind – sie müssen an die Tore kommen und sie für Geoffrey öffnen ...«

»Großer Gott«, sagte sie.

Wächter begann, leise zu knurren.

Sie wäre fast gestrauchelt, als sie zur Tür rannte, und prallte hart dagegen. Sie schob den Riegel vor, legte dann ein Ohr ans Holz und lauschte. Sie würden nicht mehr viel Zeit haben, nur die Gnade Gottes hatte ihnen diese Frist gewährt. »Wie wolltest du aus der Abtei kommen?«

»Mit Silber, auf die Hand des Torwächters. Wieso?«

»Pssst.«

Das Geräusch von Stiefeln, die durch den Schneematsch unten in der Gasse rannten. »Sie kommen, um dich zu fassen. O Gott. O Gott.«

»Fenster«, sagte er, lief durch den Raum und stieß die Fensterläden auf, so dass Mondlicht das Zimmer erhellte.

Fenster, ja.

Sie rissen die Laken vom Bett und knoteten sie aneinander. Als sie sie aus dem Fenster hängten, hämmerte es schon an der Tür. »Aufmachen. Sofort aufmachen.« Wächter warf sich bellend dagegen. Rowley schlang das Lakenseil um den Fensterpfosten und zog kräftig daran, um es zu prüfen. »Nach Euch, Mistress.« Den höflichen Schnörkel, den seine Hand in die Luft malte, als wollte er sie zum Tanz auffordern, würde sie nie vergessen.

»Ich kann nicht«, sagte sie. »Mir werden sie nichts tun. Es geht um dich.«

Er blickte kurz nach unten, sah dann wieder sie an. »Ich *muss* gehen. Ich muss sie hierherführen.«

»Ich weiß.« Sie versuchten, die Tür einzurammen. Es war keine besonders dicke Tür, sie würde gleich nachgeben. »Dann tu's auch«, zischte sie.

Er grinste, zog einen Krummdolch aus seinem Gürtel und reichte ihn ihr. »Bis morgen.«

Als er die Brustwehr erreicht hatte, versuchte sie den Knoten am Fensterpfosten zu lösen, doch er war zu fest, daher begann sie, mit der Schneide das Laken zu zersägen. Sie sah, wie Rowley zur nächsten Schießscharte lief und mit wehendem Mantel sprang. Der Schnee lag hoch, er würde also sanft landen. Aber konnte er die Stufen erreichen?

Ja. Als hinter ihr die Tür zersplitterte und ein grässliches Jaulen aus Wächters Kehle drang, sah sie ihren Mann übers Eis rutschen wie ein kleiner Junge.

Sie wurde zur Seite gestoßen. Schwyz brüllte: »Da ist er. Am anderen Ufer. Loso. Johannes.«

Zwei Männer sprangen zur Tür. Ein anderer nahm Schwyz' Platz am Fenster ein, spannte hektisch seine Armbrust, zielte und schoss. »Verdammter Mist.« Er sah Schwyz an. »Daneben.«

Adelia schloss die Augen, öffnete sie dann wieder. Draußen auf dem Treppenabsatz ertönten wieder Schritte.

Eine riesige Gestalt beugte den Kopf, um durch die Tür zu passen, und schaute sich dann in aller Ruhe um. »Vielleicht wäre es besser, wenn wir Mistress Adelia von ihrem Dolch befreien.«

Sie hätte ihn sowieso nicht gegen Menschen benutzt. Sie übergab ihn, Griff voran, an den Abt von Eynsham, von dem die Vorlagen für die Briefe stammten, die Rosamund kopiert und an die Königin gesandt hatte, und der Henrys Mätresse dann hatte ermorden lassen.

Er dankte ihr, und sie kniete sich hin, um Wächter zu untersuchen, der unter eines der Betten gekrochen war. Während sie die durch Tritte gebrochenen Rippen abtastete, betrachtete er sie mit wehleidigem Blick. Sie streichelte ihn. »Du wirst es überleben«, sagte sie. »Braver Hund. Bleib schön hier.«

Galant half ihr der Abt in den Mantel, dann wurden ihr die Hände auf dem Rücken gefesselt und ein Knebel in den Mund geschoben.
Sie brachten sie zum Tor.
Es war niemand unterwegs, die ganze Abtei lag im Tiefschlaf. Selbst wenn sie um Hilfe hätte schreien können, an diesem Ende der Klosteranlage hätte sie kein Mensch gehört – oder wenn doch, wäre keiner zu ihrer Rettung herbeigeeilt. Master und Mistress Bloat standen nicht auf ihrer Seite. Advokat Warin ganz sicher nicht. Und von Wolvercotes Männern war nichts zu sehen, aber auch die hätten ihr nicht geholfen.
Das große Tor stand offen, doch alle Aufmerksamkeit richtete sich auf die Kammer des Torwächters, die vom Durchgang abging, in dem Schwyz' Männer hin und her hasteten.
Sie stießen Adelia hinein. Fitchet lag mit durchgeschnittener Kehle tot auf dem Boden. Pater Paton lag neben ihm und spie gerade ein paar Zähne aus.
Sie rutschte auf Knien an die Seite des Priesters. Unter den Blutergüssen in seinem Gesicht war echte Entrüstung zu sehen. »Miff est-halten«, sagte er. »Wiefe weggenomm.« Er versuchte es noch mal. »Brie-fe weg-genommen.«
Männer richteten Kapuzen und Mäntel, trugen Waffen zusammen, leerten Fitchets Vorratsschrank und trieben ein paar panische Hühner in eine Kiste.
»Hat unser ehrenwerter Torwächter so was wie Wein besessen?«, fragte der Abt. »Nein? Jammerschade, ich *hasse* Ale.« Er nahm auf einem Hocker Platz, sah sich das Treiben an und befingerte dabei das riesige Silberkreuz auf seiner Brust. Die beiden Söldner, die Rowley verfolgt hatten, kamen keuchend herein. »Er hatte Pferde.«
»Mist, verdammter. Dann ist es vorbei. Wir verschwinden.« Schwyz packte die Fessel um Adelias Hände und riss sie mit

einem so heftigen Ruck nach oben, dass er ihr fast die Schultern ausgekugelt hätte. Er schleifte sie hinüber zum Abt. »Wir brauchen sie nicht. Lass mich die Hure umbringen.«
»Schwyz, mein lieber, guter Schwyz.« Eynsham schüttelte seinen mächtigen Kopf. »Dir ist offenbar entgangen, dass Mistress Adelia derzeit das Kostbarste ist, was die Abtei zu bieten hat, wo doch der Wunsch des Königs, sie in seiner Nähe zu haben, so groß ist, dass er einen Bischof losschickt, um sie zu holen – sei es, weil sie im Bett überragende Qualitäten hat, sei es, weil sie gewisse Dinge weiß. Sie ist unsere Trumpfkarte, mein Guter, ein goldener Apfel der Atalante, den wir unter Umständen hinter uns werfen müssen, um Verfolger aufzuhalten ...« Er überlegte. »Vielleicht können wir den König, falls er uns einholt, sogar besänftigen, indem wir sie ihm zurückgeben ... ja ... durchaus möglich.«
Schwyz war in Eile. »Nehmen wir sie nun mit oder nicht?«
»Sie kommt mit.«
»Und der Priester?«
»Tja, ich fürchte, da können wir nicht so nachsichtig sein. Dass Master Paton diese Briefe besitzt, ist höchst bedauerlich. Es wäre mir unangenehm, wenn dem König oder der Königin zu Ohren käme, über welche Beweise er verfügt. Nur mal angenommen, er könnte sie ihnen vortragen, was ...«
»Himmelherrgott, erledige ich ihn nun?«
»Nur zu.«
»Nnnnnn.« Adelia warf sich nach vorne. Schwyz zog sie zurück.
»Ich weiß, ich weiß.« Der Abt nickte. »So etwas geht einem unter die Haut, aber ich habe nicht vor, die Wertschätzung der Königin zu verlieren, und ich fürchte, der kleine Pater Paton könnte ihr diese leider austreiben. Habt Ihr ihm meine Vorlage für die Briefe der lieben Rosamund gegeben? Natürlich wart

Ihr das. Was seid Ihr doch für eine einfallsreiche kleine Person.«

Er plauderte. Er hatte den Priester zum Tode verurteilt und plauderte amüsiert vor sich hin.

»Da ich bei unserer huldvollen Eleanor großes Ansehen genieße, käme es mir … wie soll ich sagen? … ungelegen, wenn sie wüsste, dass ich derjenige war, der sie zur Rebellion angestachelt hat. Angesichts meiner Desertion könnte sie Henry davon erzählen. So jedoch wird man ihr von einem mordlüsternen Eindringling berichten, der sich Zutritt zur Abtei verschaffte, versteht Ihr, und ihr erzählen, dass wir, der gute Schwyz und ich, eine waghalsige Verfolgung aufgenommen haben, um ihn aufzuhalten, ehe er die Reihen des Königs erreicht. In Wahrheit überlassen wir die Lady natürlich ihrem unvermeidlichen Schicksal. Es hat sich herausgestellt, dass der Schnee für uns zu viel und der liebenswerte Lord Wolvercote für uns zu wenig war … Wie sagt Master Schwyz so derb und doch treffend über den Gentleman – der könnte nicht mal gegen einen Sack Scheiße gewinnen.«

Schwyz hatte sie losgelassen und ging nun auf Pater Paton zu. Adelia schloss die Augen. *Gott, ich bitte dich.*

Ein Wimmern von Pater Paton, ein warmer Geruch. Ein Augenblick der Stille, denn selbst diese Gesellschaft verstummte, als eine Seele zu ihrem Schöpfer heimkehrte.

Dann sagte irgendwer irgendwas, ein anderer lachte. Männer begannen, Bündel und Kisten durchs Tor zum Fluss hinunterzutragen.

Der Finger des Abtes glitt unter Adelias Kinn und drückte ihren Kopf hoch.

»Ihr fasziniert mich, Madam, schon von Anfang an. Wie schafft es eine ausländische Schlampe wie Ihr, nicht nur einen Bischof für sich zu begeistern, sondern auch einen König? Und das, bitte verzeiht, ohne dass sie sich eines sonderlichen Liebreizes rühmen könnte.«

Sie hielt die Augen geschlossen, wollte den Kopf wegziehen, doch er packte ihr Gesicht und drehte es hin und her. »Befriedigt Ihr sie beide? Gleichzeitig? Seid Ihr eine Meisterin des Dreiers? Tut Ihr Euch im *lit à trois* hervor? Ein Schwanz hinten, einer vorne? Arschloch und *pudendum muliebre?* Was mein Vater auf seine elegante Art als einen Sterz-*und*-Wanst bezeichnete?«

Es würde noch vieles dergleichen geben, ehe das Ende kam, dachte sie.

Sie sah ihm direkt in die Augen.

Großer Gott, er ist noch Jungfrau.

Woher sie das mit solcher Gewissheit wusste … aber sie wusste es.

Das Gesicht über ihr schrumpfte zu einer gequälten, flehenden Verletzlichkeit zusammen – durchschau mich nicht, durchschau mich nicht –, ehe es wieder zu dem Trompe-l'Œil wurde, das sich Abt von Eynsham nannte.

Schwyz hatte sie beide mehrfach gerufen, jetzt kam er und zerrte Adelia auf die Beine. »Wehe, sie macht Ärger«, sagte er. »Wir haben schon genug zu schleppen.«

»Ich bin sicher, sie ist gefügig.« Der Abt lächelte Adelia an. »Wir könnten Eure kleine Tochter aus der Küche holen lassen, wenn Ihr möchtet, und sie mit uns nehmen, aber ob sie die Reise überleben würde …«

Sie schüttelte den Kopf.

Eynsham deutete noch immer lächelnd Richtung Tür. »Nach Euch, Mistress.«

Wie ein Lamm ging sie hindurch und die Eisstufen hinunter.

Kapitel dreizehn

Der Mond war ein wenig nach Westen gewandert, so dass die zwei vermummten Söldner, die einen großen Schlitten mit den Dingen beluden, die von den anderen angeschleppt wurden, lange, klare Schatten aufs Eis warfen. Einer von ihnen hob Adelia hoch und schmiss sie oben auf die Ladung. Sie landete schmerzhaft auf den Armen. Ein anderer deckte eine Plane über sie, und sie musste den Kopf hin und her drehen, bis schließlich eine Falte zurückrutschte und sie wieder etwas sehen konnte.

Geht nach Süden, dachte sie. Lass sie nach Süden ziehen, da ist Henry. Herr. Mach, dass sie nach Süden ziehen.

Der Abt, Schwyz und einige von den anderen Männern standen am Schlitten und stützten sich daran ab, während sie konzentriert und schweigend Schlittknochen anzogen.

Sie *müssen* nach Süden ziehen – sie wissen nicht, dass der König Oxford angreift.

Ach, natürlich wussten sie es. Sie wussten alles – Rowley hatte es ihnen unabsichtlich verraten.

Herr, schick sie nach *Süden*.

Der Abt drehte probeweise ein paar Pirouetten auf dem Eis und bewunderte seinen Schatten im stählernen Spiegel des Flusses. »Ja, ja«, sagte er, »das verlernt man doch nie.«

Er achtete nicht auf Adelia – sie war jetzt bloß Gepäck. Er nickte Schwyz zu, der seinen Männern zunickte. Zwei Söldner nahmen das Zuggeschirr auf, das vorn am Schlitten befestigt war, und legten sich in die Riemen. Hinter Adelia stieg jemand auf das Trittbrett des Schlittens und packte die Lenkstreben.

Der Abt blickte zu den Abteimauern hoch, die finster auf sie herabstarrten. »Königin Eleanor, anmutig schwankendes Schilfrohr, lebt wohl. *Veni, vidi, vada.*« Dann hob er die Augen zum sternenklaren Himmel. »Wohlan, auf zu besseren Dingen. Abmarsch.«

»Und schön leise«, sagte Schwyz.

Der Schlitten zischte, als er sich in Bewegung setzte.

Nach Norden.

Adelia würgte in ihren Knebel. Jetzt war es um sie geschehen. Eine Zeitlang konnte sie vor lauter Angst kaum noch etwas sehen.

Er würde sie töten. *Musste* sie töten.

Eine schreckliche Traurigkeit überkam sie. Bilder von Allie, die sie vermisste, ohne sie aufwuchs, klein, bedürftig. *Dich liebend werde ich sterben. Glaub mir, meine Kleine, ich habe nie aufgehört, dich zu lieben.*

Dann das schlechte Gewissen. Meine Schuld, Schätzchen. Eine bessere Mutter hätte einfach weggeschaut, hätte sie einander abschlachten lassen – nur damit du und ich nicht auseinandergerissen werden. Meine Schuld, meine bittere Schuld.

Und immer weiter, Trauer und Angst, Angst und Trauer, während das zerzauste, weißgeränderte Ufer vorbeiglitt und der Schlitten wisperte und schabte und die Männer, die ihn zogen, vor Anstrengung ächzten, mit ihrem Atem kleine Rauchwolken ins Mondlicht pusteten und Adelia immer tiefer in die Hölle trugen.

Körperlicher Schmerz drängte sich in ihr Bewusstsein – das Bündel unter ihr enthielt Speere. Außerdem schmeckte der Knebel entsetzlich, und ihr taten die Arme und Handgelenke weh.

Plötzlich packte sie der Zorn. Sie setzte sich auf und peilte die Lage.
Zwei Söldner zogen den Schlitten. Ein anderer war hinter ihr. Je zwei auf beiden Seiten, Schwyz und der Abt vorneweg. Insgesamt neun. Ihr Freund Cross war nicht dabei – sie hatte die Gesichter der beiden Söldner, die den Schlitten beluden, nicht erkennen können, aber beide waren dünner als Cross.
Sie konnte also keine Hilfe erwarten. Wo immer sie auch hinwollten, Schwyz nahm nur seine verlässlichsten Soldaten mit. Die anderen hatte er zurückgelassen.
Wohin wollten sie? In die Midlands? Dort gärte noch immer alter Hass auf Henry Plantagenet.
Adelia veränderte ihre Position und tastete den Sack unter ihr mit den Handgelenken ab, glitt an den Speerschäften entlang bis zu den scharfkantigen Spitzen. *Da.*
Sie drückte nach unten und spürte eine Spitze in ihre rechte Handfläche stechen. Sie versuchte, das Seil gegen die Klinge zu reiben, verfehlte sie aber immer wieder und stieß stattdessen gegen die Speerspitze, die wirkungslos zwischen die Fasern des Stricks glitt und wieder heraus, wodurch diese irgendwann vielleicht durchtrennt worden wären, wenn Adelia ein oder zwei Wochen Zeit gehabt hätte …
Aber es lenkte sie ab, half ihr, gegen die Trägheit der Verzweiflung anzukämpfen. Selbstverständlich würde Eynsham sie töten lassen. Als Unterpfand nutzte sie ihm nur so lange, bis er sicher sein konnte, dass Henry ihn nicht verfolgte – und diese Wahrscheinlichkeit verringerte sich mit jeder Meile, die sie weiter nach Norden kamen. Aber vor allem würde er sie töten, weil er wusste, dass sie den erbärmlichen Wurm gesehen hatte, der sich in dieser prächtigen, facettenreichen, leeren Hülle wand.
Ihre Arme wurden schwer …

Mit tränennassem Gesicht döste Adelia ein.
Die Männer, die den Schlitten zogen, kamen nur langsam voran, und selbst den anderen im Tross erging es nicht viel besser. Aus Angst vor Verfolgern waren keine Fackeln entzündet worden, und im hellen Mondlicht glänzte das Eis trügerisch glatt, so dass die Männer häufig über eingefrorene Äste und Ähnliches fielen. Oft mussten sie Hindernisse umgehen und manchmal auch den schweren Schlitten darüberhieven.
Im Schlaf nahm Adelia undeutlich das Schaukeln und gedämpfte Fluchen wahr, wenn der Schlitten getragen wurde, und sie spürte auch, dass die Männer sich abwechselnd auf dem Schlitten ausruhten, zu ihr unter die Plane gekrochen kamen, um wieder zu Kräften zu kommen, ehe sie ihren Platz dem nächsten überließen. Das hatte nichts Sexuelles an sich – sie waren zu erschöpft –, und Adelia weigerte sich aufzuwachen. Der Schlaf war seliges Vergessen …
Ein neuer Passagier kam an Bord und atmete erleichtert auf, weil er endlich vom Eis war. Finger nestelten an ihrem Hinterkopf und lösten den Knebel. »Ist jetzt nicht mehr nötig, Mistress. Und das hier auch nicht.« Sachte schob jemand sie ein wenig nach vorne, und ein Messer durchtrennte den Strick an ihren Handgelenken. »Na bitte. Besser so?«
Ein angenehmer vertrauter Duft drang in ihre Nase. Adelia fuhr sich mit der Zunge über die Lippen und bewegte Schultern und Hände. Es tat weh. Sie waren noch immer unterwegs, und es war noch immer bitterkalt, aber die Sterne leuchteten etwas matter. Ein leichter Nebelschleier umhüllte den Mond.
»Ihr hättet Bertha nicht töten müssen«, sagte sie.
Kurz trat Stille ein.
»Ich glaube doch«, antwortete Jacques sachlich. »Ihre Nase hätte mich früher oder später verraten. Ich muss leider zugeben, dass die Arme mich ausgeschnüffelt hat.«

Ja. Ja, das hatte sie.
Bertha, die im Kuhstall näher gekrochen kommt, schnuppert, die ihren wachsten Sinn einsetzt, um die Alte im Wald zu beschreiben, die ihr die Pilze für Rosamund geschenkt hatte.
»Hat gut gerochen ... wie Ihr.«
Ich war das nicht, Bertha, sondern der Mann, der hinter mir stand.
»Ein Er. Keine Sie.«
Das Mädchen hatte den Geruch des Boten gewittert – das Parfüm, das er immer trug, selbst wenn er sich als altes Weib verkleidete, das Pilze sammelte.
»Macht Euch das was aus?«, fragte er jetzt. Es war fürsorglich gemeint, in der Hoffnung, dass sie nicht böse auf ihn war. »Sie war doch nun wirklich kein großer Verlust, oder?«
Adelia hielt die Augen auf die beiden Söldner gerichtet, die den Schlitten zogen.
Jacques stopfte die Plane fester um sie und setzte sich seitlich hin, damit er ihr ins Gesicht sehen konnte, während er ihr die Dinge ganz sachlich erklärte. Das war nicht mehr der aufgeregte junge Mann mit den großen Ohren, nein, er wirkte viel älter und sehr gelöst. Sie vermutete, dass genau das seine besondere Fähigkeit war; er konnte je nach Bedarf ein anderer werden.
Er hatte Allies Wiege aus dem Zimmer geholt und auf den Treppenabsatz gestellt.
»Ihr müsst wissen, normalerweise besteht keine Notwendigkeit für das, was ich Nachbesserungen nenne, wie das bei Bertha der Fall war«, sagte er. »Üblicherweise erfüllt man seinen Teil des Vertrages und zieht dann weiter. Alles hübsch ordentlich. Aber dieser Auftrag war kompliziert – interessant, keine Frage, aber eben kompliziert.« Er seufzte. »Nicht bloß zusammen mit meinem Auftraggeber, sondern auch mit einer Zeugin in einer

Abtei eingeschneit zu sein, das war eine Erfahrung, auf die ich in Zukunft gern verzichte.«

Ein Mörder. *Der* Mörder.

»Ja, ich verstehe«, sagte Adelia.

Schließlich lebte sie mit ihrem Abscheu, seit ihr klar geworden war, dass er Rosamund vergiftet hatte. Die Angst war ihre ständige Begleiterin gewesen, während sie ihn in das Vorhaben mit eingebunden hatte, Wolvercote und Warin dazu zu bringen, sich in der Kirche selbst zu verraten, aber ihr war keine andere Strategie eingefallen, um ihn in Sicherheit zu wiegen. Zu dem Zeitpunkt hatte sie nämlich bereits gewittert, wer für die Abtei eine größere Bedrohung darstellte als Wolvercote, weil er hemmungslos war, ein sorgloser Geist. Töte diesen, verschone jenen, frei von jeglichen Schuldgefühlen.

Es war notwendig gewesen, ihn bei Laune zu halten, wie eine zappelnde Maus die Katze fasziniert. Um Zeit zu gewinnen, hatte sie ihn dabei zuschauen lassen, wie sie den einen Mord löste, an dem er unschuldig war. Um die Zähne der Katze vom Nacken einer Maus, die Fragen stellte, fernzuhalten.

Sie fragte: »Hat Eynsham Euch beauftragt, sie zu töten?«

»Bertha? Lieber Himmel, nein.« Er war gekränkt. »Ich kann durchaus selbst die Initiative ergreifen. Aber natürlich ...« Ein Ellbogen stieß sanft in Adelias Rippen, »muss er mir das bezahlen. Bertha setze ich ihm mit auf seine Rechnung.«

»Seine Rechnung«, sagte sie und nickte.

»Allerdings. Ich bin kein Vasall des Abtes, Mistress. Auf diese Feststellung lege ich wert. Ich bin unabhängig, ich reise durch die Christenheit und biete meinen Dienst an. Manch einer missbilligt den, ich weiß, aber es ist dennoch ein Dienst am Kunden.«

»Ein gedungener Mörder.«

Er überlegte kurz. »Könnte man so sagen. Für mich ist es eigentlich ein Beruf wie jeder andere. Seien wir ehrlich, Mistress Doktor, Euer eigener Beruf wird von Menschen, die ihn nicht verstehen, als Hexerei bezeichnet, und wir betreiben beide ein Handwerk, zu dem wir uns nicht öffentlich bekennen können. Wir arbeiten beide mit Leben und Tod.« Aber sie hatte ihn in seinem Stolz getroffen. »Wodurch hab ich mich verraten? Immerhin hab ich versucht, Euch vor allzu viel Neugier zu warnen.«

Seine Besuche bei Bertha, seine ständige Nähe, das unbestimmte Gefühl von Gefahr, das im Kuhstall lauerte, wenn er dort war. Der Geruch, den Bertha wiedererkannt hatte. Die Möglichkeit, sich wie kein anderer frei in der Abtei bewegen zu können, ohne Aufsehen zu erregen. Letzten Endes war er der Einzige, der es gewesen sein konnte.

»Die Weihnachtsfeier«, sagte sie.

Von da an war sie ganz sicher gewesen. In dem übermütigen, warzigen Weib in Noahs Arche hatte sie eine groteske Schwester der Alten erkannt, die Bertha im Wald gesehen hatte.

»Aha«, sagte er, »ich sollte mich wohl lieber nicht mehr öffentlich verkleiden, was? Leider hab ich eine Schwäche dafür.«

Sie fragte: »Wann hat Eynsham Euch beauftragt, Rosamund zu töten?«

»Oh, vor langer Zeit«, sagte er. »Da war ich noch nicht lange in England. Na, ich will Euch sagen, wann: Ich war gerade erst der Bote des Bischofs geworden – in meinem Metier ist es stets nützlich, wenn man einen Grund hat, das Land zu bereisen. Nebenbei bemerkt, Mistress, ich hoffe, ich habe dem Bischof gut gedient …« Er meinte das aufrichtig. »Ich bilde mir gern ein, dass ich hervorragende Dienste leiste, ganz gleich, in welchem Bereich.«

Ja, hervorragend. Als Rowley sich in die Abtei geschlichen und seine Männer gewarnt hatte, war ihm der Gedanke, dass sein

Bote nicht wie die Übrigen von dem bevorstehenden Angriff erfahren sollte, natürlich nicht gekommen – doch nicht der enervierende, diensteifrige Jacques, einer seiner eigenen Leute.
»Offen gestanden, die Arbeit für St. Albans wird mir fehlen«, sagte er gerade, »doch als Walt mir erzählte, dass der König kommt, musste ich Eynsham davon in Kenntnis setzen. Ich konnte doch nicht zulassen, dass der werte Abt in Gefangenschaft gerät. Er schuldet mir Geld.«
»Wie geht das?«, fragte sie. »Spricht es sich einfach so herum, wenn ein Mörder seine Dienste anbietet?«
»Im Grunde ja. Bislang hatte ich keinen Mangel an Aufträgen. Natürlich möchte sich kein Kunde zu erkennen geben, aber wisst Ihr, wie ich herausgefunden habe, dass es sich bei diesem um unseren Abt handelte?«
Vor lauter Freude wurde seine Stimme so laut, dass eine Eule von ihrem Baum aufflatterte und Schwyz an der Spitze sich umdrehte und ihn beschimpfte. »Wisst Ihr, woran ich ihn erkannt habe? Ratet.«
Sie schüttelte den Kopf.
»An seinen Stiefeln. Der werte Abt trägt außerordentlich schöne Stiefel, wie ich. Ach ja, und er hat seinen Diener als ›mein Sohn‹ angesprochen, und da hab ich mir gesagt: ›Bei allen Heiligen, das ist ein Mann der Kirche, ein reicher Mann der Kirche.‹ Ich musste mich nur ein wenig unter Oxfords besten Stiefelmachern umhören. Das Problem ist jedenfalls, die zweite Hälfte des Honorars zu bekommen.« Ein Plausch über die Misslichkeiten der freien Berufe. »So viel als Anzahlung, so viel nach getaner Arbeit. Bei der zweiten Rate sträuben sie sich immer ein bisschen, findet Ihr nicht auch?«
Sie sagte nichts.
»Na, ich erlebe das jedenfalls oft. Um an mein restliches Geld zu kommen, musste ich mich an Lord Eynsham heften wie

Fischleim. Eigentlich ist es in diesem Fall gar nicht seine Schuld. Die Umstände waren schwierig: der Rückzug von Wormhold, der Schnee … doch wie es aussieht, werden wir auf dem Weg nach Norden seiner Abtei einen Besuch abstatten – dort bewahrt er sein Gold auf, in seiner Abtei.«
»Er wird Euch töten«, sagte sie. Die Bemerkung sollte ihn nur am Reden halten; sein Schicksal war ihr gleichgültig. »Er wird Schwyz befehlen, Euch die Kehle durchzuschneiden.«
»Sind die beiden nicht ein interessantes Paar? Schwyz vergöttert ihn förmlich. Sie haben sich in den Alpen kennengelernt, wie ich höre. Ich hab mich schon gefragt, ob sie … na ja, Ihr wisst schon … aber ich glaube nicht, was meint Ihr? Ich würde gern Eure Meinung als Ärztin hören …«
Einer der Söldner im Zuggeschirr wurde langsamer und winkte dem Boten mit wedelnden Armen, er solle seinen Platz einnehmen.
Die Stimme an Adelias Ohr wurde zu einem vertraulichen Flüstern, veränderte sich von der eines Klatschmauls zu der eines Mörders. »Sorgt Euch nicht um mich, Mistress. Unser Abt hat zu viele Feinde, die er still und leise zum Schweigen bringen muss. Schwyz hinterlässt die Spur eines Schlächters. Ich nicht. Nein, nein, meine Dienste werden immer benötigt werden. Sorgt Euch lieber um Euch selbst.«
Er schlug die Plane zurück und wollte vom Schlitten steigen.
»Werdet Ihr es sein, der mich tötet, Jacques?«, fragte sie.
»Ich hoffe nicht, Mistress«, sagte er höflich. »Das täte mir leid.«
Und dann war er weg, weigerte sich jedoch, das Zuggeschirr zu übernehmen. »Mein lieber Freund, ich bin doch kein Ochse.«
Und auch kein Mensch, dachte sie, ein *lusus naturae*, ein Werkzeug, das für sein Tun nicht verantwortlich zu machen ist, so schuldlos wie eine Waffe, die an der Wand hängt und von

ihrem Besitzer für ihre wunderbare Funktionalität bewundert wird.

Der Parfümhauch, den er zurückgelassen hatte, wurde von dem Geruch nach Schweiß und feuchtem Schmutz verdrängt, als der nächste Mann unter die Plane kroch und sogleich zu schnarchen begann.

Inzwischen hatte sich der Abt auf das Trittbrett hinter ihr gestellt, statt den Schlitten anzuschieben, so dass die Männer im Zuggeschirr, die jetzt auch noch sein Gewicht schleppen mussten, kaum noch von der Stelle kamen und das Gleichgewicht zu verlieren drohten. Sie beschwerten sich.

Auf einen Befehl von Schwyz hin schnallten sie die Schlittknochen ab und stapften in ihren Stiefeln weiter, die nicht so leicht wegrutschten.

Und die, wie Adelia jetzt sah, Wasser aufspritzen ließen. Auch von den dahingleitenden Schlittenkufen sprühte es nass auf. Inzwischen waren keine Sterne mehr zu sehen, und der bleiche Mond hatte einen noch bleicheren Hof. Schwyz hatte eine Fackel angezündet und hielt sie hoch, während er übers Eis lief.

Es taute.

Über Adelias Kopf ertönte ein sonores Dröhnen: »Ich will mich ja nicht beklagen, mein lieber Schwyz, aber wenn das so weitergeht, marschieren wir bald auf dem Grund des Flusses. Wie weit noch?«

»Nicht mehr weit.«

Nicht mehr weit bis wohin? Sie wusste nicht, wie lange sie geschlafen hatte, deshalb konnte sie auch nicht abschätzen, welche Strecke sie zurückgelegt hatten. Noch immer zeigten beide Ufer das immer gleiche zerzauste Bild von Schilf und Schnee.

Es war irgendwie noch kälter geworden. Das hatte mit der höheren Feuchtigkeit in der Luft zu tun, aber auch mit ihrer

Angst. Jetzt, wo Eynsham ohne Störung und offenbar ohne verfolgt zu werden flussaufwärts hatte ziehen können, würde er beruhigt sein. Sobald sie in sicherem Territorium waren, würde er die dann unnötige Last, die er mitgeschleppt hatte, loswerden.

»Da vorne«, rief Schwyz.

Weiter vorne war nichts außer einem schwachen Glimmen am westlichen Himmel, wie ein einsamer Stern, der die Kraft hatte, den Nebel zu durchdringen, hinter dem sich die anderen verbargen. Eine Burg, in der nur ein Licht brannte. Ein Turm?

Und jetzt näherten sie sich einem Landungssteg, weißgesäumt und vertraut.

Und dann wusste sie es.

Rosamund hatte auf sie gewartet.

In Adelias Erinnerung war Wormhold ein Ort, wo scheußlich-schrille Farben aufblitzten und Männer und Frauen wie im Wahn sprachen und handelten.

Jetzt wurde der Turm im Morgennebel wieder zu dem, was er war – ein Mausoleum. Jede architektonische Anzüglichkeit war verschwunden. Und der Irrgarten war für diejenigen, die den Schlitten durch den Matsch hineinzogen, bloß ein schnurgerader und öder Gang aus grauen Büschen, der zu einem Monument führte, das sich wie ein gigantischer Grabstein vor einem trüben Himmel erhob.

Die Tür über der Treppe stand offen und hing jetzt schief in den Angeln. Der Scheiterhaufen in der Halle, der nicht hatte brennen wollen, war noch immer da, ein Berg zerbrochener Möbel, der genau wie die Wände im Licht von Schwyz' Fackel feucht glänzte.

Ein Rascheln von davonhuschenden Ratten betonte die Stille

in der Halle ebenso wie der Versuch des Abtes, die Haushälterin herzurufen: »Dakers. Wo seid Ihr, meine Beste? Euer alter Freund ist zu Besuch. Robert von Eynsham.«

Er drehte sich zu Schwyz um, während das Echo verhallte. »Sie weiß doch nicht, dass ich es war, der sie hat einsperren lassen, oder?«

Schwyz schüttelte den Kopf. »Wir haben sie angelogen, Rob.«

»Gut, dann bin ich noch immer ihr Verbündeter. Aber wo steckt die alte Krähe denn? Wir brauchen was zu essen. *Dakers.*«

Schwyz sagte: »Wir können nicht lange bleiben, Rob. Der Schweinehund ist uns auf den Fersen.«

»Ach, hör doch auf, ihm die Mächte der Finsternis zuzuschreiben, mein Lieber, wir haben den Drecksack ausmanövriert.« Er verzog das Gesicht. »Ich denke, ich geh besser hoch und suche nach meinen Briefen. Wenn unsere Schöne Rosamund einen behalten hat, dann vielleicht auch noch andere. Ich hab der fetten Kuh gesagt, sie soll sie verbrennen, und was macht sie? Frauen sind ja so unzuverlässig.« Er zeigte auf den Scheiterhaufen. »Steck das Zeug an, wenn es so weit ist. Aber zuerst was essen, denke ich, dann ein Schläfchen, und wenn unser liebenswerter König eintrifft, sind wir längst weg und haben ihm zur Begrüßung ein warmes Feuerchen hinterlassen. *Dakers.*«

Er muss doch wissen, wo sie ist, dachte Adelia. Das einzige Leben hier ist im obersten Zimmer bei der Toten.

»Dann rauf mit dir.« Schwyz wandte sich ab, um seinen Männern Befehle zu geben, dann drehte er sich wieder um. »Was soll mit der Hure geschehen?«

»*Der* Hure?« Der Abt blickte auf Adelia herab. »Die behalten wir bis zum letzten Moment, denke ich, nur für alle Fälle. Sie soll mit hochkommen und mir helfen, nach den Briefen zu suchen.«

»Warum? Hier unten ist sie besser aufgehoben.« Schwyz war eifersüchtig.
Der Abt hatte Geduld mit ihm. »Weil ich keine Briefe gesehen hab, als wir das letzte Mal hier waren, aber die kleine Mistress Adlerauge hatte einen, nicht wahr, meine Teuerste? Wenn sie einen gefunden hat, kann sie auch die anderen finden. Fessle ihr meinetwegen die Hände, aber diesmal vor dem Körper und nicht zu fest; sie sieht angegriffen aus.«
Wieder wurden Adelia die Hände zusammengebunden, und das nicht gerade sanft.
»Los, rauf mit dir.« Der Abt zeigte auf die Treppe. »Los, los, los.« Zu dem Söldner sagte er: »Sag den Männern, sie sollen sich um mein Essen kümmern. Und Schwyz ...« Sein Tonfall hatte sich geändert.
»Was?«
»Lass ja den Fluss gut bewachen.«
Er hat Angst, dachte Adelia plötzlich, er traut Henry übernatürliche Kräfte zu. O Gott, wenn er doch recht hätte.
Es war nicht leicht, die enge, gewundene, rutschige Treppe mit den keilförmigen Stufen hinaufzusteigen, ohne sich mit den Händen abstützen zu können, doch Adelia kam besser voran als der Abt, der vor Anstrengung schnaufte, noch ehe sie zum zweiten Absatz gelangten. Jetzt war der Punkt erreicht, wo der Turm alle Geräusche von unten verschluckte und eine Stille entstand, in der das Echo ihrer Schritte in den Ohren gellte, als verletzten sie ein Gebot der Toten. Zurück! Das hier ist ein Grab.
Licht, das kaum Licht war, fiel schwach durch die Schießscharten und erhellte dasselbe Durcheinander, das schon auf den Treppenabsätzen gelegen hatte, als sie mit Rowley hier heraufgekommen war. Niemand hatte es beseitigt, niemand würde es je tun.

Höher und höher, vorbei an Rosamunds Gemächern, die jetzt ihrer Teppiche und Goldverzierungen beraubt waren. Söldner hatten sie geplündert, vielleicht sogar die Aquitanier, während Eleanor Totenwache bei einer Leiche gehalten hatte. Es hatte ihnen kein Glück gebracht; die Plünderer lagen jetzt mit ihrer Beute auf dem Grund der Themse.

Sie näherten sich ihrem Ziel.

Ich will nicht da rein. Wann ist es endlich vorbei? Es kann doch nicht sein, dass ich hier sterben soll. Warum macht dem niemand ein Ende?

Das oberste Stockwerk. Die Tür einen Spaltbreit offen, aber mit dem eleganten Schlüssel im Schloss.

Adelia trat zurück. »Ich geh da nicht rein.«

Der Abt packte sie an der Schulter und stieß sie weiter. »Dakers, meine Gute. Der Abt von Eynsham ist hier, Euer alter Freund, um Eurer Herrin die Ehre zu erweisen.«

Ein Gestank, der mit der Kraft eines Windstoßes herüberwehte, ließ ihn auf der Türschwelle schwanken.

Das Zimmer war so, wie Adelia es zuletzt gesehen hatte. Hier war nicht geplündert worden – die Zeit hatte nicht gereicht.

Rosamund saß nicht mehr an dem Schreibtisch, doch dafür lag irgendetwas auf dem Bett, umrahmt von durchscheinenden Vorhängen und mit einem Umhang über der oberen Hälfte.

Von Dakers war nichts zu sehen, doch falls sie wieder versucht hatte, ihre Herrin zu konservieren, so war es ein Fehler gewesen, die Fenster zu schließen und Kerzen anzuzünden.

»Allmächtiger.« Mit einem Taschentuch vor der Nase hastete der Abt durch das Zimmer, blies Kerzen aus und öffnete Fenster. »Allmächtiger, die Hure *stinkt*. Allmächtiger.«

Feuchte, graue Luft brachte ein wenig Frische in den Raum.

Eynsham trat mit einem faszinierten Blick ans Bett.

»Lasst sie in Ruhe«, riet Adelia ihm.

Er riss den Umhang von der Leiche und ließ ihn zu Boden fallen. »Aaah.«
Ihr schönes Haar lag fächerartig um das verwesende Gesicht ausgebreitet auf einem Kissen. Ein weiteres Kissen stützte die Krone über dem Kopf. Die gekreuzten Hände auf der Brust waren Gott sei Dank unter einem Gebetbuch verborgen. Füße quollen nass aus den zierlichen Goldschühchen, die unter den hübschen, sorgsam angeordneten Falten eines Gewandes hervorlugten, das so blau war wie ein Frühlingshimmel. An manchen Stellen sickerte Flüssigkeit durch die Seide.
»Oje, oje«, sagte der Abt leise. »*Sic transit Rosa Mundi.* Die Rose der Welt verfault also doch wie alle anderen … die Faulige Rosamund …«
»*Wagt es nicht*«, schrie Adelia ihn an. Wären ihre Hände nicht gefesselt gewesen, sie hätte ihn geschlagen. »Wagt es nicht, sie zu verspotten. Ihr habt sie in diesen Zustand gebracht, und bei Gott, auch Ihr werdet irgendwann so enden – und Eure Seele ebenso.«
»Aber …« Er trat zurück wie ein Kind, das von einer erzürnten Mutter zurechtgewiesen wird. »Nun ja, es ist schauerlich … gebt zu, dass es schauerlich ist.«
»Das ist mir egal. Behandelt sie gefälligst mit Würde.«
Einen Moment lang war er durch seine eigene Geschmacklosigkeit verunsichert. Zögernd trat er zurück, und seine Hand malte einen Segen in Richtung Bett in die Luft. »*Requiescat in pace.*« Dann fragte er: »Was ist das weiße Zeug, das da aus ihrem Gesicht wächst?«
»Leichenwachs«, erklärte Adelia.
Im Grunde war das sehr interessant. Sie hatte noch nie welches an Menschen gesehen, nur an dem Fleisch einer Sau auf der Todesfarm.
Einen Moment war sie wieder eine Totenleserin, die sich aus-

schließlich auf das Phänomen vor ihr konzentrierte und leicht verärgert war, dass Zeitmangel und fehlende Mittel sie daran hinderten, es genau zu untersuchen.

Weil Rosamund dick war, dachte sie, deshalb. Die Sau in Salerno war fett gewesen, und Gordinus hatte sie in einer luftdichten Truhe vor den Fliegen geschützt aufbewahrt. »*Siehst du, mein Kind? Ohne die Insekten sammelt sich dieses weiße Fett – ich nenne es* corpus adipatum *– an den fülligeren Bereichen des Körpers, Wangen, Brüste, Gesäß und so weiter, und behindert den Fäulnisprozess, verzögert ihn sogar. Obgleich noch herauszufinden wäre, ob es die Verzögerung verursacht oder durch die Verzögerung verursacht wird.*«

Gordinus, Gott segne ihn, hatte es als ein Wunder bezeichnet, was es auch war – eine Schande, dass sie dieses Phänomen erst jetzt an einer menschlichen Leiche sah.

Besonders interessant war, dass die neue Wärme im Raum zugleich die Fäulnis herbeiführte, zumindest den nassen Flecken auf Rosamunds Gewand nach zu urteilen. Die konnte doch nicht durch die Fliegen verursacht sein – oder? –, um diese Zeit des Jahres gab es keine … Herrje, wenn ihre Hände frei wären, könnte sie nachsehen, was da unter dem Stoff gärte …

»Oh, was ist?«, fragte sie barsch.

Der Abt zog an ihr.

»Wo bewahrt sie die Briefe auf?«

»Welche Briefe?« Diese Möglichkeit, die Wissenschaft voranzubringen, bot sich vielleicht nie wieder. Wenn es nicht die Fliegen waren …

Er drehte sie herum, so dass sie ihn ansah. »Ich will Euch meine Situation erklären, werte Mistress. Bei alldem habe ich nur meine Christenpflicht getan, um einen König zu stürzen, der den guten St. Thomas auf den Stufen seiner eigenen Kathedrale ermorden ließ. Ich wollte einen Bürgerkrieg herbeiführen, den unsere huldvolle Königin gewinnen sollte. Da dieser Ausgang nun unwahrscheinlich geworden ist, muss ich mich neu positionieren, denn wenn Henry meine Briefe findet, wird er sie dem Papst zukommen lassen. Und wird der Heilige Vater gutheißen, was ich getan habe, um die Gottlosen zu strafen? Wird er sagen: ›Gut gemacht, du frommer und treuer Robert von Eynsham, du hast unserer großen Sache gedient‹? Nein, das wird er nicht. Er muss Empörung heucheln, weil im Zuge des Ganzen eine wertlose Hure vergiftet wurde. Er wird sich die Hände waschen wie Pilatus. Wird es Lorbeeren geben? Anerkennung? Ha, nein.«

Er hörte auf, den Klang seiner eigenen Stimme zu genießen. »Findet mir diese Briefe, Mistress, sonst wird Henry, wenn er hier ankommt, in der Asche dieses Freudenhauses nicht nur die Gebeine einer seiner Metzen finden, sondern die von zwei.« Ihm kam ein erfreulicher Einfall. »Zusammen, vielleicht engumschlungen. Ja, vielleicht …«

Er durfte nicht sehen, dass sie Angst hatte, unter keinen Umständen. »In dem Fall werden auch die Briefe verbrennen«, sagte sie.

»Nicht, wenn das Miststück sie in einer Metallkiste aufbewahrt hat. Wo sind sie? Ihr hattet einen, Mistress, und Ihr hattet nichts Eiligeres zu tun, als ihn herumzuzeigen. *Wo hat sie die Briefe aufbewahrt?*«

»Auf dem Tisch, ich hab ihn auf dem Tisch gefunden.«

»Wenn sie einen behalten hat, dann sicher auch mehr.« Er brüllte wieder nach der Haushälterin. »*Dakers*. Sie wird es wissen. Wo ist die alte Hexe?«

Und auf einmal wusste Adelia, wo Dakers war.

Er war so oft in diesem Zimmer gewesen, ohne zu wissen, dass er von einem Abort aus durch ein Guckloch beobachtet wurde. Er wusste es immer noch nicht.

Eynsham untersuchte jetzt den Tisch, fegte die Schreibgeräte beiseite und stieß die uralte Schale mit Rosamunds Süßigkeiten zu Boden, wo sie zersprang. Er bückte sich, schaute unter den Tisch und stieß ein zufriedenes Grunzen aus. Als er sich aufrichtete, hielt er ein zerknittertes Stück Velin in der Hand. »War das alles?«

»Woher soll ich das wissen?« Es war der Brief an die Königin, den Rosamund noch nicht beendet hatte und der von Eleanor wütend zu Boden geschleudert worden war. Adelia hatte dem armen Pater Paton die vom Abt geschriebene Briefvorlage gegeben, und selbst wenn sie deshalb sterben musste, sie würde diesem Mann nicht sagen, dass noch weitere nur wenige Zoll von seinem rechten Stiefel entfernt in einer Hockerkiste versteckt waren.

Lass ihn im Zweifel; diese Angst soll für den Rest seines Lebens an ihm nagen.

Großer Gott, er liest ihn.

Der Abt war schwerfällig ans offene Fenster getreten und hielt den Brief ins Licht. »Was hatte diese Dirne doch für eine furchtbare Schrift«, sagte er. »Dennoch, schon erstaunlich, dass sie überhaupt schreiben konnte.«

Und lass Dakers an ihm zweifeln. Kein Wunder, dass die Haushälterin gelacht hatte, als sie in jener Nacht zu den Booten gebracht wurden. Sie hatte Eynsham gesehen, der stets Rosamunds Freund gewesen war und somit auch ihr ein Freund sein würde.

Wenn sie jetzt zuhörte, wenn sie dazu bewegt werden konnte, die Seiten zu wechseln …

Adelia hob die Stimme: »Warum habt Ihr Rosamund überredet, solche Briefe an Eleanor zu schreiben?«

Der Abt ließ das Blatt sinken, halb entgeistert, halb amüsiert. »Hör sich einer dieses Weib an. Warum stellt sie eine Frage, wo ihr Hirn die Antwort unmöglich erfassen kann? Was nützt es, wenn ich es Euch erkläre? Wie könnt Ihr auch nur ansatzweise die Notwendigkeiten verstehen, mit denen wir, Gottes Stellvertreter, uns befassen müssen, um seine Welt auf der rechten Bahn zu halten, unsere Abstiege zum Abschaum der Menschheit, die Werkzeuge, deren wir uns bedienen müssen – Dirnen wie diese dort auf dem Bett, Meuchelmörder, aller Abfall des Höllenpfuhls –, um ein heiliges Ziel zu erreichen.«

Er erklärte es ihr trotzdem. Ein geschwätziger Mann. Ein Mann, der die Beruhigung seiner eigenen Stimme brauchte und mehr noch die Rechtfertigung seines Tuns.

Und er hoffte noch immer, wie sie erstaunt erkannte. Dass sein großes Spiel verloren war und er aufgeben musste, Eleanor zu unterstützen, schien ihn zu stimulieren – als wäre er sicher, dass er sich mit Charme, geschicktem Taktieren und gelegentlichem Morden aus der Affäre ziehen könnte, dass ihm seine aufgesetzte Weltgewandtheit dabei helfen würde, und auch seine Inszenierung als einfacher und doch gebildeter Mann, und all die heiße Luft, die ihn in die Hallen von Päpsten und Monarchen getragen hatte …

Ein Scharlatan, mehr nicht, dachte Adelia.

Und eine Jungfrau. Mansur hatte es erkannt und ihr gesagt, doch mit der Arroganz eines Mannes, der eine Erektion haben konnte, hatte Mansur nicht bedacht, dass die Scham über vermeintliches Versagen in Boshaftigkeit umschlagen konnte. Ein anderer Mann der Kirche hätte vielleicht diesen Zustand gesegnet, der seine Keuschheit schützte, doch nicht der Abt von Eynsham. Er sehnte sich, gierte nach der natürlichsten und einfachsten Gabe, die ihm versagt geblieben war.

Vielleicht ließ er die Welt dafür bezahlen, wenn er mit seinem brillanten Verstand in der hohen Politik mitmischte, Männer und Frauen auf seinem Schachbrett hin und her schob, die eine

Figur opferte, die andere vorrücken ließ, und sich so für die quälende Neugier entschädigte, die ihn aus ihrem Garten Eden ausschloss, an dessen Mauer er auf und ab sprang, um einen Blick hineinzuwerfen.

»Um Krieg anzuzetteln, meine Liebe«, sagte er gerade. »Könnt Ihr das begreifen? Natürlich könnt Ihr das nicht – Ihr seid der Lehm, aus dem Ihr geformt wurdet, und der Lehm, zu dem Ihr wieder zurückkehren werdet. Einen Krieg, um das Land von einem barbarischen und unreinen König zu säubern. Um den armen Becket zu rächen. Um England wieder in Gottes Hand zu geben.«

»Und das alles hätten Rosamunds Briefe bewirkt?«, fragte sie.

Er blickte auf. »Allerdings, das hätten sie. Eine gekränkte und rachsüchtige Frau, und glaubt mir, niemand ist rachsüchtiger als unsere huldvolle Eleanor, wird allen Ketten entfliehen, jedes Gebirge überwinden und jeden Ozean überqueren, um die Missetäterin in den Staub zu treten. Und genau das hat sie getan.«

»Aber warum musstet Ihr Rosamund dann vergiften?«

»Wer sagt, dass ich das war?« Sehr schneidend.

»Der Mörder, den Ihr gedungen habt.«

»Der lustige Jacques ist ein wenig schwatzhaft, nicht? Schwyz wird sich um den jungen Mann kümmern müssen.«

»Die Leute werden denken, die Königin war es.«

»Der König denkt das, wie beabsichtigt«, sagte er unbestimmt. »Barbaren sind so leicht zu manipulieren, meine Liebe.« Er richtete den Blick wieder auf den Brief und las weiter. »Ausgezeichnet, oh, ausgezeichnet«, sagte er. »Hatte ich schon ganz vergessen … ›*An Lady Eleanor, Herzogin von Aquitanien und vermeintliche Königin von England, es grüßt Euch die wahre und einzige Königin dieses Landes, Rosamund, die Schöne.*‹ Was hab ich durchgemacht, bis ich diese begriffsstutzige Kuh dazu überreden konnte … Robert, Robert, was bist du doch für ein durchtriebenes Bürschchen …«

Ein Luftzug bewegte Adelias Mantel. Der Wandbehang hinter Rosamunds Bett hatte sich gehoben. Als die Kälte aus dem versteckten Abort in den Raum drang, brachte sie einen anderen, alltäglicheren Gestank mit als den der armen Leiche auf dem Bett. Er wurde unterbunden, als der Behang wieder herabfiel.

Adelia ging zum Fenster. Der Abt hielt noch immer den Brief ins Licht und las. Sie stellte sich so hin, dass er, wenn er aufblickte, sie sehen würde und nicht die Gestalt, die jetzt am Bett entlangschlich. Sie hielt kein Messer in der Hand, aber sie war trotzdem der Tod – diesmal ihr eigener.

Dakers starb. Adelia hatte diese gelbliche Haut und die tiefliegenden Augen schon zu oft gesehen, um nicht zu wissen, was das bedeutete. Die Tatsache, dass die Frau sich überhaupt noch auf den Beinen hielt, war ein Wunder, aber sie tat es. Und sie schlich lautlos.

Hilf mir, flehte Adelia lautlos. Tu was. Ohne sich zu bewegen, legte sie die Bitte in ihre Augen. Hilf mir.

Aber Dakers sah weder sie noch den Abt an. All ihre Energie richtete sich darauf, die Treppe zu erreichen.

Adelia beobachtete, wie die Frau zwischen Tür und Türrahmen hindurchschlüpfte, ohne irgendwo anzustoßen, und dann verschwand. Ein wilder Hass erfasste sie. *Du hättest ihn mit irgendwas niederschlagen können.*

Noch immer lesend, setzte sich der Abt auf Rosamunds Stuhl und murmelte dabei halblaut vor sich hin. »›*… und ich erfreue den König im Bett besser, als Ihr das je vermochtet, wie er mir gesagt hat …*‹ Ich wette, das hast du, Mädchen. Gelutscht und geleckt, ich wette, das hast du. ›*… er stöhnte vor Lust …*‹ Ich wette, das hat er, du dreckige Hure …«

Er erregte sich selbst mit seinen eigenen Worten.

In dem Moment, als Adelia das dachte, sah er auf – genau in ihre Augen. Sein Gesicht rötete sich. »Was starrt Ihr mich so an?«

»Nur so«, sagte sie. »Ich blicke Euch an und sehe nichts.«

Schwyz rief irgendwas von der Treppe, doch seine Stimme wurde von Eynshams Schrei übertönt: »Ihr richtet über mich? *Ihr*, eine Hure … richtet über *mich?*«

Er sprang auf, eine Riesenwelle, die sich erhob und sie erfasste. Er hielt sie an die Brust gepresst und schleppte sie mit, so dass ihre Füße zwischen seinen Knien hingen. Sie konnte nichts sehen und dachte, er würde sie aus dem Fenster werfen, doch dann drehte er sich um, packte sie im Nacken und am Gürtel und hob sie hoch.

Einen winzigen Augenblick lang sah sie das Bett, dann hörte sie ein Ächzen und wurde hinuntergeschleudert auf das, was darauf lag.

Als Adelias Körper auf der Leiche landete, stieß der Bauch der Toten mit einem pfeifenden Geräusch seine Gase aus.

Der Abt brüllte noch immer. »Küsst euch. Küsst, küsst, küsst … Lutscht, leckt, ihr Weiber.« Er stieß ihr Gesicht in das von Rosamund. Er drehte ihren Kopf hin und her wie ein Stück Obst, presste ihn in das Fett. »Schnüffelt, lutscht, leckt …«

Sie erstickte in verwesendem Fleisch.

»Rob. *Rob*. Im Stall steht ein Pferd.«

Es hörte auf. Es war vorbei.

»Kein Reiter«, sagte Schwyz. »Kann keinen Reiter finden, aber irgendwer ist hier.«

»Was für ein Pferd?«

»Streitross. Schönes Tier.«

»Ist es seins? … Er kann nicht hier sein. Jesus steh uns bei, ist er hier?«

Die Tür knallte zu, und ihre Stimmen verschwanden.

Adelia rollte sich vom Bett und tastete sich durchs Zimmer zu einem der Fenster, wo ihre gefesselten Hände auf dem Sims nach übriggebliebenem Schnee suchten. Sie fand welchen und stopfte ihn sich in den Mund. Das nächste Fenster und noch mehr Schnee in den Mund, sie putzte sich damit die Zähne, spuckte ihn aus. Noch mehr für das Gesicht, die Nasenlöcher, für Augen und Haar.

Sie taumelte von Fenster zu Fenster, doch es gab nicht genug Schnee in der Welt, nicht genug sauberes, betäubendes Eis …

Durchnässt, zitternd sank sie auf Rosamunds Stuhl, und während ihre gefesselten Hände noch immer über ihren Hals rieben, legte sie den Kopf auf den Tisch und begann, bebend und keuchend zu schluchzen. Hemmungslos wie ein Säugling weinte sie um sich selbst, um Rosamund, Eleanor, Emma, Allie, alle Frauen überall, sie weinte wegen allem, was ihnen angetan wurde.

»Warum flennt Ihr denn?«, fragte eine gekränkte Männerstimme. »Das findet Ihr schlimm? Dann solltet Ihr mal ein Weilchen mit Dakers versteckt in einem Scheißhaus hocken.«

Ein Messer zertrennte den Strick an ihren Handgelenken. Ein Taschentuch wurde ihr an die Wange gedrückt. Es roch nach Pferdesalbe. Es roch herrlich.

Unendlich vorsichtig drehte sie den Kopf so, dass ihre Wange auf dem Taschentuch ruhte und sie zu ihm hochschielen konnte.

»Wart Ihr die ganze Zeit da drin?«, fragte sie.

»Die ganze Zeit«, antwortete der König.

Den Kopf noch immer auf dem Tisch, sah sie zu, wie er ans Bett trat, den Umhang aufhob und ihn sorgsam wieder über den Leichnam breitete. Dann ging er zur Tür und versuchte, den Riegel zu öffnen. Er ließ sich nicht bewegen. Er bückte sich und spähte durchs Schlüsselloch.

»Abgeschlossen«, sagte er, als wäre das ein Trost.
Der Gebieter über ein Reich, das sich von der Grenze Schottlands bis zu den Pyrenäen erstreckte, trug Jagdkleidung aus verschlissenem Leder – sie hatte ihn nie in irgendwas anderem gesehen; das taten nur wenige. Er hatte den wiegenden säbelbeinigen Gang eines Mannes, der mehr Zeit im Sattel verbrachte als auf dem Boden. Nicht groß, nicht gutaussehend, es gab nichts, was ihn irgendwie auszeichnete, außer einer Energie, die den Blick bannte. Wenn Henry Plantagenet im Raum war, sah niemand irgendwo anders hin.
Die Falten, die von der Nase zu den Mundwinkeln verliefen, waren tiefer geworden, seit sie ihn das letzte Mal gesehen hatte, in seinen Augen lag weniger Glanz, und das rote Haar war lichter geworden; etwas war ihm unwiederbringlich verlorengegangen.
Vor lauter Erleichterung verspürte Adelia den irrwitzigen Drang, loszukichern. Sie rieb sich die Handgelenke. »Wo sind Eure Männer, Mylord?«
»Tja, also …« Er verzog das Gesicht, wandte sich von der Tür ab und schob sich um den Tisch herum, um vorsichtig nach draußen zu spähen. »Die sind auf dem Weg hierher, nur ein paar wohlgemerkt, aber handverlesene Männer, gute Männer. Ich hab mir die Lage in Oxford angesehen und den jungen Geoffrey dagelassen, um die Stadt zu erobern, ehe er weiter nach Godstow zieht.«
»Aber … hat Rowley Euch gefunden? Wisst Ihr, dass die Königin in Godstow ist?«
»Deshalb nimmt Geoffrey es ja dann als Nächstes ein«, sagte er gereizt. »In beiden Fällen dürfte er keine Probleme haben. Die Rebellen, Gott verfluche sie, ich werde ihnen die Köpfe abreißen, waren sowieso schon kurz davor, in Oxford die weiße Fahne zu hissen, also …«

»Meine Tochter ist in Godstow«, sagte sie, »meine Leute …«
»Ich weiß, Rowley hat's mir gesagt. Und Geoffrey weiß es, weil *ich* es ihm gesagt habe. Hört auf zu jammern: Ich hab schon Schneemänner gesehen, die bessere Verteidigungsstrategen waren als dieser Wolvercote. Überlasst das ruhig dem jungen Geoffrey.«
Vermutlich blieb ihr nichts anderes übrig.
Er schaute sich um. »Wie geht's Rowleys Kleiner denn so? Hat sie schon ihren ersten Zahn? Zeigt sie Talent für die Medizin?«
»Es geht ihr gut.« Irgendwie kriegte er sie immer. Aber es wäre schön, hier rauszukommen. »Diese handverlesenen Männer …«, sagte sie. Das war derselbe Mist wie bei Rowley. Wieso brachte keiner von ihnen einmal ein richtiges Heer mit?
»Sie sind auf dem Weg«, sagte er, »aber ich fürchte, ich habe sie weit hinter mir gelassen.« Er drehte sich wieder zum Fenster um. »Man hatte mir gesagt, dass sie noch immer nicht beerdigt worden ist, versteht Ihr? Meine Leute bringen einen Sarg mit. Die armen Teufel kamen einfach nicht mehr mit.«
Wie auch? Er musste wie der Teufel geritten sein, um Abschied nehmen zu können, um die Schmach wiedergutzumachen, die man seiner Geliebten angetan hatte.
»Ich war noch nicht lange da, als ihr aufgetaucht seid«, sagte er. »Ich habe gehört, wie ihr die Treppe heraufkamt, also haben Dakers und ich uns versteckt. Erste Regel, wenn man in der Unterzahl ist – finde heraus, wie stark der Feind ist.«
Und dann hatte er erfahren, dass Rosamund ihn in ihrer Dummheit und ihrem Ehrgeiz verraten hatte. Wie seine Ehefrau, wie sein ältester Sohn.
Adelia empfand schreckliches Mitleid. »Die Briefe, Mylord … Es tut mir so leid.«
»Schweigt davon.«

Das war nicht höflich gemeint, sie sollte es nie wieder ansprechen. Seit er den Leichnam zugedeckt hatte, hatte er nicht wieder zu ihm hinübergeblickt.

»Da wären wir also«, sagte er. Er lehnte sich vorsichtig ein Stück nach draußen. »Ich muss schon sagen, die haben nicht viele Wachen aufgestellt. Da patrouillieren nur zwei Männer über den Hof – was zum Teufel treibt denn der Rest?«

»Sie wollen den Turm anzünden«, erklärte sie ihm. »Mit uns drin.«

»Wenn sie dazu das Holz unten in der Halle nehmen, müssen sie sich anstrengen. Das brennt ums Verrecken nicht.« Er beugte sich noch weiter aus dem Fenster und schnupperte. »Die sind in der Küche, ja ... da wird was gekocht. Heiliger Strohsack, diese dämlichen Hunde nehmen sich tatsächlich die Zeit, was zu essen.«

Er verachtete Unfähigkeit, selbst bei seinen Feinden.

»Ich kann sie verstehen.« Sie war hungrig, ja, sie war völlig ausgehungert. Ein magischer König hatte diese groteske Kammer des Todes in etwas Erträgliches verwandelt. Ohne Mitleid, ohne Rücksicht auf sie als Frau, indem er sie als Kamerad behandelte, hatte er ihr neue Kraft gegeben. »Habt Ihr irgendwas zu essen dabei?«

Er schlug sich mit der flachen Hand gegen die Stirn. »Ach herrje, jetzt hab ich doch glatt den Festtagsbraten vergessen. Nein, ich habe nichts. Glaube ich zumindest ...« Er hatte eine Tasche in seiner Jacke und leerte den Inhalt mit einer Hand auf den Tisch, den Blick noch immer nach unten in den Hof gerichtet.

Ein Stück Schnur, eine Ahle, ein paar verschrumpelte Eicheln, Nadel und Zwirn in einem erstaunlich weiblichen Nähetui, ein Schiefertafelbuch mit Kreide und ein kleines Stück Käse, und alles voll mit Hafer für sein Pferd.

Adelia nahm den Käse und wischte ihn ab. Es war, als kaute sie auf Harz.

Jetzt, wo sie die Fassung zurückgewonnen hatte, begriff sie allmählich, was geschehen war. Dieser König, dieser aufbrausende König, dieser Mann, der, ob nun mit Absicht oder nicht, die Ritter aufgehetzt hatte, die Erzbischof Becket schließlich in seiner Kathedrale erschlugen, hatte still hinter einem Wandbehang gehockt und schweigend zugehört, ohne sich zu rühren, wie jemand einen Verrat ungeahnten Ausmaßes gestand. Und er war bewaffnet gewesen.

»Warum seid Ihr nicht rausgekommen und habt ihn getötet?«, fragte sie, nicht weil sie sich das gewünscht hätte, sondern weil sie ehrlich wissen wollte, wie er sich dermaßen hatte beherrschen können.

»Wen? Eynsham? Den Freund des Papstes? *Legatus maleficus?* Danke nein, er wird sterben, aber nicht durch meine Hand. Ich bin aus Schaden klug geworden.«

Er hatte Becket Canterbury gegeben, weil er ihm vertraute, ihn liebte – und von Stund an waren seine Reformen auf Schritt und Tritt behindert worden. Der Mord an dem Juden hassenden, gehässigen und nun heiliggesprochenen Erzbischof hatte die Christenheit gegen ihn aufgebracht. Er hatte überall dafür gebüßt, hatte sich sogar von den Mönchen von Canterbury öffentlich auspeitschen lassen, weil er nur so verhindern konnte, dass das päpstliche Interdikt über das Land verhängt wurde, das Trauungen, Taufen und Bestattung der Toten verbat …

Ja, er konnte jetzt seinen Zorn beherrschen. Eleanor, dem jungen Henry, sogar Eynsham drohte keine Hinrichtung.

Adelia dachte, wie seltsam es doch war, dass sie sich entspannt fühlte, während sie mit einem Mann, der im Augenblick ebenso hilflos war sie, oben in einem Turm eingesperrt war, der sich jede Minute in einen lichterloh brennenden Kamin verwandeln konnte.

Er jedoch war nicht entspannt; er trommelte gegen den Fensterpfosten. »Wo bleiben die denn, in Gottes Namen? Verdammt, wenn ich so schnell hier sein kann, wieso können die es dann nicht?«

Weil du sie hinter dir gelassen hast, dachte Adelia. In deiner Ungeduld lässt du alle weit hinter dir, deine Frau, deinen Sohn, Becket, und erwartest dennoch, dass sie dich lieben. Sie sind Menschen unserer Zeit, und du bist es nicht. Du siehst über die Grenzen hinweg, die sie setzen. Du siehst mich als das, was ich bin, und nutzt mich zu deinem Vorteil, du siehst Juden, Frauen, selbst Ketzer als menschliche Wesen und nutzt sie zu deinem Vorteil. Du hast Visionen von Gerechtigkeit, Toleranz, Unerreichbarem. Natürlich kann keiner mit dir mithalten.

Seltsamerweise war der einzige Verstand, den sie mit seinem auf eine Stufe stellte, der von Mutter Edyve. Die Welt glaubte, dass das, was jetzt war, von Dauer wäre, so und nicht anders von Gott gewollt. Folglich konnte es keine Veränderungen geben, ohne ihm zuwiderzuhandeln.

Nur eine sehr alte Frau und dieser ungestüme Mann besaßen die frevlerische Unverschämtheit, den Status quo in Frage zu stellen und zu glauben, die Welt konnte und sollte zum Wohle aller verändert werden.

»Also los«, sagte er. »Wir haben Zeit. Lasst hören. Ihr seid meine Ermittlerin – was habt Ihr herausgefunden?«

»Ihr bezahlt mich aber nicht dafür, Eure Ermittlerin zu sein.« Eine bessere Gelegenheit, das Thema endlich mal anzusprechen, würde sich wohl kaum bieten.

»Ach nein? Ich dachte, doch. Wendet Euch an die Staatskasse. Und nun los, los.« Seine Wurstfinger trommelten auf den Fenstersims. »Lasst hören.«

Also erzählte sie ihm alles von Anfang an.
Der Tod des Talbot aus Kidlington interessierte ihn nicht. »Törichter Junge. Ich schätze, es war der Vetter. Traut nie einem Menschen, der Euer Geld verwaltet … Wolvercote? Bösartige Familie. Alles Rebellen. Meine Mutter hat den Vater an der Brücke von Godstow aufhängen lassen, und ich werde mit dem Sohn ebenso verfahren. Weiter, weiter, nun kommt endlich zum Wesentlichen.«
Er meinte Rosamunds Tod, aber für Adelia war das alles wesentlich, und sie würde ihm nichts davon ersparen. Sie war schlau gewesen, sie war mutig gewesen, und es hatte zu viele Menschenleben gekostet. Er würde alles erfahren. Schließlich bekam er es umsonst.
Sie erzählte unverdrossen weiter, biss dann und wann in den Käse. Der König behielt den Hof im Auge. Der Körper der Frau, die alles in Bewegung gesetzt hatte, lag auf dem Bett und verweste.
Er unterbrach sie. »Wer ist das … Heiliger Strohsack, der klaut mein Pferd. Ich zerreiß ihn in der Luft, ich zerhack ihm die Eingeweide, ich …«
Adelia stand auf und sah nach, wer da das Streitross des Königs stahl.
Aufkommender Nebel verhüllte den Berg und tauchte den Hof unter ihnen in verschwommenes Licht, doch die Gestalt, die das Pferd im Galopp auf den Eingang zum Irrgarten zutrieb, war erkennbar, obwohl sie sich tief über den Pferdehals beugte.
Adelia stieß einen Schrei aus. »Nein, der nicht. Er darf nicht entkommen. Haltet ihn auf, um Gottes willen, haltet ihn auf.«
Aber da war niemand, der ihn hätte aufhalten können. Ein paar von Schwyz' Männern hatten das Hufgetrappel gehört und rannten Richtung Irrgarten, vergeblich.
»Wer war denn das?«, fragte der König.

»Der Mörder«, antwortete sie. »Warum? Großer Gott, er darf nicht entkommen. Ich will, dass er bestraft wird.« Für Rosamund, für Bertha …

Irgendetwas musste ihn in die Flucht geschlagen haben, wenn er auf die zweite Rate seines heißbegehrten Honorars verzichtete.

Dann zupfte sie den König am Ärmel. »Eure Männer«, sagte sie. »Er muss sie gehört haben. Sie sind hier. Ruft nach ihnen. Sagt ihnen, sie sollen ihn verfolgen. Können sie ihn schnappen?«

»Ich will's hoffen«, sagte er. »Das ist ein verdammt gutes Pferd.«

Aber wenn Henrys Männer tatsächlich gekommen waren und der Mörder sie gehört und daraufhin beschlossen hatte, sein Geld abzuschreiben, wieso war dann im Hof unten nichts von ihnen zu sehen und zu hören?

Gemeinsam beobachteten Adelia und der König, wie die Verfolger achselzuckend zurückkehrten und in der Küche verschwanden.

»Seid Ihr *sicher*, dass Eure Männer herkommen?«, fragte sie.

»Wir werden sie erst sehen, wenn sie bereit sind. Sie kommen von hinten durch den Irrgarten.«

»Es gibt noch einen anderen Eingang?«

Der König grinste. »Mach es wie der Maulwurf, sorg immer für einen zweiten Ausgang. Und nun weiter, erzählt mir den Rest.«

Jacques' Flucht machte ihr zu schaffen. Sie dachte an das kleine namenlose Grab auf dem Friedhof der Nonnen … Das einzig Gute war, dass der Mörder seinem Auftraggeber das einzige Pferd vor der Nase weggeschnappt hatte.

Die Finger des Königs trommelten erneut, also fuhr sie mit ihrem Bericht da fort, wo sie aufgehört hatte.

Und wurde sogleich wieder unterbrochen. »He, wo will Dakers denn hin?«
Adelia war sofort an seiner Seite. Der Nebel hatte angefangen, die Augen zu narren. Er trieb in Schwaden und Wirbeln dahin, dass man meinte, Schneehügel wären geduckte Männer und Tiere, doch die dünne schwarze Gestalt von Rosamunds Haushälterin, die da Richtung Irrgarten kroch, konnte er nicht verbergen.
»Was schleift sie denn da mit?«
»Weiß der Himmel«, sagte der König. »Einen Sägebock?«
Es war jedenfalls etwas großes Eckiges, viel zu schwer für das menschliche Knochenbündel, das nach jedem Zug an der Last zusammenbrach, sich aber immer wieder aufrappelte und erneut zog.
»Sie ist natürlich verrückt«, sagte der König. »War sie schon immer.«
Es war quälend, eine solche Anstrengung mit anzusehen, aber sie schauten dennoch hin und mussten ihre Augen immer wieder neu an das sich ständig verändernde Grau gewöhnen, während Dakers wie eine Ameise ihre Last weiterzerrte.
Lass es doch liegen, was immer es ist, flehte Adelia sie an. Sie haben dich noch nicht gesehen. Geh und stirb eines natürlichen Todes.
Ein weiteres Blinzeln, und da war nur noch Nebel.
»Also …«, sagte der König. »Ihr hattet eines von Eynshams Machwerken aus diesem Zimmer mit nach Godstow genommen und es dem Priester gegeben … Weiter.«
»Er hat eine unverkennbare Handschrift«, erklärte sie ihm. »Ich habe nie eine vergleichbare gesehen, sehr geschwungen, wirklich schön, er verwendet klassisch eckige Kapitalbuchstaben und füllt sie dann mit Schnörkeln aus, und seine Minuskeln …«
Henry seufzte, und Adelia sprach hastig weiter. »Jedenfalls,

Schwester Lancelyne, das ist die Bibliothekarin von Godstow, hat einmal an Eynsham geschrieben und angefragt, ob sie seine Ausgabe von Boethius' *Trost der Philosophie* haben könnte, um sie zu kopieren, und er hatte in einem Antwortschreiben abgelehnt ...«

Sie sah wieder die gelehrte kleine Nonne vor ihren leeren Regalen. »Falls wir je hier rauskommen, möchte ich, dass Schwester Lancelyne sie bekommt.«

»Eine ganze *Philosophie?* Eynsham hat einen Boethius?« Die Augen des Plantagenet leuchteten. Er gierte nach Büchern, und wenn es um die anderer Leute ging, war ihm nicht zu trauen.

»Ich *hätte gerne*«, sagte Adelia sehr deutlich, »dass Schwester Lancelyne sie bekommt.«

»Na schön, meinetwegen. Aber sie soll gut auf sie aufpassen. Weiter, erzählt weiter.«

»Und wo wir schon mal dabei sind ...« Ein wenig Gutes sollte schon dabei herausspringen. »Falls Emma Bloat Witwe werden sollte ...«

»Das wird sie«, versprach der König. »O ja, das wird sie.«

»Dann soll sie nicht wieder in eine andere Ehe gezwungen werden.«

Mit ihrem eigenen Vermögen und Wolvercotes Ländereien wäre Emma heiß begehrt. Und als Witwe eines Barons des Königs wäre es zudem Henrys Vorrecht, sie erneut zu verheiraten, eine kostbare Ware auf dem königlichen Markt.

»Bin ich hier auf dem Pferdemarkt?«, fragte der König. »Feilscht Ihr etwa? Mit *mir?*«

»Ich verhandele. Betrachtet das als mein Honorar.«

»Ihr werdet mich noch ruinieren«, sagte er. »Also gut. Können wir jetzt bitte fortfahren? Ich brauche Beweise für Eynshams Schandtaten, um sie dem Papst vorzulegen, und ich glaube kaum, dass eine schnörkelige Schrift da genügen wird.«

»Pater Paton hat das geglaubt.« Adelia schloss kurz die Augen. »Der arme Pater Paton.«

»Wie dem auch sei …« Henry sah zu dem Tisch hinüber. »Der Bastard scheint seinen Brief mitgenommen zu haben.«

»Es gibt noch mehr. Aber wir können nicht beweisen, dass er einen Mörder gedungen hat für … diejenige, die er getötet hat.«

»Darum mach ich mir keine Sorgen«, sagte der König. »Er wird es uns wahrscheinlich sagen.«

Ich hab einen Mann zur Folter verdammt, dachte sie. Plötzlich war sie müde und wollte nichts mehr sagen. Falls es Schwyz gelang, den Berg Holz unten in der Halle zum Brennen zu bringen, war es ohnehin sinnlos.

Sie kürzte ab, was noch zu sagen blieb. »Dann kam Rowley. Er hat seinem Reitknecht Walt gesagt, er soll auf mich aufpassen, wenn die Abtei angegriffen wird. Und Walt hat es nichtsahnend dem Mörder erzählt, der es wiederum Eynsham erzählt hat – der Abt hat große Angst vor Euch und beschloss zu fliehen und mich mitzunehmen.« Es hörte sich fast an wie eine Geschichte aus Kindermund. »Das ist alles«, sagte sie und schloss die Augen. »Mehr oder weniger.«

Das Tröpfeln von den Eiszapfen nahm zu, prasselte wie Regen auf die Fenstersimse des stillen Raumes.

»Vesuvia Adelia Rachel Ortese Aguilar«, sagte der König gedankenversunken.

Es war ein Lob.

Sie öffnete die Augen, versuchte zu lächeln und schloss sie wieder.

»Er ist ein guter Kerl, der junge Geoffrey«, sagte Henry. »Sehr anhänglich. Gott segne ihn. Ich hab ihn von einer Dirne, Ykenai – eigenartiger Name, der Himmel allein weiß, zu welcher Rasse ihre Eltern gehörten, denn sie weiß es jedenfalls nicht.

Eine üppige Frau, gemütlich. Ich sehe sie noch immer gelegentlich, wenn ich in London bin.«

Adelia war wieder ganz wach. Er erzählte ihr etwas, als Gegenleistung, als Lohn für ihre Mühe. Es ging um Rosamund, ohne dass ihr Name erwähnt wurde.

»Ich habe ihr einen Pastetenladen eingerichtet, den sie sehr erfolgreich betreibt, nur dass sie jetzt noch dicker ist als früher. Wir reden über Pasteten, es ist gar nicht so einfach, Pasteten zu machen.«

Füllige Frauen, gemütliche, gutgefederte Matratzen, wie Rosamund es auch gewesen war. Frauen, die über einfache Dinge sprachen, die ihn nicht forderten. Frauen, die sich von Eleanor so stark unterschieden wie Kreide von Käse – und vielleicht hatte er beides geliebt.

Von der Frau und von der Geliebten verraten. Ob Rosamund vom Ehrgeiz zerfressen war oder durch den gerissenen Abt dazu getrieben wurde, das Ergebnis blieb dasselbe. Sie hätte fast einen Krieg ausgelöst. Die einzige weibliche Zuflucht, die dieser Mann, dieser Herrscher, besaß, lebte in London in einem Pastetenladen, wo sie ihm immerhin einen treuen Sohn geboren hatte.

Henrys Stimme drang gehässig vom Fenster her. »Als der Bischof von St. Albans bei Euch war, hat er Euch da von seinem Eid erzählt?« Er wollte jemanden verletzen, der gleichfalls verraten worden war.

»Ja«, sagte sie.

»Er hat ihn in meiner Anwesenheit geschworen. Mit der Hand auf der Bibel. ›Ich schwöre bei Gott und allen Heiligen im Himmel, dass ich mich ihrer enthalten werde, solange Ihr sie sicher behütet und beschützt.‹«

»Ich weiß«, sagte sie.

»Ha.«

Zum ersten Mal seit Tagen hörte sie Vogelgezwitscher, als würden kleine gefrorene Herzen auftauen und wieder zum Leben erwachen.
Henry beugte sich vor, nahm ihr den restlichen Käse aus der Hand, zerbröselte ihn und streute die Krümel auf den Fenstersims.
Sofort kam ein Rotkehlchen angeflogen, um sie aufzupicken, und seine Flügel streiften fast Henrys Hand, ehe es wieder davonflatterte.
»Ich bringe England den Frühling zurück«, sagte der König. »Sie werden mich nicht besiegen, bei Gott, das werden sie nicht.«
Sie *haben* dich besiegt, dachte Adelia. Deine Männer kommen nicht. Du wirst von allen verraten.
Henry hatte den Kopf gehoben. »Hört Ihr das?«
»Nein.«
»Ich aber. Sie sind da.« Sein Schwert fuhr rasselnd aus der Scheide. »Jetzt gehen wir runter und schlagen diese Bastarde.«
Sie waren *nicht* da. Er hatte bloß die Vögel gehört. Sie beide würden für alle Zeit hier oben bleiben und neben Rosamund verfaulen.
Sie schleppte sich zum Fenster.
Aufgeregte Männer kamen aus der Küche gelaufen, schauten durch den Nebel irritiert nach links und rechts und rannten zurück, um ihre Waffen zu holen.
Sie hörte Schwyz rufen: »Um die andere Seite rum. Das kam von hinten.«
Der Abt von Eynsham machte ein paar unentschlossene Schritte auf den Eingang zum Irrgarten zu, trat dann wieder davon weg.
»*Ja*«, sagte Adelia.
Henrys Dolch, mit dem er ihre Handfesseln durchtrennt hatte,

lag auf dem Tisch. Sie griff mit wilder Freude danach. Sie wollte gegen jemanden kämpfen.
Aber sie konnte nicht. Weil nämlich ... »Mylord, wir sind eingeschlossen.«
Er stellte sich auf Zehenspitzen und tastete oben auf dem Ring herum, an dem der Vorhang von Rosamunds Bett befestigt war. Als er die Hand wieder senkte, hielt sie einen Schlüssel. Er winkte ihr damit. »Geh nie in ein Loch ohne zweiten Ausgang.«
Dann waren sie durch die Tür und polterten die Treppe hinunter, Henry voran.
Zwei Stockwerke tiefer kam ihnen einer von Schwyz' Männern mit gezogenem Schwert entgegengelaufen. Ob er nach einem Versteck suchte oder heraufgeschickt worden war, um sie zu erledigen, sollte Adelia nie erfahren. Seine Augen weiteten sich, als er den König sah.
»Falsche Richtung«, stellte Henry fest und stieß ihm sein Schwert in den Mund. Der Mann fiel. Der König durchbohrte ihn noch einmal, hob ihn dann mitsamt Schwert wie auf einem Bratspieß hoch und schüttelte ihn ab, so dass er um die nächste Treppenbiegung fiel. Er stieß den schweren Mann immer weiter, um die nächste Biegung und die nächste, obwohl er längst tot war, als sie unten in der Halle ankamen.
Die Luft draußen wurde von Schreien und metallischem Klirren zerfetzt. Der Nebel war noch dichter geworden, so dass kaum zu sagen war, wer da gegen wen kämpfte.
Der König verschwand, und Adelia hörte einen frohen Aufschrei, *»Dieu et Plantagenet«*, als er einen Gegner fand.
Es war, als befände sie sich mitten in einer Schlacht von unsichtbaren Geistern. Mit erhobenem Dolch ging sie vorsichtig in die Richtung, wo sie Eynsham zuletzt gesehen hatte. Ein Mörder war geflohen, aber verdammt sollte sie sein, wenn noch

ein anderer der Gerechtigkeit entkam. Und das würde er, wenn er konnte. Der Abt war kein mutiger Mann; das Töten überließ er stets anderen.
Zwei schwere Gestalten tauchten links von ihr auf, und ihre Schwerter sprühten Funken, als sie aufeinander einschlugen. Adelia sprang beiseite, und sie verschwanden wieder.
Wenn ich ihn rufe, wird er kommen, dachte sie. Sie war noch immer ein Unterpfand, und er würde sie als Schutzschild benutzen wollen. Sie hatte ein Messer, sie könnte ihn bedrohen und festhalten. »Abt.« Ihre Stimme klang hell und dünn. »Abt.«
Irgendetwas antwortete ihr mit noch hellerer Stimme. Verblüfft. Mit einem Crescendo der Qual, das zu einem nicht mehr menschlichen Falsett anstieg. Mit Schreien, die durch den Nebel pulsierten, den Kampflärm übertönten und zum Schweigen brachten. Es übertönte einfach alles.
Es kam aus Richtung Irrgarten. Adelia lief darauf zu, glitt im Matsch aus, fiel, rappelte sich hoch und rannte weiter. Was immer es war, es brauchte Hilfe. Es zu hören war unerträglich.
Irgendwer platschte an ihr vorbei. Sie konnte nicht sehen, wer. Eine Mauer aus Büschen ragte vor ihr auf. Hektisch tastete sie sich daran entlang bis zum Eingang des Irrgartens, wo das Schreien herkam. Es wurde jetzt leiser. Vernahm sie Worte darin? Ein Gebet? Flehen?
Sie erreichte den Eingang und stürzte sich hinein.
Seltsamerweise war die Sicht hier besser. Es war bloß dämmrig, als wären die vielen Gänge schon verwirrend genug und hätten dem Nebel in ihren Windungen Einhalt geboten. Die heckenbewachsenen Tore standen offen, boten noch immer freien Durchgang.
Er war weit hineingelaufen, fast bis zu dem Ausgang, der zum Hügel führte. Das Geräusch wurde jetzt zu einem leisen Mur-

meln, als wäre da jemand unzufrieden. Als Adelia näher kam, hörte es ganz auf.

Beim letzten Todeskrampf hatte sich der Abt rückwärts über die Menschenfalle gereckt, so dass sich sein Bauch nach außen wölbte. Sein Mund war weit aufgerissen. Er sah aus, als wäre er brüllend vor Lachen gestorben.

Sie schob sich um das Gestell herum zur Vorderseite. Schwyz befingerte das zerfetzte Fleisch, wo die Zähne der Falle in Eynshams Leiste gedrungen waren.

»Ist ja gut, Rob«, sagte er. »Ist ja gut.« Er sah Adelia an. »Helft mir.«

Es war sinnlos. Er war tot. Man würde zwei Männer brauchen, um die Falle aufzustemmen. Nur ein Hass so stark wie das Feuer der Hölle hatte Dakers die Kraft verliehen, die Verstrebungen auseinanderzuwuchten, so dass die Zahnreihen flach auf dem Boden lagen und darauf warteten, nach dem Mann zu schnappen, der Rosamund vergiftet hatte.

Die Haushälterin hatte sich wenige Schritte entfernt hingesetzt, um ihm beim Sterben zuzusehen. Und war mit ihm gestorben, ein Lächeln im Gesicht.

Es gab viel aufzuräumen.

Sie brachten die Verwundeten zu Adelia auf den Landungssteg, weil sie nicht mehr zum Turm zurückkehren wollte. Es waren nicht viele, und keiner war schwer verletzt. Die meisten mussten nur mit ein paar Stichen genäht werden, was sie mit dem Inhalt von Henrys Nähetui bewerkstelligte.

Alle waren Plantagenets Männer. Henry hatte keine Gefangenen genommen.

Sie fragte nicht, was aus Schwyz geworden war. Es war ihr egal. Und ihm war es vermutlich auch egal gewesen.

Eine Barkasse kam von Godstow den Fluss herauf und brachte

Rosamunds vielgereisten Sarg mit. Der Bischof von St. Albans war an Bord einer zweiten. Er war dabei gewesen, als der junge Geoffrey die Abtei erstürmte, und sah zum Umfallen müde aus. Als er Adelia erblickte, blieb er zurückhaltend, aber er dankte Gott für ihre Befreiung. Godstow war ohne Verluste aufseiten Plantagenets erobert worden. Wolvercote, der jetzt in Ketten lag, war der Einzige gewesen, der überhaupt Widerstand geleistet hatte.

»Allie ist sicher und wohlauf«, sagte er. »Ebenso wie Gyltha und Mansur. Die haben uns vom Fenster im Gästehaus aus angefeuert.«

Mehr musste sie nicht wissen. Oder doch, eines noch. »Was ist mit Master Warin?«, fragte sie.

»Diese Heulsuse? Der hat versucht, über die hintere Mauer abzuhauen, also haben wir ihn in Eisen gelegt.«

»Gut.«

Es taute immer stärker. Die ausgezackten Eisplatten, die den Fluss hinabtrieben und gegen den Landungssteg stießen, schrumpften sichtlich. Adelia beobachtete sie. Jede einzelne trug ihre eigene kleine Nebelbank durch die verhangene Luft. Es war noch immer sehr kalt.

»Komm mit zum Turm«, sagte Rowley. »Wärm dich auf.«

»Nein.«

Er legte seinen Mantel um sie, aber ohne sie dabei zu berühren. »Eleanor ist entkommen«, sagte er. »Sie durchkämmen den Wald nach ihr.«

Adelia nickte. Es spielte ohnehin keine Rolle mehr.

Er trat zurück. »Ich muss jetzt zu ihm. Ich soll die Toten segnen.«

»Ja«, sagte sie.

Er wandte sich ab und ging zum Turm und zu seinem König.

Ein zweiter Sarg, der aus Teilen des Scheiterhaufens zusammengehämmert worden war, wurde zum Landungssteg getragen. Dakers würde ihre Herrin ins Grab begleiten.

Die übrigen Toten wurden im Hof gestapelt. Dort würden sie bleiben, bis die Erde weich genug war, um ein Gemeinschaftsgrab zu schaufeln.

Henry kam, trieb das Beladen der Barkasse voran und brüllte die Ruderer an, er würde ihnen die Eier abreißen, wenn sie nicht ruderten, was das Zeug hielt. Er wollte möglichst schnell nach Godstow und von dort nach Oxford.

Er geleitete Adelia an Bord. Der Bischof von St. Albans würde, wie er erklärte, zurückbleiben und sich um die Beerdigungen kümmern.

Der Nebel war zu dicht, um einen letzten Blick auf den Wormhold Tower zu werfen, selbst wenn Adelia zurückgeschaut hätte, was sie nicht tat.

Der Plantagenet ging nicht in die Kajüte, weil er alle Hände voll damit zu tun hatte, die Ruderer von Flussbänken wegzudirigieren, Notizen in sein Schiefertafelbuch zu kritzeln und das Wetter zu studieren. »Bald kommt Wind auf.«

Er ließ auch Adelia nicht hineingehen. Er sagte, frische Luft täte ihr gut, und bugsierte sie auf eine Ruderbank im Heck.

»Ich geh zurück nach Salerno«, eröffnete sie ihm.

Er seufzte. »Das Gespräch hatten wir doch schon.«

Ja, und zwar nach dem letzten Mal, als er Todesfälle von ihr hatte aufklären lassen. »Ich bin nicht Eure Untertanin, Henry. Ich bin Sizilianerin.«

»Ja, aber wir sind in England, und hier bestimme ich, wer kommt und wer geht.«

Sie schwieg, und er schlug einen schmeichlerischen Ton an. »Ich brauche Euch. Und nach England würde Euch Salerno auch gar nicht mehr gefallen. Viel zu heiß da, Ihr würdet vertrocknen wie eine Dörrpflaume.«

Sie presste die Lippen zusammen und wandte den Kopf ab. Verdammt, bloß nicht lachen.
»Hä?«, sagte er. »Stimmt doch, oder?«
Sie musste die Frage stellen. »Wusstet Ihr, dass Dakers die Falle für Eynsham aufstellen wollte?«
Er war erst erstaunt, dann gekränkt. Wenn er nicht gerade dabei gewesen wäre, sie umzustimmen, wäre er wütend geworden. »Wie zum Teufel hätte ich denn sehen sollen, was die Frau da mitgeschleift hat? Bei dem Nebel.«
Sie würde es nie erfahren. Für den Rest ihres Lebens würde sie das Bild vor sich sehen, wie er und Dakers gemeinsam in dem Abort hockten und Rachepläne schmiedeten. »*Er wird sterben, aber nicht durch meine Hand*«, hatte er gesagt. Er war seiner Sache so sicher gewesen.
»Üble Dinger, diese Menschenfallen«, sagte er. »Ich setz die nie ein.« Und stockte. »Außer für Wilderer.« Und stockte. »Die sie verdient haben.« Wieder stockte er. »Und dann nur solche, die ins Bein gehen.«
Sie würde es nie erfahren.
»Ich kehre nach Salerno zurück«, sagte sie mit Nachdruck.
»Das würde Rowley das Herz brechen, Eid hin oder her.«
Es würde wahrscheinlich auch das ihre brechen, aber sie würde trotzdem gehen.
»Ihr bleibt.« Der Ruderer, der ihnen am nächsten war, drehte sich bei dem Schrei um. »Ich hab genug von irgendwelchen Rebellionen.«
Er war der König. Der Weg nach Salerno verlief durch weite Teile des Landes, die niemand ohne seine Erlaubnis durchqueren durfte.
»Es ist der Eid, nicht?«, sagte er wieder mit Schmeichelstimme. »Ich selbst hätte ihn ja nicht geschworen, aber ich bin auch nicht zur Keuschheit verpflichtet, den Heiligen sei Dank. Mal

sehen, was wir da machen können – meine Hingabe an Gott sucht ihresgleichen, aber er ist nicht gut im Bett.«

Die Fahrt dauerte nicht lang. Durch das Tauwetter führte die Themse Hochwasser und trug die Barkasse rasch flussabwärts. Henry verbrachte den Rest der Zeit damit, Notizen in sein Schiefertafelbuch zu machen. Adelia saß da und starrte ins Nichts, das Einzige, was zu sehen war.

Aber der König behielt recht. Als sie sich Godstow näherten, war eine leichte Brise aufgekommen, und ein Stück weiter vor ihnen war die Brücke so eben sichtbar. Irgendwas spielte sich dort ab. Der Mittelbogen war leer, doch an beiden Enden drängten sich Menschen jeweils um eine einzige Gestalt.

Als die Barkasse das Dorf passierte, war zu erkennen, was die Leute auf dieser Seite der Brücke machten.

Jemand wurde aufgehängt. Wolvercote stand in der Mitte der Menge und überragte alle. Er hatte eine Schlinge um den Hals, während ein Mann dabei war, das andere Ende des Stricks an einem Pfosten zu befestigen. Neben ihm bewegte der viel kleinere Pater Egbert die Lippen im leisen Gebet.

Von der Seite der Abtei aus beobachtete eine junge Frau die Szene. Die Menschen, die sich hinter ihr drängten, hielten Abstand, nur eine Gestalt – Adelia erkannte die matronenhafte Figur von Mistress Bloat – zog an der Hand ihrer Tochter, als flehte sie sie an. Emma achtete nicht auf sie. Ihre Augen beobachteten unbeirrt das Geschehen am anderen Ende der Brücke.

Ein junger Mann, der die Barkasse bemerkte, beugte sich übers Geländer. Seine Stimme ertönte klar und heiter. »Seid gegrüßt, Mylord! Ich danke Gott, dass er Euch beschützt hat.« Er grinste. »Ich hab nichts anderes erwartet.«

Die Ruderer begannen, gegen die Strömung zu rudern, um das

Boot an Ort und Stelle zu halten und das Gespräch zwischen dem König und seinem Sohn zu ermöglichen. Über ihnen hielt Wolvercote den Blick himmelwärts gerichtet. Die Sonne zeigte sich allmählich. Ein Reiher erhob sich aus dem Schilf und flog schwerfällig flussabwärts.

Henry legte sein Schiefertafelbuch beiseite. »Gut gemacht, Geoffrey. Ist alles gesichert?«

»Alles sicher, Mylord. Und, Mylord, die Männer, die ich losgeschickt habe, die Königin zu verfolgen, haben Nachricht gesandt. Sie ist gefasst und wird zurückgebracht.«

Henry nickte. Er zeigte auf Wolvercote und sagte: »Hat er seine Sünden gebeichtet?«

»Alle außer den Verrat an Euch, Mylord. Er will keine Absolution für seine Rebellion.«

»Ich hätte dem Schwein sowieso keine Absolution erteilt«, sagte Henry zu Adelia. »Selbst der Herr wird sich das zweimal überlegen.« Er rief: »Dann runter mit ihm, Geoffrey, und möge Gott seiner Seele gnädig sein.« Er winkte den Ruderern, die Fahrt fortzusetzen.

Als das Boot vorbeiglitt, hoben zwei Männer Wolvercote hoch und stellten ihn auf das Geländer.

Pater Egbert hob die Stimme, um die Absolution zu sprechen: »*Dominus noster Jesus Christus …*«

Adelia wandte sich ab. Sie war jetzt nah genug, um Emmas Gesicht sehen zu können. Es war völlig ausdruckslos.

»*… Deinde ego te absolvo a peccatis tuis, in nomine Patris et Filii et Spiritus Sancti. Amen.*«

Das Schnarren eines ruckartig gespannten Stricks war zu hören. Gejohle und Jubel auf beiden Seiten der Brücke.

Adelia konnte nicht hinsehen, aber sie wusste, wann Wolvercotes Todeskampf zu Ende war, denn erst dann drehte Emma sich um und ging.

Eine Menschenmenge, bestehend aus Soldaten, Nonnen und Gesinde, also fast jedermann aus Godstow, hatte sich auf der Wiese unterhalb der Abtei versammelt, um König Henry zuzujubeln.
Adelia sah nur drei: einen großgewachsenen Araber, eine ältere Frau und ein Kind, dessen kleine Hand zur Begrüßung auf und ab geschwenkt wurde.
Schließlich brauche ich nur sie, sonst niemanden.
Allie hatte anscheinend ein neues Wort gelernt, denn Gyltha versuchte, sie dazu zu bringen, es auszusprechen, indem sie erst die Kleine aufmunterte und dann auf Adelia zeigte, die wegen des lauten Jubels nichts hören konnte.
Ein Ruf vom gegenüberliegenden Ufer übertönte den Lärm. »Mylord, Mylord. Wir bringen die Königin, Mylord.«
Auf einen Befehl von Henry hin schwenkte die Barkasse ab und steuerte quer über den Fluss auf eine Reitergruppe zu, die zwischen den Bäumen hervorkam. Ein Mann mit den Zeichen eines Hauptmanns der Plantagenet-Wache stieg ab, während einer seiner Soldaten der Königin von seinem Pferd half, auf dem sie im Damensitz geritten war.
Ein Türchen in der Heckreling der Barkasse wurde geöffnet und eine Planke hinausgeschoben, die bis zum Ufer reichte. Der Hauptmann, ein besorgt dreinblickender Mann, kam an Bord.
»Wie ist sie über den Fluss gekommen?«, fragte Henry.
»Weiter unten lag ein alter Lastkahn, Mylord. Wir glauben, Lord Montignard hat ihn rübergestakt ... Mylord, er hat versucht, ihre Gefangennahme zu verhindern, er hat wie ein Wolf gekämpft, Mylord ... er ...«
»Sie haben ihn getötet«, rief die Königin vom Ufer aus. Sie wischte die Hand des Soldaten, der sie festhielt, vom Arm, als wäre sie ein Staubkorn.

Der König trat vor, um ihr an Bord zu helfen. »Eleanor.«
»Henry.«
»Die Verkleidung gefällt mir. Steht Euch gut.«
Sie war gekleidet wie ein Junge, und sie sah wirklich gut darin aus, obwohl niemand auf diese Verkleidung hereingefallen wäre. Schlank genug dafür war sie, doch der schlammfarbene kurze Umhang, die Stiefel und die keck sitzende Kappe, unter der sie ihr Haar verborgen hatte, das alles wurde mit zu viel Stil getragen.
Der Jubel auf der Seite der Abtei war verstummt. Die Menschen am anderen Ufer beobachteten in gespannter Stille die Begegnung zweier verfeindeter Olympier und warteten auf die Donnerschläge.
Es kamen keine. Adelia kauerte im Heck und sah zwei Menschen, die einander zu gut und zu lange kannten, um einander jetzt noch zu überraschen. Sie hatten acht Kinder und hatten gemeinsam um den Tod eines der Kinder getrauert, sie hatten gemeinsam große Länder beherrscht, gemeinsam Gesetze gemacht, gemeinsam Aufstände niedergeschlagen, sie hatten gemeinsam gestritten, gelacht und geliebt, und wenn all das jetzt in dem metaphorischen Versuch geendet hatte, einander zu zerfleischen, so lag es doch noch in ihren Augen und hing in der Luft zwischen ihnen.
Als ob sie es selbst jetzt nicht ertragen könnte, für ihn unweiblich auszusehen, nahm Eleanor ihre Kappe ab und warf sie im hohen Bogen in den Fluss. Es war ein Fehler. Die jungenhafte Kleidung wurde grotesk, als sich das lange, graumelierte Haar einer Fünfzigjährigen über ihre Schultern ergoss.
Sanft, barmherzig, zog ihr Mann seinen Mantel aus und legte ihn um sie. »Da, meine Liebe.«
»Nun, Henry«, sagte sie. »Wo geht's diesmal hin? Zurück nach Anjou und Chinon?«

Der König schüttelte den Kopf. »Ich dachte eher an Sarum.«
Sie schnalzte mit der Zunge. »Oh, bitte nicht Sarum, Henry, das ist in England.«
»Ich weiß, Werteste, doch Ihr habt nun mal die leidige Angewohnheit, aus Chinon zu fliehen.«
»Aber Sarum«, beharrte sie. »Wie langweilig.«
»Na ja, mal sehen, wenn Ihr schön brav seid, lass ich Euch zu Ostern und Weihnachten hinaus.« Er winkte den Ruderern, sich in die Riemen zu legen. »Aber jetzt geht es erst einmal nach Oxford. Da warten ein paar Rebellen darauf, von mir gehenkt zu werden.«
Adelia erwachte aus ihrer Verzückung und geriet in Panik. Zwischen ihr und ihrem Kind lag ein Fluss. »Mylord, Mylord, lasst mich vorher aussteigen.«
Er hatte sie vergessen. »Ach so, ja natürlich.« Und zu den Ruderern: »Ans andere Ufer.«
Gegen die reißende Strömung kamen sie nur langsam voran, und der König machte die ganze Zeit seinem Unmut Luft. Als die Barkasse endlich am gegenüberliegenden Ufer eine Stelle zum Anlegen erreichte, war sie längst weit an der Abtei vorbei. Adelia wurde aus dem Boot gehoben und auf einer verlassenen Weide in den Matsch gestellt, in dem sie bis zu den Stiefelrändern versank.
Dem König gefiel das. Er beugte sich mit neugewonnenem Humor über die Reling. »Ihr müsst zurückplatschen«, grinste er.
»Ja, Mylord. Danke, Mylord.«
Das Boot legte wieder ab, und vom Heben und Senken der Ruder regneten glitzernde Tropfen aufs Wasser.
Plötzlich rannte der König in der Barkasse bis zum Heck, um ihr noch etwas zu sagen. »Was den Eid des Bischofs angeht«, rief er. »Macht Euch deswegen keine Sorgen. ›*… solange Ihr sie sicher behütet und beschützt …*‹ Sehr schön formuliert.«

Sie rief zurück. »Findet Ihr?«
»Ja.« Die rasch größer werdende Entfernung zwischen ihnen zwang ihn zu brüllen. »Adelia, Ihr seid meine Totenleserin, ob es Euch gefällt oder nicht …«
Jetzt sah sie nur noch das Plantagenet-Banner mit den drei Leoparden darauf flattern, weil die Barkasse in einer waldgesäumten Flussbiegung verschwand, doch die Stimme des Königs klang munter über die Bäume hinweg: »Ihr werdet *niemals* sicher sein«, rief er.

Anmerkung der Autorin

Der Platz, den die schöne Rosamund Clifford in den Legenden einnimmt, ist größer als der in historischen Dokumenten, wo sie nur beiläufig Erwähnung findet, und ich hoffe, ihr Schatten wird mich nicht wegen des fiktiven Porträts verfolgen, das ich von ihr gezeichnet habe.

Aus dem *English Register of Godstow Nunnery*, das von Andrew Clarke herausgegeben und von der Early English Text Society veröffentlicht wurde, geht hervor, dass die Abtei zur damaligen Zeit hohes Ansehen genoss und effizient verwaltet wurde. In ihr herrschte ein so aufgeschlossener Geist, dass die Leiche von Rosamund Clifford, der Geliebten Henrys II., vor dem Altar beigesetzt werden konnte, wo ihr Grab zu einem beliebten Wallfahrtsort wurde. Als der bedeutende Bischof Hugh of Lincoln das Kloster 1191, also zwei Jahre nach Henrys Tod, besuchte, war er, obgleich er mit Henry befreundet gewesen war, entsetzt, das Grab an dieser Stelle vorzufinden. Er ordnete an, dass Rosamund ausgegraben und an anderer, weniger heiliger Stätte im Kloster bestattet werden sollte.

Die Rebellion der Familie Henry Plantagenets spielte sich größtenteils auf dem Festland ab, aber da sich Romanautoren vor allem der Lücken in mittelalterlichen Dokumenten bedienen, habe ich mir erlaubt, einen solchen Aufstand auch nach England zu verlegen, wo sich, wie erwiesen ist, zumindest einige seiner unzufriedenen Barone rasch auf die Seite des jungen Henry und Eleanors schlugen.

Eleanor von Aquitanien überlebte den Tod Henrys und die Gefangenschaft, die er ihr aufzwang. Sie überlebte sogar alle ihre Söhne bis auf König John. Sie war schon über siebzig, als sie die Pyrenäen überquerte, um die Hochzeit ihrer Enkelin vorzubereiten, eine Entführung erduldete und später eine Belagerung. Sie starb im Alter von 82 Jahren und wurde neben ihrem Ehemann und ihrem Sohn Richard I. in der Abtei von Fontevrault beigesetzt, in deren herrlicher Kirche heute ihre Grabplastiken zu bewundern sind.

Ich stehe dazu, wie meine Figuren sich per Boot zwischen Godstow und anderen Orten bewegen. Selbst heute noch ist die Themse um die Insel herum, auf der die Überreste der Abtei stehen, und ein gutes Stück flussaufwärts schiffbar. Es steht zu vermuten, dass ihre Zuflüsse im Laufe der Jahrhunderte ihren Lauf verändert haben, und über die inzwischen verschwundenen Zuflüsse des Cherwell kam man besser voran als auf dem Landweg. Wie Professor W. G. Hoskins, der Vater der Landschaftsarchäologie, in seinem *Fieldwork to Local History* (Faber and Faber) feststellt: »Im Mittelalter und auch noch danach erfolgte der Inlandshandel größtenteils über den Flussweg, und zwar in weit größerem Umfang, als im Allgemeinen angenommen wird.« Zudem gibt es Belege dafür, dass die Themse in den extrem kalten Wintern des zwölften Jahrhunderts zufror.

Biber waren übrigens im zwölften Jahrhundert an den englischen Flüssen weit verbreitet. Erst im achtzehnten Jahrhundert wurden sie wegen ihrer Pelze so stark bejagt, dass sie ausstarben.

Und so unwahrscheinlich es auch klingt, es wurde tatsächlich Schlafmohn zur Opiumgewinnung im Sumpfland Ostangliens angebaut, nicht nur im zwölften Jahrhundert, sondern auch in

den Jahrhunderten danach. Man nimmt an, dass die Römer die Pflanze mit nach England brachten – wie so vieles andere auch. Das von den Menschen im Sumpfland als »Godfreys Arznei« bezeichnete Mittel war eine Mischung aus Opium und Sirup und wurde im zwölften Jahrhundert viel verabreicht.
Henrys Söhne wendeten sich alle einer nach dem anderen gegen ihn, und als er 1189 in Chinon vermutlich an Darmkrebs starb, wusste er, dass sein jüngster und liebster Sohn John die Rebellion seines älteren Bruders Richard unterstützte.

Aus erzähltechnischen Gründen habe ich das Gut Wolvercote mit einem fiktiven Lord versehen. Der wahre Besitzer des Gutes zur damaligen Zeit war ein gewisser Roger D'Ivri, und mir liegt kein Hinweis darauf vor, dass D'Ivri sich je an einem Aufstand gegen Henry II. beteiligt hat. Interessant ist jedoch, dass er später, ob nun freiwillig oder nicht, sein Gut dem König übergab, der es der Abtei von Godstow zum Geschenk machte.
Die Tatsache, dass in Kapitel vier von Papier als Schreibmaterial die Rede ist, widerspricht der weitverbreiteten Ansicht, dass Papier erst im vierzehnten Jahrhundert nach Europa, vor allem Nordeuropa kam. Zugegeben, im zwölften Jahrhundert wurde es nicht viel verwendet – Schreiber und klösterliche Kopisten verachteten es und zogen Velin vor –, aber es gab schon Papier, wenn auch von vermutlich schlechter Qualität. Ich verweise auf David Carvalhos interessanten Artikel »Medieval Ink«, der im Internet zu finden ist.

Den Trick, wie man aus einem Irrgarten mit verzweigten Wegen herausfindet, verdanke ich einem Verfasser reizender Landschaftsbücher namens Geoffrey Ashe und seinem bei Wessex Books erschienenen *Labyrinths and Mazes*.
Der wahre Abt von Eynsham, wer auch immer er war, muss

von der Schlechtigkeit seines fiktiven Charakters freigesprochen werden. Soweit ich weiß, lebte er ein untadeliges Leben und brachte Frauen große Achtung entgegen, was ihn, sollte das der Wahrheit entsprechen, zu einer Ausnahmeerscheinung unter mittelalterlichen Kirchenrepräsentanten machen würde.
Die Idee von Gott als Vater und Mutter wurde im vierzehnten Jahrhundert wunderbar von der Mystikerin Juliana von Norwich formuliert, doch die Vorstellung war schon sehr viel früher tief im christlichen Denken vorhanden, daher ist das Gespräch in Kapitel elf zwischen der Äbtissin von Godstow und Adelia nicht unbedingt anachronistisch.
Im Mittelalter wurde Ärzten kein Doktortitel verliehen, nur Schülern der Philosophie, aber ich habe ihn hier im modernen Sinn verwendet, um es den Lesern und mir selbst leichter zu machen.

Danksagung

Wie immer geht mein Dank an meine Agentin Helen Heller für ihre kluge Beurteilung, was die Handlung des Romans und sein Tempo betrifft. Mein Dank gilt auch Rachel Kahan, meiner Lektorin bei Penguin, USA. Und der London Library, in der alles zu finden ist, was ein Autor wissen muss.

Und nicht zuletzt danke ich meinem Mann Barry und meiner Familie für ihre Geduld – vor allem meiner Tochter Emmy, die die Aufgaben einer Sekretärin hervorragend bewältigt und mir die Freiheit zu schreiben schafft.

Im Weltbild Verlag ist außerdem erschienen:

Ines Thorn
Die Tochter des Buchdruckers

384 Seiten
Format: 13,5 x 21,5 cm,
Best.-Nr. 0656334
ISBN 978-3-86800-038-2
10,95 €

Ein Kampf um die Liebe in Zeiten des Krieges

Leipzig im Dreißigjährigen Krieg: Die Druckerei von Marga und Robert Mahlich steht kurz vor dem Ruin. Doch Marga muss sich alleine durchschlagen, da ihr Mann in den Kampf zieht. Wie soll sie die Druckerei retten? Ihr kommt eine geniale aber zugleich gefährliche Idee ...
Zu gleicher Zeit in Frankfurt: Auch Lila muss eine Weile ohne ihren geliebten Mann Andreas, dem Erben eines florierenden Handelshauses, überstehen. Sie führt jedoch ihren eigenen Kampf: Ihre intrigante Schwägerin droht ein drückendes Geheimnis aus ihrer Antwerpener Vergangenheit zu entdecken, das sie für immer von ihrem Ehemann trennen könnte ...

Im Weltbild-Verlag ist außerdem erschienen:

Birgit Jaeckel
Die Druidin

656 Seiten
Format: 12,5 x 18,7 cm,
Best.-Nr. 0281973
ISBN 978-3-8289-8910-8
10,95 €

»Ein spannendes, fantasiepralles Debüt.«

(Buchjournal)

Die Keltin Talia, die ohne ihre leiblichen Eltern aufwachsen musste, entdeckt etwas Übernatürliches an sich: sie hat die Fähigkeit, die Seele eines Menschen zu sehen und diese vor Unheil zu bewahren.
Doch diese Gabe wird ihr bald zum Verhängnis, da ein skrupelloser Druide eine Konkurrenz in ihr sieht. Sie flieht mit Hilfe des Söldners Ataric nach Alte-Stadt, in der ihr Vater Caran regiert. Da dieser sie jedoch als Baby töten lassen wollte, gibt sie sich nicht zu erkennen. Doch dann überschlagen sich die Ereignisse: Zuerst wird Caran Vater, doch sein Kind ist zu schwach zum Leben, und schließlich wird erst Carans Status als Stammesführer, dann sogar sein Leben bedroht. Wird Talia die Vergangenheit vergessen und sich für ihren Vater entscheiden? Nur sie allein kann das Schicksal abwenden ...